谨献此书
纪念钱仲联先生诞辰110周年

记忆与再现：
明清近代诗文研究论集

罗时进　主　编
黄建林　副主编

苏州大学出版社

图书在版编目(CIP)数据

记忆与再现：明清近代诗文研究论集／罗时进主编．—苏州：苏州大学出版社,2018.4
ISBN 978-7-5672-2320-2

Ⅰ．①记… Ⅱ．①罗… Ⅲ．①古典诗歌－诗歌研究－中国－明清时代－文集②古典散文－古典文学研究－中国－明清时代－文集③诗歌研究－中国－近代－文集④散文－文学研究－中国－近代－文集 Ⅳ．①I206.48-53 ②I206.5-53

中国版本图书馆 CIP 数据核字(2017)第 298752 号

记忆与再现：明清近代诗文研究论集

罗时进　主编

黄建林　副主编

责任编辑　周建国

苏州大学出版社出版发行
(地址：苏州市十梓街1号　邮编：215006)
苏州市深广印刷有限公司印装
(地址：苏州市高新区浒关工业园青花路6号2号厂房　邮编：215151)

开本 787 mm×1 092 mm　1/16　印张 30.25　字数 628 千
2018 年 4 月第 1 版　2018 年 4 月第 1 次印刷
ISBN 978-7-5672-2320-2　定价：98.00 元

苏州大学版图书若有印装错误,本社负责调换
苏州大学出版社营销部　电话：0512-65225020
苏州大学出版社网址　http://www.sudapress.com

目 录

序 …………………………………………………… 罗时进 1

第一编　文学现象研究

集群流派与布衣精神
　　——清代前期文章史的一个观察 …………………… 曹　虹 3
明清竹枝词中的女性生活史记述及其意义 ……………… 朱易安 12
焚稿烟燎中的明代文学影像 ……………………………… 罗时进 27
论晚明词坛与清词之复兴 ………………………………… 张仲谋 40
文人游幕与清初戏曲
　　——兼论万树词人与戏曲家身份 …………………… 朱丽霞 50
抵制"东瀛文体"：晚清古文革新的挫折与回潮 ………… 姜荣刚 61

第二编　文学批评研究

蒋士铨诗学观念的转向 …………………………………… 蒋　寅 75
论袁枚的"以棋喻诗"说及其源流 ……………………… 叶　晔 83
袁枚的咏史诗批评观念与风格追求 ……………………… 马　昕 94
王先谦《骈文类纂》的文学批评建树 …………………… 路海洋 109
明清回族文论的话语融通问题 …………………………… 孙纪文 119

第三编　文体与体派研究

明初台阁体的生成及泛衍	饶龙隼	131
《文通》与明代文体学	何诗海	141
明代赠序文中的政治文化	张德建	149
词调三分与词学转型	陈水云	163
王鏊对明代八股文定型的影响	严　明　张荣刚	172
"性情独运"理论主张下的尤侗骈文创作	杨旭辉	182

第四编　家族文学研究

明清毗陵庄氏家族文学雅集与姻娅关系	萧晓阳	195
清代文学世家的家族信念与发展内动力	徐雁平	205
论清代常熟屈氏家族女性的文学活动与传播	梅新林　娄欣星	217
《画话》《井蛙鸣》及作为文艺家族的翁氏	张　剑	229
论清代临桂况氏文学家族的重"法"传统	王德明	239
江南家族与学术共同体 ——以涉园张氏家族为例	沙先一　秦　敏	248

第五编　地域与社团研究

20世纪高启与吴中诗派研究	左东岭	261
浙东文人群与明前期文坛走向 ——从"元正统论"视角观照	邱江宁	274
社团领袖与诗界精英：明清之际山左莱阳宋氏家族论	王小舒	289
论明清之际中州与吴地的文学互动 ——以归德府为中心的考察	梁尔涛	300

清初江南地区诗社考
　　——以陈瑚《确庵文稿》为基本线索 ………… 朱则杰　李　杨　310
理学与桐城诗学 ……………………………………………… 潘务正　319
清代榕皋女弟子与"娑罗花"雅集 ……………………………… 丁小明　333

第六编　作家创作研究

诗情心路张太岳
　　——关于张居正诗歌的文化解读 …………………… 郭万金　347
论唐寅诗歌的俗化倾向 ………………………………………… 朱　雯　360
曾国藩治兵诗文的创作意图与文体新变 ……………………… 左鹏军　371
蒙汉诗歌交流视域中的那逊兰保创作 ………………………… 米彦青　383
王韬诗歌尚"奇"主"变"论 …………………………………… 陈玉兰　391

第七编　文献考论

《送东阳马生序》人物考 ……………………………………… 周明初　407
论清人编宋诗选本的地域不平衡性 …………………… 马卫中　高　磊　418
清代诗人施兰垞及其文学活动考论
　　——兼谈袁枚《答沈大宗伯论诗书》的写作时间问题 ……… 范建明　426
论锺狮《锡庵公墓表》的文献价值
　　——《警富新书》新证 …………………………… 赵杏根　殷虹刚　439
近代诗人杨圻晚年行迹与创作
　　——以新发现的散佚诗稿为中心的解读 …………… 周兴陆　450
葵晔·待麟：罗郁正与清诗英译 …………………………… 江　岚　461

后记 ………………………………………………………………………… 472

序

罗时进

中国古代文学研究在近三十多年取得了丰富的成果,呈现出繁荣的局面,其中一个重要标志是研究领域的扩大。以明清文学来说,受"一代有一代之文学"观念的影响,过去普遍重视对小说、戏曲的研究,而诗文研究则比较冷落。1983年著名学者钱仲联先生在苏州大学中文系倡导并领衔成立了专门研究明清诗文的科研机构——明清诗文研究室,担负起研究明清诗文作家,整理相关古籍,培养专门人才的重任。1984年开始了后来享誉海内外的巨著《清诗纪事》的编撰工作,同年于苏州大学召开首届全国清诗研讨会,从此拉开了国内新时期明清诗文研究大幕,使这一研究领域展现出宽广的发展前景。

为适应研究的需要,《苏州大学学报》(哲学社会科学版)于1984年创办了《清诗研究》专栏,后改为《明清诗文研究》,再改为《明清近代诗文研究》,栏目所标识的研究边界遂稳定下来。从初创至今,已经三十多年了。这应该是国内高校学报创办最早、历时最久、受关注程度最高的专门研究明清近代诗文的学术平台。它长期以来得到海内外相关专家、学者的支持,他们将最新研究成果在这个学术窗口展示,这是该栏目稳定、持续、向上发展的重要保证。

2014年,恰当该栏目进入"而立之年"时,被教育部批准列为"高校哲学社会科学学报名栏"。这是对《苏州大学学报》工作的肯定和鼓励,对《明清近代诗文研究》建设起到重要的促进作用。作为"名栏",学校和学报都投入了很多的精力来办,许多著名学者、富有影响的中年学者和成长中的青年学者给予了很多支持,使该栏目的论文质量和学界影响不断提升。如果说一个学术专栏能够具有某种前沿性,那么其关键因素是能够组织和汇聚学术力量,而专家和学者的思维广度、深度、高度,是栏目水平的标志,也是栏目的显示度。仅近五年,该栏目就发表了约百篇论文,一大批学者将学术思维的光束投射到《明清近代诗文研究》上,这里便有了火树千枝的莹然光彩。

为了总结这一名栏创办、发展的情况,这里我们选择了部分论文,汇集成《记忆与再现:明清近代诗文研究论集》。以"记忆与再现"为题,是基于我们对文学史研究功能的理解。我们研究的对象是过去的,已经成为历史的一个部分。其内容有些得到了一定程度的揭示,很大部分仍被遮蔽着,而在整个中国文学史中,明清近代诗文被遮蔽的部分最大。人们对明代以来大量诗文家曾经的存在和修为往往缺少了解,很少注意到他们生命历程中的思考烙印和创作履迹,需要通过对记忆的"校订""笺证"使之得到再现。

对历史的记忆,都具有一定的选择性;所谓的再现,也是经过重读后的选择性呈现。正如"像"是客观的、自然的,但"成像"却具有一定程度的主观记录和个性处理的色彩。因此文学史的记忆与再现的过程,实际上是包含今人审美观念与精神取向的一种重写。也正是在这个意义上,我们认为对明清近代诗文发展历史的再现,其目的不在于拨开时间的雾障对史实进行实录,而是对14世纪中叶以来的文学史进行全幅式的考量与重写。

重写文学史,是学界多年来的期盼、呼唤。它一方面要求对已有的叙述、结论做新的评价、认知;一方面要求更多的重要作家、作品、现象进入研究视野,构成比较完整的文学史体系。对于明清近代诗文来说,这两方面的工作都要投入极大的精力来做,那些似乎熟悉的论题自然有再讨论的空间,而那些缺失于传统文学史的有价值的作家和创作应当"被看见"。中国文学史上"明清近代诗文"的坐标体系和整体框架都需要重新建构,此事任重而道远。

此次选编的是2012年至2017年发表在《明清近代诗文研究》栏目中的部分论文。全书分成文学现象研究、文学批评研究、文体与体派研究、家族文学研究、地域与社团研究、作家创作研究、文献考论七个部分,这些是该栏目所刊载论文的基本内容,大体来说也是明清近代诗文研究的知识架构。当然,从事这一领域研究的学者也许都有自己的学术理解图式,我们做这样分类,一定程度上希望反映出明清近代诗文研究的一些主要方向,或重要问题。

明清近代诗文史,从宏观态势上说,是在以往历代文学发展基础上演进的,具有反思性、丰富性、集成性的特点,然而整个过程不断产生对蹠、徘徊、起伏,若具体论及明代、清代、近代的诗文状况,其间各个历史阶段都有自身的特点,而各阶段的个别特征显然大于普遍特征。

但基于历史与文学史之间的共生关系,同时注意两者之间的区别意义,人们仍然可以发现14世纪中叶以后一系列"有意味"的文学史实,即擅文者极众,文学家队伍庞大,而历史变动剧烈,事件连续不断,这对文人心理状态和出场姿态影响深刻,使诗文创作、理论批评的主题、内容、风格乃至属性屡屡发生变化。而正由于处于"紧张"的历史背景和社会关系中,文人的地域与乡园情感突显,社会底层文事更盛,文学创作数量剧增。这是明清近代诗文研究重视作家与作品的包容性,注意文体与体派的广泛性,同时对家族文学、地域与社团给予特别关注的主要原因。

这里顺便谈一下研究的理论视野与方法路径问题。近些年包括明清近代诗文在内的古典文学研究,引入了不少新理论、新观念、新方法,都有必要,应当看到这种引入使问题旨趣、研究视角变化,产生了不少值得注意的成果。但并不是所有的新理论、观念、方法都适用于古典文学研究。"回归传统"无须作为口号，但研究者应该重视和尊重传统。《明清近代诗文研究》栏目发表的论文，虽有一些是基于新理论、新方法的，但更多的还是以传统方法进行研究的成果。该专栏发表的文献考论方面的论文其实并不多，但此书仍然专列一编，以表明实证是明清近代诗文研究的必要路径之一。

如果说若干年前明清近代诗文研究可谓"星光稀落"的话，如今的情景则可用"月印万川"来形容了。不但学者们多关注这一领域，学位论文选题也往往着眼于此道。《明清近代诗文研究》栏目伴随、见证了这一过程，也起到了推助转变的作用。今天我们回顾《明清近代诗文研究》创办三十多年的历史，对钱仲联师充满了崇敬与怀念的情感。钱先生是明清近代诗文研究的倡导者、开拓者，勋绩至伟。他既高擎大旗，又长期进行深入研究。在编辑本书的日子里，我将自1984年初至眼下《苏州大学学报》该专栏发表的300多篇论文目录浏览了一遍，统计了一下，钱先生发表于该专栏的成果有12篇之多，而且影响甚巨的《顺康雍诗坛点将录》《道咸诗坛点将录》《南社吟坛点将录》《吴伟业重要佚诗前〈东皋草堂歌〉考》《清代诗词二十名家评述》等都发表在这里，成为《明清近代诗文研究》最具有标志性和荣誉感的成果。

2018年，是钱仲联师诞辰110周年。在2018年足音渐近之际，我们编辑出版《记忆与再现：明清近代诗文研究论集》敬献给钱先生，以表达对他的无限怀念和深情纪念。相信明清近代诗文研究者对钱仲联先生的记忆永存，现在和将来的相关研究定会不断再现他的学术观点、学术思想和学术精神。

谨书以上，聊充序言。

2017年12月28日于苏州大学子实堂

第 一 编

文学现象研究

集群流派与布衣精神

——清代前期文章史的一个观察

曹 虹

有清一代文章史,雅才林立,舒文载实,迭相照耀。其经纬所在,尤可于集群流派观之。三百年间,不乏名家并称与文派兴替,或因境遇相似而可资合观,或因声气相应而自成派别。举其荦荦大者,除桐城派最具声势绵历亦久之外,计有清初遗民社群、鸿博词人、毗陵四家、清初三大家、国朝八家、阳湖派、仪征派、道咸经世派、新民体、海外游历之文家、女性文家诸项。晚清张祥河在为姚椿《国朝文录》所作序言中,对乾嘉之际以前清文的分期与文风演变归纳为:国初诸老"有驳有醇",康熙中叶至乾隆之末"一轨于中正",乾隆之末以降"文体复歧出"①,奇正间的张力牵挽,形成了极富清代特征的文章史演化轨迹。兹以乾隆之末为界划分前后期,清前期较有历史标识意义的集群流派,当数遗民社群、鸿博词人、毗陵四家、清初三大家和桐城三祖。尽管挽奇入正是这个阶段的大趋势,但在这些流派集群的诞生及前后衔接联系等方面,布衣精神作为聚合元素与文学素质隐然存在,于此亦可彰显文坛脉动的时代感和文学生命的精神魅力。

一、遗民社群何以能"操文柄"?

王文濡《国朝文汇序》曰:"顺、康之世,遗老闻人,伟略豹隐,著述文身,辞之至者,自成一子。"②"豹隐"意味着割断与仕途的任何联系,独立意志与人格气节从而得以保证。归庄《与王于一》称美友人顾炎武曰:"此兄非止独行之士也,贯穿古今,指画天地,深心卓识,弟所师事。"③清代文章学的重开风气,其主导作用就是由这一批"独行之士"带来的。这一批"穷而在下者",身历沧桑巨变,其深心卓识在悲怆与反思中淬炼,具有将天地元气贯注于人格与文学上的双重自觉,因此在审美取向上易于声气冥合,富于激扬风气的能量。江南武进人瞿源洙为同乡遗民任源祥《鸣鹤

---

* 作者为南京大学文学院教授、博士生导师。
本文由《人大复印资料:中国古代、近代文学研究》2013年第3期全文转载,《新华文摘》2013年第7期摘编。
① 姚椿《国朝文录》卷首,清咸丰元年终南山馆校刊本。
② 沈粹芬等《清文汇》,北京出版社1995年版,第3页。
③ 归庄《归庄集》,上海古籍出版社1984年版,第315页。

堂诗文集》撰序称："古未有以穷而在下者操文柄也……独至昭代,而文章之命,主之布衣……闾巷之士不附青云而自著,此亦一时风声好尚使然乎!"文中又曰:"昭代人文屈指可数,雪苑盛于北,而侯朝宗为之雄;金精盛于南,而魏冰叔为之冠;由雪苑而北,则有阳曲傅公;由金精而南,则有番禺屈氏,此虽号胜国遗民,而长林丰草之中沾濡多矣。"①这可谓是及时总结了清初遗民文人社群在当时主导风会的特点,十分耐人寻味。遗民布衣文人中也出现以一定的师门和地域因缘形成盟友群落,并不乏广泛地奔走与交流。这种思想上的根基感与联络上的流动性,也有助于遗民群体的创作理念成为时代的风向标。

清初遗民力量的壮大与明季党社运动的激发分不开,其中复社的影响最为突出。朱彝尊《静志居诗话》"周岐"条曰:"复社诸君,多以文章经济自负。"②承接东林党"以天下为任"的学风,复社的宗尚在于兴复古学、务为有用。明末清初实学思想自此潜兴。复社成员富于经世热情与名节意识,社事以文章气谊为重,如黄宗羲、顾炎武、归庄、方以智、万寿祺、徐枋、王猷定、贺贻孙等,绝大多数后来成为遗民中坚。以"文章气谊"命世的遗民文人虽不尽出于复社,但复社高才及其子弟往往在经史之学上不乏较好素养,文学上张扬天地元气,秉持风雅古义,以救亡扶衰为己任,既心系天下又笔致博丽,故在遭逢天崩地坼的易代之际,对于转移文章风会,最富推动力。

正如黄嗣艾在《南雷学案》中称赏王猷定"力矫公安、竟陵之习,重开风气,是亦足多矣",清初文章风气的"重开",与遗民集群矫时救弊的文坛使命感有关,且颇有赖于复社文学力量在清初的延续。因明代复古派、唐宋派、公安派、竟陵派各种流衍皆汇入复社,复社内部颇多营垒,不乏排诋异同之论。易代之际,随着俗世倾轧因素的消解,以及全面反省晚明士风及文风危机,攻评偏执之习受到一定抑制,有些在诗歌上推崇前后七子的人,并不排斥文宗唐宋派诸家,尤其可贵的是他们具有向往独立理性的文学精神,即黄宗羲《明文案序》所言"士之通经学古者耳目无所障蔽,反得以理既往之绪言"③。

明季以复社为枢纽的社局,在地域上分布甚广,覆盖南直隶、浙江、湖广、河南、山东、江西、广东、福建等南北诸省,且以家族、姻亲、师生、朋友等关系纽带彼此联结、前后相承④,这一党社运动的结构形态也影响到清初遗民文人间的聚合与呼应。《清稗类钞》"文学类"论"散体文家之分派"时,首先主张:"至遗民之以文名者,则推顾炎武、黄宗羲、陈宏绪、彭士望、王猷定诸人。"这几位代表人物籍贯所属,分别为江南、浙江、江西,恰也是遗民聚合最为活跃、遗民之文最富成就的地区。文章学的区域资源也成为地域性特征的底蕴。例如,在江南,晚明复古与反复古思潮的激荡较量

---

① 任源祥《鸣鹤堂诗文集》卷首,清光绪十五年重刻本。
② 朱彝尊《静志居诗话》,人民文学出版社1990年版,第663页。
③ 黄宗羲《黄宗羲全集(十)》,浙江古籍出版社1993年版,第17页。
④ 何宗美《明末清初文人结社研究续编》,中华书局2006年版,第257页。

最为活跃,唐宋派的古文传统也在此发源延续。顾炎武、归庄、徐枋、朱鹤龄等一批吴中遗民在辞章上卓然成家。顾炎武传世文章作为一家言,堪称不朽,其历练于经世学问的文章,在清代文坛树立起"学者之文"的新典范。

　　再如黄宗羲及其浙东学友弟子群的文章亦富盛名,受黄宗羲的影响与指授,李邺嗣、郑梁、万言、邵廷采等在康熙年间文名骤起,形成甬上古文作家群,他们的团体活动有"甬上讲经会",黄宗羲《翰林院编修怡庭陈君墓志铭》记载:"甬上有讲经之会,君与其友陈赤衷等数十人,尽发郡中经学之书,穿求崖穴,以立一闋之平……甬中多志行之士,由此会为之砥砺耳。"①他们对黄宗羲的古文成就及意义领会深刻,如李邺嗣《答溧阳周二安书》曰:"仆故谓梨洲之文实驾二川而上之,以为直接欧、曾可也。"②"二川"即明代唐宋派归有光(震川)、唐顺之(荆川)。由于黄宗羲的经史之功非同寻常,文章复古而不求形似,所以虽受吴中文家启迪而能别具面目。黄宗羲对李邺嗣的同气相求甚表欣慰,在为他写的墓志铭中曰:"先生不以余空隙一介之知而忽之也,自此转手,大放厥辞,同里稍稍响应,翻然于不迪,于是东浙始得古文正路而由之。"③黄宗羲还汇集数十名浙东学者著作而成《东浙文统》,对形成地域宗风富于热情。梨洲学术文章绵泽颇深,后学如黄璋、黄炳垕、郑性、全祖望、邵晋涵、章学诚等亦知名。

　　各地遗民亦不乏突破地理界限,形成远距离同气连枝。这种寄寓遗民幽怀的游踪,有时也成为遗民刻意营造的生存常态④,对遗民交往及文章创作影响匪浅。顾炎武、归庄、孙奇逢、屈大均等著名遗民都曾经远游他乡,如顾炎武于顺治十四年(1657)以二马二驴载书北游,屡拒其甥南返安度之邀;傅山甲申(1644)后以"太原人作太原侨"⑤自视,取无家之意,在其所居太原松庄先后接待了顾炎武、阎尔梅、申涵光等多位遗民。还应当一提的是,江南遗民的学术文章得以扩大交流的条件,还包括某些遗民亲友的招揽。如康熙朝达宦徐乾学借舅父顾炎武这层关系,比较容易地将那些不愿与清廷合作的山林遗逸延至幕下。⑥万斯同、顾祖禹、刘献廷、黄百家等纷纷受邀修书,不啻是遗民的自由聚会。⑦清初以经史地理之学寄寓经世之志的学风与文风,昆山徐乾学幕府是一个据点。无锡顾祖禹的《读史方舆纪要》,卓尔堪评为"经世不刊"⑧之书,即在康熙十九年(1680)撰写于徐乾学府第。周亮工以南京刻书业为依托,大力资助遗民友朋的著述编刊,亦成为遗民

---

① 黄宗羲《黄宗羲全集(十)》,浙江古籍出版社1993年版,第433页。
② 李邺嗣《杲堂诗文集》,浙江古籍出版社1988年版,第657页。
③ 黄宗羲《黄宗羲全集(十)》,浙江古籍出版社1993年版,第398页。
④ 孔定芳《清初明遗民的"云游"行为及其意蕴》,《人文杂志》,2005年第3期。
⑤ 傅山《霜红龛集》卷一三《口号十一首》其三,山西人民出版社1985年版。
⑥ 尚小明《学人游幕与清代学术》,社会科学文献出版社1999年版,第60-70页。
⑦ 艾尔曼著,赵刚译《从理学到朴学》,江苏人民出版社1995年版,第71页。
⑧ 卓尔堪《明遗民诗》卷二,中华书局1961年版。

文学流通的一个据点。

遗民诸老散文是清文最初的高峰,多至情至理之言。其"学者之文"的范型自觉,下开此后文坛特别是乾嘉时代质实重学的倾向。其叙事文章夹带小说风韵,兴味盎然地发掘和描写生活中的义士与异人,他们往往多与长林丰草相亲或不屑于官门权势。如黄宗羲在《思旧录》中评价王猷定的笔力曰:"其文如《汤琵琶传》《李一足传》《寒碧琴记》,亦近日之铮铮者。"这类熔叙事、传奇、寓言于一炉的作品,在清初大放异彩,名篇尚有侯方域《马伶传》、王猷定《义虎记》、魏禧《大铁椎传》等。黄宗羲编《明文海》,收录《舵师记》《渔记》《马伶传》《汤琵琶传》《记女医》等作品。这类作品除了借传奇手法伸张天地正气外,也丰富了叙写"独行"之品的底层人物的古文经验。

二、鸿博词人、"毗陵四家"与"国朝三家"的多元背景

随着清朝步入盛世,较能体现庙堂雅正趣味的集群纷纷出现,鸿博词人之文的登场、"毗陵四家"的酝酿、"清初三大家"的标举、桐城派的命世都是显例。虽然康熙中叶至乾隆之末文坛风尚趋向于"一轨于中正",但在导向雅正轨迹的背后,文人的布衣情致与批判精神也不是顿然消亡的。

以鸿博词人之文的登场来看,康熙十八年(1679)、乾隆元年(1736)两开特科,一时学问渊通、文藻瑰丽之名儒硕彦多与其选。鸿博词人不论本人在意与否,客观上荣显一时,成为俗世表率,并因此而影响一时的文风与文体取向,尤其是某些杰出的鸿博词人如朱彝尊、潘耒、杭世骏、齐召南等出自江浙,东南名士喜于追效,在江淮以南、吴越之间衍为流派,大抵涉猎书史,所为之文以绩学为底蕴,不失修洁之品。① 及高才为之,尚能于包罗宏富中,达高朗卓铄之境。虽然鸿博词人在朝廷求贤右文的制度机遇下成为一个群体存在,但不可忽视的是其文化人格具有多元背景。尤其是康熙鸿博词人群中,不乏遗民或布衣背景,其博学旨趣往往具有一定的批判精神。施闰章《赠杨生序》慨叹"天下之大,四海之广,求一文人焉未易得也",认为其症结在于时人"目未周六经而驰骛于稗官之册,口未谐四始而涉猎于诗赋之文,或屈首八股,终岁呫哗一编"②。这种对空疏文人的惩戒,仿佛延续了遗民学者对"文人"角色的反省。鸿博词人之所以纷纷抱定宗经之旨,除了是因为应承朝廷"阐发经史,润色辞章"的诏令之外,也因为吸取了鼎革之际学界反省之成果。晚明遗老历经社稷丘墟、故国陆沉的沧桑巨变,身世也日渐坎壈而途穷,学术与身世上的双重途穷,最终逼出清初大儒清醒而深刻的反省精神。③ 顾炎武"经学即理学"的倡导,开启清儒宗经的序幕。在此学术脉动的影响下,鸿博词人有意无意间谋得承旧拓新的文学空

---

① 刘师培《论近世文学之变迁》,《国粹学报》,1907年第26期。
② 施闰章《学馀堂文集》卷八,文渊阁四库全书本。
③ 钱穆《前期清儒思想之新天地》,《中国学术思想史论丛(八)》,台湾大东图书有限公司1980年版,第2页。

间。这些淹通经史之士对文学与经学的依存关系亦颇为强调。如朱彝尊向往经术纯粹、文章尔雅,他对唐宋派与秦汉派的轩轾,并不是从文学趣味上的偏好出发,而是基于其文是否本于经学,而不问其派属秦汉或唐宋。他认为唐宋派之文多以经学为根柢,秦汉派之文在这一点上显得薄弱,故不足取。① 这种对秦汉派与唐宋派的调停眼光,对清代前期古文主潮的演进方向,不失为重要推动力之一。

"毗陵四家"的并称,以陈玉璂、邹祗谟、董以宁、龚百药合刻《毗陵四家文集》,合力编纂《文统》,在古文领域黾勉同心而得名。正如龚百药所称,"吾党之文不传可不作,思所以传,必求端于经"②,毗陵四家对"《史》《汉》、唐宋大家之文"的倾心和志在经学根柢的趣味,反映了清初文坛从遗民文章学思想向庙堂正统文学过渡的特征。《文统》的编纂是东南文望与官方背景结合的产物。四人生逢清初政局趋于晏安之际,仕历处在达与不达之间,能感奋于志士用世的时代机缘,不乏励志博学的事迹。他们力学济世的豪情也颇受乡先贤唐顺之的激励。常州武进唐顺之是明中叶兴起的唐宋派主将,于学无所不窥,自天文、地理至兵法、勾股无不探究。"毗陵四家"以荆川古文之学为楷模,意气豪壮,颇怀经世载道的热情。但四人中邹祗谟、龚百药身陷康熙奏销案不仕;董以宁遇不副才;陈玉璂中进士后长期赋闲居家,甬上布衣文家李邺嗣撰《学文堂集序》,赞其"生平所嗜在读书,无世家子弟闶侈华靡之好足分其所嗜……自假休沐归里,更命其读书之所曰'学文堂',虽身为荐绅先生,而中欣然常若乡弟子"③。加上他们的师友渊源中不乏遗民逸士,所以四家文学及文学观上的成就便不乏内在的沉静之功。陈玉璂"学文堂"接纳大江南北趣味相投之士,遗民魏禧兄弟、任源祥等都曾在此寓居,切磋探讨古文和学术。四家于康熙初年开始集体编纂《文统》,初拟名《文起》,又有《皇清文统》之称,接纳"四方投赠之文不啻万计",选择标准定为"求弗畔乎圣贤之道而后登之"。陈玉璂《文统序》承认编纂"得当事之助",隐然配合朝廷的"文教之兴"。大学士魏裔介于康熙四年至八年(1665—1669),编纂《圣学知统录》《圣学知统翼录》两书,以"羽翼圣道,鼓吹六经"自命。康熙六年(1667),陈玉璂中进士,在京师与魏裔介结识,受其影响,并受嘱编纂《文统》。康熙帝于亲政当年即命魏裔介祀至圣先师,后又在《日讲四书解义序》中更明确地表述儒家道统与清朝治统密不可分:"万世道统之传,即万世治统之所系""道统在是,治统亦在是"。陈玉璂等编纂《文统》之举,是最早预示这一政风的文章选本。不过,《文统》编纂并不一帆风顺。康熙八年、九年董以宁、邹祗谟相继去世,继而龚百药志趣转向。除了人力变故外,经费筹措亦不易。陈玉璂《奉答魏相国书》曰:"此书果能告成,有功前贤非小,然剞劂之费浩繁难办。梅村先生深以为虑。台札云:'需好事者其成之。'未卜应属谁人?阁下主持文教以

---

① 青木正儿著,杨铁婴译《清代文学评论史》,中国社会科学出版社1988年版,第85页。
② 陈玉璂《学文堂文集》卷二《龚琅霞文集序》,上海书店出版社1995。
③ 陈玉璂《学文堂文集》卷首,上海书店出版社1995年版。

来,四方名公巨卿蒸蒸好古,诚审择而命之,当亦无难。"以魏裔介"主持文教"的大学士显赫地位,寻觅"同心者"一起来刻印此书,乐观估计"踊跃从事,当不乏人"。但康熙十年(1671),吴伟业病卒,更大的打击是康熙九年、十年魏裔介受弹劾并上疏告病还乡,故《文统》最终未能刊刻。

  清初侯方域、魏禧、汪琬三人生非一地,因康熙三十三年(1694)江苏巡抚宋荦主持编成《国朝三家文钞》而名重天下,在宋荦幕府助此选事的还有武进古文家邵长蘅,他曾被陈玉璂引为"学文堂"中同调,并得以与遗民魏禧当面切磋古文之艺。"国朝三大家"在气质学养、笔调文风诸方面各显个性,甚至不乏较大差异,邵长蘅序曰:"侯氏以气胜,魏氏以力胜,汪氏以法胜。"至晚清人仍认为:"朝宗才人之文也,叔子策士之文也,尧峰则儒者之文也。"①宋荦《国朝三家文钞序》指出编选宗旨在于感到三家古文能昭示清朝文治之盛,并成为"跨宋轶唐"的标志。从时间先后来看,三家的排序自然应是侯、魏、汪。宋荦编集时,侯方域殁已四十年,魏禧殁且十年,汪琬视二家最老寿,殁亦已四年。随着三大家并称内涵的确认与流传,这个排序实有改变。乾隆后期所修《四库全书总目·尧峰文钞提要》从"归于纯粹"出发,抬高汪琬的地位,排名变成了汪、魏、侯。正如宋荦所注意到的,三家"出处歧辙,其所成就亦殊",如何论定他们古文成就的名次,从不同角度也会得出不同认识。从艺术个性的鲜明而言,魏禧与侯方域优于汪琬,尤其是魏禧以"文气之奇"而著名,成为这方面难得的典型。从学问根柢与文学才情的结合而言,魏禧与汪琬优于侯方域。魏禧是江西遗民群"易堂九子"的首要人物,深于《易》学,积理练识,本有其"著书学道"的学术追求;汪琬亲近儒学,有所造诣,四库馆臣肯定他"学术既深";相比之下,侯方域则不以学显,难免因此而受讥。尽管如此,宋荦并举表彰三家成就,是着眼对清初古文主流方向的确认,消除明末以来"剽贩无根之学、疲苶不振之华"文风的影响,同时又反对割断文学历史,反对拟古矫饰,通过宗法唐宋,建立道统与文统合一的淳雅风范。在这个意义上,标举三家自当以汪琬居首。在三家并称之外,也曾有标称汪、魏二家的,施闰章《寄魏凝叔》曰:"窃闻当世之论文者,多举汪户部钝庵、魏叔子凝叔为二家。"②可见当时舆论对汪琬、魏禧的看重。从选文取舍来看,《国朝三家文钞》体现了依傍儒家、讲求醇正之旨。黜落侯方域《马伶传》《李姬传》,固然因为这些作品带有"唐人小说"笔调,好奇过甚,而不选《书周仲驭集后》《阳羡燕集序》《复倪玉纯书》等文,似也与其奋迅驰骤、不合雅正有关。同样,魏禧《地狱论》旨涉怪力乱神,编者因其"为儒者所不道"而予以剔除。汪琬"序事古雅"之作多被选入,使其"温粹雅驯"的特色在全书进一步突出。此书衡鉴之际,昭示着"清真雅正"标准在清代步入盛世时的强化,这是具有时代信号特征的。不过,作为三家文的一个重要读本,这个合集中侯氏的才子气、魏禧的策士风都多少凸显着清初文坛的遗逸情调。这样的传

---

① 王韬《弢园文录外编》卷九《续选八家文序》,上海书店出版社 2002 年版。
② 施闰章《学馀堂文集》卷二八,文渊阁四库全书本。

播所导致的三家并称的概念,在客观上也不可能是一味雅正的。

三、桐城开派宗师的豪情幽意

清初以来,取法唐宋、崇尚淳雅的古文意识渐成主流。桐城派应时而起,在清代前中期声势渐壮而颇具规模。桐城派开派宗师自以方苞为称首人物,而与方苞交往深密的戴名世也有先驱之功。关于桐城派开派立宗的时代际会及文学条件等,学界已有充分之认识。尽管桐城派深孚"一代正宗"之望,但考察方、戴二人学术成长时,仍需注意到他们早年曾移家南京,与遗民前辈有所交往。方苞撰《田间先生墓表》曰:"先君子闲居,每好言诸前辈志节之盛以示苞兄弟,然所及见,惟先生及黄冈二杜公耳。杜公流寓金陵,朝夕至吾家,自为儿童捧盘盂以侍溉涤,即教以屏俗学,专治经书古文,与先生所勖不约而同。"所指即寓居南京的同乡遗民钱澄之和湖北遗民杜浚、杜岕。方苞早年受明遗民影响,重文藻,喜事功,不以程朱理学为依归①。康熙十六年(1677)十岁起,方苞开始从兄长方舟治经、习古文。方舟少年即立志从事古文,与戴名世等人同以古文相号召。方苞、戴名世虽是同乡,谊属中表兄弟,双方交往实际始自康熙三十年(1691)游历京师时。戴名世年长方苞十五岁,博学多方,学文尤有心得。方苞敬重戴名世古文成就,戴名世亦有意提携质正,文章趣味多有接近。方氏兄弟秉承诗文互通的家法,以作诗之道为文,方苞文雄浑奇杰,兄方舟文则隽永深秀,所造之境虽有不同,均源出六经三史,多有跌宕淋漓、雄浑悲壮者。康熙三十年,方苞二十四岁在京师识交浙江鄞州万斯同。万氏服膺师事黄宗羲,精于史学,以布衣参与编修《明史》,前后十九年,不署衔,不受俸。方苞听从万氏勿耽溺古文之诫,于是兼用心经义。又交刘齐等,始用力于宋五子书。同年,方苞与京师友人王源、姜宸英论文,立下"学行继程朱之后,文章介韩欧之间"的行身志向,著名一时。方苞文论更大的贡献在于抽绎文章家绪论,约取"义法"二字明确标举,使之成为桐城派的核心概念,也可以说是桐城派衣钵传承的法印。

"义法"一词古已有之,司马迁在《史记·十二诸侯年表》中阐明孔子编次《春秋》要旨时指出:"(孔子)次《春秋》,上记隐,下至哀之获麟,约其辞文,去其烦重,以制义法,王道备,人事浃。"司马迁所说"义法"即孔子笔削《春秋》所定的义例、书法,属经史范畴。此外,"义法"还涉及师法、史法、书法、文风等多个方面。② 方苞深于《春秋》,所论义法则主要集中在《左传》《史记》《汉书》《五代史》以及传记、墓表等史传文学,与其学术素养有关,又与师友熏染分不开。布衣史家万斯同曾揭明"义法"、史法的关系。康熙四十一年(1702)万斯同去世,方苞作《万季野墓表》,提到万斯同生前曾叮嘱他:"子诚欲以古文为事,则愿一意于斯,就吾所述,约以义法,而经纬其

---

① 方苞《方苞集》卷六《再与刘拙修书》,上海古籍出版社2008年版。
② 张高评《方苞义法说与春秋书法》,《清代经学国际研讨会论文集》,台湾"中央研究院"中国文哲研究所1994年版,第217—246页。

文,他日书成,记其后曰:'此四明万氏所草创也。'则吾死不恨矣。"①可见万对方苞产生的影响。"义法"源于经学,成于史学。"南山集案"发之前,方苞在《读史记八书》《书史记十表后》等文中对"义法"的阐述,多偏于条贯取舍等文章作法问题;方苞涉案被赦后,"义法"说才完备起来。较系统地阐明"义法"理论的《又书货殖传后》《书五代史安重诲传后》《书韩退之平淮西碑后》等文,多写于五十岁以后,正是他对清廷"欲效涓埃之报"时期。特别是雍正十一年(1733),他任翰林院侍讲学士时,替和硕果亲王胤礼编《古文约选》,为天下士人提供了一部"义法"示范书,并在"序例"中阐明道统与文统统一问题,揭示出"助流政教之本志"。继《古文约选》后,乾隆初年,方苞又奉命编定《钦定四书文》,继续推衍其"义法"宗旨。凡例曰:"故凡所录取,皆以发明义理、清真古雅、言必有物为宗,庶可以宣圣主之教恩,正学者之趋向。"以上这些主张与康熙年间起朝廷一再训饬的文统理念,代表清代步入盛世的文教取向,也为"义法"说染上时代特色。

  桐城派开宗立派的宣言,是乾隆中后期由姚鼐发布的。桐城派方、刘、姚三宗师在师法统绪上的门庭之深广,也在乾隆之末得以清晰化。桐城派以得文统之正自居,不过,也应当看到,该派堂庑之大,与刘大櫆个性奇异、姚鼐襟怀清峻有关。刘大櫆抱定文章传世之念,认为"自古文章之传于后世,不在圣明之作述,则必在英雄豪杰高隐旷达之士之所为"②,其"高隐旷达"所指,似指涉寒士之处境,亦连接到不惧权威的布衣精神。刘氏对所尊之道往往别有新解,如《天道》篇抛开传统的天命观念,肯定天道无知,万物各有自性,不受其主宰;《辨异》《慎始》等指出人欲存在的合理性,非"智""威"所能禁绝。其思想左冲右突,根柢已不完全在程朱理学,难以"义法"约束。刘师培窥破其议论突进,称其"稍有思想"③。方东树《刘悌堂诗集序》论刘氏古文传习盛况曰:"及门暨近日乡里后进私淑者数十辈,往往守其微言绪论以道学,肖其波澜意度以为文诗者,不可胜纪。"刘大櫆的"学"所产生的影响,主要是吐露个人见解的胆识。其《论文偶记》主"神气"说,认为"行文之道,神为主,气辅之……至专以理为主者,则犹未尽其妙也",似乎抛开了崇信文道、论重义理的调子。姚鼐拜刘大櫆为师,其原因就包含受刘大櫆奇异个性的吸引。姚鼐在弘扬桐城徽帜的卓绝努力中,也表现出风清骨峻的个性。随着考据学的勃兴,学界崇汉之风渐成主流,有推倒宋学之势。姚鼐颇主张宋学,经十多年考据实践亦深明汉学之弊,因而对汉学诸家厌弃宋学十分不满。乾隆三十五年(1770)前后,姚鼐在感到宋学势孤力单不敌汉学的暗淡前景时,作诗流露出"渺无群"的苦闷。④ 乾隆三十七年(1772),更明确表示要谨守家法,抵抗汉学。乾隆三十八年(1773),朝廷开四库馆,征选各地饱学

---

① 方苞《方苞集》卷一二,上海古籍出版社 2008 年版。
② 刘大櫆《刘大櫆集》卷二《徐昆山文序》,上海古籍出版社 1990 年版。
③ 刘师培《中国中古文学史·论文杂记》,人民文学出版社 1959 年版,第 123 页。
④ 姚永朴《惜抱轩诗集训纂》,黄山书社 2001 年版,第 101 页。

之士润色鸿业。姚鼐以"留心典籍,见闻颇广"①膺选,任纂修官。在四库馆,汉宋矛盾因论学交锋集中爆发。以总纂官纪昀为首的汉学阵营因有高宗支撑,又有戴震等汉学新秀鼓舞冲撞,于竭力排挤宋学形势中占压倒性优势,姚鼐所代表的宋学屡次受挫,孤立无援。乾隆三十九年(1774)秋,姚鼐决心从四库馆告退,次年初春离京南下,公开与汉学阵营决裂。此后,他毅然放弃多年从事的考据计划,坚决转向古文领域,并奋力打造"桐城古文",以对抗戴震所代表的"新安经学"。南下之际,姚鼐接到同学友人朱子颖邀请,出任扬州梅花书院山长,开始了古文教育的漫长生涯。② 可见,他在乾隆四十一年(1776)《刘海峰先生八十寿序》一文中,借追述因缘、彰往知来之机,夸示"天下文章,其出于桐城"也有出于对抗显学的一份偃蹇孤特之怀。姚鼐掌教梅花书院当年就开始编选古文学习范本,开示文章作法,冠名《古文辞类纂》,近取桐城方苞、刘大櫆,借归有光直承唐宋八家之绪,揭明桐城文统所在。姚鼐自兴趣复归古文后,其创作热情再度展现,作品数量远逾前期。其生平文章收入文集者仅极少数写于四十五岁离开四库馆之前,其他均为立志提倡桐城古文后所作。随着理论探索的深入,其创作技巧日增,风格亦愈臻成熟。姚莹《识小录》合其诗文加以总结,称其"文品峻洁似柳子厚,笔势奇纵似太史公。若其神骨幽秀、气韵高绝处,如入千岩万壑中,泉石松风,令人泠然忘返,则又先生所自得也"。王先谦以"天下翕然,号为正宗"③誉其文章典范地位。姚鼐创作上最自得的"神骨幽秀、气韵高绝",内中应该融入了不谐于俗之品格。

总之,在清代前期的文学脉动中,布衣精神并未消泯。从遗民具"独行"之品的声气彰显中,最可考见布衣精神在清初大放光彩,其带来的独立理性的文学反省也异常深刻,附着于文人角色上的浮华侈靡之习得以洗伐。虽有朝廷文教方略正统化的牵挽压力,但某些制度形态上仍对布衣有所尊重,且学者文人处世交游和内心情致上未完全淡出布衣身份,故不难理解鸿博词人、毗陵四家、清初三大家和桐城三祖的成就中,仍积淀着一定程度的布衣文化元素。这些文学集群之间,不仅不乏以遗民逸士为师友渊源的踪迹,而且在探求文章学新发展的时代课题方面,也构成了一定的互文性的网络,由此也更可以理解推动清代前期文坛发展的重要力量之分布。

---

① 中国第一历史档案馆《纂修四库全书档案》,上海古籍出版社1997年版,第49页。
② 王达敏《桐城与新安:双峰并峙——论姚鼐建立桐城文统的内在动因》,《南京理工大学学报》,2006年第5期。
③ 王先谦《续古文辞类纂》卷首,上海会文堂书局1917年版。

明清竹枝词中的女性生活史记述及其意义

朱易安

竹枝词的"女儿"传统由来已久,作为民歌民谣的"竹枝",歌咏男女欢爱是一个普遍的主题;从唐人创作开始,作为乐府和"声诗"的一部分,入乐并配有歌舞,常常用于娱乐场合,文人拟作中描摹女性情态的作品居多;由于男性接触女性的公共空间和场合并不多,而竹枝词中的女性群像,除了田园生活中的农家女性外,更多的则是"商女"的形象。明清时期,竹枝词中吟咏女性的题材不断增多,创作者的观念随着社会的变化也产生了新的变化。明清以后的竹枝词中,不仅保存了丰富的女性生活史料,还可以通过竹枝词的描写,看到女性对家庭乃至社会各方面的重要贡献,以及主流社会对女性某些贡献的认同。

一、女性参与家庭经济的记述

如同乐府诗歌中有歌咏采桑女子的传统,竹枝词中吟咏女性,自古就有记述女性参与家庭经济的内容。明代以后,这类题材开始丰富起来,可以看到在江南地区,相当一部分的女性除了忙于家务之外,也是从事家庭副业的重要生产力。例如仲恒《塘西竹枝词》:

> 家住塘西西河界,阿侬晨夕自经梭。入市待翁沽酒去,闲挑野菜唱山歌。①

又如周永言的《吴江竹枝词》:

> 清水池边水似泉,惯将灰洒做丝绵。郎添文武芷尖火,侬踏缫车抱茧牵。②

---

* 作者为上海师范大学人文与传播学院教授,上海师范大学都市文化研究中心研究员、博士生导师。本文为教育部人文社会科学重点研究基地重大项目"竹枝词与都市性别文化"(项目编号:10JJDZONGHE002)的阶段性成果。

本文由《人大复印资料:中国古代、近代文学研究》2016年第1期全文转载,《高等学校文科学术文摘》2015年第6期摘编。

① 王利器等《历代竹枝词》,陕西人民出版社2003年版,第380页。
② 王利器等《历代竹枝词》,陕西人民出版社2003年版,第425页。

养蚕、缫丝、纺织以及各种经济副业,是传统农业社会中女性在家庭中通常承担的工作,这可以在许多"耕织"的记载中看到。我国农业历史古籍中有《耕织图》之类的"图说农书",用今天的话来说,就是绘本式的耕织指导手册。"耕织"即谓男耕女织,因此,这类图书也有对女性从事家庭副业的描述。1995 年中国农业出版社出版的《中国古代耕织图》,收录了60 余种存世的中国古代《耕织图》。中国历史上的《耕织图》,最早见于著录的是南宋楼璹的《耕织图》。楼璹的《耕织图》,宋本已不可得。自宋以后,依照楼璹的《耕织图》而描绘、临摹和翻刻者为数不少。据楼璹之侄楼钥《攻媿集》中的记载,可以推断楼璹绘制并进献给高宗皇帝的《耕织图》约在绍兴年间(1131—1162):

> 伯父时为临安于潜令,笃意民事,慨念农夫蚕妇之作苦,究访始末,为耕织二图。耕,自浸种以至入仓,凡二十一事;织,自浴蚕以至剪帛,凡二十四事;事为之图,系以五言诗一章,章八句,农桑之务曲尽情状。虽四方习俗间有不同,其大略不外于此,见者固已匙之。未几,朝廷遣使循行郡邑,以课最闻。寻又有近臣之荐,赐对之日,遂以进呈。①

楼璹的《耕织图》问世后,配图的五言诗曾在嘉定三年(1210),由其孙楼洪、楼深刻石,侄楼钥为之书丹,刊行以传。明代万历间刊印的《便民图纂》,则把《耕织图》二卷中的图稍加删改后全部收入,但删去了原作的五言诗,原题的诗歌改成了《竹枝词》,其中农务图十五首,女红图十六首。② 邝璠在序言写道:

> 宋楼璹旧制《耕织图》,大抵与吴俗少异样,其为诗文又非愚夫愚妇之所易晓。因更易数事系以吴歌,其事既易知,其言亦易入;用劝于民,则从厥攸好,容有所感发而兴起焉者。人谓民性如水,顺而导之,则可有功。为吾民者,顾知上意向而克于自效也欤。③

原题的五言诗歌,改成竹枝词,不仅因为吴地的耕作条件和方法有异于北方,需要强调江南的操作方法,更说明竹枝词通俗易懂,容易为普通农家所接受。这里也透露出一个潜在的信息,就是竹枝词创作实用功能的开拓,预示着竹枝词的发展在明代以后,会更多地运用到社会实际需要的事务中去,从而促进它从边缘向主流的迈进。改后的竹枝词称作《农务女红竹枝词》④,写得通俗易懂,如"农务"中的"浸种"和"耕田":

---

① 楼钥《攻媿集》卷七六《跋扬州伯文耕织图》,文渊阁四库全书影印本。
② 蒋文光《从〈耕织图刻石〉看宋代的农业和蚕桑》,《农业考古》,1983 年第1 期。
③ 邝璠《便民图纂》卷一,明嘉靖二十三年刻本。
④ 《农务女红竹枝词》收入《便民图纂》,学界对编者及刻印者有争论,《历代竹枝词》收此作署名邝璠,姑且从之。

浸种竹枝词

三月清明浸种天,去年包裹到今年。日浸夜收常看管,只等芽长撒下田。

耕田竹枝词

翻耕须是力勤劳,才听鸡啼便出郊。耙得了时还要耖,工程限定在明朝。①

"女红"一类,则是从养蚕一直写到缝制新衣,对每个工序都有详尽的描写:

下蚕竹枝词

浴罢清明桃柳汤,蚕乌落纸细茫茫。阿婆把秤秤多少,觳数今年养几筐。

喂蚕竹枝词

蚕头初白叶初青,喂要匀调采要勤。到得上山成茧子,弗知几遍吃艰辛。

蚕眠竹枝词

一遭眠了两遭眠,蚕过三眠遭数全。食力旺时频上叶,却除隔夜换新鲜。

采桑竹枝词

男子园中去采桑,只因女子喂蚕忙。蚕要喂时桑要采,事头分管两相当。

大起竹枝词

守过三眠大起时,再拼七日费心机。老蚕正要连遭喂,半刻光阴难受饥。

上簇竹枝词

蚕上山时透体明,吐丝做茧自经营。做得茧多齐喝彩,一春劳绩一朝成。

炙箔竹枝词

蚕性从来最怕寒,框框煨靠火盆边。一心只要蚕和暖,囊里何曾惜炭钱!

窨茧竹枝词

茧子今年收得多,阿婆见了笑呵呵。入来瓮里泥封好,只怕风吹便出蛾。

缫丝竹枝词

煮茧缫丝手弗停,要分粗细用心精。上路细丝增价买,粗丝卖得价

---

① 王利器等《历代竹枝词》,陕西人民出版社 2003 年版,第 181—182 页。

钱轻。

蚕蛾竹枝词
一蛾雌对一蛾雄,也是阴阳气候同。生下子来留做种,明年出产在其中。

祀谢竹枝词
新丝缫得谢蚕神,福物堆盘酒满斟。老小一家齐下拜,纸钱便把火来焚。

络丝竹枝词
络丝全在手轻便,只费功夫弗费钱。粗细高低齐有用,断头须要接连牢。

经纬竹枝词
经头成捆纬成堆,织作翻嫌无了时。只为太平年世好,弗曾二月卖新丝。

织机竹枝词
穿筘才完便上机,手擅梭子快如飞。早晨织到黄昏后,多少辛勤自得知。

攀花竹枝词
机上生花第一难,全凭巧手上头攀。近来挑出新花样,见一番时爱一番。

剪制竹枝词
绢帛绫绸叠满箱,将来裁剪做衣裳。公婆身上齐完备,剩下方才做与郎。①

诗中虽然依照养蚕的顺序,仔细地叙述从养蚕到缫丝织锦的全过程,但字里行间则包含了劝农教诲的成分,如最后一首提到做衣裳要"公婆身上齐完备,剩下方才做与郎",体现了传统社会中"孝道"和"妇道"的宣扬。但通篇读来,则又可以体会出以家庭为单位的经济体,男女分工合作的生产方式和生活方式日复一日、年复一年的时代感。说明两宋以来,东南地区"平原沃土,桑柘其盛,蚕女勤苦,罔畏饥渴。急采疾食,如避盗贼。茧箔山立,缫车之声连甍相闻。非贵非娇,靡不务此"②。江南地区的农家,除了耕种外,养蚕和丝织也是十分重要的家庭经济。从诗中可以看出,蚕桑和纺织,主力是女性,但是忙时男性也要帮忙:"男子园中去采桑,只因女子喂蚕忙。"丰收以后祭祀蚕神,也是"老小一家齐下拜",可见,家庭生产也是有分工有合作。而"农务"中的描写虽然没有提到女性下田,但从清代的史料来看,田里的活计女性也必须参与。孙燕昌《魏塘竹枝词》曾写江南女性的"落田":

---
① 王利器等《历代竹枝词》,陕西人民出版社 2003 年版,第 185—187 页。
② 李觏《直讲李先生文集》卷一六《富国策》,四部丛刊本。

香秔香糯绿抽芒，插种须郎侬拔秧。凌波羞自解罗袜，从未落田新嫁娘。农家拔秧及车水，多妇女助工，田中操作，曰"落田"。①

有些农活则也以女性为主，例如采茶。

清代查慎行《昌江竹枝词》中有对浮梁茶业产业链的描写，其中有女性从事采茶、撑篙等多种生产性活计的场景：

浮梁县西山渐平，浮梁县东水更清。濛濛天气长如雨，卧听前湾水碓声。

瓷石碨碨精辘轳，睿砂淘矿有精粗。年来御厂添窑户，不种山田另起租。

谷雨前头茶事新，提筐少女摘来匀。长成嫁作邻家妇，胜似风波荡桨人。②

船上的女性，以捕鱼为生的似乎不在少数。特别是江南一带，湖泊很多，渔家女儿风里浪里讨生活，这也曾是竹枝词歌咏的重要内容。清代朱彝尊的《太湖罛船竹枝词十首》，记述的几乎就是船女的生活史，我们来看其中的几首：

村外村连滩外滩，舟居翻比陆居安。平汀渔艇瓜皮小，谁信罛船万斛宽。

黄梅白雨太湖稜，锦鬣银刀牵满罾。盼取湖东贩船至，量鱼论斗不论秤。

几日湖心舳趁风，朝霞初敛雨濛濛。小姑腕露金跳脱，帆船能收白浪中。

湾头茉荑红十分，湖中鹭鸶白一群。侬船纵入采菱队，不湿青青荷叶裙。

十岁痴儿两髻梳，渔娃不放柁楼居。新年判费金三镒，聘取村夫子说书。

櫂郎野饭饱青菰，自唱吴歈入太湖。但得罛船为赘婿，千金不羡陆家姑。③

罛船是一种打鱼的船，诗中描述了罛船上的渔家女顶风踏浪不让须眉的干练，不仅独立维持生活，还能招赘小伙子成家，这从另一个侧面反映了太湖上的渔家姑娘参与经济生产的重要地位。在竹枝词中表现女性对家庭经济活动较为广泛的参与，不仅具有文学价值，同时也有一定的社会认识价值。

---

① 王利器等《历代竹枝词》，陕西人民出版社2003年版，第1248页。
② 王利器等《历代竹枝词》，陕西人民出版社2003年版，第718页。
③ 王利器等《历代竹枝词》，陕西人民出版社2003年版，第603页。

二、娱乐性竹枝词对女性的关注

也许正是因为竹枝词的作者与读者仍以男性为主,明清两代游历及娱乐题材的竹枝词常常以观赏女性为视角,也包括竹枝词中吟咏田园风光的作品。以观赏女性为视角,实际上是将女性作为一道风景,这样,诗中既有景致又有人物,是中国传统诗歌"情景交融"的重要表现手法。游娱性竹枝词观景观人,女性是非常重要的观赏对象,不过在那个时代,在公共场合能见到的女性,基本上是船娘、青楼女子或歌姬,因而竹枝词中这一类的女性形象特别多,如陈尧德《西湖竹枝词》:

> 十里湖光漾小舠,花边亭榭柳边桥。谁家簾卷朱楼夜,人依东风弄紫箫。
>
> 西湖如梦草如烟,岁岁春风一放船。多少红颜伤白骨,清明啼血断桥旁。
>
> 二八娇娃当浆来,西陵渡口采莲回。自怜未惯旁人见,欲拢船头又放开。①

文震亨《秣陵竹枝词》中,也写茶馆、青楼中能吹弹歌画的女妓:

> 侍中祠内刊三仁,茶馆开张体制新。每被青溪姑一笑,五方衣履五方人。
>
> 荡舟只到水关前,垂柳枝枝映碧簾。旧院后门头泊桿,女郎相约上游船。
>
> 描兰写竹最难求,色貌何妨第二流。学得美人身段在,几番新浴几梳头。②

"描兰写竹"中的描兰,是指明代擅画兰花的名妓马湘兰。清代的蒋景祈、叶衍兰曾作"秦淮八艳图咏",分别为马湘兰、卞玉京、李香君、柳如是、董小宛、顾横波、寇白门、陈圆圆八人作像传。马湘兰不仅擅画,而且诗词俱佳,但色貌则一般。钱谦益《列朝诗集小传》描绘说:"姿首如常人,而神情开涤,濯濯如春柳早莺。吐词流盼,巧伺人意,见之者无不人人自失也。"③这说明,明代以后相当一部分与文人交游的青楼女子,在文学艺术上的修养与日俱增,按照男性文人的审美情趣,"色貌"并不是唯一欣赏的条件。马湘兰这样的出色绘画家虽不多见,却在艺妓中影响颇大。又如明代广陵妓女王薇,曾被陈继儒认为是"诗类薛涛,词类李易安。无类粉黛儿,即须眉男儿,皆当愧煞"④。《古今词统》选录她的《仙家竹枝》云:

---

① 王利器等《历代竹枝词》,陕西人民出版社2003年版,第300页。
② 王利器等《历代竹枝词》,陕西人民出版社2003年版,第304页。
③ 钱谦益《列朝诗集小传》,古典文学出版社1957年版,第765页。
④ 胡文楷《历代妇女著作考》,上海古籍出版社1985年版,第88页。

幽踪谁识女郎身,银铺前头好问津。朝罢玉辰无一事,坛边愿做扫花人。①

这一类诗歌更多地传承了中国诗歌中描绘女性"怨而不怒"的典雅传统,而改变了竹枝词民歌民谣的俚俗风格,成为语言浅显的文人休闲性诗歌。尤其是江南地区的姑苏竹枝词、吴门竹枝词、山塘竹枝词、虎丘竹枝词等,所谓"虽用里歌体而自然不失雅人深致"②。清人顾瑶光有《虎丘竹枝词》三十六首,又有《竹枝词》五十首,可窥一斑。

吴王城边柳色齐,柳枝先绿白公堤。不关日日游人醉,非雾非花到自迷。

虎丘山上半楼台,虎丘山下百花开。几家门户东风里,但有黄莺紫燕来。

侬住山塘斟酌桥,门前绿柳间红桃。桃花轻薄如郎性,柳枝纤细似侬腰。

时装梳头爱浅装,持杯劝客手生香。常向当筵歌一曲,丽娘原是杜韦娘。当垆姓杜,饶有风韵,人呼为"杜丽娘"。

小尼闲步美人俱,檀袖轻笼一串珠。转过曲廊方丈去,未知茶罢出来无。

吴门好景出云岩,尽道春光胜锦帆。谁并桂娘双弄鼓,画簾风乱藕丝衫。阿桂美风姿,善打花鼓。

酒幔高楼是妾家,数钱惯坐小纱窗。客似蔷薇容易醉,待侬新泡本山茶。

灯前自制小弓鞋,夫婿多情莫浪猜。女伴相邀寺中去,贞娘墓上不曾来。

一碧梧桐映小楼,梧桐叶落半塘秋。沈三解唱清平调,暮雨疏簾楼上头。

山容水态女坟湖,苏州生女天下无。寄语南官北使道,不盈十斛莫量珠。

相街七里马蹄骄,处处歌声动画桡。莫出金间门外望,销魂唯有十三桥。

春光飘荡阿谁知,偶为春愁写小诗。还忆薛家兰蕙在,风流能唱竹枝词。兰英、慧英《苏台竹枝词》十首。

---

① 丘良任等《中华竹枝词全编(三)》,北京出版社2007年版,第106页。
② 王利器等《历代竹枝词》,陕西人民出版社2003年版,第907页。

李妹桃娘爱冶游,淡妆时髻斗风流。回头低语檀郎道,同上花间万岁楼。①

钱良择为顾瑶光《虎丘竹枝词》作序时,曾赞赏顾瑶光"竹枝词"的"乐府音节"。虽然这些作品具有娱乐性质,但"如弹琴作时调艳曲,其腔板与筝琶无异,而其声则琴也"②。也就是说,即使为娱乐而作的竹枝词,仍然有品格的高下。一定程度上说明了清代诗歌审美的变化,竹枝词一类民歌民谣的拟作,遣词造句上有"雅致"的趋向。不过,从歌咏女性的角度来看,却可以发现,明清时期文人的性别观趋于开明,特别是清代,不少娱乐性的竹枝词,写茶楼、青楼女性的情态,也持一种平和、真诚的赞美态度,比元明时期更加崇尚遣词铸句的典雅。顾氏笔下的姑苏虎丘一带,花香联袂、美人如云的景色,不仅留下了吴门地区娱乐场所的清代印象,也为中国诗歌中描摹女性情态的传统增添了别致的一页。娱乐性的竹枝词中专门写女性的传统,对后世有深远的影响。

另外,这一时期歌咏历史上或传说中的女性,如咏西施、苏小小墓等作品,也把她们看作真实的正面历史人物来记述。例如朱彝尊《鸳鸯湖棹歌》:

落花三月葬西施,寂寞城隅范蠡祠。水底尽传螺五色,湖边空挂网千丝。城西南金明寺有范蠡祠,相传塑西子像,湖中产螺皆五色。(其四十八)

苏小墓前千草平,苏小墓上秋瓜生。同心绾结不知处,日暮野塘空水声。唐徐凝《嘉兴逢寒食》诗:"唯有县前苏小墓"。王禹偁诗:"县前苏小有荒墓",今县南有贤娼巷。(其四十九)③

因苏小小墓而得名的"贤娼巷",从命名上看,也可以看出明清以后对青楼女性评价的变化。朱彝尊《鸳鸯湖棹歌》中还有对女性词人作品在酒楼伎馆流行一时的赞叹,诗作中将女性之作品和青楼歌姬的表演,演绎成珠联璧合的美事佳话,可见一斑:

龙香小柄琵琶湾,切玉玲珑约指环。试按花深深一曲,海棠开后望郎还。南宋太学服膺斋上舍郑文,秀州人。妻孙氏作《寄秦月楼》词,一时传播,酒楼伎馆皆歌之。载《古杭杂记》。"花深深,海棠开后",词中语也。(其四十六)

如果我们试着比较竹枝词中记述女性诗人的作品,并不能显出男性作者对女诗人的欣赏和对歌姬的欣赏有什么不同,例如《津门百咏》中有《闺秀》一首,吟咏两位女诗人:

残梦楼空艳雪春,佟家才调各清新。香闺今日谈风雅,输与环清阁上

---

① 王利器等《历代竹枝词》,陕西人民出版社2003年版,第908-114页。
② 王利器等《历代竹枝词》,陕西人民出版社2003年版,第907页。
③ 王利器等《历代竹枝词》,陕西人民出版社2003年版,第616页。

人。佟太守锳妻赵恭人,居残梦楼,诗人佟蕉村妾名艳雪,俱工诗。①

被记述的女性,多半是与相关的男性连在一起,往往有一段可歌可泣的故事,即使上述的女诗人也是如此。被记载的女性往往是因为男性的存在而被关注的。李瑛的《崇川竹枝词一百首》曾被认为"多涉巾帼人语,似不足存",但辑录者似又犹豫,认为"抑有《国风》之意",终于被保存了下来。② 这些变化中,也可以折射出作者面对女性的文学成就,性别观念正在悄然地变化:

茹惠一篇愁寡女,伽音半阕怨王孙。阿侬只爱鸳鸯社,消得青编粉脂痕。明闺秀陈洁有《茹惠草》;袁九嬿(当为九淑,字君嬿),钱天孙室,有《伽音草》;国朝王璐卿,马振飞室,有《鸳鸯社联吟草》。③

明清两代竹枝词的女性作者开始多了起来,这些女性作家多因父兄是诗人,自幼及婚后的生活环境使得她们拥有丰富的文化生活。但总体来说,女性作家并不像男性作家那样,有大型的竹枝词创作,仍是偶一为之。也有一部分是参与家族男性唱和的作品。例如,明末纪映淮有《秦淮竹枝词》,她的父兄及丈夫都是文人。又如,叶小纨有《分湖竹枝词》三首,叶小纨是明清之际叶氏家族的女文学家之一,诗词俱佳,还有剧作传世。④ 再如,张令仪有《燕台竹枝词》,她是安徽桐城人,张英之女。明清时期桐城的方、姚、张等几大家族都涌现出大量的著名文人,女眷中不乏女性作家,女性诗人也有结社创作的。据《清代闺阁诗人徵略》记载,清代江浙一带的女子诗社堪称壮观,著名的有清初钱塘女诗人林以宁与同里女诗人顾姒、柴静仪、冯娴、钱凤纶、张昊、毛媞所倡的"蕉园七子"之社,嘉定才女钱瑛"与女伴结社联吟",吴中地区袁枚的随园女弟子群更是影响甚广。其中最值得一提的是由"吴中十子"组成的"清溪吟社"。⑤

"清溪吟社"由吴中闺秀张滋兰、张芬组织成立,其成员有张滋兰、张芬、陆瑛、李媺、席蕙文、朱宗淑、江珠、沈纕、尤澹仙、沈持玉。这些出身于书香门第的女诗人自幼便受到了良好的文化熏陶。以张滋兰为例,其父张大受,康熙四十八年(1709)进士,在张滋兰幼年时便将其送至徐香溪门下;而另一发起人张芬亦是举人之后。这些闺秀诗人的文学活动得到了当时著名学者任兆麟的支持,为她们开课以训练诗艺,对诗作进行点评,帮助她们将作品先后结集出版,后有合刻诗集《吴中女士诗钞》传世。《中华竹枝词全编》收有张芬《邓尉竹枝词》四首、《齐女门竹枝词》四首、《南园竹枝词》四首、《洞庭竹枝词》三首(作者存疑)、《浒墅竹枝词》四首、《荷花荡竹枝

---

① 王利器等《历代竹枝词》,陕西人民出版社2003年版,第1818页。
② 王利器等《历代竹枝词》,陕西人民出版社2003年版,第2074页。
③ 王利器等《历代竹枝词》,陕西人民出版社2003年版,第2080页。按:此三人在胡文楷《历代妇女著述考》均有著录,但未见传世。
④ 李真喻《明代戏剧家叶小纨卒年及作品考》,《文学遗产》,1989年第2期。
⑤ 施淑仪《清代闺阁诗人徵略》,上海书店1987年版,第126页。

词》一首,席蕙文《虎丘竹枝词》二首,朱宗淑《邓尉竹枝词》三首、《沧浪竹枝词》二首、《虎丘竹枝词》三首。"吴中十子"的结社活动在松陵一地产生了广泛而深远的影响。

可见,女性作者也十分认同男性文人结诗社的社交方式,并且努力融入男性的文化生活中去。这种融入的同时,女性诗人便以一种独特的方式,成为男性娱乐和欣赏的另一道风景而存在,这是很值得玩味的现象。

有关对地方上青史留名的女性人物的歌咏,也是明清以后才逐渐多起来的。这可能与地方志的修撰有一定的关联,虽多是对节妇烈女的歌咏,但也注重对女性生活情感的细节描绘。例如,《津门百咏》中有《烈女坟》,柳树芳的《胜溪竹枝词》中记述明代成化年间"天赐孝女"的故事等。王鸣盛的《练川杂咏》中,有吟咏当地传说中的女性:

  轻舟舴艋独沿洄,麦浪初翻蚕豆开。少妇青裙兰叶鬓,无心刺绣绩麻来。大场农家妇初未读书,临殁,忽向索笔砚,题云:"当年二八到君家,刺绣无心只绩麻。今日对君别无语,免教儿女衣芦花。"

  榉柳荫浓带夕曛,林塘诘曲水沄沄。移船杨九娘祠宿,葵扇轻挥豹脚蚊。九娘,孝女,为蚊嚙死。①

王鸣盛关于"大场妇"的记述,传导出某种值得重视的信息:首先是一定程度上反映了文人对女性审美和期望值的变化,即希望女性对男性文化审美价值体系的认同。这一部分作品中,关注女性文人和诗人,其中包括对文人妻女的记述。另一个信息是男性文人对女性生活状态的同情和理解进一步加深。王鸣盛诗中对"大场妇"的描写,实际上反映了男女两性生活重心的差异,女性对家事的操劳和对儿女生计的牵挂,胜过自我需要。

三、女性生活史和身份转换的记述

明清竹枝词中对女性的记述,特别是女性生活史的记述,有许多细节和片段是值得关注的。明人沈明臣《西湖十二月竹枝词十三首》,是一组以女性口吻写作的女性生活竹枝词,以少女的恋人因戍边而离开为主题,颇具特色。

  正月家家要看灯。岳王坟上也须登。春衫着破重新做,买得红罗又白绫。

  二月人家要养蚕,阿奴先去探桑园。桥边跟着青衣走,簾里轻轻唤采鸾。

  三月桃花湖上红,六桥如带蓦当中。绿杨细细青骢雨,碧水粼粼白鹄风。

---

① 王利器等《历代竹枝词》,陕西人民出版社2003年版,第1102页。

四月湖光愁杀侬,半晴半雨绿荫浓。烧香姐上三天竺,走马人来九里松。

五月湖中菡萏开,女儿装扮采莲来。如梭艇子凌波去,荷叶连天望不回。

六月湖头水自清,凉风飞过鹭鸶轻。妾家正住清凉处,望得郎来月欲生。

七月荷花已半零,采菱歌起愿郎听。双双莲子齐生浦,对对鸳鸯不过汀。

八月山中看木樨,芙蓉虽好不如渠。香风吹得郎心转,艳色空将妾面窥。

九月桂花红可怜,城头月出捣衣天。西邻娘子寄夫婿,东家女儿上湖船。

十月湖光似明镜,妾来照水自家惊。去年郎在欢同出,今岁无郎羞独行。

十一月来湖水寒,南高北高青一般。鸳鸯瓦上霜花结,琥珀枕边红泪残。

十二月时梅花开,西湖踏雪少人来。青帘卖酒烟火绝,唯有钓鱼翁独回。

闰月今年偏闰冬,我郎差出戍辽东。杭州一去五千里,夜夜只图春梦中。①

明清的《西湖竹枝词》中,有许多吟咏女性的作品,沈明臣的竹枝词保持了传统文人拟作竹枝词特有的风格,用浅显的语言而尽力保持诗风的典雅。不过即便是这一类题材的竹枝词,也依然保留了乐府传统中的讽喻特点,常常插上一两句讽刺苛政暴敛的话,例如上文提到的以戍边为主题的竹枝词。沈明臣又有《西湖竹枝词四首》,其中有两首写道:

自小撑船惯唱歌,西湖快活少风波。宋朝天子朝朝乐,失却山河没奈何。

一家活计靠湖船,年少郎君惯使钱。官府禁湖游不得,空船抛在六桥边。②

后一首写女性持家的艰难,丈夫不耐勤俭,西湖又禁湖,生活来源发生了问题,船娘的艰难可想而知。但如果换一个观察角度,则可以见出,女性生活的细节和前代相比,丰富了许多。女性的身份除了女儿、妻子和母亲外,同时也是社会的一员,

---

① 王利器等《历代竹枝词》,陕西人民出版社2003年版,第243-244页。
② 王利器等《历代竹枝词》,陕西人民出版社2003年版,第244页。

她们的生活变迁不仅是女性身份的变化，同时也因为社会的变迁，使其演变成某种社会群体的一部分。例如，前面所述沈明臣作品中的船娘形象，并不是个例，而是一个船娘的群体。

这一类的竹枝词中还有不少女性生活的记述，特别是清代以后，描摹女性的各种活动更具地方特色，同时也反映出随着时代的变迁，女性外出活动的增多。例如她们可以参加进香活动，崔旭的《津门百咏》中，有描写农村女性结伴坐船去进香的情形，盛况空前：

香　　船

七十二沽春日晴，乡村妇女最虔诚。随宜梳妆来还愿，几个香船到郡城。烧香妇女同舟鸣钲而来，呼曰"香船"。①

结伴进香，这是传统社会中女性外出的好机会，历代都似女性的节日，几乎任何地方都是如此。竹枝词中描写女性进香的诗句俯拾即是，但清代以后，这种烧香拜佛的日子，已经成了女性社交活动的一部分，特别是近代都市化以后。清代乾嘉之际，外出进香已经有相当的规模。余铿的《姑蔑竹枝词二十首》写浙西进香的女性：

女贞宫外女如云，姊妹嬉春笑话闻。惹得寻香双蛱蝶，草间风上石榴裙。宋天马骥女为比丘尼，割宅立寺，即玄贞宫。②

对于女性生活的记述，同样也可以折射出南北地域间的风俗差异和观念的差异。崔旭的《太原杂咏》，写西北地区的早婚风俗：

十三早作嫁衣裳，十四女儿新嫁娘。短发蓬松刚贴鬓，盈盈堂下拜姑嫜。俗尚早嫁。

纵无人在亦销魂，好句曾传李啸村。深巷一条春寂寂，卖花声过不开门。小家妇女亦闭门不出，此俗之最美者。③

诗后的自注中，对小家妇女"卖花声过不开门"，整日闭门不出，颇为赞赏，认为"此俗之最美者"，无疑是封建卫道士的口吻。早婚习俗的形成，也与家庭经济中劳动力的繁衍有一定的关联，但作者却强调了对过了门的小媳妇不与外人接触的赞扬，似乎又从另一个角度证明了社会风尚改变的趋势：如果大部分小媳妇都不出门，还有必要颂扬吗？

明清时期已经是女性可以通过正经的"名目"出门的时代，例如前面提到的进香活动。还有一个出门社交的机会便是观戏。新年里的拜年、看戏，已经是重要的习俗："男客如流女如篦，拜年华服算增光。"这种"出客"的女性，已经不再囿于"女儿"

---

① 王利器等《历代竹枝词》，陕西人民出版社2003年版，第1824页。
② 王利器等《历代竹枝词》，陕西人民出版社2003年版，第1967页。
③ 王利器等《历代竹枝词》，陕西人民出版社2003年版，第1829页。

"妻子"和"母亲"的家庭角色和身份,而暂时成为和男性一样的"观众"。杨燮《锦城竹枝词百首》,写清代嘉庆时成都二月的"春台戏":

> 戏演春台总喜欢,沿街妇女两旁观。蝶鬟鸦鬓楼檐下,便宜优人高处看。二月沿街演戏,名"春台戏"。
>
> 子龙塘配关张庙,松柏惠陵丞相祠。妇女也谈分鼎事,多从曲部与传奇。①

演剧观戏以及节令期间的访亲会友,成为当时女性为数不多的社交活动,看戏也是一种接受教育的机会,妇女们对历史或时政的了解,一部分是通过这种方式得来的,可见,曲部与传奇的文学性和艺术性对当时女性的影响之大。

当女性的社会交往和社会需求增加以后,许多家务性的劳动就会慢慢演变成分工细致的专业劳作,产生职业化的女性和劳动者。竹枝词中也常常可以看到作者对女性操劳家务事的勾勒,这些并不起眼的记述,是作者在津津乐道别致的玩意、精致的点心时,漫不经心带到的寥寥数笔。例如:

> 贫家妇女缀椒囊,缝卖椒珠串串长。细簇椒花围格眼,瓶安戟磐自生香。
>
> 精做年糕细磨磨,巧翻面果下油锅。米花糖并兰花豆,费得闺人十指多。②

不过即使是一笔带过,也还是可以看到与女性相关的许多生活细节,谢阶树《宜黄竹枝词》写江西宜黄的风俗,记述当地妇女扫地烧香,绩麻缉苎之事,在夸赞当地土特产时,也感叹织工的艰辛。诗中自注所提到的夏布生产交易,一年可得银钱四十余万两。这些从事纺织的女性织工,很可能是个体作坊中最早的女工:

> 回文匼币成仙手,卍字牵连译佛胸。雪纬冰丝中妇织,被灯无语向灯缝。夏布之细者,光似雪华,薄如蚕翼,虽宽里大衫,卷之不盈一掬。此富家自用,不鬻之估客。也有织成回文卍字者,此则妇女以为衣服,而不能织鸟兽虫鱼花卉之文。外间虽也有细者,而非其至也。
>
> 缉苎难成夏布衫,丝丝抽出赛春蚕。可怜同巷相从日,辛苦盘来两竹篮。县中无地不种苎,妇人无人不缉苎。苎有青白二种,青者入水漂之,亦成白色。其法择苎之长者,去其粗皮,先以凉水浸一夕,然后以两指对擘成丝,缉而成之,盛以竹篮。其短者,绞以为绳索。勤者一夜以满一竹篮为度。贫者省灯油,多妯娌姑嫂相聚。《汉书·食货志》所云女同巷相从夜织,一月得四十五日者,余盖亲见之矣。故吾乡夏布多而精,每岁二三月间,必有山西贾人至县贩卖夏布,一年贸易亦可得银四十余万

---

① 王利器等《历代竹枝词》,陕西人民出版社2003年版,第1836—1837页。
② 王利器等《历代竹枝词》,陕西人民出版社2003年版,第1839—1844页。

两也。①

《锦城竹枝词百首》有对女性帮佣的描写,这种女性的身份转变是比较明显的,帮佣的女性后来也成为城市近代化中女性职业群体的一部分②:

> 北京人雇河间妇,南京人佣大脚三。西蜀省招蛮二娘,花缠细辫态多憨。河间府河间县妇人,多雇役在京都内;句容县妇人多雇役在南京省城中,号"大脚三";蜀中蛮人妇女在省城内,止肯雇佣,绝少卖作婢者。③

社会的变迁不仅为妇女提供了新的空间,同时也使得以男性为主体的社会舆论对女性的生存有了进一步的关注。竹枝词中也有这类细节的记述。例如《宜黄竹枝词》描写了地方上整治性别歧视或非礼女性的旧俗,其中有两首十分有意义,前一首写孕妇摸瓜的风俗,乡间采用人抬的方式,避免女性被非礼;后一首则写当地溺死女婴的恶习,并认为原因在于争嫁赀之厚薄。诗中用了缇萦为父报仇的典故,强调"生女生男理本齐";又用西门豹治邺的典故,暗喻为政者必须干预,制止对女性的侵害:

> 两人抬轿布帘遮,月夜梳妆共摸瓜。不及阿郎兜子快,满身松影照还家。夏月,妇人之有身者,辄相约月夜为摸瓜之戏。三五成群之人家菜圃合眼摸瓜,随意数之,数得单者生男,数得双者生女,以是为卜。而不逞之徒或肆轻薄,十余年前曾致阴讼。今此风息矣。妇女出入,俱两人轿,布帘隔之。若男女往远道,则用兜子。兜子者,以大竹两杆,横于肩上,中悬木板竹片络而盛之,尤为轻便。衣冠之士则也用轿,而稍不同。

> 生女生男理本齐,缇萦原不是男儿。谁邀邺令西门豹,来听呱呱泣水声?乡俗旧多溺女,盖缘争嫁赀之厚薄也。今日缙绅先生家喻户晓,亦庶几稍息矣。④

吴澂(古樗道人)的《瀛洲竹枝词》,写清代上海崇明地区的乡俗,其中有不少农妇生活的场景描述,可以看出江南农村女性的辛苦和干练。农忙之时,将幼儿托于婆婆,下田插秧;至于摘采棉花这样的农活,几乎就是女性包揽的。白天下田,夜间纺纱,男孩子要长成十六岁才干大人的活,但女孩子自七岁开始就要学习纺纱,难怪新娘要强过丈夫。这种情形发展到近代的江南一带,则越来越普遍。这样的女性群体,除了家庭身份之外,作为劳动群体也是后来上海地区职业女工的基础:

> 撷麦将儿乜草窠,拖私拖汙嘱亲婆。桯橱内有麦蚕剩,㾖滞同倾饢粥和。拖私,小便也,见《左传》;拖汙,大便也,以其秽故名。麦蚕剩,以青麦磨成稞蚕形;㾖滞,锅底焦饭。

---

① 王利器等《历代竹枝词》,陕西人民出版社2003年版,第1945页。
② 朱易安《口述史:上海都市文化中的性别观察》,程郁,朱易安《上海职业妇女口述史》,广西师大出版社2013年版,第1—9页。
③ 王利器等《历代竹枝词》,陕西人民出版社2003年版,第1839页。
④ 王利器等《历代竹枝词》,陕西人民出版社2003年版,第1944页。

务农辛苦女娘家,椴裤腰裙草帽遮。母女执锄同媳去,四千八里脱棉花。田以邱段为识,步数为名,如二千七、三千六之类。

　　昼出田园夜轧车,五更弦响尽弹花。男儿十六挑爷担,七岁娇娃学纺纱。俗务勤俭,崇为江南之最。

　　阿爹何事打愁更,谚谓自计无措。伴手全无怎探亲。织就芦花靴子好,挑篮番芋做人情。

　　新娘每着虎头鞯,他日威风未易推。欲制良人难擦料撩拨,天生僒子反切,伶俐也。性女英才。①

　　虽然明清时期的竹枝词中,有关女性生活史的记述仍然是片段的,但却能让我们根据这些生动的描写,回到历史现场去部分地还原当时女性的生活状况,同时也能窥探到女性对当时社会经济、文化等许多环节的努力参与,同时折射出这个时代的两性关系,以及社会变革后人们生活方式与观念的变化和日趋宽松。竹枝词对女性生活史的记述,不仅弥补了主流文化对女性记录的缺失,同时也预示着竹枝词这样的文学形式,将进一步发展成关注大众层面并吸引大众阅读的文学样式。

---

① 王利器等《历代竹枝词》,陕西人民出版社2003年版,第1063、1064、1066、1093页。

焚稿烟燎中的明代文学影像

罗时进

明清两代焚稿事件频繁出现,诗文稿焚燬尤为常见,构成了一种文学现象和文化现象。焚稿是文人销毁已有创作,阻止作品传播的行为,可视为特殊而决绝的"自我删诗"活动。诗文稿写成,为什么归于燎烬?一般而言,这种行为往往出于对社会环境、文化生态、人际交往、创作观念、写作质量和传世意识的考虑,而因个体人生经历、生存环境、文化修养之不同而表现出不同的焚稿心理。① 明清文人的焚稿,或如"水失鱼犹为水",对文学史的总体认识也许不会产生本质的影响,但对于作家文学创作观、质量观、价值观的理解却有深刻的关联,对走进明清文人的创作现场,了解其生存环境、人格心理、文学意志,更具有不可忽略的意义。本文主要就明代文人基于文学观念、价值评判的焚稿行为进行探讨。清人焚稿,较之明人为甚为烈,背景与明代也有所不同,将作另文专题讨论。

一、焚弃:文学观念的内省更变

文学创作,从一定意义上说是文学观念的反映,而观念的产生和变化,与作家的文学环境、价值理念、风格取向、个性特征有关,且对作家以某种文学意志和姿态来评估既成作品具有影响②,比较典型的事例是宋代黄庭坚"旧有诗千馀篇,中岁焚三之二,存者无几,故自名《焦尾集》"③。此举不但表明其诗风的转变,也显示出"独辟门户"的意向。而杨万里则初学江西,后不喜江西,转师唐代诗人及王安石、陈师道。《诚斋江湖集序》云:"予少作有诗千馀篇,至绍兴壬午七月皆焚之,大概江西体也。今所存曰《江湖集》者,盖学后山及半山及唐人者也。"④从其焚稿之举,亦不难看到文学观念嬗变的轨迹。

---

* 作者为苏州大学文学院、苏州大学古典文献研究所教授、博士生导师。
本文由《人大复印资料:中国古代、近代文学研究》2016 年第 5 期全文转载,《北京大学学报·全国高校文科学报概览》2016 年第 3 期摘编。
① 穆皓洲《明清文人焚稿现象初探》,苏州大学 2014 年硕士学位论文。
② 浅见洋二著,朱刚译《"焚弃"与"改定":论宋代别集的编纂或定本的制定》,《中国韵文学刊》,2007 年第 3 期。
③ 叶梦得《避暑录话》卷上,《文渊阁四库全书》,上海古籍出版社 1987 年版。
④ 杨万里著,辛更儒笺校《杨万里集笺校》,中华书局 2007 年版,第 3257 页。

明代文人有着比前代作家更深的"开拓难为"的困境,故而形成了"以故为新"的取径。郑仲夔曾言:"往,余于尺牍尚隽,稍沿魏晋声口。刘生日杲云:'宜进而古。'余深然之,因出旧稿悉焚去,更为秦汉人语。"①这是明人以秦汉为尚观念的写照。然而"文必秦汉"不是唯一的选择,在如何复古问题上明人争论、排击最多,产生了强烈的宗派意识和风格宗仰。这种意识和宗仰之形成或变化,都可能影响对已有作品存与弃的选择,从而发生焚稿行为。

明代文学的宗派意识自国初就有所表现②,其后愈演愈烈,人们对诗文创作的家数根柢、发展方向往往提出明确的追问。与政治领域的结党弄权相似,士林阶层亦颇好营党立派,以通其意气、壮其声势。出现的相应现象是,文人创作的群体意识增强,注重破与立的号召力、影响力,于是焚稿行为就成为文学观念宣示和流派皈依的标志性动向。嘉靖时,王慎中与徐中行的先后焚稿可视为典型性事件。

王慎中为嘉靖才子,与唐顺之并列为"唐宋派"领袖,对前七子所执的复古传统曾予以反拨和矫正。钱谦益称:"嘉靖初,王道思、唐应德倡论,尽洗一时剽拟之习。伯华与罗达夫、赵景仁诸人左提右挈,李、何文集几于遏而不行。"③然而王慎中与唐顺之并非自初即站在复古派的对立面,而是在文学观念转变过程中逐步调整立场,由李、何的同路人演变为反对者。《明史》载:"慎中为文初主秦汉,谓东京以下无可取。已悟欧、曾作文之法,乃尽焚旧作,一意师仿,尤得力于曾巩。顺之初不服,久亦变而从之。壮年废弃,益肆力古文,演迤详赡,卓然成家。与顺之齐名,天下称之曰'王唐'。"④可知王氏之古文作法,初与前七子同,亦钩章棘句,吞剥秦汉散文者。既而有所悔悟,不再贵古贱今,一意师法宋代名家。"尽焚旧作"标志着其古文观念的深刻转变,其《再上顾未斋书》对此过程描述道:"二十八岁以来,始尽取古圣贤经传及有宋诸大儒之书,闭门扫几,伏而读之。论文绎义,积以岁月,忽然有得。追思往日之谬,其不见为大贤君子所弃,而终于小人之归者,诚幸矣!愧惧交集,如不欲生,乃尽弃前之所学,潜心钻研者又二年于此矣。"⑤"愧惧交集,如不欲生",在如此严峻的自省之下,畀旧作于烈炬显然是灭旧迹而彰新帜之举。

李开先《遵岩王参政传》对王慎中焚稿原因及其对唐顺之的影响有所分析:"(慎中)升任户部主事,再升礼部员外,俱在留都闲简之区,益得肆力问学。与龙溪王畿讲解王阳明遗说,参以己见,于圣贤奥旨微言,多所契合。曩惟好古,汉以下著作无取焉。至是始发宋儒之书读之,觉其味长,而曾、王、欧氏文尤可喜,眉山兄弟犹以为过于豪而失之放。以此自信,乃取旧所为文如汉人者,悉焚之。但有应酬之作,

---

① 郑仲夔《玉麈新谭》卷七,《续修四库全书》,上海古籍出版社2002年版。
② 饶龙隼《接引地方文学的生机活力——西昌雅正文学的生长历程》,《文学评论》,2012年第1期;饶龙隼《明初台阁体的生成及泛衍》,《苏州大学学报(哲学社会科学版)》,2012年第1期。
③ 钱谦益《列朝诗集小传》,上海古籍出版社1983年版,第377页。
④ 张廷玉等《明史》,中华书局1974年版,第7367页。
⑤ 王慎中《遵岩先生文集》卷三六,明隆庆五年邵廉刻本。

悉出入曾王之间。唐荆川见之,以为头巾气。仲子言:'此大难事也,君试举笔,自知之。'未久,唐亦变而随之矣。"①王慎中任户部主事在嘉靖十四年(1535),升礼部员外郎在嘉靖十五年(1536),其焚稿当即此际。据李开先所述,王慎中焚弃旧文是受王阳明哲学思想的影响,欲变仿古之作,有以"治经之功"代"词华之事"的意味,而其后唐顺之"变而从之"正是由于王氏"自有正法妙意,何必雄豪亢硬"②的点拨。客观来说,王氏文学观念的转变是否受到阳明心学的影响,若有所影响其程度到底如何,是需要进一步探究的问题,但其焚稿的决绝行为起到了彰示文坛、号召文友的作用,则是无疑的,甚至可以看作其作为"唐宋派"领袖地位确立的精神风标。

徐中行于嘉靖二十九年(1550)进士及第后与李、王开始了密切的交往酬唱,参与文学群体的交流切磋逐渐改变了他的创作观,最终使其自弃前鱼,以焚弃旧稿的举动表达新的文学立场。王世贞言:"(徐中行)既以文辞有声实,而尚书为顾公应祥,其外舅行也,甚赏异之。间谓曰:'郎所业足自名,必欲舍而趋古者,则毋若他曹郎李攀龙。'又谓不佞世贞'虽少亦其次也'。公自是交欢吾两人,而同年中若梁有誉、宗臣、吴国伦咸来相劘切,公遂取旧草悉焚之,而自是诗非开元而上、文非东西京而上,毋述矣。"③据《明史·表第十二》"七卿年表"记载,顾应祥任刑部尚书在嘉靖二十九年(1550)七月,徐中行焚稿当在此时。通过此次"取旧草悉焚之",徐中行对旧作进行了比较彻底的清理,从而开启了新的创作历程,而作为"后七子"之一的徐中行自此方得真正标立。

与王慎中"积以岁月,忽然有得"而改弦易辙有所不同,徐中行的文学观之改变更多的是在群体互动中产生的。此种状态下的焚稿,既是流派取向的影响,也成为归属流派的表现,在群体性文学批评占有主导力量的明嘉靖以后的文坛,徐氏的焚稿更能表现出一时文学风气。而王氏之"贵近"与徐氏之"复古"意向相反,恰恰表明不同的文学观念都以最坚决、激烈的方式宣誓立场、释放情绪,由此也凸显出焚稿事件背后往往存在着某种偏执性文学批评的背景。

晚明社会变动急剧,这也是士林文化观念和文学倾向变化最为显著的时期。其间以焚稿实现自觉转变与自我超越的诗人,钱谦益无疑为名望最著者。他自述中年焚弃旧稿之事曰:"余未弱冠,学为古文辞,好空同、弇州之集。朱黄成诵,能暗记其行墨。每有撰述,刻意模仿,以为古文之道,如是而已。长而从嘉定诸君子游,皆及见震川先生之门人,传习其风流遗书,久而翻然大悔,屏去所读之书,尽焚其所为诗文,一意从事于古学。"④其少时尝追步前后七子,学为模拟之作,遭其父批为:"此毗陵唐应德所云'三岁孩作老人形耳'。"⑤《读宋玉叔文集题辞》与唐顺之相似,在经历

---

① 李开先《李中麓闲居集》卷一〇,《续修四库全书》,上海古籍出版社2002年版。
② 李开先《李中麓闲居集》卷一〇《荆川唐都御史传》,《续修四库全书》,上海古籍出版社2002年版。
③ 徐中行《天目先生集》卷二一,《续修四库全书》,上海古籍出版社2002年版。
④ 钱谦益《牧斋外集》卷六《陈百史集序》,《牧斋杂著》,上海古籍出版社2007年版,第676页。
⑤ 钱谦益《读宋玉叔文集题辞》,《牧斋有学集》,上海古籍出版社1996年版,第1588页。

了"素爱崆峒诗文,篇篇成诵"的创作阶段后,其文学观念发生了重大转变。牧斋所言嘉定诸君子与震川先生门人,乃指李流芳、程嘉燧等人。万历三十四年(1606)乡试,他与李流芳讨论诗文之事,时长蘅"见其所作,辄笑曰:'子他日当为李、王辈流。'仆骇曰:'李、王而外,尚有文章乎?'长蘅为言唐宋大家与俗学迥别,而略指其所以然,仆为之心动"。后又与程嘉燧结交,相与论诗,"一见而莫逆于心"①。在不同文学观念的碰撞摩荡中,钱谦益以焚稿为标志完成了自身文学观念的转变,以更深邃的文学视野开启了对七子派汉魏、盛唐审美系统的反拨,从而"指归大定"。作为诗坛盟主的钱谦益自此方抖擞精神登上了文学史的舞台,渐而成为左右明末清初文风的一代宗匠。

除了文学本身的观念自省之外,明代还存在理学影响下轻慢文学的意识,这与将程朱理学作为绝对理念,将程朱之著奉为经典著述有关。出于轻文的焚稿在以经学名世者中表现得最为突出。《皇明通纪集要》载:薛瑄"山西河津人,幼颖悟,年十二作诗赋,监司奇之。稍长,从范、魏二先生,讲周、程、张、朱书,叹曰:此道学正脉也。遂焚其所作诗赋,专心于是,至忘寝食"②。师从薛瑄而素以理学自负的刘健对吟事同样极为轻视,谢榛《诗家直说》一百二十七条记载:"李西涯阁老善诗,门下多词客。刘梅庵阁老忌之,闻人学诗,则叱之曰:'就作到李杜,只是酒徒!'"③这种理学与文学、经义与抒情的冲突在明中期以后仍然存在。黎淳《宾竹先生赵连璧墓志铭》云:赵氏"所著诗文成辄焚草,人问之,答曰:'文非道德,虽传弗远,草何足留?'"④张自烈《陈孝醇先生传》云:陈氏"暇则进诸孙授经,偶论著见志,辄自焚弃,诗古文卒不传。尝语所亲曰:论著末也,求无损先世隐德而已"⑤。

这种冲突甚至表现在家族内部,即使父子之间亦不能免。黄宗羲有《偶书》云:"诸公说性不分明,玉茗翻为儿女情。不道象贤参不透,欲将一火盖平生。"作者原注:"'玉茗堂四梦'以外,又有他剧,为其子开远烧却。"⑥这首诗写的是汤显祖文学主情,而其子开远却沉潜理学,故产生了焚燬其父戏曲文本的激烈行为。此事在晚明流传颇广,钱谦益《列朝诗集小传·汤遂昌显祖》中亦有记载:"义仍有才子,曰士蘧,五岁能背诵《二京》《三都》,年二十三,客死白下。次大耆,才而佻,然有父风。次开远,以乡举官监军兵使,讨流贼死行间。开远好讲学,取义仍续成《紫箫》残本及词曲未行者,悉焚弃之。"对这一子爨父稿的事件钱谦益特地说明乃汤开远之兄"大耆实云"⑦,可见真实可信。

---

① 程嘉燧《耦耕堂集·文》卷上《钱牧斋初学集序》,《续修四库全书》,上海古籍出版社2002年版。
② 陈建《皇明通纪集要》卷一六,《四库禁毁书丛刊》,北京出版社1998年版。
③ 谢榛《诗家直说》卷二,《续修四库全书》,上海古籍出版社2002年版。
④ 黎淳《黎文僖公集》卷一二,《续修四库全书》,上海古籍出版社2002年版。
⑤ 张自烈《芑山诗文集》卷一六,清初刻本。
⑥ 黄宗羲《黄梨洲诗集》,中华书局1959年版,第102页。
⑦ 钱谦益《列朝诗集小传》,上海古籍出版社1983年版,第564页。

明代文人与文学的关系,受到理学文化与政治生态两方面的影响,而这两者都有"严"与"厉"的特征,即使在仁宣之治和弘治中兴这些文化事业较受重视时期,人文环境也未见宽松,有形与无形之网始终紧罩住士林阶层。因此,文学风格、创作观念、社团流派这些原本是文学领域自身的问题,都与统治性观念形态以及政治生活形成一定的联系。压抑的文化生态型塑出明代文人性格,形成了一种特殊的激越意气和偏向否定性的人格心理。焚稿,正是内在激越意气外化而成的否定性姿态。

二、熩灭:品质与价值的竢善坚持

诗文乃抒情之载体、立言之凭依,古人藉之书写经世襟怀,抒发自我性情,记录生存状态,熔铸人生理想,同时诗文也承载着个体生命的价值与立世传名的期许,由此形成了珍惜文字之业,讲究诗文质量、注重文本流传的惯习。明代文风以古为尚,这种依傍性的心理虽然可以看作缺少文化自立信心,但也从另一方面说明了文人内省竢善的自觉。这种省思的目光求诸诗文,便化为"良工不示人以朴"的品质与价值坚持。

朴者,未成器也。既未成器,毁灭便是质量判断后的一种选择趋向。这种严格而极端的自我批评方式自古有之。① 曹植在《前录序》称:"余少而好赋,其所尚也。雅好慷慨,所著繁多,虽触类而作,然芜秽者众,故删定,别撰为《前录》七十八篇。"② 这是文人自我删选作品的较早记载。如果对"芜秽"之作的删改尚属坚持品质标准的常态举措的话,焚稿则具有非常态的意味了。③《晋书·陆机传》载:"机天才秀逸,辞藻宏丽,张华尝谓之曰:'人之为文,常恨才少,而子更患其多。'弟云尝与书曰:'君苗见兄文,辄欲烧其笔砚。'"④此处"焚砚"显然已启后人"焚稿"端倪。《酉阳杂俎》载李白"前后三拟词选,不如意,悉焚之,唯留恨、别赋"⑤。裴延翰《樊川文集序》言杜牧事:"明年冬,迁中书舍人,始少得恙,尽搜文章,阅千百纸,掷焚之,才属留者十二三。"⑥李白焚稿很显然是因为作品"不如意",杜牧焚烧文章之事稍微深秘一些,其中或有同于杨巨源"对客默焚稿,何人知谏书"⑦的缘由,但无疑也包含对文本价值的审视。宋元两代文人将焚稿演变成一种文学批评行为,袁翼曾盱衡评骘历代诗人,论及金代周昂时有云:"德卿风骨似东坡,迁谪挤排事亦多。只此焚馀诗百首,

---

① 焚稿是一种"极端的批评方式",其不但是"律我性"的,也是"律他性"的。钱谦益《列朝诗集小传·许长史邦才》记载:"邦才,字殿卿,历城人……于鳞与人书云:'殿卿《海右集》嘱某中尉为序。不佞尝欲畀诸炎火,元美亦以为然。'"可见"欲畀诸炎火"乃表现对时人作品的最激烈、极端的批评。参见:钱谦益《列朝诗集小传》,上海古籍出版社1983年版,第434页。
② 欧阳询著,汪绍楹校《艺文类聚》,中华书局1981年版,第996页。
③ 穆皓洲《明清文人焚稿现象初探》,苏州大学2014年硕士学位论文。
④ 房玄龄等《晋书》,中华书局1974年版,第1841页。
⑤ 段成式《酉阳杂俎》,中华书局1981年版,第116页。
⑥ 杜牧《樊川文集》,上海古籍出版社1978年版,第1页。
⑦ 彭定求等《全唐诗》,中华书局1960年版,第3715页。

天荒地老不销磨。"①元代范德机曰:"吾平生作诗,稿成读之,不似古人,即焚去。"②这对有着浓厚复古情结的明人有着极大的示范作用。

明人从文学价值角度出发而焚稿的心态比较复杂,其自省竢善至少包含传世意识、作用认知与质量衡鉴三个方面。对不器之作加以焚燬,正映现出明代文人从省思出发以至怀疑,进而形成否定的多重心理。

先说传世意识。明代前后期文坛风气有很大区别,诗人、文人的自我认知与境界追求也有所不同。汪淇曾言:"五十年之前,见一作诗者,以为奇事;三十年前,见一作诗者,以为常事;沿至今日,见一不作诗者,以为奇事。"③汪氏生于万历三十二年(1604),卒于康熙七年(1668)至十五年(1676)之间。④此语大致是针对明末清初文坛而言的,此前似未出现"近世翰林先生人各有集"的状况⑤,诗人群体亦未至于多杂庸烂。一般来说,人们对诗歌尚怀有一定程度的敬畏,虽不乏恃才狂傲,语无忌惮,动辄以李杜、王孟、韦柳自命者,但清慎持正、识体辨品者亦多,他们往往将娱情化的一时草作与可传后世的文本审慎地区分开来。

这里不妨举几个例子。嘉靖年间郭汝霖述其父郭朝璞"居常好吟咏,每曰'适情而已,弗苦工也'。既成即焚其稿"⑥。其作诗的目的在于抒发性情,聊以自娱而已,自不求工致,亦不拟传世,故既成辄焚。隆庆进士于慎行《谷城山馆诗集叙》云:"余尝为郊庙铙歌,可数十首。已而视之,颇涉儿戏,亦复不自了然,遂焚弃之。取其音节稍近者,仿其一二,谓之本调。"⑦万历进士尹嘉宾"生平不多读书,如昔人所谓不甚求解者。文不经思,潦草捉笔……病革,命其子自道,取诗稿悉焚之"⑧。显然皆不欲其不工之作流传后世。

费朗万历四十一年(1613)焚稿的情况与前述作者自知庸浅而燬弃有所不同,其"有诗盈帙,尽焚之,止存八首。欲改腕易肠,极深秀之致,仅数十首而死"⑨。费氏对诗歌创作的境界素怀追求,焚稿后他"日兀兀不休,每一句字,间为竟句。断酒罢嬉,或中夜披衣,啮指出血;或徙倚孤树,流乌坠秧不觉也",其"功倍于人,而所获者亦欲倍于人",但最终"日事苦吟,致病而卒"⑩。诗人焚稿时慷慨任情,不加顾惜,乃出于

---

① 袁翼《邃怀堂诗集后编》卷四,《邃怀堂全集》,清光绪十四年袁镇嵩刻本。
② 引自薛雪《一瓢诗话》。原文为:"范德机云:'吾平生作诗,稿成读之,不似古人,即焚去。'余则不然,作诗稿成读之,觉似古人,即焚去。"参见:薛雪《一瓢诗话》,人民文学出版社1979年版,第113页。
③ 黄容、王维翰《尺牍兰言初集》卷四汪淇《与关蕉鹿》,清康熙二十年刻本。
④ 陈思虎《刻书家汪淇生平考》,《文献》,2005年第3期。
⑤ 钱谦益著,潘景郑辑校《傅文恪公文集》题跋,《绛云楼题跋》,中华书局1958年版,第119页。
⑥ 郭汝霖《石泉山房文集》卷一三,《四库存目丛书》,齐鲁书社1997年版。
⑦ 于慎行《谷城山馆诗集》卷一,《文渊阁四库全书》,上海古籍出版社1987年版。
⑧ 钱谦益《列朝诗集小传》,上海古籍出版社1983年版,第568页。
⑨ 茅元仪《石民四十集》卷二九《费元朗传》,《续修四库全书》,上海古籍出版社2002年版。
⑩ 沈季友《槜李诗系》卷一九《费太学朗》,《文渊阁四库全书》,上海古籍出版社1987年版。

对传世之作的向往①,其心迹颇能表现出对真诗的黾勉追求与为人的清修介操。

次说作用认知。明代以八股文取士,这一人才选拔制度不仅决定了这一时代的政治、文化生态,也对文人的类型写作发生了直接影响。康熙十七年(1678),李渔描述当时诗文写作逐渐繁兴之势云:"三十年以前,读书力学之士,皆殚心制举业,作诗赋古文词者,每州郡不过一二家,多则数人而止矣;馀尽埋头八股,为干禄计。是当日之世界,帖括时文之世界也。此后则诗教大行,家诵三唐,人工四始,凡士有不能诗者,辄为通才所鄙。是帖括时文之世界,变而为诗赋古文之世界矣。"②由其对"三十年前"情景的描述可知,在明末风气转变前,"帖括时文之世界"的产出何等丰富,但这类写作离功利近而距文心远,文人一旦断绝了仕进之途,则可能因对诗文作用的失望而付之摧烧。钱澄之其父钱志立(字卓尔)即曾有此举,澄之所撰《行略》曰:"丙辰,王母童孺人卒,府君行年五十矣,犹孺子泣,出其所著举子业,尽焚之。泣曰:'坐此咕哔半生,希得一当,为老母在也。今绝意矣。'"③钱氏本无意仕进,只因生性孝道而半生勉为其难,至母亡殁,故将举子业归于焚烬。陈田《明诗纪事》辛签引《榕城诗话》:(朱国汉)"崇祯甲申变闻,狂走登故越王台址,北向号恸,累日夜不休。悉焚弃其素业,托于贾人以自晦"④。易代之变绝其举业之心,旧作已无晋身价值,故自然付之一炬。

值得注意的是,一部分明代文人——无论底层或上层文人——不仅对八股,即使对诗文的作用也持有怀疑和轻视的态度,这种怀疑与轻视一定程度上受到人文环境的影响。嘉靖进士卢宗哲,历官光禄寺卿,著述甚富,然匿不自名,晚年取其集二十卷焚之,现止存《焚馀草》一卷。据记载,其焚稿时"子茂从外来,望见,叩头流涕。宗哲曰:'雕虫小技,古人乃覆酱瓿,何至悲也。'"⑤在世俗环境中,文章与禄利相比只是雕虫小技,不足示人;而与经济相比,亦无足轻重,更不当面世。明末清初归庄《吴余常诗稿序》尝云:"古称三不朽,立言为下。使其身名俱泰,德高功显,尚何取雕虫之技为?"⑥这种燬弃心理既映射着"帖括时文之世界"的影响焦虑,也反映出对以经世立身的内在推崇。

---

① 这里需要说明的是,不仅对诗歌作品传世明人有自觉的评鉴,对文章等亦复如此。如王维桢《匪懈稿志》记载:"梓人请录文,余出诸所构者巾笥中,视之甚慊慊不当其怀,于是苦之而伏在床上。起复视,愈益厌恶之,乃辄就焚弃焉。嘿坐移日,不得一好语甚。因至夜半,忽忽若有得也,乃剪灯剔烛,引笔伸纸,逐成一文。明日,又成一文。又明日,又成一文。不出七八日,而诸文皆就矣,遂皆入梓。"(《槐野先生存笥稿》卷十六《杂著》。明万历三十四年黄升、王九叙刻本)另可参见:穆皓洲《明清文人焚稿现象初探》,苏州大学2014年硕士学位论文。
② 李渔《李渔全集(第2卷)》,浙江古籍出版社1991年版,第377页。
③ 钱澄之《田间文集》卷二十九,《续修四库全书》,上海古籍出版社2002年版。
④ 陈田《明诗纪事》,上海古籍出版社1993年版,第3561页。
⑤ 中国科学院图书馆《续修四库全书总目提要(稿本)》第26册,齐鲁书社1996年版,第289页。
⑥ 归庄《归庄集》,中华书局1962年版,第183页。

当然也有一些作者是出于身份自卑而产生对作品的自轻意念①,如明诸生吴世式,隐居白蒲镇之竹庄,性孤傲不与人通,善为乐府歌行。临殁,命焚其稿,友人掇拾数十章,名曰《竹庄残书》。②同样地,秦卫周知生不逢时,"愤其诗无知者",尝"搜其(诗)若干卷,大饮哭曰:恨唐人不见秦生,天生秦生何为耶?"尽焚其稿。③如此爨燬,似乎要抹去平生创作的痕迹,让寒士的文学经历消逝在火与烟中。布衣在明清两代实际上已成为一种掌握文柄的力量,但前提是个体要融入群体,其"性孤傲不与人通"则显然游离于布衣群体之外了。焚稿意味着自生自灭,演绎的是孤独布衣的文学悲剧。

再说质量衡鉴。焚稿,而不是修改完善,自可视为一种消极心理和行为,但又不能一概而论。当它作为创作质量自我检视后的去芜存菁、笔力渐老后的删汰更新、审美标准提高后的再度选择时,便有了在反思中成长、在否定中进取的积极意义,成为文学创作转变的标志。宋祁尝言:"余每见旧所作文章,憎之必欲烧弃,梅尧臣喜曰:'公之文进矣。'"④姚镛《雪篷稿》自序言其"取旧稿读之,大有愧焉,将畀烈炬"⑤。如此皆应视为宋代文人的积极姿态。明人"悔少作"而弃之的事迹亦甚多,如宋濂为刘崧所作《刘兵部诗集序》称"刘君之诗,十九岁前皆焚去。二十至四十九之所存,亦十之七八耳"⑥。《四库提要》称徐中行"其守汝宁以后之诗居三分之二,汰其古文,又汰其少作,较全集为精简"。删汰少作,正是走向成熟的表征,对许多作家来说,是其壮年文学之变局与更张。

即使从"知愧"的角度来评价,亦能看到文人自省的峻厉。洪武年间林右序许廷慎诗云:"廷慎在凤阳时尝读杜诗,忽然悟曰:'古人之高乃在是矣!'遂敛其平日所作,向火焚之,自是历年不作一诗。"⑦珠玉在前,许氏抱赧而焚稿,这样的事迹俯拾皆是。景泰中,汤胤绩作《题〈双喜图〉送马胜宗从昌平侯出镇宣府》,其诗未出,"见草窗作,乃叹服曰:'此真《题边将白鹘诗》,吾诗乃学课语耳。'遂焚其稿"⑧。汤胤绩本颇自得,意欲获得刘溥(草窗)赏骘,未料被评为"小儿学课,尚须师父改正"⑨。胤绩不以为意,退而焚诗。正德间进士颜木,为诗格调轩朗倜傥,落笔清健高迈,曾作《出塞》诗,其气格超逸颇为时人所重。但晚清陈田编《明诗纪事》已难觅其集,只得从《明诗统》中择录数首。颜木诗作湮没不彰亦缘于其本人焚弃,其《烬馀稿序》曰:

---

① 穆皓洲《明清文人焚稿现象初探》,苏州大学2014年硕士学位论文。
② 赵宏恩《[乾隆]江南通志》卷一六九,《文渊阁四库全书》,上海古籍出版社1987年版。
③ 王铎《拟山园选集》卷四五,《四库禁毁书丛刊》,北京出版社1998年版。
④ 魏庆之《诗人玉屑》卷六,《文渊阁四库全书》,上海古籍出版社1987年版。
⑤ 陈起《江湖小集》卷五一,《文渊阁四库全书》,上海古籍出版社1987年版。
⑥ 贺复征《文章辨体汇选》卷三○○,《文渊阁四库全书》,上海古籍出版社1987年版。
⑦ 陈田《明诗纪事》,上海古籍出版社1993年版,第576页。
⑧ 钱谦益《列朝诗集》,中华书局2007年版,第2532页。
⑨ 查继佐《罪惟录》,浙江古籍出版社1986年版,第2312页。

"鄙诗文凡一时应酬之作,随出而随燬之,未尝存稿。"①明末顾梦游曾作有《和陶饮酒》二十首,未久即焚其稿,"自谓摹拟太拘,不能出脱也"②。

明人的传世意识、作用认知、质量衡鉴的个体差异很大,而就具体作家来说,品质与价值观念也是变化和发展的,对前作、旧稿之"不器"的认定存在许多不确定的因素,焚与不焚也有一定的偶然性。但明代大量焚稿现象的存在,表明一种文化惯习已形成,其心理强度已经超过唐宋文人,而行为方式也更常态化了。

三、焚馀：碎锦照映的存弃心态

对作为文学现象和文化现象的焚稿,应该如何评价?仅仅从文学意志和审美观念的角度尚不足以说明,对此我们不妨结合女性道德规范性焚稿与文人自我保护性焚稿两类现象加以进一步考察。这两类现象不仅是明代焚稿的组成部分,也构成了文人焚稿的社会背景和文化氛围。

明代女性焚稿的事迹频频出现在各类记载中。如明初时周伯玉妻郭贞顺幼承家教,受诗书训,能博通五经,长于诗文,然写成"辄焚其稿",曰:"此非分内事也。"《广东通志》言:"郭居常谨慎。适栉纵,伯玉自外入。郭怫然曰:'君子将上堂,声必扬。妾方散发失容,君猝至,使人窘迫难避,以致失礼。'"③温柔敦厚、守礼不越是那个时代女性首要的行为规范,而礼对女性来说恰恰与才艺存在矛盾,对礼法所重愈深,则对文学愈加看轻。这种几乎与生俱来的彤管与箴管的冲突使"世谓井臼缝纫为妇人之事,不宜偏近文字"④的传统观念坚固难祈。晚明女性创作虽已习见,但"写"与"存"仍然为两截事,林古度母王美君"诗作后即焚,其稿存者,其百一也"⑤。宗梅岑母陈夫人工于文咏,然所作也并不示人。梅岑曾欲代为撰录,频遭母亲拒绝。及临终时更"取生平所作尽焚之,故不传一字"⑥。《宫闱氏籍艺文考略》亦谓其尝集五经句,为诗四十首,集陶诗十首,集杜诗五十首,史论十首。卒之前一夕,悉焚燬之,所传仅《训子诗》六篇。可见临终悉焚平生作品,对女性作家来说,是从被传统视为本不属于自己的文人行列中完全退出,以避免身后在道德行谊上被"污名化"的可能。

明代朝廷一方面加强道统地位,防止异端思想;另一方面发展阉党力量,以图加强统治,"朝廷之纪纲,贤大夫之进退,悉颠倒于其手"⑦,最终演变为宦官政治,厂卫气焰嚣张,为祸剧烈,社会上下笼罩着黑暗的气氛,士林的生态环境相当压抑。"黄

---

① 中国科学院图书馆《续修四库全书总目提要(稿本)》(第4册),齐鲁书社1996年版,第789页。
② 顾梦游《顾与治诗》卷一《和陶饮酒诗小序》,《四库禁毁书丛刊》,北京出版社1998年版。
③ 阮元《[道光]广东通志》卷三一五,清道光二年刻本。
④ 施补华《泽雅堂文集》卷三,清光绪十九年刻本。
⑤ 钱谦益《列朝诗集小传》,上海古籍出版社1983年版,第733页。
⑥ 陈维崧《妇人集》,《丛书集成初编》,商务印书馆1936年版。
⑦ 张廷玉等《明史》,中华书局1974年版,第1730页。

金不置高台上,似怪年来士价轻"①,这不是一时,几乎是一代士人的心理阴影。永乐二年(1404)七月,朱季友赴南京献书,却遭杖责焚书之祸。明成祖因其书"词理谬妄,诽谤圣贤"②,斥之为"儒者之贼",并"命有司声罪杖遣,悉焚其著书"。③ 此类出自官方的禁煅是对正统儒学的维护和士人思想的钳制,卷帙一旦遭焚,便如劫火秦灰。万历时李贽将其充满"异端"色彩的著作命为《焚书》,其抗争意识极为显著。而在特务政治之下,文人自不得不慎重文字,以避祸全身,由此焚稿之事习见。刘伯燮在《焚馀草序》中对嘉靖时官员的处境有过描述,"事干宫府,三木辄加,言触忌讳,万死未已","有朝拜官而夕审戮去者,得落入籍,犹为至荣"④。此种环境下,对旧作的焚煅无疑是一种自我保护,万历丁元荐《西山日记》载郑晓事云:"因丙辰李太宰为赵文华所讦奏论死,公曰:'古以言杀身,况成书乎!'悉畀火。"⑤明末方以智曾言其"有所著作,或伤时事,则焚其草,敢令人一寓目乎?"⑥其避祸心态表露无遗。在这里,焚稿显然是一种特殊的"向死而生"的手段了。

明代女性焚稿与仕宦者焚稿的心理意向比较明显,前者受道德力量的影响,后者受生存意识的支配,都可以归于社会文化现象,其主要影响源自传统意识与时代环境;而文人出于文学观念与价值的坚持而焚稿,属于文学范围的行为,具有一定的审美意义,其主要动因来自内向谛视。相比较而言,文人焚稿的决绝程度较女性和仕宦者稍弱,且"他者"视角的介入也在某种程度上增加了回旋的余地,因此题为《焚馀》《烬馀》《爨馀》《焦尾》《未焚稿》的卷帙每每可见,爨灰碎锦中回照出文人焚稿前后的复杂心态。试看以下例证:

例一:范凤翼在《超逍遥草自叙》中说:

> 往三闾大夫、太史公以及杜拾遗、苏端明诸子,皆以侘傺无聊之苦衷,摅其幽默沉痛之极想,故情之所迫,文从生焉……囊草半为家人荠壁覆瓿,予亦未暇简点。项始小暇,见存之故筐者尚馀若干篇,又搜得焚馀残句于友人扇头卷轴中若干篇。岂敢付刊灾木,姑留之以纪时事,以志予之贞艰可哉。⑦

例二:赵维寰撰《雪庐焚馀稿》卷首附《客问》叙及焚稿事:

> 平日墨卿之所染,颖生之所记,堆堵樊乱,丛于汗牛。谛视之,大半皆感时激衷,牢骚怼憨之语。业敕童子持付祖龙,已复徘徊检点,从烟燎中掣

---

① 岳正《燕台怀古》,陈田《明诗纪事》,上海古籍出版社1993年版,第859页。
② 杨士奇等《明太宗实录》,上海书店1984年版,第581页。
③ 陈鼎《东林列传》卷二,《文渊阁四库全书》,上海古籍出版社1987年版。
④ 《湖北文征(第二卷)》,湖北人民出版社2000年版,第455页。
⑤ 丁元荐《西山日记》卷上,清康熙二十八年先醒斋刻本。
⑥ 赵园《明清之际士大夫研究》,北京大学出版社2014年版,第208页。
⑦ 范凤翼《范勋卿文集》卷二《超逍遥草自叙》,《四库禁毁书丛刊》北京出版社1998年版。

留数幅,勉为杀青,而题其端曰《焚馀》,以志实也。客闻,有造庐索观者读而难之,顾赵子问曰:"何以谓之焚也?"曰:"其说多怒而少嬉,其于世也,多呼而少俞,可焚而不可行。故名焚也。"曰:"若是。何不尽焚之,而奚以馀为?"曰:"焚者焚矣,间采一世之清评,秉千秋之直道者姑存之,犹能慴魑魅之游魂,振椒兰之幽馥。语虽戾,不可焚也。"①

例三:董斯张《未焚稿自叙》述编辑未煅作品的缘由:

余自闽还里,意益不自聊。日携诸酒人,豪呼沉饮以为常,绝无问家人产。潦倒之余,篇咏间作,多哀怨孤愤之音,有一二情语聊复寄愁,或以风,非予好也。舅氏茅水部自沛寄予书谓:"子握盛才,当及时勤公车业,无自淹且以溺于诗为戒!"予初未然之,及家祸嗣兴,多口如簧,戈鋋中迫,乞怜无所,念沛上之言,致为雪涕。献岁掩关读书,剪灭诸缘,即诗歌亦复阁笔,意获粗了此生,以报吾舅。顾舅氏往矣,谁其知予者?乃绎笥中诸篇为《未焚稿》,于以志感焉。②

例四:王献吉为其妹凤娴《焚馀草》作序云:

(孺人)俯仰三四十年间,荣华凋落,奄忽变迁,触物兴情,惊离吊往,无不于诗焉发之。孺人亦雅不以屑意,成辄弃去,所存无几何。一日谓不肖曰:妇道无文,我且付之祖龙。余曰:是不然,《诗》三百篇,大多出于妇人女子,关雎之求,卷耳之思,螽斯之祥,柏舟之恋,删《诗》者采而辑之,列之《国风》,以为化始。③

以上"从烟燎中掣留""焚而所以馀,馀而所以摘""删《诗》者采而辑之""以志予之贞艰"云云,在对"焚馀"的解释中,见出文人对作品价值的评判以及传世意识的犹疑、彷徨。由怀疑而决绝放弃,乃缘于某种人文环境或业已形成的心理惯习,而烟燎过程中也难免自悔,于他者亦感可惜,故欲捡拾劫灰以留下焦尾碎锦的光影,部分重建作者的文学形象。

明代文人焚馀的心曲各自有异,但"不愿有身后名""毋留文字以衔名"者并不太多④,总体来说具有立言自珍的倾向,此即张尔忠《焚馀摘》所谓"吁痛定之痛,情不忘言,以人为影,于己写照,何能尽泯?"⑤今天我们披阅种种《未焚稿》,能够发现不少具有艺术价值、堪称佳制的作品,颇为有明一代文学之川疊疊而流,作家之链断续

---

① 赵维寰《雪庐焚馀稿》,《四库禁毁书丛刊》,北京出版社1998年版。
② 董斯张《静啸斋存草》卷三,《四库禁毁书丛刊》,北京出版社1998年版。
③ 胡文楷《历代妇女著作考》,上海古籍出版社1985年版,91—92页。
④ 严允肇《渠丘三张公合传》载张嗣伦"晚年悉焚其平生所著述,曰:'人生梦幻耳,吾不愿有身后名。'故其书不见于世"。参见《安丘张氏家乘》,清雍正刻本。陶元藻《全浙诗话》卷四十国朝"马嘉桢"条:"诗文甚富,易箦时悉取焚之,曰:'毋留文字以衔名。'"参见:陶元藻《全浙诗话》,清嘉庆元年怡云阁刻本。
⑤ 中国科学院图书馆《续修四库全书总目提要(稿本)》(第25册),齐鲁书社1996年版,第752页。

未辍感到庆幸,而作者自我或他者"再选择"的手眼,也在一定程度上为我们了解明代文人的审美价值判断提供了参照。

四、结语

明代是中国文学发展的重要阶段,也是诗文观念迭变最为突出的时期。目前我们对诗文创作的评价是基本建立在传世文本基础上的,尚未注意到曾经出现却归于爨烬的作品。从现有文献记载看,文稿焚烧一般出于四种情况:一是灾难性焚燬。兵燹劫火、自然灾火而燬亡之作甚夥,其因自明,人力难挽,亦毋庸赘述。二是史书编迄焚稿。如《孝庙实录》修撰事毕,李东阳等于液池尽焚副稿,此为文史之重大损失,后人批评已多①。三是祭奠性焚稿。"何日黄山陈絮酒,焚诗地下觅知音"②"宗伯讣至,大恸呕血,竟不可起。夫人闻殒绝,越三日为文以祭,语语酸楚,焚稿于灵"③之类记载屡见,具有仪式性抒情的特定意义。四是燬弃性焚稿,此即本文重点讨论的内容。

燬弃性焚稿的性质略可分为社会压力下的燬弃、文化取向中的燬弃、文学自省性的燬弃、身份自觉性的燬弃等种种。④ 其形式既有完全私人性的,即由作者自我发心,且自我完成焚稿行为,这是占主体性的方式;也有公众性的,即在公众场合进行焚稿活动,如茅元仪《玉碎集序》记载:"癸丑秋仆始削故稿,妄口语标同调抑时喙。元朗掀须曰:'我今而一言可乎?'倾楼中约略二百首,一座为色土。元朗曰:'未也,聊以供汰取。'遂相论次者竟昼夜,存八首冠诸集者也,焚其馀,一座为香怜,元朗笑不顾。"⑤当然这种情况相对较少。至于焚烬之文体,则诗、词、曲类韵文(女性作者所焚多为吟咏之作),古文、赋、制义类非韵文,以及笔记、小说、史传、论说类体裁,几乎

---

① 李东阳《怀麓堂集》卷五八《西苑焚稿纪事》:"史家遗草尽成编,太液池头万炬烟。天上六丁元下取,人间一字不轻传。先朝故事非今日,内苑清游亦胜缘。却上寒云雾里,禁城东指是文渊。"题注云"五月二十五日,在海子西岸事毕,尚膳供宴。是日入西苑门,望南台登广寒殿,过芭蕉园而还"。《今言》卷二:"我朝虽设修撰、编修、检讨为史官,特有其名耳。《实录》进呈,焚草液池,一字不传。况中间类多细事,重大政体,进退人才,多不录。每科京师乡试考官赐宴,皆书冢宰内阁大臣,其先后相继,竟不可考,他可知矣。"《国史惟疑》卷一二《补遗》略云:"《实录》成,其副稿虑为人见,例焚之芭蕉园,在太液池东。"对此顾炎武《日知录》卷一八《秘书国史》亦有沉痛的批评。参见:陈文新《中国文学编年史(明朝前期)》,湖南人民出版社2014年版,第501-502页。
② 何白《汲古堂集》卷二一《落魄》,《四库禁毁书丛刊》,北京出版社1998年版。
③ 朱国桢《董节妇李夫人传》,《朱文肃公集》,《续修四库全书》,上海古籍出版社2002年版。
④ 关于身份自觉性毁弃,典型的事例如陈建《皇明通纪集要》卷一二载:"云门僧在会稽之云门寺,每泛舟赋诗,归则焚之,咸知其遯流也,终不得其姓名。"自知为"遯流",则不当存诗留名遗传后世。许多皈依佛教的诗人,临终前也每有悉焚所作以"灭虑"的行为。部分女性自焚其诗文,虽然也可以归于身份意识,但更多出于"社会压力"。参见:穆皓洲《明清文人焚稿现象初探》,苏州大学2014年硕士学位论文。
⑤ 茅元仪《石民四十集》卷一五,《续修四库全书》,上海古籍出版社2002年版。

无所不包了。①

显然,与其他焚稿原因相比,明代出于文学性自省而焚稿的数量极为可观,包含的内容也最为丰富。其焚稿事件背后有其人,有其事。从文化、文学的视角考察其人,可了解明代文人知愧且格、持正厉行,足可称赏;探究其事,则知其焚弃不器之作,欲更辟弦辙,亦堪称可贵。但客观来看,在这一过程中不免存在高悬标衡而焚弃失度的现象,使文学史留下一片斑驳焦尾,甚至出现某些空白。文学史永远是残缺的,明代文学史上部分作者、作品乃因焚燬而佚失,数百年之后回视相关文献记载,一方面对焚稿者风裁独峻生出敬意,同时亦有失鱼之叹。

然而另外一个审视的角度不应忽略:文学史的标本建立,本身就是选择的结果。任何选择——哪怕其中包含着某种误读的成分——都比毫不选择具有价值。其实从一定意义上说,删改也好,焚稿也好,都应看成作品成立和标本建立的必要环节,是文学生产过程的一道基本工序,这是从中外文学家创作经历中可以得到证明的。只不过以焚弃代替删改,更能表达文学观念、文学意志,也更具有表现力和影响力,其中一些显示"骨性原分媚与忠"②的临绝焚稿事件亦有精神激励的意义。

需要强调的是,即使我们将焚稿看作富有表现力且带有某种"仪式化"因素的行为,那么这种行为是作者个人生活史、精神史之于一定社会历史背景而形成的。因此,我们考察明代文人焚弃作品,远远超出了对某个具体事件或某个文人轶事本身的兴趣,意在寻求一个与文学史参照互证的心态呈现和演变的过程,试图从烟燎的影像中不仅发现文人个性和审美观念,同时发现社会政治和文化生态对文人、文学创作的深刻影响。

故而我们对焚稿现象研究的路径应从"亡"与"存"两者着眼。前者以考索发覆相关的文献记载为主,既包括自我剖白,也包括他者叙录;后者以尚存留于天壤间的"焚馀"作品为依据,此属自我选择后的再选择,或亲友之挽回。然而仅有这两个方面的观照是不够的,因为在相当程度上这涉及文学社会学问题。透过剧燹燎烟,我们需要再度审视文学、文学家、文学文本与社会生活无可挣脱的那根链索——说"再度",显然这是一个旧论题了,但对此何尝不需反复思量呢?③

---

① 后代尚有焚燬诗稿专意为词的情况,如金武祥《蒋君鹿潭传》载:"君故力于诗,追源究流,靡不洞贯,积稿累数寸,中岁乃悉摧烧之,语所知曰:'吾能诗非难,特穷老尽气,无以蕲胜于古人之外,作者众矣,吾宁别取径焉!'用是一意于词,以终其身,然亦卒成大名,晚年删existing诗,仅数十篇。"这种情况在朱明一朝尚属鲜见。参见:刘勇刚《水云楼诗词笺注》,上海古籍出版社2011年版,第329页。
② 朱国桢《朱文肃公集》卷二《海陵狱中拈李卓老焚馀五则》(其一),《续修四库全书》,上海古籍出版社2002年版。
③ 本文写作得到穆皓洲君以及多位博士后工作者、博士生和硕士生的帮助,特此说明并致谢忱。

论晚明词坛与清词之复兴

张仲谋

本文所说的晚明,是参照约定俗成的概念,指明万历元年至崇祯十七年(1573—1644)这一特定的历史区间。这70年间既是明词发展的集成时期,又是清词复兴的逻辑起点。因为清人谈词,总不免高自位置,既顾盼自雄,又鄙薄明词以为不足道,所以本文意在发覆表微,证明一代清词的复兴,其实正是以晚明词坛为逻辑起点的。我们承认明清易代对士子词人的刺激是造成清词复兴的重要前提,然而若没有明词尤其是这晚明70年间的铺垫与过渡,清词的复兴就将失去逻辑前提与复兴之基础。

从文体发展进化的规律来看,词之一体的发展,经过中晚唐时期的萌芽由蘖,五代北宋的青春盛期,和南宋时期的人工天巧,然后历元明而奄忽就衰,乃是词体发展的题中应有之义,其他文体也都是这么走过来的。正是在这样一种认识的前提下,我们来看清词"老树春深更著花"的奇异景象,就会觉得有些出乎意料,超出了我们的阅读期待,仿佛清词的繁荣有点不期而然,突破了惯常的文体进化的逻辑或周期似的。然而清词的繁盛又确乎是事实。《全清词·顺康卷》(含补遗)所收词已近6万首,差不多相当于唐五代两宋辽金元明历代词的总和。整个《全清词》编下来,严迪昌先生20年前说估计约有25万首,现在看来可能还会有所突破。而且所谓清词之繁盛,不只是词人、词作的数量问题,清词确实有相当数量的佳作乃至杰作,既具有清诗、清文所不可取代的时代内涵与审美特质,也形成了与宋词迥然不同的精神风貌。

那么接下来的问题就是,是什么特殊的原因,造就了清词的繁荣?

一个很有说服力的理由是,明清易代,神州陆沉,海飞山立,士子遭遇的深哀剧痛,激活了词的生命力。叶恭绰《广箧中词》卷一评语有云:"清初词派承明末余波,百家腾跃,虽其病为芜犷,为纤仄,而丧乱之余,家国文物之感,蕴发无端,笑啼非假。其才思充沛者,复以分途奔放,各极所长。故清初诸家,实各具特色,不愧前茅,远胜乾嘉间之肤庸浅薄、陈陈相因者。"① 自来论清词之复兴,这一段话引用频率最高。

这里我想说的是,清词的繁荣乃是外部的时代刺激与自身的逻辑发展相互作用

---

* 作者为江苏师范大学文学院教授,南京艺术学院特聘教授、博士生导师。本文为国家社会科学基金项目"明代词人群体流派研究"(项目编号:12BZW048)的阶段性成果。

① 叶恭绰《广箧中词》,人民文学出版社2011年版,第18页。

的结果。清词发展的逻辑起点是晚明词坛,清初词坛的创作主力,无论是遗民还是贰臣,都是晚明词坛的过来人。因此,无论清代词论家多么鄙薄明词,都不能否认一个基本事实,没有明词的积累与铺垫,清词的突然崛起是不可能的。而且清初词坛的发展取向,无论是顺治及康熙初期的薪火相传,还是稍后的反向模仿,都不能不承认明词的影响。晚明词坛对于清词的影响,至少表现在以下四个方面。

一、晚明词学的普及为清词复兴打下了广泛的创作基础

明代词人的分布情况,可以从纵、横两方面来观照。从空间分布来看,明代词人主要集中在东南江、浙、沪一带,余意博士所谓"词萃吴中"者是也。① 这一点且留待下文再讲。从时间概念来说,明代词经历了永乐至成化(1403—1487)近百年的荒芜寂寥局面,自弘治、嘉靖时期开始复苏,词选与词谱的大量编订印行,名公巨卿的往来唱和,使词从少数人的专长逐渐演化为普通文人的爱好。经过近百年的涵养发展,至万历年间形成了普及的态势。李康化博士所谓"词学中兴,始于嘉靖"②,观大略小,应该说也基本是符合实际的。

一个最为直观的现象是,《全明词》6册中,从第3册开始,基本上就到了万历前后的词人。《全明词》《全明词补编》及相关订补文章收录的明代词人1900余人中,约有三分之二生活在晚明时期。从重要词人的分布来看,这种前轻后重的现象更加突出。我曾经把明代词史上创作成就较为突出、影响较大的100个词人按时代先后列为一表,其结果是:从明初到万历之前的200年间,较为重要的词人,从刘基到王世贞,不过20人左右;而在万历至崇祯的70余年间,其分量相当的词人则有近80人。当然,晚明词坛上有所成就的词人,按照传统的观点,并不都是"明代词人"。其中有不少是在甲申易代之后仍然活跃在词坛上。但无论是由明入清的遗民,如金堡、余怀、屈大均、王夫之,还是贰臣词人如李雯、陈之遴、吴伟业、曹溶,他们都是在甲申之前走上词坛的。其人或可视为清人,而他们那些甲申之前的词作是不宜归入《全清词》的。

另外从《全明词》与《全清词》的交集情况来看,两书互收的词人在500人左右。这其中有少量词人为误收,如卒于甲申之前者或误入《全清词》,生于甲申之后者或误入《全明词》。但这样的情况并不多。绝大多数是横跨明、清两朝者。这就意味着,清初词坛的主要词家,理所当然的都是明朝的过来人。这其中不包括王士禛、朱彝尊这些仅仅生于明代入清时犹为少年者,而是指那些甲乙之际已经成年,在明代已完成基本功训练甚至已经成熟或成名者。因此,可以不夸张地说,清初词坛,尤其是顺治及康熙初年词坛的辉煌,实际是由这些楚才晋用的明代词坛的过来人所创造的。

---

① 余意《明代词学之建构》,上海古籍出版社2009年版。
② 李康化《明清之际江南词学思想研究》,巴蜀书社2001年版。

二、明人所编词谱词选为词学普及提供了技术支撑

在中国词学史上,明代词学的最大贡献,应是词谱的编纂。明代以前尚未有现代意义的词谱,周密《齐东野语》等书所记载的《乐府混成集》,分五音十二律编次,实际是词的音乐谱,而不是后世意义的格律谱。清人所编词谱,如万树《词律》与《康熙词谱》,在规模与水平上,与明代词谱相比,当然是后出转精,有过之而无不及,然而数典追宗,也是在明代词谱编纂的基础上踵武前行的。万树《词律·自叙》说到明代诸谱,每有鄙夷不屑之意,然而这二百余年间词谱编纂的探索与积累,是一个必不可少的过程。没有明人所提供的成败得失的借鉴,清代词谱就不可能达到如此完善的境界。

过去提及明代词谱,一般只提到张綖《诗馀图谱》和程明善《啸馀谱》二种,而且以讹传讹之处甚多。通过梳理与考证,明人编撰刊行的词谱至少有十种。其顺序依次为:

周瑛《词学筌蹄》,成书于弘治七年(1494);

张綖《诗馀图谱》,初刻于嘉靖十五年(1536);

徐师曾《文体明辨·词体明辨》,成书于隆庆四年(1570);

谢天瑞《新镌补遗诗馀图谱》,初刻于万历二十七年(1599);

游元泾《增正诗馀图谱》,初刻于万历二十九年(1601);

沈璟《古今词谱》,成书于万历年间(沈氏去世于万历三十八年,即1610年);

金銮校订本《诗馀图谱》,具体刊刻时间不详;

程明善《啸馀谱·诗馀谱》,刻于万历四十七年(1619);

王象晋重刻本《诗馀图谱》,刻于崇祯八年(1635);

万惟檀改编本《诗馀图谱》,刻于崇祯十一年(1638)。

以上十种词谱中,具有原创意义的有四种,即周瑛《词学筌蹄》、张綖《诗馀图谱》、徐师曾《词体明辨》和沈璟《古今词谱》。其余6种,程明善《啸馀谱·诗馀谱》完全抄袭徐师曾的《词体明辨》,而其他5种则是在张綖《诗馀图谱》基础上的改编本或增辑本。

明代词谱编纂的发展进步,主要围绕着以下四条线索展开。

其一是数量规模的拓展。周瑛《词学筌蹄》收录176调,张綖《诗馀图谱》收录150调,徐师曾《词体明辨》收录332调,谢天瑞《新镌补遗诗馀图谱》在张綖原著基础上增辑197调,合为347调。诸家词谱收录词调最多的可能是沈璟《古今词谱》,该书前十九卷分别按十九宫调编排,仅最末一卷所收不明宫调之词调就多达270余调,其收录词调总数未可知,但可以想见其规模必定超过此前各家词谱。

其二是异体辨析。因为一调多体是词体文学的重要特征,所以关于同调异体的辨析也是词谱演进的一个重要方面。张綖《诗馀图谱》通过一调多词来展示同调异体。《诗馀图谱·凡例》中云:"图后录一古名词以为式,间有参差不同者,惟

取其调之纯者为正,其不同者亦录其词于后,以备参考。"这里所谓"参差不同者",即是指同调异体、一调多体现象。在《诗馀图谱》所收 150 个词调中,有 39 个词调录词在 2 首或 2 首以上,通过对这些例词的比较分析,可知凡是在同一调下选词在 2 首以上者,其中每一首词即代表一种不同的体式。这是张綎《诗馀图谱》用功较深之处,可惜前人不加体察就囫囵看过了。其后徐师曾《词体明辨》更进一步,明确分"第一体""第二体",虽为万树《词律》所讥,实际相当于后来词谱普遍采用的"又一体"之说法。

其三是格律标识的改进。明代词谱先后尝试过四种图谱标识。周瑛《词学筌蹄》始用符号区别平仄,"圜者平声,方者侧声",即以白圈表平声,以方形表仄声。其缺点是未能留下可平可仄的弹性空间。张綎《诗馀图谱》改为用白圈黑圆区别平仄,即"词中字当平者用白圈,当仄者用黑圆,平而可仄者白圈半黑其下,仄而可平者黑圆半白其下"。徐师曾《词体明辨》抛开了符号体系,而改为用"平""仄"二字作谱。程明善《啸馀谱》中的《诗馀谱》试图化繁为简,其做法是不再采用图谱,而直接于例词文字的左侧加注标识,左加竖线即表平声,不加线则为仄声,可平可仄者于字下注"可平"或"可仄"。这种标注方式看似更为简便,词与谱合一,实际左侧加划细线的方式亦容易致误。总体来看,还是张綎《诗馀图谱》的圈别黑白更为简便而直观,所以后来如《康熙词谱》、舒梦兰《白香词谱》等,就都采用了这种标识方法。这也表明经过明清数百年的实践与比较,还是张綎创设的图谱方式得到了普遍认可。

其四是编排体例的调整。明代词谱一共尝试了三种编排体例。张綎《诗馀图谱》分小令、中调、长调三大类,按词调字数由短到长编排;徐师曾《词体明辨》把所收 332 个词调分为歌行题、令字题、慢字题、近字题等 25 类;沈璟《古今词谱》则借鉴《南九宫曲谱》的分宫调编排法,共分 19 种宫调。这三种编排体例基本穷尽了其可能性,后来万树《词律》以短长分先后,《康熙词谱》《天籁轩词谱》《白香词谱》等仍采用小令、中调、长调的分类框架,都是在张綎开创体例基础上的调整。

在晚明时期广泛流行的词选中,还有相当数量的"谱体词选"。从编排体例看,唐宋金元词选,大多采取以时代为序分人编排的体例,而明代词选先是受《草堂诗馀》的影响,以按题材分类编排为流行体例;嘉靖年间,先后有张綎《诗馀图谱》(嘉靖十五年刊行)、顾从敬《类编草堂诗馀》(嘉靖二十九年刊行),均按小令、中调、长调三分法分调编排,此后遂成通例。如陈耀文《花草粹编》、沈际飞《古香岑草堂诗馀四集》、卓人月《古今词统》等重要选本,皆采取分调编排方式。陈耀文编词选力求"备体",沈际飞强调"即此是谱,不烦更觅图谱",均显示了明人合谱、选为一体的编集意图。

明代尤其是晚明时期词谱的编纂与大量印行,对于清词复兴具有重要的意义。首先,明代词谱作为词学入门的普及读物,在激发词学兴趣、培育词学爱好者方面发挥了重要作用,为明代后期的词学复兴在技术层面提供了条件保证。明人编撰的词谱虽然在技术细节等方面还有不少问题,但在传播词学常识、培养写作基础方面已经足够了。在这方面,我们不赞成词谱盛而词衰之类的说法。这种似是而非的说法不仅抹杀了词谱编纂者的劳作与意义,也不符合词史的客观情况。事实是词乐失传而词谱作,若词谱不作词亦难得复兴。没有词谱,喜好词的人就不得其门而入;有了词谱,具有一般文化水平的人就可以照葫芦画瓢。有了广大词学爱好者做群众基础,词的复兴才有了土壤与气候条件,才可能涌现出名家乃至大家。从这个角度来说,晚明清初的词学复兴,与词谱的广泛传播是分不开的。

三、东南一带区域性词人群体为清初词派的兴起奠定了基础

以《全明词》《全明词补编》及其后发表的明词增补论文中所收录的明代词人为统计对象进行研究,可以大致看出明代词人的占籍情况。经统计,明代有籍贯可考的词人为1777人,分布在明代的两京十三省。其中仅南直隶就有词人805人,约占明代词人总数的41%;其次是浙江,有词人492人,占词人总数的25%。以下依次为江西、福建和湖广省,分别为101人、82人和62人。具体分布见表1①:

表1 明代词人的籍贯统计表

排名	地区（省）	词人数量（人）	占收录词人的百分比（%）	排名	地区（省）	词人数量（人）	占收录词人的百分比（%）
1	南直隶	805	41	10	四川省	25	1.3
2	浙江省	492	25	11	陕西省	21	1.1
3	江西省	101	5	12	山西省	22	1.1
4	福建省	82	4	13	云南省	13	0.7
5	湖广省	62	3	14	广西省	3	0.15
6	山东省	42	2	15	贵州省	1	0.05
7	广东省	37	1.9		不详	199	10
8	河南省	36	1.8		总计	1970	
9	北直隶	29	1.5				

进一步做细化考察,在明代词人密集分布的东南沿海地区,词人数量最多的府或州,排在前十位的词人总数为1105人,约占词人总数的56%,均隶属于南直隶和浙江。其中苏州一府的词人数量遥遥领先,围绕其周围的嘉兴、杭州、松江、常州四府如众星拱月般构成了一个璀璨耀眼的词学星系。具体情况见表2:

---

① 表1、2采自孟瑶《明代词人地域分布研究》,江苏师范大学2012年硕士学位论文。

表2　东南沿海地区各府词人数量统计表

序号	府	词人数(人)	序号	府	词人数(人)
1	苏州府	307	6	绍兴府	88
2	嘉兴府	139	7	应天府	71
3	杭州府	116	8	宁波府	66
4	松江府	113	9	扬州府	61
5	常州府	108	10	湖州府	36

由以上两表可知,明代尤其是晚明时期东南一带区域性词人群体的蔚然兴起,对清代尤其是清初词坛的发展格局有重要影响。从明清之际开始,浙西词派、柳洲词派、阳羡词派、吴中词派、常州词派的次第兴起,与晚明区域性词人群体的铺垫影响是分不开的。

著名词学家吴熊和先生自20世纪90年代开始从事"明清之际词派"的系列研究,已完成的论文如《〈柳洲词选〉与柳洲词派》《〈西陵词选〉与西陵词派》《〈梅里词辑〉与浙西词派的形成过程》,均已收入《吴熊和词学论集》。吴先生的研究虽然没有覆盖明清之际的众多词派,但这三篇论文实具有方法论意义。吴熊和先生认为:明清易代与以往的朝代更迭多有不同,"不仅没有打断原来文学发展的链条,推迟其进程,反而使它在这场沧桑巨变中触发或激活了新的生机。……因此在文学上,尤其在词史上,有必要把天启、崇祯到康熙初年的五十年间,作为虽然分属两朝,但前后相继、传承有序的一个相对独立的发展阶段来研究。"①具体到明清之际词派的形成与发展,吴熊和先生说:"清初的一些词派,其源概出于明末。"②这些词派"兼跨明清,一波两浪,前呼后应",构成了明清易代前后词史发展的独特景观。

在兼跨明清两代的词派中,以陈子龙、李雯、宋征舆等为代表的云间词派声名卓著,这里想说一下与之同时甚或更早一些的柳洲词派。柳洲词派滥觞于万历末期而形成于崇祯年间,当王屋、钱继章、吴熙(亮中)、曹尔堪等"柳洲四子"的词别集于崇祯八年(1635)一起付刻时,柳洲词派就已经形成并且俨然成为东南词学的一方重镇了。

柳洲词派是一个地域性词派,按地理区域实际应该叫嘉善词派。作为柳洲词派的文献载体,《柳洲词选》共收录嘉善词人158家词535首,其刊刻年代在顺治十五年(1658)前后。关于柳洲词派的形成时间,传统的看法是以《柳洲词选》的刊刻为标志,而事实上正如吴熊和先生所指出的那样,柳洲词派"兼跨明清,一波两浪",顺康之际的兴盛,不过是承前而兴起的后一个波浪而已。《柳洲词选》卷首所列"先正遗稿姓氏"凡41人,基本上可以视为明代词人。其中除元末之吴镇,明初之孙询,以及

---

① 吴熊和《吴熊和词学论集》,浙江大学出版社1999年版,第371页。
② 吴熊和《吴熊和词学论集》,杭州大学出版社1999年版,第372页。

万历之前的姚绶、陆埈、朱愚、袁仁、沈爔诸人之外,其余生活、创作在万历以至崇祯时代的30多人,皆可视为前期柳洲词派之群体人物。这其中生卒年可考、去世于明清易代之前或稍后抗清殉明者有:袁黄(1533—1606)、支大伦(1534—1604)、魏大中(1575—1625)、钱士升(1575—1652)、徐石麒(1578—1645)、陈龙正(1585—1645)、曹勋(1589—1655)、夏允彝(1595—1645)、钱栴(1598—1647)、魏学濂(1608—1644)、曹尔坊(?—1654)、夏完淳(1631—1647)。其他一些词人,如沈师昌、朱延旦、支如玉、支如增、孙茂芝、朱颜复、朱曾省、魏学洙等,虽暂时未能考出其生卒年,但从其世系、科第、交游等可知,其生活与创作年代,亦均在明清易代之前。由此可见,早在万历后期与崇祯年间,在嘉善县区已经拥有40多位词人,故所谓柳洲词派,在那时已经基本形成了。

尤其值得注意的是,前期柳洲词派中各有专集且存词数量较多的4位词人,王屋(1595—1665后)、钱继章(1605—1674后)、吴熙(1613—1657)、曹尔堪(1617—1679),虽然入清之后活了较长时间,吴熙(亮中)和曹尔堪且在入清之后应举为官,所以他们一般被视为清代词人,然而具体考察他们的创作历程与传世词作,就会发现其现存词作中,绝大部分皆写于明清易代之前。王屋《草贤堂词笺》十卷,存词583首,《蘖弦斋词笺》一卷,存词64首;钱继章《雪堂词笺》一卷,存词76首;吴熙(亮中)《非水居词笺》三卷,存词167首;曹尔堪(入清前署名为曹堪)《未有居词笺》五卷,存词309首。这四家词别集皆为明崇祯八年、九年之间吴熙刊本,今国家图书馆有藏本。参照"柳洲八子"或"云间三子"的说法,正不妨称此四家为"柳洲四子"。而这四家词集的同时付刻,既标志着前期柳洲词派的形成,亦在客观上彰显了柳洲词派的创作实绩。

四、晚明的论词祈向对清初词的发展走向有重大影响

随着嘉靖以后的词学复兴,晚明词学逐渐形成了自己的话语体系。张綖在《诗馀图谱·凡例》中提出"大约词体以婉约为正";何良俊《草堂诗馀序》提出"乐府以蹊径扬厉为工,诗馀以婉丽流畅为美";如果说此类说法尚不过是祖述宋人,那么到嘉靖末年(1565)王世贞《艺苑卮言》成书,明代词学开始发出了自己的声音。虽然王世贞有关词的艺术个性的探索与表述,于前人有着先河后海、薪火相传的承继关系,并不完全是他个人摸索体悟得来,但是由于他的主张更鲜明,表述更充分。再加上他在文坛的誉望与影响,可以说,只有到了王世贞,明人关于词的艺术个性的认识,才从各别而间出的个人见解变成约定俗成的普遍共识。《艺苑卮言》曰:"盖六朝君臣,颂酒赓色,务裁艳语,默启词端,实为滥觞之始。故词须宛转绵丽,浅至儇俏,挟春月烟花,于闺幨内奏之,一语之艳,令人魂绝,一字之工,令人色飞,乃为贵耳。至于慷慨磊落,纵横豪爽,抑亦其次,不作可耳。作则宁为大雅罪人,勿儒冠而胡服

也。"①这是"弇州山人词评"的第一条,开宗明义,王世贞就毫不犹豫、毫不隐讳地把自己的基本观点亮出来。王世贞论词,完全摆脱了明道、宗经、征圣以及美刺、讽喻的诗教文统。既承认词为诗馀,为小道末技,但也因此而摆脱了诗教、文统的束缚。词就是以描写女性、描述男女之情为擅场,以宛转绵丽、浅至儇俏为宗风,以语艳字工为追求,以令人魂绝色飞、轻松愉悦为功能。这就是词的特色,词的专长,也是词体赖以存在的理由。假如以为托体不尊,难言大雅,必欲其重回诗教文统的轨辙,那么词之优长将与其不足一并消解,词也就没有存在的必要了。后来清代词学家正襟危坐论词,讲意内言外,讲寄托,讲沉郁顿挫,讲重拙大,试图以种种药石来救治词之便娟轻巧的"缺点",其实都是在以诗律词,最终导致了词之文体个性的全面消解。

王世贞还从早期词集的命名特点,抽绎出当时词人的审美追求。他说:"温飞卿所作词曰《金荃集》,唐人词有集曰《兰畹》,盖皆取其香而弱也。然则雄壮者,固次之矣。"荃与兰皆为江南水乡的幽花香草,其馨香风味与其离披风致,确与词品有相通之处。世贞精于鉴赏,一眼觑定,又从中抽绎出"香弱"二字来概括词品,可谓妙手偶得。沈曾植《菌阁琐谈》即于此大加叹赏:"弇州云:'温飞卿词曰《金荃》,唐人词有集曰《兰畹》,盖取其香而弱也。然则雄壮者固次之矣。'此弇州妙语。自明季国初诸公,瓣香《花间》者,人人意中拟似一境而莫可名之者,公以'香弱'二字摄之,可谓善于傅色揣称者矣。皱水胜谛,大多演此。"②

沈曾植实乃强直之士,对世贞此语如此低首倾心,可见其叹服之意。他之所谓"明季国初诸公",应当是指明季陈子龙、李雯、宋征舆等"云间诸公",以及彭孙遹、曹尔堪、王士禛、邹祗谟、董以宁等人。这一代词人,虽然也可能将身世之感、家国之悲打并入艳情,然而论其宗风,仍在晚唐、北宋之间。又所谓"皱水胜谛",指的是贺裳《皱水轩词筌》。其实,与《艺苑卮言》论词同其旨趣的不仅是贺裳,晚明、清初词家,大多受其濡染。

受王世贞的影响,主柔主艳成为晚明词家共同的追求。如沈际飞《诗馀四集序》云:

> 于戏!文章殆莫备于是矣。非体备也,情至也。情生文,文生情,何文非情?而以参差不齐之句,写郁勃难状之情,则尤至也。……虽其镂镂脂粉,意专闺帏,安在乎好色而不淫,而我师尼氏删国风,述《仲子》《狡童》之作,则不忍抹去,曰:"人之情,至男女乃极。"未有不笃于男女之情,而君臣、父子、兄弟、朋友间反有钟吾情者。况借美人以喻君,借佳人以喻友,其旨远,其讽微,仅仅如欧阳舍人所云"叶叶花笺,文抽丽锦;纤纤玉指,拍按香檀。不无清绝之词,用助妖娆之态"而已哉!③

---

① 唐圭璋《词话丛编》,中华书局1986年版,第385页。
② 唐圭璋《词话丛编》,中华书局1986年版,第3605页。
③ 沈际飞《古香岑草堂诗余四集》卷首,明崇祯间吴门童涌泉刻本。

沈际飞明确把词定位为一种抒情文体,尤以抒写男女之情为擅场,完全没有让词自尊自重以让人看得起的理屈之态。在历代词学家中,为词辩护者大有人在,但像这样以攻为守、义正词严者正不多见。

又陈子龙《三子诗馀序》云:

> 夫风骚之旨,皆本言情。言情之作,必托于闺襜之际。代有新声,而想穷拟议,于是以温厚之篇,含蓄之旨,未足以写意而宣志也。思极于追琢而纤刻之辞来,情深于柔靡而婉娈之趣合,志溺于燕婧而妍绮之境出,态趋于荡逸而流畅之调生。是以镂裁至巧,而若出自然,警露已深,而意含未尽。虽曰小道,工之实难。不然,何以世之才人每濡首而不辞也?①

我们一般习惯于把晚唐五代以至北宋表现男女相思恋情之词称为"艳词"或"艳情词",而这样题称是有贬损或否定意味的。陈子龙则依托风骚,由"言情"一步跳到"闺襜",轻轻巧巧地就把抒情诗与艳情词的界限打通了。又"闺襜"二字,在其他文献中较为少见,沈际飞、陈子龙不约而同次第用之,使我们有理由相信,他们是在着意彰显与王世贞词学宗风的源流继承关系。

又周永年为葛一龙所作《艳雪集序》中写道:

> 《文赋》有之曰:"诗缘情而绮靡。"夫"情"则上溯风雅,下沿词曲,莫不缘以为准。若"绮靡"两字,用以为诗法,则其病必至巧累于理;僭以为诗馀法,则其妙更在情生于文。故诗馀之为物,本缘情之旨而极绮靡之变者也。当其推襟送抱,候月临花,颂酒赓色,则往往以诗外之别传,为词中之妙趣。②

这里从陆机《文赋》"诗缘情而绮靡"的命题出发,认为"绮靡"之风,更宜于词而不宜于诗。周永年虽没有用"闺襜"一词,但他用了一般人罕用的"颂酒赓色"的说法,似乎也是在彰显他对弇州山人词学的认同。

与此相应,在明代词集评点中,那些高频率出现的常用字眼,如俊(隽)、妖、娇、媚、韵、致、玄慧、香倩等,虽然还没有凝定或上升为专门的审美范畴,但它们显然已成为晚明文化的代表性元素。与之相对的呆、腐、肥、村、蠢、拙、寒酸、粗鄙等,则是与之相对立的语汇系列。与韵相对的是村,是粗鄙,与俊相对的是呆与腐,与慧相对的是蠢与拙,与致、倩相对的是肥与寒酸,与妖娆娇媚的女性美相对的是世俗的恶浊。明代词集评点者在有意无意间强化了词的女性化倾向,并借此来反对庆贺祝寿之类的假话套话,反对装腔作势的纱帽气,反对三家村学究不雅不俗的做作,这些均具有很强的唯美倾向,对于明清之际的词坛风会自然也有一定的影响。

由上述可知,明代词学经过一百余年的探索,至晚明时期才形成了自己的话语体系,形成了带有时代特色的词学观。他们刻意强调词别是一家的文体个性,反对儒冠而

---

① 施蛰存《词籍序跋萃编》,中国社会科学出版社1994年版,第507页。
② 赵尊岳《明词汇刊》,上海古籍出版社1992年版,第1779页。

胡服，反对把词纳入明道、宗经、征圣的诗教文统；他们强调的是以词为词，即以晚唐北宋为宗风，以抒写男女之情为擅场，以绮艳缠绵为风调。晚明词人中如吴鼎芳、董斯张、顾同应、施绍莘、单恂等，都是这种词学旨趣的实践者。虽然因为种种原因停留在心向往之而未能至的境界，已足成为"明体词"的样本。陈子龙、李雯、宋征舆等云间数子本来也是循此路头前行的，只不过是因为甲申、乙酉之际的时代巨变，乃把家国之感打并入艳情，遂使得香艳娇媚的"明体词"一变而具有闳约深美之致了。

晚明词学的影响，并未因改朝换代而中止，而是一直持续到清初的康熙前期。足以见出晚明词学影响的是邹祗谟、王士禛合编，顺治末年成书的《倚声初集》；而标志着明、清词学递变的是朱彝尊、汪森合编，康熙十七年（1678）成书的《词综》。

邹祗谟《倚声初集序》中写道："《恼公》《懊侬》之曲，《金荃》《兰畹》之编，其源始于《采荇》《弋雁》，其流浚于美人香草，言情之作，原非外篇。揆诸北宋，家习谐声，人工绮语。杨花谢桥之句，见许伊川，碧云红叶之调，共推文正。其余名儒硕彦，标新奏雅，染指不乏。必欲以庄辞为正声，是用《尚书》《礼运》而屈《关雎》《鹊巢》也。"无论是思维取向还是观点字面，都不难看出邹祗谟与王世贞、沈际飞、陈子龙之间薪火相传的联系。其后面还说"近世如用修、元美、元朗、仲茅诸先生，无不寻流溯源，探其旨趣，而词学复明，犁然指掌"。实际年代稍前的杨慎（用修）、何良俊（元朗）只不过是倾向于婉约风格而已，王世贞（元美）、俞彦（仲茅）等人才是明代词学的建构者。像邹祗谟这样对明代词学充分肯定的说法，此后就不多见了。

康熙十七年《词综》的刊行，标志着对明代词学的彻底清算与清代词学的发凡起例。朱彝尊主淳雅、重寄托、宗南宋的词学观，在该书自序及凡例中都有明确的表述。另外，朱彝尊还在《百名家词钞·艺香词》评语中写道："诗降而词，取则未远。一自词以香艳为主，宁为大雅之说兴，而诗人忠爱之意微矣。"与此相应，陈维崧《词选序》亦云："今之不屑为词者固无论，其学为词者，又夫极意《花间》，学步《兰畹》。矜香弱为当家，以清真为本色。神瞀审声，斥为郑卫，甚或謷弄俚词，闺幨冶习。"[1]朱彝尊、陈维崧虽然未点名，但朱彝尊所谓"一自词以香艳为主，宁为大雅之说兴"，陈维崧所谓"矜香弱为当家"，以及"闺幨冶习"云云，均可见其矛头所向，正是《艺苑卮言》的作者王世贞。风起于青萍之末，明清之际的词坛风会就要开始转向了。

耐人寻味的是，清初诗坛上也正经历着一场舍宋宗唐的风会变迁，时任国子监祭酒的王士禛就是这一变化的亲历者甚至是领导者。有证据表明，那不是一般的文艺风气的转移，而是康熙皇帝动用行政手段强力介入的文化整肃。那么，在康熙平定了三藩之乱、诏举博学鸿词科的前后，朱彝尊以尊体为名、力主淳雅的词坛变革，不管其有意无意，都适当其时地顺应了当时政治文化的需要。浙西词派能够比同时的阳羡词派或柳洲词派产生更大的影响，朱彝尊亦进而成为执词坛牛耳的领袖，与此或不无关系吧。

---

[1] 冯乾《清词序跋汇编》，凤凰出版社2013年版，第61页。

文人游幕与清初戏曲
——兼论万树词人与戏曲家身份

朱丽霞

作为清初影响巨大的浙西词派的开创者之一,万树在文学史的声名似乎被既定为著名词人,盖因词学界对万树较多关注,而致真正奠定万树文坛地位的曲学成就被忽略了。万树一生所撰戏曲有二十余种①。此外,撰有曲谱《阳羡书生口谱》《素馨花谱》等(已佚)。其友人吴棠桢谓万树为曲坛"六十年间第一手"②(吴秉钧《风流棒序》所引吴棠桢语)。可知万树其时在曲坛上所拥有的崇高声望。在明清之际半个世纪的曲坛上,李渔、尤侗、吴梅村等为人们所熟知,而对万树则未有专门深入的探讨。其实,固然万树在词史上成就辉煌,但较之于词,他的传奇戏曲在清初有特殊影响,应引起更多关注。

一

万树(1630—1688),字花农,一字红友,又字考承,号山翁,又号山农,又号卍豆村山人③(《还京乐》"碧苔纸")。词曲家,宜兴人。父万濩崇祯间任户部主事,甲申之变,在淮安官署殉难。万树少年即遭变乱,嗣后家境清寒,"乃做客四方,之晋、之燕、之闽、之粤,舟车水陆"④(弁语),风雨兼程。先是追随其族叔万锦雯⑤宦迹,至山西、河北。后长期追随两广总督吴兴祚,至福建、广东。在两广总督府,文化消闲的需要使得万树致力于谱曲,并凭借卓越的创作奠定了其在曲坛的重要地位。可以说,万树的戏曲传奇,向世人打开了深入探讨清代戏曲繁荣的独特窗口。透过万树的创作,我们可以真正了解到清代戏曲是如何进行传播并最终走向辉煌的。

---

* 作者为上海交通大学人文学院教授、博士生导师。本文为国家社会科学基金项目"明清文人游幕与文学"(项目编号:09BZW0033)的阶段性成果。

① 万树剧ď有:《三茅宴》《玉山庵》《青钱赚》《珊瑚珠》《焚书闹》《舞霓裳》《驾东风》《藐姑山》《十串珠》《玉双飞》《金神凤》《黄金瓮》《资齐鉴》《锦尘凡》《空青石》《念八翻》《风流棒》,今仅存后三种,总名《拥双艳三种》,余皆佚。(《增修宜兴县旧志》卷八)

② 俞为民、孙蓉蓉《历代曲话汇编·清代编第四集》,黄山书社2008年版,第39页。

③ 陈维崧《湖海楼词集》,《清八大名家词》,岳麓书社1996年版。

④ 释宏伦《璇玑碎锦》,浙江古籍出版社2002年版。

⑤ 万锦雯,字云绂,号怀蓼。万树叔叔,宜兴人,顺治十二年(1655)进士,授浙江于潜知县。顺治十八年奏销案,降补山西洪洞县丞。后迁直隶顺德府广宗县知县,升中书舍人,不就归。有《诗余初集》。

万树《宝鼎现·闻歌疗妒羹曲有感》"序"记录了其自幼学曲的历程:"先渭阳吴石渠先生曾制传奇五种,即今所传《情邮》《画中人》《绿牡丹》《西园》《疗妒羹》是也。……余自学语时从先宜人归宁,即得饫闻,不觉成诵。"①据此可知,万树学曲自幼受之于家教,其戏曲启蒙师乃舅氏——著名戏曲家吴炳。无论吴炳任吉安刺史,还是视学豫章,万树皆追随左右②,不仅饫闻吴炳的戏曲,而且逐渐培养了对于音律的独特敏悟。吴炳归隐乡里后,诗酒娱乐,赏音听曲,"时先生婿晋陵邹孝廉武韩,亦携家伎来,两部合奏,堂上极欢……诸伶以余究心南北曲,多所就正"③(《宝鼎现》"闻歌疗妒羹曲有感序")。在吴炳家园,万树不时为戏班更正唱腔,校定字音。他已经与昆曲戏班建立了密切的联系,成为戏班的指导曲师,其曲坛名声首先在演出界得到认可。是时,由于吴炳已经名满天下,其豫章幕府家班所演剧目多为吴炳所撰。吴炳之婿邹武韩亦有家班。吴炳老母生辰之际,两部戏班同台演出,鼓乐喧天。这说明,此时,在江南,昆曲已成为普通人日常生活中不可缺少的娱乐方式。在声名鼎沸的吴炳时代,万树还未能有意识地创作昆曲,更未意识到其后他将会以传奇名世。但为戏班改音订字的谱曲经历却使他积累了丰富的创作经验,为其后从事谱曲奠定了基础。

在舅氏身边耳濡目染,加之其在音乐方面的天赋,万树少年扬名。无锡侯氏家族聘请万树入住亦园。无锡与昆山、苏州毗邻,由于文化习俗相同,传统上都被视为昆曲的发源地。"昆山弦索无锡口"④(《选优》),"船过梁溪莫唱曲",即表明了正宗昆曲的区域边界。基于此,无锡家乐戏班引领时潮,黄卬《锡金识小录》卷十:无锡"前明邑缙绅巨室,多蓄优童"。无锡的昆曲氛围对万树谱曲产生了重要影响。此后,万树对音律的独特感悟愈来愈展示出来。无锡的昆曲舞台上,亦园歌声引领一时。黄卬《锡金识小录》卷十《前鉴·声色》:"国朝唯侯比部杲梨园数部,声歌宴会推一时之盛。"侯杲二子文灯、文灿,皆戏曲名家。由于是知音,万树成为侯府的席上常客,在亦园与时时来拜访的知县吴兴祚相识并结为挚友。无锡知县吴兴祚亦多次"雅集名园",研讨词学、曲艺,"销魂最是氍毹上"⑤。(《侯比部仙蓓新创亦园索咏》)有感于亦园歌舞,知县吴兴祚特撰组诗予以颂扬。"人前更欲翻新调,不唱江南旧鹧鸪。""蒲阳首唱花卿句,杜子情痴绿牡丹。"从中可知,吴炳的经典传奇《绿牡丹》依然回荡在亦园之中。"屏开孔雀试新讴,仿佛当年十二楼。"洗杯换盏,重开宴席,氍毹之上,红裙翻舞。曲曲歌声,引领人们回到繁华的金陵十二楼。这就是亦园的戏曲文化,也是无锡的昆曲氛围。其间万树亦多与无锡顾氏兄弟研磨词曲,顾氏父

---

① 万树《香胆词》,《全清词:顺康卷第十册》,中华书局2002年版。
② 万树《临江仙》:"昨岁余游豫章,小除始返。"《宝鼎现·闻歌疗妒羹曲有感》"序"又云:"后先生(吴炳)起刺吉安,随以宪贰视学豫章。未几,遭闯变,归觐建康。"
③ 万树《香胆词》,《全清词:顺康卷第十册》,中华书局2002年版。
④ 孔尚任《桃花扇》,人民文学出版社1959年版。
⑤ 吴兴祚《留存诗抄》,国家图书馆藏清康熙间刻本。

子顾宸、顾彩、顾彬都是传奇名家;无锡邹氏家族中邹式金、邹兑金兄弟亦为戏曲知名。在亦园的岁月,万树的谱曲水平得到进一步提升。

易代后,万树开始南北飘零的游幕生涯。其《词律自序》追忆易代后"则鹡悬而弹铗,北辕燕晋,南棹楚闽"。伴随其游幕踪迹,谱曲由最初的尝试而愈来愈成为其游幕生涯的重要内容。当其游幕山西时,他所积累的戏曲才华第一次得到充分展示。万树京师科考落第,郁郁寡欢,遂应族叔万锦雯之邀,入晋幕佐政,《增修宜兴县志》卷八曰"(万树)以国子生游都下,才名藉甚,然弗雅与人交。客游秦晋"。"载琴书。太行之险几摧车。暗尘积耳,酸风射眼"①(《透碧霄》)。晋北尘土飞扬、干燥恶劣的自然环境,尤其是"晋地歌声骇耳"②(《透碧霄》"闻宫裳小史新歌序"),使得江南才子万树"吟兴全疏"③(《透碧霄》)。然令万树颇为兴奋的是,"宁期今夕,秦筝赵瑟,解拍吴歈"④(《透碧霄》"闻宫裳小史新歌序")。一个偶然的机会,在偏僻的古河东山区,他竟然遇到了一位懂得吴语的演员——宫裳,"独班名宫裳者解唱吴趋曲,竟协南音,丝竹并发",静耳细听,为柔婉的曲声所陶醉,致使万树"几忘身在古河东",他进而得知这是著名山西乔家大院的家庭昆班,"其族皆乔氏"⑤(《透碧霄》"闻宫裳小史新歌序")。这说明,此前昆曲早已传播到山西,因而才能在乔家大院落地生根。虽然无从考证昆曲传入山西的具体时间,但一定与晋商的商业行迹密切相关。宫裳的曲声能够使万树消忧解闷,这次不期而遇的经历激发了万树的创作冲动,他涉笔谱曲,开始了最初的创作尝试,为宫裳,为自己,"酒余辄谱新声,授令度之",情辞婉转,令人心荡神摇,"登之红氍毹上,亦能使座中客且笑且啼"⑥(《透碧霄》"闻宫裳小史新歌序")。这是至今所能够知道的万树从事昆曲创作的最早记录,惜乎未能留下剧名。这次初步的尝试获得了巨大成功,从此一发难收,仅在山西,万树"计得传奇四部,小剧八种"⑦(《透碧霄》"闻宫裳小史新歌序")。

万树的戏曲搬上晋地舞台,不仅使得万锦雯幕府顿时蓬荜生辉,而且很快在晋地得到迅速传播。友人徐筠皋任山西襄陵知县,慕名而邀万树为其谱曲,万树遂有《藐姑仙》传奇,其《琵琶仙·赠徐筠皋明府》序:"时令襄陵,余为制《藐姑仙》剧,付诸伶歌之。"⑧咿呀莺哢,令人销魂。

万锦雯转直隶(今河北)顺德府广宗县(宗州)知县,万树追随而至河北。政事余暇,听曲赏音仍然是幕府主要的娱乐活动。在河北幕府,能够欣赏到的当然亦是本

---

① 万树《香胆词》,《全清词·顺康卷第十册》,中华书局2002年版。
② 万树《香胆词》,《全清词·顺康卷第十册》,中华书局2002年版。
③ 万树《香胆词》,《全清词·顺康卷第十册》,中华书局2002年版。
④ 万树《香胆词》,《全清词·顺康卷第十册》,中华书局2002年版。
⑤ 万树《香胆词》,《全清词·顺康卷第十册》,中华书局2002年版。
⑥ 万树《香胆词》,《全清词·顺康卷第十册》,中华书局2002年版。
⑦ 万树《香胆词》,《全清词·顺康卷第十册》,中华书局2002年版。
⑧ 万树《香胆词》,《全清词·顺康卷第十册》,中华书局2002年版。

地戏班的演出。令万树吃惊的是,一次看戏知河北本土的巨鹿戏班演出的竟是其舅父吴炳的传奇《疗妒羹》《小青传》,这使得万树感慨万分,遂作《宝鼎现·闻歌疗妒羹曲有感》,其"序"记述了这次看戏的经历:"今来巨鹿,忽有伧父献伎,自言能歌《小青传》,颇讶之。"①宫裳的落脚山西、吴炳戏曲在河北的流行,都说明昆曲在北方拥有受众和人们对昆曲艺术的推崇,同时说明,昆曲已经从江南发散出去,广泛地传播到全国各地。但与万树的审美期待形成落差的是,其地所谓的昆曲演出,无非"打油钉铰",不仅将原本传奇的高雅含蓄的爱情改变为粗俗的嬉笑调情,而且演技直白粗陋,唱腔亦折损了昆腔的悠扬婉转,万树直喻为"伧父献伎"②(《宝鼎现》"闻歌疗妒羹曲有感序")。无奈的万树只得摇头叹息,唏嘘不已,"唤奈何,泫然下雍门之涕也"③(《宝鼎现》"闻歌疗妒羹曲有感序")。北方演员受乡音影响自然难以唱出纯正的昆腔,跑腔变音,不足为怪。昆曲产生于山温水软的江南,而这种慢速度的细腻抒情难以与北方风沙大漠中所形成的粗犷豪放之风相适应。理解了这一地域文化的差异,他感到"纵令欱舌謇牙,亦自可喜"④(《宝鼎现》"闻歌疗妒羹曲有感序")。为弥补缺憾,万树除创作传奇供演出外,尚亲自登台,教授巨鹿昆班。

由上可知,万树在晋、冀两地乃基于一个偶然而特别的赏戏经历,受到北方高亢嘹亮唱腔的刺激而创作戏曲。在其填词谱曲交游的过程中,万树也能从容自如地运用散曲曲牌建构为词。陈维崧《还京乐》言"万红友养疴僧舍,暇日戏取南北曲牌为香奁诗三十首"。词有"想僧庐暇。竹篱边、行散闲招,仁甫酸斋(白仁甫、贯酸斋,金元院本中高手也——笔者注),水际月下。共取趁拍牌名,与三唐、较量声价"⑤。万树可以随意驱使金元杂剧院本曲辞建构自己效法韩偓的"晚唐诗"。更重要的是,较之于大多流失散佚的传奇剧本,万树的词几乎全部流传下来,这就是学界将万树视为词人而忽略其戏曲的重要原因。事实上,在万树的笔下,诗词曲已经水乳交融,他可以自由地驾驭各种文体,如行云流水。

对戏曲的浓厚兴趣,以及兼擅诗词曲的素养,使万树在戏曲上终于产生了"舞台效果"。在巨鹿的一次庆贺某位少年擢第的酒宴上,他观看梨园演出,所演居然是自己所制曲者,而且"少年新隽,见梨园歌余新制曲,极为心赏"⑥(《满庭芳》"序")。这说明,在河北的民间戏班已经开始努力吸取江南昆曲的美学元素,同时也说明河北梨园对于新剧种的强烈需求,因而当万树的创作在广宗县署上演后,很快在社会上广泛传播。这给予万树以启发,由此意识到自己可以从事谱曲,亦可以借传奇谋生留名。此际游幕,万树完成僚属的工作之余,亦屡上京师科考,均落第而归。抒写

---

① 万树《香胆词》,《全清词:顺康卷第十册》,中华书局2002年版。
② 万树《香胆词》,《全清词:顺康卷第十册》,中华书局2002年版。
③ 万树《香胆词》,《全清词:顺康卷第十册》,中华书局2002年版。
④ 万树《香胆词》,《全清词:顺康卷第十册》,中华书局2002年版。
⑤ 陈维崧《湖海楼词集》,《清八大名家词》,岳麓书社1996年版。
⑥ 万树《香胆词》,《全清词:顺康卷第十册》,中华书局2002年版。

科第之途的坎坷与才子沉沦的辛酸以及才子佳人的爱情梦幻便成为万树日后戏曲创作的重要主题。

康熙十七年(1678),时任无锡知县十三年的吴兴祚(山阴人,入旗籍)擢福建按察使,开辟幕府,广纳人才。杜首昌《上大司马吴开府伯成》颂扬吴兴祚:"循良首叙群僚率,智勇全罗大幕张。"①由于在无锡侯氏亦园的相识相知,吴兴祚聘请万树入幕随征台湾。举路坎坷,希望疆场立功,博取功名,万树遂"自晋安莲幕从靴靶于军中"②(《自序》),在福建幕府任书记。康熙十八年(1679),吴兴祚因功擢福建巡抚,扩建幕府,更广泛地招纳幕客。无锡、山阴的大批江南文人才士应邀赴闽,这些入幕之士由于与万树共事同一幕府,后来几乎所有人都受到万树影响涉笔谱曲。

兵事余暇,幕府将军娱乐的重要方式仍然是看戏。基于在山西、河北谱曲的成功经历,福建幕府内,万树在公事之余积极创作传奇,而且带动了一批幕府文人染指于戏曲创作。《曲海总目提要》中有吕洪烈为万树《念八翻》传奇作《序》记其入福建军幕不久,"阳羡红友万先生至","因出其向所编传奇三种相视,余不觉惊起曰:'何其酷似我私淑之粲花也?'"万树将自己在山西、河北所作的传奇剧本随身携至福建,可知万树对于自己作品的珍视。吕洪烈阅后,惊讶于万树酷似粲花吴炳。吴炳是明末与阮大铖齐名的昆曲作家,梁廷楠云红友"为吴石渠之甥,论者谓其渊源有自"③。

吴兴祚迁两广总督后,邀请万树、吴棠桢等入粤佐政。《嘉庆宜兴县旧志》卷八《人物志·文苑》载:"吴大司马兴祚总督两广,爱其(万树)才,延至幕,一切奏议皆出其手。"万树在总督府深受器重,被倚为幕府栋梁。其间,万树仍未放弃科考,这说明他并不满足于凭借戏曲扬名的方式,而努力追求传统文人正宗的谋生之路。吴兴祚两广总督任内,万树除每隔三年即北上京师参加科考外,一直在总督幕府,从福建至广东。泥絮道人《璇玑碎锦序》:"大司马三韩留村先生爱其才,依刘最久。"④在两广总督署,万树步入了其戏曲创作的高峰期。

历经十年(康熙十八年至康熙二十八年)的岭南幕府生涯,万树多数戏曲传奇皆作于这段时期。幕府生活之需使得万树致力于谱曲,并成为中国戏曲史上一位成功的传奇作家。同时,万树的戏曲引领我们进入清初的昆曲世界。

二

易代之初,清承明制,高官将帅,多用家丁,这一逐渐膨胀的现象引起朝廷的高度关注,遂于康熙二十五年(1686)下令进行限制,议准边疆旗籍"督抚所带家口,不

---

① 杜首昌《绾秀园诗选》,《四库未收辑刊:第七辑第30册》。
② 万树《词律》,上海古籍出版社1984年版。
③ 梁廷楠《藤花亭曲话》卷三,清道光五年(1825)年刻本。
④ 释宏伦《璇玑碎锦》,浙江古籍出版社2002年版。

许过五百名"①。同时,"司道以下等官所带家口,照汉官加一倍"②。据此,吴兴祚两广总督府的常住人口当不少于五百人,且不言公务之需,总督所聘请的那些幕僚文士和南来北往公干出差者,以及趋府拜访的好友或短期逗留的匆匆过客。

庞大的总督府,实际上成为一个社会场域,在这里日常生活中的休闲娱乐成为重要问题。"将军不耐久清谈,命出歌儿年十三"③(《升之高总戎座中听吴儿度曲》)。在所有的娱乐活动中,赏曲听戏是最无分男女老少,无论文化高低而受到人们普遍欢迎的消闲方式。而"四方歌曲,必宗吴门"④。广东,自晚明以来的家乐文化较之于其他地区在清初独特的文化背景中迅速复兴繁荣,其中重要的原因是,易代之际的短短数年内,以江南文士为主体的大批忠明之士追随永历踏上了从江南到岭南的抗清之旅。当清朝江山定鼎后,近百万人的抗清志士多留居岭南,他们融入岭南文化的同时,也传播江南文化,其中最显著的就是昆曲。伴随南明政权的兴亡,昆曲在岭南得到迅速复兴和弘扬。

"天南开节钺,岭外起经纶"⑤(《寿两广制府》三)。吴兴祚任两广总督八年,一品高官,加兵部尚书衔。为政余闲,扬扢风雅。其无锡知县任内、福建巡抚任内的大批文士追随至粤,"座满王珣郗超辈"⑥(《贺新凉·上两粤制府留村先生》)。邓之诚《清诗纪事初编》卷六:"兴祚喜与文士游。一时名士,多共唱酬,颇能沾溉寒士。故人望归之。"总督任上,吴兴祚组建了自己的数支家乐戏班。公务之暇,不废声乐。其总督府聚集了一大批擅长词曲的文士,"座中嘉客半江东"⑦(《潮行近草》"七言律"《九日林果庵太守招同诸公雅集湖山分赋》),其中万树、徐凤池、顾辛峰、黄位北、季煌、吴观庄、吴棠桢、金烺等江南才俊皆为总督座上嘉宾。"幕府多英俊,贤君爱笑噱"⑧(《献大司马制府吴公一百韵》),"尚书高兴,呼童歌吹"⑨(《明月逐人来·制府中秋公燕,限用张芦川韵》)。庆典宴会、生日祝寿等节日里,看戏是必不可少的活动。"钗光摇翡翠,灯影醉氍毹"⑩(《寄上大司马公百韵》),总督府中因"优僮充四厢乐部"⑪(《山阴金司训雪岫墓志铭》),往往"家乐达曙"⑫(万树《莺啼序》自注)。"碧帐红莲未易攀"⑬(吴绮《留村尚书招饮观家剧即席纪事》),在戏曲歌舞的欢乐

---

① 王士禛《香祖笔记》卷一,上海古籍出版社1982年版。
② 光绪《大清会典事例》卷九〇,清宣统元年(1909)商务印书馆石印本。
③ 大汕《大汕和尚集》,中山大学出版社2007年版。
④ 徐树丕《识小录》卷四,《文渊阁四库全书:子部》。
⑤ 屈大均《屈大均诗词编年笺注》,中山大学出版社2000年版。
⑥ 陈集生《影树楼词》,《全清词:顺康卷第二册》,中华书局2002年版。
⑦ 大汕《大汕和尚集》,中山大学出版社2007年版。
⑧ 陈恭尹《独漉堂诗集·江村集》卷四,清康熙晚成堂刻本。
⑨ 吕师濂《何山草堂词》,《全清词:顺康卷第四册》,中华书局2002年版。
⑩ 吴绮《艺香词》,《全清词:顺康卷第三册》,中华书局2002年版。
⑪ 毛奇龄《西河集》卷一〇五,《文渊阁四库全书:集部第3212册》。
⑫ 万树《香胆词》,《全清词:顺康卷第十册》,中华书局2002年版。
⑬ 吴绮《林蕙堂全集》卷一九,《文渊阁四库全书:集部第1314册》。

中,人们无论宾主,无论贵贱,共享一片艺术天地。

而对于一出传奇戏曲的看法,幕客文人往往"各赋一词"①(《月中桂·文来阁灯月词序》)进行评论,填词成为戏曲的观后感。有关戏曲的大量的第一手材料多保存在不经意的小词中。在岭南幕府中,万树填词数量之多居总督幕客之首,更由于其持续二十余年未曾间断的《词律》编订,后世只将万树视为词人即不足为怪了。

《嘉庆宜兴县旧志》卷八《人物志·文苑》载:"(山翁)暇则制曲为新声,甫脱稿,大司马即令家伶捧笙璈,按拍高歌以侑觞。"说明万树戏曲在总督府的重要性,幕府上下期待着新剧的诞生,以至于万树手稿一旦完成,未及修改,总督家班即迫不及待地付以搬演。吴总督长子吴秉钧(字琰青,一字淡青)为万树《风流棒》所为《序》:

> 丙寅(1686)春,饮红蕉花下,客有言某闺词之伪者。余谓此可入剧,作筵前一粲。索山翁填之,不半月而《风流棒》曲成。②

小序记载了一个新传奇剧本的产生,源于幕客对于"闺词"情感真伪的争论,而争论的双方都充满浪漫色彩,由此,万树特谱《风流棒》传奇。盛大的寿宴上,总督将万树传奇作为主题剧曲隆重推出,万树《曲游春·慎庵自梁溪来粤》自注:"时正大司马寿觞,歌余所撰《舞霓裳》曲。"③从曲名可知,《舞霓裳》即专为贺寿所撰。据此,万树的剧作几乎都是为了某一具体的文化活动的需求而谱写,最终都回归到爱情的主题。剧本曲辞对于爱情的细腻描摹通过唱腔传达出来,往往令"观者神撼色飞,相与叫绝"④(吴秉钧《风流棒序》)。

"九叶金珰,三千珠履,开府中丞荣戟"⑤(《金明池·上吴大司马伯成公》)。幕府优越的文化环境和娱乐之需推动了戏曲传奇的创作,总督府雄厚的经济实力则为创作者提供了物质和财力的强大支持。吴总督"延揽词英"⑥(《七星岩志序》),"万金酬士"⑦(《喜迁莺·赠吴留村使君》)。清初的许多剧曲,都诞生于吴兴祚总督署,许多剧目传唱不衰。吴秉钧称此际"山翁(万树)撰著最富,而稿多散佚,即余所见者,幽秀若《空青石》,俊爽若《锦尘帆》,奇横若《念八翻》,新颖若《十串珠》,剪裁点缀若《黄金瓮》《金神凤》,皆陈言务去,巧法兼备,而诙谐滑稽,其风肆好。……其他小剧,若《珊瑚球》《舞霓裳》《貔姑仙》《青钱赚》《焚书闹》《骂东风》《三茅宴》《玉山庵》等,几于盈箱充栋。"⑧(吴秉钧《风流棒序》)由此可知万树戏曲创作之繁复。出乎万树意料的是,出于娱乐目的的创作最终成为他谋生的手段。而由于戏曲的非正

---

① 万树《香胆词》,《全清词:顺康卷第十册》,中华书局2002年版。
② 董康《曲海总目提要》,人民文学出版社1959年版。
③ 万树《香胆词》,《全清词:顺康卷第十册》,中华书局2002年版。
④ 董康《曲海总目提要》,人民文学出版社1959年版。
⑤ 金烺《绮霞词》,《全清词:顺康卷第十四册》,中华书局2002年版。
⑥ 吴绮《林蕙堂全集》卷一五,《文渊阁四库全书:集部第1314册》。
⑦ 张秋绍《袖拂词》,《梁溪词选》,清康熙五十一年(1712)刻本。
⑧ 董康《曲海总目提要》,人民文学出版社1959年版。

统文类的地位,万树谋生之外,很少在剧本上如实署名,如果不是吴秉钧、金烺等友人的记载,使我们方能得知万树尚且有如许之多的戏曲传奇之作,也许万树戏曲家之名便湮没无闻了。对于万树来说,作为幕僚,传奇创作由最初的染指逐渐发展为本职性的工作,以至于愈撰愈长,其所撰长剧《资齐鉴》因"卷帙太重,急难开演"①(吴秉钧《风流棒序》),最后不得不进行缩减才得上演。康熙二十八年(1689),即万树回乡里途中病卒于岭南西江小舟之年的重阳节,如皋名士冒襄,在望江楼观演万树的《空青石》,有感于剧情的辞曲幽美、情节动人,作《己巳九日扶病同闻玮诸君城南望江楼登高,演阳羡万红友空青石新剧,鹊桥仙三阕绝妙,剧中唱和关键也。余即倚韵和之,以代分赋》②,这则实例说明,万树在岭南幕府的传奇创作在其生前即已回传到了江南,而冒襄的水绘园则是扬州地区闻名遐迩的社交场所,由此可知,万树新作亦将很快传播到中原,到京师。

在两广总督府的创作体现了万树在戏曲传奇领域的天赋,他所编织并不断扩展的昆曲之网无意中引领了岭南戏曲在清初的蓬勃发展。

三

"筵敞甗甊歌扇碧,杯浮琥珀烛花红。"③(《家留村大司马招同诸子宴集锡祉堂兼送电发归里用其原韵》)当金烺《红鞁鞳》传奇上演后,总督令群伶斟满酒杯,一一为客人献酒,欢呼之声,直冲云霄,致使左右军队皆争相引领观望④(《山阴金司训雪岫墓志铭》),叹为观止。"幕内多才,新乐府,铙歌齐奏"⑤(《宝鼎现·寿制府大司马吴公》)。为了便于交流,吴总督特修建锡祉堂、运筹堂、文来阁等宾馆延揽词英,繁复的宴会娱乐,宾主都期待欣赏到令人耳目一新的戏曲。

戏班对于剧种的需要极大地激发了宾僚创作的热情。在万树的影响下,吴总督幕府内人人跃跃欲试,稍知音律者都开始尝试戏曲传奇的创作,形成艺术风尚。吴秉钧率先从万树学谱曲。吴秉钧为万树《风流棒》作《序》:"余幼居江南,得熟闻吴歈曲。……乃从红友山翁游,由闽而粤,耳其绪论,久于中若有所得。因与家小阮雪舫(按:吴棠桢),共以学填词请。"⑥其所谓"填词"即指谱写传奇。吴秉钧追叙了与家侄吴棠桢共同跟从万树学曲的经历,并在万树的具体指授下谱写成《电目书》(今佚)传奇。在万树的亲自指导下,吴秉钧很早就体会到昆曲的高雅韵致。同时,吴棠桢"雪舫亦诚作《赤豆军》《美人丹》,山翁皆为印可焉"⑦(吴秉钧《风流棒序》),他所谱

---

① 董康《曲海总目提要》,人民文学出版社 1959 年版。
② 冒襄《同人集》卷一一,清光绪八年(1882)年刻本。
③ 吴绮《林蕙堂全集》卷一九,《文渊阁四库全书:集部第 1314 册》。
④ 毛奇龄《西河集》卷一〇五,《文渊阁四库全书:集部第 3212 册》。
⑤ 金烺《绮霞词》,《全清词:顺康卷第十四册》,中华书局 2002 年版。
⑥ 董康《曲海总目提要》,人民文学出版社 1959 年版。
⑦ 董康《曲海总目提要》,人民文学出版社 1959 年版。

传奇亦深受万树认可。"惟时药庵吕君（按：吕洪烈），亦有《回头宝》《状元符》《双猿幻》《宝砚缘》诸撰。药庵令叔守斋（按：吕师濂），亦携《金马门》曲出示。烧灯踏月之次，家大人即命拍新词侑觞。三载于兹，忘其为瘴乡旅客也。"①（吴秉钧《风流棒序》）由于久事总督府，山阴吕守斋、吕药庵叔侄，金烺、宋岸舫、吴季茂等大批才子名士皆有戏曲传奇留世，总督府内的昆曲流派于焉形成。

毛奇龄《山阴金司训雪岫墓志铭》："越中以词禅世者三人：一吕君弦绩，一吴君伯憩，一雪岫也。雪岫为弦绩馆甥……尝游岭表，与弦绩、伯憩三人者，为两广都府吴君上客。"②三位山阴才子，都是在万树的指授下染指传奇，且他们一生所谱传奇皆作于广东幕府时期。吕洪烈，字清卿，号药庵，金烺岳父，与万树同客吴兴祚闽粤幕府，著传奇《回头宝》《状元符》《双猿幻》《宝砚缘》（均佚）。吴棠桢，字伯憩，号雪舫，以幕府书记终其身。吕洪烈为万树《念八翻》传奇作《序》："偕至粤中，先生（万树）即令雪舫与余亦效之而作。雪舫遂成四种，余不自量，强颜免作三种，先生则又得五种，并散剧数曲。"当他们追随吴兴祚至岭南后，万树即令吴棠桢、吕洪烈模仿其所作谱写传奇，不久，吴棠桢成传奇四种，吕洪烈成三种，同时万树亦谱五种。据此，吴兴祚创建岭南幕府不久，即有至少十余种传奇问世。吴棠桢《风流棒序》记自己学曲经历得益于万树的栽培："所赖鹅州前辈，训以填词；蛟水先生，命之度曲。""鹅州"为万树别号，词中称万树为"前辈"，乃尊万树作为戏曲家的资格与声誉，而非指其年龄。吴棠桢所成四种传奇分别是：《赤豆军》《美人丹》《樊川谱》《宋玉传奇》。当《樊川谱》传奇谱完后，经过万树的修改而搬上舞台，吴棠桢《粉蝶儿慢》注"《樊川谱》传奇编成，喜万鹅洲为余改订，赋此奉谢"，表达了对万树的感激。事实上，其他同僚所撰传奇无不经万树的最终修订。这说明，由于万树戏曲声名之隆，众幕客相当折服，皆趋拜之，而他们所创作的传奇如果没有万树的最后点定，谁都不敢轻易交付戏班。金烺即有《汉宫春·读吴雪舫新制四种传奇》。金烺，字子闇，号雪岫，一生游幕，著传奇《无双谱》等。其《满江红·自制红鞓鞢传奇题词》记自己撰写传奇完全是受万树的影响，"也邯郸学步，自惭痴绝。板错还凭雪舫（同里吴伯憩——笔者注）较，句讹常向鹅笼（阳羡万红友——笔者注）别。却成来，减字与偷声，红鞓鞢"。金烺在万树、吴棠桢的指导下撰成《红鞓鞢》传奇，不久即凭此一举成名。吕师濂，字黍字，号守斋，吕洪烈叔。抗清留居岭南，辗转入吴总督幕。在总督府，受到浓厚的昆曲氛围的影响，吕黍字亦创作了传奇《金门马》（已佚）。此外，万树游幕生涯中，幕府中多有主动请教者，其《贺新郎·藕叶青罗》"子静、虞尊时从余问倚声之学"的记载即说明了这一事实。如果从"文化曲家"薪火传承的意义上来说，肇庆总督府中几乎所有戏曲作家无论年长年少，都是万树所培养的传奇弟子。因为正是在万树的鼓励带动和具体指导下，总督府众多的幕僚文人开始谱曲。

---

① 董康《曲海总目提要》，人民文学出版社1959年版。
② 毛奇龄《西河集》卷一〇五，《文渊阁四库全书：集部第3212册》。

总督府内,文士们"填就新词互相唱"①(《洞仙歌·寿吴伯憩》),"互相唱"以检验曲辞的质量和音律的和谐,可见这个戏曲流派逐渐成长。需要特别注意的是,万树所开创的幕府戏曲流派,后有一些人成为业内翘楚,毛奇龄《山阴金司训雪岫墓志铭》载:

> 时都府以良日请召宾客,呼外厢.色承应,三人(按:吕弦绩、吴伯憩、金雪岫)坐上坐,都府把金斗,约曰:吾欲仿乐工唱凉州词故事,砚所演谁词,以卜甲乙。及登场,则雪岫《红鞓鞢词》也。都府掷斗令群优实酒环献,欢噪达内外。左右厢军争引领观,叹以为豪云。②

这个故事展示了岭南曲坛对昆曲艺术的热情以及对江南曲家的高度认可。这幅艺术图画不仅为我们提供了那个年代的戏曲场景,而且证明了昆曲空间的不断扩大:已经从贵族庭院的私家消闲转化为市场的商业运营,许多职业伶人已经由早期依附于某一官府过渡到独立唱曲谋生的阶段。从此,戏曲演员依附官府贵族的时代宣告结束,中国戏曲商业运营的黄金时期即将来临。更引人注目的是,总督府数部家乐,所演戏曲传播府外,市井里巷,争相仿效。"教头曳长拍优僮扮演,而民间效之。"③(《山阴金司训雪岫墓志铭》)作为新剧种的诞生地,肇庆、广州等地的戏班为争得演出的机会都密切关注着总督府的演剧状况,只要新剧曲上演,外班很快进行模仿,不久,所谓幕府新曲就化为市面上的流行音乐了。昆腔风靡岭南表明,人们对于音乐、对于昆曲的兴趣消解了文化的地域隔阂,也打破了地方乡音的局限,昆曲艺术将不同地域的人们联系在一起。

应该提及的是,吴总督的资助与家乐演出对清初岭南戏曲的繁荣与传播影响至巨。在清初两广,形成了一个以吴兴祚总督府为中心的戏剧活动中心,并直接促成了其后岭南曲坛的繁荣,对后来岭南的曲家有着长久而深刻的影响。尽管同时也有弋阳腔、海盐腔以及岭南的本土戏曲等多种戏曲形式并存,但自从吴兴祚坐镇岭南,昆曲俨然成为岭南曲坛的主流,成为岭南人最热衷的娱乐形式。同时,岭南文士如陈子升、陈恭尹、屈大均、石濂大汕等均参与吴总督幕府的宴游,与万树、吴棠桢等词曲唱和,诗酒往来,推动了传奇在广东士人中的流行。抗清志士陈子壮之弟陈子升经历了沧桑巨变后,隐于词曲。曾作《昆腔绝句》四首,其一云:"苏州字眼唱昆腔,任是他州总要降。含著幽兰辞未吐,不知香艳发珠江。"④说明昆曲在当时岭南的流行盛况,事实上他所描写的就是吴兴祚总督府的昆曲效应。直到数十年后,康熙五十年到康熙五十七年(1711—1718)间,松江曲家黄之隽任广西巡抚陈元龙的幕僚,曾多次专门赴肇庆观剧,深致感慨:"新词拍遍黄幡绰,旧谱抄将菊部头。惯听娇浮吴

---

① 方炳《倚和词》,《全清词:顺康卷第十册》,中华书局2002年版。
② 毛奇龄《西河集》卷一○五,《文渊阁四库全书:集部第3212册》。
③ 毛奇龄《西河集》卷一○五,《文渊阁四库全书:集部第3212册》。
④ 冼玉清《清代六省戏班在广东》,《中山大学学报》,1963年第3期。

语好,不知身是客端州。"①

更大的影响是,广腔昆曲——在昆曲基础上所形成的"不广不昆"②的岭南独立剧种——广腔(亦云粤剧)由此酝酿而成。康熙时期,岭南地区尚处在如何将昆曲与本土戏曲融合的探索阶段,未形成有地方特色的声腔。到雍正年间,岭南剧坛出现了成熟的"广腔"。署名绿天所著《粤游纪程》中即有《土优》专门记载广州与桂林的声伎"能昆腔苏白,与吴优相若"③。也就是说,迟至雍正年间,岭南声伎的曲艺演出已经与"吴优"难分优劣。而屈大均《广东新语》载:"潮人以土音唱南北曲,曰潮州戏。"潮州伶人能用本地乡音唱南北曲,说明昆曲作为一种文化形式的灵活性,在昆曲的直接影响下,与本土语音相融合,符合岭南人品味的粤剧最终得以形成。

---

① 黄之隽《唐堂集》卷四三,李计筹《粤韵风华》,暨南大学出版社2011年版。
② 绿天《粤游纪程》,清雍正十一年(1733)刻本。
③ 蒋星煜《李文茂以前的广州剧坛》,《戏剧研究资料》,1983年第9辑。

抵制"东瀛文体":
晚清古文革新的挫折与回潮

姜荣刚

众所周知,晚清对古文冲击与破坏最大的当属以梁启超为代表的"新文体",因其夹杂新名词与日本文法,故时人又称之为"东瀛文体"①。于此,学界大多从后来文学发展的角度予以积极评价,而对同时声势浩大的抵制"东瀛文体"思潮,却以逆流与保守眼光视之,未予足够重视。这不仅泯灭了晚清文学变革的复杂面相,同时也使辛亥革命前后古典文学的回光返照成为突兀而不可理解之事——仅将其归结为文人对传统的迷恋或革命失意后的自我颓放是不足以说明问题的。因此,笔者不揣谫陋,拟通过晚清抵制"东瀛文体"思潮的全面考察,从反面对晚清古文变革做一新的透视。

一、"东瀛文体"出现的历史背景及其影响

近代西学东渐,大量新概念涌入中国,由于中国本土缺乏相应义理,故不得不创制新词以相指称。洋务运动时期,因主要学习西方的自然科学,虽有新名词出现,但"限于形而下学之方面","于文学上尚未有显著之影响"②,故未引起士大夫的注意与警觉。甲午之战,泱泱大国清朝屈膝于撮尔岛国日本,辱国之甚为开国以来所未有,从而激起普遍的痛觉意识。对西方的学习开始由"军兵炮械之末"转移到"士人之学、新法之书"上来,而借途日本以通欧西之学也因此成为朝野士大夫的共识。康有为《〈日本书目志〉自序》说:"泰西诸学之书其精者,日人已略译之矣,吾因其成功而用之,是吾以泰西为牛,日本为农夫,而吾坐而食之。费不千万金,而要书毕集矣。使明敏士人习其文字,数月而通矣,于是尽译其书。译其精者而刻之布之,海内以数

---

* 作者为许昌学院文学与传媒学院副教授。本文为河南省社科规划办项目"《诗经》阐释诗学思想研究"(项目编号:2013CWX020)和中国博士后基金第 55 批面上资助"留学生与晚清文学转型"(项目编号:2014M551667)的阶段性成果。

本文由《人大复印资料:中国古代、近代文学研究》2015 年第 1 期全文转载,《高等学校文科学术文摘》2014 年第 6 期摘编。

① "东瀛文体"是晚清西学东渐的直接产物,其主要特征是掇撷新名词与夹杂外国文法。虽然这些未必皆出自日本,因其时学习西方多借途日本,移译日本书籍较他国为多,故受日本文体影响最巨,时人因习惯将类似的"新文体"统称为"东瀛文体",或"倭文""东文"等。

② 谢维扬、房鑫亮《王国维全集(第 1 卷)》,浙江教育出版社、广东教育出版社 2010 年版,第 127 页。

年之期,数万之金,而泰西数百年数万万人士新得之学举在是,吾数百万之吏士识字之人皆可以讲求之。然后致之学校以教之,或崇之科举以励之,天下乡风,文学辐辏,而才不可胜用矣。"①张之洞的《劝学篇》即吸纳了这种观点,并成为此后朝廷变法的指导思想。借此东风,"日本所造译西语之汉文,以混混之势,而侵入我国之文学界"②。

"东瀛文体"的泛行,梁启超厥功甚伟。光绪二十三年(1897)梁启超主掌上海《时务报》,"初尚有意为文,其后遂昌言以太、脑筋、中心、起点,湘报继起,浏阳唐才常、谭嗣同和之,古文家相顾惶恐"③。戊戌政变后,梁启超亡命日本,"复专以宣传为业",为文"至是自解放,务为平易畅达,时杂以俚语韵语及外国语法,纵笔所至不检束,学者竞效之,号新文体;老辈则痛恨,诋为野狐,然其文条理明晰,笔锋常带感情,对于读者,别有一种魔力焉"④。

梁启超"新文体"的迅速风行,虽因其文"别有一种魔力",然根本动力仍在朝廷对西学的提倡,而科举的停废则是最直接的推动力量。戊戌变法的一项重要内容是废八股而改策论,后虽因变法失败而搁置,但庚子事变后清廷谕行新政又恢复了此项改革措施。曾亲历乱后首次科考的河南士子魏少游说,"到光绪壬寅年补行庚子、辛丑并科乡试及各县院试,就废除了八股,考试策论、经义了","改试头场历史论五篇、二场时务策五篇、三场经义三篇"⑤。朝廷断然改革科举,尤其是增加时务策一项,士子又如何应对?曾积极准备应试的晚清士子朱峙山在壬寅年(1902)十月十八日的日记里这样写道:"下午由袁夏生借到郑赤帆所购时务新书,如《中国魂》《新民丛报》之类,可以开文派又一格矣。"其十二月初十日的日记里又说:"午后将郑宅借来之《新民丛报》《中国魂》二种,一一阅读之,习其文体,是为科举利器。今科各省中举卷,多仿此文体者。"⑥这与柴萼清末观察到的情况完全吻合,他说,"留日学生兴,《游学译编》依文直译,而梁氏《新民丛报》,考生奉为秘册,务为新语,以动主司"。而当时一些趋新的提学使与主考官对此也确实起到了推波助澜的作用,其著者江西典试吴士鉴"尤喜新词",在其所拔取的解元熊元锷试卷上,竟直接批语称其"能摹梁文"。⑦

科举为国家抡才大典,同时肩负端正士风与厘正文体的社会职能,如此衡文校士,其导向与示范作用无疑是巨大的。时任陕西藩台的樊增祥《批学律馆游令拯课卷》就称:"今之少年,稍猎洋书,辄拾报章余喙,生造字眼,取古今从不连属之字,阄

---

① 姜义华、张荣华《康有为全集(第3集)》,中国人民大学出版社2007年版,第263—264页。
② 谢维扬、房鑫亮《王国维全集(第1卷)》,浙江教育出版社、广东教育出版社2010年版,第127页。
③ 柴萼《新名词》,《梵天庐丛录》,中华书局1926年版。
④ 梁启超著,夏晓虹点校《清代学术概论》,中国人民大学出版社2004年版,第206页。
⑤ 魏少游《清末科举考试制度概述》,《河南文史资料:第5辑》,1981年版,第62—65页。
⑥ 朱峙山《朱峙山日记(1893—1919)》,华中师范大学出版社2011年版,第102—103页。
⑦ 柴萼《新名词》,《梵天庐丛录》,中华书局1926年版。

合为文,实则西儒何曾有此?不过绎手陋妄造作而成。而新进无知,以为文章著此等新语即是识时务之俊杰。于是通场之中,人人如此;毕生所作,篇篇如此……中国文字自有申报馆而俗不可医,然犹不至于鹦鹉改言从鞿鞨,猕猴换舞学高骊也。迨戊戌以后,此等丑怪字眼始络绎堆积于报章之上,无知之物承窍乞余,相沿相袭。"如果说八股改策论促成了青年士子对"东瀛文体"模仿的话,那么朝廷对西学的提倡则直接导致了西学新词在公私书牍中的泛滥。樊增祥该文即提到"南郑禀牍用起点字",虽"经抚宪切责",但其本人却"自鸣得意,以起点二字示其学有本原"①。张之洞主掌学部期间,也因"往来公文禀牍,其中参用新名词者居多,积久成习,殊失体制",而"通饬各司","嗣后无论何项文牍,均宜通用纯粹中文,毋得抄袭沿用外人名词"②。更有甚者,宣统元年"颁行先朝宪典",秉笔者徐世昌竟使用了"四万万人"这样的新名词。

总之,因报章的流通风行,朝廷对西学的提倡,尤其是科举的停废,使"东瀛文体"在甲午战争之后迅速崛起,其影响所及已到了"学者非用新词,几不能开口动笔"的程度,不待主张白话之声起,"而中国语文已大变矣"③,古文遭遇到了前所未有的威胁与挑战。之所以如此,乃是因为"东瀛文体"与古文根本不相容。首先,新造词语多与中国本义不相通,由旧学出身者难以索解。康有为就说:"日人之于华文训诂,多所未悇。如自由、经济等词句,皆与中国本义相反。即体操二字,在中国文法,只可曰操体乃通。而其行文又习于佛典之重文,若慈悲、勇猛、坚固等字,必用双名。由是主名百物,多用双字。如教主立教之教,而必曰宗教;教学之教,而必曰教育。此今人译述日文而视为确然不刊者,实考之而皆极不通者也。"④1904年颁行的《新定学务纲要》也举"牺牲、社会、影响、机关、组织、冲突、运动等字",认为它们"虽皆中国所习见,而取义与中国旧解迥然不同,迂曲难晓"。⑤ 其次,文法长累芜杂,不合古文规范。1908年底恽毓鼎偶看编书处财政三卷,觉"文笔冗漫,虚字多不通",遂发议论道,"学生译东文书,最喜用'之'字、'而'字、'然'字,有一句而四五'之'字者,'而'字、'然'字往往不通。文法之弊一至于此"⑥。除虚字外,中国古文本以单字成文,而"东瀛文体"新词则为双语,"既牵汉文,又加英文法","文法长累过甚"⑦自是不得不然。因此,在古文家眼里,"东瀛文体"根本无文法可言,刘师培即言"文学既衰,故日本文体,因之输入中国。其始也,撰书译报,据文直译,以存其真。后生小子,厌故喜新,竞相效法。夫东籍之文,冗芜空衍,无文法之可言,乃时势所趋,相习

---

① 樊增祥《樊山政书》,中华书局2007年版,第161页。
② 《张中堂禁用新名词》,《盛京日报》,1908-02-01。
③ 柴萼《新名词》,《梵天庐丛录》,中华书局1926年版。
④ 姜义华、张荣华《康有为全集(第8集)》,中国人民大学出版社2007年版,第33页。
⑤ 《新定学务纲要》,《东方杂志》,1904年第3期。
⑥ 恽毓鼎《恽毓鼎澄斋日记》,浙江古籍出版社2004年版,第417页。
⑦ 姜义华、张荣华编校《康有为全集(第10集)》,中国人民大学出版社2007年版,第140页。

成风,而前贤之文派,无复识其源流"①。恽毓鼎说得更为直接,他认为"近来新文体、新名词盛行",不但使我国古文"义法失传,十年之后将一通文理者而不可得"②。最后,"东瀛文体"通俗鄙俚,与中国古文的雅驯存在根本冲突。《新定学务纲要》明确指出:"近日少年习气,每喜于文字间袭用外国名词谚语,如团体、国魂、膨胀、舞台、代表等字,固欠雅驯。"③

因此,"东瀛文体"的兴起使晚清士大夫对古文的前途命运产生了深切隐忧,徐珂《清稗类钞》即录时人言云:"自日本移译之新名词流入中土,年少自喜者辄以之相夸,开口便是,下笔即来,实文章之革命军也。"④称"东瀛文体"为"文章之革命军",并非耸人听闻,恽毓鼎就预言"若无通人学士保持,不及十年,国文亡矣"⑤。而"中学则以文为主,文之不存,周孔之教息矣"⑥,对于晚清的士大夫而言,无论是守旧还是趋新,这都将是无法容忍的结果。

二、抵制"东瀛文体":晚清维护古文的朝野努力

"东瀛文体"产生影响始于梁启超主持《时务报》时期,因此它首先遭到了湖南士大夫的抵制与攻击。叶德辉戊戌年四月撰写的《〈长兴学记〉驳义》即称:"自梁启超、徐勤、欧榘甲主持《时务报》《知新报》,而异学之诐词、西文之俚语,与夫支那、震旦、热力、压力、阻力、爱力、抵力、涨力等字,触目鳞比,而东南数省之文风,日趋于诡僻,不得谓之词章。"⑦科举改试策论后,此种抵制更趋激烈。王先谦曾直接致书湖南巡抚陈宝箴,称:"自时务馆开,遂至文不成体,如'脑筋'、'起点'、'压、爱、热、涨、抵、阻诸力'及'支那黄种四万万人'等字,纷纶满纸,尘起污人。我公夙精古文之学,当不谓然?今奉旨改试策论,适当厘正文体,讲求义法之时,若报馆刊载之文复泥沙眯目,人将以为我公好尚在兹。观听淆乱,于立教劝学之道未免相仿,此又一说也。"⑧规责之意溢于言表。而同时由湖南士大夫发起制定的《湘省学约》甚至将"辨文体"作为重要一条列入其中,称"文所以载道也……国朝沿明之旧,以制艺取士,法律綦严,近时风气大非,或剽窃子史,或阑入时事,甚且缀缉奇字怪语,不知音义,无可句读,文风几于扫地。乃持衡文者,大半茫昧,动为所欺。此以是投,彼以是取,辗转仿效,循而不变,必至科目无一通人,宜朝廷以时文积弊太深,改策论也。然试场策论,非有学术能文章者主持之,其弊殆比时文更甚。观《湘报》所刻诸作,如热力、

---

① 刘师培《论近世文学之变迁》,《国粹学报影印本(第7册)》,广陵书社2006年版,第3583页。
② 恽毓鼎《恽毓鼎澄斋日记》,浙江古籍出版社2004年版,第377页。
③ 《新定学务纲要》,《东方杂志》,1904年第3期。
④ 徐珂《清稗类钞(第4册)》,中华书局2012年版,第1724页。
⑤ 恽毓鼎《恽毓鼎澄斋日记》,浙江古籍出版社2004年版,第614页。
⑥ 吴汝纶著,施培毅、徐寿凯校点《吴汝纶全集(第3册)》,黄山书社2002年版,第353页。
⑦ 苏舆《翼教丛编》,上海书店出版社2002年版,第103-104页。
⑧ 王先谦《致陈右铭中丞》,《葵园四种:虚受堂书札》,岳麓书社1986年版,第865页。

涨力、爱力、吸力、摄力、压力、支那、震旦、起点、成线、血轮、脑筋、灵魂、以太、黄种、白种、四万万人等字眼,摇笔即来,或者好为一切幽渺怪僻之言,阅不终篇,令人气逆。若不共惩此弊,吾恐朱子欲废三十年科举之说,将行于今日"①。此话竟不幸言中。

事实上,朝廷诏改科举并非对此没有担心,光绪二十四年(1898)五月,张之洞与陈宝箴《会奏妥议科举新章折》在文体上明确要求策论"以朴实说理、明白晓畅为贵,不得涂泽浮艳作骈俪体,亦不得钩章棘句作怪涩体","若周秦诸子之谬论,释、老二氏之妄谈,异域之方言,报馆之琐语,凡一切离经畔道之言,严加屏黜,不准阑入",如此"则八股之格式虽变,而衡文之宗旨仍与清真雅正之圣训相符"②。这些建议基本都被清廷所采纳③,但无所依傍的士子为应急之需,偏偏拿康、梁文体作为模仿对象,完全违背了朝廷厘正文体的初衷。这一点立即引起了在朝士大夫的警觉,遂试图通过科场衡文加以纠正。癸卯年(1903)吴蔚若提学四川,鉴于当下文章新名词泛滥,浅陋之士"偶见译本西书,不达其事理而反学其字句,且以施之经义史诠之中,连篇累牍,杂出不伦,举向时抄袭八股文海之故智,而用以为西学",遂饬谕诸生"吾中国士人不宜独忘其本,且以此不经见之文字用之场屋……学文字,览周秦两汉魏晋唐宋之文,求其明于事而达于理焉可矣,毋以译本书时报纸为口头禅文字障也"④。同年湖南乡试副考官吕珮芬也私下听人谈及,张之洞"阅特科之卷,其不取者有三:一、蹈袭康梁之书例;二、引用西书不择典正者;三、誉外太过,立言失体者,均不入选。众皆服其宗旨之正"⑤。端方主持鄂闱期间,亦"详加戒谕,如改良、起点、反影、特色之属,概不准阑入卷端"。张之洞门人樊增祥在陕为官时,不仅发誓"以天帚扫此垢污",并声称部属以后"凡有沿用此等不根字眼者","必奋笔详参,绝无宽贷",盖"矫枉不嫌过直也"⑥。

1905年科举彻底停废,学堂兴起,中西并修,通过科场衡文以阻止"东瀛文体"的发展显然已不再可能。为"存国文,端士风",《新定学务纲要》特别规定学堂应"戒袭外国无谓名词",要求"除化学家制造家及一切专门之学,考有新物新法,因创为新字,自应各从其本字外,凡通用名词,自不宜剿袭搀杂。日本各种名词,其古雅确当者固多,然其与中国文辞不相宜者亦复不少……文体既坏,士风因之。夫叙事述理,中国自有通用名词,何必拾人牙慧。又若外国文法,或虚实字义倒装,或叙说繁复曲折,令人费解,亦所当戒。倘中外文法,参用杂糅,久之必渐将中国文法、字义尽行改变,恐中国之学术风教,亦将随之俱亡矣。此后官私文牍一切著述,均宜留心检点,

---

① 苏舆《翼教丛编》,上海书店出版社2002年版,第153页。
② 汪叔子、张求会《陈宝箴集(上册)》,中华书局2003年版,第765页。
③ 关晓红《科举停废与近代中国社会》,社会科学文献出版社2013年版,第44页。
④ 《时事要闻》,《大公报》,1903-02-21。
⑤ 吕珮芬《湘轺日记》,李德龙、余冰《历代日记丛钞(第154册)》,学苑出版社2006年版,第130页。
⑥ 樊增祥《樊山政书》,中华书局2007年版,第161页。

切勿任意效颦,有乖文体,且徒贻外人姗笑。如课本日记考试文卷内有此等字样,定从摈斥"①。既要修西学,又要防止外国名词的阑入,这几乎是不可能的,因此学堂教育并未按照《新定学务纲要》严格执行。不唯如此,甚至有"议请废罢'四书''五经'者",有"中小学堂并无读经讲经功课者",还有"师范学堂改订章程,声明不列读经专科者"。可见端正文体已成一纸具文,张之洞就曾指责学堂流风所及,"论说文章、寻常简牍,类皆捐弃雅故,专用新词,驯至宋明以来之传记词章,皆不能解,何论三代?"②为此,他首倡创立存古学堂议,并引起各地督抚的积极响应。江苏巡抚陈启泰《奏仿设存古学堂折》称:"新学灌输以来,此邦硕彦,类能率作兴事,取精用宏,亦由中学素知体要,故能发挥旁通,彧彧称盛。各属所办之学堂随时增益,亦复日异月新,惟课程注重普通,自于国文罨刻稍促。风会所趋,人心厌故,后生小子于中国文字率多疏略,甚或试在优等而一经未能成诵,全史从未寓目,词章不知体裁,辄用新词自喜,文义格塞,字体讹谬,驯至年满卒业,转相授受,势必译西书莫究其义,述科学莫畅其词,不及十年,将求一能授国文之教员而亦不可得。及今图之,犹未为晚。"③四川督抚递呈学部的《奏筹设存古学堂折》亦称:"立国于世界,其政治、学术、风俗、道德,所以经数千年递嬗而不可磨灭者,莫不寄于本国之文字,其优美独到之所在,即其精神根本之所在,非是则国无以立……比年以来,朝廷罢制科,广设学堂,采东西各国科学,期于取长补短,宏济时艰。而风会趋新,后生厌故,学校虽逐渐推广,国粹反日就湮微……且各种科学多用译本,学子操觚率尔,非特捃撦新词,竞相仿效,即文法词句,亦受病于无形。川省向为文学渊薮,乃所见考试优、拔诸生文艺及各学堂国文试卷,明通瑰玮者间或有之,而俚俗窳陋触目皆是。循是以往,窃恐不及十年,中等以上学堂可任讲经课文之教师不易觏觅,而入大学经科、文科、通儒院之资格更无其人。道微文敝,中国所以立国之本,渐趋于弛坠。"④

视"东瀛文体"为洪水猛兽并非身居庙堂者然,民间亦无不如此,故其对"东瀛文体"的抵制之力似亦不让于政府。1905年成立的国学保存会,其机关报《国粹学报》公开宣称:"本报撰述,其文体纯用国文,风格求渊懿精实,一洗近日东瀛文体粗浅之恶习。"⑤为该报撰稿的,若邓实、黄节、马叙伦、章太炎、刘师培、陈去病、王国维等,皆一时学界翘楚,其影响自非碌碌者流所可比拟。更重要的是,新兴的大众媒体也参与进来。1904年,《东方杂志》所刊之《今日新党之利用新名词》称:"自庚子以后,译事日兴,于是吾国青年各拾数种之新名词,以为营私文奸之具……吾国未有新学以前,国中士夫,虽黑暗,虽腐败,然旧道德犹存也。即有败类,要其举动,犹有顾忌。自此种新名词出,于是前此之顾忌讳饰而为之者,今则堂然皇然,有恃无恐。是则未

---

① 《新定学务纲要》,《东方杂志》,1904年第3期。
② 张之洞《创立存古学堂折》,苑书义《张之洞全集(第3册)》,河北人民出版社1998年版,第1766页。
③ 陈启泰《奏仿设存古学堂折》,《政治官报(折奏类)》,1908-06-24。
④ 赵尔巽《奏筹设存古学堂折》,《政治官报(折奏类)》,1908-05-03。
⑤ 《〈国粹学报〉略例》,《国粹学报影印本(第3册)》,广陵书社2006年版,第4页。

有新学,犹有旧之可守,既有新学,并此几微之旧而荡亡之矣。孰谓近来风气之有进步耶?"①1906 年 6 月 30 日,《申报》发表《论文字之怪现象》一文,对新名词的产生、流行及其问题做了颇为精当的概括:"原夫新名词之初入文字也,在译东西书之学子一时翻译华文,无恰当之名词以易之,故仍而不改。其继阅译本书多者,新名词日积月累于胸中,故临文时取之即是,有不期然而然者。其卒也,不学之徒见新名词之可喜也,以为用新名词即可以冒称新学家也,于是尽心摹仿,极力搜罗,一若用新名词愈多即新学问愈博者然,至是而新名词遂大行于今日之文字矣。所可异者,往往有一篇之中强半用极陈腐语,而于新名词亦三致意焉,官场禀批公牍亦往往有于俗不可耐之文词中,杂以三五新名词,可嗤孰甚……尤可怪者,更有未解新名词之字义,而强以杂凑成文,骤视之似有异样精彩,细观之则实难索解。"②因此,《申报》也与《大公报》一样,将新名词的使用与民德之堕落联系在一起,认为"中国民德之堕落未有甚于今日者也,当数年以前人民虽无新智识,然是非善恶尚有公评,自新名词输入中国,学者不明其界说,仅据其名词之外延,不复察其名词之内容,由是为恶为非者均恃新名词为护身之具,用以护过饰非,而民德之坏遂有不可胜穷者矣"③。

由此可见,"东瀛文体"在晚清的发展并非学界想象的那么顺利,而是自出现之初即遭到朝野士大夫的强烈抵制。虽然这些阻力未能遏止其发展的历史必然性,但绝非螳臂当车,它在一定程度上改变了"东瀛文体"的演进轨迹,使晚清古文革新表现出回环往复与多样化的复杂态势。

三、从激进到保守:晚清古文革新的挫折与回潮

甲午战争以后,中学不济时用,甚至"存中学",亦"不得不讲西学",大体已成朝野共识。在此情势下,张之洞适时地提出了其"中体西用"的观点,并期望通过改科举、兴学堂,达到以"中西经济救时文"④之弊的目的。这种"采中西之学术于一炉而冶之"的想法,在晚清士大夫普遍认为"道微文弊"的情况下,无异于一针强心剂,激起了他们复兴古学与古文的热情。

既然"东瀛文体"是对古文的"革命"而非促进,那么在此之外寻找新的融合中西文的途径便成为时下之需。应运而起的严复,为此树立了典范。虽然他也认为"中学之真之发现,与西学之输入,有比例为消长者焉"⑤,但并不赞同张之洞的"中体西用"观,在他看来,"中学有中学之体用,西学有西学之体用,分之则并立,合之则两亡。议者必欲合之而以为一物。且一体而一用之,斯其文义违舛,固已名之不可言

---

① 《今日新党之利用新名词》,《东方杂志》,1904 年第 11 期。
② 《论文字之怪现象》,《申报》,1906 - 06 - 30。
③ 《论新名词输入与民德堕落之关系》,《申报》,1906 - 12 - 13。
④ 张之洞《劝学篇》,苑书义等主编《张之洞全集(第 12 册)》,河北人民出版社 1998 年版,第 9750 页。
⑤ 王栻《严复集(第 1 册)》,中华书局 1986 年版,第 156 页。

矣,乌望言之而可行乎?"①因此,他主张"假自它之耀以祛蔽揭翳"②,也就是借新学发旧学之潜德幽光。在如何以古文承载西学方面,他开辟出了一条与梁启超迥异的道路。他在《天演论·译例言》中说:"《易》曰:修辞立诚。子曰:辞达而已。又曰:言之无文,行之不远。三者乃文章正轨,亦即为译事楷模。故信、达而外,求其尔雅。此不仅期以行远已耳,实则精理微言,用汉以前字法、句法,则为达易;用近世利俗文字,则求达难。"③译文求雅自是维护古文的基本要求,而他认为"用汉以前字法、句法,则为达易;用近世利俗文字,则求达难",又显然是针对"东瀛文体"而发。严复曾多次批评新名词的模糊歧义,如《宪法大义》言:"宪法二字连用,古所无有。以吾国训诂言仲尼宪章文武,注家云宪章者近守具法。可知宪即是法,二字连用,于辞为赘。今日新名词,由日本稗贩而来者,每多此病。"④可见,对于严复的翻译理念,如果仅从纯粹文本翻译方面去理解,似未尽其意,他显然也有维护古文、抵制"东瀛文体"的现实目的。因此,严复宁可"贻艰深文陋之讥",而不肯改其求雅之道,梁启超曾劝其译书"改以通俗",他答书则称:"窃以谓文辞者,载理想之羽翼,而以达情感之音声也。是故理之精者不能载以粗犷之词,而情之正者不可达以鄙倍之气……不佞之所从事者,学理邃赜之书也,非以饷学僮而望其受益也,吾译正以待多读中国古书之人。使其目未睹中国之古书,而欲稗贩吾译者,此其过在读者,而译者不任受责也……慕藏山不朽之名誉,所不必也。苟然为之,言庞意纤,使其文之行于时,若蜉蝣旦暮之已化。此报馆之文章,亦大雅之所讳也。"⑤

因此,严复的翻译文章赢得了古文家的一致赞赏,吴汝纶甚至誉其"骎骎与晚周诸子相上下"⑥。这使同时担心"西学一昌,则古文之光焰熸"的晚清士大夫们,看到了复兴古文的新希望,林纾就曾不无乐观地说:"予颇自恨不知西文,恃明友口述,而于西人文章妙处,尤不能曲绘其状。故于讲舍中敦喻诸生,极力策勉其恣肆于西学,以彼新理,助我行文,则异日学界中定更有光明之一日。或谓西学一昌,则古文之光焰熸矣。余殊不谓然。学堂中果能将洋、汉两门,分道扬镳而指授,旧者既精,新者复熟,合中、西二文熔为一片,彼严几道先生不如是耶?"⑦这显然有点过于理想,事情的发展往往有出乎意料者,西学之昌不但无助古文复兴,且有使其日渐式微的趋势,清、民之际世事的巨变,令严复幡然悔悟"向所谓合一炉而冶之者,徒虚言耳,为之不已,其终且至于两亡",熔中、西文一炉而冶的理想既已破灭,那么唯有旧学则"尽从

---

① 王栻《严复集(第3册)》,中华书局1986年版,第559页。
② 吴汝纶著,施培毅、徐寿凯校点《吴汝纶全集(第3册)》,黄山书社2002年版,第234页。
③ 赫胥黎著,严复译《天演论》,商务印书馆1981年版,第11页。
④ 王栻《严复集(第1册)》,中华书局1986年版,第238页。
⑤ 王栻《严复集(第3册)》,中华书局1986年版,第516—517页。
⑥ 赫胥黎著,严复译《天演论》,商务印书馆1981年版,第7页。
⑦ 林纾《〈洪罕女郎传〉跋语》,林薇选注《林纾选集:文诗词卷》,四川人民出版社1988年版,第223页。

其旧,而勿杂以新"①。至此,严复所代表的正统士大夫革新古文的实践已经走到了尽头,代之而起的是卫道者最后的坚守。民国时期林纾就不无感伤地说:"当此风雅销沉之后,吾辈措大,无益于国,然能存此国粹,为斯文一线之延,则文章经济,虽分二途,即守此一途,于世亦无所梗。是在好古君子加之意耳。"②

事实上,在严复、林纾积极开辟古文革新新途径的同时,一些古文家"为斯文一线之延",也默默地进行着努力。恽毓鼎在新学势盛之时,即"斤斤以文法授子侄",并与同道往返讨论古文义法,称"今日新说簧鼓,旧学将芜,古文一道,几成绝响,倘得二三同志讨论而发明之,或可任一线之传"③。樊增祥在陕西创办官报《秦报》,甚至以"行远"期之,自称"若抉择无方,取盈篇幅,野言尘牍,触目生憎,虽强令州县购阅,不过人掷数金,增多炉灰一寸耳,遑冀行远乎?是故俯仰随人,而无特立之帜者,在人则为李志曹蝾,在物则为泥牛瓦狗,在音则为腐木湿鼓,在味则为白蜡空蟄,在文则为今日无味之报章而已矣",因此该刊增入"关中文录"一门,"俾读者生欢喜心,除尘俗气",以达到"言文行远"④之目的。

当然,影响更大的则属早期古文革新者的回转。康有为本为"东瀛文体"的始作俑者,但宣统年间却移书梁启超,指责他"久于东中,又声名已成,有意开新,乃摭拾东文入文……以至波荡成风。文字则芜漫,文调则不成,千古文章之入于地狱恶道矣",要他"作一文自忏而攻东文者","如辟革命然,免援后生以口实",并说"汝观吾文,曾肯用一日本字否?日本变新制可采,若以中文造恶俗字则不可从也……至学韩非子报体,颇宜。以汝之学,无所不可。为今之计,不必求增美,先求释回,但扫尽埃秽,清光大来,然后渔猎酣醉于古人,无所不可耳"⑤。康有为自言为文不"曾肯用一日本字",颇有点大言欺人的味道,但由此可以说明他对"东瀛文体"的态度发生了逆转。梁启超虽未对乃师这一规诫做出明确回应,但其后为文似亦有较大转变,胡适就称其中年文章"把早年文章的毛病渐渐地减少了,渐渐地回到清淡明显的文章"⑥,连批评其报章文字颇为激烈的胡先骕也不得不承认"其研究学术之著作"尚能传之久远。⑦

曾经是"东瀛文体"传播中坚的留学生,此时态度也大批回转。高旭《愿无尽斋诗话》有云:"新意境、新理想、新感情的诗词,终不若守国粹的、用陈旧语句为愈有味也。林少泉往年以一书寄我,所言,可谓先得我心矣:'国事日亟,吾党之才足以作为文章、鼓吹政治活动者,已如凤毛麟角。而近人犹复盛持文界革命、诗界革命之说。

---

① 王栻《严复集(第3册)》,中华书局1986年版,第605页。
② 林纾《春觉斋论文》,王水照《历代文话(第7册)》,复旦大学出版社2007年版,第6340页。
③ 恽毓鼎《恽毓鼎澄斋日记》,浙江古籍出版社2004年版,第273-274页。
④ 樊增祥《樊山政书》,中华书局2007年版,第169页。
⑤ 姜义华、张荣华《康有为全集(第9集)》,中国人民大学出版社2007年版,第151页。
⑥ 胡适《五十年来中国之文学》,姜义华《胡适学术文集:新文学运动》,中华书局1998年版,第117页。
⑦ 胡先骕《评胡适〈五十年来中国之文学〉》,《学衡》,1923年第18期。

下走以为,此亦季世一种妖孽,关于世道人心靡浅也。吾国文章实足称雄世界。日本固无文字,故虽国势盛至今日,而彼中学子谈文学者,犹当事事丏于汉土。今我顾自弃国粹,而规仿文辞最简单之东籍,单词片语,奉若邱索,此真可异者矣。……'"①高旭与林少泉均是当年积极提倡与实践"东瀛文体"的著名留学生,此时却宣称此种文体"不若守国粹的、用陈旧语句为愈有味",确实颇具吊诡意味。由此亦可说明,他们始初提倡"东瀛文体",主要目的在开启民智的政治宣传,内心实际并未将其作为真正意义的文学来看待,若"蚍蜉旦暮之已化",不必期其留名行远也。梁启超在《与严幼陵先生书》中就曾坦言:"报章信口之谈,并非著述,虽复有失,靡关本原。"②这种心态自然就为他们日后反对与抵制"东瀛文体"埋下了思想的种子。

刘师培清末所撰《论文杂记》,于通俗报章之文与古文分而视之的态度,更能说明晚清文体革新的复杂问题,他说:"以通俗之文,推行书报,凡世之稍识字者,皆可家置一编,以助觉民之用。此诚近今中国之急务也。然古代文词,岂宜骤废?故近日文词,宜区二派:一修俗语,以启瀹齐民;一用古文,以保存国学,庶前贤矩范,赖以仅存。若夫矜夸奇博,取法扶桑,吾未见其为文也……若夫废修词之功,崇浅质之文,则文与道分,安望其文载道哉?则崇尚文言,删除俚语,亦今日釐正文体之一端也。"③以报章为主要载体的"取法扶桑"之文,为近今中国"启瀹齐民"不可或缺之急务,然不可施之载道行远之古文。这是晚清提倡古文革新者的基本态度,所以当"东瀛文体"一旦侵入,危及古文的根本存在时,当初的提倡者便遽尔转变,成为"东瀛文体"的反对者了。明晰此点,晚清古文革新发生由早期激进到晚期保守的变化,便不难理解了。

正是对"东瀛文体"态度的急遽变化,晚清古文不仅出现了回潮,同时还出现了极端复古的现象。在这方面,章太炎是典型例子,他认为要做到言文无歧异之征,就必须"一返方言",也就是通过小学训诂,明达字之古义,方能收言文一致之效。因此,他为文多用古言古字,生涩难懂,以致被胡适称为晚清古文的极端复古派。④ 即便如此,章太炎的文章在当时仍产生了很大影响,有不少人亦步亦趋地模仿他的古文。其著者,如周氏兄弟,以古文翻译的《域外小说集》,钱玄同称其"文章渊懿,取材谨严,翻译忠实,故造句选辞十分矜慎;然犹不自满足,欲从先师了解故训,以期用字妥帖。所以《域外小说集》不仅文笔雅驯,且多古言古字,与林纾所译之小说绝异"⑤。周作人事后也称当时是"主张复古,多用古奥难懂,超出'宋元诗词'的文

---

① 郭长海、金菊贞《高旭集》,社会科学文献出版社2003年版,第544-545页。
② 梁启超《饮冰室合集(文集之一)》,中华书局2011年版,第107页。
③ 刘师培《刘师培全集(第2册)》,中共中央党校出版社影印本1997年版,第89页。
④ 胡适《五十年来中国之文学》,姜义华《胡适学术文集:新文学运动》,中华书局1998年版,第127页。
⑤ 钱玄同《我对于周豫才君之追忆与略评》,沈永宝《钱玄同五四时期言论集》,东方出版中心1998年版,第382页。

句"①。这种复古之风甚至还蔓延至通俗文学领域,使晚清后期古文一度表现出繁盛的发展势头。1908 年徐念慈称"文言小说之销行,较之白话小说为优"②。这一市场反应说明晚清后期文言小说创作较白话小说盛行,目前学界也大体认同了徐念慈的这一观察。通俗文体尚且如此,其他文体就更可想见。毫无疑问,晚清后期古文创作的这一回潮与繁荣景象,为辛亥革命至五四时期正统古文维持"最后的体面"③奠定了基础。

综上可见,晚清抵制"东瀛文体"的并非食古不化的守旧者,同时还包括倾向西学的开明士大夫,甚至曾经提倡"东瀛文体"的也最终倒戈成为反对者,这说明晚清抵制"东瀛文体"思潮绝非一股无足轻重的逆流。在此种思潮下催生的种种古文革新主张及其实践,不仅使"东瀛文体"受到极大的挫折与挑战,古文甚至还因此一度出现了繁荣景象。虽然这一回光返照是短暂的,却为古文做了一个很光荣的下场④。

四、余论

文学是语言的艺术,语体的革新与变动显然触动的是文学的根本问题。从晚清到"五四",正是中国文学由文言向白话转变的关键时期。但晚清提倡白话,似乎并未激起朝野士大夫过多的非议。究其原因,乃在于文言与白话并行不悖的传统格局没有得到根本改变。胡适在《五十年来中国之文学》中说晚清主张白话文学最大的缺点是"把社会分作两部分:一边是'他们',一边是'我们'。一边是应该用白话的'他们',一边是应该做古文古诗的'我们'。我们不妨仍旧吃肉,但他们下等社会不配吃肉,只好抛块骨头给他们去吃罢。"⑤此话虽略显刻薄,但一定程度上是符合事实的。晚清士人夏曾佑倡导白话小说时说得非常清楚,"中国人之思想嗜好,本为二派:一则学士大夫,一则妇女与粗人。故中国之小说,亦分二派:一以应学士大夫之用,一以应妇女与粗人之用。"⑥一向被视为晚清白话文学革新先驱的严复,宣统末年在《审查采用音标试办国语教育案报告书》中也说:"汉文食品之珍馐,而国语拼音则菽粟也,珍馐固为精美,而非人人能用,今保珍馐而弃菽粟,此富室之所能,而齐民之不幸。"⑦白话既不阑入古文,自然不会对古文造成根本威胁。而"东瀛文体"则不同,它直接侵入古文,其影响正如时人所言"不待妄人主张白话,而中国语文已大变矣",因此晚清语言变革的焦点问题是"东瀛文体"。围绕"东瀛文体",晚清古文生发

---

① 周作人《知堂回想录(上册)》,安徽教育出版社 2008 年版,第 190 页。
② 觉我《余之小说观》,《小说林》,1908 年第 10 期。
③ 刘纳语,参见:刘纳《嬗变——辛亥革命时期至五四时期的中国文学》,中国人民大学出版社 2009 年版,第 178 页。刘纳在描述此一时期古文创作的繁盛景象时,也以古文撰译小说名世的林纾为例证,可以参看。
④ 此借用的是胡适《五十年来中国之文学》评章炳麟古文语,参见:姜义华《胡适学术文集·新文学运动》,中华书局 1998 年版,第 127 页。
⑤ 胡适《五十年来中国之文学》,姜义华《胡适学术文集:新文学运动》,中华书局 1998 年版,第 149 页。
⑥ 别士《小说原理》,《绣像小说》,1903 年第 3 期。
⑦ 倪海曙《清末文字改革文集》,文字改革出版社 1958 年版,第 134 页。

出种种革新趋向,构成了晚清古文变革的复杂面相。从根本上讲,"东瀛文体"之争的背后是中西学之争,这样它实际可以看作"五四"文白之争的预演与前奏。所不同的是,晚清传统文学的势力似乎还占据上风,因此抵制"东瀛文体"思潮导致了晚清古文革新的挫折与回潮。揭示这一点至关重要,它不仅使晚清文学变革的内在逻辑得到清晰显现,五四文学革命的意义得到进一步凸显,而且晚清与五四文学变革的本质与区别在此种视角下也会烛照得更为清晰。

第二编

文学批评研究

蒋士铨诗学观念的转向

蒋　寅

一

袁枚、赵翼、蒋士铨以诗相唱和,后世称乾隆三大家,实则才学各有所擅。袁枚古文、骈文俱工,而不能词曲;赵翼学问最博,兼工书法,而不能文;蒋士铨则"自古文辞及填词度曲,无所不工"①。李调元曾说,论词曲袁、赵俱不及蒋,论诗则蒋不及袁、赵,大体为诗家定论。②

蒋士铨(1725—1785),字心余,一字苕生,号清容,又号藏园。江西铅山人。乾隆二十二年(1757)进士,官翰林院编修,以词曲名重一时,工部尚书裘颖荐入景山为内伶填词,力辞不赴,遂乞假归。先后主绍兴蕺山书院、扬州安定书院讲席,后入京充国史馆修纂官,寻患风痹告归。其为人极富才情,博雅多能,平生著有《忠雅堂诗集》二十六卷,存诗二千五百六十九首,稿本未刊的诗篇尚有数千首;另有《忠雅堂文集》十二卷、《铜弦词》二卷、《簪笔集》一卷、《冬青树》等院本、杂剧十余种,《南北杂曲》一卷、《定庵琐语》若干卷③,应该说是一位有着多方面成就的文学家。学界对蒋士铨的研究一向也比较多,专著即已出版数种,其中对蒋士铨的诗学都有所涉及。④

关于蒋士铨的诗学观念,研究者的看法大体接近,都归为性灵派诗学。简有仪将蒋士铨的诗歌理论概括为八点:(1)以文为诗,扩大诗歌境界;(2)诗主性灵,崇尚温柔敦厚;(3)诗以载道,提倡忠孝节烈;(4)诗宗唐宋,反对剽窃模拟;(5)诗

---

* 作者为华南师范大学文学院教授、中国社会科学院文学所研究员、博士生导师。

本文由《人大复印资料:中国古代、近代文学研究》2013年第5期全文转载,《高等学校文科学术文摘》2013年第2期摘编。

① 王昶《翰林院编修蒋君士铨墓志铭》,上饶师专中文系历史作家研究室《蒋士铨研究资料集》,江西人民出版社1985年版,第83页。

② 詹杭伦、沈时蓉《雨村诗话校证》,巴蜀书社2006年版,第42页。按:陆元鋐对此说颇不以为然,谓非定论,见邱璋《诸花香处诗集》卷首载陆元鋐札。

③ 陈述《蒋心余先生年谱》,上饶师专中文系历史作家研究室《蒋士铨研究资料集》,江西人民出版社1985年版,第2-3页。

④ 赵舜《蒋士铨研究》,台湾师范大学"国文研究所"集刊20号,1969年;王建生《蒋心余研究》,学生书局1996年版;简有仪《蒋士铨及其诗文研究》第三章第三节"诗歌的理论",洪叶文化事业有限公司2002年版,第291-311页;徐国华《蒋士铨研究》第三章第二节"蒋士铨的诗学观",上海古籍出版社2010年版,第103-109页。

善用典,充实诗意内涵;(6)诗尚白描,容易流露真情;(7)诗排神韵,讲求言中有物;(8)诗斥格调,避免流于空疏。① 这八点应该说相当全面,只不过其中有的是创作特点,与理论混为一谈殊觉不妥;有些特点又互相矛盾,细究起来颇为复杂,不是三言两语所能解释清楚。值得注意的是,简氏觉得还不能将蒋士铨看作性灵派诗人,因为他对性情的诠释与袁枚有很大的出入。袁枚将性情看作个人情感的流露,而蒋士铨则目为"忠孝节烈之心,温柔敦厚之旨",是故其诗中常流露出浓厚的礼教气息②。这不能不说是一个相当细致的观察,但可惜的是,他没有注意到蒋士铨前后论诗观念的变化,以致判断略有偏差。这也是蒋士铨研究中尚未被触及的地方,本文聊作阐发,以就正于学界。

二

蒋士铨自幼受学于母亲钟令嘉,长而随父南北游历读书,年甫弱冠遇到一位影响他毕生的老师,那就是以诗、书名世的乾隆元年(1736)状元金德瑛(1701—1762)。自乾隆十一年(1746)蒋士铨以应童子试受知,"十七年中,或从游使车,或依侍京邸,昕夕承謦欬者既深且久,故于公雅言绪论,与闻最详"③。后来又在金德瑛任主考的乾隆二十二年(1757)中进士,因此师生情分至深。④ 金氏的天怀清旷和诗学旨趣都对他产生很大的影响。

金德瑛初为诗出入于杜、韩、苏、黄之间,中年以后贯穿百家,自出机杼。曾说:"予四十后,始刻意篇什,手录汉、魏、唐、宋人诗数本,荟萃研究,贯穿裁择者且十载,于是豁然领悟古人诗法,知所取舍。大约墨守者多泥而窒,诡遇者则肆而野。自古作者本诸性识,发为文章,类皆自开生面,各不相袭。变化神明于规矩之间,使天下后世玩其讴吟,可以知其襟怀品诣之所在,人与言乃因之而不朽。其斤斤于皮相派别者,未尝不雄视一时,迨声势既尽,羽翼渐衰,不待攻击而自归澌灭,亦可哀已。"⑤蒋士铨受老师影响,起初也究心于唐宋诸大家,但并不预设艺术目标,而力求表现自我。后来他在《钟叔梧秀才诗序》中回顾早年的写作,曾说:"曩与同学二三子论诗,首戒蹈袭,唯务多读书以养其气,于古人经邦致治之略,咸孜孜焉共求其故,取李杜韩欧苏黄诸集熟读深思之,不自逆他日所作何似。及有所作,则不复记诸贤篇什,庶几所作者皆我之诗。苟传诸后世,而尚论之士,皆得有以谅其心。"⑥迨及中年,他也

---

① 简有仪《蒋士铨及其诗文研究》,洪叶文化事业有限公司2002年版,第310页。
② 简有仪《蒋士铨及其诗文研究》,洪叶文化事业有限公司2002年版,第128页。
③ 蒋士铨《金桧门先生遗诗后序》,邵海清、李梦生《忠雅堂集校笺》,上海古籍出版社1993年版,第2000页。
④ 蒋士铨《绘桧门先生遗像藏祀于家敬题帧尾》:"窃比终身慕,平生一瓣香。遗诗不忍读,没齿岂能忘。"参见:邵海清、李梦生《忠雅堂集校笺》,上海古籍出版社1993年版,第804页。
⑤ 蒋士铨《金桧门先生遗诗后序》,邵海清、李梦生《忠雅堂集校笺》,上海古籍出版社1993年版,第2000页。
⑥ 邵海清、李梦生《忠雅堂集校笺》,上海古籍出版社1993年版,第2013页。

像老师一样,脱弃前人而自出机杼。晚年蒋士铨曾撰《学诗记》,总结平生学诗经历,自述:"予十五龄学诗,读李义山爱之,积之成四百首而病矣,十九付之一炬;改读少陵、昌黎,四十始兼取苏、黄而学之;五十弃去,惟直抒所见,不依傍古人,而为我之诗矣。"①这里在李、杜、韩、欧、苏、黄之外又提到一个新的师法对象——李商隐,由此我们知道他学诗是由李商隐而入杜甫、韩愈,更兼取欧阳修、苏轼、黄庭坚,最终归结于自抒胸臆,不傍前人。

由杜、韩而及苏、黄的师法路径,本是乾、嘉以后诗坛的主流,其最终结果就是晚清"同光体"的形成。不过,蒋士铨因从李义山入手,打下了绵密精工的底色,便使他的诗风于质朴诚挚中更显出长于抒情的特点,略近于北宋的陈师道,而且还不免崇尚苦吟。他曾有《王澹人雨中见过出桧门先生诗卷相示澹人作五言一首见寄次韵奉答》诗云:"文辞比稼穑,艰苦成美好。又如毫末树,岂易到合抱。纬言贵经物,植意必根道。敛实为古干,敷荣发春藻。天风入呼吸,作者迹如扫。吾师贱浮名,把笔压诸老。窃怜贵人诗,望秋各枯槁。篇成使我读,藉心作梨枣。师如韩退之,我郊汝则岛。"而具体说到自己与王澹人之诗,又说:"君诗具国色,颦笑尽闲窕。我诗挺枯林,萦蔓绝藤鸟。求师果同心,稽首证了了。不知千载下,谁附桧门草?"②通篇将自己的诗歌观念与对师门的自豪表达得淋漓尽致。

与袁枚的不傍门户、不立宗旨不同,蒋士铨既然有门户、有宗旨,就不能不对诗歌提出特定的要求,而论诗的门槛也自然较袁枚为高。乾隆二十年(1755)所作《书何鹤年在田秀才诗本》就曾批评当时的风气:"时贤困流俗,涸浊为唱酬。竟此无益名,败纸成高丘。颓波日荡激,百怪同喧啾。"同时称赞何鹤年犹如"独驾万斛舟"于滚滚浊流中,"洒然脱倚傍,跌宕筋力遒。风刺各有体,善喻成冥搜。自写哀乐情,中人如饵钩。俯首韩杜间,刻苦为刚柔"③。大约在三十岁以前,蒋士铨论诗还是倾向于刻苦用功的,但此后情况就有了变化。乾隆二十一年(1756)夏,有《题南昌闵照堂进士钟陵草后》四首,末一首写道:"历下公安祖述均,我如麋鹿未能驯。近来束缚浑难脱,李杜韩苏太苦人。"④三十二岁的蒋士铨开始觉得,追随唐宋大家终究难免受拘束,从而萌发摆脱前贤的意识,经过十多年的挣扎,最终到达"五十弃去"杜、韩、苏、黄的境地。但在这过程中,宋诗也在他的创作中留下深刻的烙印,他甚至很喜欢效仿宋人的次韵唱酬。秦朝釪《消寒诗话》载:"江西蒋翰林士铨诗笔奇秀,语必惊人。在京与顾侍御光旭为邻,诗词唱和,一韵至十数往复,僮奴递送,晨夕疲于奔命。曹庶常锡宝室宇相对,亦与焉。"⑤在《王谷原比部又曾三月某日卒于里箨石先生于闰五月八日为位法源寺邀同人哭之》诗中,蒋士铨还曾追忆乾隆二十一年(1756)丙子王

---

① 蒋士铨《学诗记》,邵海清、李梦生《忠雅堂集校笺》,上海古籍出版社1993年版,第2060页。
② 邵海清、李梦生《忠雅堂集校笺》,上海古籍出版社1993年版,第490页。
③ 邵海清、李梦生《忠雅堂集校笺》,上海古籍出版社1993年版,第427—428页。
④ 邵海清、李梦生《忠雅堂集校笺》,上海古籍出版社1993年版,第483页。
⑤ 秦朝釪《消寒诗话》,丁福保《清诗话》,上海古籍出版社1978年版,第1013页。

又曾来南昌,两人"叠韵屡酬答,险僻誓为难"的情景①,这和袁枚拒绝叠韵酬唱的态度恰好形成有趣的对照。

三

虽然袁枚早在乾隆十九年(1754)就看到《过燕子矶书宏济寺壁》诗而欣赏蒋士铨的才华,并于二十三年(1758)以《寄蒋绍生太史》诗纳交,但直到乾隆二十九年(1764)蒋士铨乞假归里,暂居金陵,两人才在尹继善座上相见。蒋士铨有《喜晤袁简斋前辈即次见怀旧韵》云:"未见相怜已十分,江山题遍始逢君。"②此后三个月间,两人有一段游从往来的经历,得以谈诗校艺。

本来蒋士铨的诗歌趣味与袁枚是有一段距离的。袁枚曾说:"蒋苕生与余互相推许,惟论诗不合者:余不喜黄山谷,而喜杨诚斋;蒋不喜杨,而喜黄;可谓和而不同。"③实际上两人的差异远不止这么一点。袁枚不太尊崇王渔洋,而蒋士铨则不然,反而很鄙薄讥劾王渔洋的赵执信:"前贤典则亦纷纶,要与新城作替人。却笑《谈龙》枉饶舌,饴山何处付传薪?"④这种态度与后来诗坛流行的批评王渔洋的风气很不一样。但终因他论诗根于主深情,便埋下了性灵诗学的种子。

性灵诗学不名一体、自成一家的宗旨虽源于叶燮,但叶燮论诗主性情是着眼于见自家面目,而性灵派所言的性情则落实到真情和深情上。在这一点上,蒋士铨开始显出性灵派的倾向。在《胡秀才简麓诗序》中,他称胡诗"或奇逸纵恣,或幽峭深远,如风发泉涌,水流花开,盖能变化古人诗法,而独抒其性真之所至",而这性真最终又归结于"盖俊杰之士而深于情者也"⑤。这就将对诗歌本质的把握由论情之真伪转向论情之深浅。深浅换个说法也就是厚薄。在他看来,人之用情有厚薄,薄情者无以见情;至于奸贼,则都是无情之人。他曾在戏曲《香祖楼·录功》中借末之口说:

> 大凡五伦百行,皆起于情。有情者,为孝子忠臣,仁人义士;无情者,为乱臣贼子,鄙夫忍人。尔等听着:这情字包罗天地,把三才穿贯总无遗。情光彩是云霞日月,情惨戚是雨雪风雷,情厚重是泰华嵩岳摇不动,情活泼是江湖河海挽难回。情变换是阴阳寒暑,情反复是治乱安危,情顺逆是征诛揖让,情忠敬是夹辅维持,情刚直是臣工龙比,情友爱是兄弟夷齐。情中伦是颜曾父子,情合式是梁孟夫妻,情结纳是绨袍墓剑,情感戴是敝盖车帷;情之正有尧舜轩羲,情之变有桀辛幽厉;情之正有禹稷皋夔,情之变有廉来

---

① 邵海清、李梦生《忠雅堂集校笺》,上海古籍出版社1993年版,第770页。
② 邵海清、李梦生《忠雅堂集校笺》,上海古籍出版社1993年版,第953页。
③ 袁枚《随园诗话》卷八,凤凰出版社2000年版,第211页。
④ 蒋士铨《题南昌闵照堂进士钟陵草后》其三,邵海清、李梦生《忠雅堂集校笺》,上海古籍出版社1993年版,第483页。
⑤ 邵海清、李梦生《忠雅堂集校笺》,上海古籍出版社1993年版,第2014-2015页。

昇羿……①

不过对写作而言,光有深情还不够,还要有真诚的表达,而且是个性化的表达。诗以道性情的传统命题,到明清之际已被充实了很多内容,因为人们逐渐意识到,虽说诗终究是情感的表现,但从情感发生到写作完成,其间还有很长的距离,而各种诗学的不同主张也就出于对这个过程的不同理解。袁枚的性灵诗学之所以要破除所有传统规范的绝对性和强迫性,就是希望最大限度地减少写作过程中妨碍情感表现的环节,使人们的各种生命体验最畅快地表达出来。蒋士铨与袁枚接触后,想必对性灵诗学的宗旨有所体会并且十分认同,其诗学观念马上就变得清楚起来。

就在与袁枚别后不久,他写作了《文字》三首,其三明确地宣示了自己的诗学观:"文章本性情,不在面目同。李杜韩欧苏,异曲原同工。君子各有真,流露字句中。气质出天禀,旨趣根心胸。诵书见其人,如对诸老翁。后贤傍门户,摹仿优孟容。本非伟达士,真气岂能充?各聚无识徒,奉教相推崇。之子强我读,一卷不克终。先生何如人,细绎仍空空。"②几年前对追摹唐宋大家略觉拘束、视为畏途的犹豫态度,至此已彻底抛弃;自抒胸臆真情,自成一家面目,成了理直气壮的口号。其一更洋溢着经历艺术观念的蜕变而焕然一新的精神状态:"心与文字会,飘飘其春云。又如春江流,波澜了无痕。篇成觉微妙,其故亦难云。改念蹊径别,再为工拙分。平时读书力,酝酿即渐醇。此境不易到,可为知者论。"③他曾有的焦虑和迷惘都云消雾散,内心澄明的愉快感觉甚至激起热切渴望表达的冲动,写下集中第一首正式的论诗诗《辩诗》:

> 唐宋皆伟人,各成一代诗。变出不得已,运会实迫之。格调苟沿袭,焉用雷同词?宋人生唐后,开辟真难为。一代只数人,余子故多疵。敦厚旨则同,忠孝无改移。元明不能变,非仅气力衰。能事有止境,极诣难角奇。奈何愚贱子,唐宋分藩篱。哆口崇唐音,羊质冒虎皮。习为廓落语,死气蒸伏尸。撑架成气象,桎梏立威仪。可怜馁败物,欲代郊庙牺。使为苏黄仆,终日当鞭笞。七子推王李,不免贻笑嗤。况设土木形,浪拟神仙姿。李杜若生晚,亦自易矩规。寄言善学者,唐宋皆吾师。④

诗中不仅重申了《文字》反对门户模仿的主张,更从诗歌史的角度说明了唐宋不相袭的道理,大胆肯定了宋诗的创辟和表达了元明两代因袭的无奈,最后以李杜再生也必易规矩,肯定创新的必然趋势,以"唐宋皆吾师"打破分唐界宋的藩篱,形成了值得注意的标志性口号,成为乾嘉之际诗坛调和唐宋的先声。乾隆三十一年(1766)他在《沈生拟古乐府序》中更断言:"苟执唐宋之说,强为低昂,互为诋诮,是皆不能自立

---

① 蒋士铨《香祖楼》卷上,蒋士铨《红雪楼九种曲》,艺文印书馆1971年版,第33-34页。
② 邵海清、李梦生《忠雅堂集校笺》,上海古籍出版社1993年版,第986页。
③ 邵海清、李梦生《忠雅堂集校笺》,上海古籍出版社1993年版,第985页。
④ 邵海清、李梦生《忠雅堂集校笺》,上海古籍出版社1993年版,第986页。

之士所恃以张皇欺世者,虚车无物,势尽名灭,殊可悯恻。"①看得出,此时的蒋士铨已大有一种跳出三界外、不在五行中的超脱态度及相应的优越感。在这个问题上,他确实同"论诗区别唐、宋,判分中、晚,余雅不喜"②的袁枚一样,站在一个较高的理论立足点上。他对唐宋诗的态度是否受到袁枚启发?现在还难以断言。袁枚折中唐宋的说法见于其晚年所撰《随园诗话》,而且自清初以来这也算不上独绝的见解。现在我们只要知道,四十岁的蒋士铨与袁枚晤游之后,观念明显发生变化就可以了。

但有一点可以肯定的是,士铨早年论诗虽也言及性灵③,远不如会晤袁枚之后多。《忠雅堂集》中所见,如《怀袁叔论》诗云:"性灵独到删常语,比兴兼存见国风。"④《阮见亭诗序》云:"皆自写性灵,非循墙和响之比。"⑤《尹文端公诗集后序》云:"其所为诗,专主性灵,兰荃满怀,冰雪在口,倚俪淡澹,切迭稽诣,不袭古人一字,而世俗诗人肺腑中物,更无铢发犯其笔端。"⑥《江西南康都丞槐庵何公继配蒋宜人生传略》云:"间作小诗,皆本之性灵,不事修饰。"⑦这是不是蒙受袁枚的启发呢?无论答案如何,都不妨碍我们将他视为性灵派批评家了。

四

蒋士铨留下的著述显示他本是一位评点兴趣浓厚的批评家。现知他评点的诗文集,起码有王槐植《毅堂诗钞》一卷、袁守定《说云诗钞》二卷、叶尚琏《石林楼诗钞》十五卷、潘素心《不栉吟》二卷、胡慎容《玉亭女史红鹤山庄诗词合稿》二卷、杨琼华《绿窗吟草》一卷、薛守廷《洛间山人文钞》二卷等七种⑧,此外他还评选过骈文选集《四六法海》,在读书人中很有市场。他的诗论在很多场合也都是诗歌批评,晚年有《说诗一首示朱缃》,主体部分是对本朝诗歌的反思:

> 傅山起明季,高节文章随。国朝多学人,风雅亦未稀。雁门列三冯,于古皆庶几。峥嵘陈泽州,南人敢盱睢。性情出本真,风格除脂韦。虽非三百篇,老苍具威仪。北方有学者,未能或先之。同时王新城,俗士群相推。声色岂不佳,但袭毛与皮。秋谷撰《谈龙》,嫚骂颇有宜。乃观《饴山集》,边幅亦可嗤。鼷鼠入牛角,束缚泯设施。空浮与窘迫,其失堪等夷。李杜韩苏黄,芥子藏须弥。舒卷成波澜,比兴无支离。人亡其诗存,生气何淋漓。

---

① 邵海清、李梦生《忠雅堂集校笺》,上海古籍出版社1993年版,第2018页。
② 袁枚《随园诗话》卷七,凤凰出版社2000年版,第182页。
③ 如《张廉船仲子舟北来喜而有作》其二:"寄我诗篇好,愁颜藉一开。性灵多慧语,文采自天来。"邵海清、李梦生《忠雅堂集校笺》,第623页。
④ 邵海清、李梦生《忠雅堂集校笺》,上海古籍出版社1993年版,第986页。
⑤ 邵海清、李梦生《忠雅堂集校笺》,上海古籍出版社1993年版,第2016页。
⑥ 邵海清、李梦生《忠雅堂集校笺》,上海古籍出版社1993年版,第2024-2025页。
⑦ 邵海清、李梦生《忠雅堂集校笺》,上海古籍出版社1993年版,第2159页。
⑧ 徐国华《蒋士铨研究》,上海古籍出版社2010年版,第212-221页。

岂如优孟容,摹仿攀人篱。余子各自矜,浅俗或难医。依草附木间,标榜徒尔为。后世五百年,识者无所私。①

诗中除了重申以前诗作中流露的反模仿倾向外,还有两点可注意:首先是将"李杜韩苏黄"并举,同样透露出自清初以来韩愈、黄庭坚与宋诗同步被经典化的消息;其次是对本朝诗歌少所许可,论王渔洋、赵秋谷诗实能切中两家之短。参照蒋士铨晚年论诗组诗,明显可见他对明清以来的诗歌,几乎一无首肯,而对江西诗家则不无优容。这除了出自地域文化的亲近感外,看来也与他对宋诗的态度有关。迨至清代中后期,江西几乎已成为宋诗的代名词。尽管如此,从他对江西诗家的评论中,也可以察知他为什么推崇这些朋友。比如称赞何鹤年诗,道是"鞭辟刻削,不袭古人一字。凡世俗诗人肺腑中物,无锱铢犯其笔端。廉悍俊杰,生面独开,杂之唐宋人集中,虽智者莫辨,非作者亦不知君诗之迥异乎时人所为也"②。这里的"不袭古人"三句与《尹文端公诗集后序》几乎完全一样,而后者极称尹氏"其所为诗,专主性灵",则其论何鹤年之旨归可知。

不过,直到晚年,蒋士铨论诗都坚持以道为本,如《胡秀才简麓诗序》所言:"康节云,近世诗人,穷蹙则职于怨怼,荣达则专于淫佚,身之休戚,发于喜怒,时之否泰,出于爱恶,殊不以天下大义为言,大率溺于情好也。夫道之散于万物者无穷,而心之感于万境者不已,以物观物,则日进于道矣。以心观心,则不累于境矣。诗之为用,微之可以格鬼神而享天祖,显之可以移风俗而厚人伦,雅颂得所,人心和平,则天地之道通焉。若斤斤与前贤论宗门,守绳墨,较工拙,讲声病,虽极尽能巧,而其中无物焉。是亦苟作而已矣。"③在这一点上,蒋士铨与袁枚论诗旨归殊有不同。黄培芳《香石诗话》已注意到:"蒋心余亦与子才齐名,声气相孚,而其持论有与子才不同者。作某诗序云:'诗,上通乎道德,下止乎礼义。放其言之文,君子以兴,循其道之序,圣人以成。此非半山之言欤? 自俗说尚摹拟袭取之术,但求工于声律字句间,而昧咏歌之本,性情日媮,粉饰益伪。界画时代,割据宗门。不知古人外异中同,犹之书家肥瘦好丑虽殊,而笔锋腕力则一也。甚至荣辱挠其外,得丧戕其中,虽极于妍丽,欧公所谓草木荣华之飘风,鸟兽好音之过耳,极心力之劳,迟速之间,同归泯灭。'观此言不逾,则亦异乎恃其笔舌放言高论者矣。"④这里提到的诗序就是乾隆四十年(1775)初为边连宝所作的《边随园遗集序》,蒋士铨称赞边连宝诗,虽主要着眼于"脱绝町畦,戛然独造,才识邃衍,气力宏放,不名一家",但终究不离乎"其言有物,诚有合乎风骚之旨"⑤的本根。职是之故,蒋士铨持论就不至于像袁枚那样恣肆无忌,在一些

---

① 邵海清、李梦生《忠雅堂集校笺》,上海古籍出版社1993年版,第1245页。
② 邵海清、李梦生《忠雅堂集校笺》,上海古籍出版社1993年版,第2010页。
③ 邵海清、李梦生《忠雅堂集校笺》,上海古籍出版社1993年版,第2015页。
④ 黄培芳《香石诗话》卷二,黄培芳《黄培芳诗话三种》,广东高等教育出版社1995年版,第38页。
⑤ 邵海清、李梦生《忠雅堂集校笺》,上海古籍出版社1993年版,第2002页。

场合终究有所保留。如《杜诗详注集成序》有云："守故而泥，标新而诞，皆未可与言诗也。"①这种话就是袁枚说不出来的：他既不守故，自然就不会有"泥"的问题；既然推陈出新，百无禁忌，也就不存在"诞"的顾虑。由此说来，蒋士铨虽可视为性灵派中人，但他的一只脚其实还在圈子外。

---

① 邵海清、李梦生《忠雅堂集校笺》，上海古籍出版社1993年版，第2033页。

论袁枚的"以棋喻诗"说及其源流

叶 晔

袁枚在《随园诗话》中,曾引清人张璨"书画琴棋诗酒花,当年件件不离他。而今七事都更变,柴米油盐酱醋茶"诗句①,感慨文人的精神追求与现实生活难以兼美。以上"书画琴棋诗酒花"七物,向来是中国古代文士的雅习,故诗人们以同类物件相喻,有一定的合理性。特别是以书喻诗、以画喻诗之批评法,在古人的诗论、书论、画论文字中颇为常见,现今学界亦有不少研究成果。本篇讨论的,是同样见载于《随园诗话》的以棋喻诗之批评法。这一批评方式的缘起和流变,及由此衍生而来的关于"学工难易"的讨论,涉及刘定之、吴华孙、叶酉、朱庭珍、王国维等诸多名家,不仅是清代分体诗学中一个很有趣的话题,更是清代文学思潮之兴衰更替在某一具体论题上的典型缩影。

一、天籁易工:从《随园诗话》的三则材料说起

袁枚《随园诗话》卷十二,有一则较少被读者留意的文字:

> 吴冠山先生言:"散体文如围棋,易学而难工;骈体文如象棋,难学而易工。"余谓古诗如象棋,近体诗如围棋。②

吴冠山,即雍、乾年间的徽州文学家吴华孙。如果我们把这句话彻底展开,则袁枚的观点是"古诗如象棋,难学而易工;近体如围棋,易学而难工"。吴华孙的话很容易理解,从文体约制的角度来说,散体文较宽松,骈体文较规紧,故分别被比喻为围棋和象棋。如果按照这种思维方式去看待诗歌的分体,则古体诗较宽松,应该如围棋,近体诗较规紧,应该如象棋。但是,袁枚的说法却与之相反,认为古体诗如象棋,近体诗如围棋。众所周知,任何比喻行为,皆有本体、喻体、相似点三要素,很显然,吴华孙与袁枚二人,对本体(不同文体)、喻体(不同棋类)之间的相似点,有着迥然不同的理解。我们有必要深究,二人眼中的"学"和"工",到底分别是什么意思。这涉及《随园诗话》中的另一则材料:

---

* 作者为浙江大学中国语言文学系教授、博士生导师。
① 袁枚《随园诗话》,人民文学出版社1982年版,第106页。
② 袁枚《随园诗话》,人民文学出版社1982年版,第415页。

  作古体诗,极迟不过两日,可得佳构;作近体诗,或竟十日不成一首。何也?盖古体地位宽余,可使才气卷轴;而近体之妙,须不着一字,自得风流,天籁不来,人力亦无如何。今人动轻近体,而重古风,盖于此道,未得甘苦者也。叶庶子书山曰:"子言固然。然人功未极,则天籁亦无因而至。虽云天籁,亦须从人功求之。"知言哉!①

  袁枚在这里给出了一条逻辑链,古体诗地位宽余,所以才气卷轴;才气卷轴,所以两日可得佳构;此佳构之速成,即所谓"易工"。近体诗空间局促,所以依赖人功;但若天籁不来,亦算不得风流;此天籁之难来,即所谓"难工"。可见在袁枚眼中,至少在近体诗的创作方面,天籁是比人功更难达到的一种状态。在《随园诗话》的另一则材料中,袁枚还有如下表述:

  无题之诗,天籁也;有题之诗,人籁也。天籁易工,人籁难工。三百篇、古诗十九首,皆无题之作,后人取其诗中首面之一二字为题,遂独绝千古。汉魏以下,有题方有诗,性情渐漓。至唐人有五言八韵之试帖,限以格律,而性情愈远。且有赋得等名目,以诗为诗,犹之以水洗水,更无意味。从此,诗之道每况愈下矣。②

  这里的"人籁",作为"天籁"的参照物,相当于前一则材料中的"人功"。袁枚认为无题之三百篇、古诗属于天籁,而有题之汉魏以下诗属于人籁,五言八韵的唐人近体诗尤其如此。从以上两则材料可以看出袁枚是主张天籁的,认为人籁愈多,性情愈远。但他又明言"天籁易工,人籁难工",按理来说,境界越高的艺术类型,理应处在"难"的一端,而非"易"的一端,故我们有必要弄明白袁枚对"工"字的理解。

  既然袁枚直言诗歌有天籁、人籁之别,那么,我们亦可将诗歌之"工"分为天工、人工两种情况。人工者,与袁枚所论"人功"一词相通;天工者,与他所论"才气""风流"诸词相应。考虑到袁枚提出"天籁不来,人力亦无如何",且认同叶酉"人功未极,则天籁亦无因而至"的说法,则在近体诗的创作中,天籁是人籁的更高阶段,人籁是天籁的必经阶段,当是袁、叶二人的共识。简而言之,袁枚的"工"是"天工",代表的是"才性之至",而吴华孙的"工"是"人工",代表的是"体格之至"。在袁枚眼中,规制越宽,才性之至越易达成,故古体诗(或散体文)容易接近"天工"的状态;而在吴华孙眼中,规制越紧,体格之至越易达成,故骈体文(或近体诗)容易接近"人工"的状态。二人论断并不矛盾,只是双方对"工"这一文学创作之状态,有不同的理解而已。

  不过,我们必须认识到,袁枚的原话是"古诗如象棋,近体如围棋"。尽管我们将话题展开,在《随园诗话》中找到了一些材料,以解释诗歌的学工难易问题,但这句话中的喻体——围棋和象棋,到底是怎样进入清人诗学世界的,仍是一个有待解决的

---

① 袁枚《随园诗话》,人民文学出版社1982年版,第149页。
② 袁枚《随园诗话》,人民文学出版社1982年版,第228页。

问题。如果我们能梳理前代文献，厘清"以棋喻诗"之法的来源，或许能在诗学观念的层面上，更好地解释袁枚借此发声的原因和诉求。

二、"棋喻说"的来源与袁枚对馆阁诗学的批判

以上论述，是在《随园诗话》的内部，孤立地讨论袁枚"以棋喻诗"的内涵，特别是他对天籁、人籁的看法，以及对诗歌分体创作之"工"的不同理解。袁枚的想法并非凭空而来，是对前辈诗人吴华孙的一次回应。但吴华孙的观点从何而来，是作家原创，还是渊源自在，仅凭《随园诗话》我们不得而知，需做进一步的考察。笔者曾努力查询中国社会科学院文学研究所馆藏的吴华孙《翼堂文集》八卷稿本，可惜未找到相关线索。吴华孙言论的原始语境为何，看来暂不可考。那么，我们只能退而求其次，去探寻古籍中最早将围棋、象棋与古体、近体类比设喻的材料。笔者眼力所及，较早为明人张泰碑传中的一则轶事：

> （张泰）甲申举进士，改翰林院庶吉士。学士刘文安公课其业，深相许与。尝曰："律诗如象戏，古选如棋。昨见张某作，各得其体。继今以文名者，其在某矣。"君则自视慊然，益肆力于学。①

> （张泰）甲申再试，登进士，改翰林庶吉士，名隐出行辈中。刘文安公时为学士，月试诸士学业，尝批某吉士卷曰："律诗如象戏，古选如棋。昨见张某之作，各得体。汝与群居，宜优柔从容，以叩其妙也。"②

以上两段文字，分别引自陆釴、陆容为张泰撰写的墓志铭和行状，考虑到碑传的材料多为墓主家人提供，而墓志又多据行状改写而来，那么，这两条史料应来自同一史源。加上张泰、陆釴、陆容时称"娄东三凤"，三人交情深厚，则出自二陆手笔的传记，当有很高的可信度。传主张泰，是明代茶陵派的重要作家，天顺八年（1464）科进士，选庶吉士，授翰林院检讨，官至翰林院修撰。与李东阳、谢铎、倪岳、彭教、傅瀚、陆釴、罗璟、陈音、吴希贤、焦芳等人为同科庶吉士，留馆后长居翰林院，构成了茶陵派早期群落的核心力量。"刘文安公"，即他们的庶吉士馆师刘定之，时任翰林院学士，负责当科庶吉士的教习和考课。在传统文学史中，刘定之被视为明代文学思潮从台阁体向茶陵派过渡的代表人物。一旦理解了上述背景，我们再来看陆容所引刘定之的这段话，会发现刘定之的评点带有很强的时代感。他所说"律诗如象戏，古选如棋"，指向"各得其体"四字，反映了明中叶的诗学观念从台阁体的诗教传统，转向茶陵派的审美批评；从台阁体的重文学道用、轻文学体用，转向茶陵派的诗文有别、古近有别的观念。

只要抓住"各得其体"这一关键词，就很容易明白，刘定之的"以棋喻诗"，重在棋

---

① 张泰《沧洲续集》，《四库全书存目丛书》，齐鲁书社 1997 年版，第 635 页。
② 黄宗羲《明文海》，《景印文渊阁四库全书》，商务印书馆 1986 年版，第 207 页。

与诗之体格规制的相似性。但各"体"对应的"质"到底是什么，又指向哪一种"用"，仍需要我们结合围棋、象棋的文化特质做一分析。

首先，每一棋类都有自己的行棋规则。围棋与象棋的不同，在于象棋棋子的身份多样性和规则对应性，它有帅、士、相、马、车、炮、兵七种身份，每种身份限定了不同的行进规则，缺少任一兵种都会对整个战局产生实质性影响，而围棋只有黑、白两色，基本规则就是一个"围"字。对应到诗歌创作中，如同近体诗在字句、平仄、声韵、对仗等方面有严格的形式规定；而古体诗的形式比较宽松，更追求作品之主体精神的表达。

其次，如何判定棋局的胜负，象棋比围棋更一目了然。象棋的胜负手取决于将棋是否还有活路，而围棋的胜负判定则复杂得多。姑且不论在不同规则下，同样的终局可能得出不同的胜负关系，就算在同一套计算法则下，很多时候也会出现半目取胜的情况，这些显然无法通过棋手的直觉来判断。如同评判一首诗歌的好坏，近体诗有平仄、声韵、对仗、用字等多条标准，规矩越细，判别工作越易，尽管条例复杂，但终究有据可依。反倒是古体诗，并没有太多的形式约制，其判别标准在气格、风骨等无法形成统一标准的精神特质。那么，优劣的判别就困难重重，至少无法达成即时的共识，就像围棋一旦步入终盘，不得不依赖裁判计目来决定胜负一样。

通过以上对比，我们就比较容易理解刘定之"律诗如象戏，古选如棋"的比喻。他强调律诗的体格与法度，正如象棋强调细密的分工和规则，一丝不苟，各尽其用；对待古体诗，他更看重其全局感和宏大气度，正如同棋讲究整个棋局展现出来的"神"与"气"，纵横捭阖，不拘一格。行文至此，这个问题似乎得到了较圆满的解决，围棋与古体诗对应，象棋与近体诗对应，相信也是大多数古今读者较为认同的一种说法。

用以上视角，去看待吴华孙的"散体文如同棋，骈体文如象棋"说，不难发现，这是对刘定之"律诗如象戏，古选如棋"说的一种沿袭和认同。吴华孙在前贤的基础上，对话题中的文体类型做了一定程度的拓宽，从诗歌的分体讨论，转至文章的分体讨论。但笔者以为，吴华孙对"以棋喻诗"说的主要贡献，并不在将分体的视角从诗歌移至文章，而是将文学与棋类的共通之处，从具体、静态的体格规制，提升至抽象、动态的学工难易。吴华孙眼中的"学"，对应的是棋类的行棋规则和文学的入门法径，而他眼中的"工"，对应的是棋类的胜负规则和文学的优劣标准。将具体客观的规则和标准，上升至任何一种艺术或游戏形式之"学"与"工"的理论探讨，是吴华孙的重要贡献，后来的袁枚、叶酉、朱庭珍、王国维等人，都沿着这个方向在讨论。明人眼中的"体制"本身，已不再是清人关注的焦点。

吴华孙是雍正八年（1730）进士，选翰林院庶吉士，于雍正十一年（1733）至乾隆六年（1741）任翰林院编修，后出任福建提督学政。巧合的是，袁枚是乾隆四年（1739）进士，选翰林院庶吉士，在馆阁有过短暂的学习经历，与吴华孙担任翰林院编修的时间相重。而袁枚在另一则材料中提到的"叶庶子书山"，即左春坊左庶子叶酉,也是乾隆四年进士,与袁枚为同科庶吉士。笔者以为,这次因"以棋喻诗"而引起的有关"学工难易"的讨论,最有可能的发生时间,当是在袁枚、叶酉就读庶吉士期间。吴华孙作为已经留馆的前辈作家,根据自己在翰苑的阅读见闻,抛出了一个曾经流传于明代馆阁中的诗学话题,引发了新科庶吉士的热烈讨论。

从中我们看到一个很有意思的现象。吴华孙作为翰林院前辈,沿袭的是明人的馆阁诗学主张;叶酉是安徽桐城人,作为方苞的弟子,他强调天籁必须"从人功求",其侧重点在人功,与桐城派的"义法"说有呼应之处;而作为日后"性灵"说主将的袁枚,在他与吴华孙截然相反的言论中,已流露出与馆阁诗说相背离的一些端倪。这个时候,相关讨论不再是简单的"以棋喻诗"的游戏之论,而成为乾隆早期几种重要的诗学观念在中央文坛核心区相互冲撞的一个缩影。

但有一个细节需要留意,现今学界普遍认为,袁枚早年尚未形成完善的性灵学说①,至少他在庶吉士学习期间,因有美好的文学甚至政治远景的可能性,尚对馆阁文学抱有相当大的期望。而在《随园诗话》所呈现的材料中,袁枚与吴华孙的观点针锋相对,基本上没有调和的余地。如果这则材料确是袁枚庶吉士时期诗学思想的原貌,而非《随园诗话》的撰者对自己十数年前想法的一次改造,那么,我们有理由相信,在袁枚的早期诗学思想中,已经出现了一些天才论和解构诗学的苗头。当然,这些苗头并不明显,至少在他与叶酉的对话中,一个强调"天籁不来,人力亦无如何",一个强调"天籁须从人功求",二人的侧重点有所不同,却还是分别给予对方"子言固然"和"知言哉"的肯定评价。可见袁枚并不是一味地否定诗歌创作中人功的作用,只是给予天籁、人功不同的层级位置而已。

综上而论,无论是"以棋喻诗"说,还是"学工难易"论,都与袁枚的"天籁"说相呼应。他将诗歌的创作,从体式规制(人籁)中解放出来,进人才性自然(天籁)的范畴之中。用蒋寅先生的"解构说"来解释,就是"将传统的客观性问题转化为主观性问题""将外在的技术要求内化为才性问题"②。这当然是对传统诗学的一种冲击,而馆阁诗学作为带有强烈规范和仪式色彩的文学思想,首当其冲地站在了才性创作的对立面。袁枚性灵诗学的形成,固然与他庶吉士散馆外放的经历有一定的关系③,乾隆十年(1745)的《答曾南村论诗》,也被普遍视为提出性灵诗说的一个重要时间点。但事实上,一些文学原理层面的基本问题,袁枚在庶吉士学习与交流的过程中,已有相当程度的思考。"以棋喻诗"观点的与众不同,正是这类思考的一个缩影。

三、朱庭珍的诗学复古及对袁枚诗说的误解

如同袁枚的诸多言行在他生前遭受社会舆论的批评一样,他关于"以棋喻诗"和

---

① 陈正宏《从单刻到全集:被粉饰的才子文本——〈双柳轩诗文集〉〈袁枚全集〉校读札记》,《中山大学学报》,2008年第1期。
② 蒋寅《袁枚性灵诗学的解构倾向》,《文学评论》,2013年第2期。
③ 潘务正《庶吉士外放与袁枚性灵诗学的形成》,《安徽师范大学学报》,2013年第2期。

"学工难易"的讨论,在他身后也被严厉批判。朱庭珍在《筱园诗话》中说道:

> 《随园诗话》持论多无稽臆说,所谓佞口也。如谓律诗如围棋,古诗如象棋。作古体,不过两日,可得佳构,作律体,反十日不成一首,是视律难于古也。渠意谓古诗无平仄、对偶,法度甚宽,故以律诗为难。而不知古诗有平仄,有对偶,其法倍严,特非袁、赵辈所可梦见耳。①

《筱园诗话》中对袁枚的批评之音甚多,这段话还算温和。在朱庭珍眼中,"古诗有平仄,有对偶,其法倍严",绝不是袁枚所认为的那样,"古诗无平仄、对偶,法度甚宽",因而"律难于古"。但在严格意义上说,朱庭珍所批评的袁枚说法,只是朱庭珍对袁枚诗说的解读(即"渠意谓"),是否就是袁枚原话的本意,是有待商榷的。

朱庭珍征引了两段袁枚原话,一为"律诗如围棋,古诗如象棋";一为"作古体,不过两日可得佳构,作律体,反十日不成一首"。这两段话出自不同的诗话材料,分见《随园诗话》卷十二和卷五,朱庭珍把它们联系起来一同论说,体现出敏锐的观察力。但他根据这两条材料得出的推论,却是袁枚认为"古诗无平仄、对偶,法度甚宽,故以律诗为难",这无疑是对袁枚诗学思想的一次肤浅认识。不可否认,袁枚确实认为古体诗法度较宽,近体诗法度较严,但他所要讨论和判定的,并不是写作层面的法度宽者(古体诗)为易、法度严者(近体诗)为难,而是法度严者(近体诗)在格律规制下要达成天工状态更难,从而完成对吴华孙观点的一次超越。而朱庭珍的理解,从创造层面回落到常规写作层面,将袁枚的主张视为对吴华孙观点的一次简单反对。从诗学思想演进的角度来说,就成了开倒车的行为,算是一次典型的因诗学偏见而造成的错误阐释。

大体来说,在天籁、人工这一对概念的关系上,朱庭珍更看重人工,袁枚更强调天籁。朱庭珍批评袁枚最激烈的,莫过于对古体诗的态度。正与朱庭珍平常的诗体主张相对应:

> 作五古大篇,离不得规矩法度。所谓神明变化者,正从规矩法度中出,故能变化不离其宗。然用法须水到渠成,文成法立,自然合符,毫无痕迹,始入妙境。少陵大篇,最长于此……此运左、史文笔为诗法也。②

这里对"规矩法度"的强调,与朱庭珍"古诗有平仄,有对偶,其法倍严"之说对应。"神明变化"从"规矩法度"中出,凸显的正是"人工"之于"天籁"的基石作用。朱庭珍举杜甫长诗之例,指出"运左、史文笔为诗法"在古体诗创作中的重要性,可见"人工"不仅指平仄和对偶,还有文本结构和叙述方式。"左、史文笔"是否被杜甫自觉地运用于古体诗创作之中,笔者不敢妄言,但以《左传》《史记》文笔为核心的"义法"说,作为一个重要的文论概念,经由桐城派方苞的发明,确实在清代文学思潮中

---

① 朱庭珍《筱园诗话》,郭绍虞《清诗话续编》,上海古籍出版社1983年版,第2352页。
② 朱庭珍《筱园诗话》,郭绍虞《清诗话续编》,上海古籍出版社1983年版,第2335页。

发扬光大。叶酉作为方苞的学生,长于文章之学,他用"天籁须从人功求"的观点与袁枚论诗,其实正是用文法来讨论诗法的一种方式。既然袁枚、叶酉可以相互"知言",从情理来说,袁枚、朱庭珍诗说的差异,并没有朱庭珍文字表述得那么大。

不仅五言古诗如此,落实到七言古诗上,朱庭珍的态度亦同:

> 斟酌平仄、阴阳、响哑,而选择用之,参差错杂,相间成音,此即五声迭奏之意,人籁上合天籁矣。若夫用笔之道,贵操纵自然,不可恃才驰骋。当笔阵纵横,一扫千军之际,而力为驾驭,莫令一往不返。使纵中有擒,伸中有缩,以开阖顿挫为收放抑扬。此七古用笔之妙诀。①

笔阵纵横者,天籁也;力为驾驭者,人籁也。一言概之,用笔之道在"操纵自然"。自然本是天籁,但有"操纵"一词凌驾于上,便是人籁与天籁的相合。平仄、阴阳、响哑,皆是七古中需要人力去操纵的诗歌元素。了解了这一点,就难怪朱庭珍对袁枚视古为易的观点大为不满了。但事实上,袁枚说的是"作古体,不过两日可得佳构",其本意为古体诗创作较容易达到天籁的状态(佳构),而不是说较容易写成(普通作品)。这就关涉到朱庭珍、袁枚二人对"学""工"二字的不同理解。朱庭珍的"学""工",是"学习"禾口"人工";而袁枚的"学""工",是"学成"禾口"天工"。朱庭珍不愿意用袁枚的视角去换位思考,而是用自己的理论去看待袁枚的诗论,自然得出了"渠意谓古诗无平仄、对偶,法度甚宽"的先入为主的看法。在这种观念下,袁枚便成了一个对诗律常识无知的人。相关的诗学讨论,不仅没有在袁枚对吴华孙的批评方向上更进一步,反而退回到了吴华孙的思考层面上,视袁枚的自觉批判为简单的反对意见,在很大程度上,消解了袁枚对此话题的理论推进意义,殊为可惜。

在讨论分体学诗的难易时,对"学"有不同的理解,不止发生在袁、朱二人身上。清代其他文人,也有各自不同的理解和表述。如比吴华孙更早的清初黄中坚,在评论八股文时,认为"粤自有明迄今,习小题者不知凡几矣,而传者盖少。则是小题之文,固易学而难工也"②,八股文本是一种规制极严的文学文体,与吴华孙笔下的骈体文相似,但黄中坚却认为"易学而难工",显然他的切入点和吴华孙不同,倒与袁枚有些相似。又如乾隆年间的阮葵生论陶诗,认为"陶诗如绛云在霄,舒卷自如,又如太羹元酒,无味而至味存焉。此体易学而难工,初学之士腹笥不博,遽欲效之,必无成就。不如曹、陆、颜、谢、潘、左之有矩镬可遵,步步足踏实地"③。在这里,陶诗较之其他诸家诗,没有太多"矩镬可遵",属于"易学而难工"的一种诗体,它所对应的,正是吴华孙笔下的散体文、朱庭珍笔下的古体诗。可见在现实中,无论是规制极宽的文体,还是规制极严的文体,都有可能得出"易学而难工"的结论(由此推演,也都可能得出"难学而易工"的结论)。究其原因,是因为双方站在不同的学诗立场及阶段来

---

① 朱庭珍《筱园诗话》,郭绍虞《清诗话续编》,上海古籍出版社1983年版,第2400页。
② 黄中坚《蓄斋集》,《四库未收书辑刊》,北京出版社2000年版,第175页。
③ 阮葵生《茶余客话》,中华书局1959年版,第308—309页。

看待这一问题。

之前讨论棋与诗的相似点，主要在行棋规则和胜负规则两个方面。反映在学诗一事上，可分为"学习""学成"两种情况，正对应初学、进学两个阶段。阮葵生认为陶诗易学而难工，"初学之士"效此"必无成就"，是因为陶诗相对来说少规则，而初学者需要有规则引导，方能进入"学成"的阶段，故曹、陆诸家诗是更好的学习对象。可见在格律论者看来，规则是一种法度（路径），虽然过程复杂，却让初学者有路可循，容易有所作为。而在黄中坚的眼中，规则繁复的八股文，也是易学而难工，这里提到了"传者盖少"，显然指那些可传后世的作品，进入了文章的进学阶段。对才性论者来说，规则是一种约束（门槛），虽然容易学成，却不易超越人籁达到天籁的状态。可见不同创作取向及学习阶段的作家，对对仗、格律等文体规则的认知是不同的，阮葵生等人以初学视角讨论的"易工"，正是黄中坚等人以进学视角讨论的"易学"，此不可不知。

四、王国维对前代各家诗说的承袭与超越

从"以棋喻诗"到"学工难易"，相关诗论发展至袁枚，已经达到相当高的水准。朱庭珍的言论有他所处时代的特殊语境，在理论思考上并没有实质性的推进。与他同时代的曾国藩等人①，也不过是在天籁、人籁上反复文章，未有新的见解。这一困局，直至清末王国维《人间词话》的问世，才有所突破。《人间词话》到底是古典文学批评的殿军，还是新文学批评模式的开端，我们且不论，至少在"学工难易"这一老生常谈的话题上，王国维站在前人的肩膀上，又向前推进了一步。其文曰：

> 散文易学而难工，骈文难学而易工。近体诗易学而难工，古体诗难学而易工。小令易学而难工，长调难学而易工。②

王国维列出了三组平行的文学文体，来论说学工难易之事。这段话收录于"词话"中，自然以讨论小令、长调为重心。而前两句话，正从《随园诗话》翻版而来。让人疑惑的是，在《随园诗话》中，论散体文、骈体文一句，表达的是吴华孙的观点；论古体诗、近体诗一句，表达的是袁枚自己的观点。他们从不同的角度看待问题，才会出现迥然有异的态度。现在王国维抹掉了吴华孙和袁枚的署名，变成了自己的态度，言下之意，他既认同吴华孙的说法，也认同袁枚的说法。那么，前面做出的一系列解释，在王国维身上就可能失效，因为我们对吴华孙、袁枚言论的解释，并不在同一套阐释系统内。故滕咸惠认为，王国维的意思是"格律较为简单、形式较为自由者，易学而难工；格律严格或繁复者，难学而易工"，指出"近体诗"一句系王国维笔误，"难"

---

① 曾国藩《曾文正公家训》卷上："古人惨淡经营之时，亦纯在声调上下功夫。盖有字句之诗，人籁也。无字句之诗，天籁也。解此者，能使天籁、人籁凑泊而成，则于诗之道，思过半矣。"《续修四库全书》第952册，第167页。

② 王国维《人间词话》，人民文学出版社1960年版，第225页。

"易"二字的位置似应互换。① 如此一来,意思是通顺了,但王国维的文学观念,也就停留在两百年前吴华孙的水平上。

彭玉平在《人间词话疏证》中,明确考源此句出自《随园诗话》,否定了滕咸惠的假说。但另一个问题出现了,吴华孙和袁枚所持针锋相对的两种观点,势如水火,王国维如何在自己的阐释系统中,将它们整合成一条合乎逻辑的脉络,连贯而下,最终导向对词中小令、长调之难易的讨论呢?

我们来看《人间词话》中的另一则材料:

> 近体诗体制,以五、七言绝句为最尊,律诗次之,排律最下。盖此体于寄兴、言情,两无所当,殆有均之骈体文耳。词中小令如绝句,长调似律诗,若长调之百字令、沁园春等,则近于排律矣。②

王国维对近体诗之体格尊卑的评价,与他尊小令、抑长调的词学态度相对应。再结合之前"小令易学而难工,长调难学而易工"一说,我们可以说,在王国维的观念中,不同文体的体格尊卑与创作难易,是分别存在对应关系的,即尊体难工,卑体易工,且以难工为尚。至于小令、绝句为什么难工,彭玉平的解释是,"小令多伫兴而作,篇幅既短小,不容从容周旋,而意味复求深长,此所以难工也"③。可惜的是,王国维的评论只停留在近体诗的范围内,我们不知道他对古体诗及散体文、骈体文的态度。所幸《人间词话》尚有稿本存世,我们对比稿本与发表本的文字差异,有机会了解王国维的更多想法:

> 诗中体制,以五言古及五七言绝句为最尊,七古次之,五七律又次之,五言排律为最下。盖此体于寄兴、言情均不相适,殆与骈体文等耳。词中小令如五言古及绝句,长调如五七律,若长调之沁园春等阕,则近于五排矣。④

看得出来,王国维对古体、近体的态度颇为复杂,并不做一概的评价,而是认为绝句难于古诗,古诗难于律诗。也就是说,他对近体诗中绝句、律诗的评价,有着相当大的差别,简单地概说"近体诗易学而难工",与他在其他诗论文字中表现出来的细密态度不甚相符。考虑到整段话的重心在最后的小令、长调一句,前面两组论说皆是铺垫性的文字,则此处所言"近体诗",或专指五、七言绝句。而他提出的长调"近于排律"、排律"殆有均之骈体文"的说法,在一定程度上将词中长调、文中骈体相对应,一并放在"难学而易工"的位置上。

经过这样的调整,王国维不再停留在文体规则与学工难易的关系上,而是与寄

---

① 滕咸惠《人间词话新注》,齐鲁书社1981年版,第33页。
② 王国维《人间词话》,人民文学出版社1960年版,第219页。
③ 彭玉平《人间词话疏证》,中华书局2011年版,第178页。
④ 王国维《人间词话手稿》,浙江古籍出版社2005年版,第71页。

兴、言情等文学内在的功能性要素相结合。那么,散体、绝句、小令三者的共通性到底是什么呢?我们当然可以说,从大处看,在寄兴、言情两相宜;从细处看,在不事雕琢而意味深长。王国维并不以文体篇幅之长短为学工难易之标准,而认为关键在于文体是否能自然从容的表意。但这样的解释,无疑与吴华孙、袁枚的原意相距甚远,有罔顾源流、强制阐释的嫌疑。

如果我们将王国维的观点定位于此,那么,他只是根据自己的审美标准,选取了一个新的观察角度,来论说文学诸体的学工难易。吴华孙和袁枚的言论,不过是他借题发挥的材料而已。我们可以说他对"学""工"对象的认识,与吴华孙不同,别有一番新意,但很难说他的认识达到了袁枚的高度。换句话说,如此视角下的王国维言论,只是古典诗学发展中的一种新说,没有显露出现代文学批评的新态。

这个时候,我们不妨换一种思维方式。《人间词话》中另有一则材料:

> 南宋词人,白石有格而无情,剑南有气而乏韵,其堪与北宋人颉颃者,唯一幼安耳。近人祖南宋而祧北宋,以南宋之词可学,北宋不可学也。学南宋者,不祖白石,则祖梦窗,以白石、梦窗可学,幼安不可学也。学幼安者,率祖其粗犷、滑稽,以其粗犷、滑稽处可学,佳处不可学也。①

王国维在这里提出了"可学"与"不可学"两个概念,对应南宋词和北宋词。这基本上符合他推崇北宋的词学理念。此说有渊源可循,见周济《宋四家词选目录序论》:

> 北宋主乐章,故情景但取当前,无穷高极深之趣。南宋则文人弄笔,彼此争名,故变化益多,取材益富。然南宋有门迳,有门迳故似深而转浅;北宋无门迳,无门迳故似易而实难。②

对比可知,王国维的一大突破,是将门径之有无,学习之深浅难易,提升为"可学"与"不可学"两个理论概念。相关讨论从方法论的层面,上升至本体论的层面。读周济的北宋词"似易而实难"一句,我们很容易联想到王国维的"小令易学而难工,长调难学而易工"一句。虽然在严格的意义上,作为时代的北宋、南宋,不能与作为词体的小令、长调画上等号,但事实上,在王国维的词学体系中,它们的对应关系是显而易见的。所谓的"难工"或"易工",在一定程度上,是"不可学"或"可学"的一种含蓄表达方式。王国维亦可将之表述为"小令不可学,长调可学",只不过这段讨论从关于散文、骈文、近体诗、古体诗的讨论延续而来,不得不继续使用"学工难易"这一套术语罢了。

行文至此,我们有必要留意王国维笔下的"自然"概念。在他对元曲、纳兰词的高度评价中,都曾用到"自然"一词。做一个不恰当的比较,王国维的"自然",类似于

---

① 王国维《人间词话》,人民文学出版社 1960 年版,第 213 页。
② 周济《宋四家词选目录序论》,唐圭璋《词话丛编》,中华书局 2005 年版,第 1645 页。

袁枚笔下的"天籁"。但袁枚的"天籁",不以否定"人籁"为基础,他甚至认同"天籁须从人功求",就像蒋寅所说,袁枚并非"要否定传统诗学的一切观念和技法,而只是不再将它们视为绝对的价值和强制性的规范"①。也就是说,天籁和人功的共存是可行的,它们不具有排他性。而王国维的"自然",虽然也从古典诗学中汲取了养料,但更核心的来源是欧洲浪漫主义的思想传统②,在一定程度上,更强调文学创作中原始的、天才的一面,而对人类制定的各类规则有天然的排他性。袁枚的"难工",最后停留在人籁约制下的天籁难成,依然是文体规制的问题;而王国维的"难工",是指站在规则对立面的自然天才的达成,这是"不可学"的,在很大程度上超出了文体学的范畴,更像是对文学主体性的一次讨论。换句话说,王国维诗学中的解构倾向,因有西学思想的融入,比袁枚更加自觉和彻底。

由上合而观之,王国维笔下的三组文体,有可能不在同一套阐释系统下,而是汲取了吴华孙、袁枚的学说思想,依初学、进学、不可学之顺序递进,构成了诗歌学习的三个阶段。而其最终的目的,就是借词中小令、长调之关系,来论证自己的文学"自然"说。

综上所述,明清"以棋喻诗"说的演变,从刘定之到吴华孙,是从静态的文体结构(本体)到动态的文体学习(方法)之观念推进;从吴华孙到袁枚,是从初学的文体规制到进学的文体逾制之观念推进;从袁枚到王国维,则是从可学(初学、进学皆属可学)到不可学、用自然天才法则凌驾文体规矩之上的观念推进。这一条演变脉络所反映的,正是清代以来性灵诗学冲击传统诗学、西方诗学冲击古典诗学的一个渐变过程。本篇借"以棋喻诗"与"学工难易"二说管中窥豹,求教方家。

---

① 蒋寅《袁枚性灵诗学的解构倾向》,《文学评论》,2013年第2期。
② 罗钢《一个词的战争——重读王国维诗学中的"自然"》,《北京师范大学学报》,2007年第1期。

袁枚的咏史诗批评观念与风格追求

马　昕

一、引言：咏史诗在袁枚诗学世界中的地位

袁枚是清代诗坛最杰出的诗人之一，学界对其诗学观念的研究已有相当积累，但很少从单一题材类型入手。本文特别关注袁枚对咏史诗的批评观念与风格追求，是基于咏史题材在其诗学世界中的独特地位。

首先是袁枚自己对写作咏史诗兴趣浓厚，创作数量可观。据笔者统计，《小仓山房诗集》所收的4461首诗中，有236首属于咏史题材，占比约为5.3%。这个比例算不算高，要看跟谁比较。有学者从《全宋诗》所收录的27万余首诗中统计出宋人创作的咏史诗共有7000余首[1]，所占比例是2.5%到3%之间。众所周知，宋代是一个史学发达并且流行"以学问为诗"的时代，咏史诗的创作数量应该是比较多的。而袁枚所创作的咏史诗所占的比例又是宋人平均水准的两倍左右，当然算是很高了。再看与袁枚同时并且诗学思想接近的性灵派副将赵翼，他有5000余首诗[2]，据笔者统计，其中的咏史诗有240首，占比不足5%，也低于袁枚。而赵翼本身就是一位著名的史学家，在写作咏史诗这件事上，他都被袁枚比下去了，足见袁枚对咏史诗确实具有相当浓厚的兴趣。

其次，咏史诗与袁枚的文学生涯有着很深的渊源。袁枚自幼年起，就对史书和古事很有兴趣。他年仅4岁时，喜欢听姑母沈夫人给他谈论历史掌故。袁枚所作《亡姑沈君夫人墓志铭》中记载："姑少娴雅，喜读书，从礼而静，为大父所钟爱。枚剪髫时，好听长者谈古事，否则啼。姑为捃摭史书稗官，儿所能解者，呢呢娓娓不倦。以故枚未就学，而汉、晋、唐、宋国号人物，略皆上口。"[3]袁枚5岁时，叔父袁鸿也承担过这样的任务，《双柳轩诗集·哭健盘叔》（其二）有"五岁早教前古事"[4]之句，可以为证。特别是袁枚在七岁时，偶然读到老师史玉瓒所作的一首《仆固怀恩传》，"偷读

---

* 作者为中国社会科学院文学研究所副编审。
本文由《人大复印资料：中国古代、近代文学研究》2017年第8期全文转载。
① 赵望秦、张焕玲《古代咏史诗通论》，中国社会科学出版社2010年版，第114页。
② 王英志《袁枚暨性灵派诗传》，吉林人民出版社2000年版，第30页。
③ 袁枚著，周本淳标校《小仓山房诗文集》，上海古籍出版社1988年版，第1265—1266页。
④ 袁枚《双柳轩诗集》，王英志编纂校点《袁枚全集新编（第16册）》，浙江古籍出版社2015年版，第36页。

而记之"①。这几乎是袁枚与诗歌最早的接触,启发了他对诗歌最初的兴趣。

再次,袁枚的咏史诗具有独特的创作现场,更能表现其真实的诗歌追求。袁枚自37岁彻底归隐于随园,直至82岁去世,虽是隐士,却并不隔绝尘俗,反而经常要跟文坛、政界人士往来,在这迎来送往、觥筹交错间,他写下了很多应酬之作。有学者统计,袁枚的应酬诗有1600首左右②,超过他全部存世诗作的三分之一,这当然会影响到袁枚整体的诗歌创作水平。而咏史诗恰如一股清流,几乎绝无应酬之句,反而更靠近袁枚的真实性情。另外,《小仓山房诗集》各卷都有明确纪年,将其中236首咏史诗按年编排,将会发现:26首作于少年漫游南北与流落京城时期,16首作于翰林院学习时期,6首作于南京候任时期,23首作于外放任职时期,46首作于赴陕西任职途中及任上,46首作于晚年漫游时期,这些诗都不作于随园,一共有163首,占比69.1%。从这个角度来看,袁枚的咏史诗主要记录了他在随园之外的思想与情感状态,也最能摆脱请托应酬的枷锁。虽然袁枚长期居于随园,但他的咏史诗多产生于漫游期间,得力于江山之助,比较近似于所谓的"怀古诗"。关于"咏史"和"怀古"的差别,学界观点有三:一是认为二者不同,如施蛰存认为:"咏史诗是有感于某一历史事实,怀古诗是有感于某一历史遗迹。"③二是认为二者相同,如沈祖棻认为:"我国古代诗歌当中有所谓览古或怀古的作品,就题目而论,虽属地理范围,但既是古迹,就必然具有历史意义,所以它们在实质上是一种咏史诗。"④三是认为二者同中有异,如袁行霈主编的《中国文学史》认为:"怀古诗和咏史诗是有区分而又很接近的两类诗。大体上说,怀古诗是就能够引起古今相接情绪的时地与事物兴发感慨。咏史诗则无须实际事物做媒介,作者直接以史事为对象抚事感慨。由于两者都是咏'古',又时有交叉,界限并不很严。"⑤而笔者认为,以上的见解都是以唐诗作为分析对象的;而咏史与怀古在唐代以后渐趋合流,差别愈来愈小。尤其在袁枚的创作中,若结合其生平与诗集编排体例,就知道有很多作品是登临遗迹而作;但若只看文本,则会误以为是书斋写作。这是因为袁枚的怀古诗并没有停留在抒情写景的套路中,而是充分调动其才情与灵机,发表与众不同的议论。所以,我们在讨论袁枚咏史诗的时候,几乎可以忽略咏史与怀古的细微差别,这也是本文以"咏史"二字概括整个咏史怀古诗的原因。

最后也是最重要的,袁枚不仅长期、大量地创作咏史诗,而且对咏史诗的创作方法提出了较为系统的理论认识;此外,他在《随园诗话》中对其他诗人的咏史作品也提出了很多批评意见。通过这两方面材料,再结合其自身的创作实际,我们可以考

---

① 袁枚著,顾学颉校点《随园诗话》,人民文学出版社1982年版,第351页。
② 张绍华《郁郁怀古心浩歌寄惆怅——由袁枚咏史怀古及人际交游诗作看其诗意个性》,《北京工业大学学报》,2012年第6期。
③ 施蛰存《唐诗百话》,上海古籍出版社1987年版,第239页。
④ 沈祖棻《唐人七绝诗浅释》,上海古籍出版社2000年版,第163—164页。
⑤ 袁行霈《中国文学史(第二卷)》,高等教育出版社1999年版,第421页。

察袁枚对咏史诗抱有何种批评观念与风格追求。

袁枚对咏史诗有特别的兴趣,当然还与他对史学的兴趣有关。著名史学家钱大昕甚至还称赞过袁枚"研精史学"①。袁枚则在作史方法的问题上提出了自己的看法,他说:"作史者,只须据事直书,而其人之善恶自见,以己意定为奸臣、逆臣,原可不必。"②但毕竟作诗不同于作史,咏史诗也非"有韵之史书"。如果一首咏史诗只是将史事一五一十铺陈而出,即便合于格律,琅琅可诵,也缺少诗的"意味"。例如,他这样批评诸葛亮的《梁甫吟》:"晏子以二桃杀三士,事本荒唐;后人演为《梁父吟》,尤无意味。而孔明好吟之,殊不可解。"③《梁甫吟》诗云:"步出齐城门,遥望荡阴里。里中有三坟,累累正相似。问是谁家冢,田疆古冶子。力能排南山,文能绝地理。一朝被谗言,二桃杀三士。谁能为此谋,国相齐晏子。"④从写作技法上讲,《梁甫吟》停留在对史实的简单叙述与咏叹上;而从思想价值上讲,袁枚认为二桃杀三士本是一件荒唐事,根本不值得歌颂和纪念,诸葛孔明却缺少正确的价值判断和史学品位,写出的这首咏史诗当然也就"尤无意味"。这不正是要在史实叙述之外"以己意"判定是非吗?甚至可进一步说,判定是非恰是咏史诗的妙处所在,诗人理应表达出其对历史事件的看法。至于表达出"什么样"的看法,以及该"怎么样"去表达这些看法,袁枚做出了如下规定:

> 读史诗无新义,便成《廿一史弹词》。虽著议论,无隽永之味,又似史赞一派,俱非诗也。⑤

袁枚首先指出,咏史诗要有"新义",否则就成《廿一史弹词》。这规定了咏史诗思想内容上的特点,也就是"什么样"的问题。杨慎《廿一史弹词》以"三三四"句式和浅近文言叙述历史大事,这样一种通俗作品,当然不能指望它有什么新颖的历史阐释观点。但咏史诗人应对自己提出更高要求。而一谈到"新义",就难免要出现议论。古代诗学史上,人们对"诗中能否掺杂议论"这样一个基本问题展开过复杂的争论,可谓"牵一发而动全身",因为问题的背后是深厚的唐诗、宋诗两大传统。袁枚虽然对唐宋之争向来没什么兴趣,但大概也希望在两个阵营之间求得一种平衡。于是,他一方面主张咏史诗要有新义,要有议论;另一方面又对咏史议论提出了规范性的要求,使其更靠近具有蕴藉含蓄之美的唐诗风格。因此,袁枚又提出咏史议论要有"隽永之味"。这就规定了咏史议论的表现方式,也就是"怎么样"的问题。我们下面就从"新义"和"隽永"两方面入手,结合袁枚对他人作品的评论与其自身作品的风貌,来分析袁枚的咏史诗创作观念与风格追求。

---

① 钱大昕《答袁简斋书》,陈文和主编《嘉定钱大昕全集》,江苏古籍出版社1997年版,第580页。
② 袁枚《随园随笔》,王英志编纂校点《袁枚全集新编(第13册)》,浙江古籍出版社2015年版,第65页。
③ 袁枚著,顾学颉校点《随园诗话》,人民文学出版社1982年版,第168页。
④ 诸葛亮《梁甫吟》,段熙仲、闻旭初编校《诸葛亮集》,中华书局1960年版,第54页。
⑤ 袁枚著,顾学颉校点《随园诗话》,人民文学出版社1982年版,第58页。

二、"新义":咏史诗的思想境界

(一)批评上的推崇

袁枚的整体诗学观念中就包含着对"新义"的追求。他曾在《随园诗话》中引述姜夔的话:"人所易言,我寡言之;人所难言,我易言之:诗便不俗。"①也说过:"余自幼,诗文不喜平熟。"②具体而言,他最推崇"翻案"式的写作,因为既能突出作者的过人天才,又能避免读者的审美疲劳。他说:

> 诗贵翻案:神仙,美称也;而昔人曰:"丈夫生命薄,不幸作神仙。"杨花,飘荡物也;而昔人云:"我比杨花更飘荡,杨花只有一春忙。"长沙,远地也;而昔人云:"昨夜与君思贾谊,长沙犹在洞庭南。"龙门,高境也;而昔人云:"好去长江千万里,莫教辛苦上龙门。"白云,闲物也;而昔人云:"白云朝出天际去,若比老僧犹未闲。""修到梅花",指人也;而方子云见赠云:"梅花也有修来福,着个神仙作主人。"皆所谓更进一层也。③

"翻案法"是杨万里提出的理论概念④,而袁枚的性灵诗说又直接受杨万里的启迪⑤。从这一层面来看,袁枚赞成翻案也是顺理成章之事。

"翻案"写法在咏史诗中有着广泛而深刻的应用。虽然中国历史悠久,史籍存留丰富,诗人咏史的资源太多太多,但古代咏史诗的歌咏对象却往往集中在一些热点话题上,并逐渐形成对这些话题的依赖。前人写过的题目,后人再写,就很难写出新义。袁枚在咏史题材上大概也能感受到这种深重的创新焦虑。一日,他漫步到随园旁边的放生庵,偶然看到一名寒士后进的诗稿,就触动了这层焦虑,因为诗稿上写:"香焚宝鸭客吟哦,万轴牙签手遍摩。此事未知何日了,著书翻恨古人多。"很可能是最后这一句与他长久以来的焦虑不谋而合,所以他竟一瞬间将这位素昧平生的诗人引为知己。这不仅使他慷慨解囊资助了寒士,将其引荐给安庆太守郑时庆,使其摆脱寒酸处境,而且,他还与这位诗人结为诗友,关注着他后续的作品。于是,袁枚在《随园诗话》中引录了他的另外两首诗。一首题为《遣怀》,诗云:"我口所欲言,已言古人口。我手所欲书,已书古人手。不生古人前,偏生古人后。一十二万年,汝我皆无有。等我再来时,还后古人否。"诗人虽有着对古人影响的焦虑,但也富于才气,写出了下面这首《咏淮阴侯》:"淮阴当穷时,乞食一饿殍。及其封王后,被诛尤草草。穷不能自保,达不能自保;万古称人杰,为之一笑倒。"⑥这首诗推翻了韩信的英雄形

---

① 袁枚著,顾学颉校点《随园诗话》,人民文学出版社1982年版,第107页。
② 袁枚著,顾学颉校点《随园诗话》,人民文学出版社1982年版,第214页。
③ 袁枚著,顾学颉校点《随园诗话》,人民文学出版社1982年版,第53页。
④ 杨万里《诚斋诗话》,丁福保辑《历代诗话续编》,中华书局1983年版,第141页。
⑤ 胡明《论袁枚诗性灵说》,《文学评论》,1982年第6期。
⑥ 袁枚著,顾学颉校点《随园诗话》,人民文学出版社1982年版,第174页。

象,认为他无论穷达皆不能自保。之前有无数咏史者都说韩信是人杰,但与这首诗的观点相比,那些都是多么可笑的认识啊。诗人在末尾二句用一种对前代诗人近乎嘲笑的方式,表露出他对翻案写法的依赖。

咏史翻案的意识恰恰就隐藏在对前人的超越上,如能得到一个"古人所未有"的新观点,简直使身处后世的咏史诗人激动若狂。袁枚就举出毗陵太守李宁圃的《姑苏怀古》,诗云:"松柏才封埋剑地,河山已付浣纱人。"该诗将季札挂剑与夫差亡国这两件事联系起来,揭示了国家兴亡的不可预料。袁枚说,这一创意是"古人所未有也"①。

如果哪位咏史诗人专以翻新为追求,就更会得到袁枚的欣赏。例如《随园诗话》卷一二云:"山阴沈冰壶,字清玉,有《古调独弹集》。以新乐府论古事,极有见解。"②从袁枚所引例诗来看,这部咏史乐府诗集确实提出了很多迥异前人的看法,所以袁枚才称赞其"极有见解"。再比如《随园诗话·补遗》卷五又说他应邀为颜希源《百美新咏图》和邵帆《历代宫闱杂咏图》作序,发现这两部诗集都专咏历代女性人物,"用意皆翻空出新"③。

(二)创作上的实践

袁枚不仅在诗学批评中强调咏史诗要具有议论上的新义,而且他自己在创作中也做出了很好的实践。例如《谒岳王墓作十五绝句》④,就最能体现其创新能力。这组诗是诗人晚年携子游览西湖时所作。诗人围绕岳飞这单一的历史人物写了15首诗,却没有哪两首诗的立意是重复的,而是充分发挥才情与智慧,分别从不同的角度下笔。除此之外,袁枚咏史诗中这类具有新义的作品也是数不胜数。更重要的是,袁枚咏史诗中的创意和灵感,是从何而来的呢?

首先是诗人的学识。袁枚虽不以学问见长,却也绝非无学之辈。他一生酷爱读书,尤其酷爱读史,积攒了丰富的历史知识,这些都为他创作咏史诗提供滋养。例如《谒岳王墓作十五绝句》,要找到多元的立意角度,就必须对南宋初年的政局和战局有一定了解,若向壁虚构则是不可能的。而在知识的指引下,诗人也更容易获得真知灼见,实现立意的创新。例如《玉环》(其二):"可惜云容出地迟,不将谰语诉人知。唐书新旧分明在,那有金钱洗禄儿?"⑤袁枚考察了《新唐书》和《旧唐书》中有关杨贵妃的记载,发现正史并未说杨玉环认安禄山为义子,这样的传说并不可信。诗人为杨贵妃翻案时,也就具有了坚实的学术基础。袁枚自己也说:"余每作咏古、咏物诗,必将此题之书籍,无所不搜。"⑥可见他作咏史诗时,往往做好充足的知识准备。

---

① 袁枚著,顾学颉校点《随园诗话》,人民文学出版社1982年版,第563页。
② 袁枚著,顾学颉校点《随园诗话》,人民文学出版社1982年版,第397页。
③ 袁枚著,顾学颉校点《随园诗话》,人民文学出版社1982年版,第695页。
④ 袁枚著,周本淳标校《小仓山房诗文集》,上海古籍出版社1988年版,第633页。
⑤ 袁枚《玉环》(其二),周本淳标校《小仓山房诗文集》,上海古籍出版社1988年版,第33页。
⑥ 袁枚著,顾学颉校点《随园诗话》,人民文学出版社1982年版,第20页。

可是,咏史诗不同于史学考证札记,所以咏史诗新义的获得,也不能局限于"书本之中"的学问,还要在"书本之外"——史书记载的盲区张开想象的翅膀,从"虚"处着眼,使咏史诗获得情感与诗意的空间。袁枚恰好颇善此道,具体包括以下三种方法:

一是对历史演进的多种可能性提出假设。例如《黄金台》(其四):"于今蔓草萦台绿,千年壮士寻台哭。为道昭王今便存,不报仇时台不筑。"①袁枚假设燕昭王身处乾隆时期,在没有报仇复国的压力时,也就根本不会筑造黄金台来招纳士人。这一针见血地指出了燕昭王纳士之举的真实动机与根本原因,揭掉了所谓明君的高尚面具。又如《再题马嵬驿》(其四):"不须铃曲怨秋声,何必仙山海上行!只要姚崇还作相,君王妃子共长生。"②袁枚假设姚崇如果活得久一点,继续辅佐唐玄宗,很可能会避免安史之乱的发生。这也间接指出,安史之乱的主要原因是玄宗缺少良臣辅佐。

二是揭示历史人物的隐秘心理。例如前引《西施》(其一):"吴王亡国为倾城,越女如花受重名。妾自承恩人报怨,捧心常觉不分明。"史书中对西施的事迹本就少有记载,更别说去描述西施实行"美人计"时的情感矛盾。这些都需要诗人具有"感同身受"的能力,站在西施的处境与立场上考虑问题。

三是以戏剧笔法虚构情节。例如《昭君》:"妾弹琵琶非自伤,伤心还是为君王。千秋几个倾城色,一旦轻轻付远方。君王若果非知己,妾亦甘心绝域死。如何贱妾远行时,诏书正选良家子。良家子,比妾姝,问旁人,如不如?"③这里想象昭君出塞的同时,汉元帝下诏征选良家女子。昭君听说此事,内心一定如五味杂陈。这里的重点还不是揭示昭君的心理,因为使昭君有此心理的前提都是诗人虚构的。诗人几乎不是在对真实的历史进行歌咏,而是以诗的笔法创作一部历史剧。

(三)限制性原则

袁枚认为咏史诗要有新义,甚至能够翻案;但新义并不意味着正确,翻案写法也不是被普遍接受的诗歌审美风格。因此,必须对咏史诗中的新义与翻案有所限制。《随园诗话·补遗》卷九云:

> 郑夹漈诋昌黎《琴操》数篇为兔园册子,语似太妄,然《羑里操》一篇,文王称纣为"天王圣明",余心亦不以为然,与《大雅》诸篇不合,不如古乐府之《琴操》曰:"殷道溷溷,浸浊烦兮,炎炎之虐,使我愆兮。"其词质而文。要知大圣人必不反其词以取媚而沽名。余文集中辨之也详。④

韩愈曾推文王之意以作《拘幽操》,诗云:"目窈窈兮,其凝其盲。耳肃肃兮,听不闻声。朝不见日出兮,夜不见月与星。有知无知兮,为死为生?呜呼!臣罪当诛兮,天

---

① 袁枚《黄金台》(其四),周本淳标校《小仓山房诗文集》,上海古籍出版社1988年版,第17页。
② 袁枚《再题马嵬驿》(其四),周本淳标校《小仓山房诗文集》,上海古籍出版社1988年版,第181页。
③ 袁枚《昭君》,周本淳标校《小仓山房诗文集》,上海古籍出版社1988年版,第599页。
④ 袁枚著,顾学颉校点《随园诗话》,人民文学出版社1982年版,第814页。

王圣明。"①末尾二句居然令文王向纣王请罪,还称颂纣王"圣明",这或许出于文王被幽禁时保命求活的本能,但显然违背了人们对文王的崇拜和对纣王的痛恨。基于价值观的不认同,袁枚并没有赞同这一翻案。看来即便翻案,也不能突破基本的价值底线。

从正面来讲,袁枚对一些翻案咏史诗的赞赏,是基于他和诗人在价值观上获得了共通与契合,而不是因为翻案逻辑所带来的机智效果。我们看下面这几条:

> 余雅不喜四皓事,著论非之;且疑是子长好奇附会,非真有其人也。后读杜牧"四皓安刘是灭刘";钱辛楣先生"安吕非安刘"二诗,可谓先得我心。顾禄伯亦有诗诮之云:"垂老与人家国事,几闻巢、许出山来?"②
>
> 吴名镇,甘肃临洮人。……余雅不喜陈元礼逼死杨妃。《过马嵬》云:"将军手把黄金钺,不管三军管六宫。"吴《过马嵬》云:"桓桓枉说陈元礼,一矢何曾向禄山?"亦两意相同。③
>
> 余旧咏《西施》,有云:"妾自承恩人报怨,捧心常觉不分明。"自道得题之间,载入集中。今读陈夫人《题捧心图》云:"眉锁春山敛黛痕,君王犹是解温存。捧心别有伤心处,只恐承恩却负恩。"与余意不谋而合。④

翻案作品的意义首先在于启发读者以全新的思路,正因为读者没有料到其思路,这类作品才具有审美的亮点。但袁枚举出这些翻案作品的时候,都会说它们与自己固有的价值观念相符。换句话说,他读这些诗时,审美的刺激并不是由意料不到而来,而是由心意契合而来。如果过度迷恋于"意料不到"所带来的阅读快感,就会对翻案本身产生不必要的狂热。而如果是因为"心意契合"而欣赏它,就是基于价值观的认同。这种认同感,对"翻案狂热症"不啻为一剂良药。

但是,袁枚自己偶尔也有突破创新底线的作品。这包括两种情况:

一是与主流认识严重违背。例如袁枚在任职江宁时期所作的《咏史》六首⑤,其中第一首写汲黯。汲黯曾认为当县令是一件耻辱的事,还感叹自己过去的部下都如"积薪"后来居上。袁枚对此不满,甚至说"当时竟杀汝,如鼠投沸汤"。汉武帝对汲黯异常尊重,召见汲黯时定会衣冠整齐,袁枚却说"不冠而见之,于帝更何伤"。我们联想一下袁枚在几年前刚刚外放做县令时是何等的满腹牢骚,而已经做了六年县令的他,不但不对汲黯以做县令为耻的说法表示深有同感,反而横加指责。袁枚这种对皇权的一味维护,多半也不是真话,而很可能是长久压抑之下的自我开解或变态释放。

---

① 韩愈《琴操十首》(并序),钱仲联、马茂元校点《韩愈全集》,上海古籍出版社1997年版,第104页。
② 袁枚著,顾学颉校点《随园诗话》,人民文学出版社1982年版,第99页。
③ 袁枚著,顾学颉校点《随园诗话》,人民文学出版社1982年版,第544-545页。
④ 袁枚著,顾学颉校点《随园诗话》,人民文学出版社1982年版,第636页。
⑤ 袁枚《咏史》,周本淳标校《小仓山房诗文集》,上海古籍出版社1988年版,第80-82页。

二是与自我观点出现矛盾。诗人对同一历史人物的看法发生变化,有时候是阅历和境遇的变化造成的,这在诗人成长过程中是正常现象。但如果在短时间内的不同作品中出现自相矛盾的观点,则至少有一首诗并非出自真心。例如前引《谒岳王墓作十五绝句》(其七):"小校桓桓道姓施,涌金门外有专祠。雄心似出将军上,不斩金人斩太师。"袁枚指责施小校不上战场堂堂正正地杀敌报国,而只会做些阴谋暗杀的事情。但就在这次西湖游览期间,他还作了一首《施将军庙》,却极力称颂施小校行刺秦桧的英雄壮举,说他"一德格天阁正新,一刀杀贼乃有人","事虽不了神鬼惊,悬头市上香三日"①。笔者怀疑,前者比较可能是假话,因为袁枚在创作《谒岳王墓作十五绝句》时面临更大的创新压力,比较容易为创新而创新,而他对施小校的苛刻批评就与一般观点并不相同,因此具备了创新性。《施将军庙》才真正暴露了他真实的情感立场。

概而言之,以上两点都存在同样的毛病,就是诗中的情感不出自真心,这对袁枚以"性灵"为核心的整体诗学思想构成严重的冲击。进一步说,"性灵"理论的困境和危险也正在于此:一方面,性灵理论要求诗要写出个性,因此要有新义;另一方面,性灵理论又要求诗要表达真情,可是创新压力过大的时候就很容易为创新而创新,反而忘记真性情。这一矛盾给我们的启示是:在咏史题材中,要谨慎地掌握好创新的尺度,使创新与真情不相违背。

三、"隽永":咏史诗的艺术追求

袁枚认为,咏史诗除了在思想内容上要有"新义",在艺术效果上还要富于"隽永之味"。隽永,是指感情深沉悠远,意味绵长不绝,读者虽已结束阅读,却仍有反复咀嚼、不断回味的兴致。要想产生这样的阅读感受,尤其要在诗的结尾处做足功夫。结尾仓促,则诗味太少,读者感受戛然而止,无从接续;结尾冗长,则诗味转淡,读者即便想要回味,也无从使力;而在结尾使用某些技巧或追求某种风格,则会增强诗味,使阅读感受延长或溢出,收获到"诗完意未完"的效果。我们梳理了袁枚在咏史诗批评与创作中的一些看法和做法,可以总结出他所认可的能够产生"隽永之味"的三种方法——幽默、形象和用典。

(一)幽默

前引《随园诗话》中说:"虽著议论,无隽永之味,又似史赞一派,俱非诗也。"这段话之后,袁枚举出了例诗:

> 尤隽者,严海珊《咏张魏公》云:"传中功过如何序,为有南轩下笔难。"
> 冷峭蕴藉,恐朱子在九原,亦当干笑。

张浚在符离之战中大败,损失兵力三十余万;后来又勾结秦桧,害死岳飞,与投降派

---

① 袁枚《施将军庙》,周本淳标校《小仓山房诗文集》,上海古籍出版社1988年版,第638页。

同流合污。对这样一个反复小人进行功过评断,本来无可争议,但张浚之子张栻(号南轩)是著名的理学家,与朱熹、吕祖谦号称"东南三贤",他对乃父恐怕难有公允评价。这首诗巧妙地利用了张栻的双重身份,揭示他在父子亲情与民族大义之间的纠结,虽然一针见血,却又不戳破南轩心境,只言其下笔之难,所以袁枚说此诗于冷峭中又带蕴藉,是更高级的蕴藉,也是更高级的冷峭。即便深受张栻思想影响并与张浚父子都有交谊的朱熹读了此诗,恐怕也会为之干笑。在袁枚的评语中,"蕴藉"二字基本是"隽永之味"的注脚;而朱熹的"干笑"恰好揭示了达致隽永蕴藉之境界的一种方法——幽默。

朱熹的"干笑",首先有"笑"的一面。该诗利用张栻双重身份上的巧合,制造出他在道德与伦理上的尴尬处境,形成喜剧式的幽默效果。其次又有"干"的一面。幽默的目的并不只是供人一笑,而是使人直面冷酷与两难的窘境,为幽默赋予深刻的意义。只有这样的幽默,才具有使人不断回味的必要和使人浮想联翩的力道。

幽默,对于诗人来讲,首先需要一种近似于游戏的创作心态,所以历来很多幽默的诗都以"戏作"为标榜。《随园诗话》云:

> 齐田骈不屑仕宦,而家甚富。或戏之曰:"臣邻女貌称不嫁,行年三十而有七子;不嫁则不嫁,然而嫁过毕矣。今先生设为不宦,訾养千钟;不宦则不宦,而宦过毕矣。"孙芷亭仿其意,《咏息夫人》云:"无言空有泪,儿女粲成行。"①

楚文王为得到美貌的息夫人,不惜灭亡息国。但息夫人留恋息君,三年不与楚王言,被视作节烈女性的典范。孙芷亭这两句诗却说息夫人一边为息君流泪一边又为楚王生下成行儿女,这当然是极为严厉的讽刺,但这讽刺被包裹在游戏与玩笑的外衣之下。在游戏与玩笑的背后,有人读出了息夫人的苟且,也有人读出了她的无奈。这种认知差异本身就足够形成"隽永之味",供人反复咀嚼回味。

袁枚本人的咏史诗也常常包蕴着幽默的智慧,而他最常用的手段是利用巧合。例如《题李后主百尺楼》(其七):"金字心经手自焚,命灯竿断九霄云。无情最是西天佛,送过萧梁又送君。"②梁武帝和李后主都笃信佛教,但佛教并未使他们获得善终,反倒只会将他们一个接一个"送上西天"。从浅层来看,这首诗利用梁武帝、李后主在佛教信仰上的巧合,将"上西天"的通俗说法与二人不得善终的下场联系起来,产生诙谐的效果;而从深层来看,袁枚对佛教本就没有好感③,他的玩笑未必只是玩笑,实际也提醒读者警惕佛教的虚妄,期待读者在玩笑之余有所省思。又如《读王荆

---

① 袁枚著,顾学颉校点《随园诗话》,人民文学出版社1982年版,第381页。
② 袁枚《题李后主百尺楼》(其七),周本淳标校《小仓山房诗文集》,上海古籍出版社1988年版,第273页。
③ 王英志《袁枚批评理学与佛教》,《苏州大学学报》,2002年第2期。

公传》:"青苗几叶起风尘,孤负皋夔自待身。底事经神有缘法,周官偏误姓王人?"①袁枚同历史上很多文人一样,对王安石变法抱有否定立场;批评青苗法之不便,也属于咏史诗中常见的议论。但袁枚发现王安石和王莽具有双重同一性:一来都姓王;二来都有点泥古不化,对《周礼》进行机械的运用。说历史上两位著名的误国者都姓王,当然仅供一笑,缺乏深意;但揭示他们对《周礼》的误用,就可使读者冷静思考、反复回味。

不过,有时候玩笑的意味过重,反而容易丧失"隽永之味",幽默中也就缺少了诗的意味。例如:

> 吴门张瘦铜中翰,少与蒋心余齐名。蒋以排奡胜,张以清峭胜;家数绝不相同,而二人相得。心余赠云:"道人有邻道不孤,友君无异黄友苏。"其心折可想。《过比干墓》云:"只因血脉同先祖,真以心肝奉独夫。"……读之,令人解颐。②

袁枚以"清峭"二字评价张中翰诗风,这比他评价严海珊时所用的"冷峭",多了一分轻佻和随意。《过比干墓》这两句也确实谈不上深意,恐怕也只是"令人解颐"罢了。

袁枚自己的咏史作品中也不乏这种缺乏深意的幽默,有时甚至谑而近俗,堕入轻佻庸俗的地步。例如《题李后主百尺楼》(其四):"草草南朝一梦过,潺潺春雨奈愁何!官家赖有重瞳子,洗面终朝眼泪多。"③李煜和虞舜、项羽一样,都有重瞳子的生理特征,但他的性格与命运却迥然不同。重瞳子没有给他带来治国理政的才能,也没能使他成为纵横天下的大英雄,只不过使他在悲叹国破家亡时多流出些眼泪罢了。重瞳本是圣人之相,却生在李煜这位亡国之君的身上,这使袁枚产生了打趣一番的兴致。对圣人之相极尽挖苦,终归是比较低俗的,虽然仍不失为幽默,但离隽永蕴藉的追求就比较远了。

袁枚对自己偶尔出现的此类错误并不是全无觉察,也不是没有悔意,我们在他给自己删诗的行为中能够找到例证。上海图书馆藏有一部袁枚早年编刻的《双柳轩诗集》。陈正宏先生考证,该集收诗 245 首,创作于乾隆七年至十年间(1742—1745)④,其中有 135 首未收入《小仓山房诗集》。袁枚中年归隐后自悔少作,将书版焚毁,但仍有 110 首诗出现在《小仓山房诗集》中。其中有《金川门》二首,在《小仓山房诗集》中皆不存。其一云:"龙甲纷纷战舰忙,君臣犹设讲书堂。燕王北下金川日,行到《周官》第几章?"其二云:"果教南北长江限,何自降帆铁索开。却信波涛遮得

---

① 袁枚《读王荆公传》,周本淳标校《小仓山房诗文集》,上海古籍出版社 1988 年版,第 282 页。
② 袁枚著,顾学颉校点《随园诗话》,人民文学出版社 1982 年版,第 543 页。
③ 袁枚《题李后主百尺楼》(其四),周本淳标校《小仓山房诗文集》,上海:上海古籍出版社 1988 年版,第 273 页。
④ 陈正宏《从单刻到全集:被粉饰的才子文本——〈双柳轩诗文集〉〈袁枚全集〉校读札记》,《中山大学学报》,2008 年第 1 期。

住,山河自古误庸才。"①关于这两首诗被删的过程,《随园诗话》做了交代:

> 辛丑(1781)清明,游雨花台,谒方正学祠,夜梦有古衣冠者,揖余而言曰:"子诗人也,《怀古》有:'燕王北下金川日,行到《周官》第几章?'此诗删之可也。又有句云:'江山忽见开燕阙,风雨原难对孝陵。'此二句甚佳,如何可删?"余唯唯。其人言毕,有仪从呼唱而去。余次日语人。或曰:"此莫非正学先生乎?"②

从这段记载可知,在乾隆四十六年(1781)之前,《金川门》第二首已被袁枚删去,但诗集中尚存其一。从这一删一存中可以隐约猜到,袁枚很可能是觉得第二首批评李景隆之庸劣与燕王朱棣之悖逆,虽然是很公正的历史评断,但毕竟也是太过寻常的见解。而第一首则以略带嘲讽的口吻写道:当燕王兵马已入南京金川门时,方孝孺和建文帝一起研读《周礼》读到第几章了?这种写法当然是幽默的,足可使人发笑,所以最初删诗时保留了这一首。但随着袁枚年岁的增长,性情也日渐沉稳老练,重看这篇少作时,就会转变态度,心有不安,觉得自己对方孝孺这位刚烈殉国的志士缺少应有的尊重,自己年轻时开的这个玩笑确实有点过分了。

(二) 形象

幽默手法所制造出的隽永之味,是基于议论的趣味,隐藏在幽默与玩笑背后的那些新奇的发现和难解的疑问都会使读者展开持续性的自主思考,隽永之感由此而生。而在议论之外,还可运用形象化笔法来营造绵长的诗意。但又不同于一般的景语作结,尤其在咏史诗中,以荒凉萧瑟之景收束诗篇,很容易渲染出历史的沧桑感,因此为诗家所惯用,逐渐成为咏史诗的一条写作套路。明此套路的读者,当然不会对其有特别的刺激,也就谈不上绵长的况味。必须要有套路之外更高级的技巧,才能真正将形象思维运用到位。袁枚就颇善此道,具体而言他发现了三种方法。

第一,将历史场景中的意象人格化。一般的景语描写只会将江山写成江山,将草木写成草木,但咏史诗中不仅有景语,还势必要写到历史人物的行为。既有景又有人,这是写作咏史诗时基本都会遇到的情况。那么何不让景物"活"起来,与人互动,与人沟通呢?要做到这一点,就需要灵活运用象征与拟人这两种修辞手法。先看《随园诗话》中的两段批评材料:

> 胡伟然《钓台》云:"在昔披裘客,浮名着意逃。江流日趋下,益见钓台高。"钱相人方伯《钓台》云:"图画功名安在哉?高风千古一渔台。此情唯有江潮解,流到滩前便急回。"余过钓台,见石刻林立;独爱此二首。③

---

① 袁枚《金川门》,《双柳轩诗集》,王英志编纂校点《袁枚全集新编(第16册)》浙江古籍出版社2015年版,第11页。
② 袁枚著,顾学颉校点《随园诗话》,人民文学出版社1982年版,第655–656页。
③ 袁枚著,顾学颉校点《随园诗话》,人民文学出版社1982年版,第397页。

袁枚在严陵钓台众多题诗当中独爱胡伟然、钱相人二首,虽未明言理由,但两首诗显然具有共同的亮点,即让江流意象"活"了起来。胡伟然将江流视作世间俗人的象征,"江流日趋下"暗指两汉之交堕落沉沦的世风,用来反衬严子陵归隐的高尚情操,这相当于将"江流"人格化为堕落士人。钱相人也将"江潮"人格化,说严子陵的高风亮节只有江潮才能理解。而这两首诗的形象化修辞技法,都用在了全诗结尾。意象是"活"的,就会给读者带来更加强烈而持久的刺激,其所产生的画面也会溢出诗外,在读者脑海中持续驻留,使读者读完全诗却仍在继续回味。

  袁枚自己的咏史作品中也常常使用这类技巧。例如七律《题严子陵像》,其尾联云"千秋欲解还山意,只问江头老钓竿"①,就将严子陵的钓竿化为可与问询的对象。要理解严子陵的"还山意",为何要去问钓竿呢?可能是因为钓竿陪伴严子陵最久,也最能靠近严子陵的灵魂。一经如此阐释,钓竿的韵味就释放出来了。再看七律《周瑜墓》,尾联云:"千载墓门松柏冷,东风犹自识将军。"②虽然时隔千载,墓门前少有人至,松柏也愈发冷郁,但东风仍然识得周将军,仿佛多年的老友一般。将东风拟人化,周瑜墓的凄清现状与当年他叱咤疆场的壮举得到了良好的映衬,韵味也就出来了。又如杂言长篇《书仓颉庙》,诗人向仓颉控诉腐儒篡解经典的罪恶,末二句云:"仓公颉之不开口,但见神鸦鬼马云中各点首。"③袁枚一番陈词,竟连"神鸦鬼马"都要折服,足见诗人具有何等的自信。同是杂言长篇的《周孝侯斩蛟台》,前十八句都在描写周处斩蛟的惊险场景,但其中的恶蛟都只是一副禽兽的形象,虽然凶恶,却绝不通灵。而全诗最末二句云:"五百毒龙过此愁,犹恐将军在上头。"④使蛟龙有了人的忧愁和恐惧,才更见周处的英勇无畏。长篇古体最容易写得拖沓,如果结尾缺乏既有力度又有画面感的描写,就很难给读者留下深刻印象,诗之韵味更加无从谈起。

  第二,历史场景中的细节刻画。这种方法多用于七言绝句,诗人在最后一两句着力刻画与历史人物有关的典型场景,但又不能选取那些太寻常、太直切主题的画面,而是要抓住读者意想不到的侧面细节,小中见大,给读者带来意想不到的惊喜。此法为李商隐所惯用,成为其咏史短篇的一大特色,例如李诗《北齐》(其一)中的"小怜玉体横陈夜,已报周师入晋阳",《贾生》中的"可怜夜半虚前席,不问苍生问鬼神"。袁枚对此法也有过模仿与借鉴,例如《张丽华》(其一):"景阳门外一声钟,唤起宫娥梦正浓。底事军中书告急,乱堆床下不开封。"⑤袁枚在末句刻画了战报乱堆床下的场景,暗示陈后主沉湎女色,不理朝政,同时又抓住细节,形成侧面烘托的讽刺效果,给人以回味不尽的阅读感受。

  第三,历史场景的画外神韵。袁枚并不反对王士禛的"神韵说",只是将神韵作

---

① 袁枚《题严子陵像》,周本淳标校《小仓山房诗文集》,上海古籍出版社1988年版,第83页。
② 袁枚《周瑜墓》,周本淳标校《小仓山房诗文集》,上海古籍出版社1988年版,第686页。
③ 袁枚《书仓颉庙》,周本淳标校《小仓山房诗文集》,上海古籍出版社1988年版,第6页。
④ 袁枚《周孝侯斩蛟台》,周本淳标校《小仓山房诗文集》,上海古籍出版社1988年版,第696页。
⑤ 袁枚《张丽华》(其一),周本淳标校《小仓山房诗文集》,上海古籍出版社1988年版,第32页。

为"诗中一格"限定在近体短章当中①,这是贴合写作实践的经验之谈。而他在咏史诗批评中也对神韵写法做出了适度的提倡:

> 咏桃源诗,古来最多,意义俱被说过,作者往往有叠床架屋之病,最难出色。朱涧东来诵黄岱洲(其仁)《过桃源》一绝云:"桃源盘曲小山河,一洞深深锁薜萝。行过溪桥云密处,但闻花外有渔歌。"淡而有味。《沧浪诗话》所谓作诗不贵用力,而贵有神韵:即此是也。②

咏桃源诗作为重要的咏史母题,"意义俱被说过",因此后人很难在议论层面创出新义,只好别寻途径,例如营造一种充满神韵的世外意境。黄其仁《过桃源》诗之所以能够成功,关键在于末句中的花外渔歌,听觉意象比视觉意象具有更好的印象延迟效果,即便读者脑海中的形象画面都已消失,但对渔歌的声音想象仍在继续。渔歌成为一种画外神韵,依托于桃源景象,却又溢出于桃源景象。神韵境界追求的是高远、平远、深远的效果,诗人则借由一曲渔歌巧妙地将其造就出来。

袁枚自己的作品中也不乏此类技法,如七律《歌风台》(其一),尾联云:"百二十人飘散尽,满村牧笛是歌童。"③该诗描绘刘邦功成返乡与父老同饮的场面,当酒筵散尽时,耳际仍然萦绕着歌童牧笛之声。又如《题李后主百尺楼》(其一):"黄花水小雨潺潺,南国楼台夕照间。如此长江被量去,当年还唱念家山。"④末句也以歌声收尾。钱起有诗云"曲终人不见,江上数峰青",但袁枚却特别喜欢"人虽不见而曲未终"的意境。

(三)用典

袁枚反对在诗中堆砌典故,但并不一概反对用典。只要典故用得恰到好处,不影响诗的整体意境,对读者也不构成阅读障碍,就仍然可以接受。⑤ 典故的一大类型是事典,基本来自史书;而咏史诗的书写对象也来自史书,因此可以说,整首咏史诗本身就是一个典故。同时,咏史诗人还常在书写对象之外涉及其他事典,如果用得太多,就容易喧宾夺主,使人不知该诗写的到底是什么主题。所以袁枚说:"怀古诗,乃一时兴会所触,不比山经地志,以详核为佳。""古人怀古,只指一人一事而言。"⑥但如果真的只局限于一人一事,恐怕也不是袁枚的真实意思。完全可以在主要事件之外再提到具有相似性或关联性的其他事件,两相比较,往往能得出"新义"。而如果将这样的典故用在全诗结尾,史事比较所产生的理趣和意蕴就会蔓延到诗篇之外,形成"隽永之味"。袁枚在其咏史作品中屡屡使用此法,例如《大梁吊信陵君》。

---

① 袁枚著,顾学颉校点《随园诗话》,人民文学出版社1982年版,第273页。
② 袁枚著,顾学颉校点《随园诗话》,人民文学出版社1982年版,第731页。
③ 袁枚《歌风台》(其一),周本淳标校《小仓山房诗文集》,上海古籍出版社1988年版,第153页。
④ 袁枚《题李后主百尺楼》(其一),周本淳标校《小仓山房诗文集》,上海古籍出版社1988年版,第273页。
⑤ 杨凌峰《〈随园诗话〉中的诗歌用典观》,《浙江树人大学学报》,2011年第5期。
⑥ 袁枚著,顾学颉校点《随园诗话》,人民文学出版社1982年版,第187-188页。

这首七言歌行一共32句。袁枚先用大量笔墨书写信陵君窃符救赵之始末,末尾却一笔宕开,冷冷抛出这样几句:"君不见,高皇赤龙只解骂,骑马坟前悚然下;又不见,张耳灭秦封王声赫赫,原是郎君门下客。"①一是开国雄主刘邦,即便目空一切,却对信陵君倾心敬佩;二是曾重建赵国、助刘灭项的张耳,最初也不过是信陵君的一个门客。通过这两个并未参与到窃符救赵事件中的人物,诗人将歌颂信陵君的情感力度推至最高。这样的结尾振聋发聩、掷地有声,读者读到此处,首先感到惊愕,既而颔首认同,最后则进入对信陵君无限怀想的思路中去,久久不能脱离诗境。显然,这处用典不但未使读者产生隔膜感,反而形成了咏史题材所独有的历史感怀,这不正是"隽永之味"吗?

不仅是古体长篇,近体短章也可适用此法。例如《武后乾陵》(其二):

> 含风殿唱小秦王,短发重歌武媚娘。十月梨花知宰相,一篇檄草叹文章。慈心果自啼鹦鹉,杀气终教晒凤凰。爱绝丑奴为殉未,荒坟相对有庄襄。②

武则天一生毁誉参半,后人常诟病她晚年豢养男宠,淫乱宫廷。在这方面与她有共同癖好的,是秦始皇的母亲,曾经豢养过嫪毐的秦庄襄王后。袁枚在诗末援引庄襄王后的典故,与武则天进行比较,形成了一定的趣味。

由上面两例可知,在袁枚的诗学观指导下,咏史诗可以用典,只是不宜多用,全诗要有一个主要的书写对象,但在结尾处援引其他典故,展开一些联想,诗的情感和趣味就能得到增强。而且,这两首诗所涉及的刘邦、张耳、庄襄王后,都不算生僻典故,读者读到结尾,不会因为对典故的生疏而中断意脉。袁枚也主张"不用生典",但有时连他自己都不容易做到,例如《随园诗话》卷六云:

> 余《过马嵬吊杨妃》诗曰:"金乌锦袍何处去,只留罗袜与人看。"用《新唐书·李石传》中语,非僻书也,而读者人人问出处。余厌而删之,故此诗不存集中。③

袁枚不小心用了生典,是因为有时候很难把握生与熟的界限,也很难判断读者对特定典故的熟悉程度。《新唐书·李石传》中的这条典故,旁人竟然都看不懂,袁枚并不讽刺旁人无学,而是老老实实去删诗。因为一旦读者不懂典故含义,"隽永之味"就出不来,整首诗的意境营造全盘失败,这样的作品当然没有存入集中的必要了。

研究袁枚对咏史诗的批评观念和风格追求,一方面有利于我们丰富对咏史题材本身的认识,因为袁枚是清代著名诗人中创作咏史诗的代表,在咏史诗整个发展史

---

① 袁枚《大梁吊信陵君》,周本淳标校《小仓山房诗文集》,上海古籍出版社1988年版,第11—12页。
② 袁枚《武后乾陵》(其二),周本淳标校《小仓山房诗文集》,上海古籍出版社1988年版,第174页。
③ 袁枚著,顾学颉校点《随园诗话》,人民文学出版社1982年版,第186页。

上也有鲜明特色和一席之地；另一方面有利于我们丰富对袁枚整体诗学观念的认识，因为咏史题材有"以学问为诗"的特点，其中常见的帝王将相主题又与平凡生活距离较远，都和性灵诗学存在一定矛盾，但袁枚又做出了兼容两者的努力，使咏史诗成为其诗学世界中的重要组成部分。

王先谦《骈文类纂》的文学批评建树

路海洋

在清代骈文学发展、建构的过程中,骈文选本扮演了重要的角色,而在清代众多的骈文选本中,光绪间王先谦(1842—1917)编辑的《骈文类纂》四十六卷堪称集大成之作。该选在体例上取法前修而自成一格,并首次对战国以迄清代的骈文创作,进行了系统的总结,其文献地位很高;同时,作为一部具有诸多批评功能的选本,该选经由多种路径,积极参与清代骈文学的建构,其理论建树也不容忽视。学界对王氏《骈文类纂》选文标准、体例特点及其中体现的文体观念、骈散主张,皆有涉及①,但既有的研究尚欠系统、深入,特别是对《骈文类纂》理论批评建树的揭橥,亟待加强。因此,本文即拟在分析王氏《骈文类纂》集大成特点的基础上,重点揭示其文学批评建树。

一、综古今之蕃变,集选本之大成

清代骈文复兴的序曲在晚明已经奏响,与晚明骈文振兴潮流相呼应的是,一系列骈文选本应运而生,蒋一葵《尧山堂偶隽》、李日华《四六类编》、钟惺《新镌选注名公四六云涛》、张师绎等《四六灿花》、胡松《四六菁华》、王志坚《四六法海》等即其代表。延续晚明风习,清初也出现了一批骈文选本,如黄始《听嘤堂四六新书》与《听嘤堂四六新书广集》、李渔《四六初征》、胡吉豫《四六纂组》、陈云程《四六清丽集》等。清代中叶至清末,骈文创作与理论探讨"波澜壮阔",数量更大的骈文选本乃相继问世,影响较大的有彭元瑞《宋四六选》、蒋士铨《评选四六法海》、彭兆荪《南北朝文钞》、陈均《唐骈体文钞》、许梿《六朝文絜》、李兆洛《骈体文钞》、吴鼒《八家四六文钞》、曾燠《国朝骈体正宗》、姚燮《皇朝骈文类苑》、张鸣珂《国朝骈体正宗续编》、屠寄《国朝常州骈体文录》与王先谦《国朝十家四六文钞》《骈文类纂》等。

在清代骈文选本纂辑之风颇为兴盛、各种选本众芳争妍的背景下,王先谦的《骈

---

* 作者为苏州科技大学人文学院教授、中国社会科学院文学研究所高级访问学者。本文为国家社会科学基金重大项目"历代骈文研究文献集成"(项目编号:15ZDB068)、江苏省社会科学基金项目"清代骈文选本研究"(项目编号:14ZWC001)的阶段性成果。

① 如吕双伟《清代骈文理论研究》第五章第四节《晚清骈文选本》中关于王氏《骈文类纂》的论述(人民出版社 2011 年版,第 251—257 页)、蔡德莉《试比较〈骈体文钞〉与〈骈文类纂〉》(《赤峰学院学报》,2011 年第 12 期)、孟伟《文章选本与王先谦的文章学理论》(《船山学刊》,2014 年第 4 期)等。

文类纂》之所以能脱颖而出,首先归功于其"集大成"的性质。在《骈文类纂序目》中,王先谦明确指出:"骈文之选,莫善于王闻修《法海》、李申耆《文钞》,倾沥液于群言,合炉冶于千载。顾王则题目太繁,李则限断未谨,所居之代,抑又阙如,不足综古今之蕃变,究人文之终始。"①由此可知,王氏编辑《骈文类纂》的意图乃是"综古今之蕃变,究人文之终始",亦即综括古代骈文衍变的过程与规律,进而借以考察古代文化递嬗的内在规律。王氏之所以产生这样的意图,是因为在他看来,中国古代骈文选本,以王志坚《四六法海》、李兆洛《骈文类纂》最称善本,但是王、李二选或"题目太繁"、或"限断未谨",而且它们对编选者所生活的朝代之骈文皆略而不选,可谓瑜中存瑕,未能尽善,那么它们自然不能全面反映古代骈文和文化演变的面貌与内在规律。

为了达成这一编辑意图,王先谦首先充分利用自身"所居之代"的时间滞后优势,在辑录对象的时间范围层面,做到了前人无法逾越的"集大成"。历代以来的骈文选本,若就辑录对象的时间跨度而言,大体可分两类,即断代之选(如李日华《四六类编》、张师绎等《四六灿花》、许梿《六朝文絜》、彭元瑞《宋四六选》等)与通代之选(如明游之光《今古四六汇编》、王志坚《四六法海》、李兆洛《骈体文钞》等)。其中断代之选固然仅限于辑录一朝一代之作,无法"综古今之蕃变";王先谦《骈文类纂》之前的通代骈文选本,虽然有不少志在综括古今,但辑录时间跨度位列前茅的《四六法海》只"下迄于元而能上溯于魏晋"②,《骈体文钞》也只"自秦始,迄于隋"③,都不能做到足够的综括古今。而王先谦的《骈文类纂》,气度宏阔,将战国以降直至清末的骈文创作全部纳入考察视野,选录了294位作家的2000余篇作品,从而第一次实现了对古代骈文的系统总结。

其次,王先谦取法前修,在选本体例层面也试图做到集前人之大成。王先谦之前的选本资源是极其丰富的,要想突过前人,纂辑出一部体例得当的优质选本,必须立足既有资源而去其所短、集其所长。在王先谦心目中,理想的骈文选本,必须具备一个基本的体例要素,即体性纯粹而类分简洁。体性纯粹是指选本所录文体必须是骈体文,骈文而外的文体不宜阑入,《骈文类纂序目》云:"长游艺林,粗涉文翰,见夫姚氏《古文类纂》兼收词赋,梅氏《古文词略》旁录诗歌,以为用意则深,论法为舛。"④王氏认为,姚鼐《古文辞类纂》、梅曾亮《古文词略》这样的古文选本,前者杂入词赋,后者旁及诗歌,用意虽然深远,但就选本的纯粹性而言是有所欠缺的。古文选本如此,骈文选本也不例外,像李兆洛《骈体文钞》这样成就卓越的骈文选本,就犯了骈散兼收、"限断未谨"的弊病。在此思想指导下,《骈文类纂》基本做到了只录骈体文。

类分简洁是指选本的内部分类要有足够的概括性,不能泛滥收之,《骈文类纂序

---

① 王先谦《骈文类纂》卷首,浙江古籍出版社1998年版,第3页。
② 永瑢等《四库全书总目》卷一八九,中华书局1965年版,第1719页。
③ 吴育《骈体文钞序》,李兆洛著,陈古菡、吴楚生点校《骈体文钞》卷首,岳麓书社1992年版,第3页。
④ 王先谦《骈文类纂》卷首,浙江古籍出版社1998年版,第3页。

目》就专门针对王志坚《四六法海》"题目太繁"提出了批评。按《四六法海》十二卷,将历代骈文分成了敕、诏、德音、论、碑文等40类,这样的分类法确实过于琐细,不便于读者阅读掌握。由此之故,王先谦在编辑《骈文类纂》时,便将历代骈文分成了论说、序跋、表奏、书启、赠序、诏令、檄移、传状、碑志、杂记、箴铭、颂赞、哀吊、杂文及辞赋15类,其分类是颇为简洁的。当然,王先谦所希望的类分简洁,是一种得当的简洁。正如王氏自己所言,《骈文类纂》虽然对姚鼐《古文辞类纂》多有效法,但在体例上则"稍广其例"①。具体地说,就是对姚选所分的13个类目(即论辨、序跋、奏议、书说、赠序、诏令、传状、碑志、杂记、箴铭、颂赞、辞赋和哀祭)进行了变更和增补,这是从骈文创作实际出发的积极举措。

应当说,《骈文类纂》对古代骈文遗产的总结,源流梳理、典型揭示未必十分准确、全面,体例也未尝没有可商榷之处,但其取法前贤而有所裁择,旨趣明确、自成体系,视野宏阔、规模庞大,在明清甚至整个中国古代骈文选本编纂史上,都堪称集大成式的大手笔,其文献地位是崇高的。

二、去门户之见,严骈散之界

选本是一种具有多项意义阈的载体,它既有文献保存、展示的功能,又有丰富的批评功能,是中国古代文学批评的重要形式之一,正如程千帆先生所说:"选学是我国文学批评的一种形式,一种独特的形式,他不但凸现作者的手眼,也凸现选者的手眼,以及这手眼中体现的历史眼光。"②如众所周知,选本批评的主要形式包括序跋、体例、评点和文本选择、排列等,王先谦的《骈文类纂》正运用了前述的大多数批评手段,表达了丰富的文学批评主张。在这些主张中,去门户之见、严骈散之界,是首先值得注意的。

在王先谦刊印《骈文类纂》的光绪二十七年(1901)前后,骈散之争已趋于缓和,但一方面古文阵营抑骈舆论并未完全消歇,而来自骈文阵营的排散之论也在刘师培等人手里得到发扬;另一方面在古文阵营内部,桐城末流力倡"家法"而排抑别流的弊端也越来越突出。面对这样的文坛大势,王先谦采取了比较折中的态度:既宗奉桐城"家法",又不排斥骈体;既认为骈散二体创作旨趣无二,又坚持严格区分骈散界域。概括起来说,就是去门户之见、严骈散之界。

王先谦在《复萧敬甫》中论及自己所编《续古文辞类纂》旨趣时提道:

> 仆论文素不喜人言宗派,窃以为立言之道,义各有当而已。愚柔者仰企焉而莫及,贤知者务为浩侈不能自抑其才。姚氏见之真,而守之严,其所纂述自有以入乎人人之心,如规矩准绳不可逾越。非姚氏之私言,古今天下之公言也。或以宗派之说求之,所见无乃小乎?……又或谬立帜志,横

---

① 王先谦《骈文类纂序目》,《骈文类纂》,浙江古籍出版社1998年版,第3页。
② 程千帆《致陆跃东》,《简堂书简》,上海古籍出版社2004年版,第505页。

加诋毁,因欲续纂各家之文,使天下之人知体穷万变而旨归一途,于以杜歧趋而遵正轨……仆为《续纂》,既异乎姚氏所处之时,欲宽以收之,庶天下晓然于文,果当理皆出于同一,化其门户畛域之习。①

王氏非常明确地表示,他一向对论者喜言宗派、自立门户的做法不以为然。就古文来说,姚鼐总结出来并贯彻于自己古文创作的"义理、考据、辞章"之论,有高度的合理性,因此,其已超越"一家之言"的层次,成为天下所有古文创作者都可以徇习、遵奉的"公言"。在这个意义上,那些以"宗派"的视角来看待姚鼐古文理论并持此以诋抑其他古文趣尚者,实是没有深刻领会姚论旨趣、特点的狭隘主义者。因此,王氏希望通过纂辑《续古文辞类纂》的方式,让世人明白"体穷万变而旨归一途""理皆出于同一"的道理,从而"化其门户畛域之习"、杜绝门户之见。

需要强调的是,王先谦希望去除的"门户",不仅是古文系统内部不同理论、创作趣尚间的隔阂,而且是古文与骈文间的壁垒。他在《骈文类纂序目》中提道:"文章之理,本无殊致;奇偶之生,出于自然。丽辞所肇,通变所宜,彦和辨之究矣。""至词气之兼资,乃骈俪之总辖。"②又王氏《国朝十家四六文钞序》有云:"文章道歧,何莫不然?是以学美者侈繁博,才高者喜驰骋,往往词丰意瘠,情竭文浮。奇诡竞鸣,观听弥眩,轨辙不修,风会斯靡。故骈散二体,厥失维均……夫词以理举,肉缘骨附,无骨之肉不能运其精神,寡理之词何以发其韵采?体之不尊,道由自敝。"③也就是说,数分奇偶乃自然之道,文章由散行而衍生出俪体,也是合乎自然之道的文体通变。同时,不论是散是骈,其根本的创作之"道"是一致的,那就是词气兼资、词理并举;而如果文章创作做到了词、气、理并备,那么无论其为骈为散,都是同样值得肯定的。在这个意义上,我们不难得出这样的结论:论者在骈、散间生造壁垒,乃是不明文章之道的失当之举,骈散之间的"门户"应当去除。可以说,王先谦在编辑《续古文辞类纂》而外,又先后纂辑《国朝十家四六文钞》和《骈文类纂》(尤其是后者),正是对他去除骈散"门户"主张的集中展现。

当然,王先谦的去骈散门户之见,与李兆洛提倡的奇偶叠用、打通骈散主张④有着内在的不同,他虽然没有明确反对骈散一源,但认为骈散二体的界限应当严格区分,前引王氏《骈文类纂序目》反对李兆洛《骈体文钞》收文"限断未谨"就是很好的说明。比较《骈文类纂》和《骈体文钞》二书的选文篇目,很容易发现,李兆洛所认定

---

① 王先谦《虚受堂书札》卷一,清光绪三十三年刻本。
② 王先谦《骈文类纂》,浙江古籍出版社1998年版,第26—27页。
③ 王先谦《国朝十家四六文钞》卷首,清光绪十五年长沙王氏刻本。
④ 李兆洛《骈体文钞序》有云:"天地之道,阴阳而已。奇偶也,方圆也,皆是也。阴阳相并俱生,故奇偶不能相离,方圆必相为用。""文之体,至六代而其变尽矣,沿其流极而溯之,以至乎其源,则其所出者一也,吾甚惜夫歧奇与偶而二之者之毗于阴阳也。毗阳则躁剽,毗阴则沉腼,理所必至也,于相杂迭用之旨,均无当也。"这就是对李氏奇偶叠用、打通骈散主张的明确表达。引文见李兆洛选辑,陈古蔺、吴楚生校点《骈体文钞》卷首,岳麓书社1992年版。

的各体骈文源头之作,绝大多数都被王先谦排除在《骈文类纂》之外。如王选表奏类,大体对应于李选的奏事类、策对类和劝进类,但东汉以前的作品,王选只选录西汉刘胜《闻乐对》、东汉班固《为第五伦荐谢夷吾疏》和汉末刘毅《论邓太后注纪疏》(该文李选亦为收录)等三篇,李选所录李斯、贾山、枚乘、司马相如、刘向、匡衡、晁错、公孙弘等嬴秦、西汉作家诸作,王选一概不予收录。又如檄移类,王选首篇为宋武帝刘裕《移檄京邑》,李选所录南朝宋以前作品,王选也一概不录;李选铭刻类、箴类所录秦汉作品,王选亦概予排除;而李选认定的墓碑文正宗蔡邕之作,王选只择录了《郭有道碑》一篇。通过以上比较并结合姚鼐《古文辞类纂》并观,可知只要是姚氏《古文辞类纂》选录的作品,王选几乎都不录(辞赋类除外),姚选未录而李选收录的那些有涉散体之嫌的作品,王选也全部排除,这足见王先谦对于骈散的界限是有着严格的区分的。

历史地看,王先谦去门户之见、严骈散之界的主张,对于提升骈体文的地位无疑是有积极意义的,但其严格区分骈散却偏离了骈散渐次交融的文学创作大势,这表现出一定的保守性。

三、推源溯流以辨文体,点明精彩以示规矩

要想使《骈文类纂》做到集大成式的"综古今之蕃变",仅仅在理论上提升骈体文地位、区分骈散界限还不够,恰当分类并给出一定的依据,便是必须解决的关键问题之一。总体来看,《骈文类纂》的作品分类是批判地学习王志坚《四六法海》、姚鼐《古文辞类纂》和李兆洛《骈体文钞》分类法的产物,其以姚选为蓝本,每类作品内部细分则吸取了王、李二选特别是李选的一些思路,可以说是姚、李、王三选作品分类法的综合改造版。为了说明这一分类思路的合理性,王先谦通过"序目"的方式,对每类作品的文体特征及源流演变进行了比较细致深入的考辨、论析,这一方面的工作比他的前辈姚鼐、李兆洛做得更为细致,有些方面也可以说更为深入。

王先谦文体考论的基本方法是推源溯流,如论表奏类:

> 敷奏始于《尚书》,上书沿于战国。秦并区宇,列为四品:表以陈事,章用谢恩,勍验政事曰奏,推覆平论曰驳。汉云封事,起自宣帝,不关尚书,亦曰上疏。用之王侯,达于天子……陈谢用章,而齐、陈贺庆,表文亦有章号。魏国奏事,始或云启。唐世奏谢,兼称为状。六代白简谓之弹事,盖按劾之变名。宋朝上书,或曰劄子,是书札之讹字,并奏之流也。进言摛文,战国为盛,汉初沿其波;制策发问,炎灵肇端,历代循其体。又有奏对、策对之异焉。本朝革华崇实,凡有进御,统谓之奏;平论大政,抑或用议;成书贺捷,皆上表文;殿试、朝考,分题策疏:观乎人文,取乎古式而已。[1]

---

[1] 王先谦《骈文类纂》,浙江古籍出版社1998年版,第7—8页。

王氏首先在概括刘勰《文心雕龙·章表篇、奏启篇》所论的基础上,对表奏的渊源及齐梁以前该体的流变进行了总结;其次,综取刘勰以后诸家之论(如明吴讷《文章辨体序说》、徐师曾《文体明辨序说》等),并结合自己的研究,对齐梁以后直至清代表奏的演变做了梳理。所论征实可信、言简意赅,比姚鼐之论更具体,比李兆洛之论更概括,几乎就可将其视为一部极为精简的古代奏事文演变小史。

再如杂记类,《序目》有云:

> 齐梁文苑,始创记体。树寺造像,休文有作;孝标《山栖》,亦名曰志。刘子元所谓"《山栖》一志",唯论文章者也,《法海》选录标以"志"名,《文钞》下加"序"字,谬矣:志、记一也。杂记之流,盖于兹托始。唐代亭堂石瀑,咸被文章,斯则记例宏开,不仅山川能说矣。又或追存襄迹,畅写今情,逮乎国朝,其流益夥。但游集之记,恒与序相出入,董子诜《泛月舣舟亭序》、李爱伯《游龙树寺记》,即其证也。大抵专纪述者,乃登记目;缀吟咏者,方以序称。此虽流别之至微,所当部居而不杂。①

王先谦指出,记体创始于齐梁,沈约、刘孝标便是最早创作这类文章的作家,而且当时所谓的杂记文"记"与"志",实际上是一个概念。这里,王先谦特别对后世学者王志坚、李兆洛,误将刘孝标《山栖志》归入志类、序类的错误之举进行了驳正,这可谓是明敏特识。另外值得注意的是,王先谦特别对记与序的细微区别做了阐释,认为记乃"专纪述者",而序则"缀吟咏者",这相比于清代姚燮《皇朝骈文类苑》将记看作"皆序之馀",并将王氏所说序、记两类作品皆归入序类②,可说是向前迈了一大步;相较于《文心雕龙》等对杂记之文阙而不论,或论析偏谬者,则更是创辟之见了。

此外,《序目》结合阮元、刘开等人的论述,从骈文情感、辞藻受战国以来辞赋影响的角度,强调了骈文与辞赋的源流关系,从而在一定程度上"为骈赋是否可以归属于骈文做了总结"③,这是对王志坚、姚鼐、李兆洛等人的观点超越。他如诏令类、檄移类,王氏也都能立足文体发展的实际,并综取《文心雕龙》为主的历代文体学理论,进行比较精到的源流考辨,其所得出的结论,也都具有集大成的特点。可以说,王先谦《骈文类纂序目》在这一方面的努力,对于清代骈文文体之学向纵深推进,起到了积极的作用。

大多数选本的编纂都有一个共同的期许,那就是为当代及后世的文学创作提供范本、指示门径,王志坚、姚鼐、李兆洛的选本是如此,王先谦的《骈文类纂》也不例外。应当说,选本的选义已经具备了提供范本、指示门径的作用,但随文评点则是更为直接、有效的方法。评点是中国文学批评的传统方式之一,并且正如张伯伟指出

---

① 王先谦《骈文类纂》,浙江古籍出版社1998年版,第19页。
② 姚燮《皇朝骈文类苑》卷首《皇朝骈文类苑叙录》,清光绪七年刊本。
③ 吕双伟《清代骈文理论研究》,人民出版社2011年版,第252页。

的,评点这种批评形式往往和选本结合在一起,起到"为读者点明精彩,示以文章规矩"①的作用。清代文学评点包括选本评点之学颇为兴盛,但骈文选本系列中的评点却相对沉寂,王先谦在编辑《骈文类纂》时,也对相关作品进行了评点,但他在这方面的努力和贡献,几乎没有引起学界的任何关注,这是令人遗憾的。

翻开清光绪壬寅(1902)思贤书局刊刻的《骈文类纂》,不难发现,王先谦在这里运用的评点方法,基本沿袭自他所编纂的《续古文辞类纂》,而这实际又是对姚鼐《古文辞类纂》评点的一脉承传。具体地说,《骈文类纂》的评点,是以圈点为主,辅以少量评析。这里所说的圈点主要分三个类型,即题下圈(°)、文中圈(同前)、文中点(.),另外还有个别篇章(如王融《求自试表》、任昉《为范始兴作求立太宰碑表》)运用了顿点(、),这可以归到前述文中点运用之类中。

《骈文类纂》中运用的题下圈有三种,即单圈、连续双圈和连续三圈;那么,题下不用圈的,就可视为第四种。从功能上讲,《骈文类纂》所用题下圈,旨在分层次突出所选文章的价值、成就、地位,大体上是某篇章题下用圈的数量越多,其文学成就与文学史地位就越高。概言之,王先谦的题下圈评虽然不是尽当(如曹植《洛神赋》为辞赋名作,屈原《离骚》《九歌》更是辞赋鼻祖,似不宜被排在辞赋序列的第四层次),但《骈文类纂》的总体层次区分基本可取,可为初学者"示以文章规矩"、提供学习路径。

王氏《骈文类纂》的文中圈点,分别置于相关句子的右侧,其功能无非是点明"古人精义所在"②,给学习者提供示范。当然,王氏《骈文类纂》中所用圈、点的具体功能,还可以细分。大体上,圈的作用主要是点明文采斐然的秀句(段),点的作用则是突出总结、议论的警句(段);而两者同时都具有提示章法的功用。可以《骈文类纂》对王勃《滕王阁序》的圈点为例:

> 时维九月,序属三秋……披绣闼,俯雕甍,山°原°旷°其°盈°视°,川°泽°纡°其°骇°瞩°。闾°阎°扑°地°,钟°鸣°鼎°食°之°家°;舸°舰°弥°津°,青°雀°黄°龙°之°轴°。云°消°雨°霁°,彩°彻°区°明°。落°霞°与°孤°鹜°齐°飞°,秋°水°共°长°天°一°色°……四美具,二难并。穷睇眄于中天,极娱游于暇日。天.高.地.迥.,觉.宇.宙.之.无.穷.;兴.尽.悲.来.,识.盈.虚.之.有.数.。③

文中圈、点各有一处,加圈处承"披绣闼,俯雕甍"而来,极写"豫章故郡,洪都新府"之自然形胜与富庶繁华,其文采斐然、秀句迭出,是《滕王阁序》中出彩之处,故王先谦对此加以"圈"评;加点处承前文流光溢彩的铺叙形容而来,笔调一转,忽然转入渺茫的感怀与总结,继而引出下文,王氏在此处加以"点"评,既突出了王勃此处议论、概

---

① 张伯伟《中国古代文学批评方法研究·评点论》,中华书局2002年版,第543页。
② 李承渊《校刊古文辞类纂后序》,姚鼐《古文辞类纂》,清滁州李氏求要堂刊本。
③ 王先谦《骈文类纂》卷八,浙江古籍出版社1998年版,第267页。

括的重要，又起到提示学习为文者如何在行文中适当"转笔"的作用。

《骈文类纂》中的评语，主要有直评和引评两类。编选者"现身说法"式的直评在《骈文类纂》中的数量有限，只有五处，即对刘知几《史通列传》、王勃《滕王阁序》《益州绵竹县武都山净慧寺碑》、刘孝标《金华山栖志》、赵铭《夏论》的评论。这五处评语虽然简短，但都能切中肯綮，如其评《滕王阁序》云："文兴到落笔，不无机调过熟之病，而英思壮采，如泉源之涌，流离迁谪，哀感骈集，固是名作，不能末（抹）杀。杨用修辈誉之过甚，后生嗤点亦失其平，俗子造为马当风送之妄谈，则不值一噱矣！"①这段评语对王勃这篇千古名篇的优、缺点，有着颇为平允、敏锐的体察，称得上是《滕王阁序》评点史上的经典之论。

所谓引评，就是引用他人评语以代己评。王氏《骈文类纂》中引评的数量比较可观，而纪昀对《文心雕龙》的评析、李兆洛在《骈体文钞》中对相关文章的评价，是王先谦重点引述的对象；此外，王志坚《四六法海》、姚鼐《古文辞类纂》中的评语，王氏也有个别转引。王先谦在《骈文类纂》中的引评与其直评有一个相似之处，即都是要言不烦的、必要的点睛之笔，如《文心雕龙·征圣》引纪昀之语云："此篇却是装点门面，推到究极，仍是宗经。"②《文心雕龙》是古代文学理论的经典之作，但刘勰所论并非十全十美，《征圣》篇的"装点门面"即其存瑕的一个典型③，王先谦《骈文类纂》对此有比较清醒的认识，这里他引用纪昀的反面评语，实能为学习为文者起到警醒、提示之效。类似的例证，在《骈文类纂》中还有许多，此处不一一列举。

要之，王先谦《骈文类纂》在文体学方面的诸多考辨、论析，是清代骈文选本史上继李兆洛《骈体文钞》、姚燮《皇朝骈文类苑》之后的又一批重要理论成果；而其在文学评点方面的建树，则为清代骈文选本评点添上了浓墨重彩的一笔。王先谦《骈文类纂》的上述建树，无疑是清代骈文学发展系统中有机而重要的组成部分之一，其应当引起学界的重视。

四、择录多寡以论高低，由源及流以明盛衰

选本的文学批评功能是多方面的，就"选"而言，其除了具有前文提及的提供范本、指示门径之功能外，还有建构文学史的作用，正如王兵《清人选清诗与清代诗学》所云："选本中对于作家作品的编排与评价同时也是选者心目中文学史观的显现，而这种文学史观念也是选本批评意识的重要组成部分，所以说选者的批评也渗透到选本的文学史建构当中。"④

就《骈文类纂》而言，王先谦经由从源及流地选择各体骈文代表作，已经比较直

---

① 王先谦《骈文类纂》卷八，浙江古籍出版社1998年版，第267页。
② 王先谦《骈文类纂》卷一，浙江古籍出版社1998年版，第35页。
③ 周振甫对此曾有较为细致的分析，参见：刘勰著，周振甫注《文心雕龙注释》，人民文学出版社1981年版，第15－17页。
④ 王兵《清人选清诗与清代诗学》，中国社会科学出版社2011年版，第7－8页。

接地表达了他的文学史观。比如论说类中的文论一体，王先谦认为它的"源"是刘勰的《文心雕龙》，刘知几、李德裕、皮锡瑞等人的创作则是"流"；史论一体固然"发端（司）马迁"①，但就骈体史论而言，其源头则是范晔的《后汉书》，而沈约、萧子显、皮锡瑞等人的创作，乃是"流"；杂论之"源"，王先谦选列了李萧远的《运命论》，其"流"则衍为韦曜《博弈论》、嵇康《养生论》、李德林《天命论》等。再如辞赋类，王先谦将其源头上溯到屈原的《离骚》《九歌》《九章》诸作，此后经宋玉、景差、贾谊等，一直流衍到清末的李慈铭、王闿运诸人。

与骈文文体源流观相配合，王先谦还通过择录作品数量多寡的方式，表达了他的作家层次高低观和骈文盛衰观。如果以入选2篇、10篇作品为节点，可以将《骈文类纂》中作家大体为三个层次序列，亦即入选作品达到10篇以上者为第一层次的骈体大家，入选作品在3～10篇之间者为第二层次的骈体名手，入选作品为1～2篇者则为第三层次的一般骈文作家。在这个笼统的标准下，我们不难发现，战国时期的屈原、宋玉，曹魏的曹植，晋陆机、郭璞，南朝齐王融，南朝梁萧统、萧纲、萧绎、沈约、江淹、任昉、刘勰，南朝陈徐陵，后周庾信，唐李世民、骆宾王、刘知几、张说、李德裕，宋苏轼，元虞集，明刘基、宋濂、陈子龙，清洪亮吉、刘开、梅曾亮、董祐诚、赵铭、周寿昌、李慈铭、缪荃孙、皮锡瑞等34人，被视为中国古代骈文史上的第一流名家；而从枚乘、司马相如至清末傅桐、王闿运等56人，被认为是古代骈文名手；其余204人，则是第三层次的骈文代表作家。这样的分层未必尽当，但其大体上与古代骈文史的事实相符，完全可以视为骈文史建构的一个积极样本。王先谦所笼括的作家层次序列，折射出一个颇值得关注的现象，那就是清代骈文家或说清代骈文的成就获得了王先谦的大力推崇。即以前述第一、第二层次序列为例，在第一层次序列中，清代作家有9人，占整个序列人数的26.5%；在第二层次序列中，清代作家有16人，占整个序列人数的28.6%；将两个层次并观，清代作家占总人数的比例为27.8%。也就是说，《骈文类纂》选录的清代骈文大家、名家的数量，超过了此前的任何一个朝代，这无疑极大地突出了清代骈文的总体成就。

前面是通代考察，还可以进行断代考察。可将每个朝代所录作家和作品的数量并观，其情况如下：楚（3人/37篇）、汉（7人/23篇）、后汉（6人/13篇）、魏（7人/53篇）、吴（3人/3篇）、晋（23人/414篇）、宋（13人/31篇）、齐（6人/21篇）、梁（35人/296篇）、陈（9人/56篇）、北魏（2人/5篇）、北齐（6人/10篇）、后周（3人/142篇）、隋（11人/14篇）、唐（69人/220篇）、赵宋（12人/32篇）、元（10人/58篇）、明（4人/187篇）、清（65人/507篇）。前列数字折射出了王先谦的一系列文学史观念，以下几点意义比较突出：第一，清代骈文的总体成就，在王先谦看来是历代以来最高的；第二，历来所认为的骈文全盛期为六朝时期，王先谦是认可的，如果将东晋大体等同于《骈文类纂》所说"晋"的话，可知"六朝"时期共有89人的821篇作品入选，其

---

① 王先谦《骈文类纂序目》，《骈文类纂》，浙江古籍出版社1998年版，第3页。

数量确实是非常庞大的;第三,王先谦对宋代骈文比较轻视,《骈文类纂》所录宋代骈文作家的数量虽然超过了元、明两代,但所录宋代骈文作品的数量却不到元代的一半,与明代更是相去甚远,这与清人总体上轻视宋骈的偏见是一致的;第四,对清代学界普遍蔑视元、明骈文的论调,王先谦是不太认同的。

如果按骈文体类考察的话,还可以概括出王先谦的另外一些骈文史观。以赠序类为例,《骈文类纂》分别选录了唐代 7 篇、清代 16 篇赠序;又杂记类,《骈文类纂》分别选录了梁文 2 篇、唐文 12 篇、宋文 1 篇、清文 50 篇;又杂文类,分别选录了汉文 13 篇、魏文 11 篇、晋文 59 篇、南朝宋文 2 篇、南朝齐文 1 篇、南朝梁文 17 篇、后周文 44 篇、唐文 2 篇、明文 79 篇、清文 102 篇。由上简单列举,可知王先谦认为古代骈体赠序独盛于唐、清两代,而清代尤盛;骈体杂记也以唐、清两代为盛;骈体杂文则以晋、后周、明、清称盛,而清代仍然最为兴盛。《骈文类纂》中类似的选列,可以让我们对各体骈文创作在历代的兴衰有一个总体的了解。

而如果将前述的各类考察统观的话,一部以作家作品为中心的中国古代骈文史、一部古代分体骈文史的框架,已经经由王先谦《骈文类纂》的选择、排列而搭建起来;中国古代骈文(包括通代和分体)发展的曲线,它的波峰波谷、高低起落,也因而清晰了起来。可以这样说,王先谦《骈文类纂》的作家作品选录,不但折射出了编纂者丰富的文学史观念,而且还由此基本构建起了一部中国古代分体骈文发展史,这一工作有力地充实了清代骈文学的内涵、推动了清代骈文学的发展;同时,经由这样的努力,王先谦在中国骈文史系统中,成功地展示了清代骈文所取得的成就、突出了它的历史地位;而这样的历史贡献,是清代其他任何骈文选本都无法比拟的。

五、结论

清代骈文学大厦的建立,是多种因素合力"经营"的结果,骈文选本在其中扮演的角色及其重要性,是不容置疑的。如果要在清代骈文选本中遴选出几部骈文学建树最大的选本,王先谦的《骈文类纂》显然无法绕过:它是清代也是整个中国古代骈文选本中规模最大、体系也自成一格的集大成之作;它在去门户之见、严骈散之界思想的指导下,综取前人之长而去其所"短",形成了独特的体例;它通过推源溯流的方式,细致考辨、论析了各类骈文的文体特征和源流演变,做到了在集古人之大成前提下的坚持己见,并通过随文圈点、评述的方式,为当代及后世的骈文创作起到了提供范本、指示门径的作用;它对于历代作家作品的选择、排列,折射出丰富的文学史观念,并第一次比较系统地搭建起了中国古代分体骈文史的框架。应当说,《骈文类纂》的文学批评作为,虽然存在着各种瑕疵或值得商榷之处,但它构成了清代骈文学发展的重要一环、充实了清代骈文学的内涵,其历史贡献不容忽视。

明清回族文论的话语融通问题

孙纪文

在中国民族文学发展史的进程中,话语融通是各少数民族文学、文论不可或缺的重要内容。如何进行话语融通?话语融通产生怎样的文学效应?话语融通背后又沉潜着怎样的文化蕴涵?本文结合明清时期回族文论的一系列言说为文献依据,试做一些初步的理论探索。

之所以选择明清回族文论为研究视点,乃源于两个基本的学理判断。其一,与回族古代文学的书写形式一样,回族古代文论也以采用汉族文字书写为载体。因而,回族古代文学(文论)与以汉族文化为构成核心的中国古代文学(文论)最为亲近,亦容易延展出可比性的论题。其二,时至明清时期,回族文论的发展进入一个相对繁盛的阶段,一批文论家走入中国文学批评史的场域,如海瑞、李贽、马世俊、孙鹏、沙琛、丁炜、蒋湘南等人都有文学批评的理论言说,并且,他们对于文学功能论、文学表现论、文学创作论、文学发展论等论题的探究各有独到的见解。因而,选择此时回族文论的言说内容作为话语分析的突破口便具有代表性的意义。换言之,本论题具有个案分析的用意,我们试图在历时性与共时性互融的视域中,对回族古代文论中的"话语融通"问题进行理性反思。况且,学界关于此问题的研究还未展开,还存在相应的理论提升的空间。

一、话语融通的呈现层面

"话语融通"指的是在文学发展过程之中,熔铸具有鲜明特色的文学话语(包括文论话语)所表现出的融合、通达的姿态和气度。甚或言之,话语融通是中国多民族文论传统中的本质力量。具体到本文所论,"话语融通"所指的是在明清时期文学批评和文学理论的场域之中,回族文论话语所呈现出的融合与通达的情状。

原始察终,隐约至显。明清时期回族文论话语融通之状貌尤为突出地表现于两个方面。

---

* 作者为西南民族大学文学与新闻传播学院教授。本文为国家社会科学基金项目"清代回族家族文学作品集整理与研究"(项目编号:14XZW029)、西南民族大学学位点建设项目"中国语言文学硕士一级学科"(项目编号:2015XWD - S0501)的阶段性成果。

本文由《人大复印资料:中国古代、近代文学研究》2015 年第 11 期全文转载。

（一）积极地有建设性地投入到以汉族文化为核心内容的古代文论的理论建构之中

有论者指出："中国回族文学的一个显著特点，就是以汉族语言文字来表达其独特的民族心理和人生经历，因而儒家诗歌理论，必然渗透于回族诗论之中。"①此论已初步感悟到回族文论的一个基本特征，即有些文论观念乃吸收儒家文学观念而来。相应地，古代回族文论自觉融入中国古代文论话语的建构之中，已经没有必要区分族别身份和言说身份。他们与古代诸多评论者同有一个共同的身份，即文论批评者。

在这样的语境中，明清回族文论观念、范畴术语含义、思维方式特征和理论形态早已融通儒家诗学立场。诸如尊崇诗歌讽教传统、崇尚儒家兴观群怨的思想、提倡温柔敦厚的诗学理念、讲求人品与诗品的关系、重视文学的教化功能等观念，俱显明地表现于此时的文论话语之中。明代回族作家金大车在《浮湘稿诗序》中论及文学的功用时曾说："是故以恤民隐，以敦礼教，以尊遗经，以咏皇泽，以表懿风。"②即秉承了儒家文论关注现实、宗经立义的思想。清代回族作家蒋湘南在《唐十二家文选序》中曾云："是以六经之语有奇有偶，文不瘉而道大光也。"③亦可见其尊崇六经的思想。而清代回族文论家马时芳则在其《挑灯诗话序》中直接称颂孔子诗学思想的核心为："我夫子蔽以一言，曰'思无邪'。"④又足可看出他折中于儒家文论的旨趣。尤其是此时回族文学评论者们贯常使用的"风雅之旨""言志抒情""文以明道""文道合一"等术语范畴，更是颇有金相玉振、言雅中和的君子情怀。且以清代回族文论家丁灏的《名山柱史亭集序》为代表，文中指出："尝闻尼山诗教，于兴观群怨外，独及于事父事君，盖千古之诗人，千古之敦伦人也。夫《黄华》《天保》，可以教忠；《南陔》《蓼莪》，可以教孝；《秋杜》《行苇》，可以教悌。不读《伐水》诸什，无以处交游；不读《鸡鸣》诸篇，无以处家室。凡此皆诗也，其义蕴不尽于诗也。"⑤这段评论至少表达了三层意思：一是称颂儒家诗教的伟力；二是标举《诗经》诸篇的经典价值；三是抒发诗外有诗的意蕴。而旨归却是传达儒家诗学的文学力量和社会意义，于行文之间分明延展着明经述道的思想观念。

不唯如此，明清回族文论者的思维方式亦与汉族文论者的思维方式无所区分。他们重视感兴，善于类比，突出妙悟，旁及实证。又长于理性发散，精于纵横论说，故属于东方式感悟性的思维方式。其主要特征为：感悟灵妙，诗性意识，发散自由，意境深远，颇有生命律动感。而且，回族文论家的文论表达方式自由开放，诸如在文牍、序跋、碑刻、书信、杂说等载体中，都可见文学评论的见解和主张。并有专门的诗话著作行世，代表作即为马时芳的《挑灯诗话》。

---

① 王戈丁、王佑夫、过伟《少数民族古代文论选释》，新疆人民出版社1993年版，第106页。
② 吴海鹰《回族典藏全书：第165册》，甘肃文化出版社2008年版，第272-273页。
③ 吴海鹰《回族典藏全书：第191册》，甘肃文化出版社2008年版，第220页。
④ 吴海鹰《回族典藏全书：第197册》，甘肃文化出版社2008年版，第97页。
⑤ 吴海鹰《回族典藏全书：第194册》，甘肃文化出版社2008年版，第24页。

《挑灯诗话》先成八卷，后补一卷，共九卷。涉及诗评、诗史、考证、诗人趣事、诗坛风韵、典章故事等内容，也不乏露才扬己的成分。根据作者马时芳在道光年间所作的序言及文末的跋文可知，此著非一时之作，乃多年累积而成。在《挑灯诗话》之中，马时芳阐发了诗学史的发展脉络、重要诗学范畴（包括儒家诗学观念）、唐风宋调的关系、明清诗人的定位等中心论题。如评论李杜自为大家，但"少陵尤胜，其识高，其思深，其竖义崇高而坚确，偶一涉笔必无细响"①。诸多论说纵横捭阖，沁人心脾，较少腐儒气。因此，此著不仅与儒家诗学的要义相统一，且拓展更大的诗学阐释空间，将评论的视域延伸到诗学史的各个层面。尽管此著中并没有提出创新性的诗歌理论，但立足诗学批评史的发展轨迹，其诗学思想的折中性质和祧唐祢宋的价值取向依然传达出那个时代的文论声音，从而保持了一位诗论家独立审慎的诗学立场。

进一步说，置身于以汉族文化为核心内容的古代文论的理论语境中，明清回族文论家也同样吸收了审美派的理论资源进行文学批评活动。从某种意义上说，儒家文论批评话语和审美派批评话语可谓中国古代文论发展史中最重要的两种话语形态，且两种话语形态既各自独立又互相包容，从而呈现出互动互补的性状。明清回族文论家的文学批评中蕴含的大量的属于审美批评的话语，同样具有这种功能。如明代作家马之骏在《高苏门先生集序》中评价明代著名诗人高叔嗣的诗歌"高古玄澹之致""神韵性情"并举，与前七子的领袖人物李梦阳"江河并行，辰跃双丽之不相掩胜"②。此处的"高古玄澹""神韵性情"皆为审美批评话语。又如马时芳在《挑灯诗话》之中，也擅长运用审美批评话语评论诗词，兴趣、风格、韵致、绮丽、妙悟、意境等关键词时常涌现于他的笔端。他曾说："诗以兴趣为主，在可解不可解之间，略涉滞机，便成笨伯。一部《离骚》，直是荒诞远离，却令千秋读者往复歌思，津津不厌。"③这些论说即审美批评的产物。此外，在海瑞、李贽、马世俊、孙鹏、沙琛、丁炜、蒋湘南等人的批评话语中，他们也自如地运用审美批评的方式进行论说，或言诗意高远，或言意境清真，或言诗主性情，目的是为读者提供审美意蕴，向后人传达审美情趣。当然，明清回族文论者的批评声又时常将审美批评话语与儒家批评话语融合起来，从而产生"视域融合"的批评效果。如沙琛所言："平生慕风雅，独嗜古人真。厥道属性情，千载长斯新。""真境要自得，天地不腐陈。"④此数语虽为诗句的形式，然而却是古人擅长的论诗诗，沙琛着意表达的是诗歌创作应讲求美质和创新的统一，从而使诗歌风神谐畅，意境深婉，并具有卓尔不群的艺术风格。由此看出，明清回族文论家秉持的批评标准，一方面与儒家传统批评的要求相一致，另一方面也与审美批评的视角相对应，他们同样建构着中国古代文论主流话语的言说模式。

---

① 吴海鹰《回族典藏全书：第197册》，甘肃文化出版社2008年版，第368页。
② 吴海鹰《回族典藏全书：第170册》，甘肃文化出版社2008年版，第182页。
③ 吴海鹰《回族典藏全书：第197册》，甘肃文化出版社2008年版，第159页。
④ 吴海鹰《回族典藏全书：第195册》，甘肃文化出版社2008年版，第63－64页。

（二）秉持独立言说的立场进行文学批评活动，且不乏理论创新的因素

明清回族文论者自觉融入以汉族文化为核心内容的古代文论的理论建设中，又自觉进行着独立的言说方式，实际上就解决了理论话语的继承与发展的问题。当然，话语融通并不意味着明清回族文论者忘却母族文学观念的存在和母族文学作品的影响。的确，因限于地域、时空、语言等因素的障碍，有的回族评论者已经无缘与母族阿拉伯文化和阿拉伯文学接触，加之他们的生活空间有限，母族文化的辐射也难以投身到他们的生活区域，于是，有的回族评论者仅仅于祖先的遗训中感悟母族文化和母族文学的力量。如福建丁氏家族（丁炜家族）和福建萨氏家族（萨玉衡家族）的族谱中，还依然传诵着母族文化的精髓。但是，一旦具有接触母族文化和母族文学的条件，回族评论者也自觉运用母语的文学思想品诗论文，阐发文学见解和文化诉求，这是非常自然的文化选择。且评论者们一方面秉持儒家文化的话语体系言说文学现象，另一方面也秉持阿拉伯文化的话语系统言说文学现象，从而在比较的视野中，领悟和融合不同民族文学思想的相通要素与共有的价值取向。其中，以清代马德新、马安礼师徒二人的文学见解最为代表。两人生活于同治、光绪年间，因翻译阿拉伯名著《天方诗经》而闻名。《天方诗经》，原名《衮衣颂》，又称《斗篷颂》，是阿拉伯著名诗人补虽里（1121—1191）的代表作。在两人的汉译序言中，值得关注的文学思想有：一是重视各民族文学的交流；二是强调诗歌的审美意义；三是认同诗歌的教化作用和劝善惩恶的意旨；四是中国诗歌与阿拉伯诗歌都有本真的情趣。如马德新所言："天方之诗固有合于兴观群怨之旨，而可以感发后人，兴起百世者。"①又如马安礼所评天方之诗歌："约举数端，而其歌功颂德，劝善惩恶之意，固已昭然如揭矣。况天方之诗，玉轴连云，金韬丽日，盍止三百。"②这些论说，也促成马安礼借助《诗经》来解释《衮衣颂》，并由此看出比较文学的通脱眼光。

当然，话语融通的理论呈现还表现在逻辑思辨的诗性发散、语言运用的空灵诉求、文学认识功能和教育功能的探寻等次要方面。所以，明清回族评论者的"话语融通"既打上中华文化生生不息的烙印，也不失自身民族文化的归属感，在融合汇通的语境中开展文学活动和文学诉求，并由此看出理论兼备与理论吸纳的开放姿态与言说气度。

二、话语融通的文论效应

从当代文学理论来看，明清回族文论话语融通的书写行为，不失为一种与古代汉族文论、与古代各民族文论对话性的表现。同时，也不失为一种创造性的理论文本呈现。在这样的状态中，话语融通会产生怎样的文论效应呢？我们借鉴"互文性"理论的方法试做探究。

---

① 王戈丁、王佑夫、过伟《少数民族古代文论选释》，新疆人民出版社1993年版，第94页。
② 王戈丁、王佑夫、过伟《少数民族古代文论选释》，新疆人民出版社1993年版，第100页。

一般而言,互文性的基本内涵是指"文本与其他文本,文本及其身份、意义、主体以及社会历史之间的相互联系与转化之关系和过程"①。构成互文性必须具有三个要素:文本 A、文本 B 和两者之间的互文性联系。参照这样的理解,明清回族文论话语融通既符合基本内涵的要求——多民族文论文本之间历史地逻辑地存在着关联性和转化型的关系,也符合三个要素的构成条件——明清回族文论、汉族文论和两者之间的互文性联系,因而,明清回族文论的话语融通与互文性理论之间就搭起了互参互通的桥梁。本于此,我们结合批评文本的"互文性"内容,略谈三个方面。

(一) 彰显理论远见

话语融通意味着回族文论者在进行文学评论时,一方面能够历时性地审视古代文学发展过程中的"时间性文学问题",另一方面能够共时性地思考古代文学发展过程中的"空间性文学问题",并游刃有余地行走于文学批评的场域中。而那些秉持特立独行思想的评论者更能入乎其内,又能出乎其外,乃至提出非常有突破意义的观念,如李贽的"童心说"和马世俊的"体备而气下"论。李贽的"童心说"一扫复古思潮中的守旧思想,破除祧唐祢宋的窠臼,转而以"童心"及由此延伸出来的"赤诚""真心""赤子"等富有生命力的话语及话语组合而论文,显示出独步文坛的理论勇气和学术品格。马世俊在《丸阁集诗序》中提出一个比较新的理论观点:"诗之衰也,体愈备而气愈下。"②他认为"古人诗体未备",然而创作却别有清新之味,比如乐府诗,甚为典奥而幽思质响,足以相称。可是,"诗体莫备于今",作诗却常常模拟古人的外表,"不能自命一题,创一格",缺乏应有的内蕴。这个观点虽然不一定具有普遍性的理论意义,但从一个截面解释了明代诗歌之所以缺乏气力的文体学原因,所论并非没有道理。明清回族文论者诸如此类的言说自然是理论远见的表现。

(二) 富于批判精神

话语融通还寄寓着明清回族文论家的批判精神,他们关注的是文学作品的主流价值,他们用文学批评的方式,切入人们的文学理想中,不仅引导人们的文学创作,更重要的是告诉人们什么样的价值是最值得坚守的。如明代马之骏批评明代后期诸多的诗歌创作沿袭后七子派的文学思想而不拔,径直陷入模拟的窠臼,缺少文学创新精神。他在《苕园集序》中云:"古今文章得失不过两端,曰是与非而已。"并结合明万历之际的诗歌表现,批评奇怪的诗坛:"其蝉缓也,似温柔;其寂寥也,似高简;其萎靡也,似深婉;其肤末也,似清旷。"③意思是文章通变之道要么是正常化的,要么是非正常化的。他认为,诗歌迈入万历年间后,虽然号为繁盛,但是多为"似是而非"之诗,根本无关诗歌表现的真精神,属于非正常化的创造态势。于是,他在这篇序言的结尾直接用富有感情性的一个词语"唾骂"来表达他的愤慨,由此看出他对明代后

---

① 李玉平《互文性:文学理论研究的新视野》,商务印书馆 2014 年版,第 5 页。
② 吴海鹰《回族典藏全书:第 184 册》,甘肃文化出版社 2008 年版,第 43 页。
③ 吴海鹰《回族典藏全书:第 170 册》,甘肃文化出版社 2008 年版,第 261 页。

期诗坛模拟之风的批判之情。

另一位是清代的马世俊。在《丸阁集诗序》之中,他曾深切地批评明初的刘伯温(刘基)、宋景濂(宋濂)、高季迪(高启)之辈,整密太甚,与宋元末流的诗歌一样带有种种的滞涨之气。又批评明代七子派的诗歌"馆阁之气多于泉石,学问之气多于性情"①,缺乏诗味。并指出袁宏道的诗歌纤缛柔靡,转而称赞徐渭的诗歌苍郁古挺,驳斥时人关于"袁徐同体"的说法。这些见解直指明代诗歌的弊端,自然是马世俊批判精神的写照。

(三) 影响文学创作

理论话语的融通常常潜移默化地影响到文学创作活动,即文论话语的融通也带来文学创作的新气象。如马时芳的《南朝诗》:"绍兴无气尚偏安,明到南朝眼倦看。伴食中书能粉饰,无愁天子忘艰难。江河空洒孤臣泪,旗鼓谁登大将坛。独有胥江东去水,千秋犹带怒涛寒。"②再如清代作家沙琛虽然没有留存单独的文学批评文本,但是在他的论诗诗之中,在他的序文之中,依然能感受到他的文学思想是浸染于古代文论的熏陶中而立意,游历于古代文学的海洋中而驰骋,他熟读《诗经》《楚辞》,推崇汉魏、三唐,偏爱左思、阮籍、陶渊明、谢朓、李白、杜甫、韩愈、白居易、李商隐、杜牧,欣赏苏轼、陆游、元好问等人,故文学观念守正而不僵化,文学风格神秀而不乖张,正如沙琛外曾孙王廷治在《点苍山人诗钞·后序》中评价其诗所言:"发为诗章,又能抒写性情,得古人风雅之旨。"③

客观地看,由于个人才性、时代风潮及审美情趣等创作因素存在着差异性,很多回族文学家的创作成就不一定能够进入明清文学史一流作家的行列。但是,诸多的回族文学作品以"探龙得珠"为追求的目标,以"手诗竟作蛟龙吼,海神哑哑知音乎"为最大的满足④,取得不菲的成就,在古代文学史上留有自己腾跃的空间。

三、话语融通的文化意蕴

中国古代文论的研究应着力把握其中的深层意蕴。如同论者所言:"我们对中国古代文论的阐释所面对的并不是历史事件,而是思想观念,是精神趣味,它们蕴涵在古代文论话语中,是可以通过阐释活动而把握到的。"⑤而探求明清回族文论的文化意蕴无疑为解读其深层蕴涵提供了一个可延伸的视角,也是彰显"话语融通"文化张力的一个深刻论题。

论及文化意蕴是一个庞杂而多元的话题,我们选择一个界面而展开。按照美国著名文化人类学家莱斯利·A. 怀特的说法:"文化是以使用符号为基础的现象体

---

① 吴海鹰《回族典藏全书:第184册》,甘肃文化出版社2008年版,第44页。
② 吴海鹰《回族典藏全书:第197册》,甘肃文化出版社2008年版,第180页。
③ 吴海鹰《回族典藏全书:第195册》,甘肃文化出版社2008年版,第188页。
④ 张迎胜、丁生俊《回族古代文学史》,宁夏人民出版社1988年版,第261页。
⑤ 李春青《在文本与历史之间》,北京大学出版社2005年版,第6页。

系。它包括行动(行为规范)、客体(工具,由工具制造的事物)、观念(信仰和知识)以及情感(心态和价值)等。"①由于明清回族文论的话语融通之中主要涉及"观念(信仰和知识)以及情感(心态和价值)"两个方面的蕴涵,或者说这种"话语融通"与社会系统和思想意识系统的关系最为紧密。所以,依据这样的语境,我们越发体味到明清回族文论话语融通背后沉潜着历史条件下的种种文化意蕴:从观念层面说,如文学儒士身份的自我确认、达则兼济天下穷则独善其身的人生抉择、人品与文品的统一、文道与世道的表里关系等观念,都生发出一定的文化意味;从情感层面说,如认同儒家诗教说、认同审美感悟说、赞赏唐诗宋词的风采、感慨李杜诗歌的魅力、心悦文学经典的风骨、敞开胸怀吸纳历代文论的精髓、秉持独立的批判精神、向往个性的自由等价值判断,俱流露出与情感要素相关的文化意味。这些文化意蕴是明清回族文论显现话语权、营造话语方式、抒发文化自信的思想依托,也折射出当时社会(包括上层社会、民间组织)赋予其具有这样的言说权利。当然,观念和情感两个层面互相融合而最为显著的两种文化意蕴更值得我们探究。

(一)"话语融通"背后显示出一种文化认同性

文化认同,意味着明清文论家在秉承母族文化精神的同时,也将中国传统文化的精神视为自己思想的来源之地,此境地可称得上是汇聚一体的思想结构模式。例如,在明代李贽的思想观念之中,已经将母族文化思想和中国传统的各种文化思想整合起来,实现了自由言说的话语组合。他的哲学思想,乃至文学思想,主要是由追求解脱的性空理论与讲究真诚的童心理论所构成。具体而言,他主要吸取了心学的个体受用、老庄的自我关注与佛教的生命解脱思想,进一步分析,他所吸取的心学理论,除阳明一系的思想家之外,还有宋儒周敦颐、杨时等人的思想。② 故而,李贽文学思想的理论依托恰恰在于中国传统文化的深厚土壤。这种文化取舍,淡化了族属的区分,应视为是当时文化人自觉的一种文化归属。再如,在清代回族文学世家——泰州"俞氏"家族的思想观念里③,伊斯兰文化与儒家文化本身就存在沟通的途径和思想契合之处,"俞氏"家族中的著名诗人俞楷在叙述回族学者刘智的著作《天方性理图说》时曾说:"世之人皆以其不同于中国之文,而不知其深合于中国之学。"④并且,俞楷将伊斯兰教的"五功"(念、礼、斋、课、朝)与中国传统思想的"五行"相提并论,认为"深者自深,浅者自浅",真诚终能悟出两者的相合之处和其中的纹理。所以,置身这样的语境,李贽的文学思想与俞氏家族的文学思想,都自觉融入"多元一体"、相合相契的中华文化精神的苑囿之中,而共同担当文化认同感的承载者和发

---

① 莱斯利·A.怀特《文化的科学:人类与文明》,山东人民出版社1988年版,第136页。
② 左东岭《李贽文学思想与心学关系及其影响研究综述》,《首都师范大学学报》,2002年第6期。
③ 关于清代泰州"俞氏"家族回族族属身份的确定,参见杨大业所著《明清回族进士考略》中的论述,宁夏人民出版社2011年版,第286—287页。在朱昌平、吴建伟主编的《中国回族文学史》中,也有专章"泰州四俞的诗词"加以论述,阳光出版社2012年版,第352—353页。
④ 吴海鹰《回族典藏全书》第24册,甘肃文化出版社2008年版,第64页。

扬者。

这样的认同颇具有文化人类学的意义。从一定的层面看,明清回族文论的文化认同一方面显示出各民族文化精神原本就存在互通互融的价值取向,另一方面也显示出古代中华文化自身不乏文化整合的力量,从而使回族母族的文化价值观与以汉民族等儒家文化为主体的传统文化价值观融合起来,搭建起彼此认同的桥梁,并见证了话语共融的可能。同时,明清回族文论家做出的融合努力,也强化了他们在中国文论史上的话语优势,越发彰显自身文化的开放性和适宜性,正如美国人类学家弗朗兹·博厄斯在《原始艺术·前言》所说:"随着各个民族变化着的精神背景,许多分散的现象变为一个有机的整体,并不断地改变着自己的面貌,各种文化因素结合的越好,这种文化形式本身就越显得富有价值。"①

(二)"话语融通"背后体现出一种文化自主性

文化自主,意味着明清回族文论家在文化认同的大背景之下,秉持自己的独立立场,发出自己的批评声音,将中华文化的文明符码延续下去,体现着每一位参与者的个性价值。也就是说,面对着中华民族共同的历史文化遗产,他们都具有发言权、评论权和创造权。这种自主,表现在文学领域,自然容易形成包容、和谐、开放的文学姿态,故而,"话语融通"的背后可以实现言说行为的自由表达,可以实现文学创作的自由书写,进而在更高的层面发出种种关于文学价值观的讨论。如在清代回族文学家丁炜的文学评论中,既有对当时文风的指摘评点,又有对传统文学精神的理性反思。无论是指摘,还是反思,都言之凿凿,颇有气度,显示出回族文论家的文化底气和对时代风潮的把握能力。他曾说:"诗三百而后,由汉魏以迄三唐,作者代兴,美备亦略可睹矣。今谈诗家,不务宗汉魏三唐,以渐追夫三百而顾变,而之宋之元,争为诡胜,究且失其邯郸之步。"②这段话,是丁炜针对清初宋诗风的兴起而谈论的,他批评当时的诗坛尊崇宋元诗风而陷入诡怪的境地,主张诗歌创作要学习唐人笔法,尤其是学习杜甫诗歌的精髓,以此领略汉魏诗风的韵致和追溯《诗经》的文学风骨,最终达到变化万端的地步。显然,这些文学观念是非常有见地的。丁炜的言说尽管没有脱离清初"唐宋诗学之争"的大背景,但更传达出一种对文学传统的尊重感和自豪感,也由此展现出批评主体的自信心。

《四库全书总目》曾评价清代回族作家法若真的文学风格时说:"其诗古文词,少宗李贺,晚乃归心少陵。不屑椓比字句,依倚门户。唯其意所欲为,不古不今,自成一格。"③实际上,明清时期其他的回族作家、文论家也不乏这样的独立性品格。在这样的自主状态下,回族文论与各民族文论之间构成的是对话关系,是共同参与的关系。换言之,文化的自主性表明,每一位运用汉语写作中国古代文论的人,都是文

---

① 弗朗兹·博厄斯著,金辉译《原始艺术》,上海文艺出版社1989年版,第11页。
② 吴海鹰《回族典藏全书:第187册》,甘肃文化出版社2008年版,第64页。
③ 永瑢等《四库全书总目》,中华书局1965年版,第1641页。

论意义产生的参与者;每一篇文论文本,都参与了中国古代文论话语的构建。所以,文化的自主性也是一种文化多样性的表现。

文化的认同性和文化的自主性是紧密联系的,前者是践行条件下的心理认知,后者是认知条件下的实践活动,两者统一于互动的文化实践活动之中。于是,中国古代文化既呈现出"多元一体"的属性,又附着了各民族文化多样性的因子,由此彰显中华传统文化所具有的内部多样性和文化多源性的特征。从这个意义上讲,明清回族文论话语融合的文化意蕴是古代中华文明与古代阿拉伯文明交汇的产物,也是每一个文化的承载者参与文化建构的产物。

四、结语

从间际的关系看,以上关于明清回族文论特质之三个方面的探究依托一个基本的学理判断,即话语融通是回族古代文论发展的优势资源;理论远见、批判精神是话语融通的前提下回族古代文论自觉的理论建构;创作影响是话语融通与理论远见、批判精神互相支撑下的现实诉求;而文化意蕴则是话语融通背后文化家园的基石底色。几个方面既是逻辑推进关系,也是互为条件关系,共同营造回族古代文论演变发展的动力机制。当然,与中国古代文论的演变发展的语境一样,它的理论兴衰与价值影响伴随着文学样式的发展、近代文学题材的要求、时代风潮的审美改变等变革因素的来临,而呈现出历史选择的迹象。然而,触摸中国文学批评史广阔的发展脉络便可发现,回族古代文论不啻是中国古代文论有益的话语补充,它本身就是中国古代文论多元一体的组成部分之一。它与中国古代文论的主体部分一样,颇具有东方感悟性诗学的属性。这也是明清回族文论"话语融通问题"存在的大环境,其中的话语资源与价值得失必须历史地去理解。本于此,明清回族文论的理论特质同样打上"理论的历史性"与"历史的理论性"的双重烙印。同时,"话语融通问题"也是观照明清回族文论如何走入近代文论的视野、如何进行近代转型及转型困惑的一个窗口。其中的深层次问题还需要我们进行再探究。

第三编

文体与体派研究

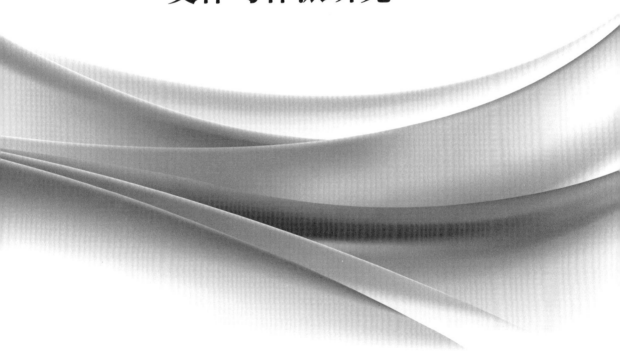

明初台阁体的生成及泛衍

饶龙隼

一、明初馆阁文风之转移

当明初征聘、广开仕进之路时,各方文士汇聚朝堂,共同敷饰盛国气象,形成较宽松的文治环境,各地文学都能发扬壮大。不只西昌雅正文学扩展为西江派,其他吴浙闽广文学也并与争雄较胜。所谓"当明之初,雄才角立,吴中诗派昉于高启,越中诗派昉于刘基,闽中诗派昉于林鸿,岭南诗派昉于孙蕡,而江右诗派则昉于崧"①,描述的就是这个状况。

但这种景况并未能延续长久,随着皇朝政治的高度集权化,以及各地文人政争摩擦加剧,各方文学不复友好并驾齐驱。除西江派以雅正自别众俗,他地文学多沿元末旧习气,难与皇明开国气象相谐和。吴中文风之绮弱哀怨,浙中文风之沉郁多思,闽中文风之肤弱无理,岭南文风之磊落狂斐,均不能适应盛国风教之需要,自当遭受严酷文化政策抑制。这必然招致政治的强力干预,驱使来附文人群落消亡退隐,而其文学活动也就自然消歇,例如:

吴中文士——高启虽以才高受赏识,诗风却不称朱元璋意。传说,他因题《宫女图》而贾祸;又"尝赋诗,有所讽刺,帝嗛之未发";及至洪武七年(1374),因替改建苏州府治作上梁文,竟与知府魏观连坐而被腰斩。②③ 至于吴中四杰中的另三人,也先后遭受政治迫害,杨基死于劳役,张羽畏罪投江,徐贲瘐死狱中。随后很长一段时间,吴中文学一蹶不振。

浙中文士——刘基以论丞相人选,得罪了胡惟庸之流,洪武八年(1375)被毒害死;④王祎因得罪胡惟庸,就被莫名排挤出朝,前往西北招谕吐蕃,后又转道往使云南,招降梁王,不屈死节;⑤宋濂有孙子宋慎,因涉胡惟庸党案,致使全家遭连坐,而濂

---

* 作者为上海大学文学院教授、博士生导师。本文为国家哲学社会科学基金项目"元末明初大转变时期东南文坛格局及文学走向研究"(项目编号:07BZW039)的阶段性成果。

① 刘崧《槎翁诗集》卷首四库馆臣《提要》,《四库存目丛书》,齐鲁书社1997年版。
② 朱彝尊《静志居诗话》卷三高启条,人民文学出版社1990年版。
③ 张廷玉等《明史》卷二八五《高启传》,中华书局1997年版。
④ 张廷玉等《明史》卷一二八《刘基传》,中华书局1997年版。
⑤ 张廷玉等《明史》卷二八九《王祎传》,中华书局1997年版。

被远徙四川茂州。① 这使浙东文学的光芒黯然,宋濂代表的时代即将终结。

闽中文士——林鸿所代表的十子,政治上一直受冷遇;自从林鸿以不善仕免归,其文学影响即逐渐消退。②

岭南文士——孙蕡坐蓝玉党死,黄哲坐法而死,赵介以家累被逮,死于赴京途中。随着南园五先生消亡,广中文风就不复存在。③

与此四地文人的遭遇相比,江右文人虽也受政争冲击,但赖纯厚廉慎的精神态度,竟一次次幸免于政治祸难;而江右文学以其雅正特质,亦契合了皇明文治之需要。所以当各方文士凋敝殆尽,朱元璋竟于洪武十三年(1380)春,征拜归居的刘崧为礼部侍郎,夏四月更命他摄吏部尚书事,次年三月又拜为国子学司业,冀望他教国子作成公侯子弟。而年迈的刘崧,亦能恪尽恭谨,日稽古典,惟直惟清,以平正典雅发为正声,由此获得皇上的嘉许。④⑤ 明廷征用刘崧老迈之躯,有一重特殊的历史机缘。就在刘崧被起用的当年万寿节,宋濂没像往常那样来京朝参,触怒了朱元璋,几乎祸遭诛没;及至同年十一月,以孙慎牵涉胡惟庸案,宋濂被徙置四川茂州,次年五月行至夔州卒。而在宋濂死前一月,即洪武十四年(1381)四月,刘崧逝于司业任上。崧濂前后而逝,是为一种巧合;但死的意义,却很不一样。宋濂之死,象征遭摈弃与割绝;而刘崧之死,象征被接引与延续。从此,浙东文人渐次被明廷摈弃,终至方孝孺逊国灭族之祸;江右文人日益被明廷接引,以至杨胡等赣人入阁辅政。这样就形成鲜明对照:浙东文脉因主体消亡,就在皇明文运中被割绝;江右文脉因主体振拔,便在皇明文运中被延续。此一对照也动态显示,浙赣文脉在此消彼长。

浙赣文脉之消长是渐进的,也有极为复杂深微的原因,而非以崧濂之死即见分晓。一方面,与吴闽广等地文学自行消退不同,浙赣文脉之消长是亲和中的转换。江右文人进入庙堂,参与翰林文事活动,推动馆阁文学创制,乃至接掌国朝文柄,都借力于浙东文人。从这个意义上说,浙赣文脉是兼容互补的。更从思想渊源上说,浙东文脉的核心在金华,思想根源来自朱子正学;江右文脉的核心在西昌,思想根源来自清江儒学。而当朱子学昌盛之时,刘清之就引以为同调,并遣众弟子从学朱熹。由此亦可知,浙赣两地文人友好协作,不只是出于时势之运会,更缘于天然的亲和关系。

另一方面,江右文脉所传承的道艺双修精神,适可修补调剂浙东的文道合一论。浙东文脉之文道合一传统,集中表征于宋濂两篇文论:一篇题名《文原》,乃为浦江郑楷等弟子而作;一篇题名《文说》,系应虎林王黼问文法而作。其立论沿袭原道征圣宗经一路,而又捡拾孟子养气知言成说,是为能文的道学家之现身说法,而对文学并

---

① 张廷玉等《明史》卷一二八《宋濂传》,中华书局1997年版。
② 张廷玉等《明史》卷二八六《林鸿传》,中华书局1997年版。
③ 张廷玉等《明史》卷二八五《孙蕡传》,中华书局1997年版。
④ 刘崧《槎翁诗集》卷首四库馆臣《提要》,《四库存目丛书》,齐鲁书社1997年版。
⑤ 焦竑《国朝献征录》卷三五《侍郎刘公崧传》,《续修四库全书》,上海古籍出版社2002年版。

无真切的感悟体认。像这种高谈阔论,对浙东后学来说,似乎能动人听闻;但真要如法炮制,对朝中文士宣讲,实难以付诸实行。浙东文人虽然以正学标高,但不能切实体认人情物理;故所作诗文不够清新自然,有时还流于偏枯乃至庞杂。对此,姚广孝尝批评曰:"惟韩退之、欧阳永叔、曾子固,真儒者之文。今之为释老文字,往往剿取释老之说,甚至模仿其体,以为儒者,不克卓立。"①这表明浙东文风之弊,已引起有识之士不满。而与此不同的是,江右文脉以西昌雅正文学为内核,传承道学与艺术双修的文学范式。倘若接引江右文脉,即可矫此不良风习,从而转移馆阁文风。

明初馆阁文风之转移,是从诗文分体推进的,而两体又相协同照应。在诗歌方面,刘崧《自序诗集》本体正变之说,既是虞集、范梈诗艺的理论总结,又源于赵蕃所创学道而工诗传统。与这种诗学主张不谋而合的是,杨士弘以《唐音》来阐明诗道。杨士弘所理解的诗道,就是诗歌音律之正变,分始音、正音、遗响,出乎性情,关乎世道。② 既看重诗之本体,又注意诗之体变,这在元明易代时,对克除亡国旧习,对肇开皇明大雅,就具有现实意义。正是基于这种现实意义,《唐音》才特别受重视。③ 及从洪武十七年(1384)始,高棅规仿《唐音》,编纂《唐诗品汇》,历十年乃成,影响极深远,以至于"终明之世,馆阁以此书为宗"④。杨士奇更认为,有志于学唐者,"专意于此,足以资益"⑤。这样,《唐音》所蕴含的诗学思想,就推广为馆阁文臣所共享的资源,填补了浙东文脉不通声变之阙。

在文章方面,宋濂说:文有载道、纪事二途,纪事之文本于迁、固,而载道之文本于六籍;但迁、固犹为枝叶,而六籍才是根本;"六籍之外,当以孟子为宗,韩子次之,欧阳子又次之"⑥。此可注意者,欧文被排在"又其次",置于孟子、韩愈文之后;而推其用意,盖认为孟、韩文根于理道,高于欧阳修文之春融娴雅。这显然有重道轻文的倾向,是文道合一的逻辑推演,其必将导致艺术性的丧失。但是,在历代江右文人看来,欧文是乡邦文学的典范,应成为追摹师法的对象。而更有奋励高标者,自觉传承欧阳文统。如西昌陈谟之文,就远绍欧阳修文。晏璧序《海桑集》,即希老师旨意曰:"庐陵文章,为江右之邹鲁。自欧阳文忠公而下,若胡忠简、周文忠、杨文节,俱称文章宗家。宋季,巽斋欧阳公、须溪刘公、中斋邓公、青山赵公,虽不大显庸,卓然文名于世。元氏时,又若麟洲龙公、养吾、申斋、桂隐三刘公,力追古作者,猗与盛哉!泰和陈心吾先生……肆力古文辞。"⑦杨士奇为陈谟外孙,尝从外祖学为文章,欧阳文统

---

① 《明太宗实录》卷一九八,《明实录》,台湾"中央研究院"历史语言研究所1962年版。
② 杨士弘《唐音》卷首《自序》,《景印文渊阁四库全书》,台湾商务印书馆1986年版。
③ 杨士弘《唐音》卷首虞集《原序》,《景印文渊阁四库全书》,台湾商务印书馆1986年版;宋纳《西隐集》卷六《唐音缉释序》,《景印文渊阁四库全书》,台湾商务印书馆1986年版。
④ 高棅《唐诗品汇》卷首四库馆臣《提要》,《景印文渊阁四库全书》,台湾商务印书馆1986年版。
⑤ 杨士奇《东里文集》卷一九《唐音》,中华书局1998年版。
⑥ 宋濂《芝园后集》卷五《文原·后叙》,《宋濂全集》,浙江古籍出版社1999年版。
⑦ 陈谟《海桑集》卷首《海桑集序》,《景印文渊阁四库全书》,台湾商务印书馆1986年版。

即通过陈谟,自然传承给了杨士奇。杨士奇评价欧阳修曰:"欧阳文忠公以古文奥学,直言正行,卓卓当时,其凛然忠义之气,知有君而已,知有道而已,身不暇恤,其暇恤小人哉?"他并重道德与古文,于欧阳修无所偏废。杨士奇还利用东宫老师的身份,诱导太子朱高炽研习欧阳修文,以培养储君的文学雅好与趋尚。太子受老师的影响,竟也喜爱欧阳修文,称赞"三代以下之文,惟欧阳文忠有雍容醇厚气象"①。太子还致力推广欧阳修文,命儒臣校正重刻欧阳修集,颁赐近臣之知文者三四人,并常以欧阳修勉励杨士奇:"为文而不本正道,斯无用之文;为臣而不能正言,斯不忠之臣,欧阳真无忝矣!"由于君臣相得,共同好尚欧文,"故馆阁文字,自士奇以来,皆宗欧阳体"②。

二、台阁体的气运与风貌

如上所述,由于引入江右文脉,馆阁文风豁然转变,出现新的文学体格,后人称"台阁体"。如云:

> 国初,刘基、宋濂在馆阁,文字以韩、柳、欧、苏为宗,与方希直皆称名家。永乐中,杨士奇独宗欧阳修,而气焰或不及,一时翕然从之,至于李东阳、程敏政为盛。成化中,学士王鏊以左传体裁倡。弘治末年,修撰康海辈以先秦、两汉倡,稍有和者,文体盖至是三变矣。③

> 文章之最达者,则无过宋文宪濂、杨文贞士奇、李文正东阳、王文成守仁。宋庀材甚博,持议颇当,第以敷腴朗畅为主,而乏裁剪之功,体流沿而不返,词枝蔓而不修,此其短也;若乃机轴,则自出耳。杨尚法,源出欧阳氏,以简澹和易为主,而乏充拓之功,至今贵之曰"台阁体"。④

这两则议论,虽出自后人的追述,但信息点是准确的。其中的转变关系,宋濂之于杨士奇,四家文之于欧文,敷腴朗畅之于简澹和易,体词流蔓之于充拓乏功,均反映文学风气之变迁。这种变迁,不只关乎文体,实亦关乎文运。文学是主体活动的产物,文体之变有赖主体演变。明初馆阁文学的主体,多为翰林系统的文臣。翰林系统文臣之进退迁任、浙赣籍翰林官人数之升降,与馆阁文体变迁是呼应的。试以《翰林记》卷十七、十八所录信息为样本,来统计明初浙赣(泰和)籍翰林官人数之升降,从中可以直观看出,各级翰林官的人数,赣籍普遍多出浙籍,其中泰和籍人数不少,且高级别翰林官居多。这就说明,明初翰林系统官员,以赣籍占绝对优势;而高级官员以泰和籍居多,则正好发挥领引带动作用;而领引带动者所推行的,就是西昌雅正文学风范。由此可以断言,馆阁文风转变,不只是文脉消长与体格变迁,还包括人员升

---

① 杨士奇《东里文集》卷二《滁州重建醉翁亭记》,中华书局1998年版。
② 黄佐《翰林记》卷一一《评论诗文》,《景印文渊阁四库全书》,台湾商务印书馆1986年版。
③ 黄佐《翰林记》卷一九《文体三变》,《景印文渊阁四库全书》,台湾商务印书馆1986年版。
④ 王世贞《艺苑卮言》卷五,《全明诗话》,齐鲁书社2005年版。

降与文运隆替。关于这个实况,也可以描述为:

> 国初学士宋濂、太史令刘基、待制王祎,皆以文章冠天下,三人者浙产也。同时者有胡翰、苏伯衡、张孟兼之属,后进有方希直、王叔英之属,又皆浙产也。濂子璲、基子琏、祎子绅亦皆能文章,然皆不由科目。丘浚曰:"国朝文运,盛于江西。开国之四年,策士以文,即得伦魁于金溪。又十余年,始定今制,会试天下士,褒然举首者,分宜人也。永乐甲申,选庶吉士读书中秘,以应二十八宿,其中十二人出江西,而官翰林者七人。宣德甲寅,合丁未、庚戌、癸丑三科选之,亦如甲申之数,出江西者七人,留翰林者四人。奉敕教之者,前则吉水解公大绅,后则西昌王公行俭,是又皆江西人也。盖当时有'翰林多吉安'之谣,首甲三人或纯出江西者,凡数科。①

这就讲明了,赣籍文士之入翰林,大多是经由科目进。所谓文运,就是指此。文运之兴,不可阻挡,只能顺应;则赣人所传承的江右文脉、泰和人所崇尚的雅正风范,必将带入馆阁,取代浙东文脉,并且日益发弘壮大,终至主导一代文风。所谓"仁宗雅好欧阳修之文,士奇文亦平正纡余,得其仿佛,可称春容典雅之音。当时馆阁著作,遂沿为流派。……若就其所作论之,实能不失古格者。其转移一代之风气,非偶然也"②,描绘的就是这一盛况。

这样,由杨士奇主导的永宣时期的馆阁文学,就可描述为四项要素:一是以赣籍文臣为主体,接引江右文脉;二是以西昌文人为领袖,崇尚雅正风范;三是以《唐音》为资益,通达本体正变;四是以欧阳修文为典范,追求春容典雅。正是基于四要素,所谓"台阁体",或"馆阁流派",作为新文学规制,才得以崭然确立。这种新质的文学规制一旦确立,就在馆阁创制活动中扩展开来:文则春容典雅,诗则雅正平和。

不仅赣籍作家风调如此,非赣籍作家也受之感染。其诗文创作实际不需多论,即以四库提要之类的评议,就可窥见诸家的风神气度。先看"三杨"的文风,西杨士奇之春容典雅,前引四库提要已论及;至于东杨荣、南杨溥,其创作风貌表征如下:

> 当明全盛之日,(杨荣)历事四朝,恩礼始终无间,儒生遭遇可谓至荣;故发为文章,具有富贵福泽之气,应制诸作泂泂雅音。其他诗文,亦皆雍容平易,肖其为人。③

> (杨溥)肆笔成章,皆和平雅正之言,其视务工巧以悦人者远矣。何也?盖其资禀之异、涵养之深,所处者高位,所际者盛时,心和而志乐,气充而才赡,宜其发于言者温厚疏畅而不雕刻,平易正大而不险怪,雍雍乎足以鸣国家之盛,岂偶然哉?④

---

① 黄佐《翰林记》卷一九《文运》,《景印文渊阁四库全书》,台湾商务印书馆 1986 年版。
② 杨士奇《东里文集》卷四四库馆臣《提要》,中华书局 1998 年版。
③ 杨荣《文敏集》卷首四库馆臣《提要》,《景印文渊阁四库全书》,台湾商务印书馆 1986 年版。
④ 杨溥《杨文定公诗集》卷首彭时《杨文定公诗集序》,《续修四库全书》,上海古籍出版社 2002 年版。

再看永乐朝内阁七文臣，杨士奇、杨荣已论列如上，另几位的创作风貌略为：

（解缙）出言吐辞，于论事之项，皆成文章。盖以太朴始散、淳庞大雅之气在人犹多故也。①

（胡广）学博究经史百氏，下逮医卜老释之说，亦皆旁通，而用志性命道德之旨，晚益有造诣。为文援笔立就，顷刻千百言，沛然行云流水之势。赋诗取适其性情，近体得盛唐之趣。②

（黄淮）遭际之隆，几与三杨相埒。其文章春容安雅，亦与三杨体格略同。此集乃其系狱时所作，故以《省愆》为名。……当患难幽忧之日，而和平温厚无所怨，尤可谓不失风人之旨。③

（金幼孜）文章边幅稍狭，不及士奇诸人之博大；而雍容雅步，颇亦肩随。盖其时明运方兴，故廊庙赓扬，具有气象，操觚者亦不知也。④

还有胡俨体格高迈深远，与和平安雅的气象稍殊；而渊源极正、气格苍老，实与馆阁流派步趋一致。⑤此七人之中，有五人赣籍。其余的馆阁作家，如王直⑥、李时勉⑦，或典雅纯正，或平易通达，深得台阁体，堪称典型。另如李昌祺之诗"清新华赡，音节自然……雅淡清丽，宏伟新奇"⑧；刘球之文"多和平温雅……词旨大都光明磊落，无依阿渟忍之态"⑨；王洪之文"皆朴雅，骈体亦工，诗尤具有唐格"⑩；王燧之诗"音节色泽，皆力摹古格，颇近于高棅、林鸿一派"⑪……总之，在馆阁词臣中间，台阁体广泛流行。

不但馆阁作家是如此，非馆阁作家亦受浸淫。如夏原吉："诗文'平实雅淡，不事华靡'。虽原吉以政事著，不以文章著，洪、永之际作者如林，固不能与宋濂、王祎诸人齐驱方驾；然致用之言，疏通畅达，以肩随杨士奇、黄淮等，殆可无愧色矣。"⑫如唐文凤："诗文丰缛深厚，刊落纤浮，犹为不失家法"⑬；如王绂："诗虽结体稍弱，而清雅有余。盖其神思本清，故虽长篇短什，随意濡染，不尽计其工拙，而摆落尘氛，自然

---

① 解缙《文毅集》卷首任亨泰《文毅集原序》，《景印文渊阁四库全书》，台湾商务印书馆1986年版。
② 杨士奇《东里文集》卷一二《故文渊阁大学士兼左春坊大学士赠荣禄大夫少师礼部尚书谥文穆胡公神道碑铭》，中华书局1998年版。
③ 黄淮《省愆集》卷首四库馆臣《提要》，《景印文渊阁四库全书》，台湾商务印书馆1986年版。
④ 金幼孜《金文靖集》卷首四库馆臣《提要》，《景印文渊阁四库全书》，台湾商务印书馆1986年版。
⑤ 胡俨《颐庵文选》卷首四库馆臣《提要》，《景印文渊阁四库全书》，台湾商务印书馆1986年。
⑥ 王直《抑庵文集》卷首四库馆臣《提要》，《景印文渊阁四库全书》，台湾商务印书馆1986年版。
⑦ 李时勉《古廉文集》卷首四库馆臣《提要》，《景印文渊阁四库全书》，台湾商务印书馆1986年版。
⑧ 李昌祺《运甓漫稿》卷首四库馆臣《提要》，《景印文渊阁四库全书》，台湾商务印书馆1986年版。
⑨ 刘球《两溪文集》卷首四库馆臣《提要》，《景印文渊阁四库全书》，台湾商务印书馆1986年版。
⑩ 王洪《毅斋诗文集》卷首四库馆臣《提要》，《景印文渊阁四库全书》，台湾商务印书馆1986年版。
⑪ 王燧《青城山人集》卷首四库馆臣《提要》，《景印文渊阁四库全书》，台湾商务印书馆1986年版。
⑫ 夏原吉《忠靖集》卷首四库馆臣《提要》转引杨溥序，《景印文渊阁四库全书》，台湾商务印书馆1986年版。
⑬ 唐文凤《梧冈集》卷首四库馆臣《提要》，《景印文渊阁四库全书》，台湾商务印书馆1986年版。

合度"①……甚至皇帝御制诗文,也与台阁体相呼应。如宣宗"常引儒臣商论理道,喜学不厌,所游息处率置典册,以便览阅。为文章必傅正义,聪明卓越,真英主云"②。他还经常出示御制诗文,让杨士奇、杨荣等观赏。如宣德五年三月庚戌御左顺门,召蹇义、杨士奇、杨荣等谕曰:"朕昨谒陵还,道昌平东郊,见耕夫在田,召而问之,知人事之艰难,吏治之得失,因录其语成篇。今以示卿,卿亦当体念不忘也。"其后记云:"朕闻其言叹息,思此小人,其言质而有理也。盖周公所陈《无逸》之意也。厚遣之,而遂记其语。"③这是追摹《尚书·无逸》之风范,写得朴雅典重而又平和自然。

三、台阁体的泛衍与突破

基于上述,可见台阁体已超出了馆阁范围,延展至更深广的场景层面。其创制活动,不限于馆阁,还远波山林;不只在庙堂,还牵动地方;不专属公共,还触及私人。这样就突破了三重界限,形成馆阁文学泛衍之势。这种泛衍之势,可进行如下描述:

(一)突破馆阁文学与山林文学界限

一般认为,馆阁文学与山林文学是对立的范畴,其体制、风调、功能与主体都不同。宋濂尝曰:"予闻昔人论文,有山林、台阁之异。山林之文,其气瑟缩而枯槁;台阁之文,其体绚丽而丰腴。此无他,所处之地不同,而所托之兴有异也。"④这种二元对立的格局,到永宣年间悄然改变。馆阁词臣不再排斥山林之士,山林之士亦乐与馆阁词臣交接;馆阁与山林文的风神气度,也有所会通而非截然相反。有一个典型的例子:西昌有处士名梁兰,杨士奇幼从之学诗;以其子潜官翰林,兰尝来京师就养;后归居西昌,自号畦乐翁。其山林乐,被描述为:"日与故人朋友寻山水之乐,命酒赋诗,任意所适。于邑西柳溪之上,辟畦莳蔬,杂植花竹,引泉灌注,而筑室其中,游焉息焉,观道玩微,逍遥自得,作畦乐诗数篇,时歌以自适。"⑤而《西畦自适》曰:"守拙一圃间,衡从五亩余。艺麻在高丘,杂以果与蔬。春至百草生,趁晴聊荷锄。筋力岂不劳,芜秽亦已除。家人会知我,慰以酒满壶。偶坐斟酌之,日落西山隅。归来北窗下,我心一事无。"⑥这俨然是位山林高士,但梁兰并不厌弃朝堂。他归居时,对二子说:"惟克有终,以不辱国命、贻我羞,吾获归守先人丘墓,以咏歌太平,尽吾之天年,为乐不既多乎?"⑦而杨士奇以阁老身份,亦不排斥其山林之思,为之编《畦乐诗集》,潜则出《畦乐》诗,索和于朝中同僚间。一时馆阁词臣相和者,有翰林典籍高棅等人。高棅诗曰:"梁鸿身不仕,白首之闲居。簪绂心无系,丘园乐有余。青山长绕屋,流水

---

① 王绂《王舍人诗集》卷首四库馆臣《提要》,《景印文渊阁四库全书》,台湾商务印书馆,1986年版。
② 《明宣宗实录》卷一五,《明实录》,台湾"中央研究院"历史语言研究所1962年版。
③ 《明宣宗实录》卷六四,《明实录》,台湾"中央研究院"历史语言研究所1962年版。
④ 宋濂《芝园后集》卷四《蒋录事诗集后》,《宋濂全集》,浙江古籍出版社1999年版。
⑤ 杨士奇《东里文集》卷三九《梁先生墓志铭》,中华书局1998年版。
⑥ 梁兰《畦乐诗集》,《景印文渊阁四库全书》,台湾商务印书馆1986年版。
⑦ 杨士奇《东里文集》卷三九《梁先生墓志铭》,中华书局1998年版。

自通渠。不鄙樊生学,时看稷氏书。"①像这样,馆阁文臣参与山林文学创制,就打破原来两相隔绝的局面,达成馆阁文学与山林文学之会通,从而将山林体纳入台阁体范畴中。

(二)突破庙堂文学与地方文学界限

当元末战乱之际,由于交通被阻隔,不仅各地域的文学交流无法畅通,地方与中央的文学交流也难推动。及至明初征聘,各地文人入朝,一时多地文学并存,形成一种混杂局面。这不利于推行皇明文治,也不利于开创盛国气象;朱元璋及重臣清楚地看到这一点,便推行系列措施来消除这种局面。其结果,吴中文学、广中文学陆续消歇,闽中文学受抑而退归山海之地。唯宋濂领导的浙东文学暂居庙堂,而江右文学因依附之而得以相安。这时,地方文学与庙堂文学是不谐的,不仅朝堂没有地方文学的位置,即便回归原地也为皇权所不容。就拿浙东文人来说,虽然得以暂居庙堂,却被悬置在皇权之剑下,与长养他们的乡土隔绝。他们的魂魄已被皇权摄取,即使偶获幸运被放归故里,那也是惶恐不安,难以求得心灵宁静的。及至洪武十三年,因连坐胡惟庸党案,宋濂迁谪安置茂州,临行前赋绝命诗曰:"平生无别念,念念只麟溪。生则长相思,死当复来归。"②麟溪,是宋濂入明前的居息地,是表征浙东文学的场景;其涓涓文脉流不进皇明文海,便在狂暴的政争中蒸发枯竭。而与此相反,永宣年间政治环境改善,君臣以文学侍御相契合,因使文学庙堂气度恢弘,表现出阔大的包容与自信。不仅馆阁文学雍雍熙熙,敷布娴雅平和之气象,各地域文学也重新滋长,呈露万途竞萌的生机。馆阁文臣在职务之余,都热心接引同乡文友,并积极推介乡邦文学;地方文人则游走馆阁,向翰苑高手求序问跋,因以博取文价与声誉。如杨士奇表彰萧氏瑞芝诗文,编辑老师梁兰《畦乐诗集》,就属推介西昌地方文学的行为。他还大量撰写谱序、诗序、题跋、传记、行状、墓志等文,热情评介褒扬西昌世家、先贤、朋辈和后学的诗文创作成绩,涉及居息环境与风俗人情,关注儒学教化与文化气质,梳理家学渊源与文学传统,论析雅正特质与艺术风格……凡所论涉,虽属片段,但若依其内在理路联络起来,实提供了一部西昌文学通史。这样,就将西昌文学摄入馆阁文臣的视野,为馆阁文学建设补充地方文学资源。而西昌文人不时进京,往往与同乡阁臣聚会,诗酒酬唱,评诗论文,不仅扩大了地方文学的影响,还实时指导了地方文士的创作。馆阁文臣通过对地方文学的选择批评,来诱导地方文学作家接受台阁体的规范,从而突破庙堂文学与地方文学的界限。

(三)突破公共写作与私人写作界限

从文学本质来说,创作是个性化的,应崇尚私人写作,而排斥公共写作。明初各地应聘入朝的文士,在参与公共诗文应制之外,还有一定的私人写作空间。吴中文人的幽怨之思,闽中文人的山林之想,浙东文人的望乡心态,岭南文人的磊落之气、

---

① 陈田《明诗纪事·甲签》卷二三《梁兰》,上海古籍出版社1993年版。
② 宋濂《芝园后集》卷一《宋潜溪先生遗像记》,《宋濂全集》,浙江古籍出版社1999年版。

江右文人的温雅情怀,都通过诗文抒写出来,呈现独特的文学风貌。如洪武六年(1373)春月某日,江西道士刘永之赴京,与宋濂交接甚相投契,别时刘宋赋诗若干首,均抒写草堂归隐之思。刘诗以归隐山林相劝,其四曰:"大秀千峰菡萏开,玉梁高接九仙台。预从山顶结茅屋,待得先生跨鹿来。"①盖宋濂在朝遭困厄,隐然滋生望乡意绪;刘永之旁观者清,觉察出宋濂的心思,故以归隐相劝勉。这是一种纯私人化的写作,与当时馆阁应制是并存的。但是,皇明为了敷衍开国气象,不容许私人写作盛行。朱元璋实行严酷的文化政策,其目标就是掩抑私人写作,肆意张扬推动公共写作。这样就走向文学的反面,导致情思枯竭兴寄都无,诗文的艺术性丧失殆尽。更甚者,朱元璋还大兴文字狱,压制作家的创造精神,弄得文学凋敝,作家如土木偶;以至于洪武朝后期,不但私人写作不振,连文学侍御也顿衰。如何有效扭转这种衰势,是能文之士面对的难题;但在洪武朝不可有为,到建文朝亦收效甚微。直至永宣年间,杨士奇等大学士主导馆阁文学,引入江右文脉和西昌雅正风范,才在私人写作与公共写作之间找到公私平衡力和艺术增长点。其不二法门,即艺道双修,走学道而工诗之路,实现公私写作融通。早前刘崧有些思亲的诗篇,已露公私写作融通的端倪;但当时此道未弘,不足以影响大局。及至杨士奇辈领导风雅,协力推行雅正文学范式。大凡公私创制,多有忠爱之思,又不乏真性情;情辞清雅温厚,又不失独到之处。如金幼孜的两首诗:

> 生死嗟何及,徒增父母哀。肝肠愁欲裂,泪眼痛难开。近日犹疑在,从今去不回。但期收尔骨,归葬故山隈。②

> 人事祇如此,蹉跎又一年。虚名徒窃禄,白首未归田。秉笔惭周史,临文愧马迁。太宗遗业在,抚卷重凄然。③

前一首是悼念亡儿,纯属私人写作;后一首为内阁题咏,本属官样文章。但在金氏笔下,却情真意切,而忠爱备至:"近日犹疑在,从今去不回"句,写亡子之痛,油然而起;"但期收尔骨,归葬故山隈"句,却显得达观,哀而不伤;"太宗遗业在,抚卷重凄然"句,写人生蹉跎,自我警示。而更典型的公私融通,见黄淮的狱中之诗:

> 寡识蠡窥海,疲才寒曳轮。临深惟恐惧,抚己益酸辛。圣治乾坤大,仁恩雨露春。自新如有路,指日听丝纶。④

> 六籍穷搜不惮劳,喜承恩宠圣明朝。一心自拟全臣节,万死谁知触宪

---

① 宋濂《潜溪录》卷五,《宋濂全集》,浙江古籍出版社1999年版。
② 金幼孜《金文靖集》卷三《哭子武安三首》,《景印文渊阁四库全书》,台湾商务印书馆1986年版。
③ 金幼孜《金文靖集》,卷三《内阁独坐有感偶成二首》,《景印文渊阁四库全书》,台湾商务印书馆1986年版。
④ 黄淮《省愆集》卷上《自讼二首甲午秋初入狱赋》,《景印文渊阁四库全书》,台湾商务印书馆1986年版。

条。垂老双亲俱白发,应门弱子未垂髫。中情无限凭谁诉,安得因风达九霄?①

往事悠悠是与非,此心仰荷圣明知。交游况复俱青眼,旷达何须泣素丝?近岁鳞鸿多间阔,故园松菊半离披。临风凝伫徒伤感,历涉艰难贵不欺。②

诗人身陷囹圄,幽忧之情无限,此乃人之常理;故用"临深惟恐惧,抚己益酸辛""中情无限凭谁诉""临风凝伫徒伤感"句发之。但他并不自暴自弃,仍眷念君亲友朋;表达忠爱君国之思,冀求悔过自新之路;倾诉亲老子弱之艰,希望人君回心转意;陈述信赖友朋之想,期待朋辈伸手援助。这样的情思、辞气与态度,是为"和平温厚无所怨"③,既然狱中《省愆集》如此,则在别的场景之诗文创作,更不会超出这个文学规制。故《四库全书》只著录黄淮《省愆集》,而不录《退直》《入觐》《归田》,谓此"三稿同编为《介庵集》者,门径与三杨不异。《东里》诸集既已著录,则是可姑置焉"④。其大意是说,台阁体创作千人一面,私人写作则若有若无,故对此类集子,可存而不录焉。于此亦可从特定的侧面,窥测公共领域对私人领域之侵占,以及私人写作对公共写作之屈让。

---

① 黄淮《省愆集》卷下《言志》,《景印文渊阁四库全书》,台湾商务印书馆1986年版。
② 黄淮《省愆集》卷下《自勖》,《景印文渊阁四库全书》,台湾商务印书馆1986年版。
③ 黄淮《省愆集》卷首四库馆臣《提要》,《景印文渊阁四库全书》,台湾商务印书馆1986年版。
④ 黄淮《省愆集》卷首四库馆臣《提要》,《景印文渊阁四库全书》,台湾商务印书馆1986年版。

《文通》与明代文体学

何诗海

　　《文通》三十卷,闰一卷,明末朱荃宰撰。朱荃宰曾考众家典籍,汇成文、诗、乐、曲、词五编,皆以"通"名,《文通》最先刻成,遂行于世,其他四书则未见传布。① 《文通》书名仿刘知几《史通》,内容、体例则深受《文心雕龙》影响。前三卷为总论,阐述作者的宗经思想以及经、史、子著作在为文之道上的意义;第四至十九卷为文体论,收录古今各种文体,一一探讨其命名、功用、体式特征及源流演变等;二十卷以后为创作论和批评论,主要论述创作过程、方法、写作技巧及文章品评等。可以看出,《文通》体系周密,内容丰富,不仅是明代重要的文章学著作,也是别具特色和价值的文体学专著。然而此书在文体学史上所受的关注,远不如吴讷《文章辨体》、徐师曾《文体明辨》、黄佐《六艺流别》等。② 本文拟就《文通》的文体学特色及其在明代文体学上的贡献略陈管见,以就正于方家及同好。

一、文体分类的发展

　　明代辨体风气极盛,体现辨体水平的文体分类也越来越细密,徐师曾《文体明辨》、黄佐《六艺流别》两部文章总集可谓其代表。前者所录文体正篇 101 种,附录 26 种,总计 127 种;后者将古今各种文体分系于"诗""书""礼""乐""春秋""易"六艺之下,共计 152 体,类目之繁多,实此前所罕见。③ 而《文通》分体之繁,比两书又胜一筹。全书在一级类目上,共列有 158 种文体,分别是典、谟、册、玺书、诏、制、诰、训、誓、命、麻、敕、令、封禅、檄、露布、赦文、告、谕、御札、批答、符、律、策问、铁券文、国

---

　　*　作者为中山大学中文系教授、博士生导师。本文为国家社会科学基金项目"古书凡例与文学批评——以明清集部著作为考察中心"(项目编号:12BZW044)、教育部人文社会科学研究项目"明清文集凡例与文学批评研究"(项目编号:12YJA751020)、广东省社科项目"辨体批评在明代的发展"(项目编号:GD11CZW06)的阶段性成果。
　　本文由《北京大学学报·全国高校文科学报概览》2013 年第 5 期摘编。
　　①　关于朱荃宰生平及撰述情况,可参见:王凤霞《朱荃宰〈文通〉通论》,《嘉应学院学报》,2008 年第 2 期。
　　②　笔者见到有关《文通》的研究成果,只有两篇论文,除王凤霞一篇外,另一篇是于景祥《朱荃宰的骈文批评》,《文学评论》,2012 年第 2 期。
　　③　关于《文体明辨》及《六艺流别》的文体类目,可参见:吴承学《明代文章总集与文体学——以〈文章辨体〉等三部总集为中心》,《文学遗产》,2008 年第 6 期。该文收入吴承学《中国古代文体学研究》,人民出版社 2011 年版,第 369-389 页。

书、玉牒、告身、谕祭文、哀册、明文、教、贡、范、彖、象、历、本纪、世家、列传、补注、表历、书志、书事、注、表、笺、颂、章、上章、启、奏、题、奏记、封事、上疏、荐、揭贴、弹事、策、论、经义、议、驳、牒、公移、判、笏记、劝进、序、小序、自序、题跋、书记、书、上书、对问、喻难、说难、释诲、符命、典引、七、连珠、评、解、原、辩、说、字说、书说、译、史赞、赞、传、记、题名、铭、箴、规、诫、谥议、尺牍、移书、白事、述、略、刺、谒、图、谶、诅、盟、祝文、祈文、碬、谱、录、旨、势、法、谐隐、篇、纪事、断、约、过所、荝、契券、零丁、杂著、碑、碣、哀颂、上谥议、悲文、遗文、行状、诔、祭文、吊文、哀词、墓表、墓碑文、墓志铭、神道碑、口宣、宣答、贴子词、表本、致辞、右语、致语、青词、上梁文、道场榜、法场疏、募缘疏。其中有些类目之下，又列有二级分类，如"表历"下分年表、人表，"注"下分起居注、仪注，"传"下分史传、家传、托传、假传，"录"下分实录、会试录、登科录、国计录，"杂著"下分籍、簿、方、占、式、关、列、谚等。如加上这些二级类目，则全书文体超过200种。值得注意的是，朱荃宰《文通》之外，别有《诗通》《词通》《曲通》，故《文通》200多种全是文类，不收诗赋及源于诗歌的文体。而《文体明辨》127体中含诗赋类26体，文类只有101种；《六艺流别》152体中含源于"诗"艺的骚、赋、词、诗、谣、歌、讴等30种，源于"乐"艺的唱、调、曲、引、行、篇等12种，故其文类也只有110种。以此相较，《文通》文体收罗之广，类目之繁，远过于徐、黄二著，甚至在整个文体分类史上，也罕有其匹，集中体现了明人文体分类繁多、细密的特点。

　　与《文体明辨》相较，《文通》新增的文体，主要来自三部分。一是前人虽有立目，但后世很少使用因而也罕见于后世文体学著作的文体，如任昉《文章缘起》有旨、势二体，《太平御览》"文部"有过所、零丁二体，都是一般文体学著作不收的，而《文通》都罗列其中。二是对某些文体的细分。如《文体明辨》说类，《文通》分为说、字说、书说3种；哀祭类，《文体明辨》有哀辞、诔、祭文、吊文4种，而《文通》则增为哀颂、上谥议、悲文、遗文、诔、祭文、吊文、哀词8种。这种细分，体现了明人对相近文体之间细微差别的精确体认，自然增加了许多文体类目。三是对存在于经、史、子著作中大量文体形态的发掘。中国古代文体分类，在很长历史时期内，是按《文选》所设置的文体框架进行的，主要关注集部独立成篇的作品，基本不考虑经、史、子著作中的文章。明代文体学则扩大了考察范围，从经、史、子著作中发现、总结出大量"前文体"或"泛文体"形态，从而极大丰富了文体分类的内容。《文通》在这方面是有代表性的，其所立典、谟、贡、范、彖、象、历、本纪、世家、列传、补注、表历、书志等类目，不但早期的《文选》等书未录，即使明代重要文体学著作如吴讷《文章辨体》、徐师曾《文体明辨》等也都没有立目。其中特别值得注意的是《文通》对史传文体的重视。"文体原于五经"是古代文体学的基本理念，从经学著作中发掘文体种类，至少从六朝开始就已成为文体学的传统。朱荃宰在此基础上进一步提出，从文章起源看，史著与经书一样，不仅同为后世文章之源，其本身也是文体谱系中的重要成员。史官制度、史著盛衰也是关乎文章繁荣的重要方面。从文章功用看，各种文体尽管形态千差万别，却不外乎两大类,一为载道;二为纪事。① 载道之文,本于六经;而纪事之文,则本于史学。正因如此,他在《文通》"自叙"中批评吴讷《文体明辨》"广文恪之书,号称'明辨',自述费年,而皆不本之经史",是"饮水而忘其源"②;又批评八股之士束书不观,只沉溺于制艺帖括,帖括之外,不知有经史百家之学,遂使"先圣之道益晦,后生之腹益空"③。有鉴于此,《文通》在第一卷论明道、本经、经学兴废等内容后,第二卷即详论史法、史系、史家流别、评史、史官建制、评史举正、长编、正统等;在文体论第七卷中,不但立本纪、世家、列传等富有辞章色彩的文体类目,还收录补注、表历、书志、书事、注(起居注、仪注)等一般文章选本或文体学著作不收的纯史著体裁,从而突出了史学著述在古代文章学谱系中的重要性。这也是唐宋以来,源于史家的叙事文体在文章写作和文学批评中地位不断上升的体现。尽管以今人的眼光看,其中许多类目都不算文体。然而,中国古代文体,其本质是基于政治、礼乐制度与实用性基础之上形成、发展起来的"文章学"体系,"文"的观念极为庞杂,不能用来自西方的纯文学标准来衡量。《文通》的文体分类,正是这种富有民族特色和本土特色的文体观念的原生态表现。何况,朱荃宰在《文通》之外另有《诗通》《词通》《曲通》,那么,其"文"观念之偏实用与驳杂,就更可理解了。

　　黄佐《六艺流别》因将后世各种文体皆溯源于六艺,在发掘先秦典籍中的文体上颇有成绩,这一点为《文通》所继承。然因六艺体尊,黄佐的文体谱系中,多是文人学士之作,对于唐宋以后产生的盛行于民间,尤其是与宗教相关的文体,基本不涉及。《文通》在这方面,则更为开放,收录了过所、劾、契券、零丁、贴子词、致辞、右语、致语、青词、上梁文、道场榜、法场疏、募缘疏等俗文体。这些文体,往往体现了特定时期的风俗民情、宗教观念与仪式,以及下层百姓的生活状态,具有较高的文化价值。若对它们完全置之不顾,则显然影响了古代文体谱系的完整性和丰富性。徐师曾对此有理论的自觉,《文体明辨序》云:"至于附录,则闾巷家人之事,俳优方外之语,本吾儒所不道,然知而不作,乃有辞于世,若乃内不能办,而外为大言以欺人,则儒者之耻也,故亦录而附焉。"④《文通》继承了《文体明辨》的观念,而对宋代以后流行的俗文体,蒐集更为丰富,如上文提到的过所、劾、零丁等文体,都是《文体明辨》不曾收录的。又,徐师曾将这些俗文体置于附录中,显然是一种价值尊卑判断,多少表示出轻视意识,《文通》则无附录与正编之分,可见其文体观念更为融通。正是这种融通,使《文通》几乎网罗了当时典籍所能见到的一切文体,最大限度地充实了中国古代文体谱系,充分体现了中国古代文体的丰富性。可以说,《文通》代表了明人的文体分类水平,在文体分类学上具有集大成之功。

---

　　① 如果孤立地看"载道""纪事"两大分类,显然是片面的,然而,考虑到朱荃宰另有《诗通》《词通》《曲通》等著作,则缘情体物之作,当在诗赋、词曲类文体中,那么,这种两分法具有较大的合理性。
　　② 朱荃宰《文通》卷首《自叙》,《四库全书存目丛书:集部第418册》,齐鲁书社1997年版,第335页。
　　③ 朱荃宰《文通》卷首《自叙》,《四库全书存目丛书:集部第418册》,齐鲁书社1997年版,第336页。
　　④ 徐师曾《文体明辨序说》,人民文学出版社1962年版,第78-79页。

二、文体论的开拓

《文通》对所录文体,一一论析其名称、功用、体性特征、体制源流等,成为《文心雕龙》之后又一部内容丰富、规模宏大的文体论专著。此书文体论最大的特点,是多征信于前代史料,较少主观裁断,正如《文通》闰卷《诠梦》所云:"若不由闻见而妄自敢作,在大圣已不能,予惟惧闻荒见陋,无所征信,剿一二评话以卖笑于大方之家。故每有称引,不书其书,必书其人,其出于臆断者,十不得一焉。"①在《文通》之前的文体学专著中,搜罗文体多且征引文献广博者,当以徐师曾《文体明辨》为最。而《文通》史料之浩繁,又远出于徐著。如《文体明辨》论"露布",引了《世说新语》《文章缘起》《文心雕龙》《通典》,《文通》在此基础上补充了《春秋纬》《春秋繁露》《文章正宗》《容斋四笔》等材料;论"符",《文体明辨》只引《说文》,辨析极为简略,而《文通》广引《说文》《释名》《续文献通考》《战国策》《史记》《汉书》《后汉书》及应劭《风俗通义》等,也引了徐师曾的论述。如此之类,不胜枚举。综观《文通》史料,可谓包罗万象,不仅总集、别集、诗文评著作,尤其是文体学专著如《文章缘起》《文心雕龙》《文诠》《文章辨体》《文体明辨》等常为其征引,但凡经史百家、方志野史、笔记丛谈,甚至梵箧丹经、坠典秘文等,凡有资于辨析文体者,无不荟萃一编,极大丰富、扩展了文体学研究的文献来源,在文体史料的发掘和运用上,兼具开拓与集成之功。当然,其史料也存在一定的问题,主要表现为两方面:一是征引多而论断少,己见不足,降低了其理论价值,诚如四库馆臣所批评的,"大抵掇拾百家,矜示奥博,未能一一融贯也"②。二是许多征引文献未详出处。虽然朱荃宰自称"每有称引,不书其书,必书其人",可惜未能贯彻。特别是全书大量征引《文体明辨》而不注明,与那些已标出处的文献杂糅在一起,会使读者误以为凡未注出处的,都是朱荃宰自己的论述,这很容易造成混乱,需要读者细心甄别。③

《文通》的文体论,渗透着浓厚的明正变、通古今的思想,在旁征博引追源溯流之后,往往对文体"今制"即当代发展状况给予特别的关注。如卷四"玺书"条,在引了蔡邕《独断》《老子》《庄子》《春秋运斗枢》、郝经《传国玺论》等相关材料外,还记"昭代"情况。其文曰:

> 昭代宝玺凡十四。曰奉天之宝,以镇万国、祀天地;曰皇帝之宝,以册封、赐劳;曰皇帝信宝,以征召军旅;曰天子之宝,以祭享鬼神;曰天子行宝,以封赐蛮夷;曰天子信宝,以调发番兵;曰制诰之宝,以识诰命;曰敕命之

---

① 朱荃宰《文通》卷闰《诠梦》,《四库全书存目丛书:集部第418册》,齐鲁书社1997年版,第697页。
② 永瑢等《四库全书总目》卷一九七,中华书局1965年版,第1804页。
③ 于景祥《朱荃宰的骈文批评》从《文通》对表、诏、诰、御札、笺、檄、判、露布、书记、口宣、募缘疏、上梁文等文体的论析来探讨朱荃宰的骈文思想,其实这些论析材料,或一字不漏抄录《文体明辨》,或稍易其个别字句,或颠倒其行文次序,或檃栝其大意,或补充一二史料,其基本观点完全是徐师曾的。因《文通》未注出处,遂使于先生误以为是朱荃宰的原创思想。

宝,以识敕命;曰广运之宝,以识黄选勘籍;曰御前之宝,以进御座、从车驾;曰皇帝尊亲之宝,以答赐宗人;曰敬天勤民之宝,以训迪有司。印文凡四等。文渊阁玉箸篆,将军柳叶篆,一品至九品九叠篆,赐关防若未入流条记亦如之;监察御史八叠篆。夷王印三等,曰金,曰镀金银,曰银。诸司印文或以署,或以地,或以官。惟都御使印文曰"绳愆纠缪"。①

玺是权力的象征与和凭证,与皇权政治、官僚制度密切相关,其体制历代有别。此段引文,详论明代天子及百官之玺的分类、功用、制作材料及玺文书写等,为一般文体学论著所不及。又卷十五"录"条:"辰戌丑未大比,天下贡士录其文曰会试录。子午卯酉乡举,录其文曰某省乡试录,皆冠以前序,主考官为之,次执事题问,次取士姓名,次程文,殿以后序,副考官为之,进呈御览。殿试曰登科录,皆藏之天府,仍以其副遣官赍南都藏之。其踳驳者,部科得纠正之。为礼部执掌。"②会试录、乡试录、登科录是伴随科举考试而产生的,明清时期特别盛行。严格来说并非一种文体,但因所录皆中榜者之制义文,为士林具瞻,故对研究八股作家、八股文体及科举文化具有重要价值。朱荃宰以其为文之一体郑重收录,正是受了明代科举风气的影响。又卷八"奏",在引《尚书》《文赋》《汉书》《文心雕龙》《水东日记》等的相关论述后,曰:"今制,论政事者曰题,陈私情者曰奏,皆谓之本,以及让官谢恩,并用散文,间为俪语,亦同奏格。至于庆贺,虽仿表词,而首尾亦与奏同。唯史馆进书,全用表式。然则当今进呈之目,唯本与表二者而已。革百王之杂称,减中世之俪语,此我朝之所以度越也。"③上呈皇帝的文书,历来名称、格式等极为复杂,如奏、疏、章、表等,不一而足;自六朝以后,语多骈俪,文风华靡。明代不仅精简了诸多名目,唯以本、表概之,且革去骈俪之俗,恢复了古体形式。在作者看来,这正是明朝文风超越前代之处,字里行间流露出对当代文章所怀有的优越感和高度自信。在《文通》中,但凡明代仍然活跃着的文体,往往都有这类论述。它表明,朱荃宰在论析文体时,并非单纯、静止地考察一种既定的文体形态,而是重视揭示其历史演变轨迹,关注文体与当代社会生活、礼仪文化的关系,为传统文体研究注入了强烈的当代意义和现实关怀。这正是《文通》的特色所在,是对明代文体论的又一重要开拓。④

《文通》文体论的开拓,还表现在对新立文体体性的辨析上。如前所述,朱荃宰对前人文体学著作中已经立目的文体,往往以征引材料为主,自我发明不够。而对于新立的文体,因无可依傍,不得不自出机杼,自立一说,这恰恰形成了《文通》的独创性。如卷十六"莿"条:

---

① 朱荃宰《文通》卷四,《四库全书存目丛书:集部第 418 册》,齐鲁书社 1997 年版,第 409-410 页。
② 朱荃宰《文通》卷一五,《四库全书存目丛书:集部第 418 册》,齐鲁书社 1997 年版,第 532 页。
③ 朱荃宰《文通》卷八,《四库全书存目丛书:集部第 418 册》,齐鲁书社 1997 年版,第 470 页。
④ 徐师曾《文体明辨》对有些文体,也论及"今制",然多只言片语,极为简略,远不如《文通》旁搜远绍,委曲备至。

《释名》:"莂,别也,大书中央,中破别之也。"盖即今市井合同,夷人木刻之类耳。佛经有记别之文,古人作僧寺文,多用记别字,而不知其解如此。古文但用别。《周礼》:"八成,听称责以传别。"郑注:"为大手书于一札,中字别之。"即券书也。①

可见,"莂"为契券之一种,以大字书于札中,再将札从中分开,立契双方各持一半以为凭证。它是古人社会生活中极常用的文体,但很少有文体学著作将其收录。又,《文通》卷六"明文"条:"明文,汉泰山太守应劭作。文明(笔者按:原文如此,疑当为'明文')者,昭然晓示之也。今制咸称奉上以署下,或以蠲裁,或以建置,或申江海之防,或御越人之寇。多树孔道,大榜邮亭,芦岸羊肠,观者惊心。贩夫荷插,咸知上意。语简而言质,俾可由之,民一览瞭然,斯为得体。然石版兼用,则视其事之久近也。"②从体性、功用及使用场合看,明文类似"安民告示",也是一种常用的官府公文,但鲜为文体论家所关注。朱荃宰对这类文体的辨析,丰富了古代文论的内容,也拓宽了文体学研究的视野和范围。这是《文通》对明代文体学的又一贡献。

三、经义文体地位的确立

在《文通》新立目的文体中,经义跻身于文体谱系之中,值得特别关注。作为一种科举考试文体,经义虽不等同于八股,然在明清时期则以八股为主。八股是关乎明清士人仕宦前途、社会地位、生活方式和精神风貌最重要的文体,但因其"敲门砖"的恶名,往往被视为庸俗、僵化、陈腐、无聊士风与文风的代表,因此,一般士人,包括许多八股名家,都不愿以八股入文集;坊刻牟利的选本,多应时而编,时过境迁则烟消云散。至于文体学著作,也很少收录这种文体。《文通》之前,徐师曾《文体明辨》有"义"体,其序题曰:

　　按字书云:"义者,理也。"本其理而疏之,亦谓之义,若《礼记》所载《冠义》《祭义》《射义》诸篇是已。后人依仿,遂有是作。而唐以前诸集,不少概见。至《宋文鉴》乃有之,而其体有二:一则如古《冠义》之类,一则如今明经之词(名曰经义),今皆录而辨之。③

从序题和选文可以看出,这里的"义"实含两种文体,一种为古义,是源于经学义疏的说理文,与科举考试无关,《文体明辨》录宋刘敞《致仕义并序》一篇;另一种才是作为八股前身的经义,《文体明辨》录宋张庭坚的《惟几惟康其弼直》《自靖人自献于王》两篇。徐师曾将这两种文体合而为一,且名之以"义",而非被视为八股另一常用名称的"经义",正说明"经义"作为科举考试文体,虽开始进入文体论家的视野,但还没

---

① 朱荃宰《文通》卷一六,《四库全书存目丛书:集部第418册》,齐鲁书社1997年版,第538页。
② 朱荃宰《文通》卷六,《四库全书存目丛书:集部第418册》,齐鲁书社1997年版,第435页。
③ 徐师曾《文体明辨序说》,人民文学出版社1962年版,第139页。

有获得独立的地位,只好遮遮掩掩依附于其他文体中。朱荃宰的认识和态度与此完全不同。在《文通》"自叙"中,他提出,"文,时之为也,而变因焉,自羲、仓以迄大明,时也;自图、书以及经义,变也"①。也就是说,文章是时代的产物,随时代变化而变化。从伏羲、仓颉至大明,是历史发展的必然,从河图、洛书到经义,也是文体发展变化的必然,所谓"三代不能不秦汉也,汉魏不能不六朝也,六朝不能不三唐也,唐不能不宋元也",与此相应,"六经不能不子史也,三百篇不能不汉魏也,汉魏不能不近体也,宋之不能不词也,元之不能不曲也,国家之不能不经义也"②。既然经义是历史发展和文体演变的必然产物,自有其独特价值,那么,就该与其他文体一样,在整个文章谱系中占有一席之地,不必忽略、回避它,更不必鄙视、唾弃它。何况,在朱荃宰看来,"惟经义盛于我明,破承腹结,可以橐籥六经;四股八比,用能舞骖鸟道"③,内容上可阐发、鼓吹六经,艺术上体现了文章之至道,具有其他文体无可比拟的优越性。正因他有此认识,才使《文通》明确将经义立为一体,从而让经义在文体学著作中获得了独立的文体地位。这表现出作者过人的胆识,在文体学史上是一大贡献。因为,任何一种文体,只要它在历史上长期存在过,并对社会生活、士人心态和文章写作产生过广泛而深刻的影响,那么,从历史研究的角度说,不管人们对它价值评判如何,如何厌恶、唾弃它,都有研究的必要,否则就是无视历史,否定历史,从某种意义上说,也是歪曲历史,这样,对历史的认识必然是不完整、也不客观的。《文通》将经义立为一体,纳入文体学研究视野,正是尊重历史的表现,并对后世文体学研究产生了积极影响。如清初编纂的大型类书《古今图书集成·理学汇编》中的《文学典》按文体分为诏命部、册书部、制诰部、笺启部、奏议部、颂部、赞部、箴部、骚赋部、诗部、乐府部、词曲部等48部,经义部也在其中;刘熙载作《艺概》六卷,文概、诗概、赋概、词曲概、书概、经义概各一卷,其中经义概一卷专论八股体式及作法,且与文、诗、赋、词曲并列为一大类,其文体地位得到了前所未有的肯定。这些都不能不追溯《文通》的倡始之功。

在《文通》卷九"经义"条,作者以三千多字探讨经义文体,篇幅之长,在全书两百多种文体的论析中,是绝无仅有的,充分体现出作者对这一文体的格外关注。关于经义文体的起源,朱荃宰认为,虽经学著述体裁及唐代明经科举考试对经义的产生有些影响,但最直接的源头则是王安石定制以经义试士。其论曰:

> 《礼记》有《冠义》诸篇,唐取士有明经一科,而无其义。宋因之,不过试以墨书帖义。至王安石撰《周礼》《诗》《书》三经义,颁行试士,旧法始变。彼固欲以己说一天下士,高视一世。他如思退卖国之奸,止齐衰世之文,而至今仿之为鼻祖焉。经义可见者,《文鉴》所载张庭坚二篇,及杨思退、陈傅良者,皆深沉博雅,绝无骈俪之习,自是正始。而考古者止于国初,犹张博

---

① 朱荃宰《文通》卷首《自叙》,《四库全书存目丛书:集部第418册》,齐鲁书社1997年版,第334页。
② 朱荃宰《文通》卷首《自叙》,《四库全书存目丛书:集部第418册》,齐鲁书社1997年版,第336页。
③ 朱荃宰《文通》卷首《自叙》,《四库全书存目丛书:集部第418册》,齐鲁书社1997年版,第335页。

望穷昆仑为河源,此邱文庄所以叹科举之弊也。①

在关于八股起源的众多争议中,源于宋代经义考试是比较接近文体本质,也是较为学术界普遍接受的观点。朱荃宰正持这种观点,并以宋人之作为正始之音,因其深沉博雅,文气高古,无骈俪之习,更无严格的八股定式。可见,朱荃宰对明代越来越程式化的八股颇为不满,他是以古文文风来观照八股的,这正体现出他独特的八股文体观。

《文通》在对经义文体的考察中,大量辑录了明人谈论八股的材料,如杜静台、冯修吾、袁黄、冯梦祯、冯常伯、宁履庵、李廷玑、陶石篑、吴默、汤霍林、王锡爵等。这些人或为八股名家,或为科场得意者,总之,都是八股写作的行家里手,由他们来谈八股,自能得心应手,鞭辟入里。如引冯修吾之论曰:

今士之举于乡、会者,录其文,咸曰中式。所谓式者,举业之体格,犹匠氏之规矩也。匠氏不废规矩,而从木之曲直;文士不废体格,而从体之难易。曰栋,曰梁,曰柱,曰楹,曰椽,曰桷,岂惟不可移易,即分寸不合,非良工也;曰破,曰承,曰起讲,曰泛讲,曰平讲,曰过文,曰束缴,曰大小结,岂惟不可错杂,即气骨稍不比,非作手也。故破欲含,或断或顺,须含蓄而不偏遗;承欲紧,或束或解,须脱悟而不训释;起讲欲新,或对或散,须见题而题不露;泛讲欲特,或承或挈,须露题而题不尽;平讲欲实,词出经典(朱荃宰按:举业文字,只应用六经语,不应用子史语,此自是王制,违者便非法门),令纯正而股必纡长;过文欲融,意会上下,令脱化而体不间隔;缴束欲健,或照应题中,或推开题外,令自尽而语有余思;小结、大结欲古,或引据经传,或自发议论,令精洁而言非注脚。此举业之上式也。②

八股考中者曰"中式",正强调了文体程式的重要性。破、承、起讲、过文、束缴、大小结等,每一构成要素,要各安其位,不可移易,各要素之间,又当契合无间,浑然一体,如此方为上式。冯修吾还对八股行文如何达到上式提出细致的要求,显为行家会心之谈,是研究八股文体的重要史料。而这段材料,其他典籍未见,赖《文通》得以保存,充分显示了此书的史料价值。事实上,朱荃宰将这些八股名家的谈艺之语汇为一编,加上自己的意见,再与《文通》卷二九"举业之陋"条合观,已构成一部初具规模的八股文话,是文体学史和文学批评史上最早对八股进行的比较系统的研究,对后世《制义丛话》类著作的产生有先导意义。

综上所述,《文通》在文体分类、文体论和文体史料的发掘、整理与利用上,一方面充分吸收传统文体学研究的成果,一方面又多有创新,集中体现了明代文体学集大成与新开拓并举的特色,是一部重要的文体学著作,应该得到文学史、文学批评史和文体学研究者更多的关注。

---

① 朱荃宰《文通》卷九,《四库全书存目丛书:集部第418册》,齐鲁书社1997年版,第478页。
② 朱荃宰《文通》卷九,《四库全书存目丛书:集部第418册》,齐鲁书社1997年版,第480页。

明代赠序文中的政治文化

张德建

一、引言

在文学研究中,政治是一个无法回避的层面,在古代文学研究中更是如此。但政治是一个庞大的体系,政治如何进入文学,影响文学,文学如何表现政治,就不是简单的背景式说明所能切入的。本文采用了政治文化的概念,以此由文学切入政治。阿尔蒙德认为:"政治文化是一个民族在特定时期流行的一套政治态度、信仰和感情。这个政治文化是由本民族的历史和现在社会、经济、政治活动的进程所形成。人们在过去的经历中形成的态度类型对未来的政治行为有着重要的强制作用。政治文化影响各个担任角色者的行为、他们的政治要求内容和对法律的反应。"①赠序文正是这种"政治态度、信仰和感情"的充分体现,它所表现的政治文化不同于奏疏应用于官方正式场合,不同于书信的私密与单向性,不同于论说的理论研讨性质。赠序文的独特性表现为公开性、开放性、交游性,最直接而且全面地展示了不同时期人们的政治态度、信仰和感情,同时也生动地展现了作者的政治行为、政治要求和在文化、制度、法律等方面的思考,并且在作者与赠予对象、文章读者之间建构了一个交流平台,从而产生广泛的社会影响,对政治文化有着突出的塑造作用。

在政治文化的作用下,形成相应的文化权力,这种文化权力具有两方面的特征,一是通过渗透作用,将制度下的权力意识渗透到人们的政治、社会、文化生活之中,成为人们的自觉意识,从而获得合法性;二是官员为获取权力的体制内运作,他们既要实现制度下权益的最大化,也需要表达思想观点和政治理念,利用赠送这种文化习尚来获取权力,围绕着官员考察、升转、贬谪来塑造形象。自我是个体生命追求、精神信仰、人生境界在社会实践过程中的产物,受到现实社会的约束、限制。在中国古代,意识形态、政治制度、权力运作对个体自我思想、行为、言论影响最大,从而产

---

* 作者为北京师范大学文学院教授、博士生导师。本文为北京市社会科学基金重大项目"中国古代散文序跋文献整理与研究"(项目编号:15ZD14)的阶段性成果。

本文由《人大复印资料:中国古代、近代文学研究》2016年第7期全文转载,《社会科学报·学术看台》2016年5月26日摘编。

① 加布里埃尔·A.阿尔蒙德、小G.宾厄姆·鲍威尔著,曹沛林译《比较政治学:体系、过程和政策》,上海译文出版社1987年版,第29页。

生严格的自我约束、自觉遵从甚至是赞美之情。但自我总是有一种对抗世俗的冲动,欲保持自我信仰的纯粹性,实现经世济民的伟大目标,追求更高人生境界以及自我生命的满足。因此,权力支配下的赠送行为及赠序文的写作也成为塑造、表现自我的舞台,自我并没有丧失在制度和权力的漩涡之中。这正为文人官员提供了一个理性和感性并存的空间,这也是赠序文保持文学生命力的关键所在。

文体的背后往往有某种社会行为作为支撑,只有如此,这种文体才有生命力,中国文化最重离别,故赠序文流行于世。古人有临别赠言的习尚,郭维藩《高司谏出使诗序》:"昔子路去鲁,请赠言,颜渊告以去国反国之道焉,及颜渊请处,子路告以居国之道焉,辞不蔓,指不泛,君子曰知言哉!"①赠言内容有二,宋讷云:"予尝观韩文公送人诸序,有规体,有祝体。"②所谓"规体",是说赠序文的规劝性质,丘濬《赠段可久宰福山序》谈及赠序文写作时曾说:"慕古人赠处之义,方将有所规焉。"③方孝孺说:"古之赠言者,非所称其所已能,盖以增益其未至者耳。"④张宁《书赠言卷后》:"赠者,有增于人之谓也,虽与之而无增于人,何以赠为?"⑤朱日藩《赠大司寇箬溪顾公考绩入朝序》:"夫赠,增也,财赠之使富增于本,言赠之使行增于善,古之道也。"⑥赠序文虽为实用,但其要在"规",在"增"。赠序文中,祝词也是必不可少的,马中锡《赠李明府汝弼序》说当时众人送行文字皆"勉以人为台郎,至形诸笔舌,率皆谀词而少规讽"⑦。这类祝词在赠序文中屡见不鲜。在儒家思想文化背景下,不论是规劝,还是祝颂都要以"道"为中心,张旭《练溪别意序》:"言之所在,道之所在也,大伦之中生我者亲,当孝;食我者君,当忠;与我同气者兄弟,当友。言不及此,则言为无物矣,恶乎可?故君子于惜别拳拳,以是为言,知所重也。"⑧"道"不是抽象的,而是表现在孝、忠、友及其他社会行为之中。送别行为不仅盛行于官僚、士人之间,也流行于社会各个阶层,如医卜、才艺、商贾之中,不论贫寒与富贵,赠序文几乎成为交游的通行证。赠序文在官场最为流行,于官员离别时"例有赠言"⑨,甚至成为"寮案中故事"⑩。官场赠序可用于多种场合,或赴官上任,或职满考绩,或代祠出使,或封赠父母,或转调贬谪,或选贡入京,或师友离别,或转徙他方,故赠序最为流行。明人求作赠序文以壮行色,以便交游,或自我表彰,或起制造舆论之作用。赠序文写作成为获得经典支撑并广泛流行于社会活动中的重要文体,成为文化习尚,并以礼俗化的形

---

① 郭维藩《杏东先生文集》卷八,明嘉靖四十一年蔡汝楠刻本。
② 宋讷《西隐集》卷六《送滑县主簿吴景文辞职序》,《文渊阁四库全书》,上海古籍出版社1987年版。
③ 邱濬《重编琼台稿》卷一三,《文渊阁四库全书》,上海古籍出版社1987年版。
④ 方孝孺《逊志斋集》卷一四《赠林士恭序》,宁波出版社1996年版。
⑤ 张宁《方洲集》卷二〇,《文渊阁四库全书》,上海古籍出版社1987年版。
⑥ 朱日藩《山带阁集》卷二六,明万历刻本。
⑦ 黄宗羲《明文海》,中华书局1987年版,第2897页。
⑧ 张旭《梅岩小稿》卷二四,明正德元年刻本。
⑨ 许孚远《敬和堂集》卷一《赠梁方伯开府宁镇序》,明万历刻本。
⑩ 刘球《两溪文集》卷九《送邹翰林还吉水诗序》,《文渊阁四库全书》,上海古籍出版社1987年版。

式确定下来。这种文体是复杂社会的产物,它包含了很多不纯粹的东西,而这些恰恰为我们解读古代文学提供了丰富而复杂的文本,提供了各种可能的解读空间,研究的价值也于兹得以体现。

二、权力网络的形成与经营

在官僚体系中,稳定的关系网络是重要的生存法则之一。明代官场或由于同乡同僚,或由于同榜同科,或由于同党,或由于同道,会自然形成不同的团体,以彼此支持。从儒家伦理来看,团体的形成首先要基于同道,有共同的信仰、理念,有共同的生命追求,有共同的情趣。但思想理论与现实政治之间存在着巨大差异,而赠序文恰是切入这种差异并深入探讨其原因的最佳文献。

(一)实政与虚誉——政治形象的塑造

在现实政治中,政绩是官员考核最重要的指标,所有官员无不为政绩而努力,但这些政绩及其能力、水平、态度是否可靠可信,则是另一回事。薛甲《纪绩录序》就指出:"天下之治,其始也,必本于精明,而其终也,渐流于玩愒,识微见远之士知其玩愒之所在,而以精明继之,人未必不愕然以惊,已而理得政成,心孚意洽,又未必不帖然以服。"精明与玩愒还只是官员执政过程中两种比较普通的状态,但在普遍的玩愒状态下政务精明就已很难得到认同,诸如诚伪、贪廉、忠信之类内在素质就更难得到认同。按薛甲说法,除了得到民间的认同和上级的承认外,还要看真正实绩。而地方官员要面对非常复杂的矛盾交织状况,如:

> 江阴当江南要冲,其濒江之民习舟楫,喜剽掠,每数十岁一发,则用大兵歼之,内地虽称淳朴,然治平日久,奸玩结集以逭公租者辄得志,亦岁以为常,而豪胥猾魁潜伏县治以探官府之动静,稍不如意,含机鼓簧,以图中伤。

倭乱方殷之际,情势更为复杂,所以前任"煦濡而姑息之",得以侥幸迁秩而去,而后任"及选者,不利于来,或以计避去",在这样的情况下,新任江阴令"军兴百废如蝟毛,凡城守、江防、楼橹、器械、水陆之所需,与夫主兵客兵月廪岁给工食之所出,内之则城池、公廨、仓廪、桥梁因循不葺者,圮坏不可纪,外之则村墟、墅落、室庐、储积毁于兵火,尽盗窃者无完家。其经纶运量之方,轻重缓急先后施为之序,皆丛于侯之一身。问之公,公家无所积,问之民,民居无所资,请于他郡而他郡以病辞,告于当道而当道亦无以应"。但江阴令能够"节缩调济,约己爱人,徐而处之。其始剔蠹图新,民不无惊且疑,或为飞语以撼侯,侯不为动。既而百为就绪,如冻释冰解,敷为太和。又相与咏叹而歌咏之,侯亦不为之喜也"。邑中士子担心"侯之政绩久而不能详也",录"衮衣章甫之谣,子弟田畴之咏"而为政绩录。① 明代赠序文中这样的文章很多,向

---

① 王永积《心远堂遗集》卷八,明崇祯刻本。

我们展示了政治的复杂性和官员治理的努力,可以使我们更加切实地了解所处之时代,并对政治有宛如身在其中的体验。

在现实政治中,并非所有的官员都有这样的实政,但在政绩观影响和升官要求的作用下,他们仍要循例去博取声誉,扩大影响力,从而获得更大的权力。在明代官场上,赠序文实际上起到了塑造官声的作用,所以赠序文才成为最流行的官场文体。王永积《守隶赠言序》:"古者陈诗而知四方之艰,故述职之典三载一举行,下取里巷之谣以上达乎天子,政治之得失,风俗之贞淫出焉,一治一乱,亦于音律中兆之。清庙明堂之响与征夫思妇之篇若桴鼓之相应,诗之为教顾不重哉!"①借采诗之名,宣扬自己的功绩,制造舆论,以此博得上级的认可,成为明代官场的通例。林大辂《政誉贺言》:"吾郡公祖陈云涧公以才进士贤正郎莅吾,兴甫数月,吏慑民怀,烨有政闻。樊御史巡按,廉而奖之。夫圣贤以得民为难,而获上必于迟久,公何以蚤有誉于上下哉?以厥庶民既厥臣达,大家以厥臣达,王惟邦君,公其君子之学哉?"②"兴甫数月"便有如此官声,实在是值得怀疑的,正如文中所说,得民与获上都是很难的,但后面一句非常拗口的话正揭示出了陈云涧走了上层路线。在这样的背景下赠序文的可信性是要打折扣的,因为它已成为官员塑造官声的重要工具。如果不对具体事实加以考订,我们很难相信文中所叙事实的真伪。赠序文沦落为官场工具有其必然性,因为它往往成为无自主性的文体。

当然,我们亦不可持虚无主义的态度而认为中国古代官场就是一片黑暗,毫无亮点可言。理学思想支撑下的士人官僚在政治相对开明的时代仍然有着坚定的信仰,他们对官场的认识有时仍是正面的。李时勉是一位著名的官员,他一生坚守理想,不屈服于官场压力,当他致仕归乡之时,既有皇帝褒赐,也有社会各界的赞美和歌颂:"陛辞之日,赐钞一千贯,命光禄具酒馔钱之。及行,达官显人多出崇文门外以叙别,太学师生以绵币制旗帐,各为文辞。诸生亲厚者又命工绘恩荣归老图,取其事为十题,求诸名公识以为赠,以颂先生之德。翰林旧知亦各为文为诗,教坊诸乐工椎大鼓,杂以金石丝竹之音,喧然前导。送者凡三千余人,远近观者塞路,一时行旅不得往来,商贾为之废业,莫不啧啧焉称羡,以为荣至,有为泣下者。"③这是一次自上而下发动的送行活动,但考之李时勉的政治生涯,不能将之视为制造舆论,这表明一旦得到允许,官场正气仍是得到大家认可的。

(二)官场政治中的团体意识

社会中的人会自然形成不同的团体,岳正曾从义、道、心三方面论证了同类相成的道理,并指出在交往圈中,人们可以彼此依赖、相互容纳,互相影响,可以实现进德修业、建立事功、心志相通的功能。④ 这样的见解同样可以运用于官场交往中形成的

---

① 王永积《心远堂遗集》卷五,明崇祯刻本。
② 林大辂《愧瘖集》卷一九,明嘉靖四十年林敦履刻本。
③ 彭琉《古廉文集》卷一二《附录》,《文渊阁四库全书》,上海古籍出版社1987年版。
④ 岳正《类博稿》卷四《都门别意诗序》,《文渊阁四库全书》,上海古籍出版社1987年版。

政治团体。官场政治中的交往有着鲜明的功利性,但儒学思想的影响亦随处可见,从而保证了官场交往的合法性和必然性。刘球《叙交送侍读陈君行》:"夫士大夫之相交,岂徒为饮食之接,货财之通而已哉!盖将资以辅其德,匡其不逮,游扬其声誉也。为士大夫而不能善其所交,可乎?"①真正的君子之交不是以利益为目的,而是要起到辅德、匡正、游扬的作用。

但官场政治的现实却往往令人失望,徒增悲慨,王九思《送丰原先生序》写丰原先生由翰林侍讲坐黜为寿州同知,又以"狼藉贿赂,破坏选法"之罪罢职。无可奈何之际,王九思在文中表达悲凉慷慨之情:"水搏则势激,情极而感兴,幽昧险塞,困拂抑郁,日月不能照,山岳为之摧。"②道出了士人在官场上的无力而失败之感。《序东谷先生考绩北上诗序》写王东谷以盩至县令入京考绩,当然也少不了学官子弟"采其风谣,播为诗歌以赠先生"的种种活动。王九思觉得这些诗仍意犹未尽,虽然他也推测:"然今吏部亦习知昆山之故,合盩厔之政,宜以台谏处先生,至于列卿台辅,盖自兹始。"但他仅以"然先生所自立者,可无惧之哉"一句结束全文,担心以王东谷正直难以获得认可。在《春雨亭夜饮离歌序》一文中他谈到了王东谷在盩至任上"锄去豪横,培植善类,直道而行,不怵于势,不求于闻,终始不渝,以慊于志",但这样的县级官员很难得到上级和督察部门的认可,所以,"荐书不及于东谷,踪迹犹惑于改辙,无亦悲喜之由众者乎?"③幸运的是,此次考察,王东谷得迁户部员外郎康海对他"入官十五年仅有是焉,此非其虑之弗长而际之不融也,其忌者害之也"的经历深表同情和对"忌者"的不满,同时又表达了谨慎的祝福:"东谷子操严而中坦,志远而外直,贤者慕其义,不肖者忌其才,故……今天子以仁孝治天下,安知东谷子不由是以大行其志于时邪? 夫士固有诎于始而申于终者矣,东谷子之名义,士大夫庶民小子人人能言之,虽有恶己者不能加也。"④"操严而中坦,志远而外直"的优良品质在官场中一直受到排斥,康海充满担忧的祝福正揭示了这一点。此时,王九思、康海皆被罢职为民,他们与丰原先生、王东谷并没有结成政治团体,而是志同道合的同志,这样的赠序文向我们展示了官场上不能泯灭的良知和高洁的品格。

由同乡而结成的松散团体在明代官场中非常普遍,在"朝士半江西"的时期,三杨别集中大量充斥赠予同乡的赠序文正说明了这一点。当然,这一时期还处于君子不党的政治生态下。乡党在官场中一般只是乡谊之交,并未形成同党,因而只具有乡党联谊性质。费宏《赠林君贤卿令新会序》:"莆为人物渊薮,其俗以勋业誉望相高,文章节行相励,故凡由科目而仕于州县者,在朝之大夫士例征言以赠之,岂惟叙朋旧之好,道缱绻之情,盖喜其乘时奋迹,而其志可行,且欲勉之以循良之绩,庶几增

---

① 刘球《两溪文集》卷一二,《文渊阁四库全书》,上海古籍出版社1987年版。
② 王九思《渼陂集》卷八,明嘉靖间刻崇祯间补修本。
③ 王九思《渼陂集》卷九,明嘉靖间刻崇祯间补修本。
④ 康海《对山集》卷二九《送东谷子序》,明万历二十四年潘允哲刻本。

河西之美,而不贻陇西之惭耳。"①这类文章表达的往往是比较平浅和一般性的内容,其中有同俗共土而形成的对乡邦文化的赞美,有"朋旧之好""缱绻之情"和赞誉、恭贺之言以及希望、祝福,属于人情之常。

在现实政治中,上下级关系是权力分配的产物,上级需要下级的吹嘘,下级由此获得上级的青睐,以求进身之阶。这样的例子在明代赠序文中可谓处处皆是,如茅坤《赠王两洲大宗伯给由序》:

> 公卿有远行则从官以下,执事有司相属治供张于郊,择其善诗歌文辞者赋而祖之,旧也。近代以来,大略并好侈陈其才画与其所临官,赫赫人耳目之勋位与声望,他或不逮焉。②

这样的文章往往"侈陈"上级的才干、功绩,铺排勋阶,宣扬声望,是典型的以利相交之文,由此形成的政治团体是官场中的常态。徐有贞《潞河别图诗序》③一文在古今对比中揭示出明代政治文化中的"弥文"趋向,指出其特征是"泛焉而陈",空泛不实,铺陈功业声望,充分体现了现实社会中真实的政治文化,其实与儒学思想影响下的政治设计相距甚远。

三、权力场域中的自我

权力场域中的自我或坚守道义,或玩弄权术,或安贫乐道,或贪腐享乐;有时全力投入,追求权力,有时厌弃政治,向往归隐,因而所谓自我非常复杂,难以把握。但不可否认,每个时代仍有其主导价值,成为时代政治文化的主流,代表着这一时期官员的整体精神风貌。明初将理学中的诚敬纳入政治文化之中,形成了忠君感恩,处处以国家利益为重,勤于职守,循守法律,克己奉公的政治文化。明中期以来,出现政治反思潮流,批判意识浓烈,他们以激昂的政治姿态出现在政治舞台上,充满自信,充满激情,敢于斗争,不怕牺牲,形成了以气节为支撑点的政治文化。而晚明政治文化则陷入党争与贪腐之中而不能自振,在更为激进的批判和无可奈何的失败感中,士人会选择退出、逃避,进而疏离政治。

(一)循守法律,克己奉公

理学思想的合法性不仅在于其被纳入政治,成为国家哲学,而且表现在其被整个社会接受,并逐渐融入社会成员的思想和行为之中。诚敬是理学思想的重要范畴,也是明初国家思想体系的支柱,杨荣在《敬轩记》④一文中,自然地将理学思想融入政治之中,实现了道统与政统的合一,从而为明初政治文化注入了思想的力量。石珤《送程君德和知泉州序》:

---

① 费宏《太保费文宪公摘稿》卷一九,明嘉靖三十四年吴遵之刻本。
② 茅坤《白华楼稿》卷四,明嘉靖万历递刻本。
③ 徐有贞《武功集》卷四,《文渊阁四库全书》,上海古籍出版社1987年版。
④ 杨荣《文敏集》卷一〇,《文渊阁四库全书》,上海古籍出版社1987年版。

> 天下之理原于心，散于万事，始于一室，达于四海，惟君子能博而约之，以合其异，而归之同。是故不出户而知天下，不下堂而知万姓，理也。及观孔子之论治民，则曰奢示之以俭，俭示之以礼。又曰：观民设教，若又欲相机而动，因时而救者。盖天下之理虽无不同，而天下之政则不能无敝。守其在我者，经也，百世而不变，可也。其在人者，则刚柔异性，燥湿异宜，强弱忠伪异习，苟不观而设之示之以通其变，而协于中，则政何所底于一，而治何以臻于成哉！①

天下之理原于心，理涵括一切，是万事万物存在的法则。故理不外于心，不外于物，但理散于万物，并不等于万物皆合于理，这是人性差异所致。所谓"政"就是将存于心的理贯彻到万事万物中去，以"合其异，归其同"，故不论是从普遍性讲求以礼治国，还是从人性差异讲因时制宜，都离不开对理的认识和体悟。

明初的政治文化突出强调忠爱，如杨士奇《题胡学士遗墨》肯定胡广之诗"忠爱之意溢乎辞气之表"②，因此，明初赠序文充满了在忠爱精神下感念圣恩之情和发自内心的"感激奋发"之意，杨荣《送金幼学还临江诗序》作为一篇赠送文章，却没有讲到离别离情，而以感恩的心情讲天子恩遇，鼓励金幼学以仁义惠孝之道自勉。③ 这是典型的盛世之文，既有歌功颂德的意味，也有恪尽职守、辅翼国家的决心。这一时期的政治文化表现为以国家利益为重，以职事为任，不事外求，不结私党的特点。赠序文也是如此，表现出以国家为上，不斤斤计较个人得失，出处进退皆以圣贤之志自励自勉，蔼然淳雅的政治风尚。他们对士人后学都抱着这样的态度，鼓励他们进学修业，明圣人之道，立身进退有据，梁潜《送邵廉使之任江西序》将诗书礼义与圣恩太平并列而论，完成了由思想向政治的转化，构成了这一时期士人官僚的基本精神风貌。④ 对新进之士更是惇惇教导，金幼孜《赠进士萧迪哲序》强调官员不仅要有感恩报国的心态，还要"达于其用"，"谙练政事"⑤。即使归老田园，也要薰教乡邦，教育子弟。⑥ 这里所说正是政治文化经过不断的浸透融入民间的过程，也是儒家教化理论的社会实践过程。

送人之官在赠序文中最常见，这类文章往往与时政时风、人情人心关系密切，具有鲜明的时代特征。作者往往从国家、职责、责任讲起，如金幼孜《送王彦斋金宪四川序》先从金宪职任说起，将金宪职责、功能、任职官员的品性讲得十分清楚。同时，作者不仅熟于政治体制，而且对现实状况及人情世态颇为了解，以平正态度一一加

---

① 石珤《熊峰集》卷六，《文渊阁四库全书》，上海古籍出版社1987年版。
② 杨士奇《东里文集》卷九，《文渊阁四库全书》，上海古籍出版社1987年版。
③ 杨荣《文敏集》卷一四，《文渊阁四库全书》，上海古籍出版社1987年版。
④ 梁潜《泊庵集》卷五，《文渊阁四库全书》，上海古籍出版社1987年版。
⑤ 金幼孜《金文靖集》卷七，《文渊阁四库全书》，上海古籍出版社1987年版。
⑥ 薛瑄《薛瑄全集》卷一七《送王府尹致政序》，山西人民出版社1990年版。

以论析,语气从容,虽包含一定反思意味,但总体上仍然是从正面出发的思考。① 这一时期的赠序文依圣立言,有典有则,如王直《赠胡宪使之广东序》中论及按察司职守及位高人仰之势,其弊滋多,"故君子之欲尽其职,必先正其身,存之以仁,行之以恕。明以烛隐微,公以定曲直。宽而不失之纵,严而不至于残,则其职斯尽矣"②。显然是正面的论述居多。送人之官自然要论及为官之政,丘濬《赠段可久宰福山序》可称这方面的代表作,文中论及"世之仕者,往往重内而轻外,一登科目,即视州县如陷阱然,唯恐己之不幸而或堕焉"的风气,并论及唐宋时县令之职的委曲迎合,韩愈、朱熹都曾任县令,而未闻他们以"骄蹇得谴于时,及考之所以致谴者,乃以辟异端,忤权贵之故",由此可证为官有"上下之分"和"是非之公"③,而作为一名县令,就是要在两者之间把握一种平衡,既要严守"上下之分",也要坚守"是非之公"。所论持论平允,既不矫激,也不流于空谈。谢铎《赠大理评事龚君序》开篇即提出公私问题进行讨论:

> 天下之患皆生于私,公则无所不可也。韩愈氏曰:"同则成,异则败。"败唯患之极,然则公者同,私者异,君子其尚同乎? 曰:不然。于其公,同之可也,异之亦可也;私则异之不可也,同之亦不可也。惟夫不固异,不固同,可不可之间,一以公行之,而无所谓私者,天下之患,其庶几乎!④

接下来从大理之职任说起,并回到公私问题展开论述,他对于私的论述非常独特,既紧扣职任,又练达于官场世故。这种平允的分析只有在政治相对稳定的时期才会有。他透辟地指出公私之间私的存在空间还表现为以自我为中心的官场强势态度和"唯人之同"、毫无主见两种形态。对"私"的这种延展分析表明台阁政治并非只是歌颂功德,也有着对社会现实的深刻体察。

现实政治并不总是令人满意的,批评、检讨之声也不是没有,但多表达得非常庸和、质直平易,王直《赠余学虁赴常州教授诗序》:"予尝窃怪世之职教者,率以地之美恶为戚忻,不复计其教之何如也。夫人之才不才,多系于地,地之饶沃与否,有以兴堕其志气。古之妇人女子能辨之,而圣人有取焉。顾世之为士大夫者乃独役志于此,得美地为喜,不然则大以为戚,其智反在古之妇人下,此无他,盖以自养为累故也。士大夫之学岂专于自养也哉!"⑤明代官场重内轻外,外有美恶之别,故择地为官之风甚盛,这种批判的言论只在现象层面展开,并无太深的批判意识。王直《送刘训导序》:"予在翰林二十五年,所见为教官者多矣,为文以赠之亦不少也,其所与言皆圣贤之道,期之于远,而勉其成功,然为之者不皆能用予言,盖读书明道,彼其所能

---

① 金幼孜《金文靖集》卷七,《文渊阁四库全书》,上海古籍出版社 1987 年版。
② 王直《抑庵文集》卷四,《文渊阁四库全书》,上海古籍出版社 1987 年版。
③ 邱濬《重编琼台稿》卷一四,《文渊阁四库全书》,上海古籍出版社 1987 年版。
④ 谢铎《桃溪净稿》文卷一,明正德六年台州知府顾璘刻本。
⑤ 王直《抑庵文集》卷四,《文渊阁四库全书》,上海古籍出版社 1987 年版。

也,而予复以此聒之,若以水济水,其不用予言宜矣。"①对官场流行的赠送文章,王直保持着可贵的清醒,但并不表现为激奋、愠怒,而是十分平和。这是相对和谐的台阁政治造就的平和沉稳心态,也是长期政治历练的结果。自我在意识形态和制度的制约下感觉十分自在,即使有所不满也属常态,没有上升到批判的立场。

(二) 官僚政治批判

许谷《燕闽旧雨卷引》曰:"盖当弘治之间……临别赠言不知凡几,有能如诸公之切磋箴砭者否乎? 俯仰乾坤,颇增浩叹,吾恐不独吏治之日蠹,而友道亦甚非矣。"②弘、正之际,士大夫身处开明之世,精神振奋,毅然以道德、政事、文章自命,投身现实的政治斗争,并掀起一场声势浩大的复古运动,一直延续到嘉、隆之际。复古运动并非只是单纯的文学运动,而广泛涉及政治、思想领域,是明代学术思想领域的一次大变革。③ 对政治的反思和批判是重要的一面,而这些内容颇多集中于赠序文。方弘静《赠江大夫守广信序》指出官场风气的变化是一个渐进的过程,从"累日计资"到择善地而官,从官场到父兄姻党,整个政治文化陷入了追求私利的共同认识上,积弊日深便是自然而然的事了。④ 万斯同读弘治实录,感慨道:"士风之变易也,岂不易哉! 方弘治之世,人人自爱而尚名节、重廉耻,岂不诚忠厚之俗耶? 及刘瑾一出,向时之大僚,遂蒙面濡首、争先屈膝而不恤。"⑤易世同感,都认为士风之变起自正德。

对政治的反思和批判首先是从对制度弊端的思考开始。马中锡《赠李明府汝弼序》中对众人送行文字皆"勉以入为台郎,至形诸笔舌,率皆谀词而少规讽"深表不满。他认为:

> 且今之为令者,天子何以知其贤而擢用之也? 其必先获乎守,又获乎台,然后获乎铨曹而闻其贤于上,乃召为台郎也。否则虽贤不能自达,而欲为令者憧憧以求之,可乎哉? 其弊必将使人皆兔以从麋,唾粒以喁肉,巧其政以求售矣。此心一萌,设机万种,新誉日规,旧学尽负,君子忽焉下流,正人渐为曲士。⑥

表面上看起来严密的制度设计在实际运作中却弊端丛生,不仅阻碍真正人才的发现,而且使得人心由朴而巧,机心万种,结果是"正人渐为曲士"。王慎中《送程龙峰郡博致仕序》对程龙峰在考察中以"有疾"致仕表示不理解,令人"不知有司枋者奚所考而名其为疾也",由此,他对考核制度提出怀疑:"黜陟之典,固将论贤不肖以驭废置。人之有疾与否,则有名焉,贤不肖之论,非可倚此以为断也。况于名其为疾者,

---

① 王直《抑庵文集》卷二二,《文渊阁四库全书》,上海古籍出版社 1987 年版。
② 许谷《二台稿》卷一,明嘉靖黄希宪等刻本。
③ 参见拙文《明代政治理念与文学精神之关系的嬗变——对"以文学饰政事"观念的考察》,《励耘学刊》,2011 年第 1 辑;《论明代学术思想体系的建构与分裂》,《求是学刊》,2014 年第 3 期。
④ 方弘静《素园存稿》卷九,明万历刻本。
⑤ 万斯同《石园文集》卷五《读高铨传》,民国二十五年张氏约园刻四明丛书本。
⑥ 黄宗羲《明文海》,中华书局 1987 年版,第 2897 页。

乃非疾乎！"况且师职"非事人也"，不需要强健的体质，而"古之事师也，其饮食，于饭患其噎，于戴患其哽，而祝之也；其居处，于坐则有几，于行则有杖，皆所以事师，而修其辅嬴摄疴之具，未闻以疾而罢之也"①。考核有着严密的制度设计和规定，但其间仍有上下其手的空间，程龙峰就是一个典型的牺牲品。

同时，学术或学风批判也十分突出，薛应旂《送王汝中序》站在学术的高度，对明代政治中理学之失与文学之失进行全面检讨，认为矜于文辞者不知性命之学失之于浅，高谈理学者则阔略于气节、文学、政事，其失盖在流于言语，不能躬行实践。② 赵贞吉《赠谢给谏序》论学与道的关系，揭示为学五弊，其言皆洞悉理道，此处仅引其中二则以为例：

> 夫学者之蔽，有测窥前圣，模度后贤，摘服佳言，饬行善事，身心互持，徒相窒碍，而此念既熟，自诿曰志者，其弊在不信自心而依做妄念，逡巡袭取也。亦有取自胸臆，悬立标准，即以标准为师而别起意念，常受法焉，隐微牵绊，未有止息，抱此情识，自诿曰志者，其弊在不信自心而依凭妄念，虚恍意见也。③

同卷《赠杨朋石长祠祭副郎序》论及士风士习之鄙陋："夫士不务学则陋，不尚节则罢，彼陋与罢，刻见闻，薄名检，刓方旁合于世，耻贫贱而贵显融，乾没世利三倍而扬扬谈仁义，不几发冢之辱哉！"对士风之陋鄙提出尖锐批评，同时又对士人缺乏治国才术提出批评："夫使世之患常少而才术常多，则不患于不治矣；如使世之患常多而才术不足于用，则君父家国之责奚托哉！古之儒者不得用而老，则以道术传诸人焉，为后世人才计也。以此为训，犹有陋儒拥败絮以自高，啥短霍而傲世，曰吾修儒行也，问以世事，则曰未暇此。"④强调官员必须有才干，不能不问世事，远离现实。唐顺之《赠李司训迁官临安序》《赠训导丘君序》⑤论学政、论为人师，也都根极圣贤之学，洞察时弊。

他们还表现出完全不同于台阁之沉稳雍容的政治精神，以道自命，敢于抗争，勇于牺牲。何景明《赠赵君士器序》有云："夫基事者，莫如志；鼓动者，莫如气。风也荡于天，雷也奋于地。山石至固也，柏松干之而出，气使则然也，孰能遏之哉！"⑥强调士大夫要有器识，有气节，不能拘牵于官职，故而往往表现出昂扬的自信，对现实政治充满批判精神，李梦阳《送马布云序》写人臣之去有五种："道不合去，言不听去，不得其官去，年及去，疾去"，"夫自士大夫以官为家，进退之义，摈而不讲。于是有老

---

① 王慎中《遵岩集》卷一〇，《文渊阁四库全书》，上海古籍出版社1987年版。
② 薛应旂《方山先生文录》卷一〇，明嘉靖三十三年东吴书林刻本。
③ 赵贞吉《赵文肃公文集》卷一五，明万历十三年赵德仲刻本。
④ 黄宗羲《明文海》，中华书局1987年版，第2902页。
⑤ 唐顺之《新刊荆川先生文集》卷一一，《四部丛刊》，商务印书馆1922年版。
⑥ 何景明《何大复集》，中州古籍出版社1989年版，第609页。

死于位而不悟者,秽行诡迹之士遂宴然行列,蒙诟詈不顾,甚有疾病卧床褥,犹日探除拜问调迁者,使其弗事事则已,苟或事事而能以不得不听不合去否也?"① 鄙视"以官为家"的官场风尚,对那些"老死于位"而又"秽行诡迹"不断的官员提出强烈指斥。前后七子都有高尚的道德人格和强烈的抗争意识以及在此基础上形成的文学精神,李攀龙的《送宗子相序》就是这样一篇精神宣言。② 当文学之士在政治斗争中受到打击,在普遍的政治风气中受到怀疑之时,李攀龙对文学之士在官僚政治中的价值和意义进行了充满激情的论说,是站在文学立场上对古代政治文化的反思和对文学价值的论述。

　　吏治是中国古代政治中重要的一面,也是一个一直没有很好解决的问题。徐师曾《送徐县丞序》对吏治之名实的分析非常深入,而且表现出对民众的深切同情,指向了吏治中一个不可忽视的大问题,即名实难察。③ 何景明《赠赵君士器序》也对吏治进行深入批判,指出处于官场下层的吏员一切以长官意志为转移,不顾职守,内有得失利害牵绊于心,外有威福毁誉阻挠,吏员就在这种处境中消磨了意志,成为官场应声虫。④ 这样的批判意识在赠序中并不少见,但说得这样中肯,切中时弊者并不多见。于此亦可见,赠序文作为一种实用性很强的文体还是可以有很大的表现空间的。

　　他们不仅表现出强烈的政治批判精神,还有着突出的政治建设意识,毕竟政治还需要更全面的梳理,以便从中发现问题所在,并在试图解决问题的过程中对政治建设做出贡献。王慎中《方伯杨方城先生考绩序》就是这样的一篇文章:

> 　　古之君子出而有为于世者,虽其负兼人之材,擅出世之宠,必宜之以天下之功,然后可以大行于时,不疑于众。其作而任大臣之事也,论有发天下之至难,而辨博健敏之士不能傲之以所不知;事有变天下之至安,而耆老迟重之臣不能侮之以其未试。非材宠之盛,烨赫耳目,功之所积,诚白于众,志而当其心也;功之所积,非一日一职之为也,盘桓之久,践更之多,劳有不可胜,而精有所不能习。而挟材者忽于俗务,有不屑之心;居宠者惮于苛文,有不安之志。故功不得成,而众无所见。盖亦有作而任大臣之事者矣,议出于廷而讼聚于表著之位,政加乎民而毁盈于道路之言,岂非傲之以其不更之知,侮之以其未尝之为乎?⑤

《贺山东右使刘南泉公拜左使序》也是一篇大议论⑥,两篇文章都是为赠布政使这类地方首长而做,故着眼大处,论任大政成大事之道,既有对政治的深思熟虑,合于圣

---

① 李梦阳《空同集》卷五六,《文渊阁四库全书》,上海古籍出版社1987年版。
② 李攀龙《沧溟先生集》卷一六,上海古籍出版社1992年版。
③ 徐师曾《湖上集》卷八,明万历刻本。
④ 何景明《大复集》卷三五,明嘉靖刻本。
⑤ 王慎中《遵岩集》卷一〇,《文渊阁四库全书》,上海古籍出版社1987年版。
⑥ 王慎中《遵岩集》卷一〇,《文渊阁四库全书》,上海古籍出版社1987年版。

人之道,同时又精于时政,洞彻时弊,颇有见地。

(三) 疏离政治,找寻自我

晚明官场已混乱到无以复加的程度,党同伐异,贪腐盛行。《典故纪闻》载吏部尚书廖纪上书言:"正德以来,士多务虚誉而希美官,假恬退而为捷径。"①官场务虚誉、假恬退、假托养病致仕的习尚在当时普遍存在,茅坤《寿云石郑侯序》云:"近代以来稍稍声名相高,而吏业衰矣。"②何良俊《许石城太夫人八十寿序》指出,随着官场风气的变化,正德以来遂形成两种习气,一则喜谈说古今,便巧易售,一则卑琐下贱,抚拍权贵,亦能得势。③庞尚鹏《简内阁华亭徐老师》指出,嘉靖间的官场风气是:"小廉曲谨者多矫情干誉之私,党同伐异者为远怨自全之地。"④其结果是廉耻道丧,节义衰微。至晚明,范景文《直抉吏治病源疏》更指出:"吏治之病,唯有一贪。"⑤在日益猖獗疯狂的贪腐面前,官员热衷于制造声誉,其实是借以自张。所谓考核只是择几个庸碌之人虚应故事,真正的贪官反倒屡被荐举。从务虚誉、假恬退到便巧易售、抚拍权贵,从"小廉曲谨""党同伐异"到贪腐至极,明初以来建立的严密考核制度遂告解体。

政治日趋黑暗,造就了两种突出现象:一是更加激烈的政治批判,二是疏离政治。这在赠序文中有充分体现,如江盈科《郡丞陈公考成序代》:"风夷俗竞,绅笏之辈不胜矜厉。笾豆不受,自标曰廉;尺寸建树,自诧曰能;求疵索瘢,自多曰察。"⑥这些官员的廉、能、察不过都是"矜厉"自持的产物和过分自我吹嘘的结果。设计严密的官员考核制度在晚明已经彻底解体了,一切都变成了制造政绩、官声的工具。江盈科还对官场上嗜官如命的丑态加以揭露:"夫今之仕者,自抱关、邮吏以上,鸥嗜一官,蚁附五斗,居恒食其职业,掉尾乞怜,以图自固。比见褫职,辄向妻子嘘唏对泣,恋恋不欲去,如生龟附壳而不能释。"⑦前面引述的李梦阳赠序文中就对"以官为家"深表鄙视,晚明则早已不仅如此,而是嗜官如命,为一官而不惜"掉尾乞怜",一旦失去,又哭泣留恋不已。这些还都只是针对现象层面的批判和揭露,另一批人对此则有更为深刻的认识和批判,如赵南星《送雷鹭洲归里序》对明代行之多年且被认为较好的考绩制度提出了怀疑和否定的意见,开篇即言:"凡世之用法者,皆狗名而饰遮者也。以其出于古圣人而相沿用之,是曰狗。若厉精而废之,则若猬披,故不可以已,是曰饰遮。"他认为行考绩之法,"不事者不明,不知天下之服与否而行之,则天下之人犹有以亮之。然率以不公故,使天下不服","考绩之法在于后世,其行也不若其

---

① 余继登《典故纪闻》,中华书局 1981 年版,第 300 页。
② 茅坤《白华楼续稿》卷七,明嘉靖万历递刻本。
③ 何良俊《何翰林集》卷一〇,明嘉靖四十四年何氏香岩精舍刻本。
④ 庞尚鹏《百可亭摘稿》卷上,明万历二十七年庞英山刻本。
⑤ 范景文《范文忠集》卷三,《文渊阁四库全书》,上海古籍出版社 1987 年版。
⑥ 江盈科《江盈科集》,岳麓书社 1997 年版,第 493 页。
⑦ 江盈科《江盈科集》,岳麓书社 1997 年版,第 497 页。

废也"①。赵南星对"狗名"与"饰遮"的分析非常透辟,甚至提出了废除考绩法的主张,其间所表现的追求正义和坚守道义的政治精神是非常了不起的。

与赵南星基于救世济民胸怀而发出的深刻批判不同,钟惺则往往表现出孤清冷峻,《方彦章遂安三年考满序》对所谓"政成"有清醒而冷峻的认识:"是宦成,非政成也。"②这是他厌弃官场争斗后的一贯态度。《送王永启督学山东序》指出:"言有听之甚美,循而行之,可以无过,综其实无裨于事者不可胜计。如近日取士所称正文体之说,是其一也。"正文体之说在明代非常普遍,是官方教育及考试制度中的中心话语权力,几乎所有的乡试录序和会试录序都要论及。钟惺认为代圣人立言的文体养成非一日之功,虚矫地强调是正文体,结果是"上下相蒙,以苟且侥幸之文为正,而但求免于罪,则其害且自文体而移之士习人心矣,是岂可不深念哉?"③这种见解和议论在早期赠序文中很少见,既不同于早期的平易雍容,亦不同于中期的慷慨激昂,而表现出透彻骨髓的清醒。

赠序文是儒家思想文化影响下的产物,但在晚明,佛教思想开始进入赠序文的写作之中。钟惺《赠唐宜之署颍上县事序》谈及唐宜之自言"向之信净土未彻",以净土信仰作为为官信条,故戏言:

> 宜之以净土为安立处分,似以一官为浮沉游戏,则其胸中疑有一聊复尔尔之念,而不必精力于其官之职也。夫天下事虽不可取著,然胸中先有一聊复尔尔之念,则世出世间安往而可哉?④

作为一个"学道人",钟惺希望他"于魏科膴仕,以慧断之尔;乃于吏事民隐,以慈航接之。其显力功行所及,不可谓往生回向之助,而宜之无所欣厌于其间也"。学佛与入仕不同,这是显而易见的,但通篇处处以净土为论述中心。对政治现实的失望与对个人政治生命的无可奈何之感弥漫着整个自我,晚明的政治文化逐渐趣向于消沉、无奈、逃避,自我的生命意义已不再以那个曾经感动过无数士人的儒学价值观为支柱,而转去寻求自我生命的解脱。汤显祖很少写赠序文,仅有的两篇之一是写给赵用贤的,文中引用赵用贤之言曰:"吾见所谓人矣,其名也,偶以出一言正,见一节奇。已而起,则泯泯然而为官。凡若此者,皆细人也。予所不为。为其官,不忍不为其事;为其事,不忍不为其人。言之莫有听焉,以吾行可也。"文末复引孔子"道之不行,吾知之矣"和"五十而知天命"之言,申论曰:"既知天命,则天下之故皆有以然矣,曾何足以逆吾耳而立吾心。既未有所行,其道固已行矣。如此则为其官而名不益,行其身而国不伤。"⑤在这里,做官为政、为事为人已经变成了个体自我的"不

---

① 赵南星《赵忠毅公诗文集》卷一〇,明崇祯十一年范景文等刻本。
② 钟惺《隐秀轩集》,上海古籍出版社1992年版,第308页。
③ 钟惺《隐秀轩集》,上海古籍出版社1992年版,第305—306页。
④ 钟惺《隐秀轩集》,上海古籍出版社1992年版,第321—322页。
⑤ 汤显祖《汤显祖全集》,北京古籍出版社1999年版,第1049—1050页。

忍"，即不忍心不做事、不为民，相比于贪腐横暴之官这当然是好的，但这种发自良知的用心，是用人任官制度全面崩溃的表现。个体良心改变不了整个政治生态，身处体系内的官员即使再有良心，也只好抱着知天命的态度，以"未有所行"为"固已行矣"，守道但不求实，个人完全处在风涛之中而全无自救、救他之力。这篇文章很好地传达出晚明士人无可奈何的精神现状，亦可看出汤显祖从满腔政治热情到退出官场就是必然的选择。

从明初专心一意地施政，成为意识形态和制度的自觉遵从者，到充满激情和理想主义的批判精神，敢于牺牲，最后到晚明的悲慨、无奈，进而疏离政治，正是一部简要而明晰的士人政治心态史，向我们展示了明代政治文化的历史流变。

四、结语

从赠序文体的起源和内在规定性看，赠序文要以规劝和祝颂为本，实现以道相规、以义相勉的功能。但实际情况却向祝颂的一面发展，并成官场流行文体。何以如此呢？从赠序文的历史源头看，是儒家思想和文化创造了这一文体，并随着"儒家的制度化"和"制度化的儒家"①的进程加强了这一趋势，使之成为思想、制度、文化、礼俗等多重因素作用下的实用性文体，并逐渐向颂谀方向发展。也就是说，正是政治文化塑造了赠序文，所以赠序文中自然包含了大量的政治文化信息。为了探讨其中所包含的政治文化，本文从权力、自我两个角度加以研讨。作为流行文体必然使得赠序文成为权力工具，可以说，明代官场士人自觉地运用赠序文来实现权力运作，或以儒学思想和精神为中心，追求以道相勖，或为了突显政绩而致力于塑造政治形象，或以之作为交游工具而形成政治团体，追求更大的政治利益。这种权力运作使赠序文的实用价值实现了最大化，并且成为这一文体的最强支撑。自我是个体生命追求、精神信仰、人生境界，是社会实践过程中的产物，士大夫对自我价值的认同有着鲜明的时代特征，或在明初表现出较为一致的循守法律、克己奉公的一面，或在明中期表现为强烈的政治批判色彩，或在晚明表现为疏离政治，转而追求自我生命价值的寻找。通过这一梳理，我们可以看到政治文化是如何深刻地影响着"一个民族在特定时期流行的一套政治态度、信仰和感情"，反过来，政治文化又鲜活地存在于文体写作之中。

---

① 于春松《制度化儒家及其解体》，中国人民大学出版社2012年版，第2页。

词调三分与词学转型

陈水云

在明末清初,词调"三分法"是一个重要的词学议题,有人支持,有人反对,然而无论是站在什么样的立场,都会对词的体性及词集编排问题发表看法,这些看法不仅反映了明末清初词学观念的变化,而且也体现出明末清初对于词体审美特性认识的深入。

一、"三分法"在明代的提出

所谓词调"三分法",就是将词调划分为小令、中调、长调三类,这一做法是从张綖《诗余图谱》开始的。《诗余图谱》编成于嘉靖十五年(1536),它对于词学史的贡献有三:一是创为图谱,二是词调三分,三是分词为婉约和豪放两派。尤其是将词调分为小令、中调、长调的做法,经过顾从敬刊本《类编草堂诗余》的运用和传播,在后代产生了广泛而深远的影响。

在明代,唐宋宫谱多已沦亡,明人填词亦无所皈依,因此,主要是从唐宋词体式上寻求出路。在当时,最为流行的词籍是《草堂诗余》,这样就出现了以其为基础编纂而成的词谱之作——《词学筌蹄》。《词学筌蹄》编成于弘治七年(1494),它来自《草堂诗余》,却不是对它的简单扩编,而是改"以事类为主"为"以调类为主",在每调之前都有该调的谱式,但它在调类的排序上不是按音乐的宫调划分,而是把调名相近的归类在一起。比如:第一卷的"瑞龙吟""水龙吟""丹凤吟""塞翁吟";第二卷的"青门引""华胥引""梅花引""江城梅花引""千秋岁引""阳关引";第三卷的"斗百花""蝶恋花""雨中花""满路花""解语花";第四卷的"天仙子""江城子""卜算子""捣练子""风流子""更漏子""何满子";等等。这说明它虽已注意从词调的角度看问题,认为明代填词已从"以事为主"进入"以调为主"的时代,但没有从根本上认识到唐宋词调的特殊性,亦即不同词调是属于不同宫调的,调名相近并不是词调划分的根本标准,它的归类显然有较大的随意性。

在嘉靖十五年(1536)编纂而成的《诗余图谱》,承袭了《词学筌蹄》以调为主的

---

* 作者为武汉大学文学院教授、博士生导师。本文为教育部人文社会科学基金项目"中国词学从传统到现代的转型"(项目编号:09YJA751069)的阶段性成果。

本文由《高等学校文科学术文摘》2013年第6期摘编。

做法,但改进了它对词调归类的做法,即以字数多少作为划分词调的标准,并指出"调有定格",字数、平仄、韵脚都有相对的规定性。《词学筌蹄》以调名为主的做法是存在问题的,亦即"盖调有定格,音不可易,而名则可易也",而《诗余图谱》这种以字数为主的做法,较之以调名为主的归类法也更为切实可行。《诗余图谱》凡三卷,共收词调150调,以字数多少为序,分为小令、中调、长调三大类。卷一为"小令"65调,从〔上西楼〕(三十六字)到〔夜游宫〕(五十七字);卷二为"中调"49调,从〔临江仙〕(六十字)到〔鱼游春水〕(八十九字);卷三为"长调"36调,从〔意难忘〕(九十二字)到〔金明池〕(一百二十字)。这一分类法,将150调简约分为三大类,便于初习者了解和把握。① 因此,它在当时颇受欢迎,并被补订和多次刊刻,先后有万历二十二年(1594)王象乾刻本、万历二十七年(1599)谢天瑞补遗本、万历二十九年(1601)游元泾增订本、崇祯八年(1635)毛氏汲古阁刻本,从万历二十二年到崇祯八年的40年间被刊刻过4次,实属不易。王象晋《重刻诗余图谱序》说:"万历甲午、乙未间,予兄霁宇刻之上谷官署中,见者争相玩赏,竞携之去。今书簏所存,日见寥寥,迟以岁月计,当无剩本已。海虞毛子晋,博雅好古,见予校雠此编,遂请归而付之剞人,使四十年前几案间物,顿还旧观,亦一段快心事也。"②"见者争相玩赏",说明该书在当时受欢迎的程度,也证明它在体例上的创新得到了社会的普遍认同。

词调三分法虽为张綖所首创,但将其推广,并引起人们关注的却是顾从敬刊本《类编草堂诗余》。众所周知,《类编草堂诗余》在明代广为流行,曾被反复刊印,但在嘉靖二十九年(1550)以前,这些刻本只是对宋编本做些修补增订的工作,在体例上基本沿袭南宋原编本以题材分类的编排法,这一基于歌唱需求编纂而成的选本,已很难适应词乐消亡之后明人填词的需求。"自明以来,(填词)遂变为文章之事,非复律吕之事。"③南宋时代采用以题材分类的做法,是因为人们对乐谱熟稔在心,对于某词某调的平仄、协韵、字数多少,无须一一标注说明,但到了词乐已经沦亡的明代,如果不进行注明,则会出现率意填词的乱象。这一情况在明代实际上已经出现了。为了保持词体自身特有的体性,就必然强调词调在平仄、协韵、字数上的相应规定性,《诗余图谱》以词调分类的编纂法正好满足了人们的这一审美期待。然而,《诗余图谱》所收词调非常有限,只有区区150调,这时顾从敬顺应时势所趋,利用《诗余图谱》开创的"三分法"理论,对《类编草堂诗余》做了重新改编,将分类本改易为分调本。《类编草堂诗余》共四卷,卷一为"小令"46调,自〔捣练子〕(二十七字)至〔小重山〕(五十八字);卷二为"中调"45调,自〔一剪梅〕(五十九字)至〔夏云峰〕(八十字);卷三、卷四为"长调"102调,自〔东风齐着力〕(九十二字)至〔戚氏〕(二百一十二字),共193调443首。较之《诗余图谱》,《类编草堂诗余》不但补足了它在字数划

---

① 沈际飞《草堂诗余》"凡例":"维扬张世文作《诗余图谱》三卷,每调前具图,后系词,于宫调失传之日,为之规规而矩矩,诚功臣也。"
② 张綖《诗余图谱》,《四库存目丛书集部:第425册》,齐鲁书社1996年版,第202页。
③ 永瑢等《类编草堂诗余提要》,《四库全书总目集部》,中华书局1965年版,第1826页。

分上的空白,而且词调也多出43调,特别是长调多出66调(小令有所减少),对张𬘡的"三分法"有较大的推进。《类编草堂诗余》本来只是一种词选,《诗余图谱》也只是一种词谱,各有分工,各有侧重,《类编草堂诗余》将这两者有机结合起来,成为一种亦谱亦选的新型选本,从而形成取代《诗余图谱》的发展趋势,并风行一时。"自此书始,后来词谱,依其字数以为定式。"①

虽说《诗余图谱》于"词调三分"有开创之功,但将三分之法推而广之者,则非《类编草堂诗余》莫属。它改变了明末清初词坛的发展格局,使人们对词谱的认识,从唐宋的音乐谱时代,进入到明清的格律谱时代。赵万里先生说:"自分调本行而分类本渐微,嘉靖后所刻《类编草堂诗余》,如李廷机本、闵映璧本、《词苑英华》本,皆直接间接自此本出。即钱允治、卓人月、潘游龙、蒋景祁辈所著书,亦无不标小令、中调、长调之目,故欲考词集之分调本,不得不溯此本为第一矣。"②因为它影响深远,《诗余图谱》渐从人们的视野里淡出,以至于后来人们都以为词调"三分法"是从《类编草堂诗余》开始的。③

二、"三分法"在明末清初的反响

从严格意义上讲,顾从敬的词调"三分法"也是不尽完善的。到清初,毛先舒综合《诗余图谱》《类编草堂诗余》两书的划分情况,在所撰《填词名解》中明确规定:"凡五十八字以内为小令,自五十九字始至九十字止为中调,九十一字以外者为长调。"④然而,"三分法"的理论内涵,不仅指小令、中调、长调的划分,而且还包括以字数多少为序的词集编排方式,以及它所象征的词谱由音乐谱转向格律谱的词史意义,"三分法"对后代的影响,正是从这三个方面表现出来的。

"三分法"的出现,最直接的结果是带来词集编刻体例的变化。在宋元时期,词集的编刻目次分两种:一种是别集,有以词曲宫调分类的,如柳永《乐章集》,有以作品创作年代为序的,如辛弃疾《稼轩词》;另一种是总集,有以词人年代先后为序编次的,如《花庵词选》,有以题材内容分类编次的,如《类编草堂诗余》。在明代,《类编草堂诗余》最为流行,以题材内容作为分类标准的做法也最为大家所熟悉,像董逢元《唐词纪》、陆云龙《词菁》均袭用了这一做法,徐师曾《词体明辨》以及由其而来的程明善《啸余谱》部分词调分类,也采用了此类编排法。自从顾从敬刻本《类编草堂诗余》出来后,"三分法"的编排体例迅速传播开来。

---

① 永瑢等《类编草堂诗余提要》,《四库全书总目集部》,中华书局1965年版,第1824页。
② 赵万里《校辑宋金元人词》,"中央研究院"历史语言研究所1931年铅印本,第19页。
③ 永瑢等《四库全书总目》卷一九九"类编草堂诗余提要"曰:"词家小令、中调、长调之分,自此书始。"宛敏灏《词学概论》说:"自明嘉靖间上海顾从敬刻分调本《草堂诗余》,始用小令、中调、长调的名称,以后就沿袭下来。"施蛰存《词学名词释义》说:"按照字数多少,把词分为小令、中调、长调三类,这是明人的分法,最早用于明代人重编的《草堂诗余》。"
④ 毛先舒《填词名解》,查继培《词学全书》,中国书店1984年版,第12页。

这首先表现在其后出之《类编草堂诗余》的编排方式上。自顾从敬刊本出后,在晚明一百多年间刊刻的《类编草堂诗余》有 24 种,其中分类本共 10 种,分调本则达 14 种,已有超过分类本之势。① 更有意思的是,一些分类本也明显受到顾从敬刊本的影响,比如宗文书舍刻本,表面上用的是分类法,但其词作则全部出自顾本《类编草堂诗余》。还有,在晚明出现的《类编草堂诗余》重编、续编、扩编本,如长湖外史《续草堂诗余》、钱允治《类编笺释续选草堂诗余》《类编笺释国朝诗余》、沈际飞《草堂诗余四集》之"正集""续集""余集""新集",其他选本如陈耀文《花草粹编》、吴承恩《花草新编》、茅暎《词的》、卓人月和徐士俊《古今词统》、潘游龙《精选古今诗余醉》,均采用的是顾本"三分法"体例。当时,一些别集也开始使用"三分法"的编刻方式,如施绍莘《秋水庵花影词》、俞彦《近代乐府》、丁澎《扶荔词》,徐珂、卓人月《徐卓晤歌》等。在清初,"三分法"的影响逐步扩大,像顾璟芳等《兰皋明词汇选》、陈溟《精选国朝诗余》、邹祗谟《倚声初集》、蒋景祁《瑶华集》、张砚铭《词坛妙品》、吴绮的《选声集》《记红集》、周篔《词纬》、陆次云《见山亭古今词选》、沈时栋《古今词选》、沈谦和毛先舒《古今词选》、卓回《古今词汇》、顾彩《草堂嗣响》、曹亮武等《荆溪词初集》、戈元颖等《柳洲词选》、陆进等《西陵词选》、佟世南《东白堂词选》,无一不用"三分法"标目。可见,"三分法"在清初已成为词集编排的通行法则,影响深远。

"三分法"虽然简便易行,但也存在着一些负面影响,即难以完整地体现出词的音乐性。毛奇龄认为,宋人填词比较重视宫调的差异,其时多以四十八调分别之,其调亦不拘短长,有属黄钟宫者,有属黄钟商者,皆不相出入,"非若今之谱诗余者,仅以小令、中调、长调分班部也"②。在他看来,今人填词以字数多少为分割点,只看重"小令、中调、长调"的部类区别,这些却并非唐宋词在音乐上的核心问题,以字数多少为分割点的"三分法"有些过于武断。朱彝尊也说:"宋人编集歌词,长者曰慢,短者曰令,初无中调、长调之目。自顾从敬编《草堂》词,以臆见分之,后遂相沿,殊属牵率。"③他认为顾从敬以三分法区别部类,乃以臆见分之,比较随意,合理的做法应该是钱芳标的《词畟》,以字数多少作为先后顺序,不再标以小令、中调、长调之目。这一主张得到了万树的响应,他纂修的《词律》一书,即是以字数多少作为先后顺序排列的,并对毛奇龄以小令、中调、长调的字数界分标准表示不满:"愚谓此亦《草堂》所分而拘执之,所谓定例,有何所据?若以少一字为短,多一字为长,必无是理。"④

在万树的影响下,康熙四十六年(1707)编纂而成的《历代诗余》,即是以词调字数多少为序,不再特别标明"小令、中调、长调"之类目,它录自唐至明之作凡 1540 调 9000 余首,成为迄至当时为止规模最为宏大的选本。"自有词选以来,可云集其大成

---

① 刘军政《明代草堂诗余版本述略》,《南阳师范学院学报》,2004 年第 2 期。
② 毛奇龄《西河词话》卷二,唐圭璋《词话丛编》,中华书局 1986 年版,第 588 页。
③ 朱彝尊《词综·发凡》,《词综》,岳麓书社 1995 年版,第 13 – 14 页。
④ 万树《词律·发凡》,《词律》,上海古籍出版社 1984 年版,第 9 页。

矣。若夫诸调次第,并以字数多少为断,不沿《草堂诗余》强分小令、中调、长调之名,更一洗旧本之陋也。"①康熙皇帝本想以"选"代"谱",不再"另立图谱",大约是发现《历代诗余》并未达到预期的效果,所以,在次年再次启动《钦定词谱》的编纂工作,意在补足《历代诗余》"没有附录图谱而另外制作"②。《钦定词谱》在体例的编排上,也是以词调字数多少作为先后顺序的,并不强分小令、中调、长调之名,取得了恢复唐宋词原始状貌的积极效果:"所谓填词必当遵古,从其多者,从其正者,尤当从其所共用者,舍《词谱》则无所措手矣!"③

因为万树《词律》及《钦定词谱》的出现,特别是它们在词调辑佚、校勘、考辨方面取得的重大成就,使得清代填词有所依归,在明末清初出现的以选代谱的现象逐步淡退,以存史和立派为宗旨的词选开始大量涌现。这一新的选词倾向是从朱彝尊《词综》开始的,它一方面改过去"以调为中心"为"以人为中心",以词人带动作品,以作品呈现词史的变迁,达到了以词存史的目的;另一方面又通过不同风格作品的选择,以及作品入选数量的多少,表达自己的审美立场——崇尚清雅,从而张扬了浙西词派的理论主张。在朱彝尊《词综》影响下,不但有《明词综》《国朝词综》《词综补遗》等系列性选本,而且也涌现出一大批以宣扬理论主张为导向的词选,如先著《词洁》、张惠言《词选》、周济《宋四家词选》、戈载《宋七家词选》、冯煦《宋六十一家词选》、朱祖谋《宋词三百首》等,以选调为中心建立起来的"三分法"理论,已不再是人们热议的中心话题。

三、"三分法"对于词学转型的意义

在"三分法"出现以前,人们关注较多的是诗与词的体性差异,是雅与俗的美学分野;但在"三分法"出现以后,词的音乐性便成为人们关注的中心,亦即:词乐失传以后,应该怎样保持它在文体上的音乐性?还有,小令、中调、长调在体制上有哪些不同的要求?

"三分法"是建立在以调类为中心的理论基础上的。茅暎说:"词协黄钟,倘只字失律,便乖元韵。故先小令,次中调,次长调,俱输宫合度,字字相符,以定正的。"④这表明,"三分法"的出现,是为了使填词者更好地"输宫合度,字字相符"。在明代,唐宋词乐失传已成为不争之事实,更重要的是时人已不能倚声为词了。刘凤说:"词自唐始,元其变……今亦不能歌,惟曲用焉,则因所习以求声律不易耶!第所谓九宫十七调,惜知者盖寡。虽吴越之间夫人而能为曲,然夫人而不昧于所谓宫与调也。"⑤

---

① 永瑢等《类编草堂诗余提要》,《四库全书总目集部》,中华书局1965年版,第1825页。
② 清水茂《钦定词谱解题》,蔡毅译《清水茂汉学论集》,中华书局2003年版,第562页。
③ 田同之《西圃词说》,唐圭璋《词话丛编》,中华书局1986年版,第1474页。
④ 茅暎《词的》,《四库未收书辑刊第8辑第30册》,北京出版社2000年版,第470页。
⑤ 刘凤《刘子威集》,《丛书集成三编第48册》,台湾新文丰出版公司1999年版,第321页。

因为不了解唐宋宫谱,"勿论不能创调,即按谱征词,亦格格有心手不相赴之病"①,这样就有了以诗律为之的现象,甚至出现了妄为自度曲的乱象。俞彦说:"今人既不解歌……多以律诗手为之,不知孰为音,孰为调,何怪乎词之亡已!"②毛奇龄说:"近人不解声律,动造新曲,曰自度曲,试问其所自度者,曲隶何律,律隶何声,声律何宫何调,而乃懒然妄作,有如是耶?"③于是,编订词谱也就势所必然,《诗余图谱》《词体明辨》《啸余谱》等相继涌现,并明确提出了协音守律的要求。《诗余图谱》"凡例"第一条曰:"词调各有定格,因其定格而填之以词,故谓之填词。今著其字数多少、平仄、韵脚,以俟作者填之,庶不至临时差误,可以协诸管弦。"④强调字数多少、平仄、韵脚,主要是为了保持唐宋词调的音乐性,俞彦也说:"词全以调为主,调全以字之音为主。音有平仄,多必不可移者,间有可移者。仄有上去入,多可移者,间必不可移者。倘必不可移者,任意出入,则歌时有棘喉涩舌之病。"⑤

"三分法"就是在这样的背景下形成的,过去《类编草堂诗余》以事类为中心,词调并没有凸显出来,在词乐消亡后,填词当以调类分别之,以事类为主的做法,便不能适应时势所需。"今所编以小令、中调、长调分之为类,每阕尽揭作者之意为题,各卷首列诸调之次为目录,以便观览。"⑥尽管朱彝尊《词综》和万树《词律》对"词调三分"的做法并不认同,但是,正如蒋景祁所说,"字数多少,必加编次,而长短以序,庶便观览"⑦,后来编纂之词谱亦多以字数多少为序。

过去,人们谈词的体性,主要着眼在诗与词的比较,到明末清初,因为"三分法"的出现,议论的话题转向对小令、中调、长调体性差异的讨论,从而将明末清初词学的理论建设推进到一个新的高度。

在宋元,张炎也曾谈到大词与小词有不同的要求,沈义父也说过类似的话,指出:"作大词,先须立间架,将事与意分定了。第一要起得好,中间只铺叙,过处要清新,最紧是末句,须是有一好出场方妙。小词只要些新意,不可太高远,却易得古人句,同一要练句。"⑧但他们谈得比较简略,初习者也难以把握和领会,在明代,"三分法"的提出,使词调字数多少有比较明确的认定,对小令、中调、长调也就有了不同的要求。

较早谈到这一话题的是俞彦,他说:"小令佳者,最为警策,令人动塞裳涉足之想。第好语往往前人说尽,当从何处生活?长调尤为亹亹,染指较难。盖意窘于俗,

---

① 王士禛《花草蒙拾》,唐圭璋《词话丛编》,中华书局1986年版,第684页。
② 俞彦《爰园词话》,唐圭璋《词话丛编》,中华书局1986年版,第400页。
③ 毛奇龄《西河词话》卷二,唐圭璋《词话丛编》,中华书局1986年版,第588页。
④ 张綎《诗余图谱》,《续修四库全书:第1735册》,上海古籍出版社2002年版,第472页。
⑤ 俞彦《爰园词话》,唐圭璋《词话丛编》,中华书局1986年版,第400页。
⑥ 鰤溪逸史《历代名贤词府叙略》,明嘉靖万历间刊本。
⑦ 蒋景祁《刻瑶华集述》,蒋景祁《瑶华集》,中华书局1982年版,第2页。
⑧ 沈义父《乐府指迷》,唐圭璋《词话丛编》,中华书局1986年版,第283页。

字贫于复,气竭于鼓,鲜不纳败。比于兵法,知难可焉。"①这里只是谈到小令、长调在前人基础上创新的难度较大,比较系统地谈到小令、中调、长调不同要求的有沈谦、李东琪、张星耀等。比如:

  沈谦:小调要言短意长,忌尖弱。中调要骨肉停匀,忌平板。长调要操纵自如,忌粗率。能于豪爽中,着一二精致语,绵婉中着一二激厉语,尤见错综。(《填词杂说》)

  李东琪:小令叙事简净,再着一二景物语,便觉笔有余闲。中调须骨肉停匀,语有尽而意无穷。长调切忌过于铺叙,其对仗处须十分警策,方能动人。设色既穷,忽转出别境,方不窘于边幅。(王又华《古今词论》转引)

  张星耀:短调须取意,如一丘一壑,安置得宜。其间烟云变幻,令人寻绎无穷。长调须取势,如长江大河,安流千里,遇风生澜,随势转折,而不失自然之妙。(《词论》)

综合诸家所论,可以推知,小词"以含蓄为佳",讲究言短而意长,在音乐上是"拍促激峭",在审美上是"柔情曼声"。这些决定着它有自身的一些特殊要求,亦如顾璟芳所说:"淡而艳,浅而深,近而远,方是胜场。"②先著亦有言曰:"轻而不浮,浅而不露,美而不艳,动而不流,字外盘旋,句中含吐,小词之能事毕矣。"③反之亦然,作者亦当知三忌:"一不可入渔鼓中语言,二不可涉演义家腔调,三不可像优伶开场时叙述。偶类一端,即成俗劣。"④这是从用语角度讲的,所谓"渔鼓中语言"是指其粗,所谓"演义家腔调"是指其俗,所谓"优伶开场时叙述"是指其滑。一般来说,小令篇幅较短,患于易尽,故多用转韵,"层折多端,姿态百出",有含蓄蕴藉之美。中调呢? 它介于小令与长调之间,既不能过于纤弱,也不能过于铺陈。胡应宸说:"宋梅(顾璟芳)以小令仿绝句,则中调者犹诗近体乎? 修短中程,浅深合度,有和鸾节春天之音焉。"⑤这里"修短中程,浅深合度",前一句讲的是它在形式上的要求,后一句讲的是它在内容上的要求。总的来说,就是要求"骨肉停匀","语有尽而意无穷",切忌平板直露。至于长调,章法有类于赋法,又不能过于铺张,在上下阕相接处要留有虚空。王士禛说:"长调之妙,在于不冗不复,顿接处有游丝飐空之意。"⑥这一点,通过它与小令的对比,看得尤为分明,亦即小令多柔情曼声,而长调则须慷慨淋漓,沉雄悲壮。一般来说,小令多用转韵,长调则忌转韵。李葵生说:"其不转韵,以调长,恐势散而气不贯也。"⑦在他们看来,长调篇幅较长,容量较大,须有气贯串其中,有气则全篇生

---

① 俞爱《爰园词话》,唐圭璋《词话丛编》,中华书局1986年版,第401页。
② 顾璟芳等《兰皋明词汇选》卷一,辽宁教育出版社1998年版,第1页。
③ 先著《词洁·发凡》卷一,词洁《保定》,河北大学出版社2010年版,第16页。
④ 贺裳《皱水轩词筌》,唐圭璋《词话丛编》,中华书局1986年版,第711页。
⑤ 顾璟芳等《兰皋明词汇选》卷四,辽宁教育出版社1998年版,第76页。
⑥ 冯金伯《词苑萃编》,唐圭璋《词话丛编》,中华书局1986年版,第1795页。
⑦ 顾璟芳等《兰皋明词汇选》卷六,辽宁教育出版社1998年版,第121页。

机盎然。"长调之难于小调者,难于语气贯串,不冗不复,徘回宛转,自然成文。"① 不过,毛先舒并不同意这一看法,认为长调亦不可使气:"填词长调不下于诗之歌行,长篇歌行犹可使气,长调使气便非本色,高手当以情致见佳。盖歌行如骏马蓦坡,可以一往称快;长调如娇女步春,旁去扶持,独行芳径,徒倚而前,一步一态,一态一变,虽有强力健足,无所用之。"② 这也只是就一般情况而论,具体到一些作品来讲,有时偶作翻新之处,亦体现出打破常规的奇崛之美。如吴潜之"南朝千古伤心事",范仲淹"塞下秋来风景异",是"小令中调有排荡之势者";周邦彦之"衣染莺黄",柳永之"晚晴初",是"长调极狎昵之情者"也。③ 这些也是值得肯定的,即不以一般性法则否定打破常则的特殊性,体现出古人在思维上的辩证性色彩。

虽然,以上所论,看似谈的只是作法问题,但亦可以看出人们对词之体性的认识,已经进入到一个本体性的层面,亦即从文学性的角度审视词的体性特征。这正好印证了先著所说的这样一句话:"盖宋人之词,可以言音律;而今人之词,只可以言辞章。"④

对于小令、长调体性认识的深入,还推动了明末清初词坛对于词史认识的变化。在晚明,云间派以五代北宋为高,故专诣小令,摒去宋调,冀复古音。邹祗谟亦谓:"小调不学花间,则当学欧、晏、秦、黄。花间绮琢处,于诗为靡,而于词则如古锦,自有黯然异色。欧、晏蕴藉,秦、黄生动,一唱三叹,总以不尽为佳。"⑤ 在明末清初词坛,亦多以小令见长,而拙于长调,王士禛为此发出"佳处在此,短处亦在此"⑥的慨叹。从康熙初年开始,词坛上渐现尊南宋的倾向。"盖词至长调而变已极,南宋诸家,凡以偏师取胜者,无不以此见长。"⑦ 虽则当时作词以中小调为多,但也有一些大家在长调创作上取得可喜的成绩:"龚中丞(鼎孳)芊绵温丽,无美不臻,直夺宋人之席。熊侍郎(清举)之清绮,吴祭酒(伟业)之高旷,曹学士(溶)之恬雅,皆卓然名家,照耀一代。长调之妙,斯叹观止矣。"⑧ 到浙西词派出来后,词坛上尊南宋的思潮达到极盛,朱彝尊说:"世人言词,必称北宋,然词至南宋始极其工,至宋季而始极其变。"⑨ 浙西词派推尊南宋,从词体的角度看是在推重长调,"长调惟南宋诸家才情蹀躞,尽态极妍"⑩,亦即长调最能展现作者的才情,而小令在表现作者才情上则明显不足。在清代填词已进入格律谱时代,以咀宫嚼商为追求的小令已不合时代需要,所以,浙西词

---

① 彭孙遹《金粟词话》,唐圭璋《词话丛编》,中华书局1986年版,第725页。
② 王又华《古今词论》,唐圭璋《词话丛编》,中华书局1986年版,第609页。
③ 王又华《古今词论》,唐圭璋《词话丛编》,中华书局1986年版,第609页。
④ 先著《词洁·发凡》,《词洁》,河北大学出版社2010年版,第3页。
⑤ 邹祗谟《远志斋词衷》,唐圭璋《词话丛编》,中华书局1986年版,第651页。
⑥ 王士禛《花草蒙拾》,唐圭璋《词话丛编》,中华书局1986年版,第685页。
⑦ 邹祗谟《远志斋词衷》,唐圭璋《词话丛编》,中华书局1986年版,第650页。
⑧ 彭孙遹《金粟词话》,唐圭璋《词话丛编》,中华书局1986年版,第725页。
⑨ 朱彝尊《词综·发凡》,《词综》,岳麓书社1995年版,第10页。
⑩ 邹祗谟《远志斋词衷》,唐圭璋《词话丛编》,中华书局1986年版,第659页。

派要推崇"句琢字练"的南宋典雅词派。① 这样,词坛上就有了专诣小令与推崇长调之争,比较突出的表现就是顾贞观、纳兰性德等对朱彝尊宗南宋的抨击,指出"南宋词虽工,然逊于北"②,并表示自己"好观北宋之作,不喜南渡诸家"③。虽然不能绝对说是"三分法"的出现促成了词坛的南北宋之争,但最起码也可以这样说,清初关于小令、长调的讨论,为南北宋之争做了思想上和理论上的准备。

总之,"三分法"的出现是中国词学转型的重要标志,虽然在理论上尚有未尽完善处,但由它而引发的一系列理论话题,成为清代词学继续发展的方向。比如,词谱的编订成为一种常态;小令、中调、长调的称谓成为一种习用话语;它应用到创作批评上,则有小令与长调不同的审美典范与创作技巧;它应用于词史批评上,则有五代北宋长于小令、短于长调,南宋则反之的看法,促成了清初词坛南北宋之争的理论景观。人们在思想观念上对中国词史的认识也有了一个重大的转变,亦即由以音乐谱为中心的时代进入以格律谱为中心的新时代。

---

① 蒋景祁《刻瑶华集述》:"今作者率多工长句,盖知难而趋,才可以尽展,学可以尽副,类能为之。而如温、韦诸公,短音促节,天真烂漫,遂拟于天仙化人,可望不可即。"
② 顾贞观《〈耐歌〉卷二"评点"》,李渔《李渔全集》,浙江古籍出版社1992年版,第175页。
③ 冯金伯《词苑萃编》,唐圭璋《词话丛编》,中华书局1986年版,第1937页。

王鏊对明代八股文定型的影响

严 明　张荣刚

　　八股文,又称经义八股格,是明代科举考试中最重要的一种文体。经义八股格的发展形成过程,学界一般认为始于明代永乐而终于弘治,而从成化至弘治其格式趋于完备。成化、弘治年间(1465—1505),"台阁体"冗沓肤廓之弊愈加显著,而"文必秦汉、诗必盛唐"的论调已引起士人的广泛共鸣。人才选拔与程朱理学的联系变得更加直接和紧密,而士人亦大多依靠辞章记诵以博取功名。对于经义,明人已认为"盛于成、弘"①,又谓:"至于成化、弘治间,科举之文号为极盛……深醇典正,蔚然焕然,诚所谓治世之文。"②成化、弘治时经义之盛,是建立在八股格定型的基础之上的。王鏊对经义八股格的定型有着重要的影响,明清两朝学者对王鏊大多给予很高的评价。有谓"本朝举业文字,自永乐、天顺间非无佳者,然开创首功,惟文恪王公鏊为正宗"③。有谓"制艺之盛,莫如成、弘,必以王文恪公为称首"④。本文在考辨王鏊的古文渊源、行文之法以及时文特征的基础上,揭示王鏊在明代经义八股格形成和定型过程中的重要影响作用。

一、王鏊古文宗尚与时文作法关系辨

　　明初的古文创作,沿着宋元的路径,或尊秦汉或尊唐宋。永乐以后,始有三杨"台阁体"倡导以欧阳修为宗尚,呈现雍容华贵的文风;降及天顺、成化年间,余响流为冗沓肤廓之弊,王鏊正是在这样的背景下走上文坛的。王鏊(1450—1524),苏州吴县(今吴中区)人,成化十一年(1475)乙未科会元,授编修。弘治时历侍讲学士,充讲官,擢吏部右侍郎,在朝居官三十年,正德初迁户部尚书、文渊阁大学士。王鏊出生之时,吴地文风与京城"台阁体"虽有所不同,但文章宗尚仍不出宋元诸大家。如无锡人邵宝,成化二十年(1484)甲辰科进士,他评论王鏊"为文先爱三苏,才思川涌,援笔如不能止"⑤。比王鏊稍早的苏州人礼部尚书吴宽,成化八年(1472)壬辰科会

---

* 作者严明,上海师范大学人文学院教授、博士生导师;张荣刚,贵州师范学院副教授。
① 袁黄《游艺塾续文规》,《续修四库全书》,上海古籍出版社1996年版,第209页。
② 夏言《夏桂洲先生文集》,齐鲁书社1997年版,第556-667页。
③ 李乐《见闻杂记》,上海古籍出版社1986年版,第447页。
④ 梁章钜《制艺丛话》,上海书店2001年版,第231页。
⑤ 邵宝《容春堂集》,《文渊阁四库全书影印本》,台湾商务印书馆1986年版,第674页。

元,也"颇好苏学,其于长公每若数数然者"①。可见尊尚苏氏父子文章是吴地文坛的主要特色之一。

王鏊初尚苏文,除了受吴地文风影响之外,与当时科举制度亦有直接关系。据时人何乔新所言:"予少时从事举子业,先公尝训之曰:'近时场屋论体卑弱,当以欧苏诸大家论为法,乃可以脱凡近而追古雅。'予因取欧、苏诸论熟读之,间仿其体,拟作一二,出示同舍生,莫不骇且笑。虽予亦不能自信,盖当是时科举之士未见此书故也……此书一出,予知四方之士疾读而力追之,上下驰骋,不自蹈于法度,如工之有绳尺焉,而场屋之陋习为之一变矣。"②何氏为景泰五年(1454)进士,辈分早于王鏊,其文中自言以欧、苏文为法,目的是为了提振当时考场卑弱文风。又据王守仁《太傅王文恪公传》记载:"成化甲午,应天乡试第一,主司异其文曰:'苏子瞻之流也。'录其论、策,不易一字。"③可见王鏊初试举业即以学苏轼文而崭露头角,而嘉靖时归有光亦云:"乡先达王文恪公,教子弟作论策以苏氏为法。"④

对于王鏊为文所学,明代霍韬曾总结道:"早学于苏,晚学于韩,折衷于程朱。"⑤此论看似全面,实际上并不确切。王鏊曾自言:"少读《唐文粹》,得持正、可之文,则往返三复,惜不得其全观之,后获内阁秘本手录以归,自谓古人立言之旨,始有丝发之见。"⑥可见王鏊非"晚学于韩",其少时即已学韩,只不过是由韩门弟子而上溯学韩。宋元以来学古文者,虽亦有远承秦汉者,然大都承认韩愈为一代文宗。王鏊亦云:"近世文章家,要以昌黎公为圣,其法所从授,盖未有知其所始者,意其自得之于经,而得之邹孟氏尤深……昌黎授之皇甫持正,持正授之来无择,无择授之可之,故可之每自诧得吏部为文真诀。可之卒,其法中绝。"⑦上述两段话道出了王鏊学韩的途径,在他看来,学韩文莫过于由可之而上之,因为"昌黎海也,不可以徒涉,涉必用巨筏焉,则可之是也"⑧。

韩愈文章的特点,或奥衍闳深、雄浑简古,或横骛别驱、汪洋恣肆,或纡徐委备、曲折尽情。然而就韩文的结构而言,善于"成幅尺间架"⑨是一大特点,也是一大长处。正因如此,韩愈文章与明代经义就有了学理逻辑上的密切关联。清代人郑献甫认为:"韩文公《原毁》,篇前后皆作二整比……《原性》亦前列三等以后,即将三意申

---

① 王鏊《震泽集》,《文渊阁四库全书影印本》,台湾商务印书馆1986年版,第272页。
② 王水照《历代文话》,复旦大学出版社2007年版,第1069—1070页。
③ 王守仁《王文成全书》,《文渊阁四库全书影印本》,台湾商务印书馆1986年版,第690页。
④ 归有光《震川集》,上海古籍出版社2007年版,第122页。
⑤ 王鏊《震泽集》,《文渊阁四库全书影印本》,台湾商务印书馆1986年版,第120页。
⑥ 王鏊《震泽集》,《文渊阁四库全书影印本》,台湾商务印书馆1986年版,第265页。
⑦ 王鏊《震泽集》,《文渊阁四库全书影印本》,台湾商务印书馆1986年版,第264—265页。
⑧ 王鏊《震泽集》,《文渊阁四库全书影印本》,台湾商务印书馆1986年版,第510页。
⑨ 程端礼《程氏家塾读书分年日程》,商务印书馆1936年版,第16页。

明。"①明代茅坤也谓《原毁》"此篇八大比,秦汉来故无此调,昌黎公创之"②。韩文重间架结构,源于韩愈的精心作文。韩愈做人为文皆继承孟子,故"非圣人之志不敢存","行之乎仁义之途,游之乎《诗》《书》之源"③,"沈潜乎训义,反复乎句读,砻磨乎事业"④。宋代苏轼做人为文得庄子者为多,其文章结构与庄子一样浑然天成,并无精心结构的意愿。故清代蒋湘南评道:"子瞻才气廉悍,故间架阔。"⑤王鏊为文宗韩师苏,韩苏文章间架结构的特点,势必影响到王鏊的时文结构。

在北宋文章诸大家中,王鏊还对王安石古文情有独钟,认为"欧苏崛起百年之后,各以所长振动一世,其天才卓绝,顾于是有若未暇数数然者而亦多吻合焉。其时临川荆公得之独深,考其储思注词无一弗合,顾视韩差狭耳"⑥。清初时文名家李光地曾指出:"王守溪评文,谓昌黎后惟半山得宗派,不数欧苏,最有识见。"⑦李氏还评韩愈文:"追复三代,转有斧凿之意。"⑧论王安石文:"王荆公,气亦强,文亦古,但深求之,却是学成的,不是本来如是。"⑨又谓:"太史公文字,似不如昌黎一字不可增减,然其不如处,正是好似他处。太史公无意写出,昌黎有意裁剪也。"⑩总之,在李光地看来,韩文注重"斧凿"和"裁剪";王文气强文古,都是精心作成,反而不如司马迁文那样自然流畅。李氏所论,揭示出王鏊继承韩愈和王安石文章传统的渊源关系。

成化朝的科举取士渐趋于"一唯科目是尚"⑪,三场试士亦仅重初场。文人学子大多认识到时文"非上乘之文"⑫,但为了得一功名,不得不沉溺其中,反复描摹。王鏊尝自言其年轻时揣摩作时文之法:"初将先辈旧作,及诸程墨一一讲解而习之,卒不肖;次将《左》《国》《老》《庄》之属句句而模仿之,亦不肖。盖肖与不肖,其机常在倏忽微妙之间,任之则成驰骛,执之则拂生机,于此调骎骎乎若可以上。"⑬可知王鏊最初大量揣摩仿效先辈的程墨佳作,从中揣摩时文作法,最终未能得法。此为明代永乐以后士林普遍风习,众学子"惟诵习前辈程文,以觊傲幸。"⑭王鏊亦然,从揣摩程墨佳作到摹拟古文作法,欲化古文辞为经义文以求新意,最后终于领悟到了时文"肖

---

① 郑献甫《制艺杂话》,同治辛未嘉平月黔南臬署椠本,第3页。
② 高海夫等《唐宋八大家文钞校注集评》,三秦出版社1998年版,第469页。
③ 马其昶《韩昌黎文集校注》,上海古籍出版社1986年版,第170页。
④ 马其昶《韩昌黎文集校注》,上海古籍出版社1986年版,第1143页。
⑤ 蒋湘南《七经楼文钞》,《续修四库全书本》,上海古籍出版社1996年版,第309页。
⑥ 王鏊《震泽集》,《文渊阁四库全书影印本》,台湾商务印书馆1986年版,第265页。
⑦ 李光地《榕村语录》,《文渊阁四库全书影印本》,台湾商务印书馆1986年版,第453页。
⑧ 李光地《榕村语录》,《文渊阁四库全书影印本》,台湾商务印书馆1986年版,第447页。
⑨ 李光地《榕村语录》,《文渊阁四库全书影印本》,台湾商务印书馆1986年版,第453页。
⑩ 李光地《榕村语录》,《文渊阁四库全书影印本》,台湾商务印书馆1986年版,第322页。
⑪ 王鏊《震泽集》,《文渊阁四库全书影印本》,台湾商务印书馆1986年版,第384页。
⑫ 袁黄《游艺塾续文规》,《续修四库全书》,上海古籍出版社1996年版,第162页。
⑬ 袁黄《游艺塾续文规》,《续修四库全书》,上海古籍出版社1996年版,第162页。
⑭ 杨士奇《东里续集》,《文渊阁四库全书影印本》,台湾商务印书馆1986年版,第112页。

与不肖"间的差异极为微妙,所以能够超越模拟而自成一格,时文写作水平便向上提升。

王鏊悟到经义文要做出新意很难,因为经义为科举考试文,文意表达已被严格规定范围,写作时既不能照抄时文佳作,亦难以搬用古文辞为文,仿制程墨佳作反显陈腐,而模拟古文辞则难合功令。清初钱谦益曾把明代经义分为举子、才子、理学三大类,而将王鏊时文归入举子之文,并总结举子时文的特点是:"本经述,通训诂,析理必程朱,遣词必欧苏。规矩绳尺,不失尺寸,开辟起伏,浑然天成。"①实际上,"遣词必欧苏""开辟起伏"皆为古文词法,钱氏所言举子时文实际上是以古文之法为时文。清后期郑献甫,更直接指出了王鏊时文主要特征是"尽变古文之貌而谨密微至"②。

由此可见,王鏊所言新作法实际上就是以古文为时文。是有意借鉴古文作法,使其符合时文的格式及功令要求,从而使古文辞与经义文浑然一体。古文与经义浑然一体之后,进一步发展就形成了经义文八股格。其特点就是大量使用对偶文辞,密集使用排比句式,结构上急促紧凑,以古文纯熟之法使其"谨密微至"。这样的经义文章,内容上是程朱思想的翻版表述,形式上则是古文句式的纯熟表现,文章矩度符合功令之需,格式也能适应取士程序,充分显示"戴着镣铐跳舞"的才华,因而能够脱颖而出,占据明清科考行文的主流席位。王夫之尝谓:"钩锁之法,守溪开其端,尚未尽露痕迹。"③所谓"钩锁"者,即古文中开阖照应的写法,王鏊化用此法为时文写作,影响极大,促进了经义八股格的定型。

二、王鏊时文结构分析

通过以上分析,可知王鏊宗尚韩、苏文的章法,并精通古文创作的间架结构与裁对整齐。后将此类领悟化用到时文写作中,加强了字词的排比对偶,句式也更趋严整,遂开启了以古文为时文的写作风气。以下结合《钦定四书文》中王鏊的时文选篇④,具体看其在时文写作中如何加强排比对偶、裁对整齐,从而表现出以古文为时文的文法特征。

其一,"君赐食"一节题文:"起讲"三句,继而一股讲"君赐食"二句,一股讲"君赐腥"二句,一股讲"君赐生"二句,最后三股议论,收结。此篇正文结构依题目而成,"起讲"后以三股讲题,三股议论;一股可以谓之散体,三股并称则互为排比,其特征是整齐中间以散体,散体中继以整齐。

其二,"百姓足,君孰与不足"题文:"起讲"四句,继而二股讲"百姓足",两句过文后六股讲"君孰与不足"。依朱注解题,而后就所解题目例证而已。"起讲"处提出

---

① 钱谦益《牧斋有学集》,上海古籍出版社1996年版,第1508页。
② 郑献甫《制艺杂话》,同治辛未嘉平月黔南臬署椠本,第15页。
③ 王夫之《姜斋诗话》,人民文学出版社1961年版,第169页。
④ 目前王鏊的经义流传下来的不止11篇,如俞长城《可仪堂一百二十名家制义》收录其47篇,高嵣《明文钞》系列收录13篇;本文所分析的王鏊经义,皆选自《钦定四书文》。

问题,皆依事而言理。王鏊所作此篇程文,内容上环环相扣,围绕题目反复说去,实得自战国文章纵横之法。正文依题目而分两部分,中间以过文相连。徒深于经义,不足为此;徒精于文法,亦不足为此。王鏊行文能够兼顾两端,允执其中,深得苏轼文章之妙。

其三,"邦有道,危言危行"题文:五句"起讲"后二股讲"邦有道",五句过文承上启下,继而两扇讲"危言危行",最后以三句收结正文,照应破承。"原起"融于"起讲"之中。就正文部分文法而言,散中有整,整中有散,时而排比时而散行,得韩愈行文之旨,亦是北宋以来作者为文常用之法。

其四,"邦君之妻"一节题文:"起讲"后散句讲"邦君之妻",继而二股讲"君称之"二句,一句过文结上,又二股讲"邦人称之"二句,最后散体讲"异邦人"句。行文之妙在于排比对偶与否均依题目而为之,题目结构对称则讲题排比对偶,反之则以散体讲之。论者谓其"句句详核,股法变换参差"①,诚为得旨之评。此篇足见王鏊深于古文,行文变化错综,整而不厌、散而不乱。

其五,"武王缵大王及士庶人"题文:正文"起讲"后两扇立格。"原起"融于"起讲"之中。正文分武王、周公而立为两扇格,以朱注解题敷衍成文,其中每一扇内,结构循题之结构,或对或散,自问自答,结构严谨。就结构而言,已开之后归有光时文两大扇散体行文之法,故论者谓"震川本文恪之派而出入于唐宋大家"②。然王鏊之文既无归有光文辞古奥之特长,亦无其行文拖沓之毛病。

其六,"周公兼夷狄驱猛兽而百姓宁"题文:"起讲"处拈出周公,继而二股讲"兼驱",四股讲"百姓宁",四散句收结。此篇为王鏊成化乙未科场屋元墨,正文虽非由八股构成,然其格式正体现经义八股格式的一般特征。该文与是科主考丘濬所作程文,皆为成化、弘治经义的典范。方苞谓此文侧重讲"百姓宁",而丘氏程文则侧重"兼驱","是其用意异处,俱先于反面透醒,是其作法同处"③。所谓反面透醒法,即两篇皆以"周公不如此则"云云。王夫之以此文为据谓王鏊眼中只一韩愈,可见王鏊文渊源韩文之处。

其七,"周公思兼三王以施四事"题文:"起讲"后四股讲"思兼三王",四股讲"施四事",五散句收结正文。正文于"起讲"处点出周公,所讲"施四事"后二股皆以"公"称周公,故方苞谓"音调颇与后来科举揣摩之体相近"④。方氏所谓"音调"者,即《明史》所言"代古人语气为之"⑤。文中"公"即指"周公",是一种避讳的尊称,而《孟子》一书中皆直称前圣而不避讳。所以可谓之为代言,但谓其代古人语气则未必。

---

① 方苞《钦定四书文》,《文渊阁四库全书影印本》,台湾商务印书馆1986年版,第33页。
② 田雯《古欢堂集》,《文渊阁四库全书影印本》,台湾商务印书馆1986年版,第228页。
③ 方苞《钦定四书文》,《文渊阁四库全书影印本》,台湾商务印书馆1986年版,第55页。
④ 方苞《钦定四书文》,《文渊阁四库全书影印本》,台湾商务印书馆1986年版,第59页。
⑤ 张廷玉等《明史》,中华书局1974年版,第1693页。

其八,"晋之乘"二节题文:"起讲"后三股讲晋、楚、鲁三句,二股讲"一",又二股讲"其事"与"其文"二句,五句过文承上启下,继而四股讲"其义"句,最后散句收结正文,照应破承。此篇属于史事题,正文结构依题依意而成,叙事议论与行文散整相参差,是天顺前时文故法。而其整齐处多、散处少,此正如李光地所言"以前人语句多对而不对,参差洒落,虽颇近古,终不如守溪裁对整齐"①。

其九,"吾闻其以尧舜之道要汤"一节题文:"起讲"后六股讲"闻其"句,六股讲"未闻"句。正文结构依题目结构而分两部分,各自以六股夹叙夹议,而议论处多,开隆、万以后凌驾之习。其法实际上源于宋代苏氏父子论体,即苏轼所谓"想当然耳"②者,故李光地谓"两闻字亦是折之以理,非据传记说也,故文中全不着相"③。

其十,"附于诸侯,曰附庸"题文:"起讲"后二股讲"附",二句过文启下,二股讲"诸侯",又二句过文启下,六股讲"附庸",二句过文结上,最后二股议论收结正文。此篇属于典制题,题目简单,故文多直叙,而其结构则正见作者反复致意处。故方苞谓:"只用清写,而举义该洽,波澜阔老。"④从题目中拈出"附""诸侯""附庸",以过文穿插于其间。王夫之谓王鏊文"钩锁"之法者,正于此处可见。

其十一,"大国地方百里"三节题文:"起讲"后三股讲题目,最后二股议论收结正文。典制题,难以发挥己意,故依《集注》而直说。正文"起讲"后以三股分讲题目,皆在敷衍原文与集注,其结构亦如题之结构,最后二股合讲议论,其不能恃才发挥者如此。故方苞谓:"无甚奇特,但局老笔高,又得说书之正体,遂使好奇特者,镂心鉥肝而不能至。"⑤

从王鏊的上述十一篇经义,大抵上可看出其行文的结构特点:首先,正文多用排比句式。其次,用不用排比与对偶,主要视题目不同而有所区别。如"君赐食"一节题文、"邦君之妻"一节题文、"晋之乘"二节题文,以及"大国地方百里"三节题文,均不拘泥于排比对偶与否。其三,经义结构句式上的整齐与否,也根据题目结构及题旨表现的需要而定。如"百姓足,君孰与不足"题文、"邦有道,危言危行"题文、"周公兼夷狄驱猛兽而百姓宁"题文、"周公思兼三王以施四事"题文以及"吾闻其以尧舜之道要汤"一节题文等皆如此。

排比对偶、结构严整形成王鏊经义文的基本特征。然考之上述十一篇经义,具有八股格典型特征的仅有"百姓足,君孰与不足"题文与"周公兼思三王以施四事"题文。王鏊经义并不多写八股格的原因在于,经义八股格中正文由八股相连的结构组

---

① 李光地《榕村语录》,《文渊阁四库全书影印本》,台湾商务印书馆1986年版,第458页。
② 叶梦得《石林燕语》,中华书局1984年版,第115页。
③ 田启霖《八股文观止》,海南出版社1994年版,第237页。
④ 方苞《钦定四书文》,《文渊阁四库全书影印本》,台湾商务印书馆1986年版,第63页。
⑤ 方苞《钦定四书文》,《文渊阁四库全书影印本》,台湾商务印书馆1986年版,第64页。

成,是经义文体格式化发展过程中的一种典型结构特征,故清人以"正格"①称之。而顾炎武言"亦有连属二句、四句为对,排比十数对成篇,而不止于八股"②。则指出经义文中的多数写法实际上都不属于八股中的正格。王鏊经义文中的多数篇章也是如此,行文尽兴舒展,隐然可见韩愈、苏轼古文的结构文脉,其中"吾闻其以尧舜之道要汤"一节题文、"附于诸侯,曰附庸"题文两篇,皆多至十二股。王鏊经义文写作的才华,正表现在这些遵循规矩中的破规矩之处,收放自如,惟妙惟肖,因而受到千万学子的钦佩甚至顶礼膜拜。

　　王鏊有意将古文作法渗透到经义写作之中,并取得了推陈出新的效果,一时影响颇大。王世贞谓:"公凡两典乡会试,其程文为本朝冠,海内博士弟子亡不传习之;而千古文辞在河东、庐陵间,精简有法度。"③认为王鏊的文章功力在唐宋古文大家中的柳宗元、欧阳修之间,总的特点是"精简有法度"。钱谦益的看法有所不同,他认为王鏊"文章以修洁为工,规摹韩、王,颇有矩法"④。是说王鏊文章模仿了韩愈和王安石,然行文效果一样是"修洁"而有"矩法"。平心而论,王鏊的古文模学了唐宋诸大家,转益多师后未能突破前人藩篱,所以难称自创一格的古文大家,故后人评价难免见智见仁。然其行文精简,章法井然,外显韩、苏之形,内藏老、庄之意,在弘治年间却被公认为一种应时适宜的写法。尤其是将此种古文写法与用意改造经义,使得古文法度及文意浑然融于时文写作,形成时文新变潮流,结果是科场考生纷纷顶礼膜拜,对于热心于古文的王鏊而言,亦可谓桑榆之收。

三、王鏊对八股格定型所起的作用

　　对于明代经义八股格定型的时间,学界有着不同的看法。从清初到民国初年,顾炎武、戴名世、胡鸣玉、李调元、商衍鎏等人皆认为完备于成、弘之时。而《明史》谓八股格式为明太祖与刘基所定;今人李光摩则推论定型于成化十一年⑤;本杰明·艾尔曼说"八股文和成化十一年后的形式主义文风"有着密切的关系⑥,即认为八股文应该定型于成化十一年之后。应该说,明太祖之时及成化十一年在明代经义八股格产生过程中,皆为重要的时间节点,然而因此而确定八股格式定型于明太祖时或成化十一年,则还根据不足。⑦ 笔者认为顾炎武等人提出的八股文定型于成、弘年间说,是较为稳妥的推论,基本符合文学史事实。

---

① 高嶕《明文钞三编》,黄秀文、吴平《华东师范大学图书馆藏稀见丛书汇刊》,北京图书馆出版社2006年版,第553页。
② 黄汝成等《日知录集释》,上海古籍出版社2007年版,第951页。
③ 王世贞《弇州续稿》,《文渊阁四库全书影印本》,台湾商务印书馆1986年版,第145页。
④ 钱谦益《列朝诗集小传》,上海古籍出版社1983年版,第267页。
⑤ 李光摩《八股文的定型及相关问题》,《文学遗产》,2011年第6期。
⑥ 本杰明·艾尔曼《经学·科举·文化史:艾尔曼自选集》,中华书局2010年版,第202页。
⑦ 有关明代经义八股格的形成过程,可参见:严明《论明代经义八股格的形成过程》,《文艺评论》,2013年第8期。

八股格的定型,是明初以来经义文体不断变革的结果,其趋势与古文发展的走向有着密切关系。从明初到明中叶文章风尚由质转文,对此昔人已有论之。如明末杨维斗云:"洪武、建文、永乐、宣德、正统、景泰、天顺诸朝之文,质木款直、淡泊淳古,不可以文名,文之至盛也,而其弊或失之野。……成化、弘治、正德三朝之文,淹雅练达、华实相副,可以文名,亦文之至盛也,而其弊或失之拘。"①杨氏所言,不仅指出了明前期古文由质转文的发展大趋势,也透露出明代经义的发展与古文之间的内在呼应关系。清初戴名世曾论成化前后经义写作风气的变化:"当其设科之始,风气未开,其失也朴邈而无文。至成化、弘治、正德、嘉靖以来,趋于文矣。"②说的也是明前期经义由重质向尚文的转变趋势,这与同期古文发展是一致的。

王鏊以文章宗韩师苏之所悟,化用古文之法为时文之作,变革经义文的传统写法,顺应了明初以来文风的转变趋势。王世贞谓:"明以时义试士而不能古,则济之(王鏊)、应德(唐顺之)其于古文无几微间也。"③指出两位时文高手同时也是古文大家,这样写出来的时文才可能有所创新。清初李光地亦说:"王守溪以韩文成句对《论语》,帖然也,出是则配焉而不类。然则后起之文,非恶其采撦子史杂书以后代言语附于经也,恶其不类焉耳。"④韩愈之文是古文典范,韩文成句可与《论语》成句帖然相符,证明古文可以与经文浑然一体,因此经义化用韩愈古文成句就有了依据。在王、李二人看来,经义本有贴近古文之处,两者原可帖然相配,王鏊时文正是在这一方面取得了成功,但后起之文则鲜有成功者,主要原因就在于出语俗杂而不类。四库馆臣对王鏊的时文也较为肯定:"鏊以制义名一代……盖有明盛时,虽为时文者亦必研索六籍,泛览百氏,以培其根柢,而穷其波澜。鏊困顿名场,老乃得遇。其泽于古者已深,故时文工而古文亦工也。"⑤⑥这段评论肯定了王鏊的成功在于其时文与古文的兼工,还肯定了王鏊的经义与古文都具有深厚根柢。经义与古文的相融,体现出知识渊博并且贯通,所以能够以制义名一代。清初馆阁词臣的眼界、胸襟和见识,皆超越了明人的评价。

经义八股格的形成,是明代前期经义文体逐渐变化的结果,其大致趋势是随着古文的变化而变。在这样的背景下,王鏊的经义表现出了渲染文采、格式拘谨的弊端。后人对此多有批评,如王夫之谓:"对偶语出于诗赋,然西汉、盛唐皆以意为主,灵活不滞……况经义以引申圣贤意立,言初非幕客四六之比。邱仲深自诧博雅,而

---

① 杨廷枢、钱禧《皇明历朝四书程墨同文录》,北京大学图书馆藏崇祯乙亥叶聚甫、张叔籁刻本,第17-18页。
② 戴名世《戴名世集》,中华书局1986年版,第106页。
③ 王世贞《弇州四部稿》,《文渊阁四库全书影印本》,台湾商务印书馆1986年版,第210页。
④ 李光地《榕村集》,《文渊阁四库全书影印本》,台湾商务印书馆1986年版,第684页。
⑤ 永瑢《四库全书总目提要》,商务印书馆1931年版,第72页。
⑥ 四库馆臣谓王鏊"困顿名场,老乃得遇",似乎并不妥当。王鏊出生于景泰元年(1450),成化十年(1474)乡试获荐,次年即成进士,时年26岁,之后任朝官三十余年。

以'被发左衽'、'弱肉强食'两偶句推奖守溪,此七岁童子村塾散学课耳。"①又谓:"守溪止能排当停匀,为三间五架一衙官廨宇耳;但令依仿即得,不甚相远;大义微言,皆所不遑研究:此正束缚天下文人学者一徽纆而已。"②这两段话都直接批评王鏊的时文形式虽然工整,但还是空架子多,脱离实际,缺乏真情。八股格式流行之弊,在于对时文写作形成固定格式的束缚。高嵣言:"钱吉士谓明文以天顺前为极盛,至于化、治而衰。朱太复、陈素庵谓制义之坏始于守溪。"③可见钱禧(字吉士)及不少人都认为明代经义衰于八股格的定型,而八股格的定型又与王鏊直接相关。

经义作为一种重要的取士文体,明初之后朝着重视文采和结构精巧的方向发展。王鏊生逢其时,身体力行,在经义八股格定型过程中发挥了重要的作用。清人俞长城(铜川)对此有着很高的评价:"制义之有守溪,犹史之有龙门、诗之有少陵、书法之有右军,更百世而莫并者也。前此风会未开,守溪无所不有;后此时流屡变,守溪无所不包。理至守溪而实,气至守溪而舒,神至守溪而完,法至守溪而备。……于理学为贤,于文章为圣;于六经为臣,于制义为祖,岂非一代之俊英、斯文之宗主欤?"④推奖之意溢于言表,虽有过誉之嫌,但从中也可看出王鏊在明代科举发展史上占据着极为重要的地位。

王鏊的经义在结构形式方面有着创新之处,如"结构精整"和"善于用偶"皆是古文之法,王鏊移用于时文,初看并无豪华词语,但细辨文意周密,文章结构经得起推敲,因此被誉为时文正法。正如李光地所言:"某少时颇怪守溪文无甚拔出者,近乃知其体制朴实、书理纯密。以前人语句多对而不对,参差洒落,虽颇近古,终不如守溪裁对整齐,是制义正法。如唐初律诗平仄不尽叶,终不若工部字律细密,声响和谐,为得律诗之正。"⑤王鏊的重要地位,还与他的连捷魁选和屡主考乡会试直接相关。戴名世谓王鏊:"少工举子文,既连捷魁选,文名一日传天下,程文四出,士争传录以为式。"⑥明史也称鏊"善制举义,后数典乡试,程文魁一代。取士尚经术,险诡者一切屏去。弘、正间,文体为一变"⑦。皆言王鏊从自作经义博取功名到长期主持文典,对于明代成化、弘治年间科考文风及经义文体的变革有着巨大影响。

四、结语

综上所述,明代洪武年间经义文体冒头、正文和结尾的三段式结构,是八股格形

---

① 王夫之《姜斋诗话》,人民文学出版社1961年版,第169页。
② 王夫之《姜斋诗话》,人民文学出版社1961年版,第166页。
③ 高嵣《明文钞三编》,黄秀文,吴平《华东师范大学图书馆藏稀见丛书汇刊》,北京图书出版社2006年版,第415页。
④ 梁章钜《制艺丛话》卷四,上海书店2001年版。
⑤ 李光地《榕村语录》,《文渊阁四库全书影印本》,台湾商务印书馆1986年版,第458页。
⑥ 杨廷枢、钱禧《皇明历朝四书程墨同文录》卷二八,北京大学图书馆藏崇祯乙亥叶聚甫、张叔籁刻本。
⑦ 张廷玉等《明史》卷一八一,中华书局1974年版。

成的结构基础。然而八股格的起始点，严格意义上说是在永乐朝。永乐以后，政治上逐渐稳定，为了适应统治的需要，藻饰太平之治，三杨"台阁体"为当时文坛所尚，文风渐趋于辞藻修饰，经义文体也由遵经重质趋向于重视结构严整，最终在成化、弘治时形成八股格式。王鏊的时文写作及主持科考活动主要在成、弘两朝，他顺应了当时的文风趋势，化用古文之法为时文，使得枯燥刻板的应试经义文面貌一新。

王鏊经义文的写作方法和结构特征，主要表现在语句修辞的排比对偶和结构上的严整谨密。这种写法使得其经义能够表现出一些古文的结构特色及文辞色彩，从而使场屋评文标准转向重视经义文的文章结构，这一点对人才选拔和官僚结构有着重要意义。自从八股文在明代成、弘之时定型以后，科举考试经义在明代中后期至清末的发展，都未能摆脱八股的基本格式，即王鏊经义文中表现出来的字词对偶、句式排比的显著特征。

明代经义文的发展，与宋元时最大的不同就是积淀出了八股格式。如果说王安石改变了自隋唐至宋代近五百年的人才选拔机制，那么王鏊的所作（定型八股）所为（主持科考），在明清官员选拔机制趋向客观公正方面，则有着无法取代的影响力，这也是奠定王鏊在明清科举史中重要地位的根本原因。正如明末清初陈名夏所赞叹的："士穷经义考试，凡三岁，中是科者人以为能，且光荣极矣，岂非使人专一于孔孟之道者耶？守溪以前，仅仅数公有文名，而犹半涉宋体，至于守溪，而法始备。"①明代成化、弘治年间科举考风为之一变，经义文体亦为之一变，在这发展定型的过程中，王鏊居功甚伟，堪称明代时文之魁首。

---

① 王鏊著，吴建华校《王鏊集》，上海古籍出版社2013年版，第683页。

"性情独运"理论主张下的尤侗骈文创作

杨旭辉

尤侗（1618—1704）是清初文坛为数不多的文学全才，在诗歌、古文、骈文、词、戏剧诸方面均有建树，一生著述丰富，"著书之多，同时毛奇龄外，甚罕其匹"①，并以其全面而杰出的文学才能、性情和成就，崛起于当世，被时人誉为"真才子""老名士"。其文学创作，在清初文坛上可谓独树一帜。"道达性情"是尤侗文学理论主张的核心，也是他诗文词乃至戏剧创作的主旋律②，而这一理论主张在其骈文创作中体现得更为集中，更为淋漓尽致。

一、尤侗"性情独运"的文学观及其在创作中的表现

有明以来，文坛复古主义风潮盛行，各家流派之间围绕着宗唐、宗宋的争论久久不歇，直到尤侗生活的时代，文坛、诗界"忽祧唐祢宋，分而为二，隐若敌国，然聚讼纷纷，莫辨歧路矣"③。对于这种无谓的争执，尤侗没有身陷其中，依然保持着自我独到的见解。在他看来，若诗文创作被限于谋一时或一地的风尚、做派，势必导致文学创作的衰敝。在批判明代以来延续已久的复古论调的同时，尤侗更为明确地提出了以性情为根本，以存真为务的理论主张，他在《吴虞升诗序》中有谓：

> 今之说诗者，古风必曰汉魏，近体必曰盛唐。以愚论之，与其为似汉魏，宁为真六朝；与其为似盛唐，宁为真中晚，且宁为真宋元。……欲其眉似尧，瞳似舜，乳似文王，项似皋陶，肩似子产，古则古矣，于我何有哉？……诗无古今，唯真尔。有真性情然后有真格律，有真格律然后有真风调，勿问其似何代之诗也，自成其本朝之诗而已；勿问其似何人之诗也，自成其本人之诗而已。

尤侗所追求的"自成本朝之诗""自成本人之诗"境界，正是诗文创作唯真是务的

---

* 作者为苏州大学文学院副教授。
① 邓之诚《清诗纪事初编》卷三，上海古籍出版社1984年版。
② 尤侗曾在《西堂乐府自序》中明言，自己所创作的每一个戏剧作品，都是"有深意在秦筝赵瑟之外"。王士禄在题尤侗的《读离骚》一剧时就有评曰："今读其词，磊块骚屑，如蜀鸟啼春，峡猿叫夜；有孤臣嫠妇，问面拊心；逐客羁人，聆而陨涕者焉。至于推排烦懑，涤荡牢愁，达识旷抱，又有出于左徒之上者。"关于尤侗的戏剧创作及其抒情特质的研究，薛若邻先生的《尤侗论稿》（中国戏剧出版社1989年版）论述备矣，本文暂不作论述。
③ 尤侗《艮斋倦稿文集》卷一三，《西堂余集》，清康熙刻本。

必然结果,故而他在此序最后疾呼:"性情独运,妙句自来。"①

在尤侗的一生中,所作序跋、题词尤多,借此他集中地表达出自己的文学思想,其间出现频率最高的关键词正是"性情"二字。如《曹培德诗序》中有谓:"诗之至者,在乎道性情。性情所至,风格立焉,华采见焉,声调出焉。无性情而矜风格,是鸷集翰苑也;无性情而炫华采,是雉窜文圃也;无性情而夸声调,亦鸦噪词坛而已。"②到了晚年,尤侗更简洁明了地打出了"我用我法,我获我心"③的旗号。

基于这种"性情独运"的文学理论主张,尤侗在各体文学的创作中,多表现出强烈的抒情特质。他的诗歌多以质朴真挚的笔调抒写其困顿失意的人生经历,王士禛在《西堂全集序》中评其诗有云:"如万斛泉,随地涌出,时出世间,辩才无碍,要为称其心之所欲言。"④此正是"我用我法,我获我心"⑤理论主张淋漓尽致的展现。他所作的《生日偶成用星字韵》一诗,笔蘸酸辛之泪,写尽了早年屡困场屋的无限喟叹:"天上疑生搢大星,空囊秃笔写穷铭。十年不遇应头白,四海无交谁眼青?"⑥而之后飘蓬徙倚的羁旅苦况,亦时见于尤侗的诗集之中:"举笔将歌《今昔行》,才从驴背卸行囊。垂垂四野风霾暗,落落三家烟火荒。衣上白沙浓似雪,垆头黄酒薄如汤。人生何必遭迁谪,即此浔阳与夜郎。"⑦这种漂泊无依的凄惶感,在其《于京集》中表现得尤为突出,如《秋意十首限韵》诸篇⑧则堪称其典范。

而尤侗在文学理论上对词体的推尊,也是就诗、词、文、曲诸体在抒情特质这一美学层面的通融相摄的阐述来实现的,这便是他在为常州词人董元恺《苍梧词》、无锡词人张夏《袖拂词》作序时所说:"文生于情,情生于境。哀乐者,情之至也。莫哀于湘累《九歌》《天问》,江潭之放之也;莫乐于蒙庄《逍遥》《秋水》,濠上之游为之也。推而龙门之史,茂陵之赋,青莲、浣花之诗,右军、长史之书,虎头、龙眠之画,无不由哀乐而出者,何况于词?每念李后主'小楼昨夜又东风',辄欲以眼泪洗面。及咏美成'低鬟蝉影动私语,口脂香',则泪痕犹在,笑靥自开矣。词之能感人如此。"⑨纵观尤西堂《百末词》中的作品,"自然生新,情文颇能互称,秾丽处时有感慨,哀怨中不失流宕"⑩。其佳作如《沁园春·和阮亭偶兴》中"无可奈何,旧事南柯,新恨东流"写尽了尤侗在遭遇怀才不遇之冷落后的凄寒心境,其中更寓含了他对宦海、人生、世态的深切理解,写得清壮顿挫,感人肺腑。总之,尤侗在文学创作上兼擅各体,而独

---

① 尤侗《西堂全集》卷三,清文富堂刻本。
② 尤侗《西堂全集》卷三,清文富堂刻本。
③ 尤侗《艮斋倦稿文集》卷三,《西堂余集》,清康熙刻本。
④ 王士禛《蚕尾文集》卷一,《王士禛全集:第3册》,齐鲁书社2007年版。
⑤ 尤侗《艮斋倦稿文集》卷三,《西堂余集》,清康熙刻本。
⑥ 尤侗《西堂全集》,清文富堂刻本。
⑦ 尤侗《除夕书怀》,《西堂全集》,清文富堂刻本。
⑧ 尤侗《西堂全集》卷二,清文富堂刻本。
⑨ 尤侗《西堂全集》卷三,清文富堂刻本。
⑩ 严迪昌《清词史》,江苏古籍出版社1990年版,第37页。

运于其中的都是他的真性情,这在其骈文创作中表现得更为鲜明突出。

二、时代变局中尤侗骈文创作的情感内蕴

《西堂杂俎》是尤侗的文集,其骈文作品主要收录其中。尤侗的这些骈文作品,亦如其他文体创作一样,全面地展现了作家一生的心路历程。尤其在明清易代这一重大的历史风云背景下,作家不但要面临人生出处的痛苦抉择,更需要对自我人生乃至整个社会进行种种深刻的反思,这些皆成尤侗骈文创作的主要题材和取向。在用骈文抒写其内心世界的时候,尤侗既有深沉凝重的笔调,也不乏揶揄嘲讽或是自我解嘲的姿态。

在其骈体赋《苏台览古赋》中,则可以清晰地品味出其骈偶文字的深沉厚重。文中通过吴王姑苏台今昔盛衰境况的对比,寄寓了无限的兴亡之感。面对眼前的荒败颓垣,作者遥想吴王阖闾筑建姑苏台时的情景,并进而深思盛衰逆转的历史教训,其文有曰:

> 向者经始九仞,落成五年。危峰冠日,杰阁参天。垺重璧于京周,等黄金于幽燕。倚西山为屏障,潴太湖为池泉。翠盖霓旌集其下,鸾箫蛟瑟鸣其巅。继以夫差好游,西施善舞。酒城既开,花洲爱处。画屎翩跚,锦帆容与。猎翠长林,采香极浦。朝醉红浆,夜歌白纻。登斯台也!鲜不目空晋宋,胸吞齐鲁,剑击西秦,鞭棰南楚。披大王之雄风,行美人之神雨。百官献万寿之觞,三军挺四征之鼓。胡为乎越来一炬,遂成焦土?台上何有?有鸟栖矣!台下何有? 有鹿走矣!鹤市已墟,鹧鸪飞矣!鸡陂已荒,狐兔薮矣!馆娃之山,丛枳棘矣!香水之溪,飘芦荻矣!迄今几千百年,漠然徒见,山空而水寒;斜阳古道,败址颓垣。绮罗散兮野草萎,箫管歇兮秋风酸;君王没兮玉床冷,宫嫔去兮香径残。唯有樵夫牧竖,踯躅而歌其间。歌曰:梧宫秋,吴王愁。火姑苏兮沼长洲。柏梁兮废坡,铜雀兮哀丘。谅古今兮同尽,独感慨兮何来!①

文中寥寥数笔,以虚笔写"向者"姑苏台之繁华境况,"危峰冠日,杰阁参天"以状建筑之崔嵬壮美,以"画屎翩跚,锦帆容与;猎翠长林,采香极浦"极写吴王宫中笙箫歌吹的喧阗,这些典故无不引人遐想。随后,作者笔锋陡转,连续设问,自问自答,再加上排复的句式,道尽了今日姑苏台已然"丛枳棘"与"飘芦荻",沦为"狐兔薮"的颓败荒寂和满目苍凉。面对眼前"斜阳古道"与"山空水寒"的凄恻之境,在今昔对比中,作者发出了这样的感慨:"胡为乎越来一炬,遂成焦土?"作者虽未作答,但一语之中却蕴含了无尽的历史沧桑和喟叹。其文辞虽华美瑰玮,然绝非一般的寻章摘句、唯靡丽是求的浮美之作可比。

---

① 尤侗《西堂全集》卷一,清文富堂刻本。

这里需要说明,时人也曾指出尤侗骈文存在"稍杂"之病。此病虽不见《苏台览古》这样的作品,但尤侗入清出仕时所作的一些应酬文章以及诸如《璿玑玉衡赋》《长白山赋》《帝京元夕赋》《西洋贡狮子赋》之类为清廷歌功颂德的骈偶文字,或皆不免此弊。如:他在永平推官任上,为祝贺满洲权贵、礼部侍郎佟代弄璋之喜而作的《贺佟少宰生子帐词》,其中不乏虚饰逢迎之语,如"降麒麟于天上,公子之祥;筮凤凰于国中,大夫之兆。芝兰玉树,必使种于阶庭;弓冶箕裘,用能高其门户。……乍听其声,便知英物;试观骨相,当号兴宗。"①尤侗曾说过:"凡人著书立说,只当求慊于己,不必迎合于人。作者不能有美而无瑕,评不能有褒而无贬语云。"②很显然,《贺佟少宰生子帐词》一类作品,已与其"求慊于己,不必迎合于人"的创作原则相悖,此殆为西堂老人本欲删繁汰杂而未及者乎?但我们观其文,察其心,还是可以感受到尤侗在面对自己作品缺陷时的真诚。时代难免造成作者的某种局限,但他对"只当求慊于己,不必迎合于人"这一创作原则的基本坚守当毋庸怀疑,也不必苛求。

对于尤侗在骈文创作上的这种"杂芜"之弊,晚清学者李慈铭在其日记中将其归咎为仕清的经历,其中有谓:"西堂人品,余素薄之。其初注名社籍,驰骛声气,全不为根柢之学。及鼎革时,叫嚣诅骂,一以俳谐鄙芜之词,寓其假饰忠孝之义,迹其所著,似非怀沙抱石,即披发入山矣。未几而列仕籍,膺征车,终以'真才子''老名士'之煌煌天语,炫耀邻里。立身若是,无怪其文章之浮薄也。"③对于尤侗在明清易代之际的出处问题,薛若邻先生的《尤侗论稿》论之甚详,兹不赘述。④ 在此,笔者只想通过其骈文作品,来展现尤侗历经易代的痛苦和迷茫以及仕清后宦海沉浮的艰辛苦涩。尤侗论文主性情,所谓"文生于情,情生于境"⑤也。所以,他的许多骈文作品就为我们提供了研究作家在明清易代之际的处境、心境的重要文本依据。

崇祯十七年(1644),尤侗的父亲尤瀹在苏州滚绣坊修葺了亦园,27岁的尤侗应父命撰写了《亦园赋》,赋作以清丽雅致的骈偶文辞摹状了小园的胜景,行文至末,尤侗有云:"当此之时,虽沁水在左,辋川在右,吾犹以为小也。若夫百年之后,则此园之为桑田乎、沧海乎?又非主人得而保也!"颇为巧合的是,此篇骈赋写完不久,就传来了北都亡陷的消息。对于这段往事,尤侗深有感慨,后来在文尾加上一段《自识》曰:"予作赋时在甲申之春,初不觉末语为谶也。亡何,北都之变闻矣。其明年,大兵渡江,予仓皇出奔,此园遂废为牧马地。归来台榭欹倾,池零塘落,唯有荻花叶摇荡秋风耳。每咏李后主'雕栏玉砌'之词,与《芜城》一操同增悲涕。因作《后亦园赋》,其首云:'麦秀渐渐,禾黍油油。吴宫衰草,汉苑荒丘,吟讽数过,哽咽不成声,辄投笔而罢。嗟乎!结绮歌残,望仙舞歇。变迁之后,山川陵阙,半化烟烬。况一丘一壑

---

① 尤侗《西堂全集》卷七,清文富堂刻本。
② 尤侗《西堂全集》卷三,清文富堂刻本。
③ 李慈铭《越缦堂日记:第1册》,广陵书社影印稿本2004年版。
④ 薛若邻《尤侗论稿》,中国戏剧出版社1989年版,第5—32页。
⑤ 尤侗《西堂全集》卷三,清文富堂刻本。

哉！人生如梦，阅此惘然。'"①仅观这段文字本身以及尤西堂识语中所援引《后亦园赋》起首的这段骈偶文字，就足以感摄读者之心魄。惜乎笔者寡陋，未见《后亦园赋》之全文，但西堂在国变前后确实在骈文作品中表现出强烈的悲慨之情，其文辞之雄肆，情感之激越，置于清初骈文诸大家之列，亦无逊色。乙酉年（1645）六月六日，尤侗为好友汤传楹（字卿谋）的忌辰而作《反招魂》，时值大清兵南逼江南，身临其境的尤侗饱含着强烈的乡关之思和亡国之痛，写下了这篇充满着乱离之感的骚体赋，其中对清兵在江南的洗劫残暴所进行的详尽描写和揭露，马积高先生在其《赋史》中认为："明清之际的野史如《扬州十日记》之类，具体记载清军暴行者颇多，在诗赋中，则就我所见，以此赋的描写最为具体。"②此文开端、结尾的数语便尽述"山川陵阙，半化烟烬"的实情以及作者绵绵不绝的"哀江南"情思。原本富庶的江南，现在俨然成为贺兰、鸭绿、雁门这样的边塞关隘，满眼望去，"白骨赫然横"；侧耳倾听，尽是"晓角哀风暮笳鸣"；脑海中时时浮现的则是孤魂"游旷野"，这完全是作者在国变战乱之中，用心感受、用文字传达出的悲怆之音。

然而，在入清之后的出处上，尤侗并没有像遗民志士那样坚拒不仕，而是在顺治、康熙时期二度出仕。正是这段经历引发了诸多争论，但是尤侗却并不认为这是一种失节的行为，在乙酉鼎革之际他就曾这样说过："国破家亡，主辱臣死，此卿大夫之责，非庶民、妇女之事也。"③在明亡以前，年仅24岁的尤侗就对自己的处境与生存状态有一个基本的审视和认识，即他从未把自己归入卿大夫之列，始终视之为一介贫寒之士而已。盖出于这样的认识和观念，尤侗并没有过多地拘泥于出处的"气节"问题。顺治三年（1646），他参加了南京的乡试，但仅得中副榜。在应试不第的打击下，尤侗又读到了当时江南士子间普遍流传的一首讽刺士人纷纷仕清的诗作，其诗曰："圣朝特旨试贤良，一队夷齐下首阳。家里安排新雀帽，腹中打点旧文章。当年深自惭周粟，今日幡思吃国粮。非是一朝忽改节，西山薇蕨已精光。"④江南地区的舆情将尤侗这样参加清廷科举考试者讥讽为"改节"之士，尤侗饱含激愤，作《西山移文》，撰文反讥那些"外谈高尚，中热浮名"者。此文的构思、立意，乃至遣词，多化自南朝文人孔稚珪的《北山移文》。通篇骈偶，字挟风霜，文章在开篇处就明确指出："昔伯夷、叔齐，耻食周粟，气塞孟津，风鸣孤竹。开义士之先声，建名山之高躅。未可依样以效颦，岂容借题而翻局！"一方面，他对伯夷、叔齐"耻食周粟"的孤高品节给予了高度评价，但同时他又坚持认为，夷、齐之为，"未可依样以效颦"，应该视具体情况而论，对于眼下仕清的文人也应区别对待，绝不能若那些讽刺者"借题而翻局"。整篇文章中，尤侗非常坦诚地勾勒出自己在国变前后的心路历程：

---

① 尤侗《西堂全集》卷一，清文富堂刻本。
② 马积高《赋史》，上海古籍出版社1987年版，第579版。
③ 尤侗《鹤栖堂稿文集》卷三，清康熙刻本。
④ 褚人获《坚瓠五集》卷三，《笔记小说大观》本。

当其羽檄晨驰,铁骑夜渡,微服潜行,挈家疾去,弃青衫其如遗,乞黄冠而归故,誓发肤之不伤,戟须眉而余怒。高角巾之巍峨,飘长袖之轩翥。姓氏已更,卜医别寓,多混迹于头陀,常寄生于农圃。家封介子之山,人祭天横之墓。骂冯道为老奴,嗤许衡为穷措。叱咤则正气再歌,唏嘘则禾黍重赋。箧藏久久之文,空书咄咄之句。斗酒相劳,《离骚》自注。卜邻则龙、比同居,求友则随、光相遇。蓬头历齿,居然王霸之儿;椎髻布裙,宛若梁鸿之姬。亡何,烽烟少息,乡井多归。子啼麦饭,妻泣牛衣。渐过城市,试谒官司。口虽言而赧赧,足将进而迟迟。谋食先生之馔,咏怀高士之诗。挂空名于养疾,托深思于观时。①

其初,清兵攻入苏州,"羽檄晨驰,铁骑夜渡",尤侗和家人为躲避战乱,避居于苏州城外的斜塘祖居,他在《避地斜塘》一诗中有云:"江关鼙鼓压城闉,水竹村南问卜居。十里镜湖非诏赐,数间草屋即吾庐。相看雕甲争驰马,自著羊裘学钓鱼。莫便感怀成野史,闭门且著老农书。"②此诗堪作《西山移文》中"微服潜行,挈家疾去。弃青衫其如遗,乞黄冠而归故"数语的注脚。兵燹之中切身的颠沛和苦痛,自然极易激发起作家慷慨的家国之情,所以,我们大可不必怀疑尤侗此时"誓发肤之不伤,戟须眉而余怒。高角巾之巍峨,飘长袖之轩翥"以及"叱咤则正气再歌,唏嘘则禾黍重赋。箧藏久久之文,空书咄咄之句。斗酒相劳,《离骚》自注"的种种言行举止是发乎本心的诚挚表现。但是,随着满洲政权之日渐巩固,江南亦被清军的铁骑基本平定后,"烽烟少息,乡井多归"的文士立即会遇到与尤侗一样的尴尬和无奈,面对"子啼麦饭,妻泣牛衣"的贫困,尤侗最终的选择是"为贫而仕,屈首以就功名"③。这实在是贫士不得已的艰难选择,用尤侗自己的话来说,也就是"挂空名于养疾,托深思于观时"而已,但其内心的苦楚自是外人所难以理解的,无怪乎他时时要说:"此中邑邑有难为外人道者。不平之鸣,其容已乎!"④《西山移文》中"渐过城市,试谒官司,口虽言而赧赧,足将进而迟迟"数语,则写尽了其内心"邑邑"难遣的纠结与焦灼,此亦后文所谓"悔一惭之不忍,叹五悲其如丧"也。

出仕之后的尤侗,始终觉得自己的生活状态就好比是"许由之瓢,以盛鱼肉;严陵之竿,以钓圭组;太史之简,以颂升平;司农之笏,以朝新主"。内心也始终处在一种自责的纠结之中,所以他会在《西山移文》中有这样的愧疚之语:"使我碧嶂包羞,丹崖受侮。绿竹汗颜,青松塞语。变驹谷为狐庭,汙鹤帐为鸱宇。"但是面对周围人的质疑,他又不得不做出自己的回应和解释,诚挚地展现自己内心"邑邑有难为外人道者",并尖锐地指出只有那些"身江湖而心魏阙,朝鹓鹭而暮貂蝉"以及"外谈高尚,中热浮名"者,才是真正应该被鄙夷的。在《西山移文》的后半部分,尤侗将这些"外

---

① 尤侗《西堂全集》卷三,清文富堂刻本。
② 尤侗《避地斜塘》,《西堂全集》,清文富堂刻本。
③ 尤侗《西堂全集》卷首,清文富堂刻本。
④ 尤侗《西堂全集》卷首,清文富堂刻本。

谈高尚,中热浮名"者与伯夷、叔齐明确地区分开来,其文曰:

> 左顾箕山,右瞻伊水,莫不起而吊予曰:夷与齐与?与汝居者,其斯人之徒与?呜呼!逸民既往,空山无托。谁觍面目,遂欺丘壑。且夷齐之侣,不过兄弟,尔辈所至,呼朋引类,来如牛马,去如鬼魅;夷齐之歌,不过数言,尔辈所作,累牍连篇,蝇唱蚓和,传写田园;夷齐之食,不过薇蕨,尔辈所吞,酒肴饕餮,既醉既饱,骄人清节。此东陵之盗魁耳,岂西山之俊物哉?今有七松处士,五柳先生,渔樵长老,耕凿无营。惩前车之足戒,信萩臭之宜分。倘有久投尘网,暂步严扃,戎衣登岭,儒服归林。或有外谈高尚,中热浮名。子牙垂纶,买臣负薪,皆俗物之败意,亦竖子之欺人。急悬逐客之令,并勒绝交之文。于是黄鹤腾烟,玄豹起雾。清风扫门,白云封户。枝连蜷而难攀,溪潺湲而不渡。向首阳以问津,如武陵之迷路。

据《庄子·骈拇》:"伯夷死名于首阳之下,盗跖死利于东陵之上。"后因以"东陵"代称盗跖。尤侗透过那些"外谈高尚,中热浮名"者的表象,彻底觑透其"欺丘壑"的本质,文中"此东陵之盗魁耳,岂西山之俊物哉"的质疑,岂不与钱谦益诗中所讽刺的"悠悠名利笑排场,屈指东陵更首阳"①之现象如出一辙乎!

然而,尤侗在仕清之后的景况并不如意,特别是他在永平推官任上,因居官严肃,不善阿谀,"不任迎送","人皆怪其傲矣",而"群小侧目"②。顺治十三年(1656),尤侗终因"坐挞旗丁"而被罢职。尤侗在晚年曾回忆其这段经历曰:"曾为小吏,远在穷边。当满汉之杂居,调停无术;值兵荒之至,救济无方。……真心劳而政拙,宁吏习而民安;三黜空归,一毫无补。"③尤侗在任职永平时期所作的《讨蚤檄》一文,就以骈体寓言的形式讥刺那些"群小"之辈。与尤侗同时代的文士读着这样的文字,不禁惊呼:"韬龙虎犬豹于寸马豆人,阵雷火风云于浮眉蜗角,离奇光怪,洞目骇欢,非东方志怪之书,即西域化人之技。"④以前的研究者往往将尤侗的这一类文字视为戏谑、游戏之作。细读此文,则西堂在嬉笑怒骂中无不寄寓了深刻而尖锐的批判之意,堪与朱鹤龄的《诛蚊赋》并举,为清初骈文作品中的佳制。

三、尤侗骈文创作的特点和艺术成就

通过对尤侗骈文作品的胪举和文史相互印证,尤侗的骈文成就也约略可知,若剔其敷衍应酬的浮泛之作,以一种"理解的同情"去研究其人、其文,我们自不应轻其骈文艺术的成就。下面我们就结合尤侗的骈文创作来具体理解、剖析周亮工的评骘之语,以便更好地体会尤侗在清代骈文史上的独特地位。

---

① 钱谦益《牧斋初学集》卷二〇,上海古籍出版社1985年版。
② 尤侗《西堂年谱》,《北京图书馆藏珍本年谱丛刊》,北京图书馆出版社影印本1998年版,第16—17页。
③ 尤侗《西堂全集》卷六,清文富堂刻本。
④ 黄始《听嘤堂四六新书》卷七,《四库禁毁书丛刊·集部》,北京图书馆出版社影印本1998年版。

首先,文辞华美瑰玮是尤侗骈文作品给人最为强烈的第一印象,也是重要的艺术特点之一。

在清代文学史上,"才子"与"名士"是伴随着尤侗一生的标签,倘非名高学博、文采斐然,自难得此殊誉,而其中最为世人所津津乐道的便是他的八股制艺《怎当他临去秋波那一转》。此文通篇承王实甫《西厢记》"最是那临去秋波一转"而来,紧扣崔莺莺"情转而通"的微微萌动与秋波脉脉的"乍离乍合",语出骈偶,把崔莺莺邂逅张生之后的离别情思写得细腻绵渺:"最可念者,哄莺声于花外,半晌方言,而今余音歇矣,乃口不能传者,目若传之;更可恋者,衬玉趾于残红,一步渐远,而今香尘灭矣。乃足不能停者,目若停之。唯见漾漾者波也,脉脉者秋波也,乍离乍合者,秋波之一转也。吾向未之见也,不意于临去遇之。"①顺治帝读到此文,赏叹不已,连连誉之为"真才子",而清代著名学者徐珂也将其视为"薰香摘艳,文有赋心"②的典范。

就尤侗的文学才能和创作技巧而言,前人颇多肯定之词,清初学者沈雄有曰:"晦庵(按:当作悔庵)人文压倒一世界",故作文章"不用树颠苦思,亦更层次有致,落笔便有隼上殊胜之想"③。读尤侗的诗文集,满目皆是周亮工所谓"谢月潘花"这般的文辞,对尤侗斐然的文采,周亮工更不惜用"睢水漾其绿波""莺羽调其慧舌"这样的语言加以品评。试以其摹状物态见胜的《鸳鸯赋》为例,通篇中多铺锦列绣式的描写:"初戢翼于高枝,徐晔吭于清池。戏蒲荷之翩反,参荇藻之参差。斗雕云之烂缦,蘼锦水之涟漪。逐斑衣之稚子,伴红裙之鸭兄。"④读此,诚可知其才思敏捷,"遇物成赋",文藻华美若"谢月潘花",殆非虚语。

文辞华美瑰玮是尤侗骈文给人的总体印象,如若具体到不同的文体和题材,可见其风格的多样性。对此,王崇简在《西堂杂俎一集序》中说:"展成以沉博绝丽之才,驰声艺苑,所为操觚满志者,亦既综西京之尔雅,擅晋魏之蔚然。……读其赋骚以下,所谓漱芳六艺,采遗千载,非山间之苍崖、霞落、古涧、泉飞乎?读其文、传、序、记,所谓澄心渺虑,耽思傍讯,非山间之翠潋、云除、层峦、雨沐乎?读其论、赞、铭、判,所谓踯躅于意表者,斯山间之风入松、雾迷壑、蟠虬蚬而翔鸾凤鹤者,庶几似之。读其说、问、连珠诸类,端而曼曲,而直正如平林日上、禽繁山响,诚可以晖旷远瞩,藻澈遐心矣。"⑤

其次,尤侗所作的骈文,多托物寄兴,以"蕙兰佩"之笔"援笔为骚",体现出浓郁的抒情特质。

在其"性情独运"理论主张的大前提下,尤侗的骈文创作无不在积极践行着自我情感的抒写。他的骈文作品中,既有明清易代之际士人凄惶无依的惶恐和苦闷之情的写实,也有对现实社会弊政的指摘和批判,更多的则是对其自我人生际遇的暗寓

---

① 尤侗《西堂全集》卷七,清文富堂刻本。
② 徐珂《清稗类钞》(第8册),中华书局1984年版。
③ 沈雄《词评》卷下,《古今词话》,《词话丛编》,中华书局1986年版。
④ 尤侗《西堂全集》卷一,清文富堂刻本。
⑤ 尤侗《西堂全集》卷首,清文富堂刻本。

表达，从而形成其作品中感慨沉挚、蕴旨遥深的风格。正如尤侗在《感士不遇赋》中所说："音忼忾以参息兮，气郁悒而低眉；神茕茕其若逝兮，形茫茫而无依；喟入室而自伤兮，欲出门而无语。"①尤氏这类作品无不将其人生失意寥落的困惑和悲苦写得真挚而深切动人。这大概也是尤侗自己之所愿罢。在他的自我陈述中，所谓"含毫吐墨"和"以耗磨须眉，驱除岁月"的创作状态，正可以清晰地解释其骈文作品"畅怀发蕴"这一艺术特点的成因与心理机理。

尤侗的不少长篇辞赋莫不如此，即便是短章小篇之作，乃至诗文作品的序言，尤侗都能尽情熔铸自己人生经历的种种情感。尤侗在《西堂铭》的序言中，自为问答，解释何以自号"西堂"。序文连续用典，借古人诗文作品中的内蕴以抒发自我内心的怀抱，文中不乏这样语多沉挚、情愫激荡的词句："昔宋玉悲秋，以西堂为蟋蟀之所鸣；谢连入梦，以西堂为春草之所生。予今仰对西风而瑟然来者秋声，俯仰西窗而飘然去者梦魂。……托怨而歌《西洲曲》，为乐而读《西门行》。思公子兮西园，望美人兮西泠。叹逝陨西州之泪，捧心效西家之颦。悲别离兮唱《阳关》之西出，感行役兮写《中牟》之西征。"是以自号曰"西堂"也。在这里，作者将人生的悲慨、哀怨、伤感、凄楚等复杂的情绪，借助连续几个"兮"字的顿挫、延展、起伏，形成一唱三叹的抒情效果。这些文字真实反映了青年尤侗在历经久困科场、仕途蹭蹬之后的郁闷、痛苦、无助以及无可奈何之后的自我宽慰。

再次，尤侗的骈体文章，文体多变，常杂以滑稽谐谑，嬉笑怒骂皆成文章，"立论则定褒贬于毫端"。

尤侗的骈文创作，其门径颇正，由《离骚》《文选》而入，然而在《骚》《选》的基础上多有新变。晚清学者、骈文家朱一新曾说："西堂熟于《骚》《选》，拟《骚》及游戏文独工，虽或有伤大雅，以之启发初学则可。"②尤侗这类带有游戏色彩的文章，其艺术创获和魅力不应被忽略。

尤侗才情敏捷，《怎当他临去秋波那一转》以及《读离骚》等流播禁中，使文名早彰；在史馆时进呈《平蜀赋》，又受康熙帝赏识，所谓"受知两朝，恩礼始终"③。纵观尤侗一生所作文章，系为典型的才子文章，多新警之思，杂以谐谑，每一篇出，人所传诵。故而其好友计东在《西堂杂组二集序》中有如是识语："尤子展成《西堂杂组》初集文，大半滑稽之雄也。然其书奔走海内，至蒙世祖嗟赏禁中，若汉武帝读司马相如赋，可谓荣遇矣。"④对此，尤侗自己也从不讳言，甚至还在《今文存稿》自序中颇为得意地说，自己早年的文章创作是"主于纵横阖辟，杂以滑稽，而人以为诡诞而不驯"⑤。尤侗有三部文集称为《杂组》，盛行于世，尝自谓"雕虫之技，悔已难追；鸡肋之余，弃

---

① 尤侗《西堂全集》卷一，清文富堂刻本。
② 朱一新《无邪堂答问》卷二，中华书局 2000 年版。
③ 潘耒《遂初堂文集》卷一八，《四库全书存目丛书：集部》，上海古籍出版社 1997 年版。
④ 计东《改亭文集》卷二，《四库全书存目丛书：集部》，上海古籍出版社 1997 年版。
⑤ 尤侗《艮斋倦稿文集》卷三，《西堂余集》，清康熙刻本。

复可惜"①。可见如此取名,大概也正是其滑稽谐谑、诡诞不驯的做派了。

对于尤侗所作的大量语出谐谑滑稽、常被人们称为"才子文章"的骈文作品,在其生前身后颇多争议,延君寿在《老生常谈》中说:"尤西堂文,恃才而怪,不可法。"②四库馆臣甚至把尤侗的这种作风作为反面例证加以批评,《四库全书总目提要》评价陆次云之《北墅绪言》时曰:"是集皆所作杂文,而俳谐游戏之篇,居其大半,盖尤侗《西堂杂俎》之流,世所谓才子之文也。"③但是客观地看,尤侗的这类文章,其中不乏佳作,且无不体现着尤侗深厚广博的学识,甚至尤侗自己还认为,这类文章"嬉笑怒骂皆髡朔之流风","固无解乎骈枝,或犹贤乎博弈"。④如其《一钱赋》,在文中连续使用整饬的排句,将世人唯钱是瞻、奉钱为至尊至亲的丑态表现得淋漓尽致:"唯钱至尊,尊之如神;唯钱至亲,亲之如兄;朝廷爵禄,非钱不登;市井舟车,非钱不行。宾客交游,非钱不盟;官司讼狱,非钱不赢;美人粉黛,非钱不呈;鬼神香火,非钱不馨;隐士买山,非钱不名;文人诔墓,非钱不称。朝而韦布,暮而金紫。三公五侯,只为钱市。昔如仇寇,今如兄弟。肝胆吴越,总为钱使;无令公愁,有令公喜。谁腼面目?唯钱是视。得之则生,不得则死。人生百年,与钱终始。美矣至矣,蔑以加矣!"而与这样的世风人情形成鲜明比照的,是尤侗自己的生活、处世态度:"仆本寠人,一钱不持,留此空囊,可以背诗,或者橐笔。否则处锥,睹金花之夜落,玩石苔之晨滋,爱荷叶之的沥,乐荇菜之参差。古诗云:'清风明月,不用一钱买,何必鸡鸣而起,为利孳孳也哉?'"⑤纵横捭阖的骈偶文字和戏谑幽默的风格,不仅充分展示了作者的文学才能,更将他戏谑文风的思想性和抒情性表现得尤为充分。

尤侗是清初极为重要的文学家,他所写的骈文被认为是清初足以与陈维崧相抗衡的不二人选:"陈其年骈体,世以匹悔庵。"⑥其"才既富赡,复多新警之思",故所作骈散文章,"体物言情,精切流丽,读之使人心开目明。每一篇出,传诵遍人口,贾人辄梓行之,勿能止也"⑦。尤侗的骈文多遇物成赋、含情畅怀之作,往往在精切的体物和流丽的文辞之中,熔铸其内心深沉婉曲的情蕴。如果说尤侗的戏剧尚有数量较少的研究和论述,而对他的骈文的研究,一直是学术研究的空白,本文即以其骈文为中心,着力探讨尤侗的文学理论主张在创作中的表现,以就正于方家,并希望有更多的学者关注尤侗的骈文,关注清初文坛的骈文创作。

---

① 马积高《赋史》卷首,上海古籍出版社1987年版。
② 延君寿《老生常谈》,《清诗话续编》,上海古籍出版社1983年版,第1795页。
③ 永瑢《四库全书总目提要》卷一八二,中华书局1965年版。
④ 马积高《赋史》卷首,上海古籍出版社1987年版。
⑤ 尤侗《西堂全集》卷一,清文富堂刻本。
⑥ 杨际昌《国朝诗话》卷二,《澹宁斋集》,清乾隆二十四年似园刻本。
⑦ 朱一新《无邪堂答问》卷一八,中华书局2000年版。

第四编

家族文学研究

明清毗陵庄氏家族文学雅集与姻娅关系

萧晓阳

常州旧称毗陵,明清以来人文蔚兴,常州学派、毗陵诗派、阳湖文派、常州词派先后兴起。龚自珍《常州高才篇》称:"天下名士有部落,东南无与常匹俦。"毗陵望族文化璀璨夺目,刘氏、唐氏、庄氏、钱氏、恽氏等家族皆人才辈出,其中毗陵庄氏家族尤为近百年来学界所重视。论毗陵之历史文化与常州今文经学无不论及庄氏,然庄氏家族生动的文学活动和具有文学意义的姻娅网络,却鲜为学者注意,本文拟对此加以探讨。

一、家族世系:阀阅形成与文脉延伸

毗陵庄氏宗族文化源远流长,宋代郑樵《通志·世族祖略》载:"庄氏芈姓,楚庄王之后以为姓。"明人也将常州庄氏渊源的追溯至北方士族南迁之前,更具体言之"先世本漆园后裔,分派于凤阳、湘潭、镇江、吴淞,各有谱系"①。庄述祖家族即镇江一支的后代。此支南宋时由京口迁移至金坛,邦一公为金坛庄氏始祖。申用懋所撰庄以临子庄起元墓志云:

> 三吴甲第之盛,首推毗陵,而兄弟同榜、父子联绵者,指不多屈。……公讳起元,字中孺,鹤坡其别号也。古漆园先生之裔居濠、梁间,南渡自润徙金沙观庄村,为始祖邦一公。邦一传义,四讳必强,宋宁宗嘉泰间为翰林学士。载传。至秀九,赘晋陵蒋氏,遂占籍焉。②

云庄氏为庄周之后实在幻渺无据,而谓其本居濠州、梁州,南宋时先居润州(即京口),自邦一公起居金坛(金沙)观庄村,则有迹可循。至明初,庄秀九迁居常州为武进蒋氏婿,"卜筑于佘宅桥西北之横堰村"③,这便是常州庄氏的由来。

庄秀九为常州庄氏之始祖,而庄氏后来在常州成为名门显族,秀九曾孙庄祥为

---

* 作者为中南民族大学文学院教授。本文为国家社会科学基金项目"现代性视阈中的近代桐城派诗文研究"(项目编号:09BZW044)的阶段性成果。

本文由《人大复印资料:中国古代、近代文学研究》2012 年第 11 期全文转载。

① 《毗陵庄氏增修族谱》卷一三《庄公暨赠宜人元配唐氏合葬墓志铭》,1935 年铅印本。
② 《毗陵庄氏增修族谱》卷一三《太仆寺少卿鹤坡庄公墓志铭》,1935 年铅印本。
③ 《毗陵庄氏增修族谱》卷二〇《毗陵始祖秀九公传》,1935 年铅印本。

一大关键人物。唐顺之撰《山东参政掌北直隶河间府事鹤溪庄公墓志铭》云:

> 公讳𬤊,字诚之,别号鹤溪。其先,古润之金坛人,国初,曾大父秀九赘武进蒋氏,因家焉。大父讳林。父讳斌,以公贵赠户部主事,行义为乡人所宗。……公少颖悟刚毅,不好弄游,八岁入乡塾,每课诗对,不构思立就。……户部度不起,与之诀,且自令择所业,公泣对曰:儿非儒不可以图立身。……公登弘治丙辰进士。①

显然,庄𬤊出仕是庄氏家族显达的开始。由于受到庄斌的良好教育,其以义行事、以儒立身,颇为当时士林所推重,成为庄氏一门的典范。庄𬤊在士林中的声望为庄𬤊氏家族政治文化上的地位奠定了基础,庄氏后代论及庄𬤊时已经将他视为家族文化基业的开创者:

> 邑志载第四世祖鹤溪公《传》,系徐庄裕手笔、唐襄文公所裁定者。公为吾家入毗陵有封爵之始。志中立传甚严,特以公为明代晋陵才薮第一。其间事实皆有关朝廷政典、国家名教者,约举一二以概其余,而公之公正长厚,道义自持,实不止此也。……迄今世衍书香、人蒙旧业,皆自公一人启之。②

庄𬤊有四子分别名为整、齐、严、肃,其中庄齐生庄宪,庄宪生四子分别名为以临、以泩、以礼、以正。庄宪四之子中,庄以临、以泩两支大昌。其中庄以临为长,最为蕃盛,生子三人,有孙男十人,曾孙男十四人。以临治家谨严,"家本阀阅而清素如寒士"③。其三子都受到了良好的教育,其中以生于嘉靖己未、卒于崇祯癸酉的中子庄起元最有成就,远近慕名来访者皆一时名流,庚戌登进士第。起元生子五人,分别为应德、应熙、应期(《家传》中作"恒")、应会、应诏。"应会同母兄弟五人皆仕,俱字侯,乡里称为五侯家云。"④应期生宝及佑生,庄宝之子维嵩生令舆、令翼,庄松承、柏承皆为令舆之子。柏承有子二人,曰纶渭、湘衡。而应会生有五子,分别为京生、回生、朝生、仪生、崌生。崌生四子,有子曰绍平。绍平生二子,分别为庄映与庄勇成。庄绍平为侄辈庄存与之师,子庄勇成又为存与子庄通敏之师。至此,家族文脉传衍中"族内相师友"的现象已然出现。

庄以泩为庄宪次子,生子二人,即庄廷臣、庄廷弼;廷臣生子五人,有子名鼎铉;鼎铉生二子,长为庄绛,绛弟庄纬;庄绛生五子,分别为楷、杬、敦厚、大椿、柱。当庄柱出现时,庄氏家族的文化和文学的大幕拉开了,而且高潮即将涌起。庄柱字书石,

---

① 《毗陵庄氏增修族谱》卷一三,1935 年铅印本。
② 《毗陵庄氏增修族谱》卷一三《庄𬤊墓志铭》附录《康熙乙卯闰五月十一日第六世孙庄回生跋》,1935 年铅印本。
③ 《毗陵庄氏增修族谱》卷一三《鹤坡庄公墓志铭》,1935 年铅印本。
④ 《毗陵庄氏增修族谱》卷一九《宦绩传》,1935 年铅印本。

号南村。柱天资颖悟,时人谓为通才,"初入史馆,诸前辈咸曰:'迩日馆阁通才,惟吴荆山、庄某两人尔。'"①笃好性理之学,又喜言诗,为庄氏"九老"之一,与同邑大族钱氏结为婚姻,生二子,即庄存与和庄培因。庄柱望子成才甚殷,以同族中号闲汀公者庄绍平(庄起元之后)教二子,庄勇成《少宗伯养恬兄传》说庄存与"制艺得力于闲汀公",庄通敏为庄勇成所作《复斋公传》尝转述其事:

  闲汀族祖之丧,复斋叔乞铭于养恬公,养恬公不敢辞而为之传曰:"某敢忘授受渊源?且非某不足于知师门潜德耳。"②

  可见庄存与之学问多传自闲汀公庄绍平。庄存与得益于家族的培养,为学兼容汉宋,不非议古文经学,成为庄氏家族与常州经学的杰出代表。其后庄氏之学再次光大而有庄述祖之学。述祖为培因之子,"年始八龄,其英俊勤学似父,而浑融沉没,得奉教于养恬"③,终成大器。

  "吴中望族,人人最庄氏"④,这是相当可信的评价。当做出以上极为简略的庄氏家族世系的叙述时,一个个在中国近世学术史、文化史上光辉闪烁的名字已经络绎出现在笔下,连成了一条意涵丰满的家族文脉。概括来看,这一文脉大致可以分为三个阶段:

  第一期自明弘治中期至明末,此际毗陵庄氏家族以文章而擅名。当庄㳺以制艺之长打开了科举的大门时,庄氏家族文道桐荫渐而翁郁蔚然。明末,庄起元与应德、应熙父子并有才华,起元气骨峻整、天资敏妙,弱冠即工文章,但长期难骋其志,聚徒讲学,后终获登第;应德则早成进士,而庄应熙以诸生入太学。此一门文学之状况被比作"三苏":"鹤坡公年五十馀始登第,尝家贫乏绝,断齑划粥,下帷萧寺,与伯仲二子俱乔梓,为师弟昆仲为友朋相切劚,时人目为三苏。"⑤"三苏"之外,庄起元之五子又有"五侯"之称。实际上,至明末,毗陵地区已经形成了一个以庄起元为中心,以其儿辈伯仲为中坚的毗陵家族文人群体。

  第二期自清初至雍正朝,此际毗陵庄氏家族以性理为立身之本,以文采为娱情之资。庄绎、庄柱父子为这一阶段的核心人物。庄绎字丹吉,邑增生,入太学,考授同知,有《著存堂诗文稿》。柱为通才,似更精于经术,从小好朱子《小学》,并引为行事之法度,与所游孙文定公谈论亦为理学,而又参与同乡"九老之会",故可见其所好者又不全为性理之学。彭启丰《芝庭文稿》中有为其所作墓志铭,称庄柱诗歌多质实,为人"以躬行实践为本"⑥,颇能道出其文学与理学相兼并擅之状。康熙一朝,毗

---

① 《毗陵庄氏增修族谱》卷二〇《南村公传》,1935年铅印本。
② 《毗陵庄氏增修族谱》卷二〇《复斋公传》,1935年铅印本。
③ 《毗陵庄氏增修族谱》卷二〇《学士仲淳弟传》,1935年铅印本。
④ 《毗陵庄氏增修族谱》卷一三《翰林院待诏二鹤庄公暨贾孺人合葬墓志铭》,1935年铅印本。
⑤ 《毗陵庄氏增修族谱》卷一三《翰林院待诏二鹤庄公暨贾孺人合葬墓志铭》,1935年铅印本。
⑥ 彭启丰《芝庭文稿》卷五《中宪大夫浙江海防兵备道庄君墓志铭》,清乾隆刻增修本。

陵庄氏家族已足称科举世家,时庄令舆为编修,楷为国子司业,其他族人亦多词林翰苑之佼佼者。

第三期自乾隆至嘉庆间。庄存与、庄述祖、庄绶甲三代以经术名世,不但提升了毘陵望族在政坛上的地位,常州学派也随之形成。乾隆十六词林同仕籍,为一时盛况,其中便有毘陵庄氏家族文人:庄存与为编修累迁礼部侍郎,以翰林学士直上书房为师傅;庄承篯为编修历侍讲,后改吏部主事;①庄通敏任编修历左中允。科第中之"师弟子中表鼎甲"在庄氏家族也蔚为胜观:庄存与、培因与其师汤大坤俱为进士;②庄存与、程景伊及存与之表兄弟钱维城为常州同时"三阁学",其他庄氏族人为一时朝政、文坛名流者夥矣。庄氏家族在参与政治的过程中,以今文经学为根,以诗礼文辞张本,事出于沉思,义归乎翰藻,形成了毘陵庄氏家族文化的鲜明特色。

稍加梳理便不难看出,自入清以来,庄氏家族渐渐走向了极盛。据艾尔曼《经学、政治和宗族》统计,庄氏一家共有 9 人入翰林院、29 人中进士、90 人中举人,在常州府科举考试中首屈一指。在庄秀九之第八代孙中,庄廷臣与堂兄弟庄起元两支鼎盛。庄起元以下,七代九进士;庄廷臣一支则出现了孙绛、曾孙柱、玄孙存与等颇有影响的社会名达,存与为乾隆十年(1745)榜眼、弟培因为乾隆十九年(1754)状元,培因之子述祖为乾隆四十五年(1780)进士,乃经学著名学者。尽管庄氏家族中如庄绛、庄绶甲等皆以诸生终老,但科举应试的成功无疑确立了庄氏家族在文学与经学上的地位,扩大了庄氏家学的影响。

需要注意的是,尽管入清后毘陵庄氏以主流社会的身份意识致力于阐释经义,但依然传承了家族雅好文学的传统。龚自珍《资政大夫礼部侍郎武进庄公神道碑铭》论庄存与家族,称其"以文学最有声"。近人刘师培《清儒得失论》指出了庄氏家学合文章经训为一途的特征;论及庄存与《春秋正辞》时亦云:"庄氏文辞,深美闳约,人所鲜知。"③事实上,在古代中国,尤其当科举成为人才选拔的主要途径之后,士人、文人乃至诗人都往往可以看成通约的称呼,科举家族、文化家族、文学家族同样具有相近的意义。正是从这一角度而言,可以说毘陵庄氏家族之阀阅渐成,是经学家成长的过程,也是文学家成长的过程,而其家族发展的历史,也必然是文脉之形成和延展的历史。

二、家族文会:南华九老唱和及其流韵

明清两代,常州是学术文化的峰原,也是文学创作的渊薮,而庄氏家族文藻光耀一时,是常州文学繁兴的表征之一。李兆洛曾记述庄绶甲当时与士人"如张编修皋文、丁大令若士、刘礼部申受、宋大令于廷、董明经晋卿诸子无不朝夕研咏,上下其议

---

① 赵熙鸿《毘陵科第考》卷七,清同治刊本。
② 赵熙鸿《毘陵科第考》卷六,清同治刊本。
③ 刘师培《刘师培辛亥前文选》,三联书店 1998 年版,第 152 页。

论"①。在常州文人交游中,庄氏无疑是一支蓬勃生动的力量,正是这一力量的参与,推动着近古常州文学的发展。

庄氏家族之始兴之时,即以文学著称,而非以经术名世。庄氏家族文学可追溯至明弘治年间家族之咏唱。庄祥是确立庄氏家族文学地位的标志性人物,八岁能诗,"与叔同学,每校诗对,不构思立就"②。在宦官刘瑾专权时归隐白鹤溪,与乡土大夫为"逸老之会",晚年仍好为诗,病中犹吟诵讽咏,文坛传为佳话。

庄祥玄孙庄起元(鹤坡),文章为当时名流所称慕。如前所述,庄起元弱冠工文章,以进士仕浦江,见世道昏昧,于是辞官回籍,寄情于山水。时人在其墓志铭中有如下记述:

> 遂拂衣引疾归里,泛舟春波、探幽吴越,意之所至,情兴俱会,自言得《养生主》大要,不劳不怒、不醉不饱。砚公平生似有真得于斯者。故年逾古稀而发肤荣茂不减少壮。徜徉杯酒、流连顾曲,绝不外设城府。③

这种流连光景的诗酒风流有高逸之意,在江山之助中颇得养生之真趣。顺治之初,庄起元之孙庄回生号澹庵,亦以诗著称,同样处世淡然:

> 庄公初入中秘时,年甫弱冠,虽雄姿杰出,外朗内明,而元龙之豪气未除、司马之风标自喜……里居几二十年,始得援例输粟关中补原官。来京师与余相见,握手道故。公之气度,渊然以深,意念间冲和恬淡,言论举止迥异曩时,吾知其有得于古人者深也。出所著诗歌古文词盈尺者示予,名其卷曰《澹庵集》。④

庄回生能诗善画,得到顺治帝的赏识。冯溥作铭称颂说:"诞生我公,抱宝怀珍。苕龄突兀,弱冠成文。经纬史馆,缉藻抒新。游艺殚数,抚律穷源。"⑤可以说,自庄以来经庄起元传至庄应熙,乃至庄回生辈,庄氏家族文学恬淡逸放、抒发性灵的特征日渐彰显。

毗陵庄氏家族文学的影响在清康熙、乾隆间日渐盛大。庄令舆、庄柱是这个时期的代表。庄应期之曾孙令舆好为诗,梁同书记庄纶渭生平之《苇塘庄先生行状》论及其祖庄令舆云:"公在翰林,一时推为文章宗匠。"⑥许玉猷《阮尊庄先生传》记庄令舆尝搜辑《毗陵六逸诗》谓先生诗亦磊磊落落,跌宕自喜,肖其为人,著有《双松晚翠

---

① 李兆洛《养一斋诗文集》卷一四《监生考取州吏目庄君行状》,清道光二十三年活字印二十四年增修本。
② 《毗陵庄氏增修族谱》卷一三《山东布政使司右参政鹤溪庄先生行状》,1935 年铅印本。
③ 《毗陵庄氏增修族谱》卷一三《太仆寺少卿鹤坡庄公墓志铭》,1935 年铅印本。
④ 《毗陵庄氏增修族谱》卷一三《左春坊左庶子兼翰林院侍读加一级四品服俸澹庵庄公墓碑》,1935 年铅印本。
⑤ 《毗陵庄氏增修族谱》卷一三《左春坊左庶子兼翰林院侍读加一级四品服俸澹庵庄公墓碑》,1935 年铅印本。
⑥ 《毗陵庄氏增修族谱》卷一三《苇塘庄先生行状》,1935 年铅印本。

楼集》。① 庄令舆编纂的《毘陵六逸诗钞》，序中论述了常州诗学的意义，显示出庄氏家族在文化承传上的自觉意识。

毘陵庄氏家族文学最引人注目的是乾隆十四年的"南华九老唱和"，标志着其家族诗文创作从个人的吟咏转变为群体创作，庄氏家族文学进入鼎盛时期。张惠言曾有《南华九老会倡和诗谱序》云："庄氏于吾乡为故家，科第仍显，文章行谊，冠冕士类。"②一族显贵，联袂唱和，在当时已被引为盛事，受到士族阶层极大的关注。

九老之说古已有之，唐代已有"香山九老"之称。"南华"出自《庄子》的别名《南华经》，以喻庄氏，"南华九老"为庄氏九位德高望重的长者之尊称。南华九老的故事在清代文献中时有提及，但多语焉不详。洪亮吉与庄氏为同乡，其《南华九老会倡和诗序》俱载九老之名：

> 乾隆十四年，吾乡庄氏之致仕居里者凡九人：曰礼部郎中清度，年九十；曰福建按察使令翼，年八十四；曰临洮府知府祖诒，年八十二；曰黄梅县知县赠文选司主事埏，年六十九；曰密县知县封福建台湾兵备道歆，年六十六；曰开州知州学愈，年六十三；曰湖南石门县知县封甘肃宁州知州柏承，年六十三；曰射洪县知县赠顺天府南路同知大椿，年六十二；曰温处兵备道封礼部右侍郎柱，年六十。因为南华九老会，各系以诗。③

从洪氏《序》可知，九老分别为：庄清度、庄令翼、庄祖诒、庄埏、庄歆、庄学愈、庄柏承、庄大椿、庄柱九人。据庄氏族谱《南华九老会倡和诗》载："乾隆十四年，岁在己巳，族中先后引年致仕者凡九人，仿香山故事，为南华九老会。晚菘公首纪以诗，各依韵和之。"④族谱于庄祖诒诗歌中附记："会在春，公卒于冬。"又述庄清度生平云："会在春，公卒于秋。"庄清度诗云"九十春光尚未赊"，又云："朝来准拟篮舆出，看遍郊原桃李花。"庄埏之诗其二云："鸡豚共赛春秋社，铅汞唯餐日月华。"据此则可知诗会举于春社之时。会外和作之中有庄逊学诗云："此日追随同里社，向时游宦各天涯。"亦证明庄氏九老会在乾隆十四年（1749）春社之时，即立春后第五个戊日。

南华唱和之首倡者，据谱载为庄埏。其兄弟五人，皆显达，"时人比之于燕山窦氏"。⑤ 庄埏唱和诗其二云"林下相逢尽一家"⑥，浓厚的家族意识与情感昭然可见。颇有意思的是，名列"九老"的庄大椿当年春日并不在常州，据族谱记载，庄大椿名下诗歌其一为庄埏代作：

> 时公已致仕有年，以前秋游闽修志未归，右诗乃晚菘公所代和者。既

---

① 《毘陵庄氏增修族谱》卷二〇《阮尊庄先生传》，1935 年铅印本。
② 张惠言《茗柯文编》，上海古籍出版社 1984 年版，第 62 页。
③ 洪亮吉《洪亮吉集》，中华书局 2001 年版，第 323 页。
④ 《毘陵庄氏增修族谱》卷一八下《盛事·南华九老会倡和诗》，1935 年铅印本。
⑤ 《毘陵庄氏增修族谱》卷一八下《盛事·南华九老会倡和诗》，1935 年铅印本。
⑥ 《毘陵庄氏增修族谱》卷一八下《盛事·南华九老会倡和诗》，1935 年铅印本。

而邮诗至闽,公复追和二章并叙,略云:余以戊辰八月至闽,己巳夏接仲兄书,知兄集族中引年归者作九老会,各赋以诗,因余萍滞闽中,因代和一首。展读之下,归思顿兴。谨追步原韵,且属志馆诸同学和之。庶几志事速竣,返棹故园。东篱菊放时,不致有"遍插茱萸少一人"之憾也。①

文中明言,大椿时在福建与修闽志,夏日方知春日族中有诗歌唱和之会。由此知南华唱和虽志"九老",但与会仅有"八老"。因欲效"香山九老"唱和之事,而仍称"南华九老",使家族文会具有了法古的历史感和人文雅趣。

"南华九老唱和"雅集之外和作者人数众多,据庄氏族谱记载宗族中有璿、逊、宣、源洁、国桢、宇逵、汾誉、鹏祥、学赟、怀屺、沛惠、润业、令奂、纯慕、松承、树嘉、杜芬、启徽。另有庄学愈之孙女玉珍诗附录于学愈后。庄宇逵辑录《南华九老会倡和诗谱》,并附名流之序,远近称为盛事。《南华九老会倡和诗谱》虽不存,而族谱将诗歌及诸老吟咏盛况基本完整地保存了下来。另外,柏承后一首为二十三年之后所作:"岁辛卯,距己巳二十三载,会中老人相继殂谢,唯公岿然独存,因复次韵一章。"诗云:"九老于今事未赊,频年花蝶漆园家。三春觞咏全非旧,百岁光阴亦有涯。开府作铭怀故侣,平原吟赋感年华。莺啼燕语风光昨,独上濠梁看浪花。"②这表明南华九老之会对庄氏家族文化产生了深刻的影响。

南华九老唱和是毗陵庄氏家族一个永远的典范,之后庄氏家族文会雅集渐成风气。乾嘉之际,庄氏多有诗酒之会,以庄勇成所主持之吟社影响较大。赵怀玉《亦有生斋集》多处记载了这一吟社的情况,其中《文学庄君墓志铭》所载较详:

君姓庄氏,讳勇成,字勉余。号复斋,世为武进右族。……制举业为同辈所推服,君益好学深思,日进于古,所为诗文莫不精赡。乾隆二十七年,纯皇帝南巡召试,名列二等……竟以诸生老。……壬寅乞假归省,谐君举吟社。同会者程君景傅、蒋君熊昌及君族子绳祖、选辰。它客或有增减,此六人常在座。每集拈题分体后各出觞政,务为新奇以取胜,往往达旦,不止乡党友朋之乐。是岁为极盛。③

《山西交城县知县庄君别传》所载相关事迹亦可印证:

归田后,唯事吟咏,与同里宣城训导程君景傅、颍州知府蒋君熊昌及君族父勇成、族弟选辰、族孙宇逵为觞酒赋诗之社,怀玉亦时与其间。积久酬唱颇夥。④

从赵氏的记载可知,该社主要成员为庄勇成、庄绳祖、庄选辰、庄宇逵、程景傅、

---

① 《毗陵庄氏增修族谱》卷一八下《盛事·南华九老会倡和诗》,1935年铅印本。
② 《毗陵庄氏增修族谱》卷一八下《盛事·南华九老会倡和诗》,1935年铅印本。
③ 赵怀玉《亦有生斋集》卷一八《文学庄君墓志铭》,清道光元年刻本。
④ 赵怀玉《亦有生斋集》卷一二《山西交城县知县庄君别传》,清道光元年刻本。

蒋熊昌、赵怀玉等。庄氏家族三代人四人与列吟社,而勇成辈分最高,似为之主盟。吟社每次雅集往往通宵达旦,拈题分韵,各出鼓政,务为新奇,以求取胜,这是何等诗酒风流!

此外,乾嘉之际庄炘(字景炎)也与庄氏家族内外成员举文会,成为庄氏家族文会的馀响流韵。赵怀玉《清故奉政大夫陕西邠州直隶州知州墓志铭》云:

> 尝举五老会,君与余与焉。里中咸友宴集,两人必偕。余虽跋寒,亦黾勉以从。每构一文,必以相质。或谈枌榆故事,辄淹晷日,盖余得之吾家豹三先生,君得之外祖钱铸庵先生,两先生固乡邦所推文献者也。君诗研究格律,老而弥细;为文谨于法度、藻不妄抒。生平著述,舟行汉江,为水渗漏。丧失过半。①

据赵氏所记可知,庄炘"为诗研究格律,老而弥细;为文谨于法度,藻不妄抒",受到外家影响,钱人麟精通小学和史学,诗格近于宋人,与常州诗歌重视翰藻的传统并不尽同,不过这已经是清中叶朴学盛行之时,庄氏家族的诗歌创作风格与时而变是自然而然的。稍后庄氏家族中绶甲在地方文坛十分活跃,参与文会极为频繁,较多交流者如张皋文、丁若士、刘申受、宋于廷、董晋卿诸子,相互间"朝夕吟咏,上下其议论"②。显然常州士人之间乐于交际,文会吟咏甚多,而庄氏家族始终在其中占有重要的地位。这里尚须提及,庄氏家族的女作家在当时也产生了一定影响。徐珂《清稗类钞》文学类中记载了自康熙至同治间庄氏女诗人二十二人,皆以诗词知名于时,其中亦不乏唱和之作,而以庄盘珠(字莲佩)为翘楚。女诗人的加入,扩大了常州士人文会的范围,为庄氏家族文学注入了新的活力。

关于常州文学,梁启超谓:"他们的文学是阳湖文派,从桐城派转手而加以解放,由张皋文(惠言)、李申耆(兆洛)开派。"③以往研究清代常州文学,多重视阳湖文派及其与桐城派的关系,虽然这很有必要,但无疑又是偏于一极的。常州诗文多方面的成就都应予以关注,而庄氏家族文学在自明中叶到清乾嘉时期的发展中,从个人的吟唱逐渐演变为家族群体雅集,从家族内部酬唱扩展至与常州文士唱和,从抒发个人的闲情逸致到润色鸿业与朴学款通,从大量的制艺、古文到诗歌作品的创作并梓行④,充分说明庄氏家族文学日渐兴盛并深度融入了常州文化,成为近古常州文学史上一片璀璨壮丽的风光,这是研究常州近古文学不可忽略的一个阵营。

---

① 赵怀玉《亦有生斋集》卷一九,清道光元年刻本。
② 李兆洛《养一斋诗文集》卷一四《监生考取州吏目庄君行状》,清道光二十三年活字印二十四年增修本。
③ 这一观点的阐述,请见梁启超《中国近三百年学术史》四《清代学术变迁与政治的影响》下。详见东方出版社 2004 年版。
④ 到目前为止,搜集庄氏家族文学创作版本文献资料最为全面的是南京师范大学古文献研究所编著的《江苏艺文志·常州卷》,江苏人民出版社 1994 年版,可参看。

三、姻娅结盟：庄氏文学与望族亲缘

庄氏文学的兴盛是家族自身文化演进的必然，也是毘陵乃至吴中地域文化熏染的结果。在提出这两个带有普遍意义的问题的时候，应当注意对家族文学发展的考察尤须重视姻娅亲缘资源的因素，正如罗时进所论：姻娅关系往往"使家族集群变得相当凝合、坚固，具有相似文化背景和文学好尚的家族聚合在一起，姻党外亲联袂一体，成为文学创作互动的平台"①。庄氏家族以婚姻为纽带，与其他望族门第建立了稳固的社会关系。这种亲缘网络一方面为其文学创作特别是诗人唱和提供了良好平台，同时也助推了庄氏家族文学的发展。

在庄氏的姻娅关系中，最重要的是毘陵唐氏与刘氏。庄祏是常州庄氏家族发展的奠基者，正是他凭借其独特的政治地位与文化影响，通过联姻为庄氏家族建立起了良好的社会基础。其重要的"手笔"当是促成了庄氏与唐氏的两桩婚姻：其长孙女嫁给唐顺之，而其孙庄以临娶唐氏之女。

关于唐顺之，《晋陵先贤传》云："先生精思睿识，探寻鸿阈。凡所历阅，必究极本原。六籍之精微蕴奥，出一两言揭示之。足以剖蔽全经而垂不朽。"②唐氏通贯六经，以之为本，而《四库全书·荆川集提要》云："顺之学问渊博，留心经济，自天文地理、乐律、兵法，以至勾股、壬奇之术，无不精研，深欲以功名见于世。"③可见志于事功、合于经典、见于文辞便是其旨趣所在。唐顺之于文辞则主张"本色"之作："直据胸臆，信手写出，如写家书，虽或疏卤，然绝无烟火酸馅习气，便是宇宙间一样绝好文字。"④这种"本色"中自然不乏作者之性情，所谓性情也并非儒家思想所能局限。作为散文家，唐顺之文章中也自有其逸情高致，与常州地域传统中的飘然雅淡的一面相契。艾尔曼以为："常州庄氏家族继承了唐顺之的文学与经世结合的主张。"⑤唐顺之诗文富有灵性的特点在明清之际庄氏家族文人的创作中颇有体现，即使是遥远的后代，无论学问或文学，唐氏总是庄氏族人心中不朽的先哲。

庄氏与毘陵刘氏也建立了极为密切的婚姻关系，对庄氏家族文化与文学产生了很大影响。武进西营刘氏第一代刘真为明初功臣，因奉命驻扎常州郡城西营，家属族人同迁居于此，遂著籍武进。因其初驻扎"西营"，故号称"西营刘氏"。西营刘氏家族中，第十四代由刘纶与当世文人杭世骏、钱惟城、袁枚等交游；从弟刘星炜文章清峭华妙，为"骈文八大家"之一。第十五世刘嗣绾嘉庆十三年（1808）会试第一，与

---

① 罗时进《家族文学研究的逻辑起点与问题视阈》，《中国社会科学》，2012 年第 1 期，第 167 – 168 页。
② 欧阳东凤《晋陵先贤传》，清同治戊辰刻本，第 35 页。
③ 唐顺之《荆川集》，文渊阁四库全书本。
④ 唐顺之《荆川集》卷四《与茅鹿门主事书》，文渊阁四库全书本。
⑤ 艾尔曼著，赵刚译《经学、政治和宗族——"中华帝国"晚期常州今文学派研究》，江苏人民出版社 1998 年版，第 58 页。

仪征阮元及同邑董基诚、董佑诚等并负盛名。据艾尔曼统计，庄氏与刘氏有 11 次婚娶①，其中有 7 次联姻是庄氏娶刘氏之女，表明刘氏需要庄氏之文化上的影响，而庄氏则需要盟于刘氏来提高其社会声望。事实证明这一姻娅结盟对两个家族来说确乎休戚相关，庄存与、庄培因在学术文化上的出色表现固然与家族养成和个人才情有关，但与其家族的社会关系，特别是刘氏在朝廷的特殊地位亦有某种联系。乾隆二十三年(1759)二月，庄存与主持考试而满洲、蒙古童生拥挤闹堂时，刘纶时直军机处；乾隆三十三年(1769)，庄存与在上书房行走时，刘纶早已经位至于太子太保、协办大学士；至庄培因在乾隆十九年中状元时②，刘纶已为户部侍郎兼顺天府尹，权位日重。后庄存与以年力就衰而免，其婿刘跃云主会试时以忤和珅黜，亦可谓连筋带骨。值得一提的是，庄存与之女嫁给刘纶之子刘跃云，跃云生逢禄，庄述祖为其舅，刘逢禄与庄绶甲中表兄弟不但皆传其学，且成为"朝夕吟咏"的诗友。

其实，庄氏作为一个文化巨族，与常州地方名族世代联姻或连环婚姻尚不止唐氏与刘氏。庄氏与钱氏也世为婚姻，庄炘子庄逵吉娶钱维城妹为妻，庄述祖子庄廉甲娶钱维诚孙女、钱中铣之女为妻，庄柱娶钱荣世女为妻。洪亮吉的一个姨母曾嫁给庄氏族人，洪亮吉早年在庄氏家学读书，后其长子饴孙娶庄云的女儿为妻。赵怀玉曾将其女嫁于庄颖曾，颖曾为前述庄勇成之侄，则赵氏家族与庄氏亦为姻亲。

庄氏家族支派房系颇多，繁衍极盛，在毗陵以至江南的姻亲网络是巨大而密致的，实难尽述。而无论在京师之翰林雅集、郎署文会，还是在毗陵乡梓的地方社团、耆老会，均可发现庄氏所参与的文学活动，稍加考索不难看出这些活动往往都与庞大家族的姻娅网络相关。进一步观察庄氏家族现存的各种文集，其编纂、序跋者亦每涉姻亲关系。姻亲群体是庄氏重要的社会支持力量，也是其游豫其间、互激互动的文学平台，是一种不可或缺的文化和精神资源。

毗陵庄氏，一个延续了几个世纪声名的文化巨族，在政治和学术领域中曾经深刻地影响过古老帝国近世的发展历史和文化历程，更作为常州文化的重要缔造者之一，将其家族与地域文明紧紧联系起来。凡此皆著于史，勒于石，不会被忘记。而同样不应忽视的是，这一家族曾经有过生动的文学活动，留下了丰富的创作成果和深刻的人文印记。研究近古文学，尤其江南地域文学，应对毗陵庄氏数代文人给予关注和了解。

---

① 艾尔曼著，赵刚译《经学、政治和宗族——"中华帝国"晚期常州今文学派研究》，江苏人民出版社 1998 年版，第 43 页。

② 《清史稿》卷一一："闰四月庚戌朔，赐庄培因等二百三十三人进士及第出身有差。"卷三〇五《庄存与传》中又有："弟培因，字本淳，乾隆十五年一甲一名进士，官至内阁学士。"二说牴牾。今据家谱定为十九年。

清代文学世家的家族信念与发展内动力

徐雁平

清代文学世家是清代文学研究领域中颇具特色与内涵的问题,从具体家族而言,它牵涉到家族性文学传统的生成与传衍;从具体地域而言,它关系到地方性文学社群和文学流派的形成,以及地方文学风气的营造。在家族与地方交互影响的过程中,文学世家的姻亲脉络往复交织,文学世家的活动印迹不断累加,从而形成底蕴丰厚的文学图景。若探究这一文学图景的形成过程,文学世家的家族信念与发展内动力,是应当被充分重视的内在性力量,其作用近似一粒种子的胚芽。

一、"继统守业"与"祖宗的力量"

本文所用的世家,是指以某种专长世代相承的家族。若进一步解析,"世家",即"世其家","世"乃继承之意,其中有自觉承接家学统系之意。而家学统系不能自动生成,它是对家族过去诸多文化活动的筛选与重构,它是家族的文化记忆。"记忆的文化功能是建立社群的联系,强化彼此的情感。"①它以符号、象征物、图像、文本和仪式呈现,传达一种"一体意识、独特性和归属感"②。从一体意识和归属感而言,推阐家学传承统系有敬宗收族之用;而独特性,则近似区分家族门风、学业特征的徽记。

"世家"必然与世代关联,父子相继为一世。钱穆说:"今所谓门第中人者,亦只是上有父兄,下有子弟,为此门第之所赖以维系而久在者,则必在上有贤父兄,在下有贤子弟。"③其中"上有贤父兄,下有贤子弟",似以三代衡量门第。关于世家的标准,清人多有论说,如孙仝敞云:"故国非以谓有乔木也,有世臣之谓而已;旧家非谓有科名也,有礼法之谓而已。"④(《沛城孙氏遗事书后》)洪亮吉《开沙于氏族谱序》:"以功德显,以文章著,以孝友称。"⑤钱泰吉云:"所谓世家者,非徒以科第显达之为

---

* 作者为南京大学文学院教授、博士生导师。本文为国家社会科学基金重大项目"中国古代文献文化史"(项目编号:10 & ZD130)子项目"清代部分"的阶段性成果。

本文由《人大复印资料:中国古代、近代文学研究》2012 年第 11 期全文转载,《高等学校文科学术文摘》2012 年第 5 期全文转载。

① Jan Assmann. Religion and Cultural Memory. Stanford University,2006:11.
② Jan Assmann. Religion and Cultural Memory. Stanford University,2006:95,38.
③ 钱穆《中国学术思想史论丛(第 3 册)》,安徽教育出版社 2004 年版,第 144 页。
④ 孙仝敞《犹存集》,清刻本。
⑤ 江庆柏《明清苏南望族文化研究》,南京师范大学出版社 1999 年版,第 11 页。

贵,而以士农工商各敬其业,各守其家法之为美。"①(《清芬世守录序》)余集云:"夫世家者,有以德世其家,有以业世其家,有以文学世其家,而穷达不与焉。"②(《查介坪寿序》)诸家所论,各有侧重,然以礼法、科第、文章分类,亦有重叠之处,故不必过分拘泥。

探究清代文学世家的衍变与家学的传承,其中核心问题在于世家的文化传统,亦即家学如何形成,形成以后如何持守与传承。从这一角度而言,传统当是一种文化绵延的过程;其含义出自《史记·范雎蔡泽列传》:"继其统,守其业。"③威廉斯(Raymond Williams)认为传统的意涵有:递送、交付;传递知识;传达学说、教义;让与或背叛。传统的主要词义在这里的第二、三项释义;现在被用来描述"传承的一般过程",然而又具有一层非常明显的意思,即"敬意"与"责任"④。在"传承的一般过程"中,有家族后人面对家学的"敬意"与"责任",以及由此引起的焦虑,还有如履薄冰的忧患之感。钱泰吉《曝书杂记》卷二云:"大凡人家兴旺,每一二世必衰,从此后或迟一二世又兴者,亦有之。总未有赫奕不衰者……孟子云:君子之泽,五世而斩。人家子弟常常须自思身当斩泽之时,何可无培养之功。如临深渊,如履薄冰,念念积累,事事积累,一世培养,世世培养,自然连绵不断,续箕裘而振家声,亦所谓君子存之者也。"⑤

井上徹《中国的宗族与国家礼制》注意到在苏州没有持续百年以上的士大夫家族,仅过数代便告没落的情况十分普遍。⑥ 如归有光云:"吾吴中,无百年之家久矣。"(《震川先生集》,卷十三《张翁八十寿序》)"吾观吴中,无百年之家者,倏起倏仆,常不一二世而荡然矣。"(《震川先生集》卷十四《王氏寿宴序》)⑦"缙绅家非奕叶科第,富贵难以长守。"⑧农耕或商贾为本业的家族,由科举进入士绅望族,需要百余年时间。⑨ 科举的成功可以改变个人命运、光宗耀祖;数代经营,方有崛起;得之不易,故后来子弟竭力持守,以求承继先人荣光,唯恐有失。在清代,绵延两百年的文学世家,屈指可数,大多数家族在三五代之后就衰落。如兴旺数代,子弟肩负的责任似愈显沉重,在此境况之中,焦虑之感亦常滋生,在清人诗文集中,因科场失利而觉愧对先人的诗文比比皆是。

祖宗,尤其是中国的祖宗,代表两种力量,一是遗传,二是教育。祖宗

---

① 陈用光《太乙舟文集》,《续修四库全书》本,第358页。
② 余集《秋室学古录》,《续修四库全书》本,第306页。
③ 司马迁《史记》,中华书局1982年版,第2420页。
④ 雷蒙·威廉斯著,刘建基译《关键词:文化与社会的词汇》,三联书店2005年版,第491-492页。
⑤ 钱泰吉《曝书杂记》卷二,《续修四库全书》本,第33页。
⑥ 井上徹引归有光文,参见:归有光《震川先生集》,上海古籍出版社2007年版,第327、364页。
⑦ 井上徹著,钱杭译《中国的宗族与国家礼制》,上海书店出版社2008年版,第134页。
⑧ 王士性著,周振鹤编校《王士性地理书三种》,上海古籍出版社1993年版,第326页。
⑨ 宗韵《明代家族上行流动研究:以1595篇谱牒序跋所涉家族为案例》,华东师范大学出版社2009年版,第181-182页。

贤明端正,能行善事,表示他自己就有一个比较健全的生理与心理组织,这种组织是他的遗传的一部分,很可以往下代传递。他这种长处也往往给子孙以一些很好的榜样,一些力图上进的刺激。辱没先人,在中国读书人看来,是最大的一个道德的罪过;所以在中国,祖宗之所以为一种教育的力量,似乎比西洋为大。①

祖宗可敬又可畏,特别是在世家文化传承谱系中的关键人物,如创业起家者或使家族声誉大增者,几乎逐渐演变成一种文化象征。对于家族子弟而言,每次面对,会觉得信心、责任、愧疚诸种感觉杂陈,这种复杂的情感,很可能转化成一种推动家族前进的动力。

复杂情感基本上是在家族性纪念日、面对先人手泽、课子弟读书、科举考试等特殊时刻产生的。赵昀《题青灯课儿图》有句云:"细剔短檠谈世业,愿儿孝德继权舆。"②宋五仁《冬夜霙雨珂儿有喜课诸稚之作依韵答之》有句云:"诚恐堕家绪,岂徒希世荣。"③姜星源《春夜读伯祖见田公遗集有感》有句云:"无限升沉转眼中,问谁绳武振家风。"④这些回顾或展望性的时刻,所思所为,似乎具有一种庄严仪式的作用,使在场的家族子弟能更真切地面对自己祖宗期待的目光。这类特殊时刻很可能周期性地出现,家族子弟心中的那种复杂情感得以不断强化,最终形成烙印般的使命感。

二、"诗是吾家事":家学传承的内动力

上文提及世家是在累积的过程中形成的,在传承的过程中,有技艺的授受,也有精神的接续。家学的特色最初可能不明显,家学的历史也可能不悠长,因而对于有责任感或正在发生重要影响的家族子弟而言,有建构家学谱系的必要。建构,意味要对家族历史的清理,如何突出重点,如何弥补断裂,如何清除杂质,皆要进行策略性经营。传统既是过去的总结与选择性重构,同时又指示未来发展的路径。

建构家族文化记忆的记载,较为经典者有陆机的《文赋》中的咏世德,以及谢灵运《述祖德诗》⑤,诗文中的"咏""诵""述""陈",蕴涵荣耀和使命之感。陆、谢所歌咏,屡屡被后代文人化用,其中谢灵运《述祖德诗》则成为一种诗歌书写传统。文学上的咏诵先人之清芬,则以杜甫最为著名,论者谓杜甫诗律之细,实本于其祖杜审言。杜诗中有"诗是吾家事"(《宗武生日》)、"吾祖诗冠古"(《赠蜀僧闾丘师兄》)等诗句。"诗是吾家事"在世家文学传衍过程中,近似一种神圣的信念。如持守此信

---

① 潘光旦《明清两代嘉兴的望族》,商务印书馆1947年版,第115页。
② 赵昀《逐翁诗钞》卷二,清光绪丙子刊本。
③ 宋五仁《春萝书屋诗存》,清嘉庆世恩堂刊《奉新宋氏家集》本。
④ 姜星源《临云亭诗钞》卷一,清道光二十五年天雄姜氏采鹿堂刊《姜氏家集》本。
⑤ 萧统编《文选》,上海古籍出版社1986年版,第762、913页。

念,家族尽管有起落兴衰,然终究不失为诗书世家。"诗是吾家事",在谢灵运《述祖德诗》的背景下,成为世家文学传统表达的经典诗句。

  湘累辞赋吾家事,风雅能兼望汝曹。(《人日双桧堂社集与诸从分得高字》)①

  诗书吾家事,所愿四海宁。(《予既有八男一女昨家书至复举第二女子》)②

  汝子犹吾子,鞠育宁辞劬。……诗书吾家事,须俾仍业儒。(《哭延青三弟》)③

  诗是吾家事,何须里耳谐。(《漫兴三首》其二)④

  诗为吾家事,修辞质宜存。(《寄示从子观澜德劭古诗一篇》)⑤

  经是吾家事,残篇未敢忘。(《醉经堂》)⑥

杜甫是在写给次子宗武的生日诗中追述祖父的诗艺,是守先待后的结构;以上所举六例,从诗题和诗意来看,有四例沿用杜诗结构,这也说明每当诗中出现"诗是吾家事"之类的诗句,就极有可能表达继往开来的含意,诗句释义因而逐渐固定。"诗是吾家事"还有诸多变体⑦,如"少陵示宗武,升堂志坟典。……文选理熟精,金根改杜撰。"⑧(《庆成十龄生日作此示之》)"家风无别业,书史旧相传。"⑨(《送珏珍两儿就家塾》)"清白家声远,典型俨在前。诗书成世业,治谱有遗编。"⑩(《丁卯冬月晋卿七弟十九初度铁华三弟以诗勖之因步原韵用相劝勉共期勿坠家声》)据罗时进的研究,此类诗作可称为"家族文化意义的专题写作"⑪。"吾家事"及其变体,饱含自豪之意,又经肯定性的"是"等字词来强化,其中自有一种"志气"。

  故尝谓人家子弟不可断读书根,断读书根,则其祖宗志事血脉已绝,纵由他途富贵,与绝世者无异。惟能读书,而后能兴起其志气,志气起然后知念其祖,而兴继序之思,如此,虽贫贱,而其祖必享之,天必佑之,人必敬之。⑫

---

① 屈大均《翁山诗外》卷一〇,《续修四库全书》本,第623页。
② 顾景星《白茅堂集》卷一五,《四库全书存目丛书》本,第773页。
③ 毕沅《灵岩山人诗集》卷二七,《续修四库全书》本,第252页。
④ 陶元藻《泊鸥山房集》卷一五,《续修四库全书》本,第607页。
⑤ 袁昶《安般簃集》,《续修四库全书》本,第438页。
⑥ 韦谦恒《传经堂诗钞》卷一〇,《续修四库全书》本,第505页。
⑦ 清代常熟杨氏家族诗文中的"诒砚与传砚",也是"诗是吾家事"的一种表现。参见:张剑《清代杨沂孙家族研究》,中国社会科学出版社2010年版,第90-101页。
⑧ 姜星源《临云亭诗钞》卷三,清道光二十五年天雄姜氏采鹿堂刊《姜氏家集》本。
⑨ 程文静《辍绩闲吟》,《吴兴家粹辑存》本。
⑩ 冯誉骢《眠琴阁诗钞》,《高要冯氏清芬集》本,第90-101页。
⑪ 罗时进《家族文学研究的逻辑起点与问题视域》,《中国社会科学》,2012年第1期,第176页。
⑫ 方东树《大意尊闻》卷一,《四库未收书辑刊》本,第322页。

能承继"吾家事",唯有读书,而后能"兴起其志气",其"祖宗志事血脉"方可延续,如此才能无愧色地道"是"。

作为家族性的"吾家事",在男权社会,传承者是家族中的男性,然在传承过程中,女性发挥了重要作用。张惠言《先祖妣事略》叙其祖母白孺人有三子二女,"孺人率二女纺织以为食,而课三子读书,口授四子、《毛诗》,为之讲解,有疑义,取笔记,俟伯叔父至者就质焉。……孺人曰:自吾翁而上,五世为文儒,吾夫继之,至吾子而泽斩,吾不可以见吾翁。卒命之学"①。江西奉新宋五仁与三子(宋鸣珂、宋鸣璜、宋鸣琦)一女(宋鸣琼)皆有诗文集传世,宋氏科第亦盛,宋五仁是乾隆十六年(1751)进士,宋鸣珂是乾隆四十五年进士,宋鸣璜是乾隆举人,宋鸣琦是乾隆五十二(1787)年进士;宋鸣珂妻闵肃英有《瑶草轩诗钞》。当宋鸣珂在外任职时,课子读书之事就由闵肃英承担,其《课儿诗》述其事云:"缥缃吾家事,稽古代所同。不见华堂上,九世膺殊封。汝祖今达人,汝父文之雄。流传到尔曹,当思绍家风。……我生幸不顽,寄情笔墨中。汝父客天涯,汝学殊未充。作诗当夏楚,庶用鞭汝躬。"②诗中"缥缃吾家事"定下此诗基调,其后言及儿子、祖父及父亲,点出"绍家风"主旨。

"诗是吾家事"的信念被世家子弟持守,得以一代一代传递。黄芸生是福建建安郑善述之妻,"幼从父受书,善诗文……既归而贫,即鬻婢佐甘旨,操女红不辍。生三子,皆氏课读。后随善述令固安,荆钗布裙自若也。子方城、方坤,孙天锦,先后成进士。晚年失明,犹口授孙曹,尝有句云:'不辞严督课,家世是儒冠'"③。黄氏的"家世是儒冠"作为一种精神力量,贯彻于她的课子甚至课孙读书过程中;而且这种力量经其孙女郑翰莼(字秋甗,郑方城女)的承接,经由联姻的途径,融合到另外一个家族,"吾家事"因融合得以发扬光大。郑翰莼著有《带草居诗集》《画荻编》,适林其茂(培根),早寡,"自课其二子,皆有令名称于世,即樾亭、香海二先生也"。

> 培根先生令山阴,不名一钱。去官后,家计萧条,但剩残书两簏而已,而太安人处之恬如。《暮春感怀》云:"儿有残书勘课读,家无长物不知贫。"又《送春绝句》云:"残春委地恨无涯,狼藉谁怜旧绮霞。不忍看他零落尽,为伊细细护根芽。"④

"残书勘课读"一联,有安贫固守之意;"不忍""为伊"一联,则可见护持乃发自内心。家学的传承与衍生,女性的培育之功,于此可见。或许是性别所造成的社会角色局限,但女性对读书与功利性的科举之间的关系,时有通达的见解。李含章为叶佩荪继妻,其《桂、菜两儿春闱下第诗以慰之》有句云:"当年蓬矢桑弧意,岂为科

---

① 张惠言《茗柯文二编》卷下,《续修四库全书》本,第537页。
② 闵肃英《瑶草轩诗钞》卷一,《国朝闺阁诗钞第六册》,《续修四库全书》本,第562 - 563页。
③ 梁章钜《闽川闺秀诗话续编》卷四,王英志《清代闺秀诗话丛刊》,凤凰出版社2010年版,第322页。
④ 施淑仪《清代闺阁诗人征略》卷三,张晖点校《施淑仪集》,人民文学出版社2011年版,第150页。

名始读书。"①季兰韵《示全儿》诗中有句云:"读书岂必科名想,处世须知义命安。"②母亲的固守与宽容,在激烈竞争的科举考试时代,为诗书安家并最终使诗书成为"吾家事"营造了庇护的空间。

三、文学女性与内动力的传递

潘光旦《明清两代嘉兴的望族》特别留意"人才"问题,作为人才渊薮的嘉兴,为其深入探究提供了丰富的文献资源。他的研究并不停留在呈现层面,而是重在探究人才形成的机制。嘉兴人文兴盛的原因,婚姻的类聚之功也是重要的解释依据。

> 婚姻能讲类聚之理,能严选择之法,望族的形成,以至于望族的血缘网的形成,便是极自然的结果。……这种类聚与选择的手续越持久,即所历的世代越多,则优良品性的增加,集中,累积,从淡薄变作醇厚,从驳杂变作纯一,从参差不齐的状态进到比较标准化的状态,从纷乱、冲突、矛盾的局面进到调整、和谐的局面——也就越进一步,而一个氏族出生人才的能力与夫成为一乡一国之望的机会也就越不可限量。③

文学世家的产生,是一种精心培育的过程。上文提及的"优良品性的增加,集中,累积",是将婚姻作为一种文化机制经营的呈现。选择姻亲,是文化机制运作的起始。

> 昏鲁之人,虽由父不读书,亦有禀母性者。后世结姻,虽不可贪图富贵,然须择诗礼名家。若能并相其女,果秀惠清淑,则善矣。④
>
> 儿女定亲,不可高攀门户。为女择婿,人家自然要好些。儿子定妇,只要杭城旧家有闺教者为妙,家业差些不妨。⑤

以上两则引文,皆出自家训,后者出自钱塘振绮堂汪氏宗谱中所录汪《十村公遗训》。权威性的家训对"富贵""家业"与"诗礼名家""旧家有闺教者"做出轻重区分,为联姻指出方向;对这种区分的强调,表明婚姻中有文化的传递、交流与融合,这在上节中所引述的黄芸生、郑翰莼的婚姻中已有体现。秀水钱氏(原籍海盐)为清代知名的文学世家,延续世代多,文士闺秀亦引人注目,如钱纶光、钱陈群、钱福胙、钱仪吉、钱泰吉、钱载等即为这一家族的杰出者。家族文化影响的形成有多种因素作用,单就联姻而言,钱氏家族接纳了多名世家女性,如钱纶光娶陈书,钱纶光子钱陈群娶俞长策女,钱陈群子钱汝丰娶李宗袁女李心蕙,钱仪吉娶陈尔士等,这些女性对钱氏

---

① 李含章《蘩香诗草》,织云楼诗合刻钞本。
② 季兰韵《楚畹阁集》卷一〇,南京图书馆藏稿本《虞山屈氏丛书》。
③ 潘光旦《明清两代嘉兴的望族》,商务印书馆1947年版,第129页。
④ 张习孔《家训》卷一八,张潮《檀几丛书》,清霞举堂刊本。
⑤ 汪曾立纂修《汪氏小宗谱》卷四,清光绪六年刻本。

这一诗书之家颇有建设之功。

陈书(晚号南楼老人),有《绣馀闲课》和《复庵吟稿》,善花鸟、草虫,笔力老健,风神简古。南楼老人年寿七十七,她对钱氏后人的影响跨越数代,其子钱界、从子钱元、从孙钱载、族孙钱维城等皆从其受画法。又"钱餐霞女史斐仲,秀水人,箨石宗伯之后,恬斋方伯之女,适德清戚曼亭明经士元。明经工书法,女史能诗文兼习倚声,刻有《雨花盦诗馀》一卷……作花卉超逸有致,论者谓有南楼老人之遗风也"①。钱斐仲虽无缘亲承南楼老人音旨,然典型已立,可供观摩;亦可得家族长辈指点,故"遗风"犹能存留。以上单就绘画而言,而其课子的事迹,略见于《夜纺授经图》,此图经乾隆帝和诸名家的题咏,在清代广为士人所知。当钱纶光辞家随侍在外宦游的父亲钱瑞徵,将诸子学业托付陈书。其时钱陈群方十岁,陈书授读《春秋》;钱峰八岁,授读《孟子》;钱界五岁,以小学开蒙。陈书"手录朱子读书法,榜于座隅,置字学诸书于纺车侧,曰:'是吾师也。'"②

陈尔士在治家教子方面的才干识见,是在一偶然机会得以集中显现的。钱仪吉嘉庆十三年(1808)中进士,次年按例任户部主事,迎养母亲戚氏于京师,陈尔士随侍入都。嘉庆二十二年(1817)八月至次年七月,钱仪吉遭母丧奉柩南归安葬期间,陈尔士独居邸第,治家课子,留下家书二十八通。③ 现摘录陈尔士致钱仪吉书札片段,以见其持家的能力:

> (丁丑九月十三日)《金石萃编》前月二十九已送回。士(陈尔士——笔者按)珠花已销去,价纹银六十两。如自鸣钟亦能销去,大兄去借会之项可无庸寄京矣。……英惟《左传》甚生,《易》《书》《诗》《周官》《仪礼》《礼记》上半部、《尔雅》、四书尚不算生。每日将《左传》熟理二十叶或四五十叶不等,士虽不知古文,看渠脉络尚清楚,请吾亭批改,甚精细清澈。今将批改原本呈上,知渠不敢废学也。
>
> (十一月初十日)阿英近日读书颇肯用心。士出门或有事,即令作传或论。前日作《管仲传》,笔颇跳脱,看《国策》之功也。仍请潘年伯批改,为渠达所不能达,贯通脉络,讲求体制,阿英受益不浅。主人当札谢,勿迟也。明岁所谓盲年,拟于腊月为荷儿开蒙,且读《千字文》。
>
> (戊寅五月初十日)儿女每黄昏请哥哥教《尔雅》中字五十。英借此可以熟《尔雅》,两有益之事。④

以上三札,除第一札有卖首饰以济家用的记载外,其他皆为教子女读书方面的

---

① 张鸣珂《寒松阁谈艺琐录》卷六,《续修四库全书》本,第383页。
② 钱仪吉《文端公年谱》,北京图书馆藏珍本年谱丛刊本,第165页。
③ 唐新梅的博士学位论文《清代女性文章研究》(南京大学,2010年)第三章《内闱的焦虑:陈尔士家书与嘉庆末年士族家政》对闺秀陈书、陈尔士的贡献有全面深入的研究。
④ 陈尔士《听松楼遗稿》,胡晓明、彭国忠《江南女性别集初编(上册)》,黄山书社2008年版,第609页。

内容,其中可留意者有五:其一,诸子女读书内容依年龄长幼,作有序安排;其二,读、理、温、写,请人批改,亦有章法,似可见元代程端礼《读书分年日程》的影响;其三,陈尔士能作文章,故对儿子文章能进行评判,然谦称"不知古文",请知者评阅;其四,让兄教妹学《尔雅》,促成"两有益之事";其五,陈尔士教子女所读之书,起点不同一般,在童蒙教法中当属"书香世家",而不是"崛起"与"俗学"。"世家所教,儿童入学,识字由《说文》入手,长而读书为文,不拘泥八股试帖,所习者多经史百家之学,童而习之,长而博通,所谓不在高头讲章中求生活。崛起则学无渊源,俗学则钻研时艺。"①陈书的教子读书,似以朱子读书法为指导,可见钱氏家族两代女性皆以超越"俗学"与举业的"古学""正学"培育家族子弟,钱氏家族能成为有名的诗书之家,与子弟读书的坚实起点和远大眼光有关。陈书、陈尔士的课子读书法,或承袭钱家固有计划,或从各自家庭带来,或是依循当时诗书之家通用的读书之法,在这些可能的路径中,两位母亲均是认真的执行者,在课读过程中,融入了她们的才学与心血。似无必要也无从考证子弟成才得益于母教多还是得益于父教多,但陈书、陈尔士教子的成功事迹的显现,是钱纶光与钱仪吉的辞家外出,无意中给她们留下有所作为的空间。

清代女性中的较高层次,即有著作的文学女性,据胡文楷《历代妇女著作考》统计,清代女作家有3660余人;张宏生等在此基础上增补清代女性247人,共计超过3900人;其他无著作记录或著作传世的文学女性,数量应不是少数。作为一个群体,这些女性通过子女的教育促进家学的传承与融合。② 同时也要注意到,清代可考的文学女性数量远非前代所能比,她们的文学才华并没有充分的展示空间,甚至在她们年幼时,就受到强大惯习的抑制。

(丁履恒女丁瑛辉)幼聪慧,母庄氏博通史传,瑛辉泥母求学,母不之许,戒之曰女子通文艺非福也。乃潜诣塾,旁听诸兄读,间从问字,学为诗,甚婉约。适自徵后,见吴家俭素,恐以文字妨妇功,辍弗讲,偶触发,饶有姿韵。③

安芳(毛媞,毛先舒女——笔者注)十余岁,即从父稚黄先生问诗。先生麾之曰:"此非汝事。"退则窃取古人诗集观之,遂有所得。④

哈布瓦赫在论及家庭记忆时指出,新成立的家庭如果夫妻双方持守不同的家庭记忆,肯定会有冲突出现,这时必须对原有传统有暂时性的隔断或遗忘,时间稍长,彼此默契后,"当双方关注的事情变得相互交织、难分彼此的时候,为了建构只属于各自的记忆,他们就会为以前的记忆找个位置"⑤。在中国传统社会中,女性在婚姻

---

① 刘成禺《世载堂杂忆》,中华书局1960年版,第3页。
② 清代文学世家的联姻情况,可参见徐雁平《清代文学世家姻亲谱系》,凤凰出版社2010年版,第76页。
③ 张惟骧《清代毗陵名人小传稿》,清代传记丛刊本,第366页。
④ 施淑仪《清代闺阁诗人征略》,张晖点校《施淑仪集》,人民文学出版社2011年版,第103页。
⑤ 哈布瓦赫《论集体记忆》,上海人民出版社2002年版,第130—133页。

中多是弱势一方,她们进入夫家,较长一段时间生活在隐忍状态中,因为在心智未完全定型的年龄告别父母进入陌生环境,她们似处于孤立无助的状态;但经过与夫家数年的磨合,她们的地位逐渐确立,特别是当她们为人母时,被搁置的家族记忆重新被唤醒,譬如鲍之芬《夜课元儿》诗中有"书窗刀尺伴更深,仿佛当年侍母情"①之句,就是青灯课读图的重现。当她们的儿女初解诗文时,她们被抑制的文学才华方有渐渐释放的机会,儿女成为母亲最忠实的受众。

儿女是母亲的希望,他们可以弘扬母亲未能施展的文学才艺。熊秉真指出明清社会的书香家庭中,母亲常常承担抚养和教育孩子的双重职责,尤其是在孩子幼年时,母亲特别留意选用切合的学习形式、仔细选择课程内容和指导方法。母亲望子女成龙成凤的心情较父亲迫切,因为在传统的等级社会中,由于性别差异,母亲无法依靠自己的力量获得公众的认可,她追求成功的心愿,只能通过男性来实现,而儿子无疑是助其显扬的最佳人选。②

四、家学传承内动力的培育

世家的形成,要数十年甚至上百年的时间。作为家族信念的"诗是吾家事"如何变成绵延不断的事实,需要家族的精心培育。"拥山水之胜,课子弟读书"③(《金茎楼记》),大致就是传统中国社会的理想生活图景,而"课子弟读书"正是培育书香世家的一种重要方式,它实际上就是"耕读传家"的一种表现。正是有这样一种理想生活图景的存在,农耕社会的文化传承获得强大的内在动力,在清代,即使在稍偏远的地区,也有以"耕读传家"而兴起的文学世家、学术世家。

> 吾家世耕读,淡泊贻清芬。④
> 家传耕读本良谋,万卷千箱力可求。⑤
> 人生有本务,耕读乃权舆。百亩生涯足,一经乐事馀。固穷宁去食,守死莫抛书。⑥
> 我家田间来,世唯耕读敦。邻里久相习,谓是礼度门。⑦

"耕读传家",从中可见士人的自得与自律。桐城张氏是清代的科举望族,张英称:"吾家累叶以来,兢兢惟耕读是务。"⑧在《恒产琐言》中,张英告诫子弟耕读及乡

---

① 鲍之芬《三秀斋诗钞》,清光绪八年《京江鲍氏三女史诗钞合刻》本。
② H. Ping-chen. Constructed Emotions: The Bond between Mothers and Sons in Late Imperial China. Late ImperialChina,1994(1):97.
③ 钱澄之《田间文集》卷一〇,《续修四库全书》本,第119页。
④ 翁方纲《复初斋诗集》卷二五,《续修四库全书》本,第584页。
⑤ 汪文柏《柯庭馀习》卷七,《四库未收书辑刊》本,第76卷。
⑥ 边中宝《竹岩诗草》上卷,《四库未收书辑刊》本,第673页。
⑦ 吴锡麒《有正味斋诗集续集》卷八,《续修四库全书》本,第597页。
⑧ 张英《文端集》卷四三,《景印文渊阁四库全书》本,第698页。

居之理：

> 富贵两字，暂时之荣宠耳，所恃以长子孙者，毕竟是耕读两字。子弟有二三千金之产，方能城居。何则？二三千金之产，丰年有百馀金之入……且耕且读，延师训子，亦甚简静，橐无馀蓄，何致为盗贼所窥？吾家湖上翁子弟甚得此趣，其所贻不厚，其所度日，皆较之城中数千金之产者更为丰腴。且山水间优游俯仰，复有自得之乐，而无窘迫之忧，人苦不深察耳。①

张英之意，是以耕读为本，在乡过简静生活，并视日后之发展，"乡城耕读，相为循环"。循环之中，乡居耕读仍为家族生发之立足点。课子读书，在清代已成为士人日常生活的赏心乐事，并且世代持守。陈倬《清河六先生诗选序》："平湖张氏世传科甲，诗人代出，自敦坡、香谷两先生一传而至耜洲、熙河，再传而至听泉、秋樵，合为六先生，皆以昆季驰誉坛坫。"张氏三代诗人之间的联系，在张世昌与其子张诰写课读的诗作中能找到一个脉络：

> 从知诗境本艰辛，说与儿曹要渐臻。先把四声调齿舌，续将七字会精神。风骚体贵随时辨，儒雅师宜著急亲。……②（张世昌《初课诰儿诫儿学韵语赋此示之》）

> 楸枰横几未收棋，日落西山客去时。一盏青灯一壶酒，听儿夜读杜陵诗。③（张诰《冬夜两儿读杜诗》）

课子学诗，注重"渐臻""调齿舌"、贵"风""骚"、读杜诗，皆是守家法的表现，同时也有涵泳的从容之气。这种读书的从容之气，正是书香世家的特质。从容之气还体现在家族日常性的文学活动之中。洪亮吉《陈氏联珠集序》云："陈君家九华之麓，其一门之诗，类皆清远卓荦，幽回绵渺，盖实得于山水之助者。"④集中共录十三人，人皆有集。陈氏家族诗人得山水之助外，亦得益于彼此间的交流切磋。交流集会的中心在浐园，检该集中涉及唱和的诗作，摘选诗句，排列如下：

> 陈秉烈《浐园夜雨喜豹章兄及诸弟侄至》："伯仲群见过，衣裾笑泥泞。篝灯各劈笺，抽毫发奇兴。谓我将远行，赋诗递投赠。"（卷五）

> 陈秉烈《中秋夜饮浐园》："玉宇秋将半，空庭月色多。一轮供玩赏，五字费吟哦。花萼楼台宴，埙篪伯仲歌。"（卷五）

> 陈域《浐园夜坐》："疏篱香晚菊初黄，又为吟诗到草堂。地只一花秋渐老，天当九月夜增长。"（卷六）

> 陈坚《浐园赏月》："浐园开夜宴，邀我赏清晖。室小宾常满，墙低月早

---

① 张英《文端集》卷四四，《景印文渊阁四库全书》本，第712—713页。
② 张世昌《敦坡诗钞》卷一，同治八年平湖张氏刊《清河六先生诗选》本。
③ 张诰《耜洲诗钞》卷二，同治八年平湖张氏刊《清河六先生诗选》本。
④ 王肇奎编《陈氏联珠集》卷首，华南书屋藏板。

归。"(卷七)

陈壤《题涔园》:"地势仅一掌,五尺墙及肩。三椽檐碍颡,所幸造化公。景物资清赏,风逐琴弦生……不闻车马响,倚枕北窗下。"(卷八)

陈坡《雨集涔园夜话》:"半载他乡忆竹林,今宵同话别离心。雨中一榻疏灯冷,门外三更落叶深……"(卷九)

陈靖《雨集涔园夜话》:"清夜集涔园,窗外潇潇雨。分题击钵吟,论古联床语。少长兰亭贤,风雅竹林侣。兴酣忘夜深,既霁月在户。"(卷十)

陈坰《中秋夜饮涔园》:"酒为合欢争把盏,诗因分韵各拈阄。"①

涔园集会,是陈氏家族的日常文学活动。中秋赏月,应是固定的活动;"雨集涔园"也是常有之事,还有为外出成员饯行的集会。邀约响应、篝灯辟笺、风声雨声、灯影花香、吟哦玩赏,上列诗句展现了陈氏族人笔下的"合欢"与"分韵",写出雅集之时节天气、唱和之方式,花香书香酒香之交融,以及众人的兴致。家族性雅集的氛围,藉众人之笔得以重现。

文学女性在家学的最初的培育中,贡献颇多。以下举例论说。季兰韵为季锦孙女,适屈颂满,有《楚畹阁集》。卷四《课全儿》有句云:"灯前调取雏莺舌,教把新诗学母吟。"《全儿上学》有句云:"才赋寒窗课字诗,旋看束发受书时。聪明怡喜儿如父,爱惜翻劳祖作师。"卷五《春日课小姑》有句云:"稚小直看姑似女,聪明漫认我为师。七篇《女诫》凭抄授,一卷《周南》待教知。"卷十有《延砺之弟课全儿》有句云:"苦心托贤弟,努力勉孤儿。愿得甥如舅,何须母作师。"②嘉庆二十一年(1816),屈颂满卒,年二十五,教育"全儿"之责除由季兰韵承担外,屈颂满父屈万钧亦参与,故有"祖作师"之说;"全儿"成童后,季兰韵延请其弟教读,因而有"愿得甥如舅"之句。此外,季兰韵还教小姑读书。以"全儿"为中心,可见在父亲"缺席"的情况下,有来自母亲、舅、祖父的扶持之力;③而以季兰韵为视角,则可见家学的多方向扩展。以季兰韵为个案,可以推测在清代文学世家姻亲的网络中,存在纵横交织的家学扩展流播网络,每一家族的文学或学术很可能有自己独特的个性,但如同"全儿"一样,在这个交织的网络中,他同时接受多方面的熏陶与影响。

在家学的培育与传递的过程中,家族成员中教师的年寿关系到家学的延续。譬如在德清俞氏家族中,俞樾的光辉,在其子病废后,照耀到孙俞陛云以及曾孙俞平伯身上;上文所举"全儿"在其父亲卒后,得其祖父屈万钧的教诲。在年寿这一视野中,女性未受重视。在各种工具书中,文学女性的生卒年大多不可靠,这对于考察她们培育家学的时间而言,多有含混之嫌。同男性一样,年寿长的文学女性在文学世家

---

① 王肇奎编《陈氏联珠集》卷五—卷一〇,华南书屋藏板。
② 季兰韵《楚畹阁集》卷四、卷五、卷十,南京图书馆藏《虞山屈氏丛书》稿本。
③ 关于"舅甥关系"对江南家族文学的影响,可参读:罗时进《清代江南文学发展中的"舅权"影响》,《江海学刊》,2011年第5期。

中发挥很重要的作用,她们的教导常常泽及孙辈。桐城姚氏,马方思妻,有《凝晖斋集存》,其中有《夜课两孙书此示之》:"老眼模糊共一灯,蝇头细字认难真……青春不再休嬉戏,勿负深宵诲尔谆。"①戴若瑛,钱塘戴廷熺女,杨淳之室,承其家学,有《凝香阁诗集》。戴氏中年丧子,"持家抚孤,备尝辛苦。历五十年,亲见诸孙成立,而以节寿。终年八十有五"②。世家一般要延续三代,在某些文学世家的艰难时刻,长寿的文学女性成为有力的支撑,还有可能以这些女性为中心,形成家族性文学社群。

五、结论

清代文学世家的形成与传衍,有其内在的信念与动力,其源头在"继其统,守其业,传之无穷"(《史记·范雎蔡泽列传》)。就家族子弟而言,对家学传统常存敬畏、自豪与责任感,时时感受到祖宗的力量与目光,"诗是吾家事"是他们心态的真实写照、心志的肯定性表露。在惯常的叙述中,"吾家事"的承担者,似乎主要是男性,本文着重强调在"父亲缺席"的情况下,文学女性对家族信念的护持对家学发展内动力的培育,其贡献颇大。她们的婚姻,以及她们的文学才华的被压抑与释放,都与家学的传播、融合与生新密切相关。与"诗是吾家事"相关联的一个理念是"耕读传家",实质上是传统中国的理想生活图景,其中"课子(女)读书"无疑是赏心乐事。在科举社会,"耕读传家"当然不能脱离科举考试的引导,但"岂为科名始读书",正是这种理念的浸润,以及日常的诗礼实践,文学世家才具有一种从容不迫的文化品位。

---

① 姚氏《凝晖斋集存》,清道光十六年可久处斋自刻《桐城马氏诗钞》本。
② 施淑仪《清代闺阁诗人征略》卷五,张晖点校《施淑仪集》,人民文学出版社2011年版,第228页。

论清代常熟屈氏家族女性的文学活动与传播

梅新林　娄欣星

"家族"是中国传统社会的基本单位,是以血缘和婚姻关系联结而成的群体,在政治、经济、文化中的地位可谓举足轻重。在历代传承的过程中,不同的家族背景,衍生出不同的家族文学和文化特征,成为中国社会独特的文化现象。而家族女性文学的兴起和发展又是这一独特文化现象中的重要一部分。"闺秀能文,终竟出于大家"①,家族女性文人群体的出现是清代女性文学发展的重要特征。常熟屈氏家族女性群体并不局限于家族内部吟咏,更在家族外建立起了广泛的文学交际网络,这一交游关系的形成不仅为家族女性提供了独特的创作环境,而且成为其家族女性文学传播的重要渠道。可以说,常熟屈氏家族女性的文学活动与传播是清代乃至整个古代女性文学发展的典范。

一、常熟屈氏家族世系与女性文人群体

屈氏之先出自高阳,"高阳之子曰称,称生老童,老童生重及吴回,相继为帝喾火正。涓燿惇大,天明地德,故命之曰祝融。吴回生陆终,陆终生子六人,六曰季连,为芈姓,史伯所谓祝融之后已。……通苗裔,鬻熊为周师。成王封鬻熊之曾孙熊绎于楚,亦曰荆子。历十一世而熊通立是为楚武王。武王庶子瑕食邑于屈,号屈侯,始以邑为氏"。之后,屈氏八迁——"初一关中,次二成皋,次三汝南,次四徙河,次五临海,次六祁阳,次七汴,次八常熟。"②常熟屈氏始迁始祖为宋忠训郎信州副都监屈公,讳裳蔌,字崇益,故汴之封邱人。"喜文史,达机宜,任事慷慨。推以功名自期许,遭时丧乱,郁郁不得志,遂移疾去官,课游吴门。……后数年,公慕虞山之胜,始卜居焉。"③自此之后,屈氏子孙于常熟繁衍定居,即成常熟屈氏。

屈氏"自春秋而下,闻人代兴。春秋战国时,有若完、若重、若到、若建、若宜立功立事,三闾大夫文章志行垂范千秋,吴有晃元,魏有遵恒,唐有隐之,宋有坚壮、节奇,

---

* 作者梅新林,浙江工业大学人文学院教授、博士生导师;娄欣星,台州学院人文学院讲师。
① 袁枚《随园诗话》,人民文学出版社1982年版,第47页。
② 屈轶等《临海屈氏世谱》卷一九,清光绪九年刻本。
③ 屈轶等《临海屈氏世谱》卷四,清光绪九年刻本。

勋炳史册。自明以来,明德科贡,代有其人"①。发展到有清一代,常熟屈氏家族兴业,子孙繁衍,为官为学,代不乏人。其中,以屈氏十世屈曾发祖孙四代最具文学气息,除了拥有众多男性文人之外,还出现了以屈秉筠、季兰韵为代表,包括屈静堃、钱珍、叶婉仪、屈凝、屈敏在内的七人组成的家族女性文人群体,形成了一门风雅、群体唱和的新局面。

屈秉筠(1767—1810),字宛仙,屈氏十一世屈洪基女,赵子梁室,著有《韫玉楼集》。现存诗一百四十首,词十五首,文三篇。"词翰靡所不能,最工白描花鸟,毫柔挽劲,神致超逸,于李因、陈书外,别出一奇。顾所专志笃好者尤在诗,于唐宋诸名家,尤瓣香义山。"②钱珍(1770—1789),字温如,长洲人,屈保钧妻,著有《小玉兰遗稿》。现存诗五首。叶婉仪(1764—1815),屈保钧继妻,长洲人,涵斋明经女。与姑屈秉筠"常合写兰菊小帧,人称闺中胜友"③。屈静堃,生卒不详,屈氏十一世屈德基女,俞照妻,著有《留余书屋诗文集》,现已散佚。季兰韵(1793—1850),字湘娟,常熟人,屈氏十三世屈颂满妻,著有《楚畹阁集》。现存诗五百五十六首,词二十四首,文二十篇。诗词外亦博涉经史书画。屈凝,生卒不详,字茝湘,叶婉仪女,举人杨希镛妻,精琴理,并娴楷法,著有《心闲馆小草》。现存诗二十一首。屈敏(?—1816),字梦蟾,诸生陶尚贤妻,著有《松风阁小草》。现存诗八首。与姊茝湘有"屈氏二妙"之誉。

屈氏家族女性文人群体的出现,与屈氏家族的文化特征以及家学传承有着必然的联系。与前代相比,清代女性文人表现出的家庭化、群体化特征,既反映了当时女性文学发展的独特性,同时也表明家族的文化根基对家族女性成长的深层浸润与重要影响。包括血缘关系和姻亲关系在内的家庭生活是女性最为主要的生存空间。"门承笃学,家有传书。柳絮庭前,早得联吟之姊;椒花堂上,又添作颂之妻。"④家族性的文化特征,渗透于屈氏家族女性成长的每个过程。屈秉筠祖父屈曾发(1715—1780),乾隆三年(1738)举人,历任贵州毕节县(今毕节市)知县、广东肇庆府通判、户部四川司主事。著有《九数通考》。屈秉筠自幼于这样的文化家族中成长,继承家学传统,"毕节君授以经史,略皆上口,即工小诗,世所传《柳枝词》十五章,盖髫岁时所作也",长益工诗。在嫁入夫家后,"归于廿年,中馈之余,不费研削"⑤,闲暇之余,屈秉筠仍继续从事文学创作。屈颂满妻季兰韵亦出身文学世家,祖父季学锦,曾任翰林院检讨、河东盐运使、按察使衔分巡台湾兵备道等职,并参与《四库全书》的修纂。季兰韵十六岁时,随为官父亲前往楚北,途中始向父亲学诗,继承家学传统,走上了文学创作之路。季兰韵随父游历,不仅有机会游览诸多名山大川,而且还可以接触

---

① 屈轶等《临海屈氏世谱》卷一六,清光绪九年刻本。
② 孙原湘《天真阁集》,《清代诗文集汇编》,上海古籍出版社2009年版,第515页。
③ 萧虹《中国妇女传记辞典·清代卷》,悉尼大学出版社2010年版,第195页。
④ 蔡殿齐《国朝闺阁诗钞·叙》,《续修四库全书》,上海古籍出版社2002版,第427页。
⑤ 屈秉筠《韫玉楼集》卷首《屈秉筠传》,清嘉庆十六年刻本。

到诸多真实的社会弊端和百姓的艰苦生活。这些独特的生活经历促使季兰韵写出了诸多满怀深情,具有远见卓识的诗词作品。

冼玉清在《广东女子艺文考·自序》中谈到女子成才的原因时说:"其一名父之女,少禀庭训,有父兄为之提倡,则成就自易;其二才士之妻,闺房倡和,有夫婿为之点缀,则声气易通;其三令子之母,侪辈所尊,有后嗣为之表扬,则流誉自广。"①将女子成才的原因归结为父兄、丈夫以及子女等家庭内部人员的帮助。良好的家庭教育、优越的学习环境,以及聪颖的天赋,成为培养闺阁才媛的最佳温床。家学所衍,风雅所萃,渊源所自,在这些条件的相互作用之下,屈氏女性在精神与识见上获得充分启发和开拓之外,无形之中也提升了对自我人生的期待,对自我理想的追求,并且将这些期待与理想融入文学创作中,赋予了文学作品更加丰富的内涵,这也正是清代女性作家多来自书香世家的主要原因。②

二、常熟屈氏家族女性文学交游活动

屈氏家族女性的文学交游活动可谓异常活跃。夫妻之间、亲友之间频繁的唱和互动是家族女性文学创作生活的重要组成部分,而在此基础上拓展的与家族外友人的交游酬赠,则在一定程度上反映了屈氏家族女性独特的文学交流网络。由闺内走向闺外的文学交游活动,使她们逐渐意识到表达真实内心情感和实现自我价值的重要性。

(一)家族内部唱和

家族性的吟咏,在清代士大夫家庭中颇为流行,而在世家大族中尤为兴盛。夫妻、母女、姑嫂、妯娌之间于闲暇之余分韵赋诗,一门联吟,成为常见之事。常熟屈氏家族内部唱和以三对文学夫妻为中心而向其他家族成员扩展,有效地促进了家族文学的兴盛和繁荣。

常熟屈氏家族的三对文学夫妻分别是:屈保钧与叶婉仪、赵子梁与屈秉筠、屈颂满与季兰韵。屈保钧(1769—1826),字贻石、竹田,屈洪基次子,曾任广东肇庆府通判。精鉴赏,深识画理,擅写墨竹。叶婉仪(1764—1815),屈保钧继妻,"画学得自家传,能以逸笔写生,脱去脂粉,神似名画家陈道复与清代恽寿平两家。女红之暇,作画不辍"③。两人在诗画领域多有唱和酬赠。赵子梁与屈秉筠夫妇,"人比之明诚之与清照"④。屈秉筠《韫玉楼集》中收录了多首与丈夫的唱和之作,如《月夜和子梁》《冬夕子梁得诗四句属余续成》《灯花联句再叠前韵》《寒夜联句四叠前韵》等,即在日常生活之余,常针对某一事物或某一情景互相交流感受,在切磋诗艺的同时也增加了婚姻生活的乐趣。屈颂满(1792—1816),字子谦,号宙甫,屈保钧与叶婉仪之

---

① 胡文楷《历代妇女著作考》,上海古籍出版社1985年版,第951－952页。
② 钟慧玲《清代女诗人研究》,里仁书局2000年版,第101页。
③ 萧虹《中国妇女传记辞典·清代卷》,悉尼大学出版社2010年版。
④ 屈秉筠《韫玉楼集》卷首《屈秉筠传》,清嘉庆十六年刻本。

子,工诗擅画。与季兰韵成婚后,"射雀而堂上屏开,乘鸾而房中乐奏"①的夫妻生活令人称羡。嘉庆二十年(1815),季兰韵归宁之时,二人笺问往来不绝。屈颂满有"攲枕不成寐,浩浩风声起"(《见怀诗》),季兰韵亦有"慢慢夜何长,辗转不成寐"②(季兰韵《子谦寄见怀诗奉答数语》);"我对月思君,月照君怀我"③(季兰韵《对月口占寄外时余归宁》)等句对吟,真切表达了彼此间的相思之苦。二人"清筸疏帘罢弈棊,暑窗分韵友兼师""寒宵常与坐深更,伴读围炉茗自烹"的婚姻生活仅维持短短一年多,嘉庆二十一年(1816)屈颂满即因病去世。季兰韵将屈颂满留下的作品整理成册,称为《墨花仙馆遗稿》,并请邑中文人为之题咏。以上三对文学夫妻的诗词唱和、书画题赠之作,不仅是夫妻之间情感与艺术共鸣的产物,更是二人精神契合的最佳写照。

屈秉筠《韫玉楼集》亦收录了十余首与外姑母茗香,姑若冰,姊屈婉清,弟妇钱温如、叶茗芳的唱和之作。屈秉筠与姊屈婉清虽分隔两地,但仍通过诗歌往来保持联系,"今日梦魂劳两地,往来还喜有诗筒。"④(《寄怀婉清姊》)"寸心记得丁宁语,尺素书来子细看。"⑤(《寄婉清姊》)屈秉筠与温如多以联句的形式唱和,如《纪游联句》:"吾谷枫如锦,清游晚更宜。(宛仙)云开孤雁影,山带夕阳时。(温如)入坐通身画,归舟满棹诗。(宛仙)深闺刀尺者,此景未曾知。(温如)"⑥记载了二人难得的傍晚出游经历。

季兰韵《楚畹阁集》收录了七十余首与伯姒墨香,妹宜兰、珧书等人的唱和之作。与墨香之作多侧重表达二人契合的姊妹情缘,"闺中难得金兰契,愿结同心过此生。"⑦(《喜墨香至》)"十载倾心妆台前,同归湘水有深缘。"⑧(《寿墨香四十》)句句发自肺腑,情真意切。与宜兰则多梦寐相思之语,感叹"梦寐不忘君,常在君之侧"(《十二月望日寄书宜兰妹》),"几度梦会欣得见,五回书枉说相思"⑨(《得宜兰妹书知余所寄八函浮沈者五感成二律》),表达了对宜兰妹的无限思念之情。

屈氏闺阁双丁屈凝、屈敏,幼擅清才,二人"齐心友爱,比萼联跗,竟体芬芳,如兰亚蕙红"⑩,多诗词琴曲唱和,展现了两人"姐妹花间姐妹禽,花开并艳鸟同心"⑪(屈凝《暮春杂咏》)的深厚情谊。此外,二人亦分别有与母、兄、嫂的唱和作品,如屈凝《母氏忆画梅题句命和》《题子谦大兄仿倪高士画》《赠嫂季湘娟即题楚畹阁诗后》,

---

① 王秀琴编集,胡文楷选订《历代名媛文苑简编》,商务印书馆1947年版,第130页。
② 季兰韵《楚畹阁集》卷二,清道光二十七年刻本。
③ 季兰韵《楚畹阁集》卷二,清道光二十七年刻本。
④ 屈秉筠《韫玉楼集》卷一,清嘉庆十六年刻本。
⑤ 屈秉筠《韫玉楼集》卷二,清嘉庆十六年刻本。
⑥ 屈秉筠《韫玉楼集》卷一,清嘉庆十六年刻本。
⑦ 季兰韵《楚畹阁集》卷四,清道光二十七年刻本。
⑧ 季兰韵《楚畹阁集》卷五,清道光二十七年刻本。
⑨ 季兰韵《楚畹阁集》卷五,清道光二十七年刻本。
⑩ 屈凝《心闲馆小草》卷首《心闲馆小草原序》,清道光十年刻本。
⑪ 屈凝《心闲馆小草》,清道光十年刻本,第2页。

屈敏《题子谦兄画菊影小幅》等,赞兄嫂"阿兄才地自翩翩,嘉耦兼资内助贤。从此鸥波传韵事,本来湘水有深缘"①(《赠嫂季湘娟即题楚畹阁诗后》)。季兰韵亦有《茝湘姑索题墨梅画扇》等诗与之酬唱。

对真挚感情抒发的强调,是清代才媛诗歌创作的基本原则。② 屈氏家族中的女性文人也奉行这一基本原则,将对家人的真情实意融入文学创作之中。亲人之间深厚的情感和对生活的感受于诗词作品中展露无遗,表现出屈氏女性缘于性情而自然天成的诗歌风格。

(二) 家族外部交游

在相近趣味爱好以及共通情感体验的促使下,越来越多的女性文人乐于通过诗词唱和,表达自身真实的情感历程和生命体验,而不再只是依靠男性的指导来认识和表述女性自身。对女性友人的怀恋是明清女性创作的一个亮点,也是屈氏家族女性群体创作的一个重要内容。

屈秉筠曾多次组织和参加了女性文人的聚会活动,曾招集十二位女史宴于韫玉楼,谋作雅集图,"爰选古名姬,按月为花史,……分隶既定,作十二阄,各拈得之。自正月至十二月,为谢彩霞、屈宛仙、言彩凤、鲍遵古、屈宛清、叶茗芳、李餐花、归佩珊、赵若冰、蒋蜀馨、陶菱卿、席佩兰。长幼间出,不以齿也。爰命画工以古之装写令之貌,号《蕊宫花史图》"③,以传久远。被邀请的诸位女史皆为屈秉筠闺中密友,《韫玉楼集》中亦收录了十余首与她们的唱和之作,如《画兰赠谢翠霞夫人》《画兰赠李餐英夫人》《为刘紫绶夫人题扇》等。其中以与席佩兰关系最为密切,袁枚曾赞二人:"并臭同心影亦佳,丹青写出好容华。二妃采罢湘兰后,化作人间姐妹花。"④两人多诗歌往来,如屈秉筠《画荷赠道华》《病中道华以见和送春诗书扇相寄叠韵奉报》《谢道华饷佛手柑》《书道华消寒曲后》等。席佩兰《长真阁集》中亦收录了《促宛仙作九九消寒诗》《问屈宛仙病》《谢屈宛仙惠绢花春若》《谢屈宛仙惠题小影即次原韵》等作品,赞赏屈秉筠"心是玲珑玉镜台,清光何处染尘埃"⑤。在嘉庆十六年(1811)版《韫玉楼集》中,还附有席佩兰对屈秉筠诗的评注,如赞《与若冰姑夜话》一诗"通体清丽"⑥,《珠兰》一诗"托意高婉"⑦,《别温如归》一诗"一片深情萦回曲折"⑧,《冰壶夫人桃原春泛图》一诗"起四字安顿布置最为得法,下亦清逸开旷"⑨等,从布局、风格、情感抒发等方面点评了屈秉筠的诗歌创作。足见两人关系之亲密,诗歌交流之频繁。

---

① 屈凝《心闲馆小草》,清道光十年刻本,第4页。
② 王力坚《清代才媛文学与文化考察》,文津出版社2006年版,第3页。
③ 孙原湘《天真阁集》,《清代诗文集汇编》,上海古籍出版社2009年版,第605页。
④ 屈秉筠《韫玉楼集》卷一,清嘉庆十六年刻本。
⑤ 屈秉筠《韫玉楼集》卷首《题词》,清嘉庆十六年刻本。
⑥ 屈秉筠《韫玉楼集》卷一,清嘉庆十六年刻本。
⑦ 屈秉筠《韫玉楼集》卷一,清嘉庆十六年刻本。
⑧ 屈秉筠《韫玉楼集》卷一,清嘉庆十六年刻本。
⑨ 屈秉筠《韫玉楼集》卷二,清嘉庆十六年刻本。

从《楚畹阁集》中收录的作品来看，季兰韵多与常熟归懋仪交流酬唱，作品如《归佩珊夫人以诗稿见示率呈一律》《佩珊夫人以琅琊女史葬花诗见示命次原韵》《寄佩珊夫人》《寄佩珊夫人即次见怀诗韵》《题佩珊夫人所贻诗札后》等。归懋仪《绣余续草》中亦有《次季湘娟同学见怀韵却寄》《寄琴川季湘娟同学》等诗与季兰韵互相寄酬。季兰韵形容归懋仪为"绝代聪明笔一枝"①（《题佩珊夫人所贻诗札后》），其才华"量材可借昭容尺，授业甘睾宋氏纱"②（《归佩珊夫人以诗稿见示率呈一律》）。两人订为姊妹时，归懋仪曾赠季兰韵团圆砚，"要共心坚翰墨缘"③（《己卯秋佩珊夫人以圆砚云笺玉约指绣罗袜见赠，今倏五载矣，偶检来函，率成二律》），寓意两人因文学结缘之意。季兰韵将自己对归懋仪"别后情方见短长"④（《寄佩珊夫人》）的情谊融入诗歌之中，"得邀过誉情非假，难慰相思恨莫申"⑤（《己卯秋佩珊夫人以圆砚云笺玉约指绣罗袜见赠，今倏五载矣，偶检来函，率成二律》）、"相隔竟如千里远，无眠深苦几宵长"⑥（《寄佩珊夫人即次见怀诗韵》）等句，表达了与归懋仪之间的深情厚谊。

闺秀借由家族女性亲友扩展人际网络与创作空间，以诗、词、文创作彼此互动品评，建立属于闺秀的女性社群，成为凝聚女性情谊与女性文化的重要场所。对文学的热情与渴望交流沟通的想法使她们开始寻求精神上的知己，屈秉筠、季兰韵与家族内外众多女性文人的结社聚会，通过文字往来的方式维系彼此间的联络及情感交流，为来自相同或不同家庭的女性提供了相聚寻乐或严肃的学术探究场合。⑦ 在表达对一种生活方式无限眷恋和追忆的同时，抒发对闺中友人的思念以及相互欣赏和鼓励的感情，是此类题材所要表达的主要内容。在互相认同、赞誉的过程中，女性文人之间不仅能够寻求到一种情感和体验的交流以及文化的认同感与归属感，而且也有利于彼此诗作和诗名的传播，才名的确立成为可能。

三、常熟屈氏家族女性文学主题聚焦

明清两朝出现的女性创作群体，开始不自觉地在创作中流露出女性独有的思维特征和情感方式，在不同创作动机的驱使之下，逐渐形成了与男性不同的创作重心。因此，当女性成为言说主体的时候，她们所表达的就不仅仅是男性想让她们表达和诉说的，而是或多或少地表露了某些女性的真实——某些男性不可能体验到也不可能去关注的真实。⑧ 纵观屈氏女性现存的文学作品，我们可以发现她们的诗词创作

---

① 季兰韵《楚畹阁集》卷一〇，清道光二十七年刻本。
② 季兰韵《楚畹阁集》卷二，清道光二十七年刻本。
③ 季兰韵《楚畹阁集》卷四，清道光二十七年刻本。
④ 季兰韵《楚畹阁集》卷三，清道光二十七年刻本。
⑤ 季兰韵《楚畹阁集》卷四，清道光二十七年刻本。
⑥ 季兰韵《楚畹阁集》卷五，清道光二十七年刻本。
⑦ 高彦颐著，李志生译《闺塾师：明末清初江南的才女文化》，江苏人民出版社2005年版，192年。
⑧ 王萌《禁锢的灵魂与挣扎的慧心：晚明至民国女性创作主体意识研究》，河南大学出版社2009年版，第65页。

题材,不仅包括爱情、写景、咏物等传统女性创作的题材类型,而且也创作了大量咏史怀古、纪事纪行的诗歌作品,表达了除闺怨、伤春等感情之外,对历史人物、事件以及社会现实的独到看法,显示了屈氏女性广阔的思考视角以及独特的生命体悟。

(一) 咏史怀古

从古至今,咏史怀古诗似乎都是男性文人的专利。而对于女性文人来说,她们的创作基本是以家庭内的生活感受为主,很少涉及历史人物、历史事件的吟咏。而常熟屈氏家族中的屈秉筠、季兰韵则将更多的目光投入社会历史与现实中,以严肃的目的创作咏史怀古诗,融入了自己对自然、社会、历史独到的见解。特别是季兰韵,创作了六十余首咏史怀古诗,占其全部诗歌创作的十分之一。针对历史人物和事件,表达了诸多不同于世俗的观点和看法。如《读前汉书杂咏·汉高帝、项羽》:

> 刘氏本真龙,项氏如猛虎。并力除暴秦,竟把关中取。英雄异成败,千古人共怜。龙门公道心,同列本纪篇。一事美项王,虞姬能殉主。无力救人虞,转叹汉高祖。①

在项羽有无资格被列入本纪的问题上,季兰韵认为将刘邦与项羽同列本纪是公正的评价。对比二人在战场上的成败,刘邦与项羽在爱情方面不同的处理方式和表现态度,显示出了刘邦的可悲之处。季兰韵从女性的角度为项羽发声,诗作末四句明显见出作者对二人爱憎褒贬的情感态度。

同样身为女性,季兰韵对历代诸多著名的女性人物又是何如评价的呢?《题美人画册十首》和《前汉书杂咏》是其中之代表,它们分别对褒姒、西施、明妃、班姬、杨妃、红佛、双文、李漱玉、王娇红、小青;吕后、陈后、许后、赵后等人的事迹进行了吟咏。如:

> 并非褒妃非淑女,幽王自不及文王。(《题美人画册十首·褒姒》)
> 从来倾国属名姝,却笑夫差意太愚。不使子胥身便死,美人何力可亡吴。②(《题美人画册十首·西施》)

季兰韵一反前人"红颜祸水"的论断,认为周幽王亡国的根本原因在于周幽王自身才能低下,耽于享乐,而不是褒姒非淑女,如果遇上周文王,她也可以成为一代贤妃。而西施一个弱女子又有何能力灭掉吴国呢?指出将吴国灭亡之罪归咎于西施实在不公,夫差骄傲自大,不能纳谏,诛杀伍子胥才是亡国的主要原因。从更为理性的角度为历代"红颜"发声,清楚地看到吴国灭亡的根本原因在于君王的无能和昏庸。

季兰韵从自身的生活经验出发,以女性细腻的心理和独特视角吟咏历史人物和事件。在表达同情、愤慨之情的基础上,还不忘深入追思历史背后的原因,"古之丧

---

① 季兰韵《楚畹阁集》卷七,清道光二十七年刻本。
② 季兰韵《楚畹阁集》卷三,清道光二十七年刻本。

邦例非一,大半多由酒与色。亦有幼主遇权奸,亦有暗君听谗愿"①(《读梁武帝本纪》),"功高名重身非福,鸟尽弓藏语不诬。……既然称病疏朝事,何不相同泛五湖。"②(《咏古六首·文种》)在读史的过程中总结了一定的历史经验,为后人留下了诸多值得思考的问题。

(二)纪事感怀

屈氏家族女性创作了大量纪事感怀的作品,如屈秉筠《与若冰姑夜话》《立秋日邀洵娴姑夜话》《中秋夜即事》《冬夜同温如》《蝶恋花·寒夕与徐姬莲卿闲坐》等,屈凝《月夜与四妹弹琴》《寒窗杂事》《母病》,屈敏《社日同姊苣湘》等,其中最有特点的是季兰韵的纪事诗,既有闺阁内娱情之事、个人生活感悟的叙述,又有关注苍生冷静理智的剖析。

在私人化的生活场景和情感叙述中,季兰韵《三月二十日诸人出观竞渡,余独坐小楼焚香煮茗,以起画稿颇有意味,口占四绝句》一诗可谓其中之代表,诗中不仅可以看到作者平日喝茶作画的场景:"只我闲窗饶逸兴,新茶细品意悠悠。鹅溪一幅手亲裁,今日知无闺友来。香茗半瓯花几朵,清闲弄笔在楼台。折枝亲供小窗边,画稿天然在目前。"而且还提出了其独树一帜的作画精神:"未染深红与浅红,先须起稿莫雷同。幽姿不召蜂和蝶,唯有吟魂落此中。"③但如此闲适的生活并不是季兰韵人生的全部,更多的是对于艰苦生活的控诉和无奈。《长至夕小饮墨花仙馆记事》记载季兰韵因"阿翁宦岭南,连月音书遥。夫亡儿稚小"的近况,使得家庭陷入"薪水当肩劳,门户费支柱……不能奉蘋蘩,中心为之焦"的状况。作者自愧不能做好妇职,只能夜坐墨花仙馆饮酒作诗,以排遣心中的忧虑,"今夜否已极,开泰观明朝"④,以待明日能够摆脱困境,否极泰来。从感叹生活的艰辛,亲人的抚慰以及自己如何面对的生活感悟,展现了季兰韵真实的闺阁生活和复杂的情感体验。

值得一提的是,季兰韵在纪事诗中还加入了诸多理性思考的内容,这对于以感性思维见长的女性而言是不多见的。如《游钱塘江观潮》:

> 我爱江景佳,遂鼓游江兴。江上集游人,尽道江潮胜,平生安得此壮游。快哉。……砰訇如鼓阗如雷,奔腾泙湃从空起。非涛打人天门里,初如出海云万里,渐如一匹横红练。忽如玉山云海齐倾颓,倏如层楼海市多奇边。传闻大潮来,其势更莫御。昨日狂澜百丈高,没却前村多少树。我思江潮既如此,百姓胡尚居于是。岂其上有吏循良,不为苛政驱民徙。吁嗟乎,恨不九京下起钱武肃,手挽六钧非利镞,尽把江潮射退回,晚年锡汝

---

① 季兰韵《楚畹阁集》卷七,清道光二十七年刻本。
② 季兰韵《楚畹阁集》卷三,清道光二十七年刻本。
③ 季兰韵《楚畹阁集》卷五,清道光二十七年刻本。
④ 季兰韵《楚畹阁集》卷四,清道光二十七年刻本。

苍生福。①

季兰韵难得有机会壮游钱塘江,诗中写钱塘江涨潮之势犹如云海、红练和玉山,生动形象地描绘了潮水来势汹汹之壮观景象。面对此景,季兰韵将凶猛的潮水毁掉村庄田地之势,与苛政迫使百姓迁徙的现实遭遇联系起来,希望有贤良的循吏可以"手挽六钧非利镞,尽把江潮射退回",为天下苍生造福,使百姓可以休养生息。作者在游览之余不忘关注社会现实,理性剖析苛政的危害,提出对于循吏及循吏政治的呼唤,可见季兰韵对于环境细密的观察力和独特的表述视角。

(三)悼念亲友

作为女性文人创作的传统题材之一,悼念亲友的作品特别能够展现女性丰富细腻的情感特征。屈氏女性的悼念作品,有屈秉筠《哭洵娴》《哭陆蕙纕》《哭钱温和妹》,季兰韵《哭姑》《哭景少娥表姊》《砺之弟聘室蒋素蟾即世为作二律唁之》《哭宜兰妹二十首》《哭珧书》《祭夫屈颂满文》,屈凝《读前母钱安人〈小玉兰堂遗稿〉怆然有作》《哭宛仙姑母》,屈敏《读前母钱安人〈小玉兰遗稿〉同伯姊作》等。

屈秉筠的悼念诗,多从自己与逝者的特殊关系写起,如《哭洵娴》在诗一开头就回忆到与洵娴定为姊妹的缘由:"忆得来归四载前,才经识面荷相怜。一言订得同心契,便许追随阿姊肩。"②《哭陆蕙纕》诗前小序大概介绍了陆蕙纕的生平及自己创作此诗的目的,诗云:"去年送汝画楼前,不到楼中几一年。自入秋来形梦寐,每逢人至问餐眠。唾壶惊化红成玉,遗笔空余墨似烟。早识别时无后会,肯教归计竟翩然。"(《哭陆蕙纕》)蕴含了作者对陆蕙纕的不舍,袁枚曾评价此诗:"情真语至一字一泪,若在唐时,亦必压倒元白。"③可见此悼念诗用情之深。

季兰韵的悼念作品中最为悲切的当属《祭夫屈颂满文》与《悼外》诗四十二首,可谓字字血泪。季兰韵、屈颂满夫妇婚后仅一年多,屈颂满即因病过世,接着,两位小姑屈凝、屈敏也相继离世。这对于痛失爱侣和家人的季兰韵而言,是何等的"肝肠断绝"与"血泪干枯"。文中对先夫人品、气质的描述:"维君腰横紫痣,目有青睛,秉植鳍之雅容,抱吐风之奇质,……溯生怕之纯懿,允至孝之彰闻,……宗族称其令器,童仆爱其清才,可谓穆氏之醍醐,张家之鹭鹭已。"可见屈颂满人品之佳、才气之盛。二人"或嚼征调商,共作双声之谱,或钩心辟角,互为一字之诗。挥毫则满纸云生,剪烛而并头花粲"的婚姻生活幸福至极。而今日与丈夫音容永隔,梦寐难通的生活又是何等的凄凉和悲惨。"慨我生之不辰,死诚无恨,惨君年之早逝"④,季兰韵不禁反思是否是因为自己的"清才"以及"生之不辰"而使丈夫早逝,自责之情更显其对丈夫离去的无奈感慨之情。在《悼外》诗中,"一双清泪哭秋风""一度思量一怆神""任教血

---

① 季兰韵《楚畹阁集》卷一,清道光二十七年刻本。
② 屈秉筠《韫玉楼集》卷一,清嘉庆十六年刻本。
③ 屈秉筠《韫玉楼集》卷二,清嘉庆十六年刻本。
④ 王秀琴编集,胡文楷选订《历代名媛文苑简编》,商务印书馆1947年版,第130页。

泪湿麻衣""新啼痕渍旧啼痕"等悲痛之语,足以"写破晴天几朵云"。丈夫弥留之际"言尽嘱修思往日,计窃还与约来生"的嘱托与季兰韵"此情百劫难消灭,化石还须有烂时"①的誓言,将此诗的情感力量推向高潮,可谓一字一心肝,一笔一泪血。

四、常熟屈氏家族女性文学传播效应

有清一代,二百余年间,其妇女文学之所以超迈前古者,要亦在倡导之有人耳。②屈氏家族成员不仅在创作上给予女性文人以支持和鼓励,更积极为她们刊刻出版作品集。赵子梁刻屈秉筠《韫玉楼集》,出版后还为之作传略,屈凝丈夫杨希镛合刻屈凝《心闲馆小草》与屈敏《松风阁小草》,并撰写《元聘室临海君墓志铭》附于后。屈见复将屈秉筠、季兰韵、屈凝、屈敏四人作品汇辑入屈氏家集《虞山屈氏丛书》中……这些都足以说明,屈氏女性文学的发展已经成为展示屈氏家族文化的重要表现,对于扩大屈氏家族文化的整体影响力发挥了突出作用。此外,屈氏女性文人也以传播者的身份积极投入女性文学的传播过程中,如前文所述,屈秉筠曾于韫玉楼宴集十二位女史,作《蕊宫花史图》,其目的即希望通过分韵唱和、雅集聚会的形式,使得女性文人之间的创作得到更好的传播。这一文学传播活动不仅能够促使女性自我意识的觉醒,激发女性的创作热情,而且也有利于提高屈氏家族女性文人在家族、地域乃至整个清代文坛中的地位和作用。这也正是屈氏女性文学取得的传播效应之一。

明清时期的文坛才子们,如钱谦益、吴伟业、王士禛、毛奇龄、袁枚等,大多有爱惜闺才的心理,他们以酬答唱和、撰文赠序等方式支持与称许女性才华,"文人的关心和倡导,……大面积地和有效地提高了女性的艺术修养,这是清代文人的功绩"③,由男性文人带动的时代风尚,也间接激发了女性文人的创作。姚福增在道光二十八年(1848)将季兰韵与屈颂满遗稿同刻为《墨画仙馆合刻》十三卷,并为之题跋。屈秉筠作为随园女弟子之一,受到袁枚的赏识,赞其创作"能一空依傍,不拾古人牙慧,仍不失唐贤准绳,求之须眉中,未易多得"④,更收其诗入《十三女弟子诗》,并命其续呈近作,以备后选。屈秉筠作《随园先生命题十三女弟子图》《长至前五日蒙随园先生见过并拜红绫之赐赋诗呈谢》等诗记其从师学艺的过程以及对于袁枚提拔的感激之情。陈文述更多次为屈秉筠画作题诗,如《屈宛仙画白莲花》《宛仙绘白描诗囊见贻赋此奉谢》《宛仙以莲叶砚白描桃花画幅见贻诗以奉达》《题屈宛仙女士韫玉楼诗卷》等,肯定其诗才与画技。更将屈秉筠与席佩兰并提,盛赞屈秉筠所作《蕊宫花史册》"以花代人,极其工妙"⑤。处处彰显了文坛才子对屈氏女性的鼓励、提携之意。

在诸多传播者的努力之下,屈氏女性文学取得的传播效应如何,亦可从以下几

---

① 季兰韵《楚畹阁集》卷二,清道光二十七年刻本。
② 梁乙真《清代妇女文学史》,中华书局1968年版,第215页。
③ 严明、樊琪《中国女性文学的传统》,洪叶文化事业有限公司1999年版,第33页。
④ 屈秉筠《韫玉楼集》卷首《题词》,清嘉庆十六年刻本。
⑤ 陈文述《颐道堂诗外集》,《续修四库全书》,上海古籍出版社2002年版,第463页。

点加以印证。从历代文学作品选集收录的屈氏女性作品来看,作为现存规模最大的清代女性诗歌总集——《国朝闺秀柳絮集》,屈氏家族女性钱珍、屈秉筠、季兰韵三人共十三首诗歌作品被收录于"才媛"类作品中,这些诗歌被认为是其时重本事、真性情的典范。《国朝闺秀正始集》及《续集》收录屈秉筠诗一首,屈凝诗二首,屈敏诗一首,这些诗作正体现了作者恽珠温柔敦厚、合乎雅正的诗歌选录标准。此外《撷芳集》收录钱珍诗五首,屈秉筠诗三首;《小檀栾室闺秀词》收录屈秉筠词十五首,季兰韵词二十四首;《历代名媛词选》收录屈秉筠词五首,季兰韵词五首;《全清词钞》收录屈秉筠词二首,季兰韵词一首;《历代名媛文苑简编》收录屈秉筠《小像自赞》一篇,季兰韵《祭夫屈颂满文》一篇。从历代诗话、词话,如《闺秀词话》《名媛诗话》《海虞诗话》《墨林今话》等作品对于屈氏女性及其作品的评论来看,《名媛诗话》评论屈秉筠诗"清丽圆稳,巧于发端"[1],称屈凝、屈敏姊妹二人"可谓闺阁双丁,诗亦飒爽"[2]。单学傅《海虞诗话》记屈秉筠《病中语子梁谢索诗画》一诗,可为"闺阁才人可书座右矣"[3]。《墨林今话》赞誉屈秉筠白描花卉之技,"前古未有,时号闺阁中李龙眠。名播海内,索画者纷集"[4]。这些评论不仅代表了其时文人对于屈氏女性作品的肯定,同时也引导了广大受众对于屈氏女性作品的接受行为,必定可以收到积极的传播效果。此外,屈静娎、屈秉筠、屈凝以及屈敏四人的作品更被收录至《常昭合志稿·艺文》"闺秀遗著"一门中,可见屈氏家族女性文学已得到社会的认可和接受。

人类传播是一种有目的的行为。屈氏家族女性文学的传播,在家族内外诸多人士的帮助之下,通过刊刻出版作品集,或文学选集、诗话等典籍对屈氏女性及作品的记录和评价,让更多的读者有机会接触到她们蕴含细腻观察、真挚感情以及深刻思想内涵的文学作品。通过阅读这些作品,让读者与作者进行情感上的交流,使得女性文学逐渐得到大众的认可,地方士绅也乐于通过记录女性的文学创作才能,反映地方文化的实力。这一认同与接受的过程,更是进一步激发了更多的女性从事文学创作,并积极投入女性文学的传播活动中,为女性文学的发展提供更多助力。这些思想、感情、态度和行为等方面取得的效应虽然并不是屈氏家族女性文学传播所特有的,但对于整个古代女性文学发展而言,是不可缺少的一部分。

五、结语

随着清代社会经济的繁荣,以及重才、尚才风气的兴起,女性受教育的机会大大增加。特别是江南地区,雄厚的经济基础以及浓郁的文化气息,直接促成了大量女性文人的养成。自晚明崇尚自由、个性思潮的兴起,至清中叶,新型才女文化的形成,更是成为女性文学发展的强大动力。其时,德才兼备,"才"能促"德"新型才德观

---

[1] 沈善宝《名媛诗话》,《续修四库全书》,上海古籍出版社2002年版,第149页。
[2] 沈善宝《名媛诗话》,《续修四库全书》,上海古籍出版社2002年版,第129页。
[3] 单学傅《海虞诗话》,《续修四库全书》,上海古籍出版社2002年版,第89页。
[4] 蒋宝龄、蒋茝生《墨林今话》卷一二,中华书局1925年版。

的出现,一方面肯定了女子的才能,激发女性文人追求知识学问的热情和交流意识,促进她们逐渐从闺内走向闺外,形成了自己的交际网络。在互相理解和认同的基础上,女性文人通过书写与交流,其文学才能才可以得到不断的提升和扩展。另一方面,"才"能促"德"的内在关系逐渐被人们重视,女性才华已成为家族之间联姻的重要条件。季兰韵在丈夫去世后,承担起抚育儿子、教育小姑的责任,如《全儿上学》:"才赋寒窗课字诗,旋看束发受书时,聪明恰喜儿如父,爱惜翻劳祖作师。敢望才名千卷著,但求世泽一经诒。"①《春日课小姑》:"稚小直看姑似女,聪明漫认我为师。七篇女诫凭抄授,一卷周南待教知。"②可见季兰韵作为屈氏家族母教的代表,为培育家族后代做出的努力和贡献,不仅有功于家族文化的传承,而且也提高了女性在家族中的地位和作用。这一现象在清代江南文学家族中较为普遍,足以证明女性"才德合一"新型才德观已逐步得到社会的认可,这也正是清代闺阁诗坛生机端萌的表现。

  屈氏家族女性群体的文学活动,证明了清代女性有条件,也有能力创作诸多题材类型的文学作品。屈氏家族发展的一般特点以及女性自身成长的特殊性,为屈氏女性的文学创作提供了丰富深刻的思想内容。家族外,屈氏女性与文人的交流唱和,不仅可以窥探屈氏女性日常生活和文学创作生活的特点,而且也进一步显示了屈氏女性开始积极表达属于自己的创作观点和看法,以及对于自我人生价值的表达和追求。士大夫文人的赞誉和提携更是为屈氏女性作品提供了多样的传播渠道,以此取得的传播效应更是逐步奠定了屈氏女性文学在清代女性文学中的地位和影响。可以说,常熟屈氏女性文人群体的发展,是其家族内外不同因素共同作用的结果,是女性和男性开始"合力"重新评价及提倡女性书写的过程。屈氏女性文学为清代女性文学发展注入了新的动力,成为中国古代女性文学重要的一部分,其研究价值和意义不言而喻。

---

① 季兰韵《楚畹阁集》卷四,清道光二十七年刻本。
② 季兰韵《楚畹阁集》卷六,清道光二十七年刻本。

《画话》《井蛙鸣》及作为文艺家族的翁氏

张　剑

一、《画话》与《井蛙鸣》的作者

2008年,《上海图书馆未刊古籍稿本》(六十册)由复旦大学出版社出版。该丛书系从数以千计的上海图书馆馆藏古籍稿本中,精选而出的四十六种未刊明清学人著述,每种书前有解题,介绍该书作者、学术价值、流传概况等。这批秘笈稿本的公布,实为学林之福。丛书第35册至第40册,收录了题为"(清)翁楚"的一批著作,计《画话初稿》八卷、《画话》八卷、《补遗》不分卷、《画话附录》《〈广川画跋〉钞》《翁楚诗稿》六种。解题云:

> 《画话》稿本,附翁楚诗稿稿本,清翁楚撰。翁楚,生卒年不详。字竹君,江苏常熟人。生平不详,从其诗中可以看出,翁楚家境穷困,为生活计,不时地奔走他乡。翁楚是位饱学之士,却不事浊物,与他交好三十年的诗人姚锡范,直到翁楚将手稿出示嘱其作序时,方知他的诗才。而翁楚和杨沂孙能成为忘年交,也是因为他的才学。……翁楚的诗稿,序为他的好友姚锡范所撰……翁楚,史不见传,志不见载,却以他的学识、他的学力,完成了一部中国绘画史料辑录的巨著。今天我们从稿本中知道了翁楚,将有更多的学者,从这个稿本中获益,翁楚该含笑九泉了。[①]

但解题所云"翁楚诗稿稿本",笔迹与《画话初稿》八卷、《画话》八卷、《补遗》不分卷、《画话附录》《〈广川画跋〉钞》等相比差异较大,笔者疑诗稿作者另有他人。细核文本及其他史料,果然发现诗稿的作者实为翁苞封,《画话》系列的作者则为翁楚封,且两人生平皆可考。

诗稿正文首行题曰"井蛙鸣",此当即诗稿题名,前又有姚锡范序云:

> 予与翁子竹君契好垂三十年,去日如驰,好音不作,而奔走衣食于歧路,又复各极困穷,生世艰难,维我两人实甚。客腊归自岭峤,旧雨觌面,共

---

* 作者为中国社会科学院文学研究所研究员。本文为国家社会科学基金项目"清代文人官年与实年丛考研究"(项目编号:10BZW054)的阶段性成果。

① 《上海图书馆未刊古籍稿本(第35册)》,复旦大学出版社2008年版,第3-5页。

话贫辛,感慨系之矣。日者往访,竹君手函一编曰:"此仆平昔歌咏,子盍为我评点之。"予携归,循览动惊,太阿秋水,飞烁行间,而爱慕欣喜之私,转相骇异。……道光辛丑中秋日,世愚弟姚锡范子俊甫拜手序。

姚锡范字子俊,昭文诸生。性好交游,著有《红叶山房骈体文》《诗词》《诗话》。由序我们知道《井蛙鸣》诗稿作者字或号为"竹君",姚序又云"归自岭峤,旧雨觌面",可知两人相居不远,可能即为常熟或昭文人。因检《重修常昭合志》卷二十《人物志》,果有载:

> 翁苞封,字竹君,号石梅,常熟诸生。善各体书,工篆刻。性孤僻好洁,常客游。晚归里门,鬻字自给,夫妇躬爨汲,泊如也。①

又检诗稿中有《病遣二首》,其二有句云:"足疑团絮羞扶杖,头怯尖风羡珥貂。"下注:"遂庵侄赠余貂帽檐,以非寒士所服,未之制也。"遂庵为晚清体仁阁大学士翁心存之字,诗稿作者当系翁心存叔父行。因再检同治十三年(1874)刊本《海虞翁氏族谱》,复得:

> 苞封,建辰嗣子,字竹君,号石梅,邑庠生,善各体书,工篆刻,性孤僻,好洁,常客游,晚归里门,鬻字自给。夫妇躬爨汲,泊如也。乾隆癸卯(1783,乾隆四十八年——笔者注)九月廿七日生,道光壬寅(1842,道光二十二年——笔者注)卒。配钱氏。葬九浙雨麓公墓右旁少下,子心谷殇,以兄孙同本为孙。②

《重修常昭合志》的相关资料当据《海虞翁氏族谱》撮述而成,《海虞翁氏族谱》所载多世系、生卒及葬地信息,惜卒年缺月日。再检《翁心存日记》,知翁苞封卒于道光二十二年十月十一日,翁心存该日日记载:"竹君叔自上年患疟,久未愈,大有老态,今年春发之,夏已渐愈矣,前月庆寿后闻其即觉不适,意谓旧疾复发无害也,乃今日日暮忽来赴,云已于本日未刻仙逝矣。立品甚高,竟潦倒没世,可伤也夫。"③《海虞翁氏族谱》所载又当本于翁心存手稿《海虞翁氏翁氏家传》:

> 苞封字竹君,楚封弟也,与心存同游于庠,工书善画,尤精于篆刻。性孤僻,好洁,初授徒里中。忽羡计然术,从人权子母,尽丧其赀。乃橐笔游山左,凡十余年,卒无所遇。心存视学粤东,延致廨舍,襄校试卷,客稍拂其意,辄谩骂之无少诎。晚而晦迹里门,鬻字自给。所居近石梅先祠,因自号石梅子。老屋一椽,不蔽风雨,夫妇卧牛衣中,躬自炊汲,饘粥不继,泊如也。年六十,卒。有子一人,殇,以兄孙为后。④

---

① 常熟市地方志编纂委员会办公室标校《重修常昭合志》,上海社会科学院出版社2002年版,第1219页。
② 翁心存初辑,翁同龢等辑定《海虞翁氏族谱》,清同治十三年刊本。
③ 翁心存著,张剑整理《翁心存日记》,中华书局2011年版,第588页。
④ 《翁氏家传·翁苞封传》,国家图书馆藏《知止斋遗集》稿本。

考定了翁苞封即《井蛙鸣》诗稿的作者,《画话》作者及其生平亦不难在《重修常昭合志》《海虞翁氏族谱》和《翁氏家传》中检出:

> 翁楚封,《画话》四卷,稿藏青浦席氏,翁氏藏抄本。① (《重修常昭合志》卷十八《艺文志》)

> 楚封,建勋嗣子,字南瞻,一字二云,号湘帆。久客山左,工画山水,著《画话》若干卷,今藏青浦席冠甫家。乾隆丁酉(1777,乾隆四十二年——笔者注)二月十四日生,道光己丑(1829,道光九年——笔者注)十二月廿七日卒。配萧氏竹溪女,无子,以郢锡次子心田为嗣。(《海虞翁氏族谱》)

> 楚封,字南瞻,号二云,郢锡之弟。久客山左,年五十余乃归,归而遽卒。有一女,无子,以兄子心田为后,又蚤世,仅存一孙。二云工绘事,尤长于山水,著有《画话》一书,凡四巨帙,未分卷数。张诗舲中丞祥河拟为刊行而未果,今藏青浦席冠甫茂材家。(《翁氏家传》)

由此可知,《画话初稿》八卷、《画话》八卷、《补遗》不分卷、《画话附录》作者均为翁楚封,《〈广川画跋〉钞》也是翁楚封所钞。《画话初稿》每卷下皆注"常熟翁楚二云",《画话》每卷下则注"常熟翁楚二云辑"。按翁楚即翁楚封,"封"字为行辈字,故有时可省略。

二、《画话》与《井蛙鸣》的意义

《画话》《补遗》《画话附录》的特点和价值,《上海图书馆未刊古籍稿本》解题中说得很清楚:

> 散见于正史、野史、文集、笔记以及其他各种著述中的画论种种史料,是中国绘画文献不可或缺的部分。这些正是翁楚《画话》刻意辑录的珍贵资料,而《画话》这种前无古人、后无来者的创例,都是该稿本的价值所在。翁楚《画话》稿本包括初稿八卷、《画话》八卷、《画话续》和《画话附录》,最后还附上自己的诗稿。初稿八卷、《画话》八卷以及不分卷的《画话续》,从历代各种著述中辑录出大量上古至清代的有关绘画的资料;《画话附录》则是翁楚家乡常熟的画家遗闻轶事,以及他所见闻的常熟画事。后有《诸家画谱目》,列南齐谢赫《古画品录》至清唐岱《绘画发微》,虽许多重要文献未录,但目下未知的书目也在其中。《诸家画谱目》后抄录了宋董逌的《广川画跋》……翁楚《画话》,辑录绘画资料,来源广泛,不泛读饱看,不能成此巨帙;不熟知画事,更无由为此广搜博辑。因此可以断言,翁楚是位有深厚绘

---

① 按《合志》记载不确,《画话》稿本与钞本俱应在席家。《翁心存日记》道光二十六年五月十二日记:"辰刻旭山来取二云叔所著《画话》五巨册去,此书去年春艺兰寄存予处,意甚拳拳,艺兰殁后,问之梦兰,云已录清本交席小米表弟收藏,此其稿本也。今旭山云小米书来,称有人欲刻此书,故索稿本校对,未知确否,只得付之。"

画造诣的文人,他不仅懂画理,晓画史,而且精于画法。他在记述家乡先辈友朋的画作时,字里行间,透溢着对画法的熟识。应该说,这个稿本,穷其毕生之力,对后来的中国绘画史研究者,有着无量的功德。值得一提的是,画话的附录部分,对研究常熟地区,尤其是清代常熟的绘画,极有帮助,而他所记亲见亲闻的画和事,则更是鲜活生动的第一手资料。①

对于《井蛙鸣》诗稿的风格和艺术成就,姚锡范序也不吝赞美之词:

窃惟予与竹君相知最久,予性素好吟咏,竹君曾未与予谈诗,且其时常绝口风雅,今所诣若此,宜乎识前途者让君三舍也。诗格清刚隽上,不规规于汉魏唐宋,至识见清超,词华高雅,卓然有风人遗音。诚哉,不言诗者独能深得诗教也。夫葩经传世,岂翊诗人,离骚成作,亦只言志。是编篇什不多,超越恒俗,绰有通流杰士之才,因之美其词章者不能不转惜其遇,激昂起舞,几欲唾壶击碎矣。

虽然在古籍文献电子化飞速发展的今天,再做《画话》此类的资料辑录,已变得越来越轻松,但回到当时的历史情境,还是应该对翁楚封这部穷毕生之力完成的巨帙肃然起敬,尤其是融入作者生命体验的《画话附录》,决不会随着电子技术的发达而减色。《上海图书馆未刊古籍稿本》解题对《画话》"创例"和内容特点的评价十分准确,将《画话》定性为"一部中国绘画史料辑录的巨著"也比较切实。

至于姚锡范对翁苞封《井蛙鸣》诗稿的评价,由于站在朋友立场,有不少过分溢美之处。《井蛙鸣》共收诗一百三十余首,五七言律、绝、古体皆有,像姚锡范所溢美的"识见清超,词华高雅,卓然有风人遗音"的作品实在是少之又少,而是多写作者的穷愁落寞之况:

避债台高别有天,异乡今日倍凄然。将余逆旅听残漏,墓汝空闺度瘦年。一样灯前抛玉箸,几回楼上掷金钱。关山难越愁无限,细雨斜风尚着鞭。(《小除夜颉史道中忆内》)

头白囊空返旧庐,一双清泪满衣袪。穷愁到此真难遣,哪有闲心更著书。

天涯只自悔风尘,岂料刀环境更贫。几个十年经几变,故林相识有何人。(《得子俊书缕述贫况悄然得诗二首》)

真是囊空如洗,债台高筑。但作者拥有知心的妻子和朋友,也还可以尽情享受无边的风月,于是他用诗歌讴歌着这一切,消解和对抗着穷困愁苦带来的生存压力:

柴门一别十年强,回首知心忆孟光。入室且欣藏有酒,看山依旧净如妆。幽禽对语当联句,野卉无言亦自芳。往事只休重感慨,人间何日不沧

---

① 翁心存初辑,翁同龢等辑定《海虞翁氏族谱》,清同治十三年刊本,第3—5页。

桑。(《初归》)

为妒梅花艳早春,天教风雪斗精神。翻将茅舍蓬门地,幻作琼楼玉宇人。剥啄无声容我懒,推敲有句忘家贫。何当迟到知心客,坐与谈来一味真。(《己亥新正大雪连朝积二尺许,得诗一首寄子与》)

了无长物更何求,回首都成汗漫游。珠海客情同野马,金台旧梦亦闲鸥。风尘只剩心交重,天地能容诗卷留。好在西山仍屋脚,满林红叶照高秋。(《赠子俊》)

甚至在他笔下仍出现过心境安谧、带有几分陶渊明和孟浩然气息的山水田园之作:

随意出城郭,看山自在行。一痕原上草,总是道旁情。春水流不尽,白云何处生。故人在西麓,相见话新晴。(《西郊闲步访姚子俊锡范》)

遥指沧州近,苍茫夜气微。野云随树转,明月带帆飞。村远鸡声小,鱼多水力肥。醉馀清话久,不觉露滋衣。(《与诗塘观察舟行夜坐》)

作者似乎心与景偕,完全融化到大自然中去了。然而《井蛙鸣》的主要价值,却是那些直面穷愁、自然写实的诗作。因为写山水田园,《井蛙鸣》超不过陶、孟;写精神力量和超脱胸怀,《井蛙鸣》也无法与苏、黄比肩。只有写作为下层文人的自己的苦难经历,才带有独特的精神印记和生命特征,《井蛙鸣》中的这类作品,有时真给人句句锥心酸骨的感觉。最为典型的是那首《追悼亡儿》:

忆昔我为山左游,两儿幼小不解愁。老妻含悲下楼送,强忍径走不回头。懒云倦鸟知有时,头角峥嵘会相见。得书痛定旋自解,尚有一儿两岁强。况我时时动归思,得归只在少得志。岂知落落寡世缘,漂泊天涯竟十年。顿悟浮踪诚枉道,急趣归装装草草。归来惨淡旧柴门,满目萧条见泪痕。病妻瘦尽旧形容,孤苦伶仃人一个。大局还宜为君顾,苟延免使路人嗟。八岁读竟四子书,十岁能书字盈幅。上而春秋入祖庙,奔走豆笾礼数熟。侍汤侍药颇知谨,手能执爵口能尝。窥测人情度事理,出言辄中成人似。子弟能佳事最良,境虽贫困亦寻常。何期生命薄于纸,奇疾忽撄来若驶。一番听罢黯神伤,不是儿亡是我亡。伯道虽知有命存,西河抱痛宁无罪。

大儿髫龄方六岁,小儿才过岁一周。当时未拟长游衍,客怀日日思乡县。不道一年长子殇,七龄弱息死痘创。既非巢覆无完卵,一雏虽失犹未妨。一索再索飐重绵,此后添一意中事。鷦鸫一枝借方稳,霆耗千里惊来传。顾外原非素位行,春梦醒时人已老。自顾依然穷措大,抛书浪走吾之过。妻言忍死盼天涯,为有征人未返家。徐溯频年勤鞠育,始自孩提至入塾。内而稼穑知艰难,外而庆吊走亲族。时而母忽病支床,兀坐床前不易方。有时纳凉坐夜月,唐诗雏诵声琅琅。母抚儿喜儿亦喜,人言翁子真有子。不望阿爷归载宝,望爷归乐宁馨儿。医言喉风不可为,十一岁儿三日死。此后诒谋竟安在,孽由自作何由悔。我离老父事远游,劝驾者谁歧路给。本之不立末焉生，宜我块然如木瘦。君子达天无惧忧，穷通悟彻敢怨尤。妄想妄求前日事，吾生今始知行休。中夜忽然狂叫走，无后不孝伊谁答。庙中何以对祖宗，地下无由见父母。浃背但觉汗流浆，抚膺频呼负负负。吁嗟乎！命在难从造物争，安贫守拙了余生。堪叹迂儒不悟此，谬作牢骚鸣不平。

诗作于道光四年(1824)。作者写他前此十年避债远走山东，斯时长子始六岁，次子心谷始周岁，离乡不到一年，长子患痘殇，又九年，心谷亦夭，作者闻讯归来，听病妻垂泪忆心谷的孝顺懂事，悲痛欲绝，以至深夜奔走狂号，万念俱灰。全诗明白如话，如闻人当面泣诉，深感命运之残酷和无常。这种再现日常化场景的诗歌写作手法，近宋而远唐，代表了宋代以来诗歌的一种新走向，在诗歌史上具有特别的意义。

我们知道，唐宋诗之争由来已久，南宋人严羽《沧浪诗话·诗辨》即批评本朝诗："近代诸公乃作奇异解会，遂以文字为诗，以才学为诗，以议论为诗。夫岂不工，终非古人之诗也。"以之与他所标榜的"盛唐诸人，唯在兴趣""以盛唐为法"(《沧浪诗话·诗辨》)相对照。严羽在这里很敏锐地发现了唐宋诗歌审美理想的不同，但处在那个时代之中，他无法完整观照两种审美理想的不同。其实，以盛唐诗歌为代表的古典审美理想追求的是情与景的高度交融，并通过诗歌意象最终体现出"韵外之致""味外之旨"的"意境"①；而以苏黄等为代表的北宋诗人，则追求一种新的审美理想，即情与事的结合，并通过诗歌"事象"最终体现出个性化、人文化的生命"境界"。这种新的审美理想与古典审美理想的最大区别是用"事"替代了"景"，诗歌表现范围极度扩大了，因为"事"指人类生活中的一切活动和经历的一切现象，"景"不过现象之一而已。无事不可入诗，诗歌于是走向日常生活化。比起宋诗，清诗日常化的程度进一步加深，细节进一步清晰，主要原因之一是下层知识分子的数量增加了，这批历史的"小人物"，虽然接受了儒家正统思想的教育，但毕竟不在上位，用不着承担"温柔敦厚"的诗教任务②，他们中的大部分也不以诗人自居，无须面对来自前代诗歌的压力。对于他们来说，诗歌只是宣泄自我情绪、消遣有涯岁月、记载生活状况和确认士人文化身份的一种手段与一种生活方式，就像农夫耕田、商人买卖一样自然。他们的诗歌可能不够典雅、精致和优美，却真实，有一种原初如此的浑朴气象和扑面而来的生活气息，因此别有一番感染力。正是在这个意义上，《井蛙鸣》获得和彰显了它自身应有的价值。

---

① 古典审美理想的相关论述可参见廖可斌《明代文学复古运动研究》第一章，上海古籍出版社1994年版。

② 即使是中上层的知识分子，其诗文也不再仅仅局限于敷宣王言，而是更加注意个性的表达。王汎森也认为，至少自明中后叶开始，士人和思想界"对普遍全天下的'理'的兴趣趋于淡化，而对私的、情的、欲的、下的、部分的、个性的具有较大的兴趣"，参见：王汎森《晚明清初思想十论》，复旦大学出版社2008年版，第334页。

三、作为文艺家族的翁氏

翁楚封和翁苞封是同胞兄弟,因此《画话》与《井蛙鸣》作者的确认和意义的挖掘,使我们意外发现了清代常熟一个新的文艺家族。

综合《海虞翁氏族谱》可知,翁楚封和翁苞封共兄弟五人,其中长兄翁郅锡亦为才艺之士。郅锡原名晋封,字锡藩,号雪帆,生前曾任广东文昌县(今文昌市)铺前司巡检,精医术,京师贵人多重之。乾隆三十七年(1772)六月廿六日生,道光二十五年(1845)十月十一日卒。同胞五人,就有三人以文艺或技艺显,堪称文艺之家,这是就横的层面来看;那么,纵向观照这个家族,是否仍当得起文艺家族的称号呢?

家族的五服制度,使我们不宜将命题做纵向的无限拉伸。根据《海虞翁氏族谱》和《画话附录》等资料,我们以翁楚封和翁苞封这一代为起点,向上下各延展四代。可以发现,向下四代中,此家族鲜有俊杰;但向上四代,却是人才辈出。

向上四代,追溯到了清初的翁叔元。

翁叔元(1633—1701),原名栴,字宝林,号铁庵,康熙十五年(1676)探花,历官翰林学士、工部尚书、刑部尚书等。翁叔元文章早年即传诵天下,文学修养深厚。著有《铁庵文集》《梵园诗集》《铁庵年谱》等。

翁叔元有两子:是揆、是平。翁是揆(1690—1749),字叙伯,号雨麓,由岁贡生选授山东濮州知州,擢沂州直隶州知州,一权东昌府,再摄曹、范两县,皆有政声。他虽无著作传世,但擅画,据《画话附录》记载,他的画风近于文徵明和陆治一派,曾与苏州蒋深和释目存结画社。① 翁是平(1694—1755),字秋允,号寄村,由岁贡生议叙授安徽无为州知州,历官至刑部浙江司员外郎。聪敏博学,精于琴理,工画花木,文华殿大学士、著名画家蒋廷锡(号青桐居士)尝请其画而署己名,人不能辨。《画话附录》赞他:"诗宗韦、孟,书法《圣教序》,画仿徐崇嗣,最得青桐之微妙。"② 又云:"曾大父寄村公,于雍正癸丑任安徽无为州牧,政和事兴,州人爱之。逾年,以属员故罣吏议,去职,留滞任所,徜徉山水,诗酒陶情,游戏翰墨,一落缣素,即为人珍弄,比之米南宫。乾隆元年,开复起用,公赴京,濒行留诗十二章志别,而州之乡大夫士庶以及方外缁流,咸感德不忍别,乃相于赋诗赠行……"③可见翁是平诗歌和书法艺术亦很高妙。

翁是揆有两子:希祖、悦祖。翁希祖(1728—1799),字咏先,号咏谷,国子生,无子,以缵祖第六子建庚为嗣。翁悦祖(1732—1764),字诵清,号忾亭,太学生,曾任安徽桐城县(今桐城市)县丞、署太平、桐城知县,任事果锐,有子名承素。

---

① 翁楚封《画话附录》云:"曾伯祖沂州守雨麓公,讳是揆,字叙百,画格在文衡山、陆包山之间,尝与吴门蒋苏斋、目存上人结诗画社。"参见:《上海图书馆未刊古籍稿本(第40册)》,复旦大学出版社2008年版,第41页。
② 《上海图书馆未刊古籍稿本(第40册)》,复旦大学出版社2008年版,第40页。
③ 《上海图书馆未刊古籍稿本(第40册)》,复旦大学出版社2008年版,第29页。

翁是平亦有两子：企祖、缵祖。翁企祖（1710—1801）①，字馨咸，号雩坛，国子生，捐授广东盐运司知事，署海剎场大使。企祖长寿而能诗，《画话附录》曾云："乾隆庚戌，先大父雩坛公致仕家居，时年八十有一……作耆年会，皆古稀以上者……诸公之诗，俱叙录于后。"②翁缵祖（1715—1789），原名显祖，字衣言，号逸巢，乾隆辛酉顺天举人，选授四川平武县知县，护理龙安府知府，补绵竹县、署绵州及德阳县事，又补浙江富阳县、慈溪县，所在有能声。缵祖尝刊族谱，亦善画，《画话附录》云其："偶点笔作墨梅，不袭寻常蹊径。"③

翁企祖有五子：建基、建宇、建勋、建业、建台。其中翁建台字子民，号湘谷，太学生，善画，《画话附录》云："五叔父少府湘谷公，讳建台，字沼灵，设色花卉，亦秀丽，惜早年没，未臻大成。"④

翁缵祖有七子：建寅、建戌、建堂、建辰、建龙、建庚、建丙。其中第六子建庚过继给希祖。建庚字仓鸣，号柳溪，有五子，依次为郢锡（晋封）、楚封、秦封、苞封和槐封；楚封过继给同曾祖的兄弟翁建勋（字载亦），秦封过继给同祖兄弟翁承素，苞封过继给同曾祖的兄弟翁建辰（字星北）。郢锡、楚封、苞封的才能，已见前述。

这一支翁氏的文艺之火，从翁叔元开始，代代相传，从未熄灭，尤其是绘画艺术，家学底蕴更为深厚。郢锡、楚封、苞封，成为这文艺家族的最后闪光。

值得注意的是，翁楚封、翁苞封这支翁氏，与政声、文学皆赫赫在人耳目的翁咸封、翁心存、翁同龢一支有着同源分流的关系。《海虞翁氏族谱》记载，"翁氏之先，出于姬姓"，明永乐中，翁景阳入赘常熟庙桥璇洲里，是为常熟翁氏始迁之祖。翁景阳四世孙（自始迁祖翁景阳为第一世计算，以下言第几世同此）翁瑞，字思隐，倜傥好义，有子三：臣、卿、相，由此以下分常熟翁氏复分三支，曰：老大房、老二房、老三房。翁咸封一支属于老大房；翁楚封一支则属于老二房。两房兴衰并不同步。

老大房三传至第八世翁长庸，字玉于，号山愚，顺治四年（1647）进士，官至河南布政使司参政，奉母至孝，为官清廉，勤政爱民，人民呼为"翁佛子"。翁长庸长子第九世翁大中，字林一，号静庵，康熙三十六年（1697）进士，任福建上杭县知县。之后历第十世、十一世、十二世数代困顿不显，至第十三世翁咸封（字子晋，一字紫书，晚号潜虚），始中乾隆四十八年（1783）举人，嘉庆三年（1798）选海州（今连云港市）学正，实心爱民，入祀海州名宦祠，然家境清贫如故。翁咸封次子第十四世翁心存，道光二年（1822）进士，官至体仁阁大学士，位极人品。其子第十五世的翁同书、翁同爵、翁同龢也皆为朝廷重臣，至此老大房翁氏臻至极度辉煌，之后亦能瓜瓞绵绵，不坠家声。谢俊美先生曾精炼概括老大房翁氏："常熟翁心存一家，父子入阁拜相，同

---

① 《海虞翁氏族谱》谓翁企祖"康熙庚寅二月十二日生，乾隆辛酉八月十五日卒，年九十二"。按"乾隆辛酉"当为"嘉庆辛酉"。
② 《上海图书馆未刊古籍稿本（第40册）》，复旦大学出版社2008年版，第45页。
③ 《上海图书馆未刊古籍稿本（第40册）》，复旦大学出版社2008年版，第41页。
④ 《上海图书馆未刊古籍稿本（第40册）》，复旦大学出版社2008年版，第41页。

为帝师;叔侄联魁,状元及第;三子公卿,四世翰苑,如此功名福泽的,实属罕见。"①

老二房二传至第七世翁宪祥,字兆隆,号完虚,万历二十年(1592)进士,官至太常寺少卿;其兄翁蕙祥,字兆祯,号少崖,邑庠生,与诸弟以文行相砥砺;翁懋祥,字兆嘉,号具茨,万历四十三年(1615)举人,官山东滨州知州;弟应祥,字兆吉,号昇宇,万历二十八年(1600)举人,官山西朔州知州;愈祥(后过继给老三房继嗣),字兆和,号泰舆,万历二十六年(1598)进士,官礼部主事,改吏部主事。兄弟五人并著俊才。《画话附录》记云:"太常少卿完虚公暨兄文学少崖公、滨州刺史具茨公、弟朔州刺史昇宇公,吏部主事泰舆公,联翩科第,先后服官,当时称为五桂。……周服卿之冕为作《五桂图》。"②之后第八世翁毓英(蕙祥子)诗歌古文,斐然成章;翁毓华(蕙祥子)沉潜好学;翁毓奇(懋祥子)少有俊才,与毓英号"翁氏二才子"。翁汉麐(宪祥子)崇祯十五年(1642)举人,治经深于《春秋》,著有《春秋详节》;翁毓芳(宪祥子),国学生,乐善好施;翁毓澄(应祥子)潜心理学,深于易学。连翁宪祥之女翁静和也"豪于诗,精于书,妙于琴,尤喜画兰,故自号素兰,有《素兰诗集》二卷"③。第九世翁晋(毓英嗣子)善草隶和诗词;翁震(毓华子)长于歌诗;翁需(毓华子)顺治三年(1646)举人,任和州学正,上杭知县;翁铉(毓华子)少有才名;翁嗣齐(毓奇子)十岁能文。而至第九世翁叔元官至尚书,更是贵显。以下至第十四世翁楚封、翁苞封时,家道逐渐中落。

从明中后叶翁宪祥兄弟的五桂联芳,到清康熙间翁叔元的探花独秀,可谓老二房家道的上升期;而至道光年间翁楚封、翁苞封,则是老二房家道的下沉期,故翁心存在翁郢锡(晋封)亡后感叹:"尚书公(翁叔元)殁,其子孙尚有承平贵公子风,其后寖衰,或营微禄求小试,或以艺术游四方,迨君之亡,而家声日益沦替矣。"④老大房的遭遇恰巧相反,除第八世翁长庸、第九世翁大中在清初稍振家声外,道光以前的老大房,基本处于消沉状态;但从道光朝伊始,在老二房运势将熄未熄之际,老大房却伴随着翁心存的发迹,开始了辉煌华丽的起飞。

四、余论

明清文学家族乃至历代文学家族研究,已经成为当前学术研究的一个热点,但热闹的同时也泥沙俱下,出现了选题无序化、概念模糊化、方法模式化、结论简单化等问题。近年来,包括笔者在内的一批学者,或致力于该领域的战略性布局,或致力

---

① 谢俊美《常熟翁氏:状元门第、帝师世家》,中国人民大学出版社1999年版,第1页。
② 《上海图书馆未刊古籍稿本(第40册)》,复旦大学出版社2008年版,第6-7页。
③ 《上海图书馆未刊古籍稿本(第40册)》,复旦大学出版社2008年版,第9页。
④ 翁心存《翁氏家传·翁郢锡传》,国家图书馆藏《知止斋遗集》稿本。

于理论性建设和反思,或致力于实践性研究,已经取得一些成绩。[①] 但仍需要不断地呼吁和努力,才能使这一领域的研究得到良性和持续性发展。

即如对常熟翁氏的研究,就非常有必要厘清宗族(五服以外的同姓共祖者)、家族(五服之内共祖不共财)和家庭(五服之内共祖共财者)的概念,勿将宗族范围内的现象简单看作家族或家庭的问题。五服,应是家族文学研究和家族研究中最核心的概念之一。因为如果没有限制地一直上溯,每个人与他人都可能找到血亲或姻亲的联系,这就是俗话所说"五百年前都是一家",从而消解了家族的意义,也无法处理复杂的社会关系。五服从制度层面将社会划分成了一个个容易管理和控制的家族单元,并浸成习俗,反过来强化着中国古代的宗法等级制度。乃至今天,我们还常以是否出五服论亲戚关系的远近。出了五服的族人,不论荣辱,在法律上和自己既无牵涉,在习俗上也可以无帮助之义务,彼此间影响非常有限。《红楼梦》中所谓的"一荣俱荣,一损俱损",一般指五服以内甚至血缘更近的家族才合适。像常熟翁氏,在第四世翁瑞时已分为不同支派,至第十四世的翁楚封、翁苞封,第十五世的翁心存,老大房和老二房的关系早已出了五服,因此才会出现此盛彼衰,相互并无影响的现象。如果将常熟所有翁氏混为一谈,就很难得出令人信服的结论。

重视五服以内的家族文学或家族研究,绝不意味着能够全然不顾宗族。有的族人虽在五服以内,但由于居于不同区域,基本上不相往来,更谈不上什么荣辱与共;有的族人虽在五服以外,但由于居于相近的地域空间或因职业、兴趣等关系,走动较为频繁,彼此间反而多少会受到影响。另外,以某人为基点建构的五服关系虽然组成了家族,但该人五服内的任何一点又可组成另一个家族,当我们以"某氏家族"而不是"某人家族"命名的时候,基点并非唯一,而基点只要超过两个(包括两个),总体上看这仍是在宗族范围内讨论问题。我们的家族文学研究或家族研究,需要在总的宗族视野下,划分出不同层级,具体问题具体分析、具体对待,庶几可以实事求是。

[①] 战略性布局如梅新林、陈玉兰主编的"江南文化世家研究丛书"。理论性建设与反思如罗时进《家族文学研究的逻辑起点与问题视阈》,《中国社会科学》,2012年第1期;罗时进《关于文学家族学建构的思考》,《江海学刊》,2009年第3期;张剑《宋代以降家族文学研究的理论、方法及文献问题》,《文学评论》,2010年第4期;张剑《家族文学研究的分层与守界原则》,《华南师范大学学报》,2011年第3期。实践性研究如罗时进《清代江南文化家族雅集与文学创作》,《文学遗产》,2009年第2期;罗时进《清代江南文学发展中的"舅权"影响》,《江海学刊》,2011年第5期;徐雁平《清代文学世家联姻与地域文化传统的形成》,《华南师范大学学报》,2011年第3期;徐雁平《清代家集总序的构造及其文化意蕴》,《文学遗产》,2011年第3期;徐雁平《清代私家宅园与世家文学》,《西北师大学报》,2011年第4期。

论清代临桂况氏文学家族的重"法"传统

王德明

清代粤西的文学家族为数众多,在广西文学史上呈现出空前繁荣的景象。在众多的文学家族中,临桂以况澄、况周颐为代表的况氏家族是比较特别的,其中一个突出的特点是该文学家族重视对文学作品作法的总结,因而形成了其特有的传统和与众不同的个性特征。在清代众多的文学家族中,况氏以重视理论品质而木秀于林。作法研究,涉及如何确定取法的对象、学习的步骤与途径、具体的技巧和原则、应当避免的问题等诸多方面,涵盖进入创作领域到取得创作成果全过程的诸多知识点,历来为古代学者和作家所重视。但自20世纪以来,文学研究者偏重于关注作品的内容,特别是作者、作品与政治、社会、文化、历史的关系等,故作为文学作品至关重要的因素——作法反倒往往被忽略。因而,这一直是中国古代文学研究中一个比较薄弱的环节,在近年来兴起的文学家族和家族文学研究中,就更少涉猎了。本文以况氏家族为典型个案进行探讨,以揭示清代文学家族某些未被关注的特质。

一

从现存资料来看,临桂况氏家族大致由祖、父、孙三代构成。在这三代家人中,几乎每一代都有探索研究作品作法的代表,并且产生了大量著作,其中以况澍和况周颐最为突出。由此我们从该家族谱系中可以遴选出三代之代表,即祖父况祥麟,父辈况澍、况澄①,孙辈况周颐。一种具有特质的家族文学的文脉,也由此显示出延绵之势。

作为祖父辈的况祥麟,字皆知,号花矼、华杠,斋室名红葵斋。嘉庆五年(1800)恩科举人,诰封奉政大夫,晋封中宪大夫。著有《红葵斋诗集》《红葵斋文集》《红葵斋笔记》《灯说觿存》《六书管见》。况澍,字雨人,道光五年(1825)举人,九年(1829)进士登科,翰林院庶吉士,武英殿协修《康熙字典》,改刑部贵州司主事,升福建司员外郎,诰授奉直大夫。著有《东斋杂著》《东斋诗集》《杂体诗钞》等。况澄(1799—1866),字少吴,笔名梅卿,书斋名西舍。道光二年(1822)进士,改翰林院庶吉士,道

---

* 作者为广西师范大学文学院教授、博士生导师。本文为国家社会科学基金项目"中国古代诗法学史"(项目编号:15BZW084)的阶段性成果。

① 况周颐之父为况洵,字云衢,号瑜卿,邑廪贡生,候选训导,历署河池州学学正,西林县学训导。况澍、况澄,分别为其大伯父、二伯父。

光十四年(1834)授户部江西司员外郎等,后官至河南按察使。著作甚富,有《西舍文遗篇》《粤西胜迹诗钞》《西舍诗钞》《使秦纪程》等。

现存于况澄《况氏丛书》中的《诗文题解》是一部由况祥麟、况澍、况澄合著的专门指导后辈如何应举的著作,对应试诗文的作法做了具体的分析,从中可见况祥麟、况澍、况澄三人对于作品作法的见解。① 况祥麟的见解往往多从用韵、构思、布局等来着眼。例如,此书"文昌气似珠"条以庾信《皇夏》诗作为范例来分析:"若水逢降君,穷桑属惟政。丕哉驭帝篆,郁矣当天命。方定五云官,先齐八风令。文昌气似珠,太史河如镜。南宫学已开,东观书还聚。文辞金石韵,毫翰风飙竖。清室桂冯冯,齐房芝诩诩。宁思玉管笛,空见灵衣舞。"对于这首诗,况祥麟分析道:"庾诗前八句为一韵,后八句为一韵,界限划然。然'五云'句以设官言,'八风'句以布令言,'文昌'句以天象言,'太史'句以地理言,'南宫'以下四句始以好文学言。因'文昌''太史'字与文学意易于蒙混,而试场以'文昌气似珠'命题,作试体诗者多就文教为言,殊误。"况祥麟从庾诗的用韵及层次安排角度进行了分析,并特别指出,如果科举考试时以诗中"文昌气似珠"句命题时,许多人往往多就文教阐发,而不是像庾信此诗一样构思,那么就陷入了误区。

再如书中有况祥麟对宋代诗人魏野《春日抒怀》诗的分析。《春日抒怀》云:"春暖出茅亭,携筇傍水行。易谙驯鹿性,难辨斗鸡情。妻喜栽花活,童夸斗草赢。翻嫌我慵拙,不解强谋生。"况祥麟论析云:"此闲适诗也。通首注意在末二句,以为人不能不谋生,不谋则弃以为生,然不容于强谋也。素其位而行,不愿乎其外,斯弃入而不自得矣。凡人之强谋生者,自以为勤,自以为巧,终日营营,终生扰扰,求一时之闲,一事之适而不可得也,我则异于是。"从诗的立意入手来分析,批评"强谋生者"。显然,这是在讨论诗的作法。况祥麟对于诗的用韵也有自己的看法。例如"禹耳三漏"条云:"'江'古音工,与'通'为韵,若作试体诗题赋,韵限'江'字,则'江'当读如律韵三江之'江',不得读如'工'音矣。"

况澍现存的关于诗文作法的资料不多,在《诗文题解》中,则多从审题、切题等入手。例如,他在此书中的"论试律诗作法"一条中,以"莺声细雨中"这一诗题为例论曰:"此题乍见似易,及细按之甚难。'细'字题头,'中'字题神,最要刻划。莺、雨互写在实发处,四句必不可少,能多更妙。""不难于一联俱从莺说雨,一联俱从雨说莺,难于一句莺雨,一句雨莺。诚以切'莺'字者多虚,切'雨'字多实,最难配合。""以实对实,亦多不工。对而工矣,语句又极难串。多致一句,若截分两下者然。或出句并写,对句不能兼及。或对句并写,出句不能兼及,均属偏枯。"由此可见,况澍对于诗歌作法也是有独到见解的。

至于况澄关于作品作法的论述,是整个况氏家族中著述最为丰富的。除了《诗文题解》中保存了不少资料外,况澄还有《诗话》《对法随抄》《梅卿杂记》等专门论述

---

① 况澄《况氏丛书》第123册,桂林图书馆藏稿本。

诗歌作法的著作。显然,况澄的主要兴趣在诗歌作法,他不仅著述丰富,而且研究最为全面。《对法随抄》专门辑录有关诗歌对仗的资料。其中大部分材料从古代诗话和笔记中抄出,其中也间有自己的观点和材料。《诗话》和《梅卿杂记》的部分内容则综论古今诗人在诗歌作法上的种种得失。而《诗文题解》则更是以况澄的论述为主体。如"'五月鸣蜩'诗题解"条云:"此题必须切定'五月'着笔,方不浮泛。否则,题之说蝉鸣者,指难胜屈。藏题看诗,但见其赋蝉耳,几不知为何题。若他题有'五月'字者,略过正自不妨。如以'五月斯螽动股'为题,则古人诗句,言斯螽者,既属仅见。'动股'二字,亦复生新。作者不甚加意'五月'二字,未必失之浮泛。至于'五月梅花照眼明''五月江深草阁寒'等题,下五字仅堪刻画,其于题首'五月'二字不须一步一顾矣,然亦不可尽行抛荒。"这实际上是以"五月鸣蜩"为例,说明写作此类诗歌时如何审题、安排布局的问题,可见况澄用心之细。

　　孙辈中的况周颐更加重视作法。不过,与况氏家族中的前两辈不同,他的主要兴趣在于探讨词的作法,其代表作《蕙风词话》中有对词之作法的全面论述。例如,在作词的取法对象上,况周颐认为,"择定一家,奉为金科玉律,亦步亦趋"。与此相对应:"情性少,勿学稼轩。非绝顶聪明,勿学梦窗。"(《蕙风词话》卷一)而在具体的风格取向上,他说:"填词先求凝重。凝重中有神韵,去成就不远矣。所谓神韵,即事外远致也。即神韵未佳而过存之,其足为疵病者亦仅,盖气格较胜矣。若从轻倩入手,至于有神韵,亦自成就,特降于出自凝重者一格。若并无神韵而过存之,则不为疵病者亦仅矣。或中年以后,读书多,学力日进,所作渐近凝重,犹不免时露轻倩本色,则凡轻倩处,即是伤格处,即为疵病矣。天分聪明人最宜学凝重一路,却最易趋轻倩一路。苦于不自知,又无师友指导之耳。"(《蕙风词话》卷一)

　　关于作词的技巧和方法,首先,是懂得作词的各种忌讳。在《蕙风词话》中,就有许多关于作词的"忌""不宜"这样的论述,如卷一:"词笔固不宜直率,尤切忌刻意为曲折。以曲折药直率,即已落下乘。昔贤朴厚醇至之作,由性情学养中出,何至蹈直率之失。若错认真率为直率,则尤大不可耳。""词能直,固大佳。顾所谓直,诚至不易。不能直,分也。当于无字处为曲折,切忌有字处为曲折。"其次,是掌握作词中的技巧和方法。他说:"名手作词,题中应有之义,不妨三数语说尽。自余悉以发抒襟抱,所寄托往往委曲而难明。长言之不足,至乃零乱拉杂,胡天胡地。其言中之意,读者不能知,作者亦不蕲其知。以谓流于跌宕怪神、怨怼激发,而不可以为训,则亦左徒之'骚''些'云尔。夫使其所作,大都众所共知,无甚关系之言,宁非浪费楮墨耶。"(《蕙风词话》卷一)"寒酸语不可作,即愁苦之音,亦以华贵书之。饮水词人所以为重光后身也。"所有这些都说明,况周颐对词法的研究是非常深入而全面的。

二

　　文化,只有经过积淀、传承才能形成传统,大传统如此,小传统亦如此。况氏家族三代人中,至少有四人保持着对文学作品作法的兴趣,进行过较深入的探讨,且均著有理论著作。这足以说明,切劘文学作品作法,已经成为家族文学意识的基点,具有共识性和激发力,故能成为家"法",形成文脉,这在清代粤西文学家族中是绝无仅有的。

况氏家族对于文学作品作法的探讨,具有三个方面突出的特点:

1. 持续性。况氏家族从湖南移居桂林,较早的资料我们已无法掌握,但从况祥麟开始,到况澍、况澄,再到况周颐,代不乏人,况氏家族的成员始终坚持着对作品作法的探讨。这个传统经三代而不衰,颇为难得。因为资料的散佚,况祥麟、况澍论述作法的著作存世不多,成就和著述似有限,但况祥麟作为这一家族探讨作品作法的最早实践者,开了风气。他不仅在具体的创作上为况氏后辈做出示范,而且在作品作法的探讨上为况氏晚辈指出了学术研究的方向。而况澍和况澄是况氏家族承上启下的一代人,上承况祥麟,下启况周颐,足为况氏家族的作法研究关键一环。而况周颐则以其词法研究,在继承家族的传统基础上发扬光大,拓展了文学研究的疆域,成为况氏家族作法研究一脉中最为突出的人物。

如果我们将况氏家族的这一传统放在整个况氏家族的学术研究中去考察,就会发现这一传统更为难能可贵。就学术研究的兴趣和成就而言,况祥麟的主要兴趣在文字学及史学;况澄则更为广博,经学、史学、语言、文字、书法、绘画均有涉猎和著述;况周颐除了词学研究外,亦勤于史学、金石等方面的研究。在如此广泛的学术领域中,三代人都保持着对文学作品作法的研究探讨热情,未曾间断,形成鲜明的脉络,也正因为如此,方形成了不同于粤西其他文学家族的鲜明特点。在清代粤西的其他文学家族中,虽然偶有探讨文学作品作法的著作,例如人数众多的全州蒋氏家族,其成员蒋励常早在乾隆时期就著有《十室遗语》。在这部著作中,蒋励常以孟子、韩愈等人的文章为例,多方面地分析了古文的作法,提出了"相交成文""交而不乱""参差之中见整齐"等具体的作法。但是,自他之后,蒋氏家族的成员就很少有类似的著作和论述问世,即使在蒋励常之孙、著名的诗人蒋琦龄那里,也没有类似的著述,因而就没有形成一脉相承的研究作品作法的传统。相形之下,况氏家族成员的理论品质殊属可贵。

2. 差异性。况氏家族在保持作品作法研究这一传统的同时,各人之间还保持着显著的个性特点,这使况氏家族的作品作法研究在家族内部呈现出差异化发展的趋势。况氏家族的这种差异性最突出地表现在研究方向上。况祥麟和况澍的研究方向是诗文作法,尤其是科举应试诗文的作法。而况澄的著述虽然丰富,但主要集中于诗歌作法的研究,很少涉及文和词的作法。到了况周颐,终其一生,对文和诗的作法讨论仅零星可见,更多的则是对词的作法的探究,《蕙风词话》作为其代表性著作便是明证。即使是对于诗歌作法的探讨,况祥麟、况澍和况澄均有所涉及,但况祥麟和况澍多聚力于应试诗,况澄研究的范围则涉及整个中国古代诗歌史,其研究范围远远超过况祥麟和况澍。

就研究方式而言,况氏家族成员之间也各有差异。况澄的有关诗歌作法研究的著作最为丰富,但是,他的研究方式是辑录有关资料为主,理论阐述为辅,以资料的丰富性见长。况祥麟、况澍,尤其是况周颐,则以理论阐述为主,资料辑录为辅。可见,况氏家族成员对作品作法的研究各有侧重,互不相同。研究对象的差异性,形成了况氏家族研究成果的多样性。家族文化在传承中会发生同中有异的变化,即使在理论探讨的途径中,也可能出现某些分岔,而这恰恰使其家族文学发展变得生动而丰富。

3. 阶梯性。鸟瞰整个况氏家族对于文学作品作法的研究,很容易地看出,其祖、父、孙三代在成就上呈现出明显的阶梯性特征,即祖辈较低,父辈呈上行之势,孙辈臻至最高境界。作为祖辈的况祥麟虽然在家族中对诗文作法研究有肇始之功,但相关著述不多,只局限于应试之作,论述也欠深刻,因此在诗界影响有限。到了父辈的况澍、况澄,情况有了很大的变化。如果说况澍还与况祥麟在讨论层次上相当的话,那么,况澄因其著作的丰富性,其论述的范围、观点的深刻性和新颖度以及社会影响等,就远在况祥麟之上了。就是在《诗文题解》这样的三人合著的著作中,仔细研读有关论述,我们也会发现况澄对有关诗文作法的论述,也远比况祥麟细致深刻。例如"赋得新竹压檐桑四围(得'檐'字)"条,况澄云:"作试体诗,对仗宜工。此题只有'竹''桑'二字自然成对,其余五字,殊难配搭。竹压檐,桑四围,意似相对,而字面参差。虽'压'字、'围'字未尝不对,但'压'字在'檐'字上,'围'字在'四'字下,作对亦费周折。至于'新'字,颇觉有味,岂可抛荒?然必曰新竹,则'桑'字上势必设添一字,如柔桑、苞桑之类。牵强支离,非题之所应有。'檐'字实,'围'字虚,以'环堵'贴'四围',用对'压檐',亦复偏枯。"这样细致入微的分析,是况祥麟无法做到的。到了况周颐,因为有《蕙风词话》这样的论词专著,可以说把况氏家族对作品作法的探讨推向了史无前例的高峰。《蕙风词话》对词的作法的研究,不仅涉及临桂词派的"重拙大"理论,同时兼及作品的意境塑造、取法对象、作者天分、具体技法等,全面而细致,具体而深刻,成为词学史上的名著,其成就与影响又远远超过了况澄。

正是因为况氏家族有着如此鲜明的特点,所以,它才能成为粤西文学家族中理论色彩最浓厚、成就最突出的文学家族。在清代家族文学史上也独树一帜,使"文学家族"的内涵更加丰满。

三

况氏家族之所以对作品作法如此重视并形成特色和传统,是有其特殊原因的。

首先,况氏家族重视文学教育,多数成员具有较高的文学素养。明清以后,固然有许多士人出于爱好而进行文学创作,但是,对于很多家族来说,其文学创作的爱好未必是必具的。对于一般家族文化而言,最重要的是精于科举,注重实用。例如,同为临桂的文学世家,况氏家族与以陈宏谋、陈继昌为代表的陈氏家族对于文学的态度就迥然不同,因而形成了完全不同的文学成就与特点。陈氏家族重理学、实用,对文学则采取轻慢、无所谓的态度。陈宏谋曾说:"为诗词歌赋而读书者,风云月露之学也,纵极富丽,何裨民物!"(《寄朱晓园》)"才与学足以用世,不必以诗鸣。""士君子之志,在福民人,利国家,奚论仕与不仕,而区区文翰之工拙其后焉者也"(《张西清〈泛槎吟〉序》)。陈宏谋的儿子陈钟琛在给他的妹妹陈莹英《含贞轩诗》所作的序中说:"昔文恭公以理学著名海内,其于后辈莫不教以名理节义,而不屑于诗。"①这种态度直接导致了陈氏家族虽有文学,但始终不以文学知名的结果。临桂陈氏家族的这种特点,在当时颇具代表性和示范性。相反,况氏家族自始至终都十分重视文学教育,在形成了代代相传的文学传统的同时,也形成了人数可观的作家队伍,其中也包含家族女性文人。几辈人都有可观的文学创作,其中如况澄、况周颐文学创作的数量和质量,在清代粤西文坛均名列前茅,这为况氏家族进行文学创作的总结奠定了基础。

  其次,况氏家族不仅热爱文学创作,而且还共同拥有进行文学创作理论研究的兴趣与才华,很好地将作家与学者这两种天分、气质、兴趣结合在一起,这在历代粤西文学家族中是罕见的。广西有文学创作自"二曹"始,有文学家族自宋代始。客观来看,其成就与影响在全国来说大致位居下游,在文学理论上则更为落后。究其原因,是因为粤西作家重创作、轻理论。所以,从三国到民国的1700余年里,广西历史上以诗文集为主的集部著作共有1505种,其中有关的文学论述著作不过数十种。②多数作家有创作而无理论研究,即使有理论观点,也大多散见于他们为别人或自己所作的诗文集序中。与众不同的是,况氏家族成员不仅有大量文学创作,同时还有大量的文学研究著作,如况祥麟、况澍、况澄合著的《诗文题解》,况洵的《杂体诗钞》,况澄的《诗话》《古今诗人名录》《梅卿杂记》《对法随抄》《古词选钞》《唐宋诗钞》《宋七绝诗选录》《宋诗纪事选句》,况周颐的《蕙风词话》等。如此数量众多的研究著作,是粤西历史上其他任何一个文学家族所没有的。纵观清代粤西文坛,除况氏家族的著作外,可以称得上诗话、词话、文话、赋话的理论著作主要有廖鼎声的《味蔗轩诗话》、苏时学的《爻山诗话》、周必超的《赋学秘诀》、蒋励常的《十室遗语》、张培仁的《妙香室丛话》、韦丰华的《今是山房吟余琐记》等不超过十部,而况氏家族中的《诗文题解》《诗话》《梅卿杂记》《对法随抄》《蕙风词话》是不折不扣的诗话、文话、词话著作,仅从数量上来说,就几乎占了清代粤西此类著作的三分之一。由此可见况氏家族对于文学研究的强烈兴趣。在这种兴趣之后,掩藏的是况氏家族对于文学研究的特殊天分与气质。而文学作品的作法研究,直接来源于对文学创作的理论研究,是对他人和自己文学的创作原则与方法的总结。

  再次,况氏家族的重作品作法的传统也与其重视家族成员文学素质的养成、亲身投入教育实践及某些特殊的境遇有关。况氏家族重视家庭教育,《诗文题解》其实就是一部况祥麟、况澍、况澄父子为家中晚辈科举应试而编制的教材,所以,书中常

---

  ① 朱依真等《临桂县志》卷二二,清光绪六年补修本。
  ② 广西民族学院图书馆《广西历代文人著述目录》,广西民族学院图书馆1983年版。

见如何教育儿童进行写作的话语。例如"大田多稼"条:"赋得大田多稼得'多'字,五言十二韵,塾师以此题课诸生颇苦,歌韵诸句,与题不协,述之于予。予谓课童蒙者,限以宽韵,犹恐词不达意,何必以此窒塞其机?"由此可见,况氏家族聘有塾师。此书是在塾师教学的基础上,况氏长辈亲自进行教育的教材。况澄的《对法随抄》从古书和他自己的著作中共抄录了逆挽法、蹉对法、就句法、流水对、假对、交互对、五言双字、七言双字、五言双叠字、五七言叠字虚实、七言双叠字、五七言折腰句、五言重字联、七言重字联、数目字联、五言用助语、七言用助语、博用成语、工对等名目,并举诗为例,性质与唐五代诗格类著作颇近,又似宋代的《诗人玉屑》。这些对仗对于成熟的诗人来说是老生常谈,但对于青年学子来说,则颇为新奇,其为教育后学的编纂目的显而易见。至于况周颐,因为科举失败,生活无着,仕途一直不得意,晚年沦落到鬻文为生的窘境。《蕙风词话》在很大程度上也是为教育后学进行词创作而著。正因为如此,所以,书中常见"学词""学词者"之类的提示语。如"学填词,先学读词。抑扬顿挫,心领神会。日久,胸次郁勃,信手拈来,自然丰神谐盎矣"。"凡人学词,功候有浅深,即浅亦非疵,功力未到而已。不安于浅而致饰焉,不恤颦眉、禹齿,楚楚作态,乃是大疵,最宜切忌。"诸如此类的话语,非常明确地告诉我们《蕙风词话》撰写的目的和动机。可以说,重视教育,并亲身投入其中,这是况氏家族作品作法研究传统得以一以贯之的直接原因。

　　况氏家族的这种重法传统,一方面形成了其与众不同的特点,为粤西文学贡献了大量的文学理论著作;另一方面,对于况氏家族自己的文学创作也产生了积极的影响,是形成况氏家族生生不息的文学传统的重要原因。当今文学家族或家族文学的研究者在谈到文学家族形成的原因时,往往提到文学教育起到的作用。但是,至于如何进行教育,这些教育如何发生作用等,则又语焉不详。其实,中国古代文学家族进行文学教育时,作品作法的教育是必不可少的,也是一个家族在文学上能持续发展,并能保持较高水准的重要的动力和原因之一。例如宋人周煇《清波杂志》卷七载:"东坡教诸子作文,或辞多而意寡,或虚字多,实字少,皆批谕之。又有问作文之法,坡云:'譬如城市间种种物有之,欲致而为我用。有一物焉,曰钱;得钱,则物皆为我用。作文先有意,则经史皆为我用。'大抵论文以意为主。"[1]这就是苏轼通过具体的作法教育,使其诸子明白作文的道理,掌握具体的技法和原则。在这种情况下,才在苏轼之后,产生了苏过、苏迈等下一代的苏氏家族文学作家,从而延续了苏洵、苏轼、苏辙形成的文学传统。况氏家族也是如此,对作品作法的研究通过教育等方式而对况氏家族文学的延续和传承起到了灌输、滋养的作用。

　　具体而言,对作品作法的研究对于况氏家族的文学创作主要起了两个方面的作用:

　　一是激发家族中后学的文学兴趣,提高后学的创作水平。当前辈将总结出来的

---

[1] 周煇撰,刘永翔校注《清波杂志校注》,中华书局1994年版,第299页。

各种作法传授给家族中后辈时,自然带有一定的权威性。后辈在接受这种教育时,有的是出于兴趣,有的则是被动地接受。不管是哪一种情况,这样的作法传授所带来的结果是,家族中的后辈都接受了严格的作法训练,具有扎实的基本功,从而具有了较高的文学素养。况周颐就说过,他小时曾受伯父况澍所撰的《杂体诗钞》的影响,仿效"自君之出矣"体,写过"自君之出矣,不复画长眉,眉长似远山,山远君归迟"的诗。①《杂体诗钞》辑录古代各种杂体诗,如柏梁体、梁父吟、离合体、神智体、休洗红、两头纤纤、自君之出矣、集词名、药名之类,共二十四卷,分八册。虽然不是诗法著作,但书前附有《杂体诗话》,这虽然也是辑录各种论杂体诗的资料而成,但其中有些是关于诗法的论述。况周颐受此启发和影响,也自在情理之中。

  正是因为有了《诗文题解》这样的作法著作,所以,况氏家族成员在科举上才取得了比较优异的成绩。从现存资料来看,况祥麟中了举人,况澄和况澍中了进士,况周颐的父亲况洵和况周颐在科举上并不突出,都只中了举人,没有中进士,或许有某些偶然的因素了。从现存的相关作品来看,他们也是达到了很高水准的。试看《广西闱墨》中所载的况周颐中举时的诗歌作品《赋得八桂山川临鸟道》:"八桂登临处,名山并巨川。蟾宫和月折,鸟道带云穿。凉荫辰峰外,香浮癸水边。萧萧惊叱驭,跕跕堕飞鸢。翠耸千盘路,青云一发天。邮程迷瘴雨,关塞入蛮烟。雁影三湘隔,羊肠九折连。高枝欣可借,蓬岛接班联。"此诗被评为"返虚入浑,积键为雄。清新俊逸,犹其余事"②。况周颐因为此诗及另外几篇八股文,中当年乡试第九名。至于他在以后的词的创作上取得的成就,足以说明他受到过良好的文学教育。这样的成绩,当得益于况氏家族的前辈所作的《诗文题解》这样的著作。

  二是提高研究者自身的文学创作水平。况氏家族持续不断的作法研究,也为况氏家族成员自身文学创作水平的提高提供了学术基础。任何作家,哪怕是最具天才的作家,也要受过严格的训练,掌握必要的创作原则和技法,才可能创作出优秀的作品。只不过有的作家没有将研究心得用文字记录下来,有的则记录了下来,便成了研究著作。况氏家族之所以能在文学创作上取得辉煌成就,其实与各成员坚持作品作法的研究也有共生关系。如上所述,从况祥麟到况澄,再到况周颐,作品作法研究的成就是呈阶梯式发展的。同样,在他们的文学创作的成就上,也是呈上行趋势。况氏家族中作品作法研究与文学创作成就的这种一致性绝非偶然,而存在着必然的联系。况祥麟虽有创作,但现存的作品数量很少,究其原因,艺术质量是一个重要因素。这似乎可以从他在《诗文题解》表现出来的对作品作法简略而不够细致深入的特点看出端倪。似乎可以说,他的作品作法研究并不足以提供他充分的诗歌创作力量。正因为如此,他的文学创作成就不高。

  况澄、况澍的文学创作成就要高出况祥麟一筹。况澍"雅好吟咏,素谙音律。因

---

① 况周颐著,孙克强辑《蕙风词话续编》卷二,中州古籍出版社2003年版,第139页。
② 衡鉴堂《广西闱墨》,清衡鉴堂刻本。

时感事,或借酒以浇愁。触物兴怀,每因诗以作史,生平纂辑以诗为最多。生平著作,亦以诗为最富"①。况澄则是况氏家族第二代中最杰出的代表,他不仅精于散文创作,更长于诗歌。从现存的《西舍文遗篇》《西舍诗钞》《使秦纪程》便可见其创作成就。蒋琦龄曾经对况澄的诗有一个全面的概括,认为况澄"导源选体,驰骋于唐以来诸名家之场,无体不工,而近体声容全乎浑雅,思力穷乎清新,尤赅唐宋之妙,盖自束发即耽佳句,逮乎载白,凡得诗二千余首,排比八卷,可谓盛矣。夫固与鼎山(蒋崧)上继谢(谢良琦)、朱(依真),下开后贤者也"②。这一方面指出了况澄诗歌的主要特色和成就,同时又确认了他在整个广西诗歌史上的崇高地位。况澄之所以能有这样的成就,显然是以他大量的诗法理论研究为基础的。

况周颐无疑是况氏家族三代成员中创作成就最高的作家,他不仅是"临桂词派"的代表人物之一,而且是"晚清四大词人"之一。这样的成就,是与他在况氏家族中对词的作法的研究最为精深细致相一致的。从现存资料来看,况周颐很早就开始进行词法研究,并且一直坚持到晚年。《蕙风词话》只不过是他从以前的各种相关著作中辑录出来相关内容而成的论词专著。由于对词法研究细致深入,对作词有独到的体会,所以其词的创作自也非同凡响。例如《蕙风词话》卷一:"曲有煞尾,有度尾。煞尾如战马收缰,度尾如水穷云起。(见董解元西厢记眉评)煞尾犹词之歇拍也。度尾犹词之过折也。如水穷云起,带起下意也。填词则不然,过拍只须结束上段,笔宜沉著。换头另意另起,笔宜挺劲。稍涉曲法,即嫌伤格。此词与曲之不同也。"③这显然是对词法与曲法进行了深入的研究之后才产生的独到见解,绝非泛泛之言。知而能行,知行合一,使其在粤西以至整个清代诗坛中具有了重要地位。

临桂况氏家族作为清代粤西文学成就最高的文学家族,其成就和特色是多方面的,其兴起的原因也是多方面的,但不管怎样,重视作品作法的研究始终是它坚持不变的传统,唯其如此,也才造就了《蕙风词话》这样的巅峰性的传世之作,形成了况氏家族与众不同的个性特征。本文对此问题的讨论仅属初探,希望更多的专家学者投入其中,对文学家族的理论品质研究形成更大的突破。

---

① 况澍《东斋诗偶存》卷首刘启运《序》,清光绪十三年登善堂刻本。
② 蒋琦龄著,蒋世玢等校点《空青水碧斋诗文集》卷四,广西人民出版社2001年版,第78页。
③ 况周颐著,孙克强辑《蕙风词话》卷一,中州古籍出版社2003年版,第12—13页。

江南家族与学术共同体
——以涉园张氏家族为例

沙先一 秦 敏

艾尔曼在讨论清代江南学者职业化问题时,曾提出"学者共同体""学术共同体"的概念。① 实际上,明清江南一些家族学术积淀深厚,家族成员学术研讨气氛浓郁,学术著述也体现了彼此合作的精神,可将其视作一个小型的学术共同体。其中具有代表性的,如钱大昕家族,父子、兄弟之间在史学、音韵学上互为影响,彼此合作;再如冯浩家族,冯浩有《玉谿生诗笺注》,其子冯应榴有《苏文忠诗合注》、冯集梧有《樊川诗集注》,体现了家族学术的延续性与一致性。这种家族内部的学术共同体是研究清代学术、清代家族文化的重要切入视角。

海盐涉园张氏家族也具有这一文化特征。海盐张氏始祖可上溯至北宋末年的张九成。张九成(1092—1159),字子韶,号横浦居士,著有《横浦文集》二十卷等,在理学发展史上,张九成是二程理学向陆九渊心学演变的重要人物。之后,张氏家族诗书传家,代不乏人。涉园则得名于张奇龄(1582—1638),字符九,人称大白先生,命其读书处为涉园,曾主杭州虎林书院。张奇龄为后人立下家训:"吾宗张氏,世业耕读;愿我子孙,善守勿替;匪学何立,匪书何习;继之以勤,圣贤可及。"②

涉园张氏世代耕读,著述丰富。张元济《张氏艺文序》云:"余家海盐号称旧族,历数百年读书种子不绝。家乘所纪先人遗著凡数十种,中经洪杨之乱,大半散佚。"③从张元济《海盐张氏涉园藏书书目》、张元济所辑《涉园丛刻》以及《续槜李诗系》《海盐张氏族谱》等文献中,可见海盐张氏著述创作的盛况。张氏著述又集中于涉园一脉,尤著于张惟赤之曾孙辈,惟赤之孙张芳湄有九子:张宗柭、张宗杓、张宗松、张元龙、张宗栭、张宗橚、张荣、张载华、张宗棅,其中张宗杓、张宗松过继给其兄芳溶为嗣;又,张柯为芳湄之弟张芳潢次子(为行文方便,下文将张宗松兄弟诸人称为涉园张氏兄弟)。本文将涉园张氏兄弟视为一个家族型的学术共同体,探讨他们如何研

---

* 作者沙先一,江苏师范大学古籍整理研究所教授;秦敏,江苏徐州人,江苏师范大学古籍整理研究所副教授。本文为国家社会科学基金重大项目"历代词籍选本叙录、珍稀版本汇刊与文献数据库建设"(项目编号:16ZDA179)的阶段性成果。

① 艾尔曼著,赵刚译《从理学到朴学》,江苏人民出版社2012年版。
② 《海盐张氏族谱》,民国二十三年刊本。
③ 张元济辑《张氏艺文》,涉园丛刻本。

讨学术,如何合作著述,以及学术共同体与家族园林、藏书之间的关系等。

一、涉园与藏书：家族学术的文化空间与文献支撑

江南家族园林为家族学术共同体的文化活动、学术研讨提供了必要的活动空间。家族园林不仅是家族生活、休闲的重要空间,也是文人雅集的重要场所,游历过往的文人骚客也往往徜徉其中,诗酒唱和。① 涉园即具有这样的文化功能。涉园原为张奇龄读书处,其子张惟赤归田后,始加营造,题名涉园。张元济《涉园题咏续编序》:"余家涉园为大白公读书之处,创于明万历之季,逮螺浮公始观厥成。林泉台榭为一邑之胜,历康、雍、乾、嘉四朝,修葺不废。"② 涉园张氏于此或读书著述,藏书刻书;或畅游赏景,吟诗赋词。涉园是张氏诗词创作反复题咏的主题,如张宗松《九日涉园登高》:"随众来园圃,登高纵目宽。日斜云影淡,风紧竹声寒。对菊可无酒,逢场且作欢。茱萸头遍插,兄弟笑相看。"③ 又有《涉园杂咏诗十四首》描写涉园景物,抒发徜徉其中的适性与惬意。可以说,涉园已经成为海盐张氏家族的一个重要文化符号。

时人或后人讨论海盐张氏家族文化时必然会谈及涉园,认为张氏家族的文化成绩多得涉园之助。陆以谦《含广张先生墓志铭》云:"海盐涉园张氏,自大白先生以名孝廉著于前代,国朝螺浮给谏继之,门户益大。后两世为主政,为郎中,咸在比部,世济其美。园亭之幽,书卷之富,甲于一邑。故子姓彬彬,皆以读书纂述为乐,不屑如世俗子弟,挟兔园一册,博科名已也。"④ 赵金简《学博晓堂张君家传》云:"初大白先生尝读书城南之乌夜村,其后给谏公因以筑园,树石池馆之胜,甲于一邑。君(张元龙)晚岁优游其间,一觞一咏,当花月之良辰,享林泉之清福。"⑤ 陆以谦《芷斋张先生墓志铭》云:"涉园系先人旧业,池亭树石之胜,甲于一邑。先生不敢任其颓废,与从弟兰榭、东谷葺治。春秋佳日,偕群从及里中名士,弹琴赋诗,评书读画,非有大事,终岁不入城市。"⑥ 涉园为张氏兄弟的文学创作与学术研讨提供了惬意的空间。涉园还是当时文人雅集的重要场所,张元济《涉园题咏续编序》云:"四方名士至余邑者,必往游,游则必有题咏。"⑦ 涉园的开放性为张氏家族与外界的文化交流提供了重要的平台,当时文化名流对涉园的题咏有助于提升涉园的文化影响力。

艾尔曼在考察藏书楼、出版业对江南学术共同体中考据学派兴起所发挥的作用时,曾说:"藏书家是学术研究的首要条件之一。他们收藏、出版史料,向有关学术研

---

① 罗时进《清代江南文化家族雅集与文学创作》,《文学遗产》,2009 年第 2 期。
② 张元济辑《涉园题咏续编》,涉园丛刻本.
③ 张宗松《扪腹斋诗钞》卷一,清嘉庆刻本。
④ 王士禛著,张宗柟纂集《带经堂诗话》,人民文学出版社 1982 年版,第 862 页。
⑤ 《海盐张氏族谱》,民国二十三年刊本。
⑥ 张元济辑《张氏艺文》,涉园丛刻本.
⑦ 张元济辑《涉园题咏续编》,涉园丛刻本。

究提供必要的参考文献。"①清代的知识生产,藏书与出版起到了至关重要的作用。张氏家族以藏书、刻书盛称于时,名闻江南。家族藏书为涉园张氏的学术研讨提供了坚实的文献支撑,而刻书又保存、传播了家族的文化学术。张氏藏书与刻书有两个盛期:一为雍乾时,张宗松、张宗柟、张载华等的藏书与刻书;一是民国时张元济的藏书与商务印书馆的出版事业。这里仅就清代涉园张氏兄弟的藏书与刻书略事考察,以见藏书对于张氏家族学术共同体的意义。

涉园藏书始于张惟赤(1615—1676),惟赤字君常、侗孩,号螺浮,顺治十二年(1655)进士,曾任刑部给事中。惟赤归田后,将其父张奇龄的读书处加以营造,后得马思赞道古楼藏书,涉园藏书数量大增,与同郡朱彝尊之潜采堂、杭州赵氏之小山堂齐名。延至其孙张宗松、张宗柟、张宗橚、张载华一辈,更臻其盛,尤以张宗松的藏书最为著名。张元济《涉园题咏跋》云:"吾涉园藏书极富,积百数十年未稍散失。……青在公博通群籍,性耽吟咏,尤喜刻书,群季俊秀咸有著述,剞劂流布,为世引重。"②张元济之六世祖张宗松(1692—1751),字青在,一字楚良,别号寒坪。其本人名下藏书有1559部,在兄弟中藏书最富,曾将藏书编目为《清绮斋书目》四卷,著录有宋元刊本50余种,抄本290余种。张宗柟、张宗橚、张载华也各有藏书。张宗柟(1704—1765),字汝栋,号吟庐,又号含广,晚号花津圃人。张宗橚(1711—1775),字咏川,号藕村,又号思岩。张载华(1718—1784),字佩兼,号芷斋,别署乌夜村农。《石濑山房诗话》云:"思岩(张宗橚)家多藏书,性好吟咏,尤工诗余,婉丽不减秦柳。"③《海盐县志》云:"(张载华)藏书万卷,遇一善本,手自钞录。刻有《初白庵诗评》。"④陆以谦《芷斋张先生墓志铭》云:"肆力于经史百氏之书,苕溪书贾持秘册求售,或为诸兄所得,先生戏曰于此微有妒意,然彼此传钞,各藏一本,互相雠校以为乐。……尝语人曰近日有快事二:三伏曝书数十日不遇疾风暴雨,检酒库得数十年前所遗旧酿一罅。"⑤可见张氏兄弟对藏书事业的挚爱。

藏书为张氏兄弟的学术研究与著述提供了坚实的文献支撑,张宗柟纂集《带经堂诗话》、张载华纂集《初白庵诗评》、张宗橚编著《词林纪事》等,"附录""附识""案语"中引用了大量的文献资料,即得力于涉园的丰富藏书。没有这些藏书,他们就无从获得研究必需的材料,这也说明纂述、纪事类知识生产对文献资料的强大依赖性。即以《带经堂诗话》为例,卷二十九《答问类》即利用其弟张载华的藏书,张宗柟云:"顷纂《诗话》,适芷斋购得《诗问》四卷,首卷郎氏梅溪廷槐所问,四卷长山刘氏大勤所问,两君皆从山人受业者;至二卷、三卷,一则般阳张历友笃庆答,一则梁邹张萧亭实居答,其问语与首卷悉同,盖梅溪刊行并及长山尔。愚既具载山人元文,复就两家

---

① 艾尔曼著,赵刚译《从理学到朴学》,江苏人民出版社2012年版,第113页。
② 张鹤徵《涉园题咏》,涉园丛刻本。
③ 张元济辑《张氏艺文》,涉园丛刻本。
④ 张元济辑《张氏艺文》,涉园丛刻本。
⑤ 张元济辑《张氏艺文》,涉园丛刻本。

所答，有可疏通而证明者，取其一二，附录各条之后，以备参览焉。……吾友蒿庐先生昔尝评注，今亦采附。"①又，"兄寒坪云：余所见须溪批点，有王荆公、韦左司集，则不止于九种矣，先生岂未之见耶？案今校刻《荆公诗注》，原本有刘评点，兄以其品藻甲乙，容有未当，并芟去之，愚更疑他人伪托也。"②张宗柟大量使用家族藏书，对王渔洋的诗论加以补充、修正。

涉园张氏不仅藏书丰富，还刊刻著述多种，诸如《带经堂诗话》三十卷、《初白庵诗评》三卷、《词林纪事》二十二卷、《晴雪雅词》四卷、《词综偶评》一卷等，皆为清代诗文评论与词学研究的重要著作，不仅对后世诗词学研究影响深远，而且也扩大了涉园张氏家族的文化影响。

二、纂述：涉园张氏的学术研讨与合作

涉园张氏文学创作与学术著述甚丰，我们仅以张宗松、张宗柟、张宗橚、张载华兄弟之间的学术研讨与纂述为例，稍加讨论。涉园张氏的学术研讨与合作，主要体现在《带经堂诗话》《初白庵诗评》《词林纪事》《词综偶评》《晴雪雅词》《历代词选》等著述的纂集与评点上。

《带经堂诗话》系张宗柟就王士禛散见各书的论诗之语汇集而成，采《渔洋文》《居易录》《香祖笔记》《分甘余话》《池北偶谈》《渔洋诗话》等十八种著述中相关诗的论述，分为八门六十四类，内容不仅是诗论，也包括奇闻轶事、考证校勘、采集琐记等，是研究王士禛诗论的最主要、最丰富的文献资料。张宗柟汇集《带经堂诗话》时，兄弟之间每多讨论。陆以谦《含广张先生墓志铭》云："渔洋诗为本朝大家，《诗话》一册，未尽精蕴，嗣后读书南曲，凡属公著述语关论诗者，悉纂录焉。或疑文集诸条，笔势与杂著有别，不知竹垞先生《明诗综》缉评，亦有剪裁序跋者。且仿《静志居诗话》，史论轶事，博极搜罗，又取本朝诸大家绪论，与渔洋发明。间有疑义，偕花溪许蒿庐，暨兄寒坪、弟咏川、芷斋诸先生，互相剖析，晓牖夜檠，三易稿而后成。为门八，为类六十有四，总三十卷。启前贤之扃鐍，作后学之津梁，其书洵集大成已。"③张宗柟也曾提及其兄张宗松对他的帮助："予兄寒坪云：初唐风调未谐，诚然。盛唐以气体胜，中晚以神韵胜。即其至者而论，盛唐不乏神韵，而中晚之气体稍别矣。此渔洋之论压卷而不及中晚也。又云：四首压卷无疑，若韩翃之《寒食》、张继之《枫桥夜泊》，即次之矣。又评摩诘云：'渭城朝雨'妙绝古今，却不能言其妙在何处；辟如右军《兰亭》，一时兴会所至，偶然得之，欲复作一首便难。评太白云：景与意会，振笔疾书，极宇宙之大观，为古今之绝调。评龙标云：太白气体高妙，全以神行，少伯文采风流，无微不入，皆七绝中之登峰造极者。评并州云：发端高绝，用意入微，旗亭一画，

---

① 王士禛著，张宗柟纂集《带经堂诗话》，人民文学出版社1982年版，第822页。
② 王士禛著，张宗柟纂集《带经堂诗话》，人民文学出版社1982年版，第808页。
③ 王士禛著，张宗柟纂集《带经堂诗话》，人民文学出版社1982年版，第862－863页。

已足千秋,乐府流传,何以多为? 兄为予点定《万首绝句选》本最为精审。略其数语如右,亦可识其评次之大凡矣。"①《带经堂诗话》中,张宗柟有附识、按语210余条,其中引述张宗松的言论12条、张宗㮰32条、张载华7条,可见张氏兄弟对《带经堂诗话》纂集的积极参与,也可以说这部诗话的纂集是张氏兄弟共同合作的结晶。

另外,张宗柟引述兄弟们的言论之间还存在一层对话关系,"宗柟附识:勇参云:案《天禄识余》:剑器,古舞之曲名,其舞用女伎雄装,空手而舞,见《文献通考》舞部。杜诗《公孙大娘舞剑器歌》指武舞而言,或以剑器为刀剑,误矣。芷斋云:此杜诗通首所以无一语涉剑也"②,其中可见张氏兄弟之间对同一问题所做的考证与对话。《带经堂诗话》卷首有张宗松手书一通、张载华跋语一则,以及张宗㮰的后序一篇,体现了张氏兄弟对家族学术纂述的重视与良好合作,尤其是张宗㮰的后序还针对读者可能会产生的疑惑,进一步阐述了张宗柟的纂集宗旨。

张载华纂集《初白庵诗评》受到其兄张宗柟的启发与影响,并得到张宗㮰之襄助。《初白庵诗评》编排体例对《带经堂诗话》也多有借鉴,附录、附识等多参照《带经堂诗话》的纂集体例,附识与按语中也每多引述《带经堂诗话》中的论见。张载华《初白庵诗评》的纂集,与张宗㮰多有互相商讨,"唯是师友弟兄零落过半,白首晨夕相从,唯思岩兄一人,商订之下,又不胜今夕之感已","先生(按:查慎行)笃好苏诗,评语较详。傅录施注本字句异同,曾经许蒿庐夫子勘定,复于祝君祥发处假得先生手批王注本,偕思岩兄详加校阅,字句复有互异,俱从手批改正。"③

张宗㮰编著《词林纪事》时,在文献方面也得到诸兄弟的帮助。他曾说:"《小山乐府》,余所见三本,家寒坪(张宗松)兄所藏,系汲古阁钞本,小令三卷,外集一卷;含广(张宗柟)兄所藏,系近时钞本;唯雨岩(张元龙)兄所藏,系吴兴夏煜宁枚选本,六卷,刊于康熙年间。曩时曾取数本校勘,互有异同。"④"山谷词尚有《阮郎归》一阕,通首用'山'字韵,盖效福唐独木桥体也。又按:此阕汲古阁《山谷词》失载,见天社任渊湘《黄太史精华录》。犹忆余幼时,含广兄手钞是书,曾录此词示余。余久藏箧笥中,今秋编辑《词林纪事》,点检得之,墨沈犹新,兄下世忽忽已数载矣。雨窗展录,不禁清泪阑干也。"⑤"余插架《水云集》钞本,与芷斋(张载华)所藏,两本互有异同。芷斋本较多,似胜。"⑥张宗㮰去世后,其弟张载华对《词林纪事》详加审定,张嘉谷《词林纪事》跋云:"谷检阅遗帙,追念先大父目视手钞,不惮寒暑,实晚年精力所萃,即于苦次中写录副本。恳芷斋叔祖详加审定,戊戌季夏开雕,至己亥中秋蒇事。"⑦张

---

① 王士禛著,张宗柟纂集《带经堂诗话》,人民文学出版社1982年版,第111页。
② 王士禛著,张宗柟纂集《带经堂诗话》,人民文学出版社1982年版,第506页。
③ 查慎行著,张载华纂集《初白庵诗评》,清乾隆四十二年涉园观乐堂刊本。
④ 张宗㮰《词林纪事》,成都古籍书店1982年版,第597页。
⑤ 张宗㮰《词林纪事》,成都古籍书店1982年版,第177页。
⑥ 张宗㮰《词林纪事》,成都古籍书店1982年版,第472页。
⑦ 张宗㮰《词林纪事》,成都古籍书店1982年版。

载华辑刻乃师许昂霄《词综偶评》时,也每引述张宗楠的《词林纪事》及其词论。《词综偶评》张载华所加附识15条中,有6条为张宗楠的言论。

张氏兄弟于学术的合作,还表现在对许昂霄《词综》评注的整理上。整理的进程中,他们彼此合作、切磋交流,后来才将各自手头的学词资料,付诸剞劂。张宗楠校录《晴雪雅词》之后,着手《词林纪事》的编纂,书中多处征引许昂霄的《词综》评注,乾隆四十年(1775)书成,未几张宗楠病殁,其孙张嘉谷又请叔祖张载华加以审定,于乾隆四十四年刻竣。张载华在审定《词林纪事》期间,也整理编辑刊刻出了《词综偶评》。乾隆四十六年,张嘉谷又将《晴雪雅词》刊行。这一系列的词籍整理中体现了张氏家族在学术彼此合作的精神。①

张氏兄弟在学术纂集上的合作以亲情为纽带,以共同的学术志趣为基础,又得家族园林与藏书之助,体现了家族学术共同体的多元特征。

三、许昂霄:涉园张氏学术共同体的益友良师

涉园张氏学术共同体中,许昂霄的作用与贡献非常重要。许昂霄,字蒿庐,一字诵蔚,浙江海宁人。康熙岁贡生。约生于康熙十九年(1680)前后,卒于乾隆十六年(1751)。其诗学著作有《古诗平仄论略》一卷,《李长吉集笺注》《玉溪生诗笺注》六卷(附《年谱考证》一卷);另有杜诗评点,嘉庆九年(1804)刘濬将其评点与王士禄、王士禛、朱彝尊、查慎行等人评点合编成《杜诗集评》十五卷。编著有《唐人诗选》《词综偶评》《晴雪雅词》《词韵考略》等。许氏著述偏重于唐代诗文的笺注,体现了诗学上推举唐诗的倾向。

许昂霄长期馆于涉园,与张宗楠、张载华是师徒关系,可以说是涉园张氏兄弟学术共同体的良师益友。涉园张氏兄弟的著述,多缘于许昂霄的引导与帮助,因此,张氏兄弟学术纂述的方式体现出与许氏的一致性。张宗楠纂集《带经堂诗话》曾得到许昂霄的指引与帮助,他说:"会花溪许蒿庐昂霄先生馆涉园久,课诸弟之暇,晓牖夜檠,辄取公诗话为余拈示。余间有所质,亦相说以解。尝谓余曰:'诗中五言、七言之界,谈诗家未有及之者;自遗山发其端,至新城而大畅其说。亦犹词中小令、慢词之界,填词家亦无有言之者;自玉田发其端,至秀水而直揭其旨。皆所谓惊世绝俗之谈,至当归一之论,断千百年公案者也。知五七言之分,则知古今体之合矣。君既寝味渔洋,盍汇编诗话,以资解悟。'余谢唯唯。顾愚惰无似,曩时属稿,牵率未就。"②又说:"今倪刻宋本宫词亦不多靓,蒿庐先生曾赠予一册,凡四卷,前有朱太史竹垞序。"③《带经堂诗话》中引述许昂霄的言论、见解近30条,其中张宗楠转述许昂霄之论见6条,张载华转述13条。可见许昂霄对《带经堂诗话》纂集参与的深度和重要

---

① 闵丰《选本评注与词学轨式——论清代中期浙派师法的词史意义》,《文学遗产》,2013年第3期。
② 王士禛著,张宗楠纂集《带经堂诗话》,人民文学出版社1982年版,第1—2页。
③ 王士禛著,张宗楠纂集《带经堂诗话》,人民文学出版社1982年版,第412页。

作用。

张载华纂集《初白庵诗评》更是得到了业师的帮助与支持，其《初白庵诗评自识》云："幸自幼及壮，得从许蒿庐夫子游。夫子与先生同里，于友朋间每闻先生评阅古人诗集，必辗转购借，携至涉园，约诸兄亟为钞录。犹忆壬子以后十余年间，酒阑灯灺，辄举先生评语可与渔洋、竹垞两先生发明者，与诸兄互相参究，漏四鼓犹娓娓不倦。"①《诗评》中也多引述许昂霄的学术见解与诗学观点，《初白庵诗纂例》云："蒿庐夫子于先生各种评语，手之不释，今追忆一二遗语，附识卷中。""诗评纂本昔年得自蒿庐夫子者居多，回忆购觅苦心，犹恍恍胸臆间。爰取夫子《词综》阅本，附录于后，聊申瓣香之志。填词与诗格等，未必非倚声家之一助云。"②从查慎行诗评资料的收集，到诗学思想的讲析，许昂霄对《初白庵诗评》的纂集倾注了大量的心力。

另外，《词综偶评》是许昂霄涉园坐馆时，为张氏子弟讲授古文诗词，对《词综》所做的评注。张载华《词综偶评》跋曰："余自束发喜学为词，而按谱倚声，未能即通其故。蒿庐夫子于课读之暇，谓词肇于唐，盛于宋，接武于金元。唐词具载《花间集》，宋词散见于花庵、草窗两编。金、元词罕觏选本，唯《词综》一书，竹垞先生博采唐宋，迄于金元，搜罗广而选择精，舍是无从入之方也。乃渐次评点，授余读之。……今忽忽四十余年，夫子之墓木已拱，余亦衰且老矣。"③张载华所辑《词综偶评》分正编、补录两个部分，补录目下按语云："以下诸条，从蒿庐夫子杂记中录出，《词综》评本所无，补录于后。编次仍依《词综》，以便检阅。"④许昂霄还曾以《词综偶评》为底本，选《晴雪雅词》四卷，分赋怀、赋情、赋物、变体四门。张柯《晴雪雅词序》曰："花溪许蒿庐先生馆涉园者十余年，先兄思岩受业焉，诗古文外，兼及填词。先生乃就插架所有者，分类标举，荟萃成帙，自唐宋迄金元，选词若干首，名《晴雪雅词》，意不过为初学津逮，然评隲精当，选择简严。思岩兄间附按语，诠次而甄录之。"⑤《晴雪雅词》虽由许昂霄编选，但最后完成与刊刻还是张氏兄弟通力合作的结果。张宗橚《词林纪事》的编纂，也大量吸收乃师许昂霄《词综偶评》评注。许昂霄在张氏兄弟学术纂述中起到引导者、组织者的作用，可以说是涉园张氏家族学术共同体的学术导师。

许昂霄去世之后，涉园张氏兄弟每每忆念这位对涉园做出重要学术文化贡献的人都感戴万分。张宗松写有《哭许蒿庐兄四首》，其二云："一门群季向从游，余韵依然几席留。小憩园亭仍眷恋，偶承謦欬亦风流。执经复冀亲书幌，持版偏催赴玉楼。枉说空群能选骏，骅骝逝矣更难求。（蒿庐下榻涉园最久，与余交且深。近虽馆于他姓，每春秋必过访。余方期以明年冬延至家塾，而天遽夺之。闻其临没时呼童具纸

---

① 查慎行著，张载华纂集《初白庵诗评》，清乾隆四十二年涉园观乐堂刊本。
② 查慎行著，张载华纂集《初白庵诗评》，清乾隆四十二年涉园观乐堂刊本。
③ 唐圭璋《词话丛编》，中华书局1986年版，第1579页。
④ 唐圭璋《词话丛编》，中华书局1986年版，第1574页。
⑤ 许昂霄《晴雪雅词》，清乾隆四十六年海盐涉园张氏刊本。

笔未及作家书而逝。)"①涉园张氏兄弟在著述中大量征引许昂霄的诗论、词论,张宗橚《词林纪事》附刊许氏《词韵考略》,张载华在《初白庵诗评》后附刊许氏《词综偶评》,既是对老师学术思想的重视,也是对老师最好的纪念。许昂霄多数著述都是经过张氏兄弟的整理与刊刻,才得以传之后世。

四、"附前贤以传":张氏兄弟纂述的形上追求

张氏兄弟与许昂霄的学术纂述还有更为深层的用意,即凭借这些编纂与著述可以传之后世,借以不朽。清人在"立德""立功""立言"的不朽事业中,选择"立言"作为他们的价值追求。钱大昕《瓯北集序》:"予谓古人论三不朽,以立言居立功之次,然功之立必凭借乎外来之富贵,无所藉而自立者,德之外唯言耳。"②顾贞观也曾说:"人生百年,一弹指顷,富贵草头露耳,容若当思所以不朽;吾亦甚思所以不朽容若者。夫立德非旦暮间事,立功又未可预,必无已,试立言乎。"③他们认为立功需要凭借外部条件,而立德、立言则具有自足性。不过,立德相对于立言,又有点高不可攀,所以顾贞观指出"立德非旦暮间事"。清人鉴于立德、立功对于普通士人而言不再成为可能,立言相对来说更具可行性,进而强调立言的重要性。因此,有清一代,立言为上的思想逐渐成为士人的普遍观念。

当然,立言是一个相对宽泛的概念,立言的内涵与方式也有一个不断演进的历史过程,某些文类是否能作为立言的载体,具有或承担立言的功能,是在文学史发展演进中逐渐得以确立的。譬如词、曲、小说等在很长的历史时期内,都不被作为立言的载体而受到轻视。④ 不过到了清代,立言之内涵与载体得到前所未有的拓展,词、曲、小说等都被赋予立言可传的功能。从一定意义上而言,这也是有清一代文化、学术等领域取得丰硕成果的深层动因。尽管如此,立言也绝非易事,需要在诗文创作、学术著述方面有突出之成就。涉园张氏兄弟本着"世业耕读""匪学何立,匪书何习"的训诫,他们所首选的是通过科举取得功名,光耀门庭,这也是江南家族共同的文化选择。他们的祖辈们也正是凭借科举的成功而为海盐一地的望族的,如张惟赤是顺治十二年进士,张为康熙十一年(1672)顺天举人。可是到了张宗松这一辈,他们在科举上并不成功,张宗松,监生;张宗栻,康熙乙酉(1705)岁贡,辛卯副贡;张元龙,雍正己酉(1669)拔贡,选授杭州府昌化县教谕;张宗柟,监生;张宗橚,监生;张棨,监生;张载华,贡生;张宗㮚,监生。甚至许昂霄,也仅是康熙岁贡生。张氏兄弟因执着于科举,以至于随着岁月的流逝,愈发地感觉到一种莫名的焦虑——无可传之业。这种担忧促使着张氏兄弟去寻找可堪传世的新方式、新途径。

张宗柟于乾隆二十五年(1760)五十四岁时纂集成《带经堂诗话》;张宗橚也是在

---

① 张宗松《扪腹斋诗钞》卷四,清嘉庆刻本。
② 钱大昕《潜研堂文集》卷二六,四部丛刊本。
③ 冯乾《清词序跋汇编》,凤凰出版社2013年版,第199页。
④ 沙先一《尊体意识与典范追求——以清词序跋为中心》,《文艺研究》,2016年第12期。

晚年编著《词林纪事》，书成未几而殁。张载华于乾隆二十八年（1763）四十五岁时开始纂集《初白庵诗评》。张氏兄弟是在科举无法实现，又届迟暮之年时选择纂集前贤著述的。在选择可传之业时他们表现出独特的思考，即"自顾无可传之业，庶几附前贤以传"，这在张宗柟《初白庵诗评序》中有清晰而自觉的表述："读余弟芷斋所辑《初白庵诗评》，不禁喟然有感于中也。忆昔先含广兄排纂《带经堂诗话》，日偕余与芷斋同堂商榷，凡三易稿然后镂板问世。当是时，余语芷斋曰：人生于世，自顾无可传之业，庶几附前贤以传。兄得渔洋以传也，斯亦幸已。余两人自少至壮，肩随跬步，徒追琢于帖括，而头颅如故，悔之无及。今且垂老矣，家无长物，薄有藏书。乃岁月坐荒，了无著述，行自慨也。芷斋听然而笑曰：独不闻蒿庐夫子论诗之旨乎，其云：'南北两宗堪并峙，可怜无数野狐禅。'盖明言渔洋先生与初白先生为风雅总持也。窃不自揣，将纂录先生各种评语，衷为一集，与《带经堂诗话》并行不悖，或可藉是以传，亦犹兄意也。"①可见张氏兄弟纂集前贤诗论是一种自觉的选择，也是张氏兄弟包括他们的导师许昂霄，在多年的学术实践与探索中所形成的一种共识。一方面，他们纂集的是当时诗坛最负盛名的王渔洋、查初白的诗论，且此两人与涉园亦有渊源，王士禛与张氏兄弟的祖父张惟赤为顺治十二年同榜进士，张宗柟的外从祖父陈子文乃渔洋弟子，张宗柟本人更是渔洋的崇拜者；查初白与涉园也渊源有自。因此，张氏兄弟对王士禛、查慎行充满一种崇敬之意。另一方面，他们在纂集著述时还有更为深层的命意与诉求——附前贤以传。他们把纂集前贤著述视作可以传世的名山事业，学术态度郑重而严谨，《带经堂诗话》《初白庵诗评》皆三易其稿而后成，就很能说明这一问题。也正因为如此，他们对纂集内容进行精心编排分类，譬如《带经堂诗话》，李慈铭评云："凡取渔洋说部诗话十三种，以及文集诗选中凡例之论诗者，分为六十四类，依次排纂，间附识所引原书出处。……张君备为搜集，心力颇勤，亦可谓有功艺苑者矣。唯门类太多，或嫌琐杂，重文并录，又近赘疣，是其病也。"②对于李慈铭的批评意见，金开诚、葛兆光先生则解释说："对于今天的研究者来说，其繁杂琐细的分门别类固然有难以寻检之苦，但其资料之全，又是一个可贵的长处了。因为它包罗了现在可以看到的绝大部分王士禛论诗的言论（除几种论格律的专著外）。"③可见张宗柟纂集《带经堂诗话》的学术价值。涉园张氏的著述中，最具学术价值的应该也是这类纂集。另外，许昂霄对唐人诗集的评点笺注、张宗柟《词林纪事》的编著等，也可以视为一种广义上的"附前贤以传"。

张氏兄弟附前贤以传的观念，还体现在对纂集体例的匠心思考上，他们对前贤著述的纂集并不是简单地分类编排文献资料，而是将自己的学术思想与学术识见融入其中。张氏兄弟的纂述在体例存在一致性，即用"附录"补充相关资料，"或前后段

---

① 查慎行著，张载华纂集《初白庵诗评》，清乾隆四十二年涉园观乐堂刊本。
② 李慈铭著，由云龙辑《越缦堂读书记》，商务印书馆1959年版，第1039－1040页。
③ 金开诚、葛兆光《古诗文要籍叙录》，中华书局2005年版，第564页。

事有关系,语多风趣者"①;利用"附识""案语"记述张氏兄弟及许昂霄关于诗学批评的看法。如此,张氏兄弟不仅对前贤文献有整理、纂集、刊刻之功,而且他们关于学术与诗文创作的相关见解,也可以附着于前贤著述而流传后世。

张氏兄弟在附识中,还每每载录家族先辈诗词,追述家族往事,记录涉园盛衰等,这些内容严格说来与《带经堂诗话》《初白庵诗评》等并无多少密切关联,但是对留存张氏兄弟、许昂霄的见识言论,以及对涉园张氏家族的记忆却有重要的意义,这应该是张氏兄弟纂集前贤著述时的有意而为。《带经堂诗话》中曾载录其先祖张惟赤与王渔洋的唱和之作、其兄张宗松的诗词等。尤为值得注意的是,张宗柟、张载华皆详细记述许昂霄《玉溪生诗笺注》六卷附年谱一卷,并选录其部分笺注。譬如,张宗柟在《带经堂诗话》中深情地追忆云:"先生笺注玉溪生诗六卷,又年谱、考证及丛说凡数卷,其于全诗反复涵泳,历有年所,复博考新旧两书、传记百家,以逮近时评注,搜择融洽,疏通证明,旧解或有未合,必驳正瑕颣,期与作者隐词托寄不隔一尘。尝见其摊书满案,沈思独往时,寝餐几为之废,间拈微旨相示,开余茅塞良多。辛未夏五,纂辑将竣,谓余颇悉此中甘苦,命之作序,余谢弗敢承,讵意是年冬孟,竟以暴疾不起耶!空斋抱影,顿失师承。唯思缀缉遗文,以报知己,如《玉溪诗注》其一也。奈手书定稿,仅有其半,余则零丁件系,且涂改勾勒,殊难辨识。嗣君选堂亟欲校录成编,属为欤助,自分眯眼蓬心,奚堪率尔从事。悼斯人之不作,亦斯文之不幸也夫。"②这样,后人在阅读《带经堂诗话》《初白庵诗评》《词林纪事》等著述时,就可想见涉园张氏以及许昂霄的文采风流,即使这种呈现仅仅是一种碎片式的记忆。另外附前贤以传的也不再仅是纂集者本人,而是涉园张氏兄弟这一家族群体。

许昂霄、涉园张氏兄弟纂集前贤著述,附前贤以传的传世策略,是清人对立言不朽观念的新体认。当然,这也是涉园张氏兄弟结合家族文化资源与自身状况,做出的一种无奈而又智慧的选择。清人不仅注重诗文创作,同时也注重前代与当世文献的编辑整理,以及地方志的修纂等,其中都寄托了他们对立言不朽、可传后世的某种追求。诗文创作、学术著述固然重要,但并非所有的人都能在这些领域取得可堪传世的成就,因此,对于普通知识分子而言,涉园张氏兄弟对可传之业的体认与策略,便具有某种普遍性意义。实际上,清代学人从事诗文笺注者,多为没有功名的读书人,如《李太白全集》的辑注者王琦、《王子安集注》的注者蒋清翊、《骆临海集笺注》的注者陈熙晋、《韩昌黎诗集编年笺注》的注者方世举等,他们也是自觉或不自觉地选择了附前贤而传之后世的路径。

五、余论

清代江南家族,尤其是文化世家,在学术、创作上多可视作小型的共同体,每个

---

① 王士禛著,张宗柟纂集《带经堂诗话》,人民文学出版社1982年版。
② 王士禛著,张宗柟纂集《带经堂诗话》,人民文学出版社1982年版,第475页。

家族都有自己的学术传统与文化品格,因此,江南家族学术共同体的文化特征、合作方式等也是多元的。本文仅以涉园张氏家族为例,探讨清代家族学术共同体如何利用自身的文化资源进行学术研究,学术研讨中又是如何彼此合作,进而考察清代江南家族的学术研究与知识生产,希望能引起学界对这一问题的关注。

当然,涉园张氏在科举、学术、藏书、刻书、园林等方面,尚不足以与江南其他文化世家相媲美,但却有一己之文化品格。涉园张氏恪守家训,不坠素业,尤其是在藏书、纂述、刻书上,几代人不懈努力,家族文化传统得以延续,至张元济最终得以发扬光大。因此,我们在讨论张元济的文化成就时,就应追溯涉园张氏家族文化传统、文化品格对他的影响。

另外,本文所讨论的涉园张氏关于"附前贤以传"的立言传世观念,对当时的知识分子而言是个带有普遍性的问题,或许可以从一个角度说明清人在学术著述的选择上,何以潜心致力于前贤著述的笺注,从而使得诗文笺注之学成为一时之显学。

第 五 编

地域与社团研究

20世纪高启与吴中诗派研究

左东岭

一、民国时期的高启及吴中诗派研究

在明代诗歌研究中,元明之际的诗坛历来为研究者所重视,有不少人尽管以明初或明前期作为划分时段的名称,但其侧重点依然在元明之际。明代诗歌在现代学术史的研究中,最初并未能及时建立其新的评价体系,尤其是具体到作家作品时,大多会受到明清诗论家传统看法的影响。比如明人胡应麟将元明之际的诗坛分为吴派、浙派、江西派、闽中派与岭南派,而各种文学史与诗歌史的写作也都是以如此方法作为叙述的格局,只是更简略的叙述会省去其他三家而集中笔墨介绍吴派与浙派两家而已。

高启作为明初的大诗人,几乎受到了现代学者的一致好评。民国时期的吴中诗派研究,或者说明代诗歌的研究,可以说几乎是从高启的研究开始起步的。如刘麟生所说:"明初的诗,高启不但是这个时候的大诗人,且为明代唯一的大诗人。"[1]杨荫深也说:"在明代只有高启可称为一大家。"[2]其中原因当然是由于高启诗歌创作成就的巨大而决定的,但是如果认真检验各家所论,则无论是对高启成就的判定还是对其诗风的概括,均受到前人评价的深刻影响。其中有三家的评论尤其值得重视:

> 季迪之诗,隽逸而清丽。如秋空飞隼,盘旋百折,招之不肯下;又如碧水芙蕖,不假雕饰,翛然尘外,有君子之风焉。[3](王祎评语)

> 启天才高逸,实据明一代诗人之上。其于诗,拟汉魏似汉魏,拟六朝似六朝,拟唐似唐,拟宋似宋,凡古人之所长,无不兼之。振元末纤秾缛丽之习,而返之于古,启实为有力。然行世太早,殒折太速,未能熔铸变化自为一家,故备有古人之格,而反不能名启为何格,此则天实限之,非启过也。特其模仿古调之中,自有精神意象存乎其间,譬之褚临禊帖,究非硬黄双钩

---

* 作者为首都师范大学中国文学思想研究中心主任,文学院教授、博士生导师。
本文由《人大复印资料:中国古代、近代文学研究》2014年第9期全文转载。
[1] 刘麟生《中国文学史》,世界书局1935年版,第366页。
[2] 杨荫深《中国文学史大纲》,商务印书馆1947年版,第390页。
[3] 王祎《缶鸣集序》,高启著,金檀注,徐澄宇、沈北宗校《高青丘集》,上海古籍出版社1995年版,第980页。

者比,故终不与北地、信阳、太仓、历下同为后人诟病焉。①(四库馆臣评语)

唯高青丘才气超迈,音节响亮,宗派唐人,而自出新意,一涉笔即有博大昌明气象,亦关有明一代文运论者。推为开国诗人第一,信不虚也。②(赵翼评语)

毫无疑问,这三家的评语在明清两代具有相当大的权威性,所以也就理所当然地被现代学者作为评价高启的重要参考。然而,问题的关键是,上述三家评语无论是否准确,都是建立在自我阅读经验基础之上,并有自己的诠释立场。而民国时期的大多数学者却并没有从容的时间去研读高启的集子,而是用前人的评语以为自己的结论,并尽量将其纳入自身的叙述框架,其不能完全表达自我的判断便在情理之中。比如李维的《中国诗史》在引述了王祎与四库馆臣的评语后,便得出了"高启是复古派之先导也"的结论。这是有意将高启归入其明诗复古的叙述主线,当然不能再引述赵翼"自出新意"的评价。更多的学者甚至连自己的叙述框架也难以建立起来,所以干脆不表达自己的见解,或直接引用,或撮合四库馆臣的评语作为自己的结论,如谢无量的《中国大文学史》、钱基博的《明代文学》等。也有学者看重高启诗歌之创造性与独特诗风,如顾实认为:"彼乃天成之诗人也,故诗之当为何者,及诗人当为何者,均能自觉。"于是,他把高启的模拟视为诗学之修炼,并认为其能够"投之所向,无不如意,亦几于成功矣"③。所以他引用了赵翼拿高启比李白的话以突出高启的诗人性情与诗歌风格。但顾实最终仍未能摆脱四库提要的影响,他引用了"行世太早,殒折太速,未能熔铸变化自为一家"的话,对这位大诗人表示了深深的惋惜。由此可见四库提要的威力。

在所有的文学史与诗学史著作中,对高启的研究最有深度与评价公允者,莫过于宋佩韦。他虽也引证明清诗论家言论,但又能做出自我的判断,从而得出较为公允的结论。他也认为"天才高逸,实据明一代诗人之上"。他同时引用了四库提要的评语,但又说:"高启的诗,其长处就在用古人的调子而说自己的话,所以硬派他某诗体近汉、魏,某诗直追唐、宋,未免滑稽而多事。"最后得出结论说:"总之,高启的诗,是高启自己的诗,既没有元末纤秾之习,又不像后来前后七子的模拟古人,饾饤成篇。所以清汪端说:'青丘诗众长咸备,学无常师。才气豪健而不剑拔弩张,辞句秀逸而不字雕句绘。俊亮之节,醇雅之旨,施于山林、江湖、台阁、边塞,无所不宜。'"④这样的评价已经比较接近事实了。但作者并不以此为满足,他接着又引证了沈德潜相反的评价,并再次引用汪端的话予以批驳,从而显得全面而公允。宋佩韦之所以

---

① 永瑢《四库全书总目》卷一六九,中华书局 1983 年版,第 1472 页。
② 赵翼《瓯北诗话》,人民文学出版社 1998 年版,第 124 页。
③ 顾实《中国文学史大纲》,商务印书馆 1929 年版,第 274 页。
④ 宋佩韦《明代文学》,柳存仁、陈中凡、陈子展等《中国大文学史》,上海书店出版社 2010 年版,第 679 – 681 页。

能够得出如此结论有三个原因：一是能够把握时代大势。他认为："明初的韵文作家,大都能矫元末纤秾之弊,各抒心得,自然流露,没有什么倾轧与标榜,为这个时期的特色。"尽管他没有进一步探讨此种特色形成的原因,但概括还是颇为准确的。二是他能够将自己的评价建立在作品分析的基础上。此时的文学史写作,许多作者都是仓促出手,又要在短时期内撰写通史,因而很少能够细致阅读作家的别集,所以才会听信前人批语而缺乏判断力。宋佩韦引述了 10 首诗作进行分析,所以能够真正体味到高启诗的好处。三是他采用了比较的方法。他不仅将高启的诗作与前人比,还和同时代的刘基、后代的王士禛比,从而使自己的结论更为可靠。看来,仅仅借用西方的文学史叙述框架来研究中国古代作家作品是远远不能的,更重要的是要有良好的文学素养,并对研究对象的作品进行认真细致的解读,才能对其进行有效的论述与评价。

宋佩韦对高启的研究还有两点值得关注：一是关于高启的死因。此时的多数文学史都未能深入考察此一问题,而是参考历史传说,将高启死因归结为写宫体诗讥讽明初宫廷丑事,明太祖借魏观修府第时高启为其撰上梁文而腰斩之。宋佩韦经过认真辨析,认为"因诗得祸之说,未为可靠"。并认为他为了一篇上梁文而遭腰斩酷刑,其间必有远因。由此他指出怀念旧朝与狂士的人格是高启惨遭不测的另外两个重要因素。这样的研究在当时已经算是颇为深入的了。从此一侧面也可显示出作者认真的研究态度。二是宋佩韦不仅较为详细地介绍了高启,还全面地评介了杨基、徐贲、张羽、王行、高逊志、唐肃、宋克、吕敏、陈则等吴中四杰及北郭十子的其他人物,是当时介绍明初诗人创作最为全面详细的著作。

宋佩韦对高启的研究也存有明显的不足：一是他分析高启的诗作时缺乏诗体的意识。高启诗歌创作最鲜明的特色之一是诸体兼备且均有上乘之作,这在赵翼的《瓯北诗话》中已论之甚详,而宋作则对此略而不提,显然是明显的不足。二是他虽然对吴中诗派的主要作家进行了全面的介绍,却又没有从总体上概括该诗派的共同特征及发展演变过程,因而其叙述依然显得散漫无归。

民国时期的高启研究虽然大都充分肯定其成就与地位,但是应该说尚未充分展开。其中重要原因之一就是缺乏深入的专题研究。就现存的成果看,几乎所有的高启研究都存在于通史或断代史著作中,而相关的专题研究则未见一篇,这自然大大限制了研究的深度与广度。1935 年王培礼发表于《船山学报》的《论明代诗派》一文,是如此评介高启的："永乐成化之间,刘伯温、高季迪、袁景文、贝清江诸人,以清真雅正,尽反元代秾丽轻艳之习。季迪为正声之魁,虽格律句调,未及高浑,要其冲和雅淡,微婉芊绵,蔚然盛世之音。"[①]将高启归为永乐成化之间的诗人,说明了历史知识的贫乏。而对高启诗风的概括,更是似是而非,莫名其妙。这一切都说明,民国时期缺乏真正的学养深厚、深入细致的研究高启的专家。

---

① 王培礼《论明代诗派》,《船山学报》,1935 年。

二、中华人民共和国成立至"文革"时期的高启与吴中诗派研究

自20世纪50年代至70年代,是高启研究的低谷期。由于长期受到突出通俗文学的观念影响,明清时代的戏曲小说一直作为中华人民共和国成立后文学史写作的叙述主线,而诗文创作则处于附带提及的陪衬地位。比如,北京大学中文系1955级集体编写的《中国文学史》,在"明清诗文"一章里,便只写复古与反复古的内容,至于明初的诗文则全部付之阙如。从专题研究来看,这30年的时间居然没有一篇有关高启的学术论文。而当时颇为流行的几部其他文学史,其判断也大致未能超出明清诗论家所论范畴。如游国恩所著《中国文学史》中就这样说高启:"他的诗歌,众体兼长,模拟取法,不限于一代一家。虽然因为死于壮年,未能熔铸洗练,自成一家,内容也不够广阔深厚。但才华横溢,清新超拔,不愧为明代成就最高的诗人。"①在此段文字中,除了"内容也不够广阔深厚"属于新增看法外,其他基本是《四库全书总目提要》内容的复述。而与其并行的另一部文学史则说:"高启的诗很有特色,才气豪健而不剑拔弩张,辞句秀逸而不字雕句绘,在当时和后世都很为人所重视,尝被推为明代首屈一指的诗人。"②此处对高启诗歌特征的概括,一眼即可看出是借用清人汪端的话。而刘大杰新版《中国文学发展史》则干脆直接引用《四库全书总目提要》(下简称《四库提要》)的原文,并补充说:"这里有褒有贬,还比较公允。"③这些叙述,尽管对高启的评价相当高,却较民国时期的研究没有什么明显的进展。

该时期的高启研究尽管在研究深度与广度上难有新的创获,但其文学史叙述也显示了一些新的特色。首先是各家文学史的评价尺度逐渐趋于一致,即均以反映生活之真实与否来作为评价高启诗歌创作的重要标准之一。有时看似观点对立,但各家文学史所持尺度却是相同的。比如中国社会科学院文学研究所所编文学史尽管肯定了高启一部分诗作反映了农民生活的困苦,但又批评他对农民的生活观察和体会不够深入,"对统治阶级恨得不深,对农民同情不够,就使高启反映现实的诗形成了这种'怨而不怒'的含蓄格调"④。而刘大杰的看法恰恰相反:"高启的诗虽存在着拟古的倾向,但由于他才情富健,对于现实又深感不满,诗中颇多寄托,在明代诗人中是较为优秀的。"⑤此处的"对于现实又深感不满"和上述的"对统治阶级恨得不深"形成了理解高启诗歌的巨大差异,但二者又均受当时所流行的现实主义观念的深刻影响,其诠释立场则是一致的。这显示了20世纪高启研究的学理化的一面,即不再将高启孤立地进行研究,而是将其置于中国文学史发展的主线中,用现实主义的观念去加以衡量。也许后人很难同意他们的观点和做法,但如果从历史的角度

---

① 游国恩《中国文学史:四》,人民文学出版社1999年版,第62页。
② 中国社会科学院文学研究所中国文学史编写组《中国文学史》,人民文学出版社1984年版,第834页。
③ 刘大杰《中国文学发展史》,上海古籍出版社1982年版,第896页。
④ 中国社会科学院文学研究所中国文学史编写组《中国文学史》,人民文学出版社1984年版,第835页。
⑤ 刘大杰《中国文学发展史》,上海古籍出版社1982年版,第895页。

看,这依然是一种学理性的进展。

其次是对于高启诗歌创作研究的细化。尽管各家文学史在叙述高启时都采取了惜墨如金的简略化处理,但与民国时的几部文学史相比,对高启诗作几乎都采用了分体分类处理的原则。刘大杰认为:"乐府颇多佳篇,七古如《送卿东还》《忆昨行寄吴中诸友人》诸作,抒写怀抱,跌宕淋漓。宫词富于讽刺,颇有特色。"①这已经有了明显分体叙述的倾向。游国恩等所编文学史则将高启的诗作分为乐府诗、七言古诗与七言律诗,并分别举出代表作品加以分析。由于篇幅过简,这些文学史著作只能采取以点带面的方式进行介绍,所举诗体不全面,分析作品也不够深入,但对于诗人创作成就的研究,落实到了诗体的层面,具有明显的论证效果。这相对于民国时期的做法,无疑是明显的推进。

在吴中诗派的研究方面,此时具有明显的退化。由于篇幅过少,一般文学史均不再涉及高启之外的其他吴中诗人,只有游国恩等所编写的文学史在叙述高启之后说:"高启和他同时的诗人杨基、张羽、徐贲,号称'四杰'。"其中既无作品介绍,也没有作家生平字号的交代,更不要说其流派特征了。

三、新时期的高启与吴中诗派研究

自20世纪80年代至20世纪结束,高启及吴中诗派研究逐渐走向高潮。其主要特点是:专题研究全面展开,而文学通史中关于高启的部分多吸收专题研究的成果;专题研究中所涉及的论题较为复杂多元,文献、生平、思想、风格及诗歌理论主张均有成果发表;综合研究逐渐增多,以高启为中心的吴中诗派研究成为学界关注的重点。

(一) 文献与生平研究

1985年,上海古籍出版社出版了清人金檀辑注、徐澄宇和沈北宗校点的《高青丘集》,这可以视为新时期高启研究的真正起步。因为在这20年中尽管已发表了30余篇高启的研究论文,但在1985年之前仅有1篇,所有其他论文均发表于该书出版之后。该书是高启别集中搜罗作品最全的本子,而且书后附录了高启本传、年谱,以及高启同时人的哀诔、祭文、悼诗和后人对他的诗评、杂记等,可以说为高启研究提供了基本的文献,对高启研究的推动做出了较大贡献。在《高青丘集》出版后的次年,就发表了介绍高启别集版本的两篇文章。陈杏珍②的《高启、谢肃、王璲文集的三种初刻本》一文中详细介绍了藏于国家图书馆的几种高启诗文早期刻本,尤其是景泰刻本《高太史大全集》十八卷本,是现存高启诗集收诗较多的早期刻本,具有重要的研究价值。作者对比了国图收藏的三种大全集本,确定了先后次序,并推断了原书

---

① 刘大杰《中国文学发展史》,上海古籍出版社1982年版,第895页。
② 陈杏珍《高启、谢肃、王璲文集的三种初刻本》,《文献》,1986年第2期。

的完整内容,对高启诗文集的版本源流研究具有重要参考价值。张春山①《高启诗文版本源流小考》一文,对高启的诗文集进行了较为全面的介绍,该文将高启传世的诗文集分为三种:徐庸编辑的《高太史大全集》、金檀编辑的《青丘高季迪先生诗集》和日人近藤元粹评定的《增补辑注高青丘全集》,并对三种版本各自的特点优劣进行了较为细致的介绍,有利于研究者对高启诗文文献的选择把握。

在高启生平研究方面,最值得关注的是钱伯城②为《中国历代著名文学家评传》所写的"高启"词条。这不仅是因为其发表时间较早,而且作者作为上海古籍出版社的编辑,有条件较为方便地阅读使用金檀编辑的《青丘高季迪先生诗集》等相关材料,具有较扎实的文献基础。全文近3万字,共分四个部分介绍高启的生平、思想及人格:一个青年诗人的成长;张士诚统治下的十年;从史官到户部侍郎;诗人之死。对高启早年从勇于进取到对现实失望而醉心诗歌创作的经历、与张士诚的复杂关系以及此时的诗学主张、在京师修史的状况及辞官的过程与心理、高启退职后的生活状况及其获罪腰斩的原因等等,皆有认真辨析与详细叙述,是一篇用力甚勤的扎实之作。后来还有几篇有关高启生平思想的文章,如徐永端③的《论高青丘其人其诗》、房锐④的《高启生平思想研究》和李晓刚⑤的《高启的悲剧人生与思想性格》等,虽在某些方面有所深入与细化,但在总体框架与基本内容上皆未能超越钱伯城之作。

关于高启的生平及文献考证方面,有4篇文章值得一提。一是有关《青丘子歌》的创作时间的争论。在金檀辑注的《高青丘集》后所附《年谱》中,该诗被系于至正十八年(1358)之下,多数学者也多信从此说。傅飚强⑥于1998年发表《高启〈青丘子歌〉作年辨正》一文,通过考证高启号槎轩之时间与何时有闲暇及条件写作诗歌等,提出该诗作于洪武三年(1370)的新说法。房锐⑦于2000年撰写《高启〈青丘子歌〉作于何年》一文,对傅文予以驳正,认为高启只有在元末才有创作《青丘子歌》的氛围与心境,并且指出傅文所言高启因辞官所得"赐金"而有条件写诗的说法,与当时情形完全不符,因为高启仅得"白金一镒",而谢徽亦获"内帑白金",但未出都门便已全部用尽。"可见这点'赐金'只够暂时之需,无法维持今后的生活,更不能说有了这点白金,高启就能够'闲居无事,终日苦吟'了。"最后还结合高启的人生态度的整体状况对傅文提出了批评。该文证据充分,言之成理,且未见傅先生再次予以回应,可见对房文已从善如流地予以认可。其实,高启之侄周立在为其作序时即说:"天资颖悟,志行卓越,当元季,挈家累侍吾先祖仲达父隐居吴淞江上,闭户读书,混迹于耕夫

---

① 张春山《高启诗文版本源流小考》,《运城师专学报》,1986年第3期。
② 山东大学文史哲研究所《中国历代著名文学家评传》,山东教育出版社1985年版。
③ 徐永端《论高青丘其人其诗》,《苏州大学学报:哲学社会科学版》,1991年第3期。
④ 房锐《高启生平思想研究》,《四川师范大学学报:哲学社会科学版》,1996年第4期。
⑤ 李晓刚《高启的悲剧人生与思想性格》,《重庆师院学报:哲学社会科学版》,1998年第4期。
⑥ 傅飚强《高启〈青丘子歌〉作年辨正》,《苏州大学学报:哲学社会科学版》,1998年第3期。
⑦ 房锐《高启〈青丘子歌〉作于何年》,《四川师范大学学报:哲学社会科学版》,2000年第5期。

钓叟之间;而与吾父思敬,诸父思齐、思义、思恭、思忠日相亲好,酣畅歌咏,以适其趣,所赋《江馆》《青丘》等集,皆在是也。独《凤台》一集,入我圣朝洪武初为史官时作也。"①既然元末隐居时所作已有《青丘》集之名,则已间接证明《青丘子歌》实为元末之作无疑,因而后来学者也多从传统说法,未见有引述作于洪武年间之新说者。

傅焌强《高启〈青丘子歌〉作年辨正》一文虽意在创新而终难获认可,而其《高启生平二考》一文却对高启生平之研究有所推进。该文通过认真细读高启相关诗文,对"高启与张士诚政权的关系"与"高启吴越之游"两个问题提出新说,认为高启曾任张氏政权之"记室"之职,他的吴越之游乃是"随张士诚一方的代表去与方国珍一方谈判的"②。尽管高启作为饶介的"记室"是否为实职尚须进一步探讨,而且吴越之游是否为了与方国珍谈判也需要更直接的文献作为证据,但这两个问题的确是存在的,而且该文也提供了许多有价值的文献与线索,是一篇立得住的文章。

还有孙小力③的《论高启的睡欲和诗癖——兼论元代文人的隐乐思潮》一文也在高启生平研究方面值得关注。该文旨在"探讨高启不断重复的睡觉动机,进而分析元代文士的隐逸行乐思潮,以及高启作品中因此而出现的相关思想内容"。文章的主旨当然是为了探索高启吟诗与睡梦的关系,但客观上却显示了另一种学术思路。以前高启的生平研究一般侧重于其元末对现实的关注和明初与朝廷的不合作而带来的"腰斩"之祸,很少有人注意到他在元末养成的懒散习性与行乐观念,而在其背后又有元代文人被政治边缘化的深层原因。正是有了这样的性情人格,高启在明初才不适应朝廷的繁重劳务而渴望退隐。以前人们总是将高启的归隐的原因定位于朝廷政治的严酷,这虽有道理却不免单一,而孙小力的文章提供了高启退隐的另一种原因,对研究高启生平思想开拓了新的空间。

(二) 诗歌创作主张与艺术风格研究

对于高启诗歌创作成就的评价,该时期大多继承了前人的看法,认为高启是明代最有成就的诗人,袁行霈所编文学史称其为明初"最有成就的诗人",并引述了《四库提要》中"天才高逸,实据明一代诗人之上"的话。④ 章培恒等所编文学史则称其为"元明两代最著名的诗人之一"⑤。但是高启评价中最大的问题是关于模拟的主张与《四库提要》对其未形成一家的评价,如果这两点不能突破,高启所谓的一流诗人的许诺依然会流于虚泛。

关于第一点,本时期有两篇研究高启诗论的文章需要提及。鄢传恕⑥的《评高启的诗论》主要是为了纠正此种模拟说法而作的,他认为"高启强调'随事摹拟',在于

---

① 高启著,金檀注,徐澄宇、沈北宗校《高青丘集》,上海古籍出版社1985年版,第983页。
② 傅焌强《高启生平二考》,《苏州大学学报:哲学社会科学版》,1993年第1期。
③ 孙小力《论高启的睡欲和诗癖》,《广西师范学报:哲学社会科学版》,1990年第1期。
④ 袁行霈《中国文学史:四》,高等教育出版社1998年,第63页。
⑤ 章培恒、骆玉明《中国文学史:三》,复旦大学出版社1996年版,第216页。
⑥ 鄢传恕《评高启的诗论》,《荆州师专学报》,1992年第6期。

遵循古代各种诗体的典范规格,而不是诗的内容摹仿"。说高启强调模拟的目的在于尊体,当然是符合其思想的,但文中亦有误解之处,如说"高启所说'趣',指诗的雅正",就是一种莫名其妙的说法,完全与高启所言不符。赵海岭①的《拊缶而歌自快其意——简论高启的诗歌理论》一文,也主要是对高启《独庵集序》的释读评价,但较之前文有两点进展。一是对原文释读更为准确,作者认为:"'格'是诗的形式,'意'是诗的思想感情。而'趣'则是通过形象表现出来的一种韵致,是能够体现诗歌内在本质的特殊的审美特征。"如此解释已大致接近作者原意。二是作者由序文总结出了高启独特的诗歌理论:

> 师古是高启诗论中求得好诗的必经之路,但他也并不一味片面强调师古。他认为,要创作出独具特色的诗歌,必须把师古与师心结合起来,把古人诗歌艺术形式上的优点与诗人内心真实的思想情感结合起来,这样创作出来的诗才是诗人自己的诗,也才可能是好诗。上述所谓的"兼师众家,不事拘狭",从某种意义上说,正是师心与师古结合的产物。②

这种表述也许有些过于现代,但其基本意思与高启所要表达的意思是相一致的。而且结合高启的其他表述与实际创作,是能够概括出这样的结论的。更为重要的是,解决了高启诗歌理论上的这些问题,会有助于对其诗歌作品的分析研究。

该时期最早对高启诗歌创作进行综合研究的是张春山③的《高启诗歌初探》一文,文章继承了传统的套路,分为生平、思想与艺术特色三个部分。思想内容部分概括为三点:一是反映了元末天下大乱、民不聊生的社会现实;二是对元代政治的黑暗进行了鞭挞;三是对朱元璋统一天下的丰功伟绩给予热情洋溢的歌颂。这些论述还带有鲜明的现实主义的观念,未能全面反映高启诗歌的内容。而尤振中④在《高启诗简论》一文中则将高启诗的内容概括为:一是真实反映了元末明初的社会现实;二是对当代农民苦难生活的描写;三是明显的地方特色和浓郁的乡土风味;四是表现家人骨肉之情;五是题书吟画、听歌赏乐、吊古咏史和应制酬赠。所概括的内容已相当全面,可以看出古代文学研究的长足进展。其实,高启是一位追求自我情趣的诗人,他最突出的特点是对自我情感的表达以及对于友人情谊的抒发,但是由于时代的原因,这些恰恰被学者们所忽视了。重视诗歌对现实的反映,还影响到对高启诗歌艺术特点的分析,比如钱伯城对高启诗歌艺术的介绍,共分为乐府、写景、怀古与叙事四大类,将诗体与题材及表现手法混为一谈,显得毫无章法可言。笔者认为其主要原因还是为了要照顾到对现实生活的反映这些内容要素,从而影响了作者的学术判断,以至于得出高启"没有纯粹的抒情诗"的判断。

---

① 赵海岭《拊缶而歌自快其意:简论高启的诗歌理论》,《青岛大学师范学院学报》,2000年第2期。
② 赵海岭《拊缶而歌自快其意:简论高启的诗歌理论》,《青岛大学师范学院学报》,2000年第2期。
③ 张春山《高启诗歌初探》,《运城师专学报》,1984年第2期。
④ 尤振中《高启诗简论》,《苏州大学学报》,1989年第1期。

对高启诗歌艺术风格的研究,难题在于如何解决主导风格与"随事摹拟"的多样化的矛盾,自从《四库提要》提出其"拟汉魏似汉魏,拟六朝似六朝,拟唐似唐,拟宋似宋,凡古人之所长,无不兼之",却又"未能熔铸变化自为一家,故备有古人之格,而反不能名启为何格"之后,这就成为一个绕不开的话题。有人曾试图用高启本人的诗歌理论来概括其诗作的风格,徐耀中等①的《略谈高启和他的诗歌》一文,就以《独庵集序》中所提出的格、意、趣为线索来分析其诗歌特色,将其概括为格律严整高超、情感真实而寓意分明、用词用典巧妙而超俗不凡。以作者自身理论观念来说明其创作特色,理论上似乎不存在问题,但仅用其一篇序文很难包容其所有创作特征。徐文将《独庵集序》中的意说成讽刺之寓意,将趣说成是"讲究用辞用典的巧妙",已属过度诠释的主观引申。而且即使如此,也难以全面说明高启的诗歌创作特色,可见其行文方法之局限。张春山②的《高启诗歌初探》认为高启的诗歌艺术风格以李白式的豪迈刚建为主流,却又强调其清新委婉与纯朴自然,同时还突出其讽喻微旨与激越豪迈,以至于弄得捉襟见肘。尤振中的《高启诗简论》则意在强调其风格之多样性:

> 高启诗在形式上兼备众体。几种乐府古诗、近体律诗的各种体制,无不具备。艺术风格多样,乐府及拟古诗,有的高逸,有的奇峭;律诗有的"典切瑰丽""壮丽和平",有的"神韵天然,不可凑泊"。他"工于摹古",故"凡古人之所长,无不兼之",诗作具有多种多样的风格。③

说高启诗作风格多样当然是对的,以诗体作为其风格的依托更是论诗的正确途径。但是,此处的论述尚有两点不足:一是既然以体论诗,便须照顾全面。作者只将高启诗作分为乐府与近体而漏掉五言古诗与七言歌行,显然是不能容忍的,因为毕竟在多数研究者眼中,高启的七言歌行是相当出色的。更何况此处所言"拟古诗",更是难与其他诗体并列。也有兼顾到主导风格与多样风格之统合者,如杜臣权④的《高启诗歌的艺术风格》一文中说:"高启的诗歌具有多种风格,他善于以各种不同的体裁和风格来表现不同的生活内容,或典雅蕴藉,或精炼严谨,或朴实自然,但其主导风格则是刚健清新;他的诗歌众体兼备,佳作甚多,但最能体现其主导风格的则是歌行体。"这样的看法已经接近高启诗歌创作的实际了,其中有两点值得重视:一是研究高启的诗歌,必须依托其诗体,分别深入体味分析高启在各体中所尊何种诗体并有何自我创造;二是在所有诗体中何者为其主导风格。当然,提出这样的看法固然是重要的,但真正在各体诗作中全面细致地展开对高启诗作的研究,依然是任重而道远的课题。

---

① 徐耀中、曹乃玲《略谈高启和他的诗歌》,《苏州教育学院学报》,1986 年第 3 期。
② 张春山《高启诗歌初探》,《运城师专学报》,1984 年第 2 期。
③ 尤振中《高启诗简论》,《苏州大学学报》,1989 年第 1 期。
④ 杜臣权《高启诗歌的艺术风格》,《盐城师专学报》,1985 年第 4 期。

另外,该时期关于高启诗歌艺术的研究有趋于细化的倾向。如尹戴忠①的《高启诗歌用韵研究》通过对高启乐府诗和古体诗进行穷尽式的分析研究,得出了"高诗的用韵是实际语音的反映,而不是迁就旧韵书的结果"。孙家政②的《论刘基和高启的词创作》通过二人词作的对比,得出了"词人咏物用事,不乏伤时失意之志;言情怀人,自有缠绵悱恻之思"的共同特征。汪渊之③的《高启诗与"吴中四才子"诗之比较——兼论明初至明中叶吴中诗风的演变》一文,通过高启与明中叶唐寅、祝允明、文徵明等四才子的不同时代氛围及创作实践的对比,得出了高启"诗风爽朗、明净、清新",而四才子诗"自由灵动、率真",二者风格存在差异。这些成果,都显示了高启诗词艺术研究空间的拓展与深化。

(三)吴中诗派研究

在20世纪80年代之前,尽管文学史著作中也会时常出现"吴中四杰""北郭十友"这样的称谓,但很少有人对此做过深究,只是在叙述完高启后顺带提及而已。廖可斌④的《论元末明初的吴中派》是第一篇系统论述吴中派的论文。文章分为三个部分:第一部分"吴中派与张士诚集团",论吴中派的产生;第二部分"吴中派的文学主张和创作风格",从正面概括其主要特色;第三部分"朱元璋集团——明王朝对吴中派的打击",叙述了吴中派主要成员在明初的不幸命运及其原因。廖文涉及了吴中派从产生到衰落的历史、政治、地理等复杂原因,尤其是指出了以高启为首的吴中四杰是该派的核心,其基本创作特色是:"较少受理学思想的束缚,大多侧重于抒发个人的情思,描写文人日常生活,如饮酒、作画、写字、烹茶、游园、听曲、夜话、送别、赏花、观雪等等,一般都很讲究诗歌的技巧与文采。"此观点不仅较为准确地概括出吴中派的主要特征,而且也将高启的研究从反映现实转向了文人生活和情趣的表达与抒发,体现出高启与吴中派研究相互促动的良好态势,也使吴中派研究一起步便达到较高的水平。其实,王学泰⑤早在《以地域分野的明初诗歌派别论》一文中,便依据明人胡应麟的提法,将明初诗坛分为越派、吴派、江西派、闽派和粤派,并对各派进行了简要的描述。在论及吴派时,他指出高启"论诗偏重于创作论,注重个人情感的抒发,社会意识比较淡薄"。并概括出吴中诗人"作品具有浪漫色彩,富于才情,注重辞藻,许多人诸体兼善"。可以说已经勾勒出吴中派的基本轮廓。只是鉴于是综论文章,来不及对吴中派做出更细致的论述而已。廖文可谓踵事增华,后来居上。当然,吴中派的兴衰演变有更为复杂的因素,比如它与顾瑛玉山雅集的关系,它与元代文人政治边缘化的关系等,都还有待于深入探究。

---

① 尹戴忠《高启诗歌用韵研究》,《娄底师专学报》,2000年第1期。
② 孙家政《论刘基和高启的词创作》,《南京师大学报》,1998年第2期。
③ 汪渊之《高启诗与"吴中四才子"诗之比较:兼论明初至明中叶吴中诗风的演变》,《苏州大学学报》,1999年第3期。
④ 廖可斌《论元末明初的吴中派》,《苏州大学学报》,1991年第4期。
⑤ 王学泰《以地域分野的明初诗歌派别论》,《文学遗产》,1989年第5期。

在此之前,还有一篇文章值得重视,这就是陈建华①的《明初政治与吴中诗歌的感伤情调》。文章主要是对明初吴中诗坛整体状况的综合研究。作者指出,在明初朝廷对吴中地区的政治高压的形势下,"在明初的诗坛上,吴中诗人们表现得更多的是他们自身的感受","这是被摧残的一代从记忆中追唤那消逝的年代,实即悲悼自己失却的自由与惨遭戕戮的美好情感"。文章也在表述吴中诗人痛苦与压抑的共同心理特征的同时,进一步分析了他们对痛苦与压抑的不同类型的反映方式。文中涉及了顾瑛、陈汝言、申屠衡、高启、王彝、徐贲、张羽、杨基、王行、卢熊、王蒙、贝琼、袁凯、姚广孝等人的不幸遭遇与诗歌创作。该文尽管未标明是吴中诗派研究,但其内容已具备相当的深度,为后来的吴中派研究提供了重要的借鉴。

王文田②《元末吴中诗派的诗歌精神》一文,是对吴中派早期状况的研究,也可以视为是廖可斌吴中派研究的延伸性成果。作者通过对杨维桢、高启、杨基、张羽、郯九成、徐贲、倪云林、袁凯、邵亨贞、谢应芳、王逢等人诗作的研究,认为:"一方面是表现为外射的、狂荡的、充满生命和欲望的个性追求,一方面是压抑的、内向的、充满着无可奈何之情的苦闷抒发。这二者殊途同归,都表现着元末诗坛追求自我实现的诗歌精神,体现着吴中诗人诗歌的情调。"并指出这种吴中诗歌精神,"和元代盛行的道教及元代末期东南沿海形成和发展着的那种重利欲、重个性、富于乐观和开拓的文化精神,有着十分密切的关系"。这是对元末明初吴中派研究的深化,弥补了前人同类研究的简略或不足,尤其是对吴中派的分阶段研究做出了一定的贡献。但是该文也存在一些问题,比如,杨维桢铁崖体与吴中派是何关系?元末的吴中是否可以不分阶段地笼统论之?将吴中诗歌精神仅仅归之于宗教与经济而忽略了政治等因素是否过于简单?等等,这都是需要认真考虑的。张春丽等③的《元末吴中诗派的历史地位》一文,则是从纵向上探讨吴中派影响的。作者认为:"杨维桢为首的吴中诗派在继承传统诗歌的基础上,又以吟咏性情、强烈强调个性的诗歌精神,改变着元以来的雅正之音,开辟了诗歌发展史上崭新的局面。"此尚不失为有得之言。但在论及吴中派对明代诗坛的影响时,该文设计了三条线索:一是吴中派—"吴中四杰"—李贽、公安派;二是吴中诗派—浙东派—前后七子;三是吴中诗派—闽中派—唐宋派。但此种影响线索的划分不仅粗疏,且多牵强。论吴中派之自身影响跳过明中叶的唐寅等"吴中四才子"而直达李贽、公安派,已属粗疏之举;作为同时存在的诗派,在元末时两派的确互有影响,但在明后两派即分道扬镳,且浙东派对吴中派多有批驳。因此在其影响链条上加上浙东派纯属多余;第三条线索更是牵强,仅仅依据两派都对"李翰林天才纵逸"的一致认可,便断定吴中派对闽派诗人存有影响,也实在是少见的大胆之论。明初诗坛状况错综复杂,互有交错影响自是难免。但必须认真阅读原

---

① 陈建华《明初政治与吴中诗歌的感伤情调》,《复旦学报》,1989年第1期。
② 王文田《元末吴中诗派的诗歌精神》,《信阳师范学院学报》,1992年第1期。
③ 张春丽、王忠阁《元末吴中诗派的历史地位》,《信阳师范学院学报》,1992年第3期。

始文献,悉心梳理相关线索,方可渐趋明朗,而切不可主观臆断,凭空立论。

辛一江①《论元末明初越派与吴派的文学思想》一文,不再从相互影响的角度立论,而是通过两派文学思想的比较来揭示二者之间的思想张力与文坛走向。文章认为:

> 吴派作家主张文学远离政治,强调发乎性情的自由创作。这一思想既表现了对文学本体的关注,又反映出身处乱世的知识分子逃避现实、独善其身的生活态度。而越派作家则与之相反,主张文学为社会政治服务,强调文学的社会功用。这一思想反映了元末明初知识分子希望恢复儒家文学传统、重建士人形象、积极参与社会政治的普遍要求,同时也是对宋元以来的文学思想作了一次全面的总结。但文学与政治的联姻又使得越派的文学思想出现了他们自己也无法控制的理论倾斜与实践危害。如果说吴派作家的悲剧命运宣告了文学自由主义的破产,那么,越派作家对社会政治的关注又最终失去了文学自身的价值。这种文学思想史上的悖论恰好构成了元末明初文学递嬗的特色。②

该文无论是对吴派与越派文学思想特征的概括,还是对于二者文学思想价值的阐发与其所构成的思想悖论的揭示,应该说都大致符合当时的实际,因而也具有较大的启示作用。这样的研究比那些牵强比附的所谓影响研究要更有价值且更合乎学理,同时也显示了吴中派研究的一种新思路。如果以后的学者能够将元末之际的各派文学创作与文学思想进行全面的对比研究,必将会大大推动该时期文学研究的进展。然而,此文也存有些许遗憾。这主要表现在作者阅读文献有限,从而将许多问题做了简单化的处理。从文章内容可以看出,吴派的文学思想主要用了高启一人的材料,而越派则以宋濂一人的文学看法为代表。既然是作为一个派别进行研究,就首先需要界定研究对象,接着全面阅读相关文献,然后进行概括归纳,构成一个严密的整体。每个文学流派的文学思想与文学创作,都会有一致的地方,也会有许多差异和矛盾。一个人永远不可能完全代表一个流派,尤其是元末明初的文学流派,他们其实都是很松散的文人群体,缺乏统一的理论主张,更具有差异很大的创作体貌,因而不宜做简单化的处理。比如说"吴派作家主张文学远离政治,强调发乎性情的自由创作",放在杨维桢身上就是不准确的,杨维桢早年有强烈的功名心,中过进士,做过朝廷官员,一再谋求复官。只不过在复官无望时,才放浪形骸,追求享乐。文章用高启的人生来代表杨维桢的人生观,就是一种相当危险的做法。这不仅牵涉到吴中派的研究,同时也牵涉到其他文学流派的研究。而该文显然在这方面还存在较明显的问题。

---

① 辛一江《论元末明初越派与吴派的文学思想》,《昆明师范高等专科学校学报》,1999 年第 3 期。
② 辛一江《论元末明初越派与吴派的文学思想》,《昆明师范高等专科学校学报》,1999 年第 3 期。

从总体上来看，对元明之际的吴中派研究在以下三个方面尚有待加强：一是在文献整理方面。尽管高启的文献研究取得了一定的成就，但其他吴中派作家的别集整理与相关文献的考证明显缺乏。如果要对吴中派真正进行整体的系统深入研究，没有全面的文献整理与相关历史史实研究是很难有推进的。二是在对于吴中派其他作家的诗歌创作的细致研究方面。高启的诗歌理论与创作特色的研究尽管也还存有巨大的研究空间，但已经具备了相当的规模，而对其他诗人则明显缺乏有力度的个案研究。若没有认真细致地对诗人及其创作进行个案研究，则显然无法对其整体进行更为深入细致的讨论。三是在对于吴中诗派与其他地域流派的比较研究方面。由于受到胡应麟明初五派这种传统说法的影响，所以以前的学者多关注吴派与越派关系的考察，而其核心又往往落在以宋濂为首的浙东诗派的比较研究上。其实，当时的情况是非常复杂的，比如杭州与松江两个地域的诗人群体和诗歌风格，往往受到杨维桢铁崖体的深刻影响，并与吴中诗人发生过复杂的关联，可是至今尚未引起足够的重视。尽管进入21世纪后，对吴中派的研究在上述几方面已有明显的推进，但依然存在着巨大的提升空间，并可预期将取得丰硕的学术成果。

浙东文人群与明前期文坛走向
——从"元正统论"视角观照

邱江宁

浙东文人群在元末明初文坛格局中的意义,已有不少论著进行过相当繁复的讨论。值得注意的是,人们的讨论在向下行环节,即对浙东文人群与明初以及之后明代文学创作关系的讨论,用力甚多;而在向上连环节,即浙东文人群与元代文风尤其是与在元代影响广及天下的馆阁创作风气的关系,则关注稍少。基于这种"下行""上连"关注中的剪刀差,现有的讨论对于元末明初浙东文人群的文坛意义,尚留有一丝缝隙——是承元之绪开启大明还是视元如敝屣,另立明季新风?由于这一研究缝隙的存在,研究者在指出浙东文人群创作理论中较为明显的理学倾向时,基本将注意力集中在他们的出生地——婺州浓郁的理学氛围上,却较少考虑朱明王朝初期确立的"元正统论"的影响,并联系"元正统论"来考量浙东文人群的创作取向及其影响力。事实上,浙东文人群除了具有与朱元璋战争时期建立的君臣信任关系之外,更由于他们在学养上与元代馆阁文人的密切关联,使得他们在执行国家从政治层面确立的"元正统论"没有丝毫违和感;而且"元正统论"影响下的明初文坛,无论是浙东文人群以及之后兴起的江西派和台阁体,都并未对元季诗文风气进行有规模的批评,诚如明人所指出的事实所云"国朝诗不甚盛,盖袭宋、元之弊,弘治、正德间,其风渐开"①。一定程度上,认真执行朱元璋订定的"元正统论"理念的浙东文人阻隔了明代文人对本朝文风的建设进程。明正统以后,随着精英阶层越来越清晰的反"元正统论"思想的深入,明代文坛开始讨论元季诗文流弊,反思和批评理学对文学的禁锢,大力以复古而创新,进而开启明代诗文风气形成之路。

一、浙东文人群与《元史》的修撰

明初的文坛,浙东文人群之外,影响大的还有吴中文人群,此外还有闽地文人

---

* 作者为浙江师范大学人文学院教授。本文为国家社会科学基金项目"元代文人群体的地理分布与文学格局研究"(项目编号:15BZW052)的阶段性成果。
① 蔡羽《西原集序》,黄宗羲《明文海》,《四库全书》,上海古籍出版社2013年版。

群、岭南文人群以及江西文人群等,而浙东文人群的影响力最大。① 浙东文人群与朱明王朝的亲厚关系使他们在明初享受了大量政治资源,并因此主持撰修了代表国家意识形态的一系列大型著作。以宋濂为代表,洪武二年(1369),总裁纂修《元史》;洪武七年(1374),总裁纂修《大明日历》《宝训》《孝慈录》《明太祖文集》等。② 这些体现着最高统治者意志的著述,抛开它们所可能产生的社会影响不论,浙东文人群借助国家意识形态之力而加诸对明代前期文坛的深远影响力就非常值得讨论,而《元史》修撰不失为讨论的最好切入点。

综观元末明初的社会格局,初立的朱明王朝与尚存的元蒙王朝关系微妙,时间和形势使得初立明王朝的朱元璋只能依靠浙东文人群以尽快确立新朝的意识形态。1368 年正月,朱元璋在应天府即皇帝位,定有天下之号曰"明",建元洪武;而据《元史·顺帝本纪》记载,1368 年七月丙寅,"帝(顺帝)御清宁殿,集三宫后妃、皇太子、皇太子妃,同议避兵北行","八月庚午,大明兵入京城,国亡"③。这说明朱元璋宣布大明朝成立的时间比元顺帝逃出北京的时间早半年多,而且顺帝逃出北京,回到蒙古本部之后,驻扎于应昌府,以元为国号,仍以元王朝的正统势力存在。④ 出于政权巩固的考虑,朱元璋比其他王朝更需通过修撰《元史》的方式来表明元统已亡,明缵而绍之,明王朝的建立具有合法合理性。所以,1368 年冬,朱元璋即提出修《元史》之事,并于次年,洪武二年(1369)二月,在南京天界寺诏令儒臣修撰《元史》,"皇帝即位之明年,四方次第平,乃诏文学之士萃于南京,命官开局,纂修《元史》"⑤。在王朝草创之际,各方势力尚处于角逐状态的背景下,《元史》的修撰工作仓促开始。《元史》修撰之际,活跃于明初文坛的主要力量除浙东文人群之外,还有诸如吴中文人群以及江右文人群等,但只有浙东文人群在 1369 年初,《元史》撰修之前,已与朱元璋的吴王政权结成十年之久、相互之间信赖有加的君臣关系。相比较而言,能与浙东文人群影响力相抗衡的、活跃于吴中一带的,以顾瑛为中心的玉山草堂文人群和以"吴中四杰""北郭十友"为中心的平江文人群,则迷恋诗酒聚会,关注自我情怀,对国家与政治缺乏热情。而且这些群体又与朱元璋的死对头张士诚集团有着千丝万缕的

---

① 按:据胡应麟的描述,明初至少有五个比较有影响的地域文人群体,"国初吴诗派昉高季迪,越诗派昉刘伯温,闽诗派昉林子羽,岭南诗派昉于孙蕡仲衍,江右诗派昉于刘崧子高,五家才力,咸足雄踞一方,先驱当代",但浙东文人群的影响力最为突出:"国初闻人,率由越产,如宋景濂、王子充、刘伯温、方希古、苏平仲、张孟兼、唐处敬辈,诸方无抗衡者。"参见:胡应麟《诗薮》,中华书局 1958 年版,第 326、327 页。
② 徐永明《宋濂年谱》,参见:宋濂《宋濂全集》,人民文学出版社 2014 年版,第 3057—3096 页。
③ 宋濂等《元史》,中华书局 1976 年版,第 986 页。
④ 按:北元(1368—1634),1368 年元惠宗迁都滦京,仍以"大元"为国号,因地处塞北,故称"北元"。共二十八位大汗,享国二百六十七年,388 年,阿里不哥的后裔也速迭儿弑杀脱古思帖木儿篡位,"大元"国号不再使用。1402 年元臣鬼力赤篡位,建国鞑靼,北元分裂成鞑靼和瓦剌。北元不仅疆域范围比明朝大,而且享国时间几乎与明朝相始终。参见:陈得芝《关于元朝的国号、年代与疆域问题》,《北方民族大学学报》,2009 年第 3 期;另可参见《明史·鞑靼传》等等。
⑤ 宋濂《宋濂全集》,人民文学出版社 2014 年版,第 456 页。

或深或浅的联系。① 至于其他一些地域群体,则在创作成绩和影响力上都无法与浙东文人群相比。所以浙东文人群成为《元史》的撰修主力,是初立的朱明王朝必然的选择。可以看到,《元史》修撰分前后两个阶段,第一阶段,撰修人员共16名,其中胡翰(婺州)、陶凯(天台)、陈基(临海)、宋禧(余姚)为浙东人;第二阶段的参修人员15人,张孟兼(婺州)、朱右(临海)、朱世濂(婺州)为浙东文人,另外参与校对《元史》的苏伯衡亦为婺州文人,这样《元史》前后两个阶段,再加上两个阶段皆为总裁官的浙东婺州文人宋濂、王祎,共计33人,浙东文人群几乎占三分之一,浙东文人群是名副其实的修撰主体。

  为迎合朱明王朝急于通过修撰《元史》以昭示新朝已然确立的需要,浙东文人为主体的撰修群体则以史上最快速度修成《元史》。《元史》第一个阶段的撰修,开始于1369年2月,当年7月告一段落,用时188天;第二阶段,因缺乏顺帝时代的资料,全书没有完成,于是派欧阳佑等人到全国各地调集顺帝一朝资料,于洪武三年(1370)二月六日重开史局,宋濂、王祎依旧为总裁官,用时143天修成。前后历时331天。比起前后历时九十多年,以严谨著称的《明史》,《元史》的完成确如钱大昕所称"古今史成之速,未有如《元史》者"②,这也能看出浙东文人群率领的修史群体对于朱明王朝意志执行的得力和有效。

  初立的明王朝虽然急于修《元史》,但针对北元势力代表元王朝而存在的现实情形,朱明王朝实际还试图借助《元史》的撰修,通过承认元乃正统,天意导致元明易代,明已成正统的态度来招徕人心,奉劝北元势力归降明朝。早在至正二十六年(1366)十二月,朱元璋在应天确立次年(1367)为吴元年,1367年十月朱元璋令出征将士传檄文谕告齐、鲁、洛、河、燕、蓟、秦、晋等地之人说,元朝虽起于草野,勘定朔方,但却是天意所择,"自古帝王临御天下,中国居内以制夷狄,夷狄居外以奉中国,未闻以夷狄治天下者也。自宋祚倾移,元以北狄入主中国,四海内外,罔不臣服,此岂人力,实乃天授";但朱元璋也指出:"古云:胡虏五百年之运,验之今日,信乎不谬。当此之时,天运循环,中原气盛,亿兆之中,当降生圣人,驱逐胡虏,恢复中华,立纲陈纪,救济斯民。"③檄文的表达逻辑是,由于天意所授,元君虽为北狄,却能顺利入主中华,令四海归服;但是,自古胡虏无百年之运,现在元朝在中华大地上统治过百年,天意不再护佑,所以需要有新朝来立纲陈纪,拯救天下,明朝遂代元而兴。当然朱元璋的"元正统论"也包含着警示本朝臣民,不得挑战明朝顺天意成为正统的意味。对于朱明王朝"元正统论"形成的这层复杂心理,《元史》虽成书极速,却颇有体观。例如《元史·食货志一》篇首语中的这一段:

---

  ① 左东岭《平江文人群体与玉山草堂文人群体关系研究》,《明代文学思潮研究》,商务印书馆2013年版,第79、90页。
  ② 钱大昕《十驾斋养新录》,江苏古籍出版社2000年版,第183页。
  ③ 朱元璋《太祖传檄中原檄》,孔贞运《皇明诏制》,明崇祯七年刻本。

> 元初,取民未有定制。及世祖立法。一本于宽。其用之也,于宗戚则有岁赐,于凶荒则有赈恤,大率以亲亲爱民为重……自时厥后,国用浸广。除税粮、科差二者之外,凡课之入,日增月益。至于天历之际,视至元、大德之数,盖增二十倍矣,而朝廷未尝有一日之蓄,则以其不能量入为出故也。虽然,前代告缗、借商、经总等制,元皆无之,亦可谓宽矣。其能兼有四海,传及百年者,有以也夫。①

《元史·食货志》中的这段篇首语与朱元璋明初对元朝的一些赞慕表态相当贴合。朱元璋曾表述云:"元虽夷狄入主中国,百年之内,生齿浩繁,家给人足。朕之祖父,亦预享其太平"②,"朕本布衣,生长君朝承平之时,混于民间,犹勺水之下沧海,一粟之在大仓"③。而据《明史·太祖本纪一》记载:"至正四年,旱蝗,大饥疫。太祖时年十七,父母兄相继殁,贫不克葬。里人刘继祖与之地,乃克葬,即凤阳陵也。太祖孤无所依,乃入皇觉寺为僧。逾月,游食合肥。"④朱元璋生在元朝中下层,明明在元季过着生无养、死无葬、居无所的生活,却如此虚伪地赞美元朝,只能说朱元璋试图以崇元之论来淡化明代元兴的事实。尊为帝王的朱元璋出于政权巩固和招徕北元的需要,尚且如此虚伪地尊崇故元,那么,必须体观新朝意志的《元史》显然不能有违于此。虽然,同样是为迎合初明王朝建立的需要,《元史》为快速成书,多以《经世大典》、十三朝实录以及元人成稿为基础抄撰而成,而且在体例上,各篇之后"不作论赞,但据事直书,具文见意,使其善恶自见"⑤,但在各志、各类传的篇首处,《元史》还是竭尽可能、谨慎婉转地体现出"元正统论"的观念。

需要指出的是,《元史》的编撰,宋濂用力最多,尤其是发凡举例,笔记纲领处,则基本由宋濂通稿主笔,同列其他人唯有敛手承命而已:"时编摩之士,皆山林布衣,发凡举例,一俾于先生。先生通练故事,笔其纲领及纪传之大者,同列敛手承命而已。逾年书成,先生之功居多。"⑥作为修撰主体的浙东文人群,尤其是总裁官宋濂对那些体现着"元正统论"的言论负有极大的责任。宋濂与朱元璋相知甚深,对于初立的朱明王朝提出"元正统论"的复杂心理应该非常了然。⑦ 某种程度而言,"元正统论"虽在《元史》中被以宋濂为核心的浙东文人群婉转而切意地表达出来,但实际是朱元璋的意志表达。⑧ 所以,由"元正统论"观照明初及之后的国家意识形态,既是切实理

---

① 宋濂等《元史》,中华书局1976年版,第2351-2352页。
② 陈建《皇明通纪法传全录》,明崇祯九年刻本。
③ 董伦《明太祖实录》,"中央研究院"历史语言研究所1962年版,第1418页。
④ 张廷玉等《明史》,中华书局1974年版。
⑤ 宋濂等《元史》,中华书局1976年版,第4676页。
⑥ 宋濂《宋濂全集》,人民文学出版社2014年版,第2594页。
⑦ 按:朱元璋渡江后不久,宋濂即投奔于他,朱元璋的许多文告,都出于他的手笔。参见:陈高华《〈元史〉纂修考》,《历史研究》,1994年第4期。
⑧ 按:赵汸在《送操公琬先生归番阳序》中曾针对朱元璋接见《元史》撰修人员的谈话而感慨云:"尚赖天子明圣,有旨即旧志为书。凡笔削悉取睿断。"参见:李修生《全元文》,凤凰出版社2005年版,第54、438页。

解浙东文人群卓立于明初其他地域文人群的根本原因,也是深入理解明初文学创作取向的关键。

二、浙东文人群与"通经显文"创作理念的概括提出

由于朱元璋倡导"元正统论",与其关系最近,也最能解读清楚国家意识形态需要的浙东文人群,在创作取向上主要表现为承前元之旧而非启大明之新。他们从《元史》修撰、科举考试内容以及文论批评几大方面概括提出"通经显文"的创作理念。这一创作理念不仅是对初明最高统治者"元正统论"的呼应,更是对元代以馆阁创作群体为核心而形成的总体创作取向的概括总结。

细读《元史》,非常值得注意的是,仓促修成的《元史》在撰修体例上多承袭前朝,唯独"儒林传"的设置和前朝的意思大相径庭。《元史》不像前朝史传那样单列文苑传与儒林传,而是将儒林与艺文合为一体称"儒学传"。在"儒学传"篇首语中,宋濂对这一体例设置做出解释,并用"通经显文"四个字来概括元代文章的成就与特色。文章写道:

> 前代史传,皆以儒学之士,分而为二,以经艺颛门者为儒林,以文章名家者为文苑。然儒之为学一也,《六经》者斯道之所在,而文则所以载夫道者也。故经非文则无以发明其旨趣;而文不本于六艺,又乌足谓之文哉。由是而言,经艺文章,不可分而为二也明矣。元兴百年。上自朝廷内外名宦之臣,下及山林布衣之士,以通经能文显著当世者,彬彬焉众矣。今皆不复为之分别,而采取其尤卓然成名、可以辅教传后者,合而录之,为《儒学传》。①

这段话既高度概括、准确地提炼了元朝文章的创作特色,又基于"元正统论"为明初的创作定下方向。某种程度而言,这段话也可以看作是朱元璋文章态度的表达。作为最高统治者,朱元璋从攻取婺州之际就开始彰显出他以儒学治国,取经义而轻词章的态度。至正十八年(1358),朱元璋攻取婺州之后,与婺州文人范祖幹讨论治国道理时认为:"圣人之道,所以为万世法。吾自起兵以来,号令赏罚,一有不平,何以服众?夫武定祸乱,文治太平,悉此道也。"②此论是朱元璋"以儒治国"的哲学基础。洪武二年(1369)四月,朱元璋命国子博士孔克仁教授诸皇子及功臣子弟时,特别表明师长教学之道"当以正心为本",而正心的基础在于"宜辅以实学,毋徒效文士记诵词章而已"③。朱元璋在此所表达的意思很明确,即经义为本,词章次之。洪武三年(1370),朱元璋对翰林侍读学士詹同再次清晰地表达他经义为本,词章当明白简易,且为经义服务的创作取向:"古人文章明道德、通世务。如典谟之言,皆明白易知,无

---

① 宋濂等《元史》,中华书局1976年版,第4313页。
② 雷礼《皇明大政纪》,明万历刻本。
③ 朱睦㮮《圣典》,明万历刻本。

深怪险僻之语。……自今翰林为文,但取通道术,达时务者,无事浮藻。"①

根据朱元璋与大臣的谈话和圣评谕来理解《元史·儒林传》的篇首语,则它的意思表达得相当简明扼要。首先这段话的写作风格符合朱元璋关于文章须"明白易知,无深怪险僻之语"的要求,也确如《元史》体例所云"文辞勿致于艰深"。② 其次,这段话呼应朱元璋经义须服务文章的评价取向,直斥历代史传将经艺与文章分而为三的做法不合适,认为经义不借文章无法阐明和表达其主旨意趣;而文章不依据经义六艺则不足为文。最后,这段话还恰切地遵循了"元正统论"论调,指出元兴百年,"以通经能文显著当世者,彬彬焉众矣",《元史》撰修者的意思很明白,元所以堪称正统,是因为它一直行在正道。

而综观元代文章的整体取向,尽管元季士林没有人提出过"通经显文"这一说法,但在如何改正前朝创作弊端的问题上,南、北士林达成共识,认为只有消弭经学与文艺的壁垒,二者融合,才能真正摆脱金源、南宋以来文艺创作逼仄怨怼、萎靡卑下的创作格局。元代创作风气的形成历程,实质上就是以馆阁文人为核心的元季士林,为去除前金故宋的影响,通过经、文合流的方式,最终找到开新大元创作风气的文艺复古历程。起初,以理学家姚燧为核心的北方优秀文人,不满于金源遗士集团追求辞章,轻视理学,不务实用的文风习气,认为"文章以道轻重,道以文章轻重"③,慨然主张从经文合流的角度扭转文风。姚燧的创作主张得到了元明善、张养浩、孛术鲁翀等北方馆阁文人的追随与支持,从而基本奠定元朝文风转变的方向。元朝统一江南以后,南方士林大举北上,在程钜夫的引领下,馆阁中的南方士林对南宋末年文艺创作亦纷纷予以批评、反思,认为南宋文艺创作的深刻弊端在于经、文判为二端:"说理者鄙薄文词之丧志,而经学、文艺判为专门。"④ 尤其是元代大德、延祐之后,以奎章阁文人群体为核心代表的馆阁文人群,对元代上至馆阁下及山林,以通经显文为主的文章风气的形成影响深远。奎章阁文人群基本是正宗正派、相当虔诚的程朱理学子弟,他们所强调的"真率调畅,简散深至"⑤风格,要求创作者既不以世变忧乐婴于心,更不能恣肆放纵,偏离情感的本原,这种要求的精神实质是儒家的中和思想。由于馆阁文人的大力推举,元代文坛自馆阁至山林,无论名宦之臣又或者布衣之士,基本形成与元朝多种文化并存现实相呼应的,以经为本,涵容百史百家,务实平和的"通经显文"风格。

与明初其他地域文人群相比,浙东文人群与元代奎章阁文人群的关系尤为密切。在元代奎章阁文人群的核心成员中,黄溍、柳贯、胡助、吴师道等人都是婺州人,他们都是宋濂、王棉、胡翰等人的老师。另外,作为延祐首科进士,欧阳玄、黄溍是元

---

① 王兆云《皇明词林人物考》,明万历刻本。
② 宋濂等《元史》,中华书局1976年版,第4674页。
③ 宋濂等《元史》,中华书局1976年版,第4059页。
④ 虞集《虞集全集》,天津古籍出版社2007年版,第500页。
⑤ 虞集《虞集全集》,天津古籍出版社2007年版,第504页。

代奎章阁文人群中年寿最长者,他们诚可谓元代"通经显文"创作风格形成的直接参与者,也是一直努力推阐"通经显文"创作风格的文坛核心人物。宋濂与黄溍关系至为密切,自认为是黄溍"老门人"①、侍从黄溍游学最久②;而黄溍也深深认可宋濂,认为斯文至于宋濂方可谓"不乏人矣"③,并经常令请宋濂代笔以应四处求文者,可见宋濂得黄溍浸润之深。宋濂对欧阳玄也至为推重,声言"自总角时即知诵公之文,屡欲裹粮相从而不可得"④,而欧阳玄也认为宋濂文章深得馆阁气质,能黼黻一代。⑤ 此外,刘基是元朝元统元年进士(1333),当年的主考官是奎章阁重要文人宋本。而王祎、刘基等浙东文人对奎章阁核心文人苏天爵的为人及其著作《国朝名臣事略》等非常倾慕并努力效仿,所以,浙东文人群在学养上贴合了明代"元正统论"影响下的通经显文创作主旨,并给予了它非常贴切的诠释。

另外,落实到元季士林、朱元璋以及浙东文人群所称说的"经",确切地说,是指从元朝起被尊奉为官学的程朱理学。这依旧是一个需要再结合朱元璋订定的"元正统论",由宋、元、明三朝约科举内容入手,而稍加讨论的问题。《明史·选举志二》叙录明代科举认为:"科目者,沿唐、宋之旧,而稍变其试士之法,专取四子书及《易》《书》《诗》《春秋》《礼记》五经命题试士。盖太祖与刘基所定。"⑥朱元璋与刘基共同制定科举议程,这没有问题,但科举程式以哪朝旧制为依据则并不像《明史》所云,"沿唐、宋之旧"。实际上,明代的科考在"元正统论"论调的主导下,基本承元制而定。那就是以程朱理学为考试基本内容。需要辨明的是,程朱理学产生于南宋,宋理宗曾公开称赞程朱理学为孔孟道统正脉,并在淳祐元年(1241)正月将周敦颐、张载、程颢、程颐、朱熹进文庙,从祀孔子;又亲书朱熹《白鹿洞学规》颁赐太学。宋理宗对程朱理学的态度对于程朱理学取得正式官学地位具有标志性意义,但是,在宋朝,程朱理学没有成为科举考试的内容。《宋史》关于宋代科举内容记载如下:

> 初,礼部贡举,设进士、《九经》《五经》《开元礼》《三史》《三礼》《三传》、学究、明经、明法等科。皆秋取解,冬集礼部,春考试。合格及第者。列名放榜于尚书省。凡进士,试诗、赋、论各一首,策五道,帖《论语》十帖,对《春秋》或《礼记》墨义十条。凡《九经》,帖书一百二十帖,对墨义六十条。凡《五经》,帖书八十帖。对墨义五十条。凡《三礼》,对墨义九十条。凡《三传》,一百一十条,凡《开元礼》,凡《三史》,各对三百条。凡学究,《毛诗》对墨义五十条,《论语》十条,《尔雅》《孝经》共十条,《周易》《尚书》各

---

① 黄溍《黄溍全集》,天津古籍出版社2008年版,第782页。
② 黄溍《黄溍全集》,天津古籍出版社2008年版,第784页。
③ 宋濂《宋濂全集》,人民文学出版社2014年版,第2801页。
④ 宋濂《宋濂全集》,人民文学出版社2014年版,第686页。
⑤ 宋濂《宋濂全集》,人民文学出版社2014年版,第2722页。
⑥ 张廷玉等《明史》,中华书局1974年版,第1693页。

二十五条。凡明法,对律令四十条,兼经并同《毛诗》之制。①

由上述一段引文可以知道,虽然宋代科举很发达,但并没有将程朱理学作为考试依据。直到元代,皇庆二年(1313),由李孟、程钜夫、许师敬等人组成的科举考试讨论中,确定元朝科举考试考试内容"经学当祖程颐、朱熹传注"②,程朱理学作为科举主要内容取得了"学者澜倒"式的文化影响力。明修《元史》有关科举程式的内容如下:

> 考试程式:蒙古、色目人,第一场经问五条,《大学》《论语》《孟子》《中庸》内设问,用朱氏章句集注。其义理精明,文辞典雅者为中选。第二场策一道,以时务出题,限五百字以上。汉人、南人,第一场明经经疑二问,《大学》《论语》《孟子》《中庸》内出题,并用朱氏章句集注,复以己意结之,限三百字以上;经义一道,各治一经,《诗》以朱氏为主,《尚书》以蔡氏为主,《周易》以程氏、朱氏为主,已上三经,兼用古注疏,《春秋》许用《三传》及胡氏《传》,《礼记》用古注疏,限五百字以上,不拘格律。第二场古赋诏诰章表内科一道,古赋诏诰用古体,章表四六,参用古体。第三场策一道,经史时务内出题,不矜浮藻,惟务直达,限一千字以上成。蒙古、色目人,愿试汉人、南人科目,中选者加一等注授。蒙古、色目人作一榜,汉人、南人作一榜。③

正如元季时人所云"其程试之法,表章六经。至于《论语》《大学》《中庸》《孟子》,专以周、程、朱子之说为主,定为国是,而曲学异说,悉罢黜之"④。也正是由于元代科举考试的这一规定,从此元朝"群经、四书之说,自朱子折衷论定,学者传之。我国家尊信其学,而讲诵授受,必以是为则,而天下之学,皆朱子之书",于是乎"书之所行,教之所行也;教之所行,道之所行也"⑤,从而最终推动元朝形成以程朱理学为宗,学者遵信,不得疑二的官方意识形态格局。再看明朝关于科举内容的规定:

> 初设科举时,初场试经义二道,《四书》义一道;二场论一道;三场策一道。中式后十日,复以骑、射、书、算、律五事试之。后颁科举定式,初场试《四书》义三道,经义四道。《四书》主朱子《集注》,《易》主程《传》、朱子《本义》,《书》主蔡氏《传》及古注疏,《诗》主朱子《集传》,《春秋》主左氏、公羊、谷梁三传及胡安国、张洽传,《礼记》主古注疏。永乐间,颁《四书五经大全》,废注疏不用。其后,《春秋》亦不用张洽传,礼记止用陈澔《集说》。二场试论一道,判五道,诏、诰、表、内科一道。三场试经史时务策五道。⑥

---

① 脱脱等《宋史》,中华书局1977年版,第3604—3605页。
② 宋濂等《元史》,中华书局1976年版,第4017页。
③ 宋濂等《元史》,中华书局1976年版,第2019页。
④ 苏天爵《伊洛渊源录序》,《滋溪文稿》,中华书局2007年版,第74页。
⑤ 虞集《虞集全集》,天津古籍出版社2007年版,第658页。
⑥ 张廷玉等《明史》,中华书局1974年版,第1694页。

明朝承元朝之旧,也以程朱理学作为考试主要内容,只有《春秋》在胡传的基础上加上张洽传,但永乐后,也不再用张洽传。而明朝的《礼记》自永乐后,不再袭用元朝用的古注疏,而是只用元朝大儒陈澔的《礼记集说》。无论怎样,明朝承元之习却是无可争议的。另外,洪武三年(1370)五月一日,朱元璋谕告天下的科举诏云:

> 汉、唐及宋科举取士,各有定制,然但贵词章之学,而未求六艺之全。至于前元,依古设科,待士甚优。……洪武三年八月为始,特设科举,以取怀材抱德之士,务在经明行修,博古通今,文质得中,名实相称。①

朱元璋的诏书很明确地指出,汉、唐、宋的科举制度只看重词章之学,未求六艺之全,只有元朝科考设置则能依循古制,且对读书人颇为优待,这种口风再次坐实了朱元璋时期对于"元正统论"的倡导。

这样,在元朝,"程朱理学"被定为官学之后,通过科举的方式,使得元代士林从馆阁到山林都努力由"通经"而"显文";在明朝,由于朱元璋的原因,尤其是"元正统论"的背景,再次借助科举考试顺利地操控了明朝读书人的思维方式与创作取向。浙东文人群作为朱元璋亲信的文人群,又源于他们自身与元代中期馆阁文人的密切关系,所以他们最终能基于"元正统论",既贴切地概括出元朝自馆阁至山林"通经显文"的总体创作倾向,又给明朝前期创作取向定下基调。

三、浙东文人群"通经显文"观的理论表达

《元史》"通经显文"观虽然是宋濂提出的,但实际代表的是朱元璋"元正统论"影响下,整个《元史》撰修群体以及刘基等一批在朝浙东文人群基本认同的创作观,这一创作观表现为以经学为主、重馆阁雅正之气、务实轻文等一系列创作取向。

由于浙东文人群的这些创作取向实际是朱元璋"元正统论"的折射,所以,尽管朱元璋高压政策下,浙东文人群的代表人物诸如宋濂、王祎、刘基、朱右等逐一以肉体的消亡而退出明代文坛,尤其是燕王篡位,"方孝孺事件"发生,更意味着浙东文人群在明代文坛的彻底退场。但在"元正统论"没有退场的背景下,浙东文人群之后,主持明代正统文坛的江西文人群以及台阁体,他们依旧以程朱理学经旨为创作依归。而以"土木堡事件"为转折点,更兼弘治以后,国家文治态度的总体宽松情境,精英文人群开始对"元正统论"进行反思,具有反理学倾向的"茶陵派"出观;嘉靖中叶,随着嘉靖皇帝对北元政权反感情绪的加深,士林对"元正统论"的批判倾向逐渐加强,明代文坛才逐步以反程朱理学的复古运动掀开明季文风的锻造历程。

借由浙东文人群在明初给同僚文集所作序言来综观他们的创作理论,可以看到他们基本主张以理为主,以气摅之,文风朴实有物,与时进退。典型如朱右对宋濂文章的评价。朱右是台州临海人,《元史》参修者,明初著名文章理论家。在文章观念

---

① 王世贞《弇山堂别集》卷八一《科举考一》,中华书局2006年版,第1539页。

上,朱右推崇文道合一,以"辞严而理阐,气壮而文腴"为文章标准,曾编选"韩、柳、欧阳、曾、王、三苏为《八先生文集》",所谓唐宋"'八家'之目,实权舆于此"①。朱右也非常推崇元代文章风格,又编辑元朝诸名家散文为《元朝文颖》。由于撰修《元史》,了解了宋濂的学问与才识,朱右对宋濂成为入明之后的文坛领袖地位极为认同。朱右相信文章与时代气运相关,"文章气运,与道污隆",宋濂"当文运肇开"之际,又"褒然司文衡之枋",正有以开启明代文章兴盛之业。②

再如刘基对苏伯衡文章的评述。刘基认为文章以理为核心,气运导之"文以理为主,而气以摅之。理不明,为虚文;气不足,则理无所驾",刘基的这一文章观点,几乎就是宋濂在《元史》中"通经显文"观的再现。在刘基看来,元朝虽"仅逾百载",但缘于土宇最广,"气昌而国昌",遂"有刘、许、姚、吴、虞、黄、范、揭之俦,有诗有文,皆可垂后者"。刘基认为,元朝文章之盛在于土宇宙辽阔,现在明朝尽有元之幅员,应该也会有元朝一样的文章繁荣气象。苏伯衡生当明朝,他的文章"辞达而义粹,识不凡而意不诡,盖明于理而昌于气者","他日必以文名于盛代,耀于前而光于后也"③。

尤其是宋濂关于馆阁山林风格之辨的言论《汪右丞诗集序》。它不能简单地被看作是宋濂入仕馆阁之后的"忘本"之论,而应视作宋濂对朱元璋倡导"元正统论"和台阁风格的呼应。宋濂的这篇序言写在洪武三年四月,与《元史》撰修时间同时。文中,宋濂还特意指出:"虽然,《诗》之体有三:曰《风》,曰《雅》,曰《颂》而已。《风》则里巷歌谣之辞,多出于氓隶女妇之手,仿佛有类乎山林。《雅》《颂》之制,则施之于朝会,施之于燕飨,非公卿大夫或不足以为,其亦近于台阁矣?……皇上方垂意礼乐之事,岂不有撰为《雅》《颂》,以为一代之盛典乎?濂盖有望于公。"④宋濂本人作为黄溍、柳贯等元代馆阁核心人物的学生,又与陈旅、欧阳玄、危素等馆阁文人互相欣赏,对于元代自馆阁而披靡山林的馆阁创作风格熟悉而且认同,这篇序言的态度与元代馆阁文人的馆阁创作倾向有同声合气之似:

> 昔人之论文者,曰有山林之文,有台阁之文。山林之文,其气枯以槁;台阁之文,其气丽以雄。岂惟天之降才尔殊也?亦以所居之地不同,故其发于言辞之或异耳。濂尝以此而求诸家之诗,其见于山林者,无非风云月露之形,花木虫鱼之玩,山川原隰之胜而已。然其情也曲以畅,故其音也渺以幽。若夫处台阁则不然,览乎城观宫阙之壮,典章文物之懿,甲兵卒乘之雄,华夷会同之盛,所以恢廓其心胸,踔厉其志气者,无不厚也,无不硕也。故不发则已,发则其音淳庞而雍容,铿鍧而镗鞳。甚矣哉,所居之移入乎!⑤

---

① 纪昀等《钦定四库全书总目(整理本)》,中华书局1997年版,第2267页。
② 宋濂《宋濂全集》,人民文学出版社2014年版,第2741页。
③ 刘基《苏平仲文集序》,《刘伯温集》,浙江古籍出版社2011年版,第117—119页。
④ 宋濂《宋濂全集》,人民文学出版社2014年版,第460页。
⑤ 宋濂《宋濂全集》,人民文学出版社2014年版,第459页。

作为由山林之士升格为馆阁重臣的文人,宋濂切实体验到了馆臣见识广远对于创作视角与胸襟的影响。再加上朱元璋"元正统论"以及对台阁雅正风格的倡导,在这段序文中,宋濂由衷地指出,馆阁地位的根本优越性在于它能改变人的创作气象,会使创作者"不发则已,发则其音淳庞而雍容,铿鍧而镗鞳",宋濂以为正是这种馆阁气象才能令天下学者风动从之。宋濂的这一观点和元末馆臣张翥的观点几乎一致。张翥在给同僚、著名馆臣许有壬的《圭塘小稿》作序,曾特意讨论文章的馆阁之气,指出所谓"馆阁之气"虽未必一定"掞藻于青琐石渠之上,挥翰于高文大册之间",但它的创作风格必然是"尔雅深厚,金浑玉润,俨若声色之不动,而薰然以和,油然以长",它与"滞涩怪僻、枯寒褊迫,至于刻画而细、放逸而豪"的风格大相径庭。张翥认为元代自至元、大德以后,人们就在馆阁文人的引领下,风声气习,努力追求并形成"牢笼万象,漱涤芳润,总揽山川之胜"与"尔雅深厚"的馆阁风格。① 张翥生于 1287 年,卒于 1368 年,他的这篇讨论"馆阁之气"的《圭塘小稿序》作于 1360 年,比宋濂这篇辨析台阁、山林之文的《汪右丞诗集序》早了十年,而以宋濂与张翥的关系,他应该是了解并知道张翥的观点的。基于朱元璋"元正统论"的态度以及朱元璋对台阁风格的肯定,所以宋濂在自己请老致仕时,向朱元璋举荐苏伯衡替代自己,认为苏伯衡自中年肆力于古文辞之后,"精博而不粗涩,敷腴而不苛缛,不求其似古人而未始不似也"②。这正是台阁雅正风格的典型体现,无怪乎刘基也对苏伯衡非常肯定。

尽管浙东文人群努力贴合朱元璋的统治理路,但在朱元璋高度专制和集权的管控下,依旧难逃政治厄运。洪武八年(1375),刘基被毒死,其长子刘琏亦遇害;洪武十年(1377),张孟兼以刚直被逮至京城捶死;洪武十四年(1381),宋濂举家流放四川,其本人中途自杀死于夔州,子宋璲、宋慎均被处死;洪武十九年(1386),吴沉以宫人谗言下狱死;洪武二十一年(1388),苏伯衡以表笺忤旨下狱而死,子苏恬、苏怡欲代父受刑,同被处死;等等。尤令人痛惜的是,建文四年(1402),浙东文人群的优秀代表、宋濂最得意的弟子方孝孺因为忤逆日后成为明成祖的燕王而"被磔于市",弟孝友,同时就戮,宗族亲友弟子多被牵连,遭"灭十族"。浙东文人群主宰明代文坛的时代遂告结束。③

浙东文人群之后接替主盟地位的文人群是江西文人群以及他们所倡导的台阁体。除了与浙东地域一样,江西也理学风气甚浓之外④,更重要的是,江西文人群和浙东文人群一样承元统之绪,秉持"通经显文"文学观,倡导平实典雅的创作风格。典型如被视作台阁体代表作家的刘崧。刘崧 1321 年生于江西泰和,早年曾与李叔正、周祯、辛敬、万石、杨士弘、刘原善、查和卿、郑大同、刘永之、练高等活跃于豫章文坛,被称作"十才子"。"十才子"中,尤其是郑大同、杨士弘和练高等,都深得元代中

---

① 李修生《全元文》,凤凰出版社 2005 年版,第 48 册,第 586 页。
② 宋濂《宋濂全集》,人民文学出版社 2014 年版,第 648 页。
③ 廖可斌《明代文学思潮史》,人民文学出版社 2016 年版,第 85 页。
④ 廖可斌《明代文学思潮史》,人民文学出版社 2016 年版,第 100 – 111 页。

期馆阁文人虞集、范梈、揭傒斯等人雅正之气习,"温厚而丰丽","足以绍其声光,而踵其轨辙者"。①"就诗歌成就而言,宋濂认为刘崧的创作由明经而显文,稽古而求新,扬搉风雅,五美云备②;四库馆臣认为刘崧作为江西派的代表人物,以清和婉约之音开启杨士奇为首的台阁博大之体,具有平正典雅实的风格。

站在明初"元正统观"的视角,再对照洪武、永乐时代的元正统观,可以看出江西文人群在永乐时期的崛起与浙东文人群在洪武时代的显赫没有根本区别。在朱元璋时代,对"元正统观"的倡导使得朱元璋非常不愿意群臣对元朝有睥睨歧视之态。洪武三年(1370),朱元璋看到中书省拟的榜谕称元朝官为伪官,元兵为贼众,就深责宰相道"元朝虽是戎狄,然主中国为正统之君将及百年,朕与卿等父母皆赖其生养。元之兴亡自是气运,于朕何预,岂宜以此称之"③洪武六年(1373),京师建历代帝王殿,元世祖与汉高祖、唐高祖等赫然同列。④ 朱元璋对元朝如此尊奉,故而有浙东文人群作为《元史》撰修主体,在元正统观的指引下,代表最高官方意志,以元代形成的"通经显文"创作风格作为明初文章的基调。

燕王朱棣篡位成为明成祖,对朱元璋力主的元正统之说极力秉持,也站在天命的角度提出"华夷本一家"观。明成祖认为:"华夷本一家,朕奉天眷,命为天子。天之所覆,地之所载,皆朕赤子,岂有彼此尔?"⑤对于大臣的不配合,朱棣也如乃父一样,予以警戒。永乐十年(1412),洮州卫所镇抚大臣陈恭在上疏中指出"外夷异类之人,不宜置左右。玄宗几丧唐室,徽、钦几绝宋祚,夷狄之患,可为明鉴"。朱棣将陈恭的奏疏宣示群臣,并予以驳斥道:"天之生才何地无之,为君用人但当明其贤否,何必分别彼此?……若玄宗宠任安禄山,致播迁之祸,政是不明知人;宋徽宗自是宠任小人,荒纵无度,以致夷狄之祸,岂因用夷狄之人致败。春秋之法,夷而入于中国则中国之朕为天下主,覆载之内但有贤才,用之不弃,近世元分别彼此,柄用蒙古鞑靼而外汉人南人,以至灭亡,岂非明鉴!"⑥借由朱棣这番令群臣颇觉为难的话语可以看出,"元正统论"在明成祖的时代依旧非常强势。在永乐年间依旧强势的"元正统论"的主导下,江西文人群和台阁体又一次站到明代文坛的中心。⑦

导致江西派和台阁体衰落的根本原因是"土木堡之变"。作为明朝政治、军事和外交史上的奇耻大辱,土木堡之变也是动摇江西文人群和台阁体在明代文坛根基的标志性事件。这场造成明英宗北狩、数十名文武精英殉难、死者数十万的事件实际

---

① 李修生《全元文》,凤凰出版社2005年版,第5册,第286页。
② 虞集《虞集全集》,天津古籍出版社2007年版,第496页。
③ 宋濂《宋濂全集》,人民文学出版社2014年版,第496页。
④ 谈迁《国榷》,中华书局2005年版,第490页。
⑤ 娄性《皇明政要》,明嘉靖五年戴金刻本。
⑥ 雷礼《皇明大政纪》,明万历刻本。
⑦ 廖可斌先生认为:"在很大程度上,台阁派就是江西派,台阁体就是'江西体'","永乐以后,文坛的领导权再次发生转移,又落到了江西派文人手中",参见:廖可斌《明代文学思潮史》,人民文学出版社2016年版,第101、106页。

上是对明初君王"元正统论"的最辛辣的讽刺。"土木堡之变"后,以重撰宋、元史为契机,出现了大量元史学著作。在这些著作中,明显增添了炽热的夷夏之防的气氛,精英文人群隐忍许久的"民族主义"情怀日渐滋长。① 在这种社会背景中,追随元代馆阁平实典雅风范的台阁体以及台阁体作家自身的人品亦逐渐为士林所针砭和厌烦。② 随着精英阶层驱除鞑虏、恢复中华的反"元正统"民族情绪的日渐高涨,明代文学在精英文人们革除前元影响的复古更化进程亦由之开启。应该说,明代复古运动的掀起才使得浙东文人群和台阁体在明代文坛的影响彻底消失。而在如何消除浙东文人群和台阁体的文坛影响力方面,精英文人们从弘治年间一直到嘉靖末年才努力完成。在这个过程中,"元正统论"的逐渐退场依旧值得关注。

可以看到,弘治年间,鞑靼屡扰,西北边境多有战事。开创阳明心学的王阳明是弘治二年(1489)的进士,他自小即有"夷狄之防"意识,曾独自游访居庸三关,借对东汉大破匈奴的马援的敬慕而表达自己憎恶鞑靼、渴求经略四方的志向。致使阳明心学产生的原因很多,但是,"心学"反对"程朱理学"的"先行后知"论,提出"知行合一"论,不能不说内在滋生的民族情绪以及当时的社会现实基础对于以王阳明为代表的明代士人从怀疑元朝树立的官学——程朱理学出发,提出心学,具有一定的暗启意义。而明代复古运动"作为一种代表新的历史要求反对程朱理学的进步思潮",它与阳明心学和当时整个思想界的关系颇深。③ 先是兴起于明成化、正德年间的茶陵派。作为复古运动先声,茶陵派创作上主张以性情为主,直以汉唐为师,力图把文学从程朱理学的统治中解放出来,进而荡涤台阁平正醇实的诗风。之后,"前七子"复古运动追慕汉唐风范,期望通过向民歌学习的方式来摒除程朱理学对于文学创作的桎梏。囿于其时"元正统论"依旧有影响力的背景,茶陵派的理论批评并没有否认元风,认为"宋诗深,却去唐远;元诗浅,去唐却近","顾元不可为法,所谓取法乎中,仅得其下耳。极元之选,惟刘静修、虞伯生二人,皆能名家,莫可轩轾④。到"前七子"复古派,他们期望"以我之情,述今之事,尺寸古法,罔袭其辞"⑤,并提出向民歌学习以实观突破理学禁锢。值得注意的是,"前七子"复古派非常欣赏元代民歌:"元人小令,行于燕赵,后侵淫日盛。自宣、正至成、弘后,中原又行《琐南枝》《傍妆台》《山坡羊》之属。李崆峒先生初自庆阳徙居汴梁,闻之以为可继《国风》之后。何大复继至,亦酷爱之。"⑥李、何二氏对元代民歌的态度还是能让人依稀看到一点"元正统论"的

---

① 琚小飞《明代元史观研究——以明人撰述为中心》,河北大学 2015 年硕士学位论文。
② "台阁体"代表作家杨士奇的文集在正统时期尚为士子追捧,"土木堡之变"后逐为士林所厌弃,其前后遭际,可视为文学思潮发生转变的一个标志。参考:廖可斌《明代文学思潮史》,人民文学出版社 2016 年版,第 128－129 页。
③ 廖可斌《明代文学思潮史》,人民文学出版社 2016 年版,第 166 页。
④ 李东阳《麓堂诗话》,中华书局 1985 年版,第 3 页。
⑤ 郭绍虞《中国历代文论选(中)》,中华书局 1962 年版,第 275 页。
⑥ 沈德符《时尚小令》,《万历野获编》,中华书局 1959 年版,第 647 页。

影响。

到嘉靖年间,明朝与北元的局势更为紧张,嘉靖皇帝对北元势力至为厌憎,士林的反"元正统论"更为高涨,这是明代"后七子"复古运动兴起非常值得重视的社会背景。值得注意的是,嘉靖九年(1530),朝廷下令将孔子神位题为"至圣先师孔子",去其在元朝加封的王号及"大成文宣"之称;黜姚广孝太庙配享资格,"以其尝从胡教也";黜吴澄孔庙从祀资格,"以其尝仕胡君也"。① 嘉靖十年(1531),翰林修撰姚涞上《论元世祖不当与古帝王同祀疏》,请黜元世祖入历代帝王祀,以正祀典。尽管嘉靖以"太祖神机睿断,将世祖入祀,迄今已有百余,宜尊旧制",驳回了姚涞的奏疏,"庙祀如故"②,但姚涞的疏论非常典型地反映出其时精英阶层长久以来对"元正统论"的反感。随着明朝廷在边境战争中未能取得令士人满意的"交代",尤其是嘉靖二十九(1550)"庚戌之变",俺答大军攻掠大同,由密云陷怀柔、顺义直至通州,再至于京城东直门外,令京师大震,士林反"元正统论"的态度更加激烈。礼官陈棐上《除胡邪正祀典以昭华夷大分疏》认为:"第一莫急之务,尤自于严内夏外夷之辨,明万世之纲常,以正百代之典礼",强烈要求革除元世祖之祀历代帝王庙,认为只有借正祀典之名目才能令"内夏外夷"之大义明;只有"大义既明则士气自奋,士气既奋则兵威自扬,斯可以系不孩之颈,枭台吉之头,致之阙下,以奠中国万万年盘石之安"。③ 陈棐的奏疏其实与二十年前姚涞的奏疏意思非常一致。边患不断的现实,更兼群臣的不断建言请求,最终世宗皇帝诏令"撤其(元世祖)塑像,革其祀"④,此举也预示着由明太祖朱元璋代表明代官方开启的"元正统论"在嘉靖朝完成了更张。

围绕政治领域"元正统论"的更张,较诸"前七子"复古运动声势更为浩大的"后七子"复古运动在嘉靖三十七(1548)前后兴起。基于"元正统论"的更张,循沿"前七子"提出的"宋无诗"理论,"后七子"将"前七子"提出的"宋人似苍老而实疏卤,元人似秀峻而实浅俗"⑤的评鉴理路加以强化,直斥"元无诗",彻底否认了依循和追慕元代馆阁风雅的"台阁体"存在的依据。这种意识更直接地体现在"后七子"领袖李攀龙编选的《古今诗删》的体例中。《古今诗删》在隆庆元年(1567)前后已成稿,共计34卷,收诗2180余首,卷一至卷二十二选录"古逸"及汉至唐代各体诗歌,卷二十三至卷三十四选录明代各体诗歌,中间尽略宋元两代之作。而且为了"诗规盛唐",该书宗尚唐音尤其是盛唐诗歌,盛唐诗歌选编比例跃升至第一位。另外,为了强化"后七子"的意义,该书编纂明显包含了集中标榜七子集团成员诗歌创作的用意。卷二十三至卷三十四所选明诗,七子集团不仅个体选录的数量大多居先,而且总体占

---

① 陈棐《除胡邪正祀典以昭华夷大分疏》,贾三近《皇明两朝疏抄》,明万历刻本。
② 徐学谟《世庙识余录》,明徐光稷活字印本。
③ 陈棐《除胡邪正祀典以昭华夷大分疏》,贾三近《皇明两朝疏抄》,明万历刻本。
④ 徐学谟《世庙识余录》,明徐光稷活字印本。
⑤ 郭绍虞《中国历代文论选(中)》,中华书局1962年版,第266页。

据较高比例。① 毋庸置疑,李攀龙这种裁断的做法具有很大的局限性,但是他"向外界提供了一部呈现鲜明立场的诗歌摹习范本,特别是取舍之际明晰的倾向性,以及为七子集团成员之作的张目之举,确立起诗歌领域学古基准以引导风气的意图不言自明"②。而就彻底隔断与前元的瓜葛,重新锻造本朝创作风气而言,《古今诗删》实际上具有标志性的意义。

叙论至此,诚如廖可斌先生所指出的:"元末明初,文学思潮曾发生重大转折。有明一代的文学思潮,就是直承这一转折而来的。因此我们考察明代文学思潮的演进过程,又不得不从元末明初的文学思潮谈起。"③与其他朝代急于区别于前朝,力主革新的态度相比,明朝从朱元璋时代开始就奠定了"元正统论"的基调,并且别别扭扭地维系到了嘉靖后期,这种政治层面的干预极大程度地阻隔了明代文人锻造本朝文风的进程,这期间元末明初活跃的浙东文人群扮演了极为重要的角色。在承元还是启明的态度上,浙东文人群以及之后的江西文人群在"元正统论"基调没有更张的背景下,其意义基本在于承元。直至"土木堡之变"完全动摇了"元正统论"的合理性,明代文化界、思想界纷纷以质疑程朱理学、厘正明礼的方式反"元正统论",明代文坛才得以真正逐步开启本朝文风的锻造进程。

---

① 郑利华《前后七子研究》,上海古籍出版社 2015 年版,第 375 页。
② 郑利华《前后七子研究》,上海古籍出版社 2015 年版,第 376-377 页。
③ 廖可斌《明代文学思潮史》,人民文学出版社 2016 年版,第 59 页。

社团领袖与诗界精英：明清之际山左莱阳宋氏家族论

王小舒

山左登、莱地区的文学世家中，诗歌成就最高的要数莱阳宋氏家族。这个家族在明代出了被吴伟业称为"雄视汉、唐以来诸家"的诗人宋玫①，清代又出了"国朝六大家"之一的宋琬，以及"文章声誉海内知名"的宋继澄、宋琏父子②等，创作时间横跨明清两代，为山左地区最受关注的文学家族之一。此外，这个家族诗歌创作前后期的嬗变也在山左地区别开生面，故尤其值得研讨。

一、两个宋氏家族，一个文化传统

实际上，莱阳存在着两个宋氏家族，均为官宦兼文学世家，他们原非同宗。这一点，不少文学史著作都存有误解，将他们认作一个家族，而《莱阳县志》在《氏族志》里明确记载着：

> （一）宋氏：明进士黻之族，其先宁海人（今烟台市牟中区），于元时徙居二区溪聚村析龙湾庄及一区阳关、六区崔疃等村。清初有进士琬。而二区赵格庄、三区淳于、六区西中荆之宋，又别为族。
>
> （二）宋氏：贡士经之族，其先长清人（今济南市东郊），永乐时徙（莱阳）。天、崇间科名亦盛，有进士玫、孝廉继澄，散居城内及二区万柳、五区徐格庄诸村。③

根据《莱阳县志》的记载可知，宋琬所属的家族是元代由登州地区迁徙来的；而宋玫所属的家族则是明代由济南地区迁来的。一个来自东，另一个来自西，所以，他们并非同一个宗族。

据宁海一支的《宋氏宗谱》记载，该家族始祖宋信原为江西吉安府吉水县人。宋信在元朝曾任丞相一职，至正年间，因事贬官东海（今莱州）般阳路总管，遂卜文登善

---

* 作者为山东大学文学院教授、博士生导师。本文为国家社会科学基金项目"明清之际山左诗人家族群体研究"（项目编号：08BZW040）的阶段性成果。

① 吴伟业《梅村家藏稿》，《四部丛刊》，涵芬楼 1919 年刻本。
② 莱阳县政府《莱阳县志》卷三之一，民国二十四年（1935）版。
③ 莱阳县政府《莱阳县志》卷三之二，民国二十四年（1935）版。

地而居,名之为宋村。后子孙分散至宁海、登州、莱阳数处。其中莱阳一支,自宋信而下的第五代为宋积,宋积有二子,长子宋黻,次子宋祐。宋黻于天顺四年(1460)中进士,历官户部主事、浙江提刑按察司副使,成为首个由科举步入仕途的莱阳宋氏成员。宋祐第五代孙宋应亨于天启五年(1625)中进士,历官清丰县知县、礼部主事、吏部员外郎等职。宋应亨的仲子宋璜于崇祯十三年(1640)中进士,历官浙江杭州府推官、户部主事等,入清后又接任顺天府推官一职。宋璜之弟宋琬,于清顺治四年(1647)中进士,历官户部主事、陕西道金事、浙江按察使、四川按察使等职。此前,有一些论及宋琬家史的文章包括县志所载墓志铭,均把宋黻当作宋琬的六世祖,这与《宋氏宗谱》的记载相悖,宋琬的六世祖应是宋祐,而非宋黻。总之,明代中期以后,宁海一支宋氏已成为科举望族了。

  本文重点论述长清宋氏一支。相对于宁海宋氏而言,长清宋氏更为繁盛。据长清支《宋氏族谱》和《莱阳县志》记载,该族成员步入仕途是在嘉靖年间。始祖宋义第三子宋经于嘉靖九年(1530)拔贡,担任直隶邢台县丞一职。宋经之子宋时儒于嘉靖三十九年(1560)拔贡,历官山西襄垣县训导、翼城教谕等职。宋时儒之子宋肖于万历四年(1576)拔贡,历任河南淅川县知县、陕西临洮府通判等职。万历朝以后,长清宋氏进入兴盛期。宋肖之子宋兆祥于万历十三年(1585)中举,历任陕西宁州知州、河南开封府通判、汝宁府同知等职。宋兆祥长子宋继登为万历三十二年(1604)进士,历任户部郎中、嘉湖道参政、浙江布政使司参政、陕西右参政等职。宋继登长子宋琮于崇祯元年(1628)中进士,宋继发曾历官祥符县知县、金坛县(今金坛市)知县等职。宋继登三子宋玫于天启五年(1625)中进士,历官吏科给事中、太常少卿、工部右侍郎等职。宋兆祥次子宋继发与其侄宋琮同年中进士,宋继发曾任长洲县知县一职。明末,清兵南下至莱阳,长清宋氏多人参加守城战斗,伤亡惨重,整个家族受到重创。入清后,该族成员与朝廷关系疏远,政治态度冷淡,故科举出仕者锐减。

  莱阳的两支宋氏虽非同宗,但关系十分密切,文化志趣趋同,彼此视作亲缘。清初时,宋琬经济上一度陷入困境,还曾数次写信向宋玫家人告贷,并称逝去的宋玫为"先兄"①。莱阳当地有一个传说,明末,宋应亨和宋玫同榜中进士后,天启皇帝曾亲自为两家联宗,于是便有了两家原本同宗的说法。

  莱阳的两个宋氏家族皆崇尚儒家道德理想,忧患天下,其成员在官期间体恤百姓,"并有治声";在家则清操自持,严于律己,故多人进入乡贤祠。明朝天启、崇祯年间,各地社团活动活跃,江南地区尤为突出。太仓人张溥、张采倡建复社,"以嗣东林"(《明史·张溥传》),一时间各地纷纷响应。山左地区响应最积极者便是莱阳宋氏一族,其中又以宋继澄为首。宋继澄与其子宋琏一起加入了复社,在此期间两下金陵,参与了吴应箕、顾杲、陈定生发起的驱逐阉党阮大铖的活动,并于《留都防乱公揭》上签了名。归来后,宋继澄又与宋琬、宋玫共同创建了山左大社(即海滨复社)。

---

① 宋琬《宋琬全集》,齐鲁书社2003年版,第641页。

据《莱阳县志》记载:"(宋继澄)与子琏同在复社,倡道海滨复社者,始于丙寅、丁卯间(天启六、七年)。嘉鱼熊鱼山实主斯盟,于时云间有几社,浙西有闻社,江北有南社,江西有则社,又有历亭席社,昆阳云簪社,而吴中别有羽朋社、匡社,武林有读书社,中州有海金社,山左有大社,均统于复社,著录共数千人。"① 山左大社成员九十余人,其中,莱阳宋氏除了宋继澄、宋琏父子外,还有宋继澄的两个侄子——宋继登之子宋玾和宋继发之子宋瑀,以及宁海支的宋璜、宋琬兄弟。除此之外,莱阳左氏家族的左懋泰、左懋桂、左懋第,姜氏家族的姜圻、姜垛、姜垓、姜埴、姜楷、姜刚等也都加入了大社,他们均受到宋继澄的影响,在山左大社里,"继澄为之冠"。

崇祯十五年(1642),清兵攻打莱阳,退职在家的宋应亨、宋玫与县城官民一起守城,曾打退清兵多次进攻。次年二月,清兵再至,城遂破,宋应亨、宋玫皆殉难,两支宋氏家族在这次战争中几近"家灭一门"。

入清后,存留的宋氏家族成员多以明遗民自居,隐居乡里,宋继澄父子是典型代表。只有宁海支宋璜、宋琬兄弟二人选择了科举仕进,然仕途亦不平坦。复杂多变的社会现实和严酷的人生经历使得宋氏作家的创作呈现出不同寻常的面貌。

二、宋玫的文学交游及其苍浑诗风

莱阳宋氏素有崇尚学问、喜好文学的家族传统,尤其是诗歌,乃宋氏家族共有之特长,自明入清,代有其人,诗家辈出。有学者指出:"明清之际,诗学倡行于山左,莱阳宋氏尤冠曹部,远近风从,颇极一时之盛。"② 可惜,明末战火销毁了大部分宋氏著作,故迄今明代宋氏作品存见不多。鉴于这种情况,本文将重点论述宋玫和宋继澄两位作家,兼及宋琏。

宋玫,字文玉,号九青,一说别字九青。《明史》卷二百六十七有传。关于宋玫的名字,历来存在两种说法。《明史》写作"宋玫",而《莱阳县志》写作"宋玟"。乾隆三十六年(1771)刊刻的《山左明诗钞》卷三十一中,于"宋玫"名下记载了一则与他名字相关的轶事,现引于下:

《鹅笼馆集序》:文玉(王与玫)六七岁时,季父季木(王象春)携见宋(玫父继登)。先之,宋亦有小儿在侧,向季木乞名。季木蹴然曰:"畴夜,吾梦神人以奇篆示余,裹以五色云,其文曰'玫'。夫玫为文玉,二子可同名。"渔洋山人(王士禛)曰:"人不知九青亦考工命名也。"③

《鹅笼馆集》是新城作家王与玫(王士禛的族叔)的文集名。根据此条轶事记载,宋玫的原名应该为宋玫。"玫"和"玟"两个字意义相同,均指美玉,但字形和读音却不同,究竟何时更改,不得而知。

---

① 莱阳县政府《莱阳县志》卷三之三,民国二十四年(1935)版。
② 宋继澄《万柳老人诗集残稿》,卢乡丛书本,民国十八年(1929)版,第1页。
③ 宋弼《山左明诗钞》卷三一,《四库全书存目丛书》,乾隆三十六年李文藻家刻本。

关于宋玫的生年,吴伟业的文集中有两处提及。其一在《书宋九青逸事》中,云:"九青长余二岁。"①另一处在《梅村诗话》中,言:"宋玫,字文玉,别字九青,莱阳人,年十九登乙丑进士。"②已知吴伟业生于万历三十七年(1609),向前推两年,当为万历三十五年(1607);而《梅村诗话》中提到的乙丑年乃指天启五年,上推十八年,恰好也是万历三十五年。由此可知,宋玫生于万历三十五年。至于宋玫的卒年,《明史》的记载已经很清楚:

> (崇祯十五年)闰十一月,临清破,(宋)应亨与知县(陈)显际谋城守。应亨以城北薄,出千金建瓮城。浃旬而毕。(宋)玫及邑人赵士骥亦出赀治守具。无何,大清兵薄城,城上火炮、矢石并发,围乃解。明年二月,复至,城遂破。玫、应亨、显际、士骥并死之。③

《山东通志》和《莱阳县志》这方面的记载跟《明史》所述完全一致。由此可知,宋玫死于崇祯十六年(1604)二月守城之战,享年三十七岁。宋玫的父亲宋继登卒于崇祯十五年(1603)前,故未遭明末战火。据《书宋九青逸事》记载:"会金宪公(宋继登)丧未葬,而山东被兵,傍躏东莱。"这也可以算是一种幸运吧。

对于宋玫死后的情况,吴伟业也有记载:

> ……而山东被兵,傍躏东莱。九青率家人登陴守。城陷,不屈死。嫂夫人亦死,宗人歼焉。未一岁,京师失守。武昌前此已大乱,鱼山(熊开元)、澹石(郑友元)避贼东下,与余遇于雨中,谈九青则相顾流涕。有人从北来者,辄询宋氏存亡,道路隔绝,流离接踵,盖亦不可知已。如是又五年,东莱周公镇抚吾吴,言九青尚有子,以在襁褓得脱。周公之出也,过其家,则已胜衣趋拜矣。④

这段文字极为珍贵,是对宋玫及其家人存亡状况的直接陈述,文中提到的宋玫之子,名叫宋撼,后于康熙十七年(1678)中举,未见有仕宦记载,也未见文集流传。

宋玫的祖父宋兆祥,明万历年间官汝宁府同知,著有《椒园诗集》;父亲宋继登,万历、天启年间历官陕西右参政,"雄才博习",颇负时誉,著有《松荫堂诗集》。宋继登有三个儿子,宋琮、宋琨和宋玫,宋玫排行第三。长兄宋琮为天启元年(1621)举人,历官祥符县知县、金坛县知县,著有《五河残稿》《葡子草拾遗》等。仲兄宋琨获恩贡,未仕而卒。宋氏祖孙三代皆有诗集传世,可谓诗歌世家,时人将其"比之三苏、二陆云"⑤。

---

① 吴伟业《梅村家藏稿》卷二四,《四部丛刊》,涵芬楼1919年刻本。
② 吴伟业《梅村家藏稿》卷五八,《四部丛刊》,涵芬楼1919年刻本。
③ 《明史》卷二六七,上海古籍出版社1986年版,第8521页。
④ 吴伟业《梅村家藏稿》卷二四,《四部丛刊》,涵芬楼1919年刻本。
⑤ 莱阳县政府《莱阳县志》卷三之三,民国二十四年(1935)版。

吴伟业对宋玫的文学成就评价甚高,在《梅村诗话》里将其置于首位,云:"吾友故司空九青在其间尤称绝出,诗文踔厉廉悍,雄视汉唐以来诸家。"①又称:"(宋玫)少儿颖异,为诗学少陵,爱苍浑而斥婉丽,然不无踔驳。当其合处,不减古人。"②这里还有一个旁证,友人郑友元曾赠诗给吴伟业,诗中云:"剖斗折衡为文章,天下娄东(按:指吴伟业)与莱阳(按:指宋玫)。"③把宋玫和吴伟业相提并论,说明宋玫的创作成就在明末确实颇为突出,其作品数量也当可观。

吴伟业与宋玫定交当在崇祯十四年(1641)。那一年,吴伟业与宋玫同主武昌乡试,两人夙夜交谈,相处甚得,又相携游览当地名胜,"登黄鹤楼,眺荆江、鄂渚间",彼此认作知己。当时宋玫诗兴大发,"题咏甚夥","登黄鹤楼、过小孤皆有作"④。可惜的是,宋玫的集子殉难时即已散失,现在看不到他在武昌时的作品了。

《莱阳县志》卷三"艺文志"部分在宋玫名下著录有《憎草拾遗》一卷,并写有这样一段话:"殉难后,著述悉付煨烬,右所录今复不存。"⑤从所录书名来看,似乎著录者已知道此书并非全璧,宋玫的诗文集也绝不会仅为一卷。然而,宋玫生前是否刊刻过自己的集子?何时有此拾遗本?这个拾遗本是抄本还是刻本?无从知晓。吴伟业曾指出:"(宋玫)年尚未四十,集竟散佚。"根据此语推测,宋玫似乎未刊刻过自己的集子。既如此,那么拾遗工作是谁做的?其本子今在何处?今无人知晓。总之,就连这个一卷的拾遗本现如今也遗失了。

清代几部大型的明诗选集对宋玫的诗作收录均极少,这与宋玫诗集过早散失有关。钱谦益的《列朝诗集》一首未收;朱彝尊的《明诗综》收录两首,但未提宋玫的文集名;陈田的《明诗纪事》亦收录两首,同样未提及宋玫的文集名;宋弼的《山左明诗钞》⑥收录五首,涵盖了前两集中的作品,依然未提宋玫的文集。看来,入清之后,宋玫的集子便已失传。另外,康熙年间所修的《莱阳县志》还收有宋玫的佚诗两首,与上述集子均不同。现将《山左明诗钞》中所收的宋玫诗五首及《莱阳县志》所收的佚作二首全录于下:

遭谗示秸君

今来月浩浩,昔去雪霏霏。几日君当别,三年我未归。埋忧无厚土,原毁有深机。亦省昌黎说,穷鸱病莫依。

闲　　居

疾病支龟稳,风尘万马来。国中观政事,天下数人才。巷陌春秋过,柴门朝暮开。阳春虽荡漾,多事恼衔杯。

---

① 吴伟业《梅村家藏稿》卷五八,《四部丛刊》,涵芬楼1919年刻本。
② 宋琬《宋玉叔诗文集序》,《宋琬全集》,齐鲁书社2003年版。
③ 吴伟业《梅村家藏稿》卷五八,《四部丛刊》,涵芬楼1919年刻本。
④ 吴伟业《梅村家藏稿》卷五八,《四部丛刊》,涵芬楼1919年刻本。
⑤ 莱阳县政府《莱阳县志》卷三,民国二十四年(1935)版。
⑥ 宋弼《山左明诗钞》,《四库全书存目丛书》,清乾隆三十六年李文藻家刻本。

晚秋穷居

养疴宜兹地，多闲虑自轻。菊耽十月色，梧领一声秋。散病欢移坐，思家遇送行。忧来祇远望，无计出春明。

闺 思

征人碛里正思乡，八月看云送雁行。生小不知门外路，如何得梦到沙场(《明诗综》"得"字作"飞")。

悼 旧

画阁红楼第一家，曾将玉佩向人夸。祇今风雨清明后，燕啄香泥葬落花。

亭山步韵

物秋遍胜地，霜渍密丛鲜。树顶悬明月，泉心自在天。山交一日气，谷发四方烟。流响开能曲，微阳照不圆。野人视听浅，小妓性情全。拽马嘶昏去，涓涓夜自怜。

溪上闲吟

溪上风花远，亭皋春事幽。长林如许醉，澄水早销愁。今日相来往，凭人自去留。有时乘兴到，采隐北山头。

除了上引七首作品之外，吴伟业的《梅村诗话》还录有宋玫的两组残句，现一并抄录于下：

草迷三国树，水改六朝山。

朋友谁与生死问，朝廷今作是非看。

从上引七首作品的内容看，应该全部作于《明史》所载廷推事下狱之后，即属于作者晚期的作品。其中，前五首中有三首与《明诗综》《明诗纪事》相重，可以推断，各选家手中供选择的诗作并不多，本子应很接近，或者就是同一个本子，这个本子最大的可能就是《憎草拾遗》。

吴伟业曾经指出，宋玫"为诗学少陵"，根据其存留作品看，确实有学习杜甫的地方，多数作品气势雄浑，发言高远，气度不凡，所谓"爱苍浑而斥婉丽"。宋玫所长显然在五言，吴伟业称其"五言最工"。现存七首诗当中，五言诗占了五首，而且都是律体。其实，从《莱阳县志》所录的两首五言诗来看，宋玫不仅宗法杜甫，同时也效仿了盛唐的张九龄、祖咏、李颀等作家，总体上集中在盛唐时期。明弘治、嘉靖朝，以李梦阳、李攀龙为首的前后七子派崛起，倡导诗学盛唐，以杜甫为楷模，宋玫显然受了这一思潮的影响。他尝自述："金宪公(宋继登)梦李北地(梦阳)生其家而得九青。"① 于此可见，宋玫父亲宋继登也是崇拜李梦阳的，这必会给宋玫以影响。另外，为宋玫起名的王象春一度也以李梦阳、李攀龙为效法对象，可以说，山左地区于明中期以

---

① 吴伟业《梅村家藏稿》卷二四，《四部丛刊》，涵芬楼1919年刻本。

后,很大程度上都为七子文学潮流所席裹。不过,宋玫的创作以家族传统为依托,以其本人才情为底蕴,根源于生活经历,情感发自肺腑,非格套一类作品可比。当然,由于其英年早逝,独创的风格尚未凸显,这也是不用讳言的。

宋玫的长兄宋琮,号五河,《莱阳县志》称"生平博学宏文,名动一时"。曾历任祥符、金坛知县,"行取至都,方拟进词林,木天增重,而无疾暴卒"①。其著作《五河残稿》《葡子草拾遗》《柏园艺》及所选《明文续古》皆佚失。诗作今仅存《山左明诗钞》所收的六首。这里选录其中两首:

梦家乡寤后作
不自辨何处,所经如旧因。道途多水泽,笑语狎交亲。明月照孤客,清砧鸣四邻。出门天地阔,寥落夜中人。

秋日怀舍弟
褐衣寥落愧区区,忽漫行藏学小儒。自照清溪见眉目,初移白发到髭须。出门十日月多少,佳节重阳花有无?事业吾家存旧谱,不须悯恻泣杨朱。

从《山左明诗钞》所录的作品看,宋琮的风格与其弟宋玫比较接近,以五言诗为主,宗法盛唐,成就似不及其弟。不过,上引题怀舍弟的这首七律诗细节刻画生动,含有自嘲意味,似有苏轼的影子,突破了唐诗的藩篱,值得注意。《山左明诗钞》认为宋琮"文章古奥,远近向风,与玫及叔继澄皆名震一时"②,当为言之有据。

三、宋继澄、宋琏父子的遗民情怀与诗风演变

莱阳宋氏明代第二位重要的诗人是宋继澄。继澄字澄岚,号渌溪,晚居万柳庄,又号万柳居士。他是宋继登的二弟,宋琮、宋玫的叔父。据《宋氏族谱》记载,宋继澄生于万历二十二年(1594),卒于康熙十五年(1676),享年八十三岁。《莱阳县志》里的《宋孝廉继澄传》云:"(宋继澄)幼负隽才,淡于荣利。九岁时,随父(宋兆祥)任汝宁,民输税不及课,兆祥忧之成疾。继澄曰:'官如是苦,居官何为,胡不归乎!'兆祥深器异之。"③天启七年(1627)宋继澄中举,果然未谋官职。万历年间宋继澄与即墨黄氏结亲,成了诗人黄培的姐夫,和黄氏家族成员意气相投,交往频繁。天启末年,宋继澄响应南方张溥、熊开元等人号召,"倡道海滨复社",山左地区参加者九十一人,以宋继澄为领袖,一时间声势颇壮,宋继澄由此"名满海内"。崇祯年间,山左因兵变引发战乱,宋继澄一度挈家到江苏维扬避难,这期间参与了讨伐阉党阮大铖的活动。明亡后,宋继澄隐居弗仕,于万柳庄授徒自给。顺康之际,还曾到即墨参加过丈石诗社的文学活动,并为黄培诗集作序,继而因黄培文字狱一案入狱,经三年方得

---

① 莱阳县政府《莱阳县志》卷三之三,民国二十四年(1935)版。
② 宋弼《山左明诗钞》卷三一,《四库全书存目丛书》,清乾隆三十六年李文藻家刻本。
③ 莱阳县政府《莱阳县志》卷三之三,民国二十四年(1935)版。

释归,归后不久卒于家。综其一生,宋继澄是山左地区一位"大节可钦"的社会活动家兼诗人。

学术方面,宋继澄的专长在理学,史籍载其"学宗程朱,时称理学儒宗"①,著有《诗经正义》《四书正义》等书。其子宋琏能传父业,亦有《诗经正义文》《四书正义文》等书问世,父子"文名满海内"。

文学方面,宋继澄是胶东的著名诗人。根据《莱阳县志》记载,宋继澄著有《丙戌集》十六卷,《万柳文集》一卷,这两个集子今已不存。据集子的名称判断,《丙戌集》应是在顺治三年(1646)整理成集的。明清之交有两个丙戌岁,一个是明万历十四年(1586),另一个即清顺治三年(1646)。前一个丙戌岁宋继澄尚未出生,所以,《丙戌集》只能是在后一个丙戌岁即顺治三年成集,这个集子应该包括了作者入清后的作品。后一个集子《万柳文集》与《丙戌集》是什么关系,尚不得而知。根据宋继澄入清后才隐居万柳庄这一情况推测,《万柳文集》或许晚于《丙戌集》,是顺治三年以后成集的。《莱阳县志》著录的《万柳文集》仅一卷,令人不解。是残本,抑或是后人所传的《古文偶笔》? 尚无从知晓。目前这两个本子均已失传,唯一能见到的,是民国十八年(1929)于世琦辑录的《万柳老人诗集残稿》一卷。于世琦在这个集子的跋文中云:

> 余幼时,家慈将乡先贤之有大节可钦者勉为砥砺,而尤以万柳为最。然景仰无从,深为遗憾也。民国十六年暑期归里,蒐集卢乡丛书,乃于张氏风素斋得抄本《万柳老人残诗》及其子《晓园子残诗》各一卷,又附五河及川、乾元各诗于末,厘定一册,集资铅椠。②

于氏蒐集的这个本子名为"残稿",且只有一卷,应该是前两个本子的残存部分。之前,那两个本子是否刊刻过,不得而知。所能肯定的是,它是宋继澄目前唯一存留的本子。该集共收录宋继澄的诗作一百二十六首,其中五言律诗七十九首,七言律诗四十五首,七言绝句二首。

从作品内容来看,《万柳老人诗集残稿》包括了作者明亡前后两个时期所作。作于明朝者,如《秋兴》组诗十首,其一云:"竹西歌吹入扬州,桂树香飘满翠楼。"③《宋孝廉继澄传》载:"崇祯辛未(四年),孔有德叛,继澄挈家避淮扬,窘甚。"④可以判定,《秋兴》组诗当作于该时。另外,集中有《五日生孙》一首。已知宋继澄有三个儿子,宋瑚、宋琏和宋璿,据《万柳老人诗集残稿》所附《宋氏族谱》记载,宋琏生于万历四十三年(1615),卒于康熙三十三年(1694),明亡时其年三十岁,而其兄宋瑚年岁当更大,以此推测,宋继澄得孙必在明亡之前。这些便是集中明朝作品的确凿证据。

---

① 莱阳县政府《莱阳县志》卷三之三,民国二十四年(1935)版。
② 宋继澄《万柳老人诗集残稿》,卢乡丛书本,民国十八年(1929)版。
③ 宋继澄《万柳老人诗集残稿》,卢乡丛书本,民国十八年(1929)版。
④ 莱阳县政府《莱阳县志》卷三之三,民国二十四年(1935)版。

除了《万柳老人诗集残稿》所收的一百二十六首作品之外,《山左明诗钞》还收录了宋继澄的诗作十二首,其中五言古诗四首,五言律诗五首,五言绝句二首,七言绝句一首。这十二首诗和《万柳老人诗集残稿》所录作品只有两首重复。如此,宋继澄的作品数量遂增至一百三十六首。很显然,刊刻于乾隆年间的《山左明诗钞》编选者宋弼当时看到的宋继澄作品要比民国十八年于世琦见到的多出很多,甚至可能是《丙戌集》和《万柳文集》的全璧。不过,由于宋继澄的集子明清通收,宋弼也有可能误收作者入清后的作品。

宋继澄的诗作主要是宗法唐代,现存诗歌就有《拟陈子昂春夜别友人》《拟陈子昂度荆门望楚》《拟杜甫旅夜书怀》等题目,前面提到的《秋兴》组诗十首,显然也是模仿杜甫的《秋兴》组诗。孙文起在《万柳老人诗集残稿》的题词中指出,宋继澄的诗"小雅性情正,中唐气格苍"。所谓"小雅性情",当指其诗中有讽喻时事、表达怨恨的内容;至于"中唐气格",应该指诗中悲浑、苍凉的风调。这里举一首以示:

杂 诗

展席请君坐,向君申一言。君读万卷书,一剖怨与恩。客起肃颜色,胡当究其源。怨恩常反复,萌蘖盈乾坤。不敢尽此义,自厚少烦冤。

这是一首以问答形式结撰的五言古诗,借用了汉乐府的体式。诗中主客双方以恩怨为话题,指责世间的恩怨反复无常,让人联想起明末的党派之争,以及崇祯皇帝态度的变化无常。宋继澄是复社成员,又参与了讨伐阮大铖的斗争,诗中有此影射是合乎逻辑的。这首诗就属于"小雅性情正"的典型。

还有一些诗写得耐人寻味,如下面这首:

《杂诗》其二

黄河西徼来,每折几千里。既以海为归,中原汇众水。远近各有源,同流不容已。物贵有所宗,乾坤以终始。

这首五言古诗以黄河起兴,描写河水自西而来,汇集众流,一路奔驰,终归大海,显然是有所指的,但又未曾点破。根据作者的人生经历推测,很可能喻指明末的社团活动,尤其是复社汇聚各地同仁、共计天下大事的举措。宋继澄作为山左大社的领袖,在诗中强调"物贵有所宗,乾坤以终始",表明了以道义为己任、忧患天下的立场和态度,这是难能可贵的,显示了其磊落的人格。这首诗还有一点值得提出,即作品描写了黄河入海的恢宏历程,作为身处海滨的作家,这种描写体现出胶东一带不同于内陆的地域特色。

《万柳老人诗集残稿》中有一部分作品应作于明亡之后。这些作品程度不同地抒发了沧海桑田之叹。如"何年问劫灰,东海故尘埃"(《对海感书》)、"时当今古变,人不智愚齐"(《五言律》其八)等,表现出遗民的立场和情感。这里选录其中一首:

望 帝

望帝悲何极,当时花正开。年年春欲尽,啼向故城来。

这首五言绝句《山左明诗钞》也收录了,但是,从作品以杜鹃比喻望帝,表达亡国之悲的内涵来看,应是明亡之后所作。那种强烈的故国之情、黍离之悲扑面而来,令人悲不自胜,怎么可能作于明末?孙文起在题词中指出:"文章重师友,身世感沧桑。"他也看出了这一点。已知《丙戌集》成于顺治三年(1646),这当中应该有明亡后的作品,或许宋弼一时疏忽,未加甄别,在编选《山左明诗钞》时误收了。上述作品就属于"中唐气格苍"的典型。从"小雅性情正",到"中唐气格苍",显示了作者入清之后诗风的转变。

上引这类诗作让我们联想起即墨的黄氏作家,他们的诗集中往往也有此类作品,可以推断,黄培在他的丈石斋举办诗社活动时,黄氏叔侄、兄弟和宋继澄在一起创作及交流的就是这一类诗作。所以,从入清后的角度来看,宋继澄应属于遗民作家。很可能为了避免迫害,在黄培诗案以后,宋继澄将自己大量的诗作销毁了,这使得他的作品留存下来的很少。

尽管如此,宋继澄依然是莱阳宋氏一位有着重要地位的诗人,他的诗歌在艺术上创格很少,基本上承继前人,但情真意切,贴近时代,感染力强。另一方面,他利用自己的影响力,对胶东地区的文学创作发挥了串联、带动作用,贡献是多方面的。因此,宋继澄不愧为宋氏作家的杰出代表。

宋琏(1615—1694),字林寺,一字殷玉,号晓园,宋继澄次子,"幼而颖敏,精诗、古文"①。崇祯十二年(1639)中举,和父亲一样未曾出仕。天启末年,跟随父亲继澄参加复社,并协助父亲在山左地区创立大社,海岱间远近向风,"澄岚先生父子倡道海滨,士多归之"②。明亡后,宋琏"征辟不就",甘作遗民,随父亲隐居万柳村,授徒自给,兼从事文学创作,"林寺先生奉父隐居,晨昏之暇,肆力于古,东方人士迄今知有诗文正宗,不为靡靡惑乱者,先生之教也"③。顺治、康熙之交,宋琏随父亲去即墨黄氏家短住,参与了丈石诗社的活动,成为诗社重要成员,其后还为即墨黄家写过多篇墓志和传记,收在《黄氏家乘》中。

宋琏著有《晓园文集》,今已不传。唯《万柳老人诗集残稿》中附有《晓园子诗集残稿》一卷,录其诗三十八首,其中七言律诗三十三首,七言古诗一首,七言绝句一首,五言律诗一首,五言绝句二首。《国朝山左诗钞》所收的五首作品也包括在内。

宋琏的诗以七言律体见长,水平在其父之上。这里引其三首:

---

① 莱阳县政府《莱阳县志》卷三之三,民国二十四年(1935)版。
② 宋继澄《万柳老人诗集残稿》卷九,民国十八年(1929)版,卢乡丛书本。
③ 宋继澄《万柳老人诗集残稿》卷九,民国十八年(1929)版,卢乡丛书本。

《地僻诗》其五

岩头风雨送春归,把酒绳床望翠微。抱膝谁怜芳草梦?得家剩有老莱衣。青天岳麓无消息,永夜悲歌惜是非。闻道一贫忧不大,白云深处故忘饥。

河间道中

望石山头草欲生,武垣积雪与天平。啼乌夜过长桑庙,牧马春荒细柳营。几向残山悲老树,谁堪明月到边城?朝来更渡滹沱水,迢递晨风已泪横。

赠别姜如须

故乡丛菊任蒿莱,潦倒荒亭倚酒杯。越鸟频惊华发尽,吴山犹带夏云来。十年大漠催关笛,一夜寒江尽落梅。南国至今多旧迹,知君更上越王台。

宋琏的诗书写了满腔的遗民情怀,毫不掩饰。第三首题目中的姜如须即姜垓,是莱阳姜氏家族的成员,也属于明末遗民诗人,明亡后与兄姜埰奉母隐居江南姑苏。宋家与姜家本为世交,这一作品表现了两人的遗民气节以及不忘故国的悲愤情绪。宋琏的七律诗兼法盛唐和中唐,悲壮雄浑,铿锵有力,没有模拟的毛病,摆脱了格套的束缚,艺术上达到较高的水平,在胶东遗民作家中属上乘。

莱阳宋氏长清一支的文化取向和文学道路在山左地区具有相当的典型性,思想方面他们植根儒学,立身忠正,积极参加社团活动,以至明末遭受重创;文学方面以唐代为法,诗学杜甫,受到明七子派的一定影响。由于家族文化底蕴深厚,宋家于明清两朝彬彬然数代相续,构成了胶东地区家族文学的一大景观,与山左内陆地区诸家族相互辉映,为山左诗坛增添了异样的光彩。

论明清之际中州与吴地的文学互动
——以归德府为中心的考察

梁尔涛

明清时期,三吴之地为我国文化艺术界的翘楚聚集之地,文人众多、文社密集、文学发达、文献繁富,不唯是吴文学史上之高峰时段,亦对华夏全域文学产生着重要影响。在考察其文化发达的原因时,吴文化圈自身所具有的开放性与吸纳性,以及基于此种特性之上的与他域文化的交流相长不容忽视,与中原地区的文化互动便是极重要一端。明清中州不唯是理学渊薮,文学方面如李梦阳、何景明、侯方域、宋荦等,亦大家迭出,地位亦不可轻觑。而中州诸府中,归德人文尤盛,贾开宗《归德府志序》云:"窃思宋虽滨河,而三百年升平养之教之,富庶夙成,且世家林立,人文蔚兴,遂鼎足三吴。"①归德处豫之东陲,辖睢州、商丘、宁陵、永城、鹿邑、虞城、夏邑、考城、柘城一州八县,扼开封与徐州水陆交通之咽喉,是连接中州与江南的枢纽,亦为江南便道中州之京师的必经之地。特殊而重要的人文地理环境,使得归德成为研究中州与吴地乃至整个江南地区文学互动的极佳样本。

地区间文学互动最基本的途径是文人交流,文人交流的方式是多样化的,如仕宦、客游、流寓等等。通过多样化的文人交流,达成文学观念的相须相融,文学创作的相激相应,文献传布的相济相助等,是不同地区间文学互动的重要内涵。以仕宦为例,明末清初,吴地文人沈珣、顾汧、沈荃、汤右曾等都曾任官中原,特别是顾汧和沈荃,一以疆臣主修《河南通志》,一以名翰林宣布风雅,于中州文化、文学建设贡献尤大。而中原文人如理寒石、李继白、汤斌、宋荦等也曾仕宦吴地,尤其是归德的汤斌、宋荦二人,开府苏州引领风雅近二十年,对康熙年间吴地文化、文学的发展有重要作用。总体上看,以归德为中心,以文人交流为重点,考察明清之际中州与吴地的文学互动,把两地文学生态环境置于更广阔的空间视域来审视,对于拓展两地文学乃至整个明清文学研究均具有重要意义。

---

* 作者为河南广播电视大学副教授。本文为中国博士后科学基金项目"明末清初中州文人社群与文学生态研究"(项目编号:2012M521401)、河南省博士后科研资助项目"明清中州文人群体研究"(项目编号:2011011)的阶段性成果。

本文由《人大复印资料:中国古代、近代文学研究》2013年第7期全文转载,《人大复印资料:文学研究文摘》2013年第3期全文转载。

① 贾开宗《遯园文集》卷一,清道光刻本。

一、雪苑前六子与吴地文人在党社活动中桴鼓相应

雪苑社是明末清初大江以北影响最大的文社之一，沈德潜《眺秋楼诗集序》云："雪苑自侯朝宗（按：侯方域字朝宗，明末四公子之一）先生倡明风雅，吴伯裔辈起而和之，时称六子。漫堂宋公，为之后劲。数风雅者，江以北推梁园为盛。"①关于雪苑社的成立时间和雪苑前六子，谢国桢认为"雪苑社创办于崇祯十二年（1639）"，是由"侯方域、贾开宗主办的，入社的共有四人，为吴伯裔、吴伯胤、刘伯愚、徐作霖"②。这是有争议的。③ 事实上，雪苑社在侯、贾之前即已存在，据贾开宗《雪苑会业引序》记："明神宗末，太守郑公玄岳刻《雪台会草》，人文蔚兴，名公巨卿甲于天下……其后，邑侯孙公伯雅初涖太丘，继涖于兹，刻《两社合刻》……其后，郡司李万公吉人刻《雪苑新业》，吴子伯裔、伯胤、刘子伯愚、徐子作霖，侯子方域辈，一时济济，振于三吴。"④可知雪苑文人结社为文业活动最早可上溯至万历末期的雪台社⑤，且当时社中文业水平已很高。只是到启、祯之际，随着南北交流增多，侯方域等雪苑文人方"振于三吴"而已。贾文所提到的郑玄岳、孙伯雅、万吉人皆为东林巨擘，同时归德沈鲤、侯执蒲、侯恂、侯恪、练国是等亦为东林党人，极深的东林渊源为雪苑后辈在江南文化圈中的交游，既积累了深厚人脉，也预设了政治文化立场，而发达的科举文业也为雪苑后人在以会业为主的江南文社活动中扬名奠定了文化基础。

启、祯之际，江南社事大盛，而复社盟之，中州文人与盟者，则以雪苑前六子为中坚。计东《偶更堂诗集序》记：

> 启、祯丁卯、戊辰之间，江南北文会之事大盛，应社倡之，复社承之。中州文人翕然与应、复两社相唱酬者，梁园数君子也。且是时陪京有太学，海内能文之士大半縣此应制举。高秋七、八月，胜流云集，问讯往来，交错于道，南方之才士，中原莫不闻；中原之才士，南方莫不识也。至辛巳岁，我师张西铭先生殁，文会失领袖。壬午岁，中州即大被寇难，屠戮梁园才士几尽，制科亦不行。自是以后，风流凋丧，南北阻绝不通者数年。⑥

启、祯丁卯、戊辰（1627、1628）至崇祯壬午（1642）可视为明末清初中州和吴地文人交游与文学互动的第一阶段。计东认为，这一阶段"梁园数君子"与江南文化圈的交游始于党社和科举活动，终于李自成屠梁园，是十分准确的。而在考察雪苑诸子参与

---

① 李敏修著，申畅校补《中州艺文录校补》，中州古籍出版社1996年版，第194页。
② 谢国桢《明清之际党社运动考》，上海书店出版社2004年版，第140－141页。
③ 如谢桂荣、吴玲称："天启七年，雪苑社即有社事活动，参与者有吴伯裔、吴伯胤、刘伯愚、徐作霖、贾开宗、侯方域、侯方夏、侯方镇。"《侯方域年谱简编（上）》，《许昌师专学报》，1992年第1期，第78页。
④ 贾开宗《遯园文集》卷二，清道光刻本。
⑤ 扈耕田《雪苑社与复社关系考辨》一文不但提出"雪台社"一说，而且指出它就是雪苑社的前身。《南京师范大学学报（社会科学版）》，2005年第5期，第150页。
⑥ 计东《改亭文集》卷二，清康熙刻本。

江南党社与科举活动时,必须高度关注南国子监这一平台的作用。

明代归德不在南直乡试范围之内,故归德士子不能贡入南雍,但南直官员子弟则可以荫入南监学习。崇祯二年(1629),侯恪出任南京国子监祭酒,侯氏子弟即多有读书其中者,刘榛《侯辅之文序》记:"吾不及见辅之少时,闻其以任子,结发携策游南雍,声藉甚。与一时南北名流驰骋上下,豪迈自喜,有不可一世之概。"①侯辅之是侯恪幼弟,侯朝宗叔父。特别是崇祯三年(1630),杨廷枢、张溥、陈子龙、吴伟业、彭燕又等吴地文化名流皆出于侯恪门下,门生座主关系使得这些人对侯氏青年才俊揄扬有加,贾开宗《赠侯辅之序》云其入监读书时"已踰弱冠,文学有声,江南诸文人如张溥、陈子龙皆称说亹亹不置,兼选刊其著述,以公海内"②。彭宾《四忆堂诗集序》记:"曩者万年少相订为中州之游……介余于侯氏之族,谓此中有长华、朝宗,赋诗宴客,不减梁园……嗣后,蒋黄门鸣玉、周文学勒逌相继往游,归述梁园人物之盛,如霖苍、让伯、孝先、静子、恭士其选也,而首推服者则称道朝宗勿绝。"③其中万年少、蒋鸣玉也是崇祯三年乡试时侯恪门下生,他们对侯朝宗极力推扬,并及其他雪苑文人。从某种意义上说,雪苑前六子取得"振于三吴"的文学声名,恰恰是三吴名士基于科举因素不遗余力,为之揄扬的结果。

另一方面,雪苑文人也桴鼓相应,积极回应并参与应社、复社会业乃至政治文化活动。首先雪苑社加入了应社,一般认为它就是江北应社。张溥《江北应社序》记:"予知能合三社(按:指故城、莱阳、商丘)为一家者,必在商丘矣。无何,千之(伯愚)、让伯(伯裔)、延仲(伯胤)选江北文成,贻书言指不出予所臆论,兼以应社为名。正余始事数子之约,期予白首,兄弟无间言也。"④可见刘伯愚、吴伯裔兄弟主持编选江北应社社稿,是与天如早有约定的,尤见其南北联手之意。其中刘伯愚在南北呼应方面作用尤大,徐作肃《刘千之文序》云:"制义之道,自明万历后,破坏其体与奇诡其词、怪诞其理者不可底。娄东张西铭、吴县杨维斗、贵池吴次尾、虞山杨子常、顾麟士起于南,千之起于北,各出而维之。即雪苑人士彬彬一时,而南北遥相和,实千之为之倡也。"⑤雪苑与吴地文人南北联手,对其时文风影响极大。

应社、复社合并后,雪苑诸子加入了复社,特别是侯方域,不但与复社名流文学唱酬,也是发起《留都防乱公揭》等政治事件的主角。但是随着复社人员组成越来越复杂,其中文学观念也逐渐分化,在复社众多内部小团体中,雪苑文人与几社"云间六子"交游最密切。侯方域《大寂子诗序》记其与云间六子定交情况甚细:"忆余年十八岁,交孝廉(彭宾)及考功(夏允彝)、黄门(陈子龙);又四年,交周子(勒逌)于梁

---

① 刘榛《虚直堂文集》卷二,清康熙刻本。
② 贾开宗《溯园文集》卷一,清道光刻本。
③ 侯方域《四忆堂诗集》卷首,续修四库本。
④ 张溥《七录斋集》卷一,明崇祯刻本。
⑤ 徐作肃《偶更堂文集》卷上,清康熙刻本。

园;又一年,交舍人(李雯)于燕邸;又一年,交徐君(孚远)于金陵,先后咸相善也。"①朝宗与六子皆有酬赠诗,且不乏感情深挚之作,如《寄夏进士允彝》云:"几时重把臂,江上采芙蕖。"②从前引彭宾《四忆堂诗集序》可知周勒卣等亦曾馆雪苑,且对雪苑前六子均极推赞,可见两个文人群体间的交流是互动的。

  雪苑诸子与云间诸子交往密切,主要因为他们文学观念最为接近,邓汉仪即称侯方域"阴袭华亭之声貌"③,徐世昌也认为侯诗"仍沿云间余派"④。云间派诗学思想总体上是蹑踪七子而追法盛唐以上,陈子龙《仿佛楼诗稿序》云:"盖予幼时即好秦汉间文,于诗则喜建安以前,然私意彼其人既已邈远,非可学而至。及得北地、琅琊集读之,观其拟议文章,汎汎然何其似古人也,因念此二三子者去我世不远,竭我才以从事焉。"⑤中州是何、李生长之地,由何、李直接杜甫,上追汉魏而远溯《诗经》,是明清中州诗歌的复古主潮,雪苑诸子亦不例外,贾开宗《四忆堂诗集序》云:"孔氏断自商周,定篇三百,流宕者风,庄严者雅,奥质者颂,尽辞之变矣……孔氏亡而诗亡,汉魏六朝作者间出,然求其旨归于四诗者鲜矣。千余载而唐始有杜甫,杜甫者非唐三百年一人也,孔子删诗后一人也……杜甫亡后而诗又亡,其后七百年明有李梦阳、何景明登其堂,正始在焉。"⑥可见云间、雪苑的文学观念是基本一致的。基于此,两社在反对竟陵等诗风时亦声同气应,如侯方域就在《与陈定生论诗书》中指出:"夫诗坏于钟、谭,今十人之中亦有四五人粗知之者,不必更论。救钟、谭之失者,云间也。"⑦

二、陈维崧、计东中州客游及对其文学创作的影响

  顺治至康熙朝前期是明末清初中州和吴地文人交游与文学互动的第二个阶段。由于明末中州是战乱重灾区,文化基础破坏严重,学校废弛,世家凋落,诗人常死于锋镝,文献多没于黄水,"邑无藏书,地无吟侣,家累困乏,故不能工"⑧,就是清初中州文人生存状况的真实写照。此阶段吴地文人宦游、流寓中州,激扬斯文,对中州文学复苏与蓄势有积极意义。如顺治末华亭沈荃官河南时,禹州刘湛从之游,《禹州志》记:"盖荃尝为大梁道,东南名士多在焉,湛从之游,故其诗亦颇有吴越风气。"⑨刘湛是清初禹州诗群的领袖人物,显然,以沈荃为中心的东南名士群对禹州诗风产生了重要影响。

---

① 侯方域《壮悔堂文集》卷一,续修四库本。
② 侯方域《四忆堂诗集》卷二,续修四库本。
③ 钱仲联《清诗纪事》,江苏古籍出版社1987年版,第1809页。
④ 徐世昌《晚晴簃诗汇》卷二一,上海古籍出版社1990年版。
⑤ 陈子龙《陈忠裕公全集》卷二五,清嘉庆刻本。
⑥ 贾开宗《溯园文集》卷一,清道光刻本。
⑦ 侯方域《壮悔堂文集》卷三,续修四库本。
⑧ 李敏修著,申畅校补《中州艺文录校补》,中州古籍出版社1996年版,第120页。
⑨ 李敏修著,申畅校补《中州艺文录校补》,中州古籍出版社1996年版,第120页。

虽然中州其他州府亦有江南诗踪,但总体而言,此阶段两地文学交流仍以归德为盛,究其原因,除交通条件外,文化人脉亦是极其重要的因素。清初雪苑诸子中,刘、徐、二吴,虽一时俱逝,但侯、贾仍蛰伏商丘之野,并重聚力量,再起雪苑;宋荦父宋权以宰相致仕还乡,汤斌退隐睢州近二十年,这些人在朝野都有复杂的文化联系,故北上、南下的吴地士人往往于此盘桓,其中影响于中州颇大者当推陈维崧(1625—1682,字其年,号迦陵)和计东(1625—1676,字甫草,号改亭)。

阳羡陈氏与商丘侯氏均是文化大族,且为世交。崇祯十六年(1643),侯朝宗携妻寓阳羡期间得一女,后与陈贞慧(陈维崧之父,明末四公子之一)四子陈宗石定亲。这一姻娅关系非常重要。顺治九年(1652),侯方域重返宜兴接女婿陈宗石北赘,并漫游吴越,广会文友;康熙七年至十一年(1668—1672),陈维崧数游中原,寓居商丘,纳妾授徒,诗酒放浪嵩洛间,皆与此有极大关系。从《湖海楼诗集》中可以看出,陈维崧中州四载足迹遍及大河南北,其间寓梁园最久,中州文人唱酬赠答怀人诸诗,几乎全与雪苑人物有关,其中涉及侯方岩 11 篇,徐作肃 10 篇,宋荦 8 篇,侯方岳 5 篇,田兰芳 4 篇,陈宗石 4 篇。陈维崧亦自云:"余十年前往来梁宋间,与徐恭士、侯叔岱、徐迩黄、宋牧仲诸君游。"①可见其中州四载文化活动中心在商丘。

陈维崧词冠海内,归德文人中,汤斌、宋荦、李天馥、侯方岳、田兰芳等都曾参与《迦陵词》的编选,定当沾溉良多。其年往来商丘期间,不但指导其弟陈宗石作诗之理②,对雪苑后人亦多扶持、提携之举。刘榛《董园词》气盛词清,其自云得其年法乳:"予学诗于宋牧仲、郑石廊,学古文于田箬山,学词于陈其年。"③徐作肃《与陈其年书》云:"向所赐《乌丝》佳刻为人窃去,曾许再惠,久成渴□,或并新诗文词,不拘某种刻……求赐教更感。"④田兰芳更是推崇其为"词家五丁"⑤,独步天下。可见陈维崧与清初商丘词人群体关系密切,并对商丘词人产生了重要影响。

同时,中州四载也是陈维崧诗词风格的一个重要转折期。严迪昌先生指出:"考察河南词人的审美倾向,对豫东(商丘、睢州、祥符一线)词风略作关注,有助于认识陈维崧沛然飙举的'湖海豪气',因为他的在康熙十年左右专力为词,正是他结束商丘滞留生涯之不久。"⑥不仅是词作,诗歌亦然,其弟维岳云:"大兄诗凡三变……既而,客游羁旅,跌宕顿挫,浸淫于六季三唐,才情流溢,而诗一变。"⑦徐乾学在《陈迦陵文集序》中更是明确指出:"薄游大梁,访旧雎皋,多故人寂寞之游,所至辄徙倚穷年,

---

① 陈维崧《陈迦陵文集》卷五,四部丛刊本。
② 如陈维崧曾以骑马为例指点宗石作诗之法,见《四弟子万诗序》,《陈迦陵文集》卷一,四部丛刊本。
③ 刘榛《虚直堂文集》卷一六《书侯敷文册》,清康熙刻本。
④ 徐作肃《偶更堂文集》卷下,清康熙刻本。
⑤ 田兰芳《答陈其年书》上卷,《逸德轩文集》,清康熙刻本。
⑥ 严迪昌《清词史》,人民文学出版社 2011 年版,第 153 页。
⑦ 陈维崧《湖海楼诗集》跋,《陈迦陵文集》,四部丛刊本。

少亦累月,当花对酒,感慨悲凉,一以文章自遣。"①这些均指出陈维崧感激跌宕的诗风与中州客游有密切关系。有学者指出,这一时期陈维崧独特的人生体验辅之中州自然人文景观的激助,"其作品的时空容量与情感厚度,就比原来要广阔和深厚"②。这是符合实际的。

计东客游中州前后共三次。其《赠侯贻孙序》记:"予丙申游商丘,适朝宗初没,展磨镜之谊,不执孝子之手而出。至丙午,再游宋,始获与其子彦窒游。"③可知他曾于顺治十三年(1656)和康熙五年(1666)两次游商丘。计东两次游商丘均停留盘桓,广会雪苑旧友新朋,留下不少诗文。第三次为康熙九年(1670)自京赴汝颍设馆。汝颍历史上虽以中州视之,但其地清代已部分属安徽,此处主要谈他两游归德的文学活动,及中州漫游对其诗文的影响。

从《改亭文集》《诗集》中可以看出,计东两游商丘期间,曾与徐作肃、宋荦、陈宗石、侯辅之、侯方岩、侯方岳等雪苑文人交友论文,并由陈宗石陪同拜谒汤斌。这种交游不是泛泛的文学应酬,而是基于深厚情感的文学相契,如徐作肃《与陈其年书》云:"弟无所长,不得从游当世诸君子,然岂无往来敝邑惠而好我者,要其所倾倒惟先生与甫草,相遇则喜,相离则思,出于性情。"④刘榛《徐恭士墓志铭》亦记:(恭士)"所与游必贤豪才士,非其人亢不与接,所得扫榻而数晨夕者,计甫草、陈其年二人而已。"⑤计东《别徐恭士长歌》记录了他与作肃等文学交游生活情境:"君堂虚敞来远风,六月不热疑江中。隐几长吟送永日,雄谈亦足开心胸。八关甘泉为予设,沉沉啜茗销烦渴。有时新酿注深杯,共坐庭中待明月。谈文摘藻各矜奇,应手捶钩各相悦。感君义气层云里,淹留似欲忘羁旅。"⑥可见计东不但在商丘有深厚的文化人脉,而且深度参与了商丘诸名家间的文学活动。

计东以吴中才子枉驾梁园,不单对贾静子、徐作肃这些雪苑前辈文人揄扬赞佩,诗酒之时也对影从其后的青年才俊推奖有加,这种推奖一方面对梁园后辈的成长有积极意义,另一方面也延伸着计东对归德,乃至中州文学影响的厚度。比如《改亭文集》卷五《赠徐山仿序》《赠侯贻孙序》《赠侯闇公序》诸文就是对徐作肃、侯方域、侯方岳后辈的揄扬文章。特别是他对宋荦的推奖更是留下一段佳话。顺治十三年(1656),年方弱冠的宋荦因徐作肃与计东定交,计东一见即惊其制艺、歌诗,赞不绝口,并因其家世、才学、经历,云其异日功名严郑公、李赞皇流辈。宋荦后果开府江南,刊刻并序其遗集。⑦甫草一生怀才不遇,因宋荦这个忘年知音而使一生心血不至

---

① 陈维崧《陈迦陵文集》卷首,四部丛刊本。
② 参见周绚隆《陈维崧年谱》,人民出版社2012年版,第47页。
③ 计东《改亭文集》卷五,清康熙刻本。
④ 徐作肃《偶更堂文集》卷下,清康熙刻本。
⑤ 刘榛《虚直堂文集》卷一四,清康熙刻本。
⑥ 计东《改亭诗集》卷二,清康熙刻本。
⑦ 计东与宋荦交往事可参见《改亭文集》卷首宋荦序、卷五《赠宋牧仲序》,清康熙刻本。

于湮没,亦可谓交得其人。

关于中州漫游对计东诗文创作的影响,汪琬序《改亭文集》所叙详赅精到:

> 信乎诗文之以好游而益工也。予友计子甫草来京师,出其中州所作书、序、记、铭、五七言杂诗若干篇,予受而读之,而为之三叹也。盖甫草自春徂秋,遍游大河之南北,其车辙马蹄之所及率皆明季时战争旧垒也,故其戈头矢镞、阴磷遗骼往往杂出于颓垣野田、荒烟蔓草之中,见之恒有苍凉壮烈、愤然不平之余思,则其为道途逆旅诸作也,宜其多彷徨而凄恻。逾河涉洛,遥望嵩山、少室、苏门之隽秀,其间长林修竹、飞瀑清湍绵乎而不绝,至于兔园雁池、铜台紫陌之旁,日落风号、狐啼而鸱啸,意欲问梁孝王之骄侈,曹氏、高氏之雄豪意气而眇乎远矣,则其为登临怀古诸作也,宜其多幽峭而深长……甫草之所作盖至是而蔑以加矣。"①

观计东中州诗作,如《日暮同子旷望黄河》:"落日望黄河,惊沙走白波。风尘此终古,游子竟如何。注海东流急,输漕北极多。劳劳兹水意,客鬓愧蹉跎。"②慷慨感激,气象开阔,绝不类吴音,是中州江山之助也。

三、宋荦开府江南的文学史意义

康熙朝中后期四十年可视为明清之际中州和吴地文人交游与文学互动的第三个阶段。这一阶段的一个显著特点是:睢州汤斌、商丘宋荦、仪封张伯行等中州文人相继开府江南二十余年,以文化重臣的身份介入吴文化圈,对吴地文学的复苏与发展产生了重要影响。特别是宋荦,自康熙三十一年(1692)出任江宁巡抚,驻节苏州前后达十四年之久,以疆臣和文坛耆宿双重身份弘奖风流,提倡后学,对推动康熙中期吴中乃至江南诗坛的发展具有重要意义。

要深刻认识宋荦开府江南的文学意义,必须对清初吴地乃至江南文学演进的态势有一个宏观的把握。众所周知,清军征服江南的过程中,遭遇的反抗尤其激烈,故屠戮尤甚,压制尤厉,朝廷与江南文人的关系也就自然地分化为"压制—归顺"和"压制—对抗"两种,而尤以后者为主。在"压制—对抗"这一关系架构中,遗民文人构成对抗的主体力量。清初江南遗民文人力量不可轻觑,以吴地为例,有徐枋、归庄、姜垓、姜垓等著名遗民文人,有规模达五六十人之多的遗民诗人群"惊隐诗社"等,这些遗民文人多是晚明党社或文学世家成员,当他们以群体姿态出现时,无疑具有相当强大的地域影响力。考察他们群体聚合方式发现,与晚明党社主要以观念聚合不同,清初遗民文人群体主要是以情感——以故国情结为核心的情感域,包括故国之思、亡国之悲、存国之想、复国之志等——为凝聚力量,故"压制—对抗"关系中双方

---

① 计东《改亭文集》卷首,清康熙刻本。
② 计东《改亭诗集》卷三,清康熙刻本。

冲突的焦点就是这种故国情结的消泯与坚持。

　　故国何处？故国在故臣、故民的心中。所以遗民必以语言、行为、文本等一系列具有意义的符号系统来塑造自身的故臣、故民形象，方能彰显其故国情结，而遗民文学创作就是其中重要的符号系统之一。如赵园就认为，遗民群处以文学相砥砺的行为，具有"存明""存心""存天下"的意义，是表达故国情绪的主要手段之一。① 而朝廷对此的压制也极为严厉，科场、海通、奏销等一系列大案，从某种意义上讲，也是以杀戮强行抹除遗民心中故国情结之举。康熙二年（1663），"庄氏史狱"案起，吴炎、潘怪章同罹难，惊隐诗社解体。严迪昌先生精警地指出："吴、潘之遭极刑，'逃社'亦随之涣散，吴中劲节之气严遭摧折，遗民诗风转入低沉，悲慨心音渐为淡化。极盛百年的吴门人文在康熙年间出现断谷现象，或者说进入了另一种组合结构，吴、潘之死及'惊隐'解体，实为转折点。"② 在经历了清初二十余年的持续高压政策和时间磨洗后，以"悲慨心音"（或者说故国情结）为凝聚力量的遗民文人群体已没有了生存空间，吴地文学跨越断谷需要一种新的聚合力量，吴地文人组合需要一种新的聚合结构。这种新力量就是政治，新结构就是政治引导型的聚合结构。而挟政治之力重构吴地文人组合结构，抚慰草野诗心，整合文学力量，以隆圣朝文治之功，为康熙南巡打造好舆论氛围，正是宋荦抚吴所担负的重要政治文化使命之一。

　　宋荦在江宁巡抚任上围绕这一使命所开展的文化活动大体有四个方面。一是联络地方文化名人，提携文学后劲，以营造右文氛围。宋荦甫一莅任，即延毗陵名宿邵长蘅至幕下，其后拜访退隐吴下的状元学士韩菼，与尤侗、朱彝尊诗札往来，为徐枋治丧等，并提携顾嗣立，以国士目之，荐其至王渔洋门下。这一系列的文学交游，使他很快以右文的姿态介入了吴下文学圈。二是修复文化场所，整饬文化环境，以规范文化建设。宋荦在任期间修复东林书院，修建苏州府学，重建沧浪亭，使这些具有重要文化意味的场所为吴下文化建设发挥作用。同时发布《江苏查名贤祠檄》《饬查东林书院祀典檄》等檄文，整饬文化环境，规范文学崇祀。三是选刻文集，整理文献，以促进地域文学发展。这主要分两类。一类是刊刻地方文集，如刊刻汪琬、计东等吴地已故著名文人的文集，并作序揄扬；编选《吴风》《江左十五子诗选》，扩大吴地文学影响。另一类是整理、刊刻前人文献，引导文学思想。校补《施注苏诗》、刊刻《苏子美文集》以弘扬宋诗；选刻《古文三家文钞》，以引导古文思想。四是开展文学群体活动，活跃吴地文学气血，复兴吴下文学盛景。宋荦积极组织地方文人开展文学群体活动，一时间沧浪亭下、虎丘台侧，诗酒群吟，当年吴下盛景，邈而复现。这类文学群体活动在明代吴地是极其寻常的，但顺康之际，刀火与文网使得这类活动沉寂了下来，宋荦提倡风雅无疑络活了吴地瘀滞的文学血脉。

　　宋荦在开展这些文化活动时，其幕下江左十五子起到了重要辅助作用。十五子

---

① 赵园《明清之际士大夫研究》，北京大学出版社2006年版，第224－227页。
② 严迪昌《清诗史》，浙江古籍出版社2002年版，第226页。

者,即王式丹、吴廷桢、宫鸿历、徐昂发、钱名世、张大受、杨榆、吴士玉、顾嗣立、李必恒、蒋廷锡、缪沅、王图炳、徐永宣、郭元釪。这一群体的正式形成以康熙四十二年(1703)宋荦选刻《江左十五子诗选》为标志,据马大勇整理十五子小传①可知,十五子中环太湖地区占十人,是一个具有强烈吴地色彩的文人群体。十五子均出生于新朝,其中年少者如徐永宣,在宋荦开府苏州时年仅十八岁,显然他们都没有多少故国故民的心理负担。宋荦积极推奖十五子,如向王士禛推举顾嗣立:"侠君少年笃学,所选《元百家诗》,一时为之纸贵。素养高山,愿侍函丈,惟先生进而教之,假以羽毛,将来自是我辈后劲也。"②宋荦开府苏州期间,王式丹、吴廷桢、徐昂发、钱名世、蒋廷锡、徐永宣进士及第;赴京及任吏部尚书后,宫鸿历、张大受、吴士玉、顾嗣立、缪沅、王图炳亦中式及第。从某种意义上说,他们就是宋荦为贯彻朝廷文治意图,引导江左风雅,以彰显治绩,而专力打造的一个新生代文人群体。据宋荦《江左十五子诗选序》可知,其编选目的是为了"振兴风雅",彰显江左人文"于今而极""甲天下"之盛势,并进一步指出,盛因在于"今天子睿哲文明,言成雅颂,久道化成于上,而大江南北丕然从风"之故。③ 显然,十五子之诗既是"天子睿哲"云云的体现,也成了引导大江南北诗风的工具。

从政治的角度看,如果说顺康之际王士禛总持扬州风雅的作用,在于抚慰易代之初的草野诗心,以缓和朝野文化冲突的话,那么康熙中期宋荦开府江南的意义则在于对江南文场的规化,借政治之力祛除江南文场明断潜续的故国情结,把江南文人引上为圣朝文治服务的轨道。所以江左十五子的出现是一个标志,标志着吴地文人群体的聚合方式发生了根本性变化:以故国情结为聚合纽带的遗民文人群体已历史性地退出江南文坛,以政治力量为主导的新生代文人群体成为江南文场的主角。这一文人群体后来愈发显赫,据沈德潜《清诗别裁集》记:"十五人中殿撰一人,位大宗伯者一人,大学士者一人,余任宫詹、入翰林者指不胜屈。"④十五人携官位、文学之势,成为康熙后期吴地文学的领军力量。从文学史的角度看,在康熙初惊隐诗社解体之后,雍正初鄂尔泰开设春风亭之前,正是江左十五子的出现,既填补了吴文学发展的断谷,又完成了吴文学的转型,其意义是不可忽视的。而宋荦在吴文学进入断谷阶段后,以政治之力组织众贤,扶持其继续发展,为后世文学再起蓄力蕴势,其文学贡献亦不可因政治因素而抹杀。

最后需要说明的是,宋荦自身所具备的文化智慧,使他能够担负起组织并引领吴地文学发展的任务。首先,宋荦在朝野的文学地位和文化网络使他能够从容立足吴地,隐控京师文场。雪苑后劲的身份使得江南遗民文人对其增加了一份亲切感,金台十子的身份使他与吴地馆阁文人建立密切联系,北王南宋的文坛地位使他具有

---

① 马大勇《开府江南的宋荦与"江左十五子"》,《南阳师范学院学报》,2004年第8期,第20—21页。
② 宋荦《寄阮亭侍郎》,《西陂类稿》卷二九,文渊阁四库全书本。
③ 宋荦《江左十五子诗选序》,《江左十五子诗选》卷首,清康熙四十二年宛委堂刻本。
④ 沈德潜《清诗别裁集》,上海古籍出版社1984年版。

了相当的文学权威性,这一切都使他开府江南的文学活动具有了重要的感召力。其次,通达的文学观使他赢得了更为广泛的文学支持。前文已经指出,清初中州的主流诗学观是复古,由七子而直接杜甫,宋诗是被抹去了的,雪苑诸子亦不例外。但宋荦虽然早年追随侯方域、贾开宗等人,论诗以复古为旨,但其文学观念通达而不偏执,后来便转向宗宋:"初接王李之余波,后守三唐之成法,于古人精意毫未窥见。康熙壬子、癸丑间,屡入长安,与海内名宿樽酒细论,又阑入宋人畛域。"① 清初江南诗坛宗宋思想极流行,宋荦幕下邵长蘅、王式丹等都是清初宋诗派名家,唐宋兼取的通达诗学观使宋荦在组织吴地文人开展活动时,便有了更广的包容性和更强的号召力。

综上可见,明清之际,归德与吴地的文学互动是立体化的,丰富多样的,这对全方位展示两地文学生态图景是有重要意义的。事实上,除归德外,当时中州其他地区与吴地也存在引人注目的文学互动活动,如孟津王铎、王鑨兄弟曾寓居苏州,与当地文人有较多交游。而吴地文人如史逸裘、汤右曾等提学河南,对中州风雅再兴的推助亦作用巨大。围绕这些现象进一步考察,更系统、更全面地展现中州与吴地文学互动的整体面貌,无疑将是一个极具价值的学术课题。

---

① 丁福保《清诗话》,上海古籍出版社1978年版,第420页。

清初江南地区诗社考

——以陈瑚《确庵文稿》为基本线索

朱则杰　李　杨

明清之际是中国历史上文人结社最为繁盛的时期。特别是入清以后,各种社团更如雨后春笋,不断涌现。而江苏南部地区,在这方面尤其突出。浏览当时当地作家的诗文著作,常能发现大量相关的资料和线索,并且往往相互勾连,一再延伸,凸显出文学社团丛生繁茂的状况。本文从陈瑚《确庵文稿》入手,对清初苏南地区的若干诗社做一些初步的勾勒,或可有助于清代诗社整体研究的展开和深入。

一、毛晋结社

明清之际江苏常熟著名藏书家、出版家兼诗人毛晋,在结社方面也十分活跃,入清以后至少创立过三个诗社。

毛晋友人陈瑚《确庵文稿》卷十六《为毛潜在隐居乞言小传》曾说:

> 变革以后,杜门却扫,著书自娱。无矫矫之迹,而有渊明、乐天之风。与耆儒故者、黄冠缁衲十数辈,为"佳日社",又为"尚齿社",烹葵剪菊、朝夕唱和以为乐。①

这篇小传据其下文"明年丁酉改岁"云云,可知作于顺治十三年丙申(1656)。其中提到毛晋(潜在其号)创立的诗社,先后有"佳日社"和"尚齿社"。

关于这两个诗社,目前见到的资料以"尚齿社"相对较多。已故日本学者、当时的复旦大学古籍整理研究所博士研究生三浦理一郎先生,在《文献》杂志2001年第2期发表过《中国国家图书馆所藏〈隐湖倡和诗〉述略》一文,其第三部分《〈隐湖倡和诗〉的史料价值》恰好举到了有关"尚齿社"的例子。据该处介绍②,陈瑚辑于毛晋身后的《隐湖倡和诗》,"卷中13b到15b有题为《丙戌元宵尚齿会集和陶诗》的一组诗,题云":

---

* 朱则杰,浙江大学传媒与国际文化学院教授、博士生导师;李杨,浙江大学博士研究生。本文是国家清史编纂委员会项目"清史·典志·文学艺术志·诗词篇"(项目编号:200410220204001)的阶段性成果。

① 陈瑚《确庵文稿》,《四库禁毁书丛刊(集部第184册)》,北京出版社2000年版,第394页。

② 三浦理一郎《中国国家图书馆所藏〈隐湖倡和诗〉述略》,《文献》,2001年第2期,第154页。

丙戌(清顺治三年[1646])元宵,集缁素一十有三人,礼三教师像,结尚齿会。南沙顾涵宇慈明时年八十,吴兴施万籁于民时年七十五,河南陆孟凫铣时年六十六,临海戈庄乐汕时年六十五,弘农杨子常彝时年六十四,武陵顾麟士梦麟时年六十二,智林释石林道源时年六十一,武陵顾用晦德基时年六十,高阳何白石适时年五十八,九峰释梦无大惺时年五十五,扶风马人伯弘道时年五十三,西河毛子晋晋时年四十九,天水严仲木陵秋时年四十三,计年合得七百九十一岁。茗香作供,间以斗酒,玄对晨夕,各无杂言。偶读五柳先生怀古田舍诗,怅然有感,遂书素幅传示,同人或叠韵、或用韵、或一章、或二章,各率其真云尔。

从这里,首先可以知道这个"尚齿社"也泛称"尚齿会"。其次正如三浦先生所指出,该社"发起的时间",即顺治三年丙戌(1646)正月十五日;第一次集会唱和"参加的成员",即顾慈明、施于民、陆铣、戈汕、杨彝、顾梦麟、释道源、顾德基、何适、释大惺、马弘道、毛晋、严陵秋,凡十三人,各加郡望或寺宇,姓名或法名与表字并出,以齿为序。

又接下去说:

卷中22b至28b有一组《颐志堂小集》诗,由《仙人好楼居》《空斋闻雁》《赋得"亭皋木叶下"》三个小题所构成。正文前,尚有丙戌孟冬廿五日陆瑞征序。陆序云:"尚齿会之约,本以诞期轮次,按月主宾。……于是有荒园颐志堂之集。"参加此次唱和者,有陆瑞征、顾德基、孙朝让、顾梦麟、杨彝、孙永祚、释道源、戈汕、毛晋等九人。据以上资料得知,至少有陆瑞征、孙朝让、孙永祚三人曾加入该社。

这样,已知"尚齿社"的集会唱和至少还有顺治三年丙戌(1646)"孟冬"十月一次,地点在陆瑞征的颐志堂,成员新增陆瑞征、孙朝让、孙永祚三人。① 该社活动的基本规律,则是以各人"诞期轮次,按月主宾"。

《隐湖倡和诗》一书,笔者未能获读,不然按照三浦先生所举两例类推,应该还可以发现更多相关资料。

上文所说"尚齿社"第一次集会唱和,其中顾梦麟(号中庵)的诗歌,也见于陈瑚辑、陈陆溥补订的《顽潭诗话》卷下第八组《和陶田舍诗》,题作《元夕宝晋斋初举尚齿社,和陶始春怀古田舍诗》②,由此可知其地点在毛晋的宝晋斋。又,该处所录次年顾梦麟另外重和的一题,"自序"称"尚齿社"为"齿社",则应该属于它的简称。

此外,乾隆年间顾镇编辑、周昂增订的《支溪小志》卷六《艺文志·诗》录有毛晋《丙戌除夕,续举尚齿会于海云楼,和陶拟古前二首韵》一题。③ 该次集会唱和,时间

---

① 另据下引《支溪小志》,已知"尚齿社"成员至少还有常熟龚立本(字渊孟)一人。
② 陈瑚、陈陆溥《顽潭诗话》,《续修四库全书(第1697册)》,上海古籍出版社2002年版,第553页。
③ 顾镇、周昂《支溪小志》,《常熟乡镇旧志集成》,广陵书社2007年版,第263页。

在成立当年的除夕之日,地点则在顾德基的海云楼(参见下引《支溪小志》)。

其他如清末邵松年辑《海虞文征》卷二十五所收孙永祚《西谷残碑》一诗,小序提及:"丁亥夏,偕杨子常、毛子晋社集西山。"①这里的"丁亥"为顺治四年(1647);就所知三人来看,本次"社集"应该也属于"尚齿社",地点在常熟的虞山。

附带关于"尚齿社"成立当年毛晋的年龄,前引该"题"说他"时年四十九",其实只有四十八岁。这是因为毛晋出生于明万历二十七年己亥(1599)的正月初五日,而该年在正月初九日始交立春,按照某种特殊的习俗即计为两岁,其后以此类推。

至于"佳日社",有关具体情况均未详。

需要特别提出的是,毛晋还结有一个"隐湖社"。

毛晋《和友人诗》卷首顾梦麟序,曾说:

> 吾友子晋近裒次其诗刻之,凡四卷,惟《野外》为率然自命之言,《和古》《和今》《和友》皆次韵作也。……子晋生平,"佳日"有社,"尚齿"有社,"隐湖"有社。……往时吾家玉山[元人顾瑛]……犹子晋"佳日""尚齿""隐湖"诸社也。②

此序末尾未署写作时间。考毛晋自题虽有"迄今癸未"(明崇祯十六年,1643)之语,但集内诗歌有年份记载者如冯班原唱《丙申人日,雪中访毛子晋》一题,已收至顺治十三年(1656),可知此序大致应作于顺治十四年丁酉(1657)前后,当时毛晋还在世。序文一再以"隐湖"与"佳日""尚齿"两社并举而又次于两社之后,可以断定必然是继两社之后另外创立的一个诗社。前引陈瑚《为毛潜在隐居乞言小传》唯独没有提到"隐湖社",很可能就是当时尚未正式成立或命名的缘故。

又陈瑚辑《从游集》卷下毛晋之子毛褒小传,曾说毛褒诗歌起初"多入《隐湖社刻》中,予选而梓之"③。《从游集》据卷首钱谦益序乃成书于顺治十六年己亥四月以前,而这里也提到了"隐湖社"。特别是前及《支溪小志》,卷三《人物志·八》"文苑·国朝"顾德基本传说:

> 晚年与毛子晋等为"尚齿会",一时胜流如龚比部渊孟、陆道判孟凫、顾文学麟士、戈山人庄乐、何山人白石,及僧石林、梦无,每一宴集,分题擘素,对酒挥毫,累幅连章,今古杂奏,有玉山草堂遗风。所著《海云楼集》如干卷行世。时顾氏又有顾道基履常、夏时行之、时雍康仲、茂明律修、茂龄君如、茂志以宁、茂位靖共、茂远晋昭、(茂)群晋华、明盛今甫、道盛集虚、云岫心白、云峤又贞,并诸生,有才名。④

---

① 邵松年《海虞文征》,光绪三十一年乙巳(1905)鸿文书局石印本,第49b页。
② 毛晋《和友人诗》,《丛书集成续编(第171册)》,新文丰出版公司1989年版,第87页。
③ 陈瑚《从游集》,《丛书集成三编(第100册)》,新文丰出版公司1997年版,第679页。
④ 顾镇、周昂《支溪小志》,《常熟乡镇旧志集成》,广陵书社2007年版,第224页。

其末尾所注资料来源,有一种为《隐湖社草》。稍后何适传,也提及:"诗有宋元人风致,惜多散佚,今所存见《隐湖社草》及《海虞诗苑》。"① 这里所说的《隐湖社草》,应该就是陈瑚所说的《隐湖社刻》;无论"社刻"或"社草",顾名思义都应该是"隐湖社"的社诗总集,并且至少在乾隆年间还流传于世。至于前面所说的《隐湖倡和诗》,据三浦先生该文注[五]介绍,所收作品的时间起于明天启五年"乙丑"(1625)②,因此《隐湖社刻》或曰《隐湖社草》与之显然不是同一种书,至多也只是《隐湖倡和诗》编选对象的来源之一。

按"隐湖"位于常熟,为毛晋居处所在。其所结上述三个诗社,"佳日社"毋论,"尚齿社"明显有年龄限制,而"隐湖社"以地域命名,其成员范围一定最为宽泛;甚至从上引《支溪小志》顾德基、何适两人的传记推测,"尚齿社"也未尝不可以同时纳入"隐湖社"。各社的结束时间,则再迟不迟于毛晋谢世的顺治十六年己亥七月。

附带关于前及毛晋《和友人诗》,其编纂体例十分特别,大体上先录"友人"诗,再附其本人和作于后。从"和"的角度着眼,此集自然属于别集;但从大规模抄录"友人"诗的角度着眼,则又很像是一种总集。总体来看,其性质可以说是以别集而兼为总集。今人柯愈春先生所著《清人诗文集总目提要》,卷二毛晋名下叙及《虞山丛刻》本中《和古人诗》《和今人诗》《和友人诗》《野外诗》凡四种而唯独略去其中的《和友人诗》③,猜想其原因,估计就在这里。至于李灵年、杨忠两位先生共同主编的《清人别集总目》,毛晋名下对应之处连《野外诗》也不予著录④,则明显属于缺漏。

二、含绿堂吟社

陈瑚《确庵文稿》卷三下诗歌,有《重阳后一日,含绿堂吟社初集,袁重其索赋》一题。⑤ 该半卷编年"起丁酉,尽戊戌",而此题后面很远有《戊戌春,赠姚鉴三生还》⑥,可知其作于"丁酉"亦即顺治十四年。这年的"重阳后一日"亦即九月初十,"含绿堂吟社"举行第一次集会。

含绿堂在苏州府城。本次集会唱和的诗歌,在其他作家的诗集内偶尔也有发现,兹就所知分别考述于次。

一是葛芝《卧龙山人集》卷五,有《重阳后一日,同人集含绿堂,追赋》一题。⑦ 该集诗歌分体而无编年。其前面第四题,为《毛子晋六十》。⑧ 据上文"毛晋结社"条所

---

① 顾镇、周昂《支溪小志》,《常熟乡镇旧志集成》,广陵书社2007年版,第225页。
② 三浦理一郎《中国国家图书馆所藏〈隐湖倡和诗〉述略》,《文献》,2001年第2期,第157页。
③ 柯愈春《清人诗文集总目提要(上册)》,北京古籍出版社2002年版,第28页。
④ 李灵年、杨忠《清人别集总目(第1册)》,安徽教育出版社2000年版,第204页。
⑤ 陈瑚《确庵文稿》,《四库禁毁书丛刊(集部第184册)》,北京出版社2000年版,第239页。
⑥ 陈瑚《确庵文稿》,《四库禁毁书丛刊(集部第184册)》,北京出版社2000年版,第241期。
⑦ 葛芝《卧龙山人集》,《四库禁毁书丛刊(集部第33册)》,北京出版社2000年版,第343页。
⑧ 葛芝《卧龙山人集》,《四库禁毁书丛刊(集部第33册)》,北京出版社2000年版,第342页。

述，毛晋六十大寿正当顺治十四年丁酉，此题应为同年所作。

二是施男《卬竹杖》卷六，有《重阳后一日，社集含绿堂，次家又王》一题。① 该集诗歌仅此一卷，内部亦无编年。其前面第七题，为《丙申冬日，同蔡芹溪……次蔡韵》；②后面第八题，为《己亥除夜感怀，和家孝章韵》。③ 这样只能知道此题大致作于顺治十四年丁酉至十六年己亥之间，不过并不存在矛盾。

三是陆世仪《桴亭先生诗集》卷五，有《重阳后一日，含绿堂吟社雅集，分韵得"七虞"》一题，并且第五句提及当时刚刚"开社"。④ 该卷编年为"甲午至丙申"，此题明确系于"丙申"亦即顺治十三年（1656）。但是，《桴亭先生诗集》内部作品的编年，实际上常有不准确者。例如此题前面第二题所谓《寿毛子晋五十》⑤，"五"字系"六"字之讹，即为毛晋六十大寿而作，同时见于张宗芝等四人合辑的毛晋六十寿诗《以介编》⑥，正常应作于顺治十四年，然而却同样系于顺治十三年丙申。另外如卷二系于顺治三年丙戌（1646）的"莲社"第一次集会之作《中秋夜，诸同社泛舟莲渚，为诸鼎甫举五十觞》⑦，根据前及《顽潭诗话》卷上第五组《玩月称觞》的记载，实际却作于顺治四年（1647）"丁亥中秋"。⑧ 而关于"含绿堂吟社"的这一题，集内编年显然也被提前了一年。

此外朱鹤龄《愚庵小集》卷五，有《重阳后一日宴集，次韵》一题。⑨ 该集诗歌同样分体而无编年。其前面一题，为《假我堂文宴，次牧斋先生韵》。⑩ 假我堂也在苏州。该次"假我堂文宴"，据钱谦益《牧斋有学集》卷五《冬夜假我堂文宴诗》小序，实际发生在顺治十一年（1654）"甲午阳月[十月]二十八日"⑪。但是，朱鹤龄在将近"一纪"亦即十二年之后追写《假我堂文宴记》，却误记为顺治十四年"丁酉冬日"⑫⑬。因此，这里的《重阳后一日宴集，次韵》一题，很可能正是作于顺治十四年丁酉，只是在排序时忽略了"重阳后一日"与"冬日"的微小差别。假如这个推测不误，那么此题大约也是为本次"含绿堂吟社"集会而作。

以上所述各题，体裁都是七言律诗，唯用韵有"分韵"与"次韵"之别。有关人物，朱鹤龄暂时不计，已知有四位作者，以及陈瑚该题提到的袁骏（重其其字），施男该题

---

① 施男《卬竹杖》，《续修四库全书（第1176册）》，上海古籍出版社2002年版，第426页。
② 施男《卬竹杖》，《续修四库全书（第1176册）》，上海古籍出版社2002年版，第425页。
③ 施男《卬竹杖》，《续修四库全书（第1176册）》，上海古籍出版社2002年版，第428页。
④ 陆世仪《桴亭先生诗集》，《续修四库全书（第1398册）》，上海古籍出版社2002年版，第596页。
⑤ 陆世仪《桴亭先生诗集》，《续修四库全书（第1398册）》，上海古籍出版社2002年版，第596页。
⑥ 张宗芝等《以介编》，《丛书集成续编（第217册）》，新文丰出版公司1989年版，第563页。
⑦ 陆世仪《桴亭先生诗集》，《续修四库全书（第1398册）》，上海古籍出版社2002年版，第550页。
⑧ 陈瑚、陈陆溥《顽潭诗话》，《续修四库全书（第1697册）》，上海古籍出版社2002年版，第511页。
⑨ 朱鹤龄《愚庵小集（上册）》，上海古籍出版社1979年版，第206－207页。
⑩ 朱鹤龄《愚庵小集（上册）》，上海古籍出版社1979年版，第206页。
⑪ 钱谦益《牧斋有学集（上册）》，上海古籍出版社1996年版，第213页。
⑫ 朱鹤龄《愚庵小集（下册）》，上海古籍出版社1979年版，第437－440页。
⑬ 参见陈寅恪《柳如是别传》第五章《复明运动》，上海古籍出版社1980年8月第1版，下册第1052页。

提到的施裎(又王其字),他们都可以视为"含绿堂吟社"的成员。至于含绿堂主人本身,自然也在其列。

含绿堂在此之前,至少还曾有过两次集会。

一次在顺治十年癸巳(1653),具体日期刚好也是九月初十。陈维崧《湖海楼诗集》卷九,有《重阳后一日,同魏雪窦、胡彦远、施又王、陈鹤客宴集薛伟楚含绿堂,分赋》一题。① 该集内部分体而无编年。其前面第八题、第七题依次为《壬辰除夕次康小范韵(小范将就婚白下,余适返棹云间,故篇中及之)》《哭姜如须先生》②,后面第二题、第三题依次为《暮春杂感四首》《赠冒巢民先生》;③结合陈维崧生平事迹以及姜垓(如须其字)卒年(详后)推测,可知其作于顺治十年癸巳(1653)。这次集会的客人很清楚,即陈维崧、魏耕(雪窦其号)、胡介(彦远其字)、施裎、陈三岛(鹤客其字)凡五人。

再一次在顺治十三年丙申,具体时间为春天。魏耕《雪翁诗集》卷十,有《含绿堂牡丹盛开,集胡介、陈维崧、朱士稚、陈三岛诸子作二首》。④ 胡介《旅堂诗文集·诗集》"七言律"内,也有《吴门同人招集含绿堂牡丹花下,分韵》一题。⑤ 但两集内部,都缺少确切的时间线索。而陈维崧《湖海楼诗集》卷十《侯六丈宅看牡丹五首》之三"薛氏堂前连夜雨"云云相关自注,曾忆及:"丙申春,同吴门诸子看花于薛伟楚含绿堂。"⑥这应该就是指本次集会。另外徐釚辑《本事诗》卷十二所收吴锵《吴门感红药旧事,次梅杓司韵》一诗,自注提及:"丙申春暮,同杓司诸子、红药诸姬集含绿堂牡丹花下听琵琶。"⑦虽然这里人物不同,但也可以说明该年春天含绿堂确实"牡丹盛开",屡有集会。

不过,含绿堂的这两次集会,除施裎之外,人物别是一批,并且都没有提到结社。直到顺治十四年丁酉的"重阳后一日","含绿堂吟社"才有"初集",也就是正式标举为诗社。

需要特别说明的是,魏耕《雪翁诗集》卷九有《病中遥和吴郡诸公重阳后一日吟社初集之作》一题。⑧ 这里的"重阳后一日""吟社初集""吴郡诸公",令人很容易联想到前引陈瑚该题。并且其所谓"遥和",与前引朱鹤龄该题所谓"次韵",两诗正文又刚好同押上平声"四支"韵。但是,《雪翁诗集》卷九和卷十,体裁都是"七言律"。卷十第二题为《哭姜大行垓》⑨,据魏禧《魏叔子文集·文集外篇》卷十八《莱阳姜公

---

① 陈维崧《湖海楼诗集》,《湖海楼全集》,清乾隆六十年乙卯(1795)浩然堂刻本,3b—4a。
② 陈维崧《湖海楼诗集》,《湖海楼全集》,清乾隆六十年乙卯(1795)浩然堂刻本,2a—b。
③ 陈维崧《湖海楼诗集》,《湖海楼全集》,清乾隆六十年乙卯(1795)浩然堂刻本,4a—5a。
④ 魏耕《雪翁诗集》,浙江古籍出版社1985年版,第140页。
⑤ 胡介《旅堂诗文集》,《四库未收书辑刊(第七辑第20册)》,北京出版社2000年版,第719页。
⑥ 陈维崧《湖海楼诗集》,《湖海楼全集》,清乾隆六十年乙卯(1795)浩然堂刻本,13a—b。
⑦ 徐釚《本事诗(续本事诗)》,《本事诗、续本事诗、本事词》,上海古籍出版社1991年版,第393页。
⑧ 魏耕《雪翁诗集》,浙江古籍出版社1985年版,第127页。
⑨ 魏耕《雪翁诗集》,浙江古籍出版社1985年版,第133页。

偕继室傅孺人合葬墓表》所记姜垓"癸巳二月二十四日卒"①推测,可知始于顺治十年癸巳。而"病中遥和"该题,处于卷九的中间位置,正常情况下应作于此前数年。因此,该题所谓"吟社初集",应当不是指顺治十年癸巳那次含绿堂集会,而与顺治十四年丁酉"含绿堂吟社"的"初集"更加不存在关联。

可惜的是,"含绿堂吟社"在"初集"之后,再未见有"续举"的行动。

"含绿堂吟社"已知的成员,只有施男为江西人,曾一度仕清,又辞官寓吴,其他都是苏州一带人,以遗民终老。"初集"有关的诗歌,也往往充满对家国兴亡的感慨。因此,该社在很大程度上仍然带有遗民结社的性质。

至于含绿堂此前两次集会的人物,其中的魏耕、陈三岛、朱士稚三人,都是浙江山阴(今绍兴)秘密反清团体的首领或骨干,后来或愤激而逝或被捕就义。由此猜想,含绿堂历次集会,包括"含绿堂吟社"的成立,不知是否与抗清活动有关。

最后关于含绿堂主人亦即"含绿堂吟社"的创立者,目前只能从陈维崧诗歌得知其姓薛,字伟楚,而其名却未详。好在上文提到的多位社友与其他友人,以及徐崧、陈济生等②,大多辑有当代诗歌总集,估计总有可能选到他的诗歌并附有他的传记资料,且待日后随时留意。

三、石佛庵诗社

陈瑚《确庵文稿》卷十六有一篇《湄浦吟社记》。③ 考虑到诗社很少有记文,更很少有流传,同时原书该文又不无刊误、漫漶之处,因此特将其全文转录并整理于次:

> 吾友苏子或斋、惕庵,世家眉[湄]浦之土[上],兄弟皆喜作诗以见志。壬子夏五之望,惕庵续举"石佛庵诗社",招延少长缁素四十余人,会宴于其所居之怡素堂,而予为客。是日也,熏风微来,轻云冠日。花香林影之中,轮蹄杖屦,络绎交至。主人为之分室布几,聚以其类。琴者耦琴者,弈者耦弈者,其书画骑射亦如之,众艺毕奏。时当亭午,乃限韵赋诗,人各二首。或仰而吟,或俯而思;或巡檐而步,或倚柱而立。诗成,则授之主人。主人次第录已,于是呼僮出酒,欣然命酌。笾豆核,既多且洁。纷纷纭纭,不吴不傲。箫管迭兴,清歌间作。令章有纪,监史称职。曜灵西流,顾兔继之。浴乎室,风于庭。洗盏移席,高谈分夜,而后即寝。乐矣哉!今世所不可多得也。越一日,惕庵以书来,为予述其始事之由,曰:"斯社之兴,自甲辰以至于兹,历九年矣。今惟□□[周子]音生、吴子雨臣辈几人庄[在]耳,其余或徙或死。而所谓'石佛庵'者,则释者休中遁迹处,有竹木鱼鸟之观,能蓄

---

① 魏禧《魏叔子文集(下册)》,中华书局2003年版,第980页。
② 参见徐崧《百城烟水》卷一"梅花楼"条:"顺治间,余与陈太仆皇士、薛子伟楚两寓于此。"江苏古籍出版社1999年8月第1版,第32页。陈济生字皇士。
③ 陈瑚《确庵文稿》,《四库禁毁书丛刊(集部第184册)》,北京出版社2000年版,第385页。

泉烹茗以迟嘉客。自休中亦死,而其徒散去,瓶钵飘零,颓垣断堑,不可问矣。抚今追昔,盖不胜盛衰离合之感焉。君其为我一一详记之。"呜呼善哉!惕庵之言也。予观逸少之序兰亭、谪仙之述春宴,每于游目骋怀、坐花醉月,极娱乐时,有感于迹之易陈、欢之无几,使人悄然而悲,慨然以叹,夫然后达天知命,不至心为形役,没于尘埃之内也。今惕庵之言此,其亦有闻古人之风而兴起者乎?传之它日,焉知不与永和、开元之胜事同为千古美谈乎?予故如其意而书其事云。

按湄浦在江苏嘉定(今属上海)。记文开头的"壬子",为康熙十一年(1672)。该年五月十五日,当地举行过一次诗会,即标题所说的"湄浦吟社"。《确庵文稿》卷九有《次和或斋、惕庵眉[湄]浦村居二首,是日惕庵大举吟社,座客四十余人》一题①,据集内作品排次,正系当时所作。

记文中间,不称"湄浦吟社",而称"续举'石佛庵诗社'",并说"斯社"创立于康熙三年"甲辰"(1664),至此时已经头尾"九年"。这表明,本次"湄浦吟社",乃是"石佛庵诗社"的一次具体活动。"石佛庵诗社"的成员,从本次"湄浦吟社"来看,就已多达"四十余人",还不包括此前"或徙或死"的其他诗人。

"石佛庵诗社"的两位创立者"苏子或斋、惕庵",分别为苏渊、苏瀜,各以其别号为称。其中苏瀜,曾继明人瞿校所编嘉定地方诗歌总集《练音集》之后,续纂《明练音续集》,但"天不假年,搜罗未竟"②。由其外孙王辅铭增补成书,并又接下去纂辑《国朝练音初集》。《国朝练音初集》卷一,同时录有苏渊、苏瀜的诗歌,并各附小传:

> 渊字眉声,号或斋。崇祯壬午[十五年,1642]举人,顺治壬辰[九年,1652]副榜,砀山教谕。初居湄浦,以耕读世其业,后迁城南涛阁。……尝纂修邑志,又《三甲诗文集》若干卷。卒年七十。③

> 先外祖字眉函。少孤,奉母至孝。受业于许潜壶且俊。年十七为茂才,诗文名藉甚。后以从兄渊掌砀山教,纵游丰沛间。归筑精庐于湄浦,署曰"瑟园",图书鼎彝罗列左右,客至相与觞咏其中。尝续瞿博士《练音》,未竟而殁。有《惕庵稿》。④

以上是目前所见有关两人相对最为详细的传记文字,而所说诗文集则均无流传。另外《明练音续集》卷首王辅铭自引,称苏瀜"字眉涵,与兄孝廉渊齐名,时谓'二苏先生'云"⑤,可知"眉函"也作"眉涵"。

附带关于已故王大隆先生《蛾术轩书跋》,其中一则说道:

---

① 陈瑚《确庵文稿》,《四库禁毁书丛刊(集部第 184 册)》,北京出版社 2000 年版,第 304 页。
② 王辅铭《明练音续集》,《四库全书存目丛书(集部第 395 册)》,齐鲁书社 1997 年版,第 301 页。
③ 王辅铭《国朝练音初集》,《四库全书存目丛书(集部第 395 册)》,齐鲁书社 1997 年版,第 472 页。
④ 王辅铭《国朝练音初集》,《四库全书存目丛书(集部第 395 册)》,齐鲁书社 1997 年版,第 477 页。
⑤ 王辅铭《明练音续集》,《四库全书存目丛书(集部第 395 册)》,齐鲁书社 1997 年版,第 301 页。

> 右《惕斋见闻录》一卷,清苏瀜撰。案……瀜之仕履则不可考,惟《光绪嘉定县志》谓瀜家有瑟园,尝与周人玉结社石佛庵,是亦一时知名士也。《县志·艺文》载瀜所著书,有《申酉闻见录》《惕庵稿》二种,今此书名《惕斋见闻录》,因记崇祯甲申[十七年,1644]至乙酉[顺治二年,1645]间事,故又名《申酉闻见录》,且据此则瀜之表字当为惕斋,志称《惕庵稿》亦误。①

这里其他毋论,苏瀜"表字"(别号)"惕庵",集名"惕庵稿",这从前面所引各种资料来看,实际均不误。

又,这里所述的周人玉,就是《湄浦吟社记》中的"周子音生"。《国朝练音初集》卷三所录汪楷《次韵赠周音生》一诗,题注就说:"周名人玉,号藿圃,月浦村人。"②嘉庆《直隶太仓州志》卷四十《人物·隐逸》"嘉定县·国朝",也有类似小传:

> 周人玉,字音生。喜读书。辟一圃曰"小山林",日坐"品菊轩""觅句亭",偕二三知己赋诗见志。兼工隶、篆。颜其门曰"藿圃"。有《藿圃集》。③

此外,《湄浦吟社记》提到的"吴子雨臣""释者休中",均未详其人。而《国朝练音初集》卷一所录许自俊诗,有《岁寒社饮,同三侬和惕庵韵》一题;④该次"社饮",很可能也属于"石佛庵诗社"的活动,如此则许自俊、汪价(三侬其号)二人也应当在该社成员之列。

《国朝练音初集》刻成于乾隆初。该书内部还有不少其他诗社的资料或线索,例如"东冈社""淡成社""白沙社"以及朱廷选等人"九老会"等。倒是关于"石佛庵诗社"以及"湄浦吟社",却没有明确予以提及,这不免令人有些遗憾。

---

① 王元化《学术集林(卷七)》,上海远东出版社 1996 年版,第 23 页。
② 王辅铭《国朝练音初集》,《四库全书存目丛书(集部第 395 册)》,齐鲁书社 1997 年版,第 497 页。
③ 王昶《[嘉庆]直隶太仓州志》,《续修四库全书(第 697 册)》,上海古籍出版社 2002 年版,第 616 页。
④ 王辅铭《国朝练音初集》,《四库全书存目丛书(集部第 395 册)》,齐鲁书社 1997 年版,第 464 页。

理学与桐城诗学

潘务正

桐城一地理学氛围浓厚。此邦人士,"端重严恪,不近纷华,不逐势利。虽历显仕,登津要,常欲然若韦素"①,这种理学家气质好像一道标签贴在桐城人士面孔之上,是外界分辨其地域身份的重要标志。理学作为他们的安身立命之本,不仅古文创作及古文理论流露出浓厚的理学色彩,诗学也同样如此。理学家看不上诗一类的闲言语,写得最多的是一些性理诗。桐城诗人虽不作此类诗,不过却以理学思想及修习方式思考诗学问题,指导诗歌写作。将理学与诗学贯通,是明末以降桐城诗学的一个重要特色。

一、性情论与理学的人格境界

明清之际,鉴于前后七子及公安派造成的诗坛流弊,以钱谦益为代表的诗人重拾儒家诗学观,传统的性情论被推至崇高的地位。处在这股思潮中,桐城诗人推究诗的本质,也均凸显性情,如钱澄之云:"诗之为道,本诸性情。"②方孝标云:"诗者,性情之声也。"③且此观念一直延续,方东树《昭昧詹言》开篇就明确提出"诗之为学,性情而已"④。性情论成为桐城诗学的核心观念。与诗坛流行的观点有所不同,此邦学人对性情进行阐述时,彰显出理学的特色。

传统诗论中的性情一词往往偏重于情的一面,成为情的复合之称;而钱澄之的性情论,则是分为"性"与"情"二者,并从性理的角度谈其间的关系。他说:

> 诗以道性情。而世有离情与性而二之,是乌足与语情乎?诗也者,发乎情,止乎礼义,准礼义以为情,则情必本诸性。⑤

一般意义上的情既有符合儒家伦常的成分,亦有与之相违背的一面。钱澄之认为诗歌表达的并不是人类所有的情感,而是本诸性的情,其核心是以礼义为基准,是"本

---

* 作者为安徽师范大学文学院教授、博士生导师。本文为安徽省高校人文社会科学重大项目"桐城学派与诗学"(项目编号:SK2014ZD035)的阶段性成果。
① 张英《笃素堂文集》,江小角、杨怀志点校《张英全书》,安徽大学出版社2013年版,第299页。
② 钱澄之著,彭君华校点《田间文集》,黄山书社1998年版,第256页。
③ 方孝标《钝斋文选》,石钟扬、郭春萍点校《方孝标文集》,黄山书社2007年版,第201页。
④ 方东树《昭昧詹言》,人民文学出版社1961年版,第1页。
⑤ 钱澄之著,彭君华校点《田间文集》,黄山书社1998年版,第258-259页。

诸忠爱孝友以为情",突出情的伦理原则。他据此对诗歌史做了回顾与评价,抨击最激烈的是六朝之诗,因其所述"大抵皆艳冶之私、靡丽之习,其事至亵,其声极新""令闻之者心志慆淫而不能自持",这种诗甚至会导致"溃防裂检,风俗横流,国随以亡"的后果。根本原因在于"皆情误之也,是岂知有性情者乎",这是一种违背伦理原则的情。与之相比,唐代力追大雅,尤其杜甫之诗所陈皆是伦理之情,"慷慨悲壮,指陈当世之得失,眷怀宗国之安危,一篇之中,三致意云",自是之后,"言诗者始复知有性情之事"。① 钱澄之将情的性质同时世盛衰相结合,可以看出他诗论的用世之心。

  如此分析情与性的性质及关系,是借用了宋儒理学的观念。理学将道、理、性视为三位一体,性即是道与理,因其符合伦理原则而是全善的。性与情乃体与用的关系:"性是人之所受,情是性之用。"②因此与全善的性有别,情有善亦有恶:"性才发,便是情。情有善恶,性则全善。"③既有善恶,就需要克服恶的一面,使之发皆中节:"情之未发者,性也,是乃所谓中也,天下之大本也。性之已发者,情也,其皆中节,则所谓和也,天下之达道也。"④性是情之未发,情是性之已发,发皆中节即遵循伦理原则。性的特征为"中",符合性的情则表现为"和"。朱熹以这种思想解释《乐记》"人生而静,天之性也;感于物而动,性之欲也"一段说:"此言性情之妙,人之所生而有者也。盖人受天地之中以生,其未感也,纯粹至善,万理具焉,所谓性也;然人有是性则即有是形,有是形则即有是心,而不能无感于物。感于物而动,则性之欲者出焉,而善恶于是乎分矣。性之欲,即所谓情也。"⑤"性之欲"有合理的一面,是乃善;亦有需抑制的一面,是乃恶。理学家主张通过修为,清空欲望中恶的成分,达到人性的至善。钱澄之所言性与情的关系,大体依据朱熹的思想。在他看来,只有根于性的即符合伦理原则的情才是诗之情:"无邪无滥,而后谓之性情,而后可以言诗。"⑥"少服习朱子之学"⑦的方孝标亦说:"使性情之有不仁,则诗必不厚;性情之有不洁,则诗必不清。"⑧这种不仁、不厚、不洁的当然在于情而非性,为诗者当克服之以求仁、洁、清等根本于伦理原则的性情。

  钱澄之提倡性情论,力图涤荡公安三袁及其追随者肯定个人感性欲望的主张,用理学思想净化提升诗人的性情。这种性情论为桐城诗人普遍信奉。张英论及乐声"和畅充美"的原因,归之于其人性情:"故德性欲其宽平广大,清和恬裕,不纠纷

---

① 钱澄之著,彭君华校点《田间文集》,黄山书社1998年版,第259页。
② 黎靖德《朱子语类》,中华书局1986年版,第82页。
③ 黎靖德《朱子语类》,中华书局1986年版,第90页。
④ 朱熹《晦庵先生朱文公文集》,朱杰人、严佐之、刘永翔主编《朱子全书》,上海古籍出版社、安徽教育出版社2002年版,第3274页。
⑤ 朱熹《晦庵先生朱文公文集》,朱杰人、严佐之、刘永翔主编《朱子全书》,上海古籍出版社、安徽教育出版社2002年版,第3263页。
⑥ 钱澄之著,彭君华校点《田间文集》,黄山书社1998年版,第297页。
⑦ 方孝标《钝斋文选》,石钟扬、郭春萍校点《方孝标文集》,黄山书社2007年版,第13页。
⑧ 方孝标《钝斋文选》,石钟扬、郭春萍校点《方孝标文集》,黄山书社2007年版,第201页。

于嗜欲,不汩没于声利,不驳杂于喜怒,不烦扰于视听,湛然清虚,翛然旷远,俯视六合,游神古初,然后寄之于心手,托之于徽弦,有纯古淡泊之音,无促节繁弦之病。"① 虽是论乐,亦通之于诗。此种性情同于理学家的道德理性,戒除了嗜欲、声利、喜怒、视听等个人欲望的因素,而臻于清虚旷远的精神境界,也即根性之情,符合儒家的伦理原则,本质上同于钱澄之。

桐城诗人的性情论与诗教观相联系。传统诗教观认为诗人性情的善恶,直接影响社会风气。然这一论断过多地关注于情,而桐城学者则将之归于性的层面。钱澄之根据性情的特质将诗分为正声与淫声,他说:"读其诗而生人感发兴起之心者,谓之正声;读其诗而生人愲淫放逸之志者,谓之淫声。"② 正声对社会产生积极引导作用,淫声则可以败坏一时风气,所以更需要诗人端正自己的性情。方苞在为徐乾学诗集作序时,也主张诗人必须拥有纯正的性情。他特别强调诗人的"性情之正",因为这能感动人之善心,读之使人气厚;否则会"导欲增悲",后果不堪设想。③ 徐乾学之诗"即境以抒指,因物以达情,悲忧恬愉,皆发于性情之正"④,所以能有良好的效应。方氏反复用来衡诗的"性情之正"一语,虽非理学家首创,但他们使用的频率极高,可见方苞这一用语的来源。

主张诗本性情,那么衡量一首诗成就的高低,首要因素不在于形式与技巧,而在于诗人的性情:诗人性情高尚,则诗的成就自然就高。为诗第一要务不是在诗艺上勤奋揣摩,而是努力提升自身的道德修养与精神境界。自孔子"有德者必有言"、孟子"有诸内必形诸外"、韩愈"仁义之人,其言蔼如",以至欧阳修、苏轼、黄庭坚等人无不如此强调,理学家对此进一步发挥。⑤ 当学生问程颐"古者学为文否"时,他回答说:"人见六经,便以谓圣人亦作文,不知圣人亦摅发胸中所蕴,自成文耳,所谓'有德者必有言'也。"⑥朱熹也说:"夫古之圣贤,其文可谓盛矣,然初岂有意学为如是之文哉? 有是实于中,则必有是文于外……圣贤之心,既有是精明纯粹之实,以旁薄充塞乎其内,则其著见于外者,亦必自然条理分明,光辉发越而不可掩盖。"⑦他们一致认为,圣贤之文,是其人格精神的流露,自然条理分明,而不必刻意学文。桐城诗人亦秉持此种观点。刘大櫆认为"昔之诗人狭隘而僻陋,中之所蕴者浅,故外之所著者微"⑧,诗之成就与诗人胸中所蕴一致。由此,他提出,诗作流传的久暂,与诗人精神

---

① 张英《笃素堂文集》,江小角、杨怀志点校《张英全书》,安徽大学出版社2013年版,第332页。
② 钱澄之著,彭君华校点《田间文集》,黄山书社1998年版,第259页。
③ 方苞《方苞集》,上海古籍出版社2008年版,第605页。
④ 方苞《方苞集》,上海古籍出版社2008年版,第605页。
⑤ 参见:张健《知识与抒情——宋代诗学研究》第一章《重建文学的道德基础》的相关论述,北京大学出版社2015年版,第36-68页。
⑥ 程颢、程颐《河南程氏遗书》,《二程集》,中华书局1981年版,第239页。
⑦ 朱熹《晦庵先生朱文公文集》,朱杰人、严佐之、刘永翔主编《朱子全书》,上海古籍出版社、安徽教育出版社2002年版,第3374页。
⑧ 刘大櫆《刘大櫆集》,上海古籍出版社1990年版,第69页。

境界的高低相关,他在为人诗集作序时说:

> 文章者,古人之精神所蕴结也。其文章之传于后世,或久或暂,一视其精神之大小薄厚,而不逾累黍,故有存之数十百年者,有存之数百千年者,又其甚则与天地日月同其存灭。①

刘氏自信揭示了一个普遍的规律:文章流传的久暂,归根结底在于作者精神的大小厚薄。其云"文章者,古人之精神所蕴结也",正同于前文程颐说的六经乃圣人"摅发胸中所蕴"。作为一个诗人,不能仅以诗人自命,善为诗者,必定拥有广阔的胸襟和高尚的情操。姚鼐云:

> 古之善为诗者,不自命为诗人者也。其胸中所蓄,高矣、广矣、远矣,而偶发之于诗,则诗与之为高广且远焉,故曰善为诗也。曹子建、陶渊明、李太白、杜子美、韩退之、苏子瞻、黄鲁直之伦,忠义之气,高亮之节,道德之养,经济天下之才,舍而仅谓之一诗人耳,此数君子岂所甘哉!②

在强调诗人成就的高低本于其"胸中所蓄"这一点上,姚氏与程、朱类似,也与沈德潜《说诗晬语》中"有第一等襟抱,第一等学识,斯有第一等真诗"的论断接近。姚鼐的时代,正值袁枚性灵诗学盛行一时。二人虽有不错的私交,但姚鼐对袁诗极为不满,称其为"诗家之恶派"③。袁枚论诗也重性情,所谓"提笔先须问性情"④者也;但他所说的性情,包含着理学家视为人欲的艳情。姚氏以作者的人品衡量其诗歌成就,与喜言艳情的袁枚观点不侔,此论亦有反驳性灵诗学的用意。而至于清代后期,桐城诗学的性情论与道学走得更近。方东树引用朱熹的话说:"文章要有本领,此存乎识与道理。"⑤而此"识与道理",不外"臣子之于君父、夫妇、兄弟、朋友、天时、物理、人事之感"。正是在这个基础上,他才说"诗之为学,性情而已"⑥。此论体现出"诗人与理学家已经合一化"⑦的倾向,桐城诗学中的性情论理学色彩更趋浓重。

二、刚柔论与理学的中和思想

桐城派论文极重阳刚阴柔之说,其端发于姚鼐。在《复鲁絜非书》中,他虽区分了阳刚与阴柔两种文风的状貌,但其核心思想则是二者的糅合。他说:"鼐闻天地之道,阴阳刚柔而已。文者,天地之精英,而阴阳刚柔之发也。惟圣人之言,统二气之会而弗偏,然而《易》《诗》《书》《论语》所载,亦间有可以刚柔分矣……自诸子而降,

---

① 刘大櫆《刘大櫆集》,上海古籍出版社1990年版,第79页。
② 姚鼐《惜抱轩诗文集》,上海古籍出版社1992年版,第50页。
③ 姚鼐《惜抱轩尺牍》,安徽大学出版社2014年版,第59页。
④ 袁枚《小仓山房诗文集》,王英志主编《袁枚全集》,江苏古籍出版社1997年版,第62页。
⑤ 方东树《昭昧詹言》,人民文学出版社1961年版,第2页。
⑥ 方东树《昭昧詹言》,人民文学出版社1961年版,第1页。
⑦ 张健《清代诗学研究》,北京大学出版社1999年版,第654页。

其为文无弗有偏者。"①在《海愚诗钞序》中他重申这一观点:"吾尝以谓文章之原,本乎天地;天地之道,阴阳刚柔而已。苟有得乎阴阳刚柔之精,皆可以为文章之美。阴阳刚柔,并行而不容偏废。有其一端而绝无其一,刚者至于偾强而拂戾,柔者至于颓废而阘幽,则必无与于文者矣。"②姚氏将文看作是天地阴阳刚柔的呈现,圣人之文,刚柔相济,无偏无颇,是文的最高境界;后人或偏于阳刚,或偏于阴柔。在他看来,与其偏于阴柔,莫若偏于阳刚。但仅有一端而无另一端,则亦未得称之为文。此论影响甚大,姚门弟子管同、姚氏私淑弟子曾国藩、曾氏弟子张裕钊以及桐城后学吴汝纶、姚永朴等,均继承并发挥是说。③

姚永朴说:"惜抱先生阴阳刚柔之说,自汉魏以迄元明,词章家未有论及此者,洵为卓识创论。"④虽有夸大,但其重在二气"并行而不容偏废",并认为这是文章的最高典范,就此而言,确为姚氏贡献所在。今人对此论做了细致的溯源,然多从文学的角度考察;至于思想的层面,仅关联于《周易》等著作;且这些溯源较少涉及二者的融合。赵建章在《桐城派文学思想研究》一书中认为理学的世界观及认识论,尤其是周敦颐《通书》对"性"的阐释直接影响了姚氏关于阴阳刚柔的论述。⑤ 此论不够全面,不过理学的影响则显而易见。

周敦颐将人性分为五品:"性者,刚、柔、善、恶、中而已矣。"这五品可以结合成刚善、刚恶、柔善、柔恶及中。前四者各有所偏,而中则是"天下之达道也,圣人之事也",是最高的人性境界。圣人立教的目的,就是"俾人自易其恶,自至其中而止矣"⑥。朱熹对周氏此论极为认同⑦,并为周氏此书作注加以阐释。朱熹以周氏所论为气质之性,气质之性有善有恶,"恶者固为非正,而善者亦未必皆得乎中也"。"中"是就"得性之正而言","盖就已发无过不及者而言之,如《书》所谓'允执厥中'者也"。圣人立教的目的,就是"易其恶则刚柔皆善,有严毅慈顺之德,而无强梁懦弱之病矣。至其中……而无太过不及之偏矣"⑧。不过周敦颐论刚柔之性,只是注重变易刚柔中恶的成分,并使刚善柔善之发皆中节而已,重点并不在于刚与柔的结合。朱熹对周氏理论的解释,也是就此而言。认为姚鼐提出的阳刚阴柔"并行而不容偏废"之说来自周敦颐论性的影响,并不十分准确。

但周敦颐"至其中"的思想从哲学的角度考虑,也隐含了刚柔结合的趋势,二程和朱熹对此加以发挥,在论刚柔时就注重二者的融合。二程说:"人有实无学而气盖

---

① 姚鼐《惜抱轩诗文集》,上海古籍出版社1992年版,第93页。
② 姚鼐《惜抱轩诗文集》,上海古籍出版社1992年版,第48页。
③ 潘务正《王士禛与桐城诗学》,《安徽大学学报》,2015年第6期。
④ 姚永朴《国文学》卷四,京师法政学堂1910年版。
⑤ 赵建章《桐城派文学思想研究》,北京图书馆出版社2003年版,第156页。
⑥ 周敦颐《通书》,《周敦颐集》,中华书局2009年版,第20页。
⑦ 黎靖德《朱子语类》,中华书局1986年版,第1884页。
⑧ 周敦颐《通书》,《周敦颐集》,中华书局2009年版,第20页。

人者,其气有刚柔也。故强猛者当抑之,畏缩者当充养之,古人佩韦弦之戒,正为此耳。"①二程解释古人佩韦弦的目的,是使人的动静举止中节。所以强猛之刚当抑之使近柔,畏缩之柔当充养之使近刚。朱熹将刚与柔视为气质之性,儒者当克服偏刚与偏柔之性,使其至于中。他说:"吾性既善,何故不能为圣贤,却是被这气禀害。如气禀偏于刚,则一向刚暴;偏于柔,则一向柔弱之类……气禀之害,要力去用功克治,裁其胜而归于中乃可。"②朱熹认为人人都禀赋了至善的天命之性,而一般人之所以不能成为圣贤,就是被气质之性拖累所致。至于克服气质之性的不良影响之方,他发挥了周敦颐的思想,就是"裁其胜而归于中",即克制过度的成分,使之中节。他以刚柔为例,力求克服刚暴与柔弱,做到刚柔并行而不偏废。对于阴阳刚柔相济的思想,朱熹有明确的阐释:"阴阳以气言,刚柔则有形质可见矣。至仁与义,则又合气与形而理具焉。然仁为阳刚,义为阴柔,仁主发生,义主收敛,故其分属如此。"③他将阴阳视为气,刚柔视为形质,仁义视为理,并将这三者对应起来,即阳刚与仁、阴柔与义相联系,界限分明。但扬雄曾说过:"君子于仁也柔,于义也刚"④,似与其思想矛盾,朱熹解释说,扬雄"盖取其相济而相为用之意",即扬雄所云仁之柔,其中包含了仁之刚;所云义之刚,其中包含了义之柔,即"仁体刚而用柔,义体柔而用刚"⑤,仁的本性为刚,而其用为柔;义的本性为柔,而其用为刚。扬雄是从用的层面看待,而朱熹是从体用结合的角度立说。所以在朱熹看来,仁是阳刚与阴柔的结合,义也是阳刚与阴柔的结合。而且,只有拥有仁义之理的君子,才能做到刚与柔的相济与相为用。

周、程、朱对姚鼐及其后桐城派阳刚阴柔之论有着直接的影响。首先,桐城派以刚柔相济论君子、圣贤之德。桐城诗人常以中和思想看待问题,最突出的要数方以智,只不过方氏思想来源比较复杂,理学之外,佛学的因素更为重要⑥;但其他诸人则明显可以看出受理学的影响。姚莹即以中和思想论君子。既然仁义之人刚柔相济,那么作为君子——仁义之人的典型,亦是如此。姚莹称君子之道近刚,然"不可执刚以为君子";小人之道近柔,然"不可执柔以为小人"。刚柔得中乃为至道,"阳刚不中即小人之象,阴柔得中亦君子之象"。他以此告诫那些"以道自居"的君子若"刚强好直不屑于柔顺",则必陷入悔吝终穷的困境,此皆因不明刚柔相济之道。⑦这与《易》以阳刚为君子,以阴柔为小人的观点相异,而有理学思想的印记。君子如此,圣贤更是如此,姚鼐推尊圣人之言,就在于圣贤是刚柔相济的仁义之人。

---

① 程颢、程颐《河南程氏遗书》,《二程集》,中华书局1981年版,第186页。
② 黎靖德《朱子语类》,中华书局1986年版,第69页。
③ 朱熹《晦庵先生朱文公文集》,朱杰人、严佐之、刘永翔主编《朱子全书》,上海古籍出版社、安徽教育出版社2002年版,第2374页。
④ 扬雄《法言义疏》,汪荣宝《义疏》,中华书局1987年版,第497页。
⑤ 朱熹《晦庵先生朱文公文集》,朱杰人、严佐之、刘永翔主编《朱子全书》,上海古籍出版社、安徽教育出版社2002年版,第2374页。
⑥ 武道房《圆∴:方以智诗论的哲学路径》,《文学遗产》,2016年第4期。
⑦ 姚莹《东溟文集》卷一,《续修四库全书:第1512册》,上海古籍出版社2002年版。

其次,文的最高境界为阳刚阴柔的融合。根据孔子"有德者必有言"、韩愈"仁义之人其言蔼如"的观点,君子、圣贤为刚柔相济之人,则他们发言为文,亦必是阳刚与阴柔的完美糅合,最高的境界是统二气之会而弗偏,若"刚者至于偾强而拂戾,柔者至于颓废而阘幽",过度偏于一端,"则必无与于文者"。正如朱熹将仁义、阴阳、刚柔相结合论述一样,桐城派的刚柔论也是如此。私淑姚鼐的曾国藩说:"西汉文章,如子云、相如之雄伟,此天地遒劲之气,得于阳与刚之美者也,此天地之义气也。刘向、匡衡之渊懿,此天地温厚之气,得于阴与柔之美者也,此天地之仁气也。"①他将阳刚与义、阴柔与仁结合,似近于扬雄。然曾氏最向往的是"合雄奇于淡远之中"的境界②,他追求的还是阳刚之义中糅合阴柔之仁,仍是以朱熹体用二分的理论为论述的基础。

第三,如若不得不偏于一端,则毋宁偏于阳刚。圣人之文毕竟很难企及,刚柔相济只是一种理想的境界,"无弗有偏"是普遍现象。但与其偏于阴柔,姚鼐选择毋宁偏于阳刚:"天地之用也,尚阳而下阴,伸刚而绌柔,故人得之亦然。文之雄伟而劲直者,必贵于温深而徐婉;温深徐婉之才不易得也,然其尤难得者,必在乎天下之雄才。"③这种选择,也是受到朱熹一定程度的影响。朱熹说:"某看人也须是刚,虽则是偏,然较之柔不同。《易》以阳刚为君子,阴柔为小人,若是柔弱不刚之质,少间都不会振奋,只会困倒了。"④朱熹看人偏重阳刚,毕竟柔弱不刚之人难当大任;姚鼐论文也偏重于此。理学思想支撑着桐城派的阳刚阴柔之论。

三、天赋论与天命之性及气质之性

桐城学人论诗多重天分。钱澄之云"诗之为道,全乎天也"⑤,姚鼐也说文者乃是"道与艺合,天与人一"⑥。天分之说由来已久,明清时期由于心性之学的盛行,天赋成为普遍关注的问题。不过公安派提倡抒发作为本心的性灵,袁枚本着才性论推重诗人的天分,二者虽内涵有异,但理论前提都具有反理学倾向;而桐城派诸人论天赋,则依据宋儒理学的思想。

晚明公安派张扬的"独抒性灵"之性灵,指人性的本然,"含有天付的气质、灵性、性格、情感等等"⑦,此论是据李贽童心说推衍而来。童心既然是人之本心,原则上人人都有童心,因此满街都是诗人;但由于闻见道理的蒙蔽与侵蚀,很多人失却了童心,也就缺乏性灵,因此事实上真正的诗人并不多。公安派性灵的核心内容为"私人

---

① 曾国藩《曾国藩诗文集》,上海古籍出版社2005年版,第290页。
② 曾国藩《曾国藩全集·日记》,岳麓书社1987年版,第632页。
③ 姚鼐《惜抱轩诗文集》,上海古籍出版社1992年版,第48页。
④ 黎靖德《朱子语类》,中华书局1986年版,第238页。
⑤ 钱澄之著,彭君华校点《田间文集》,黄山书社1998年版,第273页。
⑥ 姚鼐《惜抱轩诗文集》,上海古籍出版社1992年版,第49页。
⑦ 罗宗强《明代文学思想史(下册)》,中华书局2013年版,第741页。

的七情六欲"①,重在自然欲望。针对公安派的性灵论,钱澄之以宋儒天命之性为依据讨论诗人的天分,以此廓清诗坛的流弊。钱澄之说:

> 以吾观,世间一切伎能可传之事,至于精义入神,未有不本诸其天者也。得诸天者既深,则其为之也必力,而世因谓其为之之力足以致之,不知其人于世之所为者一皆不为,而独为此一事不倦,此即天为之矣。是故诗之为道,全乎天也。……吾所谓天,固不在乎篇章、词义之末,而在乎性情、气韵之间也。②

钱澄之觉察出诗同世间其他"精义入神"的伎能一样,都是需要依靠天赋。所以诗之为道,全在于诗人的天分。姚鼐也说"文之至者通乎神明,人力不及施也"③,意思大致相同。不过钱氏申明,他所说的天,不在篇章、词义这些诗之"末"即文学才能方面,而在于诗之本的性情、气韵之间。他又说:"为诗者,有天事焉,有人事焉。若夫性情、气韵、声调之间,皆天之为也,不可强也。至于谋篇、造句,则人事之所由尽矣。"④此处虽与前所言诗之为道"全乎天分"稍异,承认天事之外,还有人事;但相同的地方是,性情、气韵与声调属于天事,是"天为之";谋篇、造句则属于"人事"。一般认为,诗人的天分在于谋篇、造句等艺术才华方面;但钱澄之却将之视为人工,而将性情之属作为天分看待。这种表述背后,隐含了理学思想的理论支柱。

如前所论,钱澄之所说的性情之情,因受礼义的节制,是全善的。且这种情是根性之情,则这性亦是纯善无恶的,相当于宋儒所说的天命之性。理学家视人物之性为禀受天地之理而来,"人生以后,此理堕在形气之中",才形成人性。但这个现实的人性受个体气质的熏染,"不全是性之本体",但"其本体又未尝外此"⑤。所谓性之本体即天命之性,是纯善无恶的;天命之性受个体气质的熏染而发生变化,即气质之性,有善亦有恶。朱熹说:"人物之生,天赋之以此理,未尝不同,但人物之禀受自有异耳。"⑥天命之性、气质之性都是天所赋予的,宋儒修习的目的是要克服气质之性中恶的成分,使之归于至善的天命之性。性是天所赋予,则情也是如此。朱熹将孟子所言恻隐、羞恶、辞让、是非四心视为情,四心所对应的仁、义、礼、智为性,既然四心"人皆有之",则这些伦理道德之情也应为天之所赋。所以朱熹说:"性情之妙,人之所生而有者也。"⑦其门生黄干也说"性者天所赋",而其所以"言性必以天者",则在

---

① 陈文新《明代诗学》,湖南人民出版社 2000 年版,第 181 页。
② 钱澄之著,彭君华校点《田间文集》,黄山书社 1998 年版,第 273 页。
③ 姚鼐《惜抱轩诗文集》,上海古籍出版社 1992 年版,第 94 页。
④ 钱澄之著,彭君华校点《田间文集》,黄山书社 1998 年版,第 148 页。
⑤ 朱熹《晦庵先生朱文公文集》,朱杰人、严佐之、刘永翔主编《朱子全书》,上海古籍出版社、安徽教育出版社 2002 年版,第 2961 页。
⑥ 黎靖德《朱子语类》,中华书局 1986 年版,第 58 页。
⑦ 朱熹《晦庵先生朱文公文集》,朱杰人、严佐之、刘永翔主编《朱子全书》,上海古籍出版社、安徽教育出版社 2002 年版,第 3263 页。

于"使人知吾此性纯粹至善,莫非天理之本然,而初无一毫人为之私也"①。钱澄之所说的纯善的性,就是朱熹和黄干所言天命之性,是天赋予的理之体现;纯善无恶的情,也是天所赋予的。由于"诗本性情",诗人具备这一先决条件,也就拥有了作诗的天赋。

性情之外,钱澄之尚言气韵、声调亦为天所赋予,因为二者也均以性情为根本,他说:

> 声音之道本诸性情。古人审音正乐,必求端于性情,而后声音应之。是故性情正者,风气之所不得而偏也。自乐府失官,声音之道不传,性情之事,惟于气韵之间遇之。夫气韵,无色声之可迹,无义理之可寻,可得而喻也,不可得而传也。②

不仅"声音之道本诸性情",因性情可以"于气韵之间遇之",气韵亦是本于性情的:"气出于性情,而后为真气,而后有真诗。"③有何等性情,就有何等声音与气韵。既然性情是天之所赋,那么作为性情之体现的声音、气韵,也都得自于天,所以它们的特性是"可得而喻"又"不可得而传"。由此可见,钱澄之的天赋论与公安派有着根本的不同。

与钱澄之论天赋主性情不同,刘大櫆则偏重于气立论,将为文作诗的天分看成是气赋予人的卓越才能,他说:

> 文章者,人之心气也。天偶以是气畀之其人以为心,则其为文也,必有辉然之光,历万古而不可堕坏。天苟不以其心畀之,则虽敝终身之力于其中,自以为能矣,而龌龊尘埃,颓然不能以终日。④

为文而有"辉然之光"且传之久远的,就在于其天赋的高超。这种天分是天偶然将某种气赋予人作为心的,他特别强调偶然性,说明天赋不是每个人都具有的,是天、气、人诸多因素的偶然相遭而形成的心。刘氏在论命时有相似的表述,他说:

> 理也者,有定者也;气也者,无常者也。气块然回薄于太虚之中,有阴阳则必有清浊,有清浊则必有善恶,因而鼓之,以为生物之机,则必有吉凶。阳善之气,天与人以类相召,不期而相遭;阴恶之气,天与人以类相召,亦不期而相遭。天未尝有心也,遭之者或不以其类,而奇零参差不齐之数起矣。故曰非人之所能也。⑤

无常的气,与有定的理相对,使用的是宋儒理气之论的概念。宋儒认为,一切事、物

---

① 黄干《勉斋集》,《影印文渊阁四库全书·集部》第1168册,商务印书馆1983年版,第10页。
② 钱澄之著,彭君华校点《田间文集》,黄山书社1998年版,第266页。
③ 钱澄之著,彭君华校点《田间文集》,黄山书社1998年版,第295页。
④ 刘大櫆《刘大櫆集》,上海古籍出版社1990年版,第59页。
⑤ 刘大櫆《刘大櫆集》,上海古籍出版社1990年版,第14页。

都是由理与气构成,理是事物的本质和规律,气是构成事物的材质。张载说:"太虚不能无气,气不能不聚而为万物。"①朱熹说:"人物之生,必禀此理然后有性,必禀此气然后有形。"②刘大櫆正是发挥了这种理论。回荡在"太虚之中"的气凝聚成物时具有偶然性,是"天与人以类相召,不期而相遭"的,如此才构成形色不同的人。人之天分,是"天偶以是气界之其人"的,同样也是天与人不期而相遇的结果,并非人人都具有。

"天偶以是气界之其人以为心"中出现了天、气与心三个概念,还暗含了一个"才"字,天赋就是生来所具有的卓越之才。这种才作为人之形质的一部分,禀自于气,程颐说:"才禀于气。气有清浊,禀其清者为贤,禀其浊者为愚。"③朱熹也说"气之所禀者生到那里多,故为才"④,又说:"气禀所拘,只通得一路,极多样:或厚于此而薄于彼,或通于彼而塞于此。"⑤刘氏云"文章者,人之心气也",涉及才与心的关系,也是根据朱熹的理论而来。朱子说:"才是心之力,是有气力去做底。"他以水为喻,心如果是水,才就是"水之气力所以能流者"⑥。水流之所以有缓有急,在于才之大小不同。人之为文,有的可以"历万古而不可堕坏",有的则"龌龊尘埃,颓然不能以终日",关键在于是否具备这种才或才之大小。

刘大櫆天赋论与同时代的袁枚性灵说有相似之处,均注重诗人的天赋之才,关注气质之性。但二者的理论基础有别。袁枚的性灵说建立在才性论之上,反对宋儒的"义理之性"。他肯定气质之性,又不满宋儒对人欲的否定。⑦而刘大櫆的天赋论是建立在宋儒理学基础之上的,这是二者的根本不同。

钱澄之与刘大櫆论天赋,或重在性情,或重在气禀,归根结底就是天命之性与气质之性,或者是情与才的差异。朱熹解释二者的不同说:"情只是所发之路陌,才是会恁地去做底。且如恻隐,有恳切者,有不恳切者,是则才之有不同。"⑧"恻隐之心,人皆有之",钱氏是从根本的、必然性的、天命之性的一面说天赋;表现恻隐有恳切有不恳切,刘氏是从艺术表现的、偶然性的、气质之性的角度立论。一为有之于内,一为达之于外,这是二者的区别所在。但他们的共同点是都根本于宋儒理学思想。

四、功夫论与理学的格物穷理

在桐城学人看来,性情、刚柔属于天分,虽然天分在作诗诸要素中起决定性的作

---

① 张载《张载集》,中华书局1978年版,第7页。
② 朱熹《晦庵先生朱文公文集》,朱杰人、严佐之、刘永翔主编《朱子全书》,上海古籍出版社、安徽教育出版社2002年版,第2755页。
③ 程颢、程颐《河南程氏遗书》,《二程集》,中华书局1981年版,第204页。
④ 黎靖德《朱子语类》,中华书局1986年版,第97页。
⑤ 黎靖德《朱子语类》,中华书局1986年版,第75页。
⑥ 黎靖德《朱子语类》,中华书局1986年版,第97页。
⑦ 参见:张健《清代诗学研究》,北京大学出版社1999年版,第729—747页。
⑧ 黎靖德《朱子语类》,中华书局1986年版,第97页。

用,但他们并不忽视人工。尽管钱澄之强调"诗之为道,全乎天也",不过他又说"有天事焉,有人事焉";姚鼐主张诗文是"天与人一",是天赋与人工的结合。公安派和袁枚的性灵说将天分提到非常高的地位,以为有了性灵,就可以"不拘格套","信口而出",相对轻视人工的作用。桐城派重视天赋而不废人工,有补偏救弊之意。

桐城诗学突显作诗过程中人工、功夫的重要性,亦是受到程颐与朱熹重视格物穷理功夫的影响。方世举《丛兰诗话》云:"诗有似浮泛而胜精切者,如刘和州《先主庙》,精切矣;刘随州《漂母祠》,无所为切,而神理自不泛,是为上乘。比之禅,和州北宗,随州南宗。但不可骤得,宜先法精切者,理学家所谓'脚踏实地'。"①理学家如朱熹、陆九渊及张栻都曾使用过"脚踏实地"一词。方氏此处所用,乃出自朱熹与林择之一书,信中说:"见喻太著之病,此不能无。但与其浮泛无根,不如脚踏实地为有进步处耳。"②方氏提倡的"先法精切"就是朱熹所说的"脚踏实地"。由精切而造极于神理不泛的上乘之境,不只是方氏体察的作诗秘诀,也可以说是桐城诸人普遍遵循的理论。刘大櫆、姚范、姚鼐论诗文由粗及精的途径正是脚踏实地的功夫体现。刘大櫆以神气为"文之最精处",音节、字句为文之"稍粗处"和"最粗处"。文之精处寄寓于文之粗处:"神气不可见,于音节见之;音节无可准,以字句准之。"③姚范亦云:"字句章法,文之浅者也;然神气体势,皆阶之而见。"④诗文就是由粗而见精。姚鼐本师承与家学也有类似的论述,其以"神理气味"为文之精处,"格律声色"为文之粗处,学文之道在由粗而入精以臻于化境:"学者之于古人,必始而遇其粗,中而遇其精,终则御其精者而遗其粗者。"⑤虽则论文,但亦通之于诗,方东树即引姚范之语入《昭昧詹言》中以论诗。三人所言粗处、浅者,为诗文最基本的要素,实即方世举所说的"精切";所谓脚踏实地的功夫,就是立足于粗,渐进于精,终入于神。

正是立足于基础,钱澄之才提出作诗"苦吟"说。公安派之诗有"信口而出"的倾向,重拈"苦吟"这一传统诗学术语,是对此倾向的反驳。在钱氏看来,诗史上杰出的作品,"未有不由苦吟而得者"⑥,因此他经常勉励诗人苦吟。至于苦吟的方法,他说:"苦吟无他,情事必求其真,词义必期其确,而所争只在一字之间。此一字确矣而不典,典矣而不显,显矣而不响,皆非吾意之所许也。于是惨淡经营,索之久而不得,而置之,而此一字忽然现前,乃真不可易矣。"⑦苦吟就是经过"惨淡经营"之功而忽然得到的"确""典""显""响"的那一个字。而这一字"无他奇,恰好而已"。诗成之后,

---

① 方世举《丛兰诗话》,郭绍虞辑《清诗话续编》,上海古籍出版社1983年版,第783页。
② 朱熹《晦庵别集》卷六,《四部丛刊》,上海书店1985年版。
③ 刘大櫆《论文偶记》,人民文学出版社1959年版,第6页。
④ 姚范《援鹑堂笔记》卷四四,清道光姚莹刻本。
⑤ 姚鼐《古文辞类纂》卷首《古文辞类纂序目》,上海古籍出版社1998年版。
⑥ 钱澄之著,彭君华校点《田间文集》,黄山书社1998年版,第149页。
⑦ 钱澄之著,彭君华校点《田间文集》,黄山书社1998年版,第148页。

持以示人,"即人人皆如其意之所欲出"①。

钱氏苦吟观与前人并无太大差异,不同之处在于他将苦吟视为穷理的过程,他一再强调:"然非读书研理、体物尽变者,求此一字,终不可得"②;"所谓一字者,现成在前。然非读书穷理,求此一字,终不可得。盖理不彻则语不能入情;学不富则词不能给意。若是乎一字恰好之难也"③。苦吟所得的虽仅是一个字,但此字则是学富而理彻的体现,是格物之功到达一定程度后豁然贯通的境界。个人遭际,特别是不幸的命运,也能帮助诗人深刻地体验世道人情,为此,钱氏又赋予"穷而后工"以新的内涵:"夫诗也者,世间穷愁之士不得志于时者之所为也。唯其穷,故能体物以极情,穷理以尽变,故其吟甚苦,而语始工。"④这也是一种苦吟,只不过这是对痛苦的品味,是对世道刻骨铭心体验之后的吟咏。总之不管哪种苦吟,其背后都隐含着穷理的功夫。由此看来,桐城诗人作诗一定程度上类同宋儒格物穷理的为学之方。

朱熹多次使用"脚踏实地"一语以强调读书的重要性。他主张"四书"应先读《大学》,次《论语》《孟子》,再次《中庸》。但世人并非如此用功,于是他一再感叹:"道学不明,元来不是上面欠却工夫,乃是下面元无根脚。"由此提倡的读书方法是:"若信得及,脚踏实地如此做去,良心自然不放,践履自然纯熟。"并将这种做法推及一切行事,"非但读书一事也"⑤。看重读书的功用,是朱熹为学偏重道问学一路的体现。他将"就自家身己上切要处理会"天理视为学问第一事,读书乃是学者的"第二事",因为"自家虽有这道理,须是经历过方得"⑥。同样,桐城诗学也特别重视读书的功夫。只是桐城学人不同于宗宋诗人的以学问为诗,而是为了践履宋儒格物穷理的为学门径。

宋儒为学的目的是通过格物穷理的功夫以致知,而读书可以穷理,以至于涵养性情。程颐认为穷理有多端,"或读书,讲明义理;或论古今人物,别其是非;或应接事物而处其当"⑦,读书为其最要者。桐城诗学重读书以穷理,方苞之父方仲舒的话很有代表性,他说:"诗之为道,无异于文章之事也。今夫能文者,必读书之深而后见道也明,取材也富,其于事变乃知之也悉,其于情伪乃察之也周,而后举笔为文,有以牢笼物态而包孕古今。诗之为道,亦若是而已矣。吾未见夫读书者之不能为诗也,吾未见夫不读书者之能为诗者也。世之人不于读书之中求诗,而第于诗中求诗,其诗岂能工哉!"⑧他提倡于读书中求诗,因为读书深可以见道明,取材富,洞悉世变,察

---

① 钱澄之著,彭君华校点《田间文集》,黄山书社1998年版,第149页。
② 钱澄之著,彭君华校点《田间文集》,黄山书社1998年版,第148页。
③ 钱澄之著,彭君华校点《田间文集》,黄山书社1998年版,第149页。
④ 钱澄之著,彭君华校点《田间文集》,黄山书社1998年版,第274页。
⑤ 参见《朱子语类》卷一四,第250页。又见《晦庵先生朱文公文集》卷五二《答吴伯丰》,《朱子全书》第22册,第2422页。
⑥ 黎靖德《朱子语类》,中华书局1986年版,第161页。
⑦ 程颢、程颐《河南程氏遗书》,《二程集》,中华书局1981年版,第188页。
⑧ 戴名世著,王树民编校《戴名世集》,中华书局1986年版,第30-31页。

知情伪。这些是穷理的功夫,也是为诗的功夫。

当然,穷理是为了尽性,读书的目的是穷理以涵养性情。程颐就已如此为学,他说:"今之学者,唯有义理以养其心。"①作为桐城诗学核心的性情论,也期望通过读书穷理达到涵养性情的目的。钱澄之说:

> 诗之为道,本诸性情,非学问之事也。然非博学深思,穷理达变者,不可以语诗。当其意之所至,而蓄积不富,则词不足以给意;见解未彻,则语不能以入情。学诗者既已贯通经史,穷极天人之故,而于二氏百家之书无有不窥,其理无有不研,然后悉置之,而一本吾之性情以为言。于斯时,不必饰词也,而词无有不给;不必缘情也,而情无有不达。是故博学穷理之事,乃所以辅吾之性情,而裕诗之源者也。②

钱氏也认为,诗虽是性情之事,但穷理可以辅助性情。而要穷理,则在于博学。只有多读书穷理,个人性情才得到完足,即使不必刻意雕饰,也可做到词足以达意,语足以入情。在这方面,方东树与钱澄之见解相同。他坚信能令"千载下诵者流连讽咏而不置"的诗作,必是"义丰理富,随事得理",要做到这一点,"惟多读书有本者如是"③。古人之诗之所以"皆各有自家英旨",在于"古人读书深,胸襟高"④。古今诗人中,他特别推崇杜甫、韩愈,因为他们"在读圣贤古人书、义理志气胸襟源头本领上"⑤用功夫。方东树引用朱熹的话说:"文章要有本领,此存乎识与道理。有源头则自然著实,否则没要紧。"⑥这个本领,就是读书穷理涵养性情之功。正是着眼于此,方东树才说:"诗文与行己,非有二事。以此为学道格物中之一功,则求通其词,求通其意,自不容已。"⑦诗文之学中涵括了宋儒学道格物的功夫,作诗文因而具有非同寻常的意义。由此不难理解,在理学兴盛的氛围中,明清时期桐城一地诗人辈出的原因所在。

正如学者所指出的,"桐城诗学不只以理学的义理为核心,也以理学的修习方法为操作原理"⑧。不过桐城诗学虽借用了宋儒的义理与修行方式,但桐城学人作诗并没有理学化的趋势,他们明确反对诗"堕理趣"⑨。桐城诗学立足于诗的而非理学的角度言诗,因此刘大櫆虽提倡义理、读书、经济三者为"行文之实",但"若行文自另是

---

① 程颢、程颐《河南程氏遗书》,《二程集》,中华书局1981年版,第21页。
② 钱澄之著,彭君华校点《田间文集》,黄山书社1998年版,第256页。
③ 方东树《昭昧詹言》,人民文学出版社1961年版,第381页。
④ 方东树《昭昧詹言》,人民文学出版社1961年版,第12页。
⑤ 方东树《昭昧詹言》,人民文学出版社1961年版,第211页。
⑥ 方东树《昭昧詹言》,人民文学出版社1961年版,第2页。
⑦ 方东树《昭昧詹言》,人民文学出版社1961年版,第2页。
⑧ 蒋寅《方氏诗论与桐城诗学的发展》,《安徽师范大学学报》,2014年第6期。
⑨ 方东树《昭昧詹言》,人民文学出版社1961年版,第381页。

一事"①；方东树也说"诗文虽贵本义理，而其工妙，又别有能事在"②。他们不废义理，不过更重视诗本身的规律，与理学家对待诗的态度大相径庭，不仅抛弃诗为"闲言语"的论调，且刻苦探索为诗之道，贡献了很多有益的心得体会。他们生活在理学氛围浓厚的环境中，诗学理论受到宋儒理学的影响在所难免；不过他们也认识到诗学与性理的界限，主要吸纳宋儒的哲学思辨解决诗学问题，而非刻意于理学的形象化表述。桐城作为明清时期的一个诗学重镇，而非令人诟病的性理诗派，关键就在于此。

---

① 刘大櫆《论文偶记》，人民文学出版社1959年版，第3页。
② 方东树《昭昧詹言》，人民文学出版社1961年版，第10页。

清代榕皋女弟子与"娑罗花"雅集

丁小明

在清代嘉道间的江南诗坛上,女性文学创作处于彬彬郁郁、斐然称盛的"黄金时期",其中随园女弟子与碧城女弟子这两个会聚一时灵襟的女性文学群体堪称杰出代表。不过,在当时颇有影响的榕皋女弟子却极少被当下的研究者提及。事实上,这个在宗主潘奕隽的奖掖倡导之下颇为活跃的女性文学群体,不唯于江南女性文学、艺术创作的发展与繁荣做出过贡献,更在随园女弟子与碧城女弟子这两个女性文学群体之间具有承前续后的血脉联系,因而深具女性文化史、文学史的考察意义。

一、榕皋女弟子丛考

潘奕隽(1740—1830),字守拙,号榕皋,又号水云漫士、三松居士,吴县人。乾隆三十四年(1769)进士,历官内阁中书、协办、侍读、户部贵州司主事、贵州乡试副考官等职。潘奕隽"嗜吟咏,以诗文名世","论诗原本风雅,得于性灵为多"[1],有《三松堂集》传世。潘奕隽京华碌碌十余年后,即"早辞粉署挂帆远"[2],其后"林居四十余年,读画评诗,游心物外,怡然乐也"[3]。潘奕隽生当承平,天佑耆寿,文采风流,照耀吴下。作为吴中文坛领袖的他,特别乐于奖掖后进,尤其是对待女性文学创作的态度,更显出通达的宗主气概。潘奕隽致仕后,他一面与骆绮兰、汪端等女诗人往来唱和,一面又为这些"扫眉才人"张扬鼓吹。如题骆绮兰《听秋轩集》有云:"今观佩香诸体,冲和大雅,独得正声,故当追步曩哲,非徒压倒名媛而已。"其序《吴中女子诗钞》有云:"诗固女子之所事也。《周南》,女子诗居其八;如《召南》十四篇,女子之诗居其十二。……里闾能诗之彦,往往出于闺阃之间。"[4]嘉兴沈毂诗画并妙,刻成诗集《画理斋诗稿》后索序潘氏,潘奕隽以"耳目几近废"的八十六高龄,仍推誉沈诗:"泠泠乎清微和雅之音,鲍妹、谢女之余韵也。"[5]作为这些闺秀的诗道知音与揄扬者,潘奕隽一直以正面、积极的态度来肯定她们的创作,鼓励她们交游与出版作品,更主动

---

* 作者为华东师范大学古籍研究所副研究员。
[1] 冯桂芬《同治苏州府志》卷八三,清光绪八年(1882)刻本。
[2] 汪端《自然好学斋诗钞》卷七,清光绪十年(1884)如皋冒氏刊本年刻本。
[3] 潘景郑《著砚楼书跋》,上海古籍出版社 2006 年版,第 181 页。
[4] 潘奕隽《三松堂文集》卷二,清道光刻本。
[5] 沈毂《画理斋诗稿》卷首,清道光刻本。

召集她们拈韵联吟,分笺酬酢,并由此形成了一个"争诵三松侪五桂,珠林雏凤彩衣斑"①的女性文学群体——榕皋女弟子。

榕皋女弟子以群体性面貌公开亮相,是在道光甲申年(1824)潘奕隽所主持的"娑罗花"雅集上,其具体的活动细节见之于苏州贵潘所刻的《佛香酬唱集》一书中。这本刊录了潘氏家族与苏州文士雅集唱和的主题诗集共分三集,《佛香酬唱集·初集》卷首潘奕隽撰有小序以记此雅集缘起与活动梗概:

> 道光甲申四月五日,撷芳亭娑罗花盛开,花出天台山华顶,钱唐王松泉司马文鳌所赠也。招女弟子陈友菊秀生、吴香轮规臣、顾畹芳蕙、陈灵箫筠湘并赏之,诗以纪事。望后三日,属外甥孙女李定之慧生为花写影,定之,乃黄尧圃孙妇也。②

由序可知,参加潘奕隽道光甲申四月的"娑罗花"雅集的女弟子有陈秀生(字友菊)、吴规臣(字香轮、飞卿)、顾蕙(字畹芳)、陈筠湘(字灵箫、仲芳)四人。为花写影的李慧生虽未曾参与唱和,但据江标《黄尧圃先生年谱》所载:"饮鱼(按黄丕烈孙黄美镐)室为李氏,名慧生,字定之,工诗画,为子仙孝廉福之女,潘榕皋先生之诗弟子也。"③由此可知,李慧生也是潘奕隽的女弟子。

《佛香酬唱集·初集》中还列有其他闺秀和作,她们分别是李珍(字浣霞)、叶苞(字九仪)、归懋仪(字佩珊)、管筠(字湘玉)、汪端(字允庄)、张襄(字云裳)六人。六人中归懋仪一人独和七首之多,她对"娑罗花"唱和的积极响应,自然让人觉得她与潘奕隽之间有着更紧密的关系。事实上,潘奕隽在黄丕烈所藏的《唐女郎鱼玄机诗》一书的跋语中道明了他与归氏的师生情谊:

> 尧圃得《幼微道人集》,倩秋室学士图像于前。复索拙句,自惭荒劣,不称是题。代索女弟子归佩珊填《壶中天》一阕,置之《濑玉集》中,盖不能辨也④。

由此可知,归懋仪为榕皋女弟子无疑矣。至于榕皋女弟子的具体组成,除了《佛香酬唱集·初集》外,清人别集与总集中罕见提及。笔者搜检清代女性别集,唯有汪端的《自然好学斋诗钞》和骆绮兰的《听秋轩诗集》中多有与潘奕隽及其女弟子的唱和之篇,综合这三种集子中的榕皋女弟子名单,我们大致可以组成一个相对完整的榕皋女弟子阵容。首先,汪端《题陈无逸〈三松七子图〉》一诗不仅在诗题上点出"图中七人,皆榕皋先生女弟子也"⑤这一重要信息,而且在诗中注出七子姓名,她们分别是:

---

① 汪端《自然好学斋诗钞》卷七,清光绪十年(1884)如皋冒氏刊本年刻本。
② 苏州潘氏辑《佛香酬唱集·初集》,民国七年(1918)刻本。
③ 江标《黄尧圃先生年谱》,清光绪二十三年(1897)长沙使院刻本。
④ 鱼玄机《鱼玄机诗》,建德周氏影印,民国印本。
⑤ 汪端《自然好学斋诗钞》卷八,清光绪十年(1884)如皋冒氏刊本年刻本。

顾畹芳、吴香轮、陈灵箫、陈友菊、孟咏琴、李慧生、陈无逸。以此为凭据，榕皋女弟子的名单比之《佛香酬唱集·初集》上所载又增孟咏琴、陈无逸两人，加上归懋仪，榕皋女弟子已至八人。再者，骆绮兰《寓邗上，承潘榕皋先生过访，率呈一首》中"此时可忆诗人否，怅望先生倚夕阳"句下有注云："谓先生弟子周素芳"①，由此可知，周素芳亦为榕皋女弟子无疑也。

从以上文献我们可以确定，围绕在潘奕隽周围的榕皋女弟子有归懋仪、陈秀生、吴规臣、顾蕙、陈筠湘、李慧生（字定之）、孟咏琴、陈无逸、周澧兰（字素芳）等九位才媛。爬梳抉剔相关资料，我们始能勾勒出其中的七位闺秀（孟咏琴、陈无逸暂无考）的生平轮廓，现分述如下。

归懋仪（1762—1832），字佩珊，常熟人。巡道归朝煦女，上海监生李学璜室。有《绣馀吟草》。归懋仪不唯是榕皋女弟子中引人瞩目的人物，亦是其时巾帼才人下风拜倒的诗坛领袖。归懋仪之诗于清婉绵丽中有发扬纵达之气，一洗闺阁纤秾之习，实是闺音中之杰出者。陈文述赠诗赞曰："绝代青莲笔，名媛此大家。"归氏在问字榕皋之前，曾为随园女弟子，其题《虢国早朝图》"马驮香梦入宫门"之句为袁枚所激赏，赞其诗"雄伟绝不似闺阁语"，并以"领袖人间士大夫"②的期许相赠。归懋仪在拜入榕皋门下的同时，又与赵翼、洪亮吉、王文治、汪启淑、陈文述等名家相唱和，一时之间，诗名隆于东南。广泛的诗学交游与旺盛的创作才能，使得她的诗学内容相较于同时期的闺秀更为丰富。褚华题其诗稿："扫眉才子才如海，搴取闺房姑蔑旗。"③盖实录矣。

李慧生，既是榕皋女弟子中画技出众的才女，更与潘奕隽有着多重亲近关系。潘奕隽在"娑罗花"雅集小序中已交代过李慧生是他"外侄孙女"及"黄尧圃孙妇"这两层姻亲关系。其实，李慧生父李福亦是潘奕隽过从甚密的诗友，由长辈至亲加好友的姻亲关系延伸而成的潘、李之间的师徒情谊显得格外自然与亲切。李慧生，字定之，苏州人。为诗人李福女，黄丕烈孙黄美镐妻。李氏精能绘事，尤擅花卉。"娑罗花"雅集中引发众人唱和的《娑罗花图》就是出自她的手笔。此外，据江标《黄丕烈年谱》载，苏州问梅诗社召开第十五次雅集时，黄丕烈亦命李慧生作画，并请同社诗友题之。显然，李慧生的妙手丹青不仅是闺秀画家中之翘楚，亦得到了吴中文士的认可与肯定。

顾蕙是榕皋女弟子中声名颇著的才媛。顾蕙生于名门艺族，"父纯熙字湘筠，善绘事"，外家更是一门风雅，外祖翟云屏、舅翟琴峰"俱精六法，负盛名"。④ 她"幼聪

---

① 骆绮兰《听秋轩诗集》卷五，清嘉庆刻本。
② 袁枚《归佩珊女公子将余重赴鹿鸣琼林两宴诗以银钩小楷绣向吴绫，见和廿章。情文双美，余感其意，爱其才，赋诗谢之》，见于袁枚《小仓山诗文集》，上海古籍出版社2006年版。
③ 潘曾莹《小鸥波馆文钞》，清光绪三年（1876）刻本。
④ 潘曾莹《小鸥波馆文钞》卷二，清光绪三年（1876）刻本。

颖,六岁即喜读书,能见大概。秉庭训兼得外家三昧,写花鸟,丰神骨力兼擅其胜"①。得天独厚的家族艺文氛围与天资颖异的兰心蕙质奠定了她不寻常的诗画人生,而出嫁才士毛庆善与请贽于名师潘奕隽则又成为其艺文生涯的新起点。顾蕙不唯画笔动人,亦擅吟咏,并著有《酿花庵小草》,《国朝闺秀正始集》中亦选其篇什。对于顾蕙来说,咏絮名族,结缡名士,亲炙名师,似乎能造就艺文才名的各种因素都集其一身,也无怪乎她的成就与影响能超过同侪了。

陈筠湘与顾蕙齐名,据潘曾莹所撰《施室陈孺人传》②可知,陈筠湘原为吴郡名诸生张野樵先生女,早失怙,恃表姑育为己女,遂冒姓陈。陈筠湘,字仲芳,又字灵箫。陈幼年早慧,通五经及唐宋诗文,工韵语。嗜读书,晨夕不释卷,裙钗问字,絮然成行。书临钟绍京,画师夏荳谷,荳谷为昆山唐和春高弟,孺人尽得其渲染之法,尝作梅花便面,神似杨补之。又作小楷数帧,秀逸工整,顾南雅先生见之,极为心折,于是逶迤索书画者无虚日。善鼓琴,作《停琴小影》,石琢堂、郭频迦、齐梅麓诸名宿俱有题咏,诗学剑南,著有《九华仙馆集》四卷,《西泠渔唱》一卷,诗作亦散见于恽珠《国朝闺秀正始集》、陈文述《碧城女弟子诗》等选集中。汪端有《赠吴门陈灵箫夫人》云:"郁嫔仙范今重见,高咏青山静掩扉。吴苑名家陆卿子,唐宫学士鲍君徽。露华涤笔香生纸,花影横琴月上衣。佳句应追李秋雁,一行湘水带霜飞。"③亦实录也。

榕皋女弟子吴规臣则是以诗、画、医、剑术无所不通的面貌出现在时人评价中的:"吴规臣,字香轮,一字飞卿。长洲顾小云大令室。小云远宦,飞卿常往来金陵、维扬间,鬻书画自给,奇情俶傥。工诗词,精医理,通剑术。画无不擅,而尤妙写生,赋色妍淡,神夺瓯香。"④曾作扇面《九秋图》以贻友人,改七芗、倪小迂等写生妙手见之,皆叹赏不止。应当说,吴规臣在博通诸艺的同时,她"画无不擅"与"神夺瓯香"的画技尤为引人注目,无怪乎陈文述赠诗云:"闺中自有鸥香馆,绝代佳人老画师。"⑤

上元闺秀陈秀生为榕皋女弟子中精能书法者。陈氏字友菊,参军徐垣室,有《望云楼诗集》。陈氏工书法,尤擅晋人小楷。陈文述曾赠之以"石城烟雨写冰纨,珍重吾宗有采鸾。咏絮诗情清胜雪,簪花书格静于兰"⑥的诗句,以唐代女书家吴采鸾比之陈秀生,可见陈秀生之书格高雅,诗情清净。

周澧兰,字素芳,江苏长洲人,知县周兆熊女,李大桢妻。周氏为其时诗书画并能的才媛,有《浣云楼诗草》传世。书画一道,骆绮兰《题周素芳松泉小影》"开图惊见卫夫人"句,当为推服其八法者。又彭蕴灿《历代画史汇传》云:周氏"白描士女最

---

① 潘曾莹《小鸥波馆文钞》卷二,清光绪三年(1876)刻本。
② 蒋宝龄《墨林今话》卷二,中华书局,民国十一年(1923)铅印本。
③ 汪端《自然好学斋诗钞》卷六,清光绪十年(1884)如皋冒氏刊本年刻本。
④ 蒋宝龄《墨林今话》卷十五,中华书局,民国十一年(1923)铅印本。
⑤ 陈文述《西泠闺咏》,清道光刻本。
⑥ 陈文述《西泠闺咏》,清道光刻本。

工,矜惜殊甚,非闺阁素心友不能得也"①。可见周氏亦擅丹青。与此同时,周曾参加袁枚在苏州召开的阊门绣谷园诗会,故曾为随园女弟子无疑也。

考察榕皋女弟子的阵容及个人生平后,我们发现,榕皋女弟子这一女性文学集群虽不及随园女弟子与碧城女弟子那样光熹耀眼,但将其置身于群星闪耀的清代江南女性文学星空中,仍有其特殊的考察价值。究其缘由有三:其一,就地缘而言,与随园、碧城广招门生,以至于弟子遍布江浙地区的宽泛甚至松散人员构成相比,榕皋女弟子以苏州本地人居多,其中陈秀生与吴规臣是随夫家定居苏州,亦可以苏州人视之。所以,密切的地缘性使得潘奕隽与其女弟子之间诗画交往比随园和碧城要更为直接与频繁,并对她们文学艺术活动及智识生活施加更深刻的影响。其二,从艺文结合的层面上看,榕皋女弟子所追求的才学内涵更为宽泛。归懋仪、周澧兰皆能诗、书、画,李慧生、顾蕙、陈无逸皆精于诗、画,陈秀生能诗工书,陈筠湘诗、画、琴俱能,吴规臣更是诗、画、医、武术并能,显然,具有综合的艺文能力是榕皋女弟子突出之处。其三,就女性文学群体的关系而言,榕皋女弟子与随园女弟子、碧城女弟子之间有着前后衔接的血脉关系。归懋仪、周澧兰皆名列随园女弟子之位,从时间上看,她们转投潘奕隽门下,显然是在随园离世之后。而榕皋女弟子的中坚陈筠湘、吴规臣、陈秀生则在潘奕隽逝后,转师碧城,其中吴规臣更被梁乙真称为"陈碧城门下才华之美者"。这一关系的揭示,既丰富了我们对清代吴中女性文学群体递嬗与文学发展关系的认识,亦有助于推进清代女性文学的深层研究。

二、"娑罗花"雅集中的身份认同

对于榕皋女弟子来说,"娑罗花"雅集是她们集群互动,联翩吟唱而演出的一场女性艺文的盛宴。这场艺文盛宴的出演,既为后人提供了一个师生间心灵碰撞、同声交契的艺文雅集的"现场样本",也因为弟子间诗人与画家的文化身份差别而引发认同之异调,可以深化我们对清代江南女性文会活动中"诗画风流"的认知。

道光甲申(1824)四月,潘奕隽招女弟子陈秀生、吴规臣、顾蕙、陈筠湘等人群集于三松堂下的娑罗花旁,延伫赏花,品香啸歌。这次雅集既保存了榕皋女弟子最生动的群体文学活动,也为后人留下了这些闺秀文化生存状态的一段记忆。就雅集而言,潘奕隽既是活动的发起人,又是整个过程的推动者与主持者。他首倡在先:

> 浙东佛地树娑罗,开到幽斋客肯过。华顶一株分荫远,撷芳今岁著花多。檐前日暖能延伫,亭角香清可啸歌。那得双瞳翦秋水,名篇北海手重摩。②

参加雅集的榕皋女弟子顾蕙、陈友生、陈筠湘、归懋仪等人联袂出场,依韵奉和,她们

---

① 彭蕴灿《历代画史汇传》,清光绪八年(1882)扫叶山房刻本。
② 苏州潘氏辑《佛香酬唱集·初集》卷一,民国七年(1918)刻本。

的诗作可用陈友生的"拈得瓣香还窃喜,撷芳亭畔拜维摩"①两句来概述之。从活动过程可知,雅集开端于赏花,在潘奕隽与女弟子当堂赋诗之后的"望后三日",潘奕隽"属外侄孙女李慧生为花写影……叠前韵"②,并由此将以榕皋女弟子为主要参与者的"娑罗花"雅集扩大为一场包括吴门名士、贵潘弟子与吴门闺秀等三十五人参与的"和者甚众"的地域风雅联唱。

当我们较深地进入《佛香酬唱集·初集》这一风雅联唱的文本空间时,会发现在文人雅士用联吟的方式表达对三松堂下、撷芳亭旁佛缘天香的向往与艳羡的同时,几乎都对榕皋女弟子李慧生为花写影的《娑罗花摹本》不吝颂词:

> 凭将湘管试兜罗,落墨徐熙不汝过(潘奕隽),更倩眉嬢粉本摹(宋镕),凭他妙手一描摹(尤兴诗),更倩边鸾与细摹(吴信中),画工何处著临摹(尤崧镇),定知画本费描摹(黄美镐),兜罗绵手写娑罗(陈文述),临摹粉本兜绵手(张吉安),读画留题取次过……粉本优昙佐啸歌(孙学诗)。欣从画里识娑罗(毛翔鳞),灵范写照还调粉(毛庆善),粉本何妨一再摩(顾蕙),读画人徵宛转歌(叶苞)。③

不论诸人将李慧生比作大画家徐熙与边鸾的说法是否有过誉的溢美之嫌,只从"欣从画里识娑罗"与"粉本优昙佐啸歌"的表达中,我们可以肯定的是,李慧生的丹青妙笔既是这些诗人对"娑罗花"及女弟子雅集直观了解的凭借,也是他们创作灵感的源头。所以说,对于"娑罗花"雅集后的更大规模的风雅联唱,李慧生的绘画是重要的引导物,事实上也就是一种"图引"④。李慧生作为"图引"的"娑罗花"图所激发的不仅仅是众人文学创作的激情,还有对其绘画艺术的赞赏。顾蕙即以"粉本何妨一再摩"表明画家身份,而她这一身份既得到潘奕隽"粉本重烦妙手摩"的肯定,也得到潘奕隽"畹芳女史亦以所画见贻"的证实。显而易见,李慧生与顾蕙,在这一场榕皋女弟子集群性文化出演中给人印象最深刻的无疑是她们作为丹青妙手的画家身份。

在师妹们争妍竞演与吴中雅士们同台喝彩时,归懋仪亦是吟兴不减,她幽汨涌动的闺音在显扬其诗笔之时,多少让人感受到她与其他榕皋女弟子之间文化身份之分别。

"娑罗花"雅集伊始,身处异地的归懋仪虽是"偏我无缘未得过",可这并不妨碍她以诗句来想象"天花开到曼陀罗"的撷芳美景。特别是潘奕隽将李慧生"娑罗花"图与"珠字满眼、妙香纸上"众人唱和之作远示于她,"碧天如水夜闻歌"的归氏"尘劳一扫挑灯读",在"几度含毫费揣摩"的沉吟中,如"佛香缥缈采云罗,玉河照影几经

---

① 苏州潘氏辑《佛香酬唱集·初集》卷一,民国七年(1918)刻本。
② 苏州潘氏辑《佛香酬唱集·初集》卷一,民国七年(1918)刻本。
③ 苏州潘氏辑《佛香酬唱集·初集》卷一,民国七年(1918)刻本。
④ 参见陈正宏《图引考》,《新美术》,1999年第4期。

过"般的清词丽藻联翩而至,"夜深瑶鹤搏风至,月好骊龙出水歌"般的奇思异想缤纷而出,归氏操觚捴臆,一泻而下竟成诗七首,其诗力之盛不唯是榕皋女弟子中的冠冕,就是置于《佛香酬唱集·初集》的众多唱和诗中也堪称夺目。当我们再检对《佛香酬唱集·初集》的诗作时,可以看到除了雅集主持人潘奕隽前后赋诗三首,毛庆善为了配合其妻顾蕙的一诗一画而赋两首外,所有唱和者都是一人一首,而归氏如此诗兴大作而到喧宾夺主的地步,是她不可遏止的诗情在喷薄,还是别具怀抱、另有隐情呢?

带着这一问题,我们查对归氏的《绣馀小草》《绣馀续草》《绣馀续草再》《绣馀续草三》等诗集,归氏唱和酬答的篇什极富,但如在《佛香酬唱集·初集》中数倍于其他酬唱者的情况是绝无仅有的。显然,在众声喧哗中炫才示雅不是她的习惯与风格。那么,归氏一反常态的诗兴大作则应是另有意旨的。事实上,归懋仪不但是榕皋女弟子中重要的一员,也是她们中声名最盛、影响最大者。可以说,从诗艺与才情而言,归懋仪的师妹们是无法望其项背的。既然没有必要与师妹们比赛诗艺,那么最有可能是李慧生的"娑罗花"的图引与潘奕隽对李慧生、顾蕙"画家"身份的定位,以及随之而来对李、顾绘画众口一词的颂美,才使得作为"诗人"的归懋仪以七首诗作与作为画家的师妹们进行一种文化身份的宣示。对归懋仪而言,这一反常的唱和举止既可以理解成她对诗人身份的执着与坚守,也暗示着她对乾嘉以来愈演愈炽的"艺文"潮流的本能抵制。

如果说"娑罗花"雅集还有着某种才智竞赛的倾向,那么归懋仪在与潘奕隽的个别往来中,她对诗人本位的执着与坚守更为确实。在榕皋女弟子中,归懋仪与潘奕隽的笔砚往来时间最长,内容也最丰富。在他们前后长达十五年的诗歌唱和①中可注意两点。一是潘奕隽自始至终对归懋仪的文学才华极为嘉许。由于欣赏归懋仪的才华,潘奕隽不但请其代酬唱,甚至认为她可比李清照,可以说,归懋仪是榕皋女弟子中唯一能得到老师如此赞誉的闺秀。二是潘、归唱和涉及书画内容极少,就是有潘奕隽题《兰皋觅句图》一诗,也还是在颂扬归懋仪的诗歌创作。而如归懋仪在与潘奕隽的唱和中亦有"至三松堂……适王绮思夫人来,先生命即席赋诗为赠。仪素不习八法,先生偏誉以工书。诸夫人兼为磨墨抻纸,爰赋小诗二章以志愧"②这样的自白。从归懋仪在《唐女郎鱼玄机诗》后题词来看,归氏绝非不谙八法之人,之所

---

① 潘、归之间现存最早的唱和是始于嘉庆己巳年(1809),该年,归懋仪寓居吴门,潘奕隽有题归氏《兰皋觅句图》诗,潘奕隽惠赠归氏并蒂兰,归氏赋《潘榕皋先生惠并蒂兰赋谢》为谢。该年重阳前二日,归氏赋《呈潘榕皋先生》二首。嘉庆辛未年(1811),潘奕隽有《答周佩珊女史》。嘉庆甲戌年(1814),潘奕隽重游泮宫,归懋仪有《和榕皋先生重游泮宫诗次韵》四首。嘉庆戊寅年(1818),潘奕隽索归懋仪题黄丕烈《唐女郎鱼玄机诗》。嘉庆己卯(1819)嘉平月,尤兴诗举东坡生辰之集,潘奕隽赋诗以应,归懋仪亦有《次潘榕皋先生东坡生朝韵》相唱。嘉庆庚辰年(1820),归懋仪作《对雪》一诗,潘奕隽叠韵奉酬。同年,潘奕隽有京口焦山之游,归氏亦有《奉次潘榕皋先生登焦山用东坡金山韵》。同年,归懋仪另赋有《庚辰九月次三松老人韵》《为杨七舅母作次三松老人韵》等诗。道光甲申年(1824)归懋仪赋"娑罗花"七首诗以应榕皋女弟子雅集。

② 李濬之《清画家诗史》,明文书局1986年版。

以自云"素不习八法"乃在表明,书画在归氏世界中只是诗之余事耳,诗才是她生命活动的重心,诗艺的讲究与创作才是她作为诗人本位最重要的实践之道。

相较于归懋仪执着于诗艺,一味涵濡发扬其诗人定位,顾蕙、吴规臣、陈筠湘、李慧生等人无一不是以画家的形象出现在潘奕隽的诗文之中。蒋宝龄曾评价顾蕙:

  幼禀庭训,善写生神,明矩矱,下笔便工。畹芳既工花鸟,自归叔美,益临摹古迹,兼长山水,二十年来粉墨远播,凡钜公名卿以逮山野之士,靡不知重畹芳画者。榕皋农部耄年爱才,见之尤加击赏,题其《红豆书楼图》云:"咏絮才名属谢家,湘簾斐几擅清华。何须更说相思子,此是西天称意花。"①

不难看出潘奕隽对顾蕙"尤加击赏"的乃是她翰墨远扬的画才。李慧生为娑罗花写影后,潘奕隽首先赠诗"凭将湘管试兜罗,落墨徐熙不汝过"②。老师对学生绘画才能的推赏之意,溢于言表。又如潘奕隽与陈筠湘的个人交往,则是以一首《题陈灵箫春风鬓影图》的题画诗而存于《三松堂集》里的。再如女弟子吴规臣,在诸多文献中都写着"榕皋画弟子"的画学师承。此处需要指出的是,这些年岁小于归懋仪的女弟子并非不通诗道,她们均有诗集存世,顾蕙有《酿花庵小草》,陈筠湘有《九华仙馆诗》,吴规臣有《晓仙楼诗》,陈秀生有《望云楼集》……那么,她们在与潘奕隽的往来中为什么会给人一种画家身份的定位呢? 很显然,这是师生两者互动的结果。一是潘奕隽诗书画兼擅而具备综合艺文倾向,尤其是对画道热衷,他的这一倾向会很自然地影响到他的女弟子;二是这些诗画兼擅的女弟子在"艺文"的潮流中的自我身份认定,这其中以郭频伽对吴规臣"飞卿画花卉,风枝露叶,雅秀天然,然诗词皆娴,而不多见"③的评说最为典型,在吴规臣等榕皋女弟子的"艺文"的世界里,虽诗词书画皆娴,但她们对绘画的热爱是要多于诗歌的,也就是说,她们更愿意以画家而不是以诗人的身份来示人,有了这样一种定位,我们也就不难理解,画家身份会成为她们之间的一种声气标榜,她们也正借此自立于江南的艺文天地中。

三、榕皋女弟子的文化史与文学史意义

潘奕隽与榕皋女弟子成为清道光年间吴中文坛上的特殊文化景观,潘奕隽所建立的女性文化团体以及提供给这些女弟子受教与活动的空间,加上他对女性才华的欣赏与包容,对于推动那个时代的女性艺文可以说是颇有贡献的。尽管榕皋女弟子的人员阵容、文化声名及其创作成就与随园女弟子、碧城女弟子相比都有所不及,但是,由于这一群体主要阵容具有比较鲜明的文化身份,更重要的是,她们在随园女弟子及碧城女弟子之间具有传接的作用,使得她们无论是在文化史还是在文学史上都

---

① 蒋宝龄《墨林今话》卷一六,中华书局,民国十一年(1923)铅印本。
② 苏州潘氏辑《佛香酬唱集·初集》卷一,民国七年(1918)刻本。
③ 徐乃昌《小檀欒室闺秀词钞》卷一〇,清宣统元年(1908)南陵徐氏刻本。

有着相当重要的考察意义。

从文化史视域来看,榕皋女弟子中诗人与画家文化身份之分别较为典型地体现出清代江南文化存在着由"文"向"艺文"的演变趋向。

归懋仪的文学和集群活动是考察这一演变的参照。众所周知,归懋仪曾有过瓣香袁枚,列名随园女弟子的诗学经历。这一经历无疑对她的诗歌创作与诗人身份的自我认定有着极其重要的影响。从师生间的唱和来看,她对袁枚诗学既有过"高山仰止久依依"的敬仰,又有过"床头自诵小仓诗,六千三百披来遍"①的狂热追摹。而袁枚对这位诗名早著的女弟子亦有着"闺阁如卿世所无,枝枝笔架女珊瑚"②的激赏与"将依诗独争先和,领袖人间士大夫"③的期许。师徒二人在诗学上合证一心的夙契使得归懋仪深得袁枚诗学真传,尤其是袁枚以毕生心力集注于诗,以诗为其唯一文学文化事业④的执着精神。所以说,"随园女弟子"这一称谓对归懋仪既是一种诗学身份,更是一种对诗的痴迷与执着的根性之证。

袁枚身后,归懋仪带着袁枚诗学理想与成熟的诗学造诣拜在潘奕隽门下,在潘奕隽与归懋仪的师生关系中,作为诗书画兼擅且有着"艺文"倾向的老师对以坚守诗道为己任的学生的影响是有限的。潘奕隽之于归懋仪的师道,既然与传道、授业、解惑无关,那么绝大多数只是对归懋仪的诗名揄扬与褒赏。由此推之,归懋仪对潘奕隽的师道的认可,虽不无潘奕隽大力提携而产生的感念所至,客观地看,恐怕还是有依赖潘奕隽的文化地位与资源来扩大其才名及交往空间的企盼。所以说,归氏本质上尚不属于潘奕隽的"艺文"时代,她自始至终仍属于袁枚那个以诗为城、以诗为家⑤的"文"的时代。

相对来说,潘奕隽的诗书画兼擅及以画家面貌而群集出现的榕皋女弟子则是清中期"艺文"潮流高涨的力证。明清江南文化中确实存在着一股"艺文"潜流,对于文学艺术的深刻崇拜和不断潜于学、游于艺的实践则使得这一潮流渐显。其具体表现为他们对山水的眷慕、园林的钟情、市隐的向往、藏书的执着、古玩的雅好、金石的精鉴、书画的擅场、饮茶的讲究……凡此种种,说明了清代江南文化渐显的"艺文"化禀性。⑥ 由于潘奕隽文化趣味甚广,以及个性上的包容性,所以归懋仪以特立独行的诗人形象与风格归于其门,潘氏持有开放的姿态。其实,归懋仪与画家身份的师妹们的分别既是榕皋女弟子内部组成的分别,一定程度上也是随园女弟子与榕皋女弟子的分别,更是袁枚与潘奕隽的分别。说到底,是"文"与"艺文"的分别。这一分别体现在江南文化史上,则是由"文"向"艺文"的演变历程。

---

① 归懋仪《绣馀续草》,胡晓明《江南女性别集初编》,黄山书社2008年版,第757页。
② 袁枚《小仓山房诗文集》卷三七,上海古籍出版社1988年版。
③ 袁枚《小仓山房诗文集》卷三七,上海古籍出版社1988年版。
④ 严迪昌《清诗史》,人民文学出版社2011年版,第661页。
⑤ 严迪昌《清诗史》,人民文学出版社2011年版,第664页。
⑥ 罗时进《明清文化型社会的构成》,《浙江师范大学学报》,2009年第6期。

榕皋女弟子的文学活动既体现出文化史上波澜绚丽的衍变历程,又在清代女性文学史上发挥着承上启下的传接作用。

我们知道,在当下的清代女性文学论述中,女性群集相习、延师而拜的风气在随园女弟子与碧城女弟子之间有过一段"寂寞开无主"的空白期,难道这些风华倾人的才媛在袁枚之后只能在孤芳自赏中等待另外一个"广大教化主"陈文述的降临吗?当我们了解了榕皋女弟子的活动周期后,就会知道关于"空白期"的假设并不成立。19世纪初,虽然袁枚(1716—1798)去世了,王文治(1730—1802)去世了,王昶(1725—1806)也去世了,但是,女性群体性的文学活动并没有停止,褒扬与奖掖女性文学才华的火种更没有熄灭,而是由像榕皋女弟子这样的女性文学群体保存下来。当我们仔细考察榕皋女弟子的人员构成时,会更明显地看到这种血脉传接的前后关系。随园女弟子归懋仪、周澧兰转师潘奕隽,这在一定程度上说明随园女弟子和榕皋女弟子之间的血脉关联;而部分榕皋女弟子在潘奕隽身后又转师陈文述,进而成为碧城女弟子中的一员,特别是名列《碧城女弟子诗》的陈筠湘、吴规臣、陈秀生等人①,则更说明榕皋女弟子与碧城女弟子的血脉关联。通过对榕皋女弟子所处时间段及其人员构成两方面考察,我们可以看到,清中期以降,女性文学史上愈演愈炽的群集相习、延师而拜的风气在随园女弟子、榕皋女弟子与碧城女弟子之间生生不息地传接着,并由此构成了一幅前后相连的全景式女性文学版图。

在审视这一幅全景式女性文学版图时,我们发现,无论是作为随园弟子与榕皋弟子,还是碧城诗友,一直有作为诗人的归懋仪自在穿行的身影。那么,她在这一幅女性文学版图中究竟有什么独特意义?仅仅是一个"春风长遍随园草,留得琴川一瓣香"的随园的追随者与守护者,抑或是榕皋女弟子中踽踽独行的歌者或是"艺文"时代的逆流者吗?

要了解归懋仪的意义还是要回到她的诗中,回到那个记录了她清苦而憔悴的悲剧人生,给予她生存意义、安慰与尊严的诗学空间中去。翻开《绣馀草》诸集,扑面而来的是她欢喜、哀怨、叹息、恸哭的种种声音,是她紊乱、颤动、挣扎、疼痛的种种心绪。可以说,诗既是她的歌哭之寄,更是她的心灵掩体与精神家园。总而言之,归懋仪诗中所表达女性心灵的窈渺与丰富在榕皋女弟子和碧城女弟子中少有可匹者,她的诗学创作给我们的启示是,文化史上的多样性和丰富性并不能取代文学史上的深度与高度。

归懋仪的深度与高度不但有袁枚、潘奕隽和陈文述等人一贯的赞赏为证,就是在归懋仪贫病而终以后,潘奕隽长孙潘遵祈再次举行"娑罗花"雅集,苏州知府吴云在拜观《佛香酬唱集·初集》时还说:"册中常熟女史归懋仪和章最多,警句亦不少。

---

① 陈文述《碧城仙馆女弟子诗选》卷首,清道光二十二(1842)年听香阁刻本。

中有'尘世得来原觉少,灵山虽种亦无多'二语,奉去素纸,请兄书成楹帖。"①很明显,即使是在"娑罗花"雅集曲终人散之后,归懋仪的吟咏之声依旧余音袅袅,绕梁不绝。作为一名诗人,其生命虽如泡影水花,但她的诗魂还是那样摇曳生姿,一直没有被人遗忘,这就是她的价值,而这一价值恰恰说明了江南这一"艺文天地",本质上是诗性的,在由"文"向"艺文"演变的历程中,无论你是何种文化身份,总是无法脱离"诗"的根蒂的。

---

① 吴云《两罍轩尺牍》卷七,《近代史料丛刊第一辑》,文海出版社1996年版。

第 六 编

作家创作研究

诗情心路张太岳

——关于张居正诗歌的文化解读

郭万金

江陵张居正大约是有明一代最具争议、聚讼最多的人物了,从"元辅张先生"到夺谥抄家的君王态度,从"辅弼股肱"到"权相""乱臣"的史家品评,从生前的"夺情"风潮,到殁后的积毁销骨,是非褒贬,牴牾争执,难为定评。张居正的考成饬边,禁毁书院,交结内宦,夺情专断自是不灭事实,然其放言行事时身处何等情境?所抱何种心态?若要盖棺定论当需听听张居正自己的声音。其人虽殁,诗文尚存。然《太岳集》中的二百余首各体诗歌却尘封数世,鲜有人问津,冷落的诗歌与热闹的争讼,恰相衬映,聚讼者虽彼此争论不休,却并不曾给张居正以发言辩白的机会。诗为心声,事因人成,于诗史视野中设身处地构拟一代文化生态,对张太岳诗情心路的探析无疑可成为历史辨析中的同情理解,即或未能众喙都息,庶几可见张居正之心路历程,使之立于纸面,发声申辩,以俟异日盖棺者闻听;以另一种视角于张居正之诗歌人生中勾勒这位改革首辅的情志侧影,以略见其人格精神形成演变之全像,更可补苴一段被湮灭的明代诗史、士人心史。

一、宰辅期许与政治历练中的心志磨砺

张居正两岁识字,五岁入学,十岁通六经大义,十二岁中秀才,乡人目为神童,自是称颂不已。对于一个十几岁的孩子而言,在屡屡的赞美与确实的成绩中,自不免少年意气,志满蹀躞,其十三岁应试时所作《题竹》诗曰:"绿遍潇湘外,疏林玉露寒,凤毛丛劲节,只上尽头竿。"①诗作虽未可称佳,却也超出了张居正的年龄,更足以看出这位荆州小秀才逞志功名、着意抡魁的进取情怀,而这正是得志少年最易滋生的心态。"吾昔童稚登科,冒窃盛名,妄谓屈宋班马,了不异人,区区一第,唾手可得",少年的得意自满通常会随着一路的顺利而滋长,"人不轻狂枉少年"的意气方遒不免会在一帆风顺中凝结为日后自负倨傲的脾性人格。如果张居正继续顺利,真的"唾手及第"的话,春风得意的少年张举人或者会成为志愿难遂的郁郁贾长沙,其一生抱

---

* 作者为山西大学文学院教授、博士生导师。本文为山西省高等学校青年学术带头人计划(项目编号:1005726);山西省高等学校中青年拔尖人才计划(项目编号:1105712)的阶段性成果。

① 本文所引张居正诗文,均本自《张太岳集》,上海古籍出版社1984年版,因数量较多,限于篇幅,仅以引号标明,不另标注。

负,不免在仕途坎坷的打击中消磨;或者会成为目空一切的荆楚"唐解元",其一生事业,亦不免在诗酒风流的放浪中消逝。所幸,张居正遇到了一位善于锻炼人才的赏识者顾璘,时任湖广巡抚的顾璘虽对这位小秀才"许以国士,呼为小友",却故意让张居正落第,以坚其意志,老其才智。于积极入世的儒家人生观而言,"大任"所在乃是治国平天下的政治功业,挫折的磨砺正是政治家必不可少的人格训练,顾璘在张居正最为少年得意时的当头棒喝,实为"玉汝于成"的关键之举。科场失意后的张居正"揣己量力,复寻前辙,昼作夜思,殚精毕力",三年后,中乡试为举人,1544年,赴京会试不第,又三年,再试得中。虽非一举成功,但十六岁的举人、二十三岁的进士依然有着可以得志发狂的资本,而经历挫折后的张居正却表现出了难得的老成持重,甚至连"春风得意马蹄疾"的欢喜都不曾溢于言表。在数年的科考生涯中,他诗歌几近废绝不作,甚少传世。八股时代的进士身份是士子政治生命与实现人生理想的首要条件,非此则一切无从谈起。无论是顾璘的"腰玉"期望,还是"只上尽头竿"的童年理想,莫不需要通过科举考试的资格认证,张居正自算不得科场困顿,但不大不小的举业挫折却已洗去了若许少年意气,增添了几分沉毅渊重。

及第进士大约是明代最有资格的作诗者,"时文余事"因地位的转变而成为最为体面的身份标志和交流媒介。张居正的翰林时代正值后七子接踵蠹哲的复古风潮,"诸进士多谈诗,为古文,以西京、开元相砥砺,而居正独夷然不屑也。与人多墨墨,潜求国家典故与政务之要切者衷之,而时时称老易,以为能得其用"①。"志伊学颜"的张居正当然不肯将生命耗费于虚辞侈言的唱吟赓和与文字争胜,大段精神气力皆在公辅事业,"四方輶轩奉使归者,必往为造请。辙迹所至,户口、扼塞、山川形势、地利平险、人民强弱,一一记之"②。在张居正的眼中,翰林进士的职责是"玉堂夫子,学统天人,道通古今,主盟于词赋之坛,树帜于文章之府",至于"鸣盛华国,润色鸿业"文饰点缀不过是"测浅者不可以图深,见小者不可以虑大"的短见,是"未闻昭旷之论"的佔俾之儒的陋识。然而,时为翰林的张居正却远不能一呼百应,即便连自身的执持善行、固守志节也未能彻底。《张太岳集》中的应制唱和并不在少数,皇后、太子辞世,须作挽歌;君王有中意的书画,自得题词;宫中出现了大悦龙颜的物件,亦要赋诗。张居正虽然心下不甘,却必须按部就班地实践着翰林的职业训练,如同其他在科第竞争中脱颖而出的进士一样,身份妥帖地履行着翰林们最为普遍的文字职责,颇为认真地在文字游戏中展示着自己的才华。凭文采以博得君王赏识本是封建士子追求功名的一种文学体现,无论喜欢与否,君王对诗歌的态度大抵不出润色鸿业与文治点缀的传统文学功能观,于翰林而言,虽然未必有机会因应制诗写得精彩而受到重用,但是若应制诗写得不好却大有影响前程的可能性。

明代君王于诗歌的兴趣虽然有限,但文学的拍马终归算皇帝颇为情愿的享受,

---

① 王世贞《嘉靖以来首辅传》卷七,《文渊阁四库全书》本。
② 林路《江陵救时之相论》,《张居正集》,湖北人民出版社1994年版,第529页。

本不乏诗才的张居正当然不会放弃攀龙附凤、以遂其志的机会,应制颂圣的诗作写得中规中矩,有板有眼。八股取士的内容、格式、语气、思想均由国家制定,一成不变,当有限的内容、固定的思想以同一的格式经由千百万应试者无数次的反复摹写训练后,八股写作便不免流于形式,对于知识背景大致相同,且渴望以一第改变人生的士子而言,更多地变成一种严格规则下的文字功夫考察,"替换字面"自然成为作文的诀窍所在,在科第的压力与诱惑下,读书人莫不于此费心用力。长期的八股锻炼不免影响创作的思路习惯,以时文手法写诗自然成为许多进士的作诗通例。律诗格式虽多与八股体例相通,毕竟要自由些,而应制诗却是平添了若干要求的,自与八股更为接近。关于皇亲的哀挽诗作是连感情都限定的,久经时文训练的翰林张居正不免要用些"八股笔法"了,其《孝烈皇后挽歌》曰"讵知鸾驭杳,长使凤楼空",《庄敬太子挽歌》则称"鹤驭凌霄汉,龙楼锁寂寥",挽皇后曰"仙游渺何处",吊太子则称"空悲仙路杳"。纵观其诗,用典贴切,立意雅正,不失翰林风范,而同一语气下明显的文字替换正是时文训练下的惯常手法。相比而言,题画咏物的应制之作或可多些性情,虽然"岁岁临长景,呈祥应帝家""应知皇泽远,麟趾自振振"的仰天称贺是必不可少的,但终究发出了"眼前看赤子,天下念苍生""短笛乾坤里,长林雨露中""禾黍千顷熟,烟雨一蓑寒"的异响,虽是只言片语,却可略窥张太岳之奇情伟志、胸襟气度,心怀赤子苍生,念存乾坤烟雨,儒学视野下的民生关切中不失卓然独立的山林雅致,江湖情怀下的闲情逸兴中始终有家国兴亡的入世思考。

然而,对于初为翰林的张居正,所谓"山林之志"不过是进取之余的消遣情怀,"日讨求国家典故"的张居正早为礼部尚书徐阶"深相期许",而其时"严嵩为首辅,忌阶,善阶者皆避匿,居正自如,嵩亦器居正"①,不屑谈诗的张居正在众进士中鹤立鸡群,阁臣自然看重结纳,以青词得宠的严嵩似乎更看重张居正的文采,不时会嘱咐张居正代拟一些诸如《圣寿无疆颂》《得道长生颂》之类无关痛痒的文章,而张居正除了得体地完成这些文字使命外,甚至还作《三瑞诗为严相公赋》来奉承严嵩,虽不免阿谀之嫌,但全诗体物浏亮,状写华整,其结尾称:"扶植元因造化功,爱护似有神明持。君不见,秋风江畔众芳萎,唯有此种方葳蕤!"即字面而论,三瑞(瑞竹、瑞芝、瑞莲)所生,实得天助,而三瑞主人更得庇佑,福寿双全,自是颂美常例。然而,严嵩的福气大抵来自嘉靖的扶植,却非上苍的爱护,诗中的造化神明实乃青睐道教的明世宗,嘉靖原是极喜欢祥瑞的,张居正大可"曲终奏雅",结以"帝德隆厚,万物生辉,天降灵物"诸般此类的话,归祥瑞于帝功,以讨君王欢心。但张居正结束全诗的却是"江畔众芳萎"与"此种方葳蕤"的景象反差,三瑞的奇异固然因众芳的枯萎而凸现,但秋风横扫下的百花凋零与全诗营造的祥和氛围却有格格之感。张居正对这样的应酬文字并不心甘情愿,但严嵩的身份、地位以及对其器重均使张居正无法推脱,只能违志而行,照例认真应付。颇经历练的张居正毕竟积累了一些政治经验,对于严嵩弄权、构

---

① 张廷玉《明史》卷二一三,中华书局 1997 年版,第 1457 页。

陷异己的行为虽是不满①，却不肯如杨继盛般直言攻评，也不会在诗作中公开讥讽批评，胸中的愤懑深藏于不留痕迹的称贺文字之中——君恩眷厚下的严嵩"葳蕤"正是导致群臣"江畔众芳萎"的直接原因，纸背之后的深层批判更能体现新进翰林张居正此时的曲折心境。

张太岳眼中的翰林事业是"辅相国运，纲纪风俗，整齐人道，继述中外"，其心志所立在"敦本务实，以眇眇之身，任天下之重，预养其所有为"，志向如此的张居正于华而不实的应酬诗文本就颇为鄙薄，但时代风习与传统观念下的翰林职守却要他不断地违志赓和，心下实是不甘。然而，应制颂美毕竟可于形容盛德的诗礼传统中获得心理的认可，真正令张居正焦虑的并非违愿地写几篇应景逢迎的文字，却是以天下为己任的救世理想与危机重重的现实社会间的深刻矛盾。新进翰林张居正一面认真地敷衍着《贺灵雨表》之类的饰美文字，一面却在《论时政疏》中针针见血地指出了朝政弊病，其关于时政"臃肿痿痹、血气壅阏"的慷慨议论中隐然可见贾谊《陈政事疏》中"痛哭、流涕、长太息"的情志激荡。见微知著，"风尘何扰扰，世途险且倾"，尽管以国器期许，志在公辅的张太岳凛然有着挺身救弊的荡决气度，但无从施展才志的他仍不免落入了中国士子最为寻常的情感郁结——怀才不遇。"但恐濛汜夕，余光不可留，风尘暗沧海，浮云满中州。目极心如怒，顾望但怀愁，且共恣啸歌，身世徒悠悠。"以奇士自命的张居正虽秉具"扫除廓清"之志，却无法摆脱民族传统下的心态笼罩，失意时的登临亦满是怀才不遇的愁情慨叹。成长于相似知识背景下中国士子大多有着相类似的心理结构，入世关怀下的积极进取不免在现实社会的种种制约下碰壁受挫，"不遇"的失落成为士人心态中最为典型的挫折感受，更成为百代骚人笔下的永恒母题。张居正的失落源于任重天下的弘远志向在现实社会中的"心有余而力不足"，翰林的身份虽然接近了公辅的理想，却也触及了现实的政治，目睹的真相使得渐近的理想变得更为遥远，拉大的心理落差激出了张太岳胸中的不平之鸣：

> 我昔图南奋溟渤，身逢明主游丹阙。作赋耻学相如工，干时实有扬云拙。一朝肮脏不得意，翩翻归卧沧江月。

满腔压抑，喷吐而出，龙性难拘的意气挥洒，奇情磊落的淋漓酣畅，于中尽显"一朝"句当是化自李白"人生在世不称意，明朝散发弄扁舟"，太白诗中"安能摧眉折腰事权贵"的傲岸人格亦于诗中浮现。然而，张居正诗中的谪仙格调并非源自"诗必盛唐"的复古倡言，却是两位失意翰林间的千古同情语。诗人李白自述其志曰"申管、晏之谈，谋帝王之术。奋其智能，愿为辅弼，使寰区大定，海县清一"②，而此恰是政治家张居正深相期许的一生事业。有如此抱负者多是有些自命不凡的，可千里之志从不曾有一蹴而就的可能，煌煌功业莫不需要劫难的磨砺，不甘向命运低头的自负者通常

---

① 王世贞《嘉靖以来首辅传》卷七载，"尝考会试，而其(指张居正)门生喜客于嵩，能得嵩意，居正众斥之曰：'李树不代桃僵耶？亟去毋辱吾门。'众稍庄悚之，而有天幸毋为嵩耳目者。嵩顾亦称居正"。

② 李白《李太白全集》，中华书局1977年版，第1225页。

会以情志的极端转移来对抗挫折,将兼济天下的入世情怀迅速变为独善其身的出世遐思,失意李太白放浪山水,纵情诗酒,写意人生;而同志同情的张居正则借诗仙酒杯以浇自己胸中块垒,于山水诗酒中消遣愤懑。其《述怀》一诗最是此时心境:

> 岂是东方隐,沉冥金马门?方同长卿倦,卧病思梁园。寒予柄微尚,适俗多忧烦。侧身谬通籍,抚心愁触藩。臃肿非世器,缅怀南山原。幽涧有遗藻,白云漏芳荪,山中人不归,众卉森以繁。永愿谢尘累,闲居养营魂,百年贵有适,贵贱宁足论。

"志伊学颜"的人生取向沦为现实中的滑稽俳优、文学弄臣,"殚精毕力"所致的科名及第居然成为"通籍之谬","臃肿痿痹"的时政症结竟变为以经世自命者的病候,志向碰壁的张居正不免有灰心之感,矢志进取的胸怀在无力作为的强大现实面前演化为隐逸山林的适意闲情。从少年得志到科场受挫,从翰林意气到忧愤遁世,张居正的仕途开局虽非一帆风顺,却也算不上坎坷,但政治历练中屡屡失意不断挫折其任重天下的宰辅期许,却也成就了"天将降大任于斯人"的心志磨砺。

二、寄意山水与心居魏阙间的龙剑隐情

山水景致向来是千古文士的心灵避难所,心志郁结的失意者最需倾诉,沉默无言却感情广博的智慧山水无疑是最佳对象,以奇志砥砺的张居正亦终不免以千百年来递相沿承的方式排解着有志难申、报国无门的抑郁愁闷。其《赋得秋色老梧桐》云:"凉露燕山秋自偏,高梧十寻殊可怜。萧萧落叶当寒井,瑟瑟悲风起暮烟。疑有凤凰鸣碧干,不堪哀怨付清弦。皎月夜窗闲对汝,外人谁识子云玄。"在燕山秋露、悲风落叶、暮烟寒井所营造的萧瑟意境中,十寻碧梧茕然独立,亢志孤高之中更有一层极深沉的寂寥色彩。梧桐是中国诗歌传统的常见意象,凤鸟于梧桐的选择本是"良禽择木而栖、贤臣择主而侍"的心态认同,桐制美琴的期盼乃是知音的赏识,孤桐的深层意义仍在千古不遇者的愁心共鸣,张居正的"皎月夜窗闲对汝"恰是失意情怀在文化层面上于心灵共鸣体的倾诉慰藉,结句"外人谁识子云玄"的反诘力量正来自心灵对话后的积郁疏解、意志高昂。"外人"一语更是道破玄机,无论是儒的独善,还是道的忘机,抑或是佛的妙悟,传统哲学智慧的人生指向大抵在逆境中的心灵解脱,而山川风物正是心境转移的媒介,张居正本非纯儒,老庄释禅多有会心,管申韩非并有涉猎,还颇受阳明心学浸染。自得其适的涵养功夫成为他仕途穷窘、壮志落空时用以排解忧闷的一种哲学理路。如其《适志吟》:"有欲苦不足,无欲亦无忧。羲和振六辔,驹隙无停留。我志在虚寂,苟得非所求。虽居一世间,脱若云烟浮。芙蕖濯清水,沧江漂白鸥。鲁连志存齐,绮皓亦安刘。伟哉古人达,千载想徽猷。"

张居正的"虚寂",意在涤荡心志,以空灵胸境容纳世间万象,涵养处变不惊的若谷虚怀,其最终落脚处却在觅得心灵的解脱。诸家学说的人生智慧为逆境中的张居正造就了清水芙蓉、白鸥泛江的澄澈思虑,随即而生的则是鲁仲连、绮里季式的达人

想望。功成名就,全身而退大约是传统人生中最为完美的典范模式,于穷达进退间有着功业与人格的双重完善意义,更成为历代士人的不懈追求,张居正亦不例外。而当强烈的兼济之志在了无用武之地的现实中四处碰壁时,达人理想中"全身独善"的一端便成为最为突出的念想。其《蒲生野塘中》云:

> 蒲生野塘中,其叶何离离。秋风不相借,靡为泉下泥。四序代炎凉,光景日夕驰。荣瘁不自保,倏忽谁能知。愚暗观目前,达人契真机。履霜知冰凝,见盛恒虑衰。种松勿负垣,植兰勿当逵。临市叹黄犬,但为后世嗤。

蒲本柔质,何当秋风之肆虐,人之微渺,那堪时运之倏忽,区区失意翰林,焉有扭转之力?危机四伏中的明哲保身原是势单力弱者的处世智慧,潜心历代朝故典章的张居正对身处时局及在如此环境下自己可能的力量所致最为明晰,而"种松勿负垣,植兰勿当逵"的劝诫自警中甚至对自己已然展露的才华品行亦不免暗自担心,自己于严嵩虽然不满,但畏其势力却不免攀附,今严嵩父子之奸佞不下赵高,若不沉晦免患,恐有李斯"临市叹黄犬"的重蹈覆辙。所谓见机而作的明哲自保大略是在以下二者间的游移:或是与世混浊的沉浮并俱;或是亢然远离的避祸归隐。以张居正的志气脾性而言,前者的沉沦是断然不愿的,隐逸山林的独善其身正是情有所钟的取向。其《修竹篇》云:

> 孤筱植汶阳,鐘笼挺阴崖。何似侣幽人,结根烟水湄。修枝拂杳霭,接叶映涟漪。阴森野气积,夏击凉飚吹。朝霞缀琼玖,宵月荫参差。水吟蛟龙蛰,云盘凤鸟仪。永愿老烟霞,宁知劳岁移。但畏伶伦子,裁此凌霄枝。裁凿岂不贵,所患乖天姿。亭皋霜露下,凄其卉草衰。愿以岁寒操,共君摇落时。

起首的"孤筱汶阳"已尽显其志,诗中一派幽远的意境结构更凸显出"永老烟霞,不知岁移"的山林情怀。曾有的用世雄心亦随之化为全生保性的隐逸志念。相传伶伦为黄帝乐官,受命伐竹作律。传统中的礼乐是国家制度的集中体现,律以定乐,能够承担这一使命的竹当然有着无上的荣耀,即以喻世,正有治国安邦、规划天下的深蕴,如此事业,原是张居正毕生所愿,但此时的他却吟出了"裁凿岂不贵,所患乖天姿"违愿之句,"岂不贵"与"所患"的思想交锋自是不免,而道家的顺应天性终成为比儒家的建功立业更为强烈的欲望。仕途失意下的归隐心境切断了名利念头的束缚,笔下修竹的瘦劲孤高更激起了张太岳不为俗屈的凌云豪气。其《秋夕省直》曰:

> 凉飚何飐飐,秋入白云司。为读骚人赋,翻增旅客思。蝉声咽高柳,暝色下疏篱。摇落关山外,清笳晚更悲。

"白云司"为刑部别称,颇能烘托出秋意的萧瑟。所读"骚人赋"大抵不出同乡屈、宋手笔,秋意肃杀中,更增乡思归情。"悲哉秋之为气"的感伤传统中,贫士失职的落寞不平,羁旅难归的寂寥惆怅,最是千古共鸣。对于客居失意的张居正而言,夏、秋间时序变化的巨大反差,最易滋生岁月沧桑的蹉跎之叹。冷落清秋最是怀归时节,张太岳的闲愁短吟中,满是乡思,"三年蓠菊逢燕市,七泽椒兰忆楚天"。在友人远行的赠别酬唱中,思情触动的张居正总不免顾盼自伤,"可堪长作客,还对欲行人"。人穷返本,仕途困厄的失意落寞渴求于家乡的复归中觅得心灵的慰藉。嘉靖三十三年(1554),三十岁的翰林张居正借病辞归,开始了长达六年的家居归隐,在故园山水中消解着志意难遂的宦海积郁。

如同焦虑时融汇儒道的解脱求适,张居正的隐居生活亦颇有综取百家的意味,隐逸传统中的各类颐养方式都被他用来怡心解忧,谢屏亲故,卜居山中,种竹养鹤,力田躬耕,闭关读书,栖神胎息,游宴山水,诗酒风流诸般种种,莫不尝涉,登临极目则"云海翻银浪,风篁听玉箫",幽居独处则"野食共蔬茗,山衣茸芰荷",要其旨归,皆在忘忧适性。较之京城风物,家乡的山水自然更为贴近亲切,而在远离政治纷扰的"地远心自偏"中,其神志由之开豁,洵足忘忧。早年的辅弼之志似乎已在山水会心中陶然忘却,前日的宦游蹭蹬居然在"不为不通显"与"酷非所宜"间轻描淡写地抹去,遍游名胜、骋怀山水竟成为这位而立翰林的"平生之愿"。"橘性从来本易移,鸥情长爱水云湄",托橘喻志,张居正材非不美,荆楚秀才初为京都翰林,意满踌躇,志在兼济,既宦情不达,托病还乡,由京入楚,地气因转,遂作独善之想,所谓的"易移橘性"正是于穷达间进退自如的士人情怀,时不我与,天下之志自然因地气以制宜地化作山水寄意。其《山居》云:

> 林深车马不闻喧,寒雨潇潇独掩门。秋草欲迷元亮径,清溪长绕仲长园。苍松偃仰云团盖,白鸟翻飞雪满村。莫谩逢人语幽胜,恐惊樵客问桃源。

虽无陶诗的平淡质朴,却见渊明风度的刻意模仿,张居正的用意自不在诗篇字句的形似,其心乃在"忘怀得失"的神似。"卜居兰堂岁月深,地幽偏称结庐心。看山不碍翠微色,近市浑无车马音"的着意仿效同样在心境的拟范。张居正的适性功夫大抵在以"忘"为养,绝尘世间,直寻真意。临江时,"枫霜芦橘净江烟,锦石游鳞清可怜"的静谧澄澈,顿有"无限沧洲渔父意,夜深高咏独鸣舷"的方外尘表;宿寺时,"寒生钟磬宵初彻,起结跏趺月正圆"的禅坐冥思,悟得"尘梦幻随诸相灭,觉心光照一灯燃"的真如境界。山行却生"法身清净山长在,灵境虚无尘自希"的清心遐念,暗藏"欲借一枝栖野鹤,深公却笑买山非"的机锋妙法。"山色有情能恋客,竹间将别却怜君"的流连惜别中本有"尘土无心留姓字,碧纱休护壁间文"的淡泊名利,"月光如水影明灭,霜气薄人风萧飕"的肃杀秋夜中别具"酒酣对客发幽兴,清啸然满沧洲"的纵情肆意。此时的张居正似乎已是彻底放心归隐,心宜泉石,"翛然无当仕意矣"①。

然而,志在公辅的张居正终究不是"少无适俗韵"的陶渊明,挂冠归隐的直接原

---

① 张敬修《张文忠公行实》,《张居正集》,湖北人民出版社1994年版,第411页。

因并非"不能为五斗米折腰向乡里小儿"的一时意气,却是于"岂为浮荣愁堕甑,须知世路可翻车"的深层忧虑中滋生的全身远祸——"世事缤纷那足问,隔江东畔有鲈鱼"。而其于失意杨生的送别诗中却言:"南山雾雨文初变,溟海扶摇翮未舒。知子年少思养晦,归来不是忆鲈鱼。"自己的鲈鱼之思导源于仕途险恶中的生存压力,而送行劝慰中的不忆鲈鱼却得于遵时养晦后的蓄势待发,所谓鲈鱼之思不过是张太岳在兼济之志与不利现实间的独善过渡,究其本心,终是身处江湖,心在魏阙。"那知鸿鹄羽,翻为稻粱谋"的自嘲中,并不乏"大鹏有修翰,野雉无远趾"的千里之志,告病还乡前,在与那些和自己一样不得施展的友人赠诗中,最见其情,"雉飞不出林,鹏举轻千里。男儿所志在四方,何用碌碌困泥滓。吾观黄君风骨殊,数奇不合长次且。神鹰岂为凡鸟顾,骐骥终非猿下驹。丈夫龙变世叵测,风云忽动垂天翼",已近张居正的夫子自道,而《赠国子马生行》更堪为张太岳的翰林写照:

> 马生年少负雄姿,气凌江海干云霓。二十作赋黄鹤楼,四座惊听阳春词。由来此曲和者寡,眼底纷纷乱郑雅。鲲鹏跛躃风尘中,骅骝伏枥盐车下……乃知世事如短蓬,飘扬倏忽浮云空。丈夫且知贵适志,安能蜷曲坐樊笼。燕山十月朔风起,挽车欲度桑干水,翻然长叹归沧溟,转望青山白云里。煌煌日照京路尘,道傍相送车辚辚。驱马一去不复顾,回头却笑尘中人。

虽有不顾而去的回头却笑,但张居正的归隐动机终非断然的远逝,乃是"李泌藏书不仕年""碧霄空见客星悬"的"龙剑之隐",原初动机似已决定了张居正归隐行为的不纯粹与不彻底。尽管纵情山水时的张太岳也曾寄情心学禅宗的静寂妙悟,希望暂时地取代其安邦理国的用世抱负,但笔下诗中,难以压抑的报国欲望却也隐然可见。《拟西北有织妇》曰:

> 西北有织妇,容华艳朝光。朝织锦绣段,暮成龙凤章。投杼忽长吁,恝焉中自伤。绵绵忆远道,悠悠恨河梁。远道不可见,泪下何浪浪!春风卷罗幌,明月照流黄。山川一何阻,云树一何长。安得随长风,翩翩来君傍。愿将云锦丝,为君补华裳。

美人的自伤恰与归隐中的"萝薜悁幽期""山衣茸芰荷"相得益彰,深得屈子香草美人之用笔,借夫妇以讽君臣原是古代诗歌传统中的惯常笔法,红颜易老的感伤最易于时光流逝中滋生。美人者,君子也,年华渐暮,壮志难酬的慨叹正是同等心境的曲折寄托,虽然有山水的暂时寄意,但逝者如斯的岁月之感却时时在张居正的胸中荡生。"青镜流年惜暗移,江湖潦倒负心期。被嘲扬子玄犹白,未老安仁鬓已丝。"新旧交替的元日时节,原是失意者叹息年华流逝,功业未成的触媒,"北阙朝元忆往年,趋承长在日华边"的往昔回忆中,"江湖此日空愁病,独望宸居思渺然"的寂寥向往油然而生。游历山水中的拜谒先哲更激起凌云之想:"涓流汇沧海,一篑成山丘。欲骋万里途,中道安可留?各勉日新志,毋贻白首羞!"志在辅弼的张居正诚然不是真正的隐者,其在告病临行前写给座师徐阶的信中称道:"愿相公高视元览,抗志尘埃之外,其于爵禄也,量而后受,宠至不惊,皎然不利之心,上信乎主,下孚乎众,则身重于泰山,言信于其蓍龟,进则为龙为光,退则为鸿为冥。"可惜,徐阶终未去职,这段原本即为张居正心声流露的文字着实成为其暂作龙剑之隐的夫子自道了,鸿冥物外的不预人世有类于诸葛孔明的躬耕南阳,终归是要游步中华、骋其龙光的。

三、宏愿济世与报国情志下的美学取向

翰林张居正数年的归隐于时局并无太大影响,嘉靖末期的明代社会依旧是一副衰落面目:"商贾在位,货财上流,百姓嗷嗷,莫必其命,比时景象,曾有异于汉、唐之末世乎?幸赖祖宗德泽深厚,民心爱戴已久,仅免危亡耳。"然而,山水风物的性情陶冶,心学禅宗的意志训练却已着实让这位一度消沉的未来宰辅获益匪浅,初入仕途的坎坷蹭蹬化作失意人生的经验累积,降任斯人的苦志磨砺成就了宠辱不惊的大家风范。其《度河》曰:

> 十年此地几经过,未了尘缘奈客何。官柳依依悬雨细,客帆渺渺出烟多。无端世路催行剑,终古浮荣感逝波。潦倒平生江海志,扁舟今日愧渔蓑。

依照文士传统中的名利观,归隐之后,再走出山林,重新入仕,多少是有些尴尬的,张居正亦在所难免,然其淡淡的复出自嘲中却更有一种执着志愿,"未了尘缘奈客何"的举重若轻中蕴含着极深层的用世情怀。"了却君王天下事,赢得生前身后名""生我不应负天地,了却君王事便休",辛弃疾、文天祥一脉传承的报国情结自是张太岳的未了心愿,往圣先贤的精神秉承当然有着恢宏的历史感召力,但张居正的"未了尘缘"中更有一种源自灵魂深处的舍身意念,虽未有历史精神的广博雄浑,却别有一种元气淋漓的生命质感。其《答吴尧山言宏愿济世》称:

> 二十年前曾有一宏愿,愿以其身为蓐荐,使人寝处其上,溲溺之,垢秽之,吾无间焉。此亦吴子所知。有欲割取吾耳鼻,我亦欢喜施与,况诋毁而已乎?

是书作于万历元年(1573),上推二十年,其时的张居正刚届而立,竟有如此宏愿,溯其先导,要在其曾祖,"昔念先曾祖,平生急难振乏,尝愿以其身为蓐荐,而使人寝处其上"。祖孙并具的"蓐荐"精神固有其家族间血缘气质的遗传,更有张居正于先祖遗志的秉继,究其深处,尚有荆楚民族性格的文化累积。① 诗以言志,文如其人,其《割股》歌行,堪作是心写照,最为此等精神流露。

> 割股割股,儿心何急!捐躯代亲尚可为,一寸之肤安足惜?肤裂尚可

---

① 郭万金、高毓庆《楚人体质与屈原性格心理之关系初探》,《文学评论丛刊》,2008年第1期。

全,父命难再延,拔刃仰天肝胆碎,白日惨惨风悲酸。吁嗟残形,似非中道,苦心烈行亦足怜。我愿移此心,事君如事亲,临危忧困不爱死,忠孝万古多芳声。

"割股"典出《庄子·盗跖》,其曰"介子推至忠也,自割其股以食文公",庄子的不经言论虽未能进入正史的谱系,但割股事君的行为却因忠孝同情的推衍褒扬而铭刻于民族传统的孝道之中,介子推未必为实的割股行为竟于中国的孝行史中屡屡重演。略检方志,清修《湖广通志》中的历代割股者竟有百余人之多,楚人之"勇"于此可见一斑。虽获得舆论的认可,割股行径毕竟有悖于"身体发肤受之父母,不可轻损"的孝道,张居正于此亦发出了"吁嗟残形,似非中道"的慨叹,如此"苦心烈行"自足令人怜悯,但张太岳更为激赏的却是"捐躯代亲尚可为,一寸之肤安足惜"的舍身精神。"割股"的蛮勇偏执唤起了张居正胸中深藏着的楚人脾性,"只上尽头竿"的童年理想,廓清天下的宰辅志愿并为交织,于"仅免危亡"国运忧虑中喷吐而出,"临危忧困不爱死,忠孝万古多芳声",了无诗意的呐喊中豪情四溢,元气淋漓。《明史》本传称其"勇敢任事,豪杰自许",诗史互证,诚知是言不虚。张居正自云:

> 前年冬,偶阅华严悲智偈,忽觉有省,即时发一宏愿:愿以深心奉尘刹,不于自身求利益。去年,当主少国疑之时,以藐然之躯,横当天下之变,比时唯知办此深心,不复计身为己。(《答李中溪有道尊师》)

佛家舍身的大悲大勇移于张居正身上,更多地转化为济世宏愿的执着追求,并夹杂着几分楚人的蛮勇。《张太岳集·杂著》中载,"张益州云,事方到手,便当思其出脱之处,此处之要法",又称"古语云,莫使满帆风,常留转身地。此处世之(按:原缺)法",可惜,张居正引以为戒的处世法则并未称效,"时称老易,以为能得其用"的张居正于权变应对非不擅长,理国兴邦,考成安边,日理万机,尚且游刃自如,谋一撤身阶梯,又有何难!奈何有抄夺之祸?荷宏愿下的"不于自身求利益"正是关键,释老的遁世用意虽在个人的澄心解忧,却有忘怀得失的"无物"取向,甘为荷乃是天下之志的本心所在,更造就了不于自身求利的"无我"旨趣。如此的"物我两忘"自非道佛的出世思想可以笼罩,并有儒家的进取用世融于其中,尚有执着信念,不计得失的楚人气质蕴于其内。可知,工于谋国的张太岳并非拙于谋身,乃是不谋也。

张居正的荷宏愿同样关联于他的宰辅志业。宏愿虽发,了无用武之地的张居正依旧须作待时而动的龙剑之隐,严嵩的倒台带来新的机遇,张太岳不禁吟出了"狂歌嬝嬝天风发,未论当年赤壁舟"的诗句,欲与孙刘争雄的气度胸怀中已略见其志,"佳辰已是近中秋,万里清光自远天",失意时的满目肃杀已化作用世情怀下的勃然秋兴,清远廓落的景象正是明日施展抱负之无限空间的寄寓。历经入阁参政的新硎初试,势不可免的权力争斗后,江陵张居正身居首辅,辅弼幼主,中外大柄,尽握掌中,腰玉期许,竟成真实。凌云之志既遂,自当还他年宏愿,张太岳慨然以天下为己任,大事芟夷,廓清氛浊,综核名实,信赏必罚,尊主庇民,明张法纪,诏令风行,整饬武备,裁汰虚词,躬行实效,敦尚俭素,深固邦本。

张居正理国,取申、韩法治之猛药,力挽时弊,熟谙国家要务的他更于历代兴亡中深契人治之理。士阶层是运转整个国家机制的关键力量,其精神风貌、素养习性实于国运盛衰有举足轻重之意义,但"近来俗尚浇漓,士鲜实学",实令张居正焦虑不已,他对由此而致的"俗尚干求,词多浮靡"最是深恶痛绝,一针见血地指出此类文字"过为夸侈,多至数百千言,或本无实行,虚为颂美;或事涉幽隐,极力宣扬"。且不说好质恶饰的法家取向,即便是"巧言令色,鲜矣仁"的儒家传统于此亦不认可,王霸兼收的张居正自然要大加洗涤。士习浇漓若此,人心失统,所伤乃国家元气,固本培元当为要务,扭转士风最是迫切,"吾所恶者,恶紫之夺朱也,莠之乱苗也,郑声之乱雅也,作伪之乱学也",诚非自居正统的卫道面孔,乃是深沉忧患下的痛下针砭。"凡物颜色鲜好,滋味浓厚者,其本质皆平淡",此系张居正颇为认可的美学主张。其《暮宿田家》中的野老形象最堪为其美学理想之寄托:

> 暝投谷田港,野日沉荒岗。行子昧所如,假息墟里旁。野老喜客至,开门下严装。坐我茅簷下,饭我新炊粱。儿童四五辈,趋走行壶浆。篱囷有余粒,傍舍绕丛篁。攘袂再三起,向我夸耕桑。体貌虽村愚,言语多慨慷。世儒贵苛礼,文缛意则凉。大美不俟和,素质本无章。感此薄流俗,侧想歌皇唐。

传统诗赋的野老形象多数导源于《桃花源记》"黄发垂髫,并怡然自乐"的无忧印象,其中的铺叙亦大抵不出好客、具酒、话谈数事——而这些都可于世外桃源中觅得相似。凝聚了桃源意境的野老形象成了古代诗歌传统中安居忘世、田园隐逸的诗意点缀,于代不乏人的摹写中演变为中国诗史中的熟识面目。初读之下,张居正笔下的野老形象似乎并无多少新鲜之处,依旧是迎客备饭,把酒畅言的陈套,但"卒章显志"式的议论却明白无疑地将其于野老身上所寄托的美学理想和盘托出,野老古朴无华却情真意切,俗儒繁文缛节则虚情假意,素质无章的大美理念正是其一贯的美学追求。体貌村愚、言语慷慨的野老形象不仅寄寓着张太岳对抗流俗的审美取向,更有一种深层的美学关注孕育其中。"攘袂再三起,向我夸耕桑"最是全诗警句,村老状貌呼之欲出,堪为中国诗史中最为鲜活的野老形象。村氓的夸耀绝非田园的隐居之乐,如同贾府的焦大不会喜欢林妹妹一样,士人的隐逸自得是他们永远无法理解的,他们的哀乐系于收成的好坏、赋税的多寡,满心喜悦的极口夸赞全在丰收的年景、蠲免的租役。理国安民原是张居正一生事业,百姓的欣喜安居实乃其最为殷切的期待。"唯凭野老口,不立政声碑"①,村野老人发自内心地对客夸耀,即或未及己功,却也远胜丽辞满纸的虚文谀美。由此而言,诗中的野老实是一代名相张居正之政治理想最为形象的美学体现。

---

① 杜荀鹤《赠秋浦金明府长》,《全唐诗》卷六九一,中华书局1979年版,第7937页。

"愿以深心奉尘刹"的张居正既受先帝顾托,又承幼主宠渥,感激图报,以尊主庇民、振举颓废为急务,任法独断,操持一切,厉行改革,无所顾避,放言行事自多逸出常规处,不免与人口舌。而夹缠党争的明人议论诚不在宋人之下,"或一事而甲可乙否,或一人而朝由暮跖,或前后不觉背驰,或毁誉自为矛盾,是非淆于唇吻,用舍决于爱憎,政多纷更,事无统纪",尚质省文、务求实效的张居正对此本就十分厌恶,更以甘为蓐荐的无畏精神岿然而行,"仆以一身当天下之重,不难破家以利国,殒首以求济,岂区区浮议可得而夺者"。既已势成水火,更有夺情之事,立时群情汹涌,攻讦如潮。体国忧民的张居正本已身陷于忠孝难以两全的困苦中,既贪恋得来不易的鼎臣重权,更挂念惨淡经营的救弊心血,丧亲之痛的萦郁,伦理纲常的压力,夹杂缠绕,殚忧极瘁,而士情若此,无疑雪上加霜。然而,这纷纷朝议却彻底激起了张居正心中深藏着的楚人脾性,既受非常之恩,当有非常之报,非常者,固非常理之所能拘也,太岳慨然赋诗《独漉》篇:

> 独漉独漉,羊肠坂曲。积羽从轻,翻车折轴。彼何者鸟,来往翩翩。叽腐啄腥,吓凤惊鸾。蒉兮菲兮,贝锦是张。狺狗所吠,吠此宵行。同行窃金,按剑相疑。子实不良,畏我子知。衔珠向君,精光可烛。小人在旁,猥曰鱼目。国士死让,饭漂思韩。欲报君恩,岂恤人言。

虽有庄周的不屑,更多的却是《离骚》的怨愤,张居正咏竹时的岿然节操已隐然可见其同乡屈原的孤高气性,见谗受诬的同情感受更激起了这位楚相的岿行砥砺,"欲报君恩,岂恤人言"的慷慨激昂中曾不见三闾大夫"余心所善,九死无悔"的执着信念哉?"既已忘家殉国,遑恤其他!虽机穽满前,众镞攒体,不之畏也"与"虽体解吾犹未变兮,岂余心之可惩"的千古共鸣更堪为两位楚地人杰的悲情对话。虽同为楚调,二人终是有些不同的,贵族大夫屈原以巫觋的精诚专一执着于"安能以身之察察,受物之汶汶者乎"的令名节操,而芥民出身的张居正则以兼容心、禅的蓐荐精神悟得"得失毁誉关头,若打不破,天下事无一可为者",岸然生出"不但一时之毁誉有所不顾,虽万世之是非亦所不计"的傲世情怀。

苟利国家,生死以之,不因祸福而趋避,向来是中国政治家谋政立身的准则,张居正的深心宏愿虽于佛经悟得,溯其心路,"以公灭私"的经学传统与尽瘁忠良的青史谱系乃为远因。"仆今所谓,暂时虽不便于流俗,他日去位之后,必有思我者",所谓不计"万世是非"乃是激愤之言,"青史褒贬"是传统中足以凌驾君王的最高评判权力,更是历代士子人生标尺的终极裁断,实为张居正岿言深心的寄托所在。可惜的是,殁于位上的张居正竟陷于"当其柄政,举朝争颂其功而不敢言其过,及其既败,举朝争索其罪而不敢言其功"①的"生死市"中,同朝名士王世贞作传已有"心服江陵之

---

① 朱彝尊《明诗综》卷八六,清乾隆刊本。

功而不敢言,以世所曹恶也"①的违心曲笔,群小相传,真伪难定,史之失职,由以久也。然张江陵振纲剔弊,朝政一新,延祚数世,诚难泯灭,"恩怨尽时方论定,封疆危日见才难"的盖棺之论亦仅见张太岳的治国才力,不朽功烈,其人其情远未得矣。

  史或有阙,诗文可补,张居正自称生平"于学未有闻,惟是信心任真,求本元一念,则诚自信而不疑者",而其"为文不屑屑程度,不喜谲怪,第取境与神会,言与志足,而柔澹春融,得天然之致",其诗文足称心声矣。以务实为旨归的张居正最厌空文虚辞,所作大抵有为。应制酬唱当然身份妥帖,文辞典雅,赠友送别,却也情深不诡,缠绵婉致;言志抒怀,更是借题挥洒,一抒胸臆。张太岳虽有太白的奇情磊落,亦不乏少陵的民生关切,惜未身及李杜时代的文化生态,自难孕育诗仙、诗圣的文根慧心,却不妨碍诗歌成为其标举身份、寄意情志的心声载体。导源《三百》的诗歌传统在经历唐、宋的众体具备,诸题尽写后,华夏文化于诗中的意象凝结大致成熟,任何心境都可从悠久传统的丰厚底蕴中寻得与之契合的意象表述。张居正作诗喜用奇伟朗阔意象,如"高梧十寻""修竹"等正是其傲岸人格的无意识流露,"万里远空""飞瀑"则为其扫除弊欲之志的深层寄寓。熊十力先生对张居正之诗评价极高,称:"江陵诗甚峻美,格高境高,浩气潜运,真是盛德积中,英华外发。"尤以伟大庄严气象为胜,更以放翁"鸾旗广殿晨排仗,铁马黄河夜踏冰"句盛赞之②。张居正之诗不避重复,同题之作,多有意境相同处,并不多费心力搜刮新境,即熟悉之词,随手写出,唯在抒吐怀抱;其于字句锻炼亦不甚用心,读书甚多,尽取我用,唯在适志;用典贴切,颇见匠心,诗在言志,沧桑寄托中的历史共鸣最为动心惬意,张居正于诗的最大关注或即于此。循其诗心,立身元辅志,仕途蹭蹬情,历历可见;寄意山水间,心禅龙剑隐,昭然若揭;许身为蓐荐,宏愿报尘刹,江山禀性,斯人斯情,千载想望!

---

① 永瑢《四库全书总目》,中华书局 1965 年版,第 1596 页。
② 熊十力《与友人论张江陵》,上海书店出版社 2007 年版,第 184-185 页。

论唐寅诗歌的俗化倾向

朱雯

《中国俗文学史》中对俗文学所下的定义是:"通俗的文学""民间的文学""大众的文学","所谓俗文学就是不登大雅之堂,不为学士大夫所重视,而流行于民间,成为大众所嗜好,所喜悦的东西"。① 虽然俗文学在诞生的初期总是不为正统文人所重视、认可,但纵观中国古代文学史,文学的俗化和雅化总是交替往复地发生着,许多正统文学原本就是"俗文学"经过改造、升格而来。诗歌作为"雅文学"最重要的组成部分,其奉行的经典《诗经》中收录的大部分便是各地民歌。小说、戏曲也是如此,它们萌芽于民间,由"世代累积型"的集体创作逐渐发展为文人的个人创作,都可以看作是俗文学经历的"雅化"过程。然而明代中叶,以唐寅为代表的吴中派诗人,其诗歌却显示出了"俗化"的倾向。这种变化的产生应当被关注。唐寅出生并活跃于弘治、正德年间,恰处于台阁体衰落、复古派兴起的时代,然而他则以俚俗戏谑,甚至狂浪的诗风在诗坛独树一帜。郑振铎将唐寅及其代表的吴中派诗人称为"沙漠中的绿洲"②,给予了充分的肯定。

中国传统诗歌注重"格调","'调'就是指诗歌作品中情与理、意与象、诗与乐相结合所构成的具有动态特征的总体形态,或者说混合流;'格'即指这种混合流的境界、层次之高下。……作品中所表达的情感应该与社会现实生活密切相关,具有较大的普遍性,包含高尚深刻思想意义,而不只是个人狭隘的日常生活情绪,不只是一些庸俗的感官欲念。这样作品的'格'才能'高'"③。而唐寅诗歌,从诗歌的章法排布,所选取的意象,所表达的情感方面,都显露出了一种与传统诗歌审美取向不同的俗化倾向。这一点已经被许多学者认识到,罗宗强先生就将唐寅归纳为一个"徘徊于入仕与世俗之间"的文人,认为他"诗文的语言,亦明显地带着世俗化的痕迹"④。

---

* 作者为北京大学中文系博士研究生。

本文由《人大复印资料:中国古代、近代文学研究》2017年第1期全文转载。

① 郑振铎《中国俗文学史》,中央编译出版社2013年版,第1页。
② 郑振铎《插图本中国文学史》,北京出版社1998年版,第838页。
③ 廖可斌《复古派与明代文学思潮》,文津出版社1994年版,第204-205页。
④ 罗宗强《明代后期士人心态研究》,南开大学出版社2006年版,第191页。

也有不少关于唐寅的文学研究,提及了唐寅诗歌"尚俗"的特质。① 然而其"俗"究竟有哪些具体的表现,这样的俗化特质的产生原因又为何,学界还没有系统而深入的分析。本篇即着力于此,意图挖掘唐寅所处的时代环境、其个人经历和生活理念与其诗歌俗化的关联。

一、世俗化的生活与意象

文人诗歌风貌的形成必然会与文人所处的环境息息相关。唐寅作为吴中派的代表人物之一,其诗歌中也大量出现了对苏州地区民风民俗的描写,而此地民风中体现的对繁华的追求,是其他区域所不能比拟的。唐寅有《姑苏杂咏》四首,就记录了明代苏州的盛况:"银烛金钗楼上下,燕樯蜀柁水西东。万方珍货街充集,四牡皇华日会同。""小巷十家三酒店,豪门五日一尝新。市河到处堪摇橹,街巷通宵不绝人。""贫逢节令皆沽酒,富买时鲜不论钱。"②这些诗歌中特别突出地描写了姑苏的富饶、商业的兴盛,这是当时江南的世俗生活,也是唐寅热衷于用诗歌记录的真实场景。这种世俗的描写不是山水田园画,而是鲜活的民风人情画。而唐寅曾说:"四百万粮充岁办,供输何处似吴民?""繁华自古说金阊,略说繁华话便长。"可见这些世俗描写背后所表达出的情感,也是沉迷、自豪于这种奢靡繁华的生活。他的《阊门即事》诗,则又对苏州商业最繁华的地段——阊门内外进行了一番特写:

> 世间乐土是吴中,中有阊门更擅雄。翠袖三千楼上下,黄金百万水西东。五更市买何曾绝?四远方言总不同。若使画师描作画,画师应道画难工。③

阊门自古便是商贾云集、经济繁荣之地,因此,唐寅才得以写出"翠袖三千楼上下,黄金百万水西东"的诗句。之后担任吴县令的袁宏道评价此诗曰"实录",可见吴地如火如荼的集市景象也曾给袁宏道带来过同样的冲击。这首诗开篇便将吴中奉为人间乐土,而其成为乐土的原因并非是此地的自然风光,或是深厚的历史底蕴——这些传统诗人所喜爱的闪光点没有出现在诗作中,取而代之的是林立的妓楼,群聚的歌女,流水的金钱,以及通宵达旦营业的集市和集市上不同口音的商贾,这些世俗的场景成为唐寅关注的对象,呈现出与传统诗歌不同的风貌。

---

① 有关唐寅及其诗歌研究,论文有朱万曙《一个文学史不该忘却的作家——唐伯虎文学创作试论》、俞明仁《漫议唐伯虎》、孙植《论唐寅诗的情志内容及其人格表现》等,都从不同方面对唐寅诗歌的情志特点进行了探讨。邓晓东专著《唐寅研究》,在文献基础上整体把握了唐寅思想性格的因变,并从接受美学的角度发掘了他对后世的影响。买艳霞博士论文《唐寅研究》,认为唐寅诗歌的主题取向表现为高扬自我、讴歌生命、怀才不遇与归隐情怀;唐寅诗歌的艺术风格主要表现为富丽精工、平易流畅和俚俗直白。另有谢丹《唐寅文学研究》、吴波《唐寅思想及诗歌研究》,都提及了唐寅诗歌有"重情尚俗"的特质。
② 唐寅著,周道振、张月尊校《唐寅集》,上海古籍出版社2013年版,第51页。
③ 唐寅著,周道振、张月尊校《唐寅集》,上海古籍出版社2013年版,第48页。

的确,"吴中文化景泰、天顺间已得到较大恢复,成化、弘治时又得到更大发展"①,吴中文化的恢复,根本原因是商品经济的复苏。

> 吴中素号繁华,自张氏之据,天兵所临,虽不致屠戮,人民迁徙,实三都、戍远方者相继,至营籍亦隶教坊。邑里萧然,生计鲜薄,过者增感。正统、天顺间,余尝入城,咸谓稍复其旧,然犹未盛也。迨成化间,余恒三、四年一入,则见其迥若异境,以至于今,愈益繁盛。闾檐辐辏,万瓦甃鳞,城隅濠股,亭馆布列,略无隙地。舆马从盖,壶觞罍盒,交驰于通衢。水巷中,光彩耀目,游山之舫,载妓之舟,鱼贯于绿波朱阁之间,丝竹讴舞与市声相杂。凡上供锦绮、文具、花果、珍羞奇异之物,岁有所增,若刻丝累漆之属,自浙宋以来,其艺久废,今皆精妙,人性益巧而物产益多。②

在这种经济复苏、市民生活逐渐富裕的条件下,吴地聚集了大量文人墨客、商贾小贩、艺人工匠,他们皆是为此地繁华而来,自然也会欣赏繁华的世态,于是催生了一系列以大量资本为基础的产业,久而久之便形成了吴地崇尚奢靡的民风,和追求多金奢侈的市民文化,张瀚《松窗梦语》中便指出此地"人情以放荡为快,世风以侈奢相高"③。经济的繁华、民风的开放,使得吴中地区的文人更加注重物质和精神的双重享受,这不仅仅是唐寅的生活态度,更是吴中民众的生活态度。他们重视自身的价值和生活的享受,在这种心态下孕育出的文学作品,便有一种"世俗之趣"。"这种艺术趣味的基本特点,就是题材重日常琐事,表现多率真自然,语言尚俚俗明白,效果求怡心悦目。"④虽然吴中文人也创作诗歌,但他们的诗歌已不是传统意义上具有言志、教化作用的文学作品,价值观念的转变,使得他们更关注世俗生活,诗歌内容也更多偏向单纯的日常生活。吴中民风与士风的影响,对商业以及商业文化的开放态度,都使得唐寅诗歌中所出现的意境、格调都与传统诗歌有了极大的不同。

如其《江南四季歌》:

> 江南人住神仙地,雪月风花分四季。满城旗队看迎春,又见鳌山烧火树。千门挂彩六街红,凤笙鼍鼓喧春风。歌童游女路南北,王孙公子河西东。看灯未了人未绝,等闲又话清明节。呼船载酒竞游春,蛤蜊上市争尝新。吴山穿绕横塘过,虎丘灵岩复玄墓。提壶挈盒归去来,南湖又报荷花开。锦云乡中漾舟去,美人鬟压琵琶钗。银筝皓齿声继续,翠纱汗衫红映肉。金刀剖破水晶瓜,冰山影里人如玉。一天火云犹未已,梧桐忽报秋风起。鹊桥牛女渡银河,乞巧人排明月里。南楼雁过又中秋,惊然毛骨寒飕飕。登高须向天池岭,桂花千树天香浮。左持蟹螯右持酒,不觉今朝又重

---

① 廖可斌《复古派与明代文学思潮》,文津出版社1994年版,第129页。
② 王锜《寓圃杂记》,中华书局1997年版,第42页。
③ 张瀚《松窗梦语》,中华书局1985年版,第139页。
④ 袁行霈《中国古代文学史》第四卷,高等教育出版社1999年版,第6页。

九。一年好景最斯时,橘绿橙黄洞庭有。满园还剩菊花枝,雪片高飞大如手。安排暖阁开红炉,敲冰洗盏烘牛酥。销金帐掩梅梢月,流酥润滑钩珊瑚。汤作蝉鸣生蟹眼,罐中茶熟春泉铺。寸韭饼,千金果,鳖裙鹅掌山羊脯。侍儿烘酒暖银壶,小婢歌兰欲罢舞。黑貂裘,红氍毹,不知蓑笠渔翁苦!①

诗作描写了江南四季的繁华场景,有"蛤蜊上市争尝新""金刀剖破水晶瓜""左持蟹螯右持酒""敲冰洗盏烘牛酥"等的美食描写,有"美人鬓压琵琶钗""销金帐掩梅梢月"等的美色描写,有"千门挂彩六街红""橘绿橙黄洞庭有"的视觉冲击,有"银筝皓齿声继续""小婢歌兰欲罢舞"的听觉享受。这些世俗的繁华与喧闹,是吴地日常生活的真实面貌,一年四季地更替、延续。诗人怀着一种赞许的心态描述了这一切,被选取入诗的意象都是极为世俗与物质的,这种意象与其构成的情境,是和当时吴中地区富饶、繁荣乃至奢靡的城市风格完全相符的。诗中并未包含对时事的针砭,也看不出个人理想的抒发,纯粹是对民间世俗场景的描写与肯定,是世俗生活在诗歌中的反映。甚至在《春江花月夜》诗中,诗人看到的也是"春江流粉气,夜水湿裙罗",感受到的则是"欢来意不持,乐极词难陈"。② 这样的环境,以及诗人自身的喜好,才会让唐寅诗歌在意象的选择上更偏重于那些贴近世俗化奢靡生活的场景。

而唐寅本身也是积极参与到这种世俗的享乐生活中的。观其诗作,有一个重要意象频频出现——酒,虽然酒也是传统诗歌当中的经典意象,但在唐寅笔下它们所包含的情感功效则有所不同。古往今来的文人多数好酒,为酒而作的诗歌更是数不胜数,酒因此也被赋予了特殊的文化意蕴,陶渊明可以"衔觞赋诗,以乐其志",用酒来表达人生理想;李白则"举杯消愁愁更愁",以酒排遣壮志未酬的苦闷;而唐寅诗中所出现的酒,以及饮酒的自己,多是在追求一种单纯的享乐:

戒尔无贪酒与花,才贪花酒便忘家;多因酒浸花心动,大抵花迷酒性斜。

酒后看花情不见,花前酌酒兴无涯;酒阑花谢黄金尽,花不留人酒不赊。③

喝酒赏花,并非为了抒发情志,而是对一种生活状态的描写,唐寅没有借酒消愁,也没有以花自比,借物喻人。他喝酒是为了满足口腹之欲,而赏花其实是指代欣赏如花似玉的美女,也是在满足自己的声色之欲。"酒浸花心动""花迷酒性斜"等诗句,将诗人耽溺于酒色的状态描写得淋漓尽致,也可以感受到诗人美女在旁、豪饮赋诗的喧闹场景。当"黄金尽"时,酒与色便又都离他远去,此时的诗人似乎感到一丝惆怅,而这种惆怅也是与金钱散尽相关的,充斥着世俗生活的烟火气,也是诗人真实心理和生活状态的反映。

此外,唐寅经常在诗中表达对李白的崇敬、喜爱之情,甚至在《把酒对月歌》中,

---

① 唐寅著,周道振、张月尊校《唐寅集》,上海古籍出版社2013年版,第32页。
② 唐寅著,周道振、张月尊校《唐寅集》,上海古籍出版社2013年版,第11页。
③ 唐寅《花酒》,周道振、张月尊校《唐寅集》,上海古籍出版社2013年版,第63页。

更是说出了"我学李白对明月,白与明月安能知!李白能诗复能酒,我今百杯复千首"①,直接以李白自况,意在发扬李白纵酒赋诗、自由逍遥的人生态度。他的《进酒歌》,多被后代人评价为仿照李白《将进酒》所作:

> 吾生莫放金巨罗,请君听我进酒歌;为乐须当少壮日,老去萧萧空奈何?朱颜零落不复再,白头爱酒心徒在;昨日今朝一梦间,春花秋月宁相待?洞庭秋色尽可沽,吴姬十五笑当垆;翠钿珠络为谁好,唤客哪问钱有无?画楼绮阁临朱陌,上有风光消未得;扇底歌喉窈窕闻,尊前舞态轻盈出。舞态歌喉各尽情,娇痴索赠相逢行;典衣不惜重酩酊,日落月出天未明。君不见刘生荷锸真落魄,千日之醉亦不恶;又不见毕君拍浮在酒池,蟹螯酒杯两手持。劝君一饮尽百斗,富贵文章我何有?空使今人羡古人,总得浮名不如酒。②

虽然两首诗都在表达人生短暂,要及时行乐的思想、气象却有所不同。李白诗中"古来圣贤多寂寞,唯有饮者留其名""呼儿将出换美酒,与尔同销万古愁"之句,表达的是李白在现实生活中受到挫折,转而沉溺于豪饮间,借酒消愁的意味,而"钟鼓馔玉不足贵,但愿长醉不复醒",这种不惜散尽千金的态度,在些许遭到现实打击的愁绪衬托下,显得更为旷达与豪迈;而唐寅诗中虽然也有"典衣不惜重酩酊,日落月出天未明"的豪饮气度,却仅仅是个人享乐意愿的表达与满足。李白诗所选择的意象,如"君不见黄河之水天上来,奔流到海不复回。君不见高堂明镜悲白发,朝如青丝暮成雪",想象绮丽,意境阔达,透露着他一贯的浪漫主义情思;而唐寅诗中的意象,则都是世俗生活中所常见的"洞庭秋色""画楼绮阁",歌妓们"唤客不问钱有无",但令人联想起的却是歌楼林立,歌女当街招客,极尽奢靡的商业场景,之后的"娇痴索赠相逢行",也更像是一种商业行为。这种对世俗生活的关注与描写,正是唐寅置身市井,赞美市井生活的表现,是对个体享乐的充分肯定。

二、商业化的渗透和金钱观

吴中商业的繁盛,催生了一些新兴产业的发展,书画买卖便是其中之一。如商贾云集的阊门内外,"除了各种商业的行会公所外,阊门内专诸巷有专门的艺术品市场……如詹景凤记其乡人叶氏购得《葛仙翁移居图》一卷,专程'持入吴装潢'。可证苏州装裱,精于别处。苏州并以多出装潢之名手而闻名全国。装裱之精良,也可看作是苏州书画业市场发展到一定程度的明证"③。这样的市场,无疑也为当时当地的士人们提供了一种新的生活出路,这种出路也被士人们广泛接受了:"吴中有许多有名的书画家,他们的作品为当时许多达官巨商所喜爱。他们有的通过关系,直接从

---

① 唐寅著,周道振、张月尊校《唐寅集》,上海古籍出版社2013年版,第22页。
② 唐寅著,周道振、张月尊校《唐寅集》,上海古籍出版社2013年版,第30页。
③ 张长虹《品鉴与经营:明末清初徽商艺术赞助研究》,北京大学出版社2010年版,第61—62页。

书画家那里购买,有的通过商业流通渠道购买。吴中附近的徽商,就是重要的买主。"①

唐寅也是书画产业中的一分子。科举失败后,出卖字画成为唐寅生活的经济来源,他又出身于商人家庭,对这种行为的接受度就会更高,而大量的记载也表明他确与商人来往密切,更将自己的书画作品看成商品出售。李诩的《戒庵老人漫笔》中便记录"唐子畏曾在孙思和家有一巨本,录记所作,簿面题二字曰'利市'"②。可见唐寅对书画商业化接受程度之高。从一些诗作中,可以看出唐寅本身对自己卖画生计不仅接受,更引以为豪,其《言志》诗便写道:"不炼金丹不坐禅,不为商贾不耕田;闲来写就青山卖,不使人间造业钱。"《自笑》诗中也道:"百年障眼书千卷,四海资身笔一枝。"③这样的谋生手段、生活环境早已将唐寅拉入了一个世俗化的世界中,与传统士大夫"家国天下"的理念有了明显的分离。

唐寅的诗歌创作也与其书画创作密不可分,这表现在唐寅大量题画诗的创作上。他的诗歌中有536首以"题画"为主题的作品,这些作品中有题自画作,有题他人画作,亦有题扇诗。从一些题画诗的题目中,可以得知他的画作是受人所托为他人所画,或是一些酬赠之作,如《为吴徵君写韦庵图并赠以诗》《画呈何老大人》《题画·画呈李父母大人先生》《农训图·奉为继庵尹老大人写》等,不可否认这些画作连带题画诗中,有一部分被当作商品进行了交易。而这些题画诗也明显地体现了唐寅诗歌俗化的特点,如其《为南隐先生写》中有"我把新诗聊见意,祝君眉寿到三千"④,《题自画吕蒙正雪景》中有"冰雪风云事不同,今朝尊贵昨朝穷;穷时多少英雄伴,名字应留夹袋中"⑤。究其俗化原因,可能题画诗创作时间较短,随意性更强,更要兼顾顾主的要求。"画家最常遇到的,只是约略知道顾主一般的期望……这通常更近似迈克尔·巴克桑德尔所谓的对画家的'嘱托'。"⑥更因为这些诗歌存在的本身便是世俗化生活的一部分,出卖字画是唐寅求取功名失败后的出路,而这出路决定了他的生活环境和生活旨趣,他的很多诗歌从创作伊始,便存在着世俗化的要求,反映着世俗化的情趣。

唐寅的诗歌创作,本身就已经是充满着金钱、物欲的世俗生活的一部分,而唐寅诗歌中,也常常出现有关"钱"的意象。唐寅好酒,写下过许多诗歌咏酒,但"酒"也往往伴随着"酒钱"意象的出现。如《桃花庵歌》中"桃花仙人种桃树,又摘桃花换酒

---

① 罗宗强《明代后期士人心态研究》,南开大学出版社2006年版,第157—158页。
② 李诩《戒庵老人漫笔》,中华书局1982年版,第16页。
③ 唐寅著,周道振、张月尊校《唐寅集》,上海古籍出版社2013年版,第88页。
④ 唐寅著,周道振、张月尊校《唐寅集》,上海古籍出版社2013年版,第436页。
⑤ 唐寅著,周道振、张月尊校《唐寅集》,上海古籍出版社2013年版,第131页。
⑥ 高居翰《画家生涯:传统中国画家的生活与工作》,三联书店2012年版,第87页。

钱"①,《咏渔家乐》中"世泰时丰乌米贱,买酒颇有青铜钱"②,有钱时将钱买酒,钱不够时则"典衣不惜重酤酊"③,竟把衣服当了买酒。乃至无钱时"赊酒"来喝,如"花月世间成二美,傍花赏月酒须赊"④,"酒阑花谢黄金尽,花不留人酒不赊"⑤。直至连赊也不能赊时,诗人便只能无奈了:"漫劳海内传名字,谁论腰间无酒钱?"⑥——虽然盛名远扬,谁料腰间缺少酒钱呢,这种淡淡的自嘲中也透露出了其对金钱缺乏的哀怨。"酒钱"意象如此频繁地出现,有钱时的得意与欢愉,无钱时的自嘲与郁闷,都为传统文人豪客饮酒赋诗的情境蒙上了一层商业化的色彩。

唐寅的确有生活窘迫的时候,他会埋怨无人买他的字画:"信是天公真戏我,无人来买扇头诗。""肯嫌斗粟囊钱少,也济先生一日穷。""湖上水田人不要,谁来买我画中山。"⑦士大夫可以对金钱嗤之以鼻,可以"不为五斗米折腰",然而在世俗的生活当中,金钱却是不得不面对的难题,甚至在一些诗作中,唐寅直截了当地说出了金钱的重要性:

书籍不如钱一囊,少年何苦擅文章?十年掩骭青衫敝,八口啼饥白稻荒。草阁读经冰满砚,布衾栖梦月登床;三千好献东方朔,来伴山人赞法王。⑧

诗人想到了自己衣衫褴褛,全家饥寒交迫的状况,甚至直接表达了书籍不如金钱这样为传统士大夫所不齿之论。与之类似穷困窘迫境地杜甫也曾遇到过,"布衾多年冷似铁,骄儿恶卧踏里裂",然而正统文人的情怀却是"安得广厦千万间,大庇天下寒士俱欢颜",杜诗格调之高也在于此;反观唐寅之诗,则体现的是市民的世俗心态,格调是俗的,却也是真实情感的体现。唐寅年少时也曾如正统文人那般应试科考,也曾有"名不显时心不朽,再挑灯火看文章"⑨的抱负,但被科场案牵连,又被黜充吏役,他求取功名的梦想也随之破碎。之后多数的日子里唐寅都过着放浪形骸的生活,然而传统文人的特质并非没有在他身上留下印记。面对生活的窘境,一方面他能够直白地表达对金钱的渴求,另一方面,他也曾自我宽慰道"旁人笑我谋生拙,拙在谋生乐有余。""立锥莫笑无余地,万里江山笔下生。"⑩"先生贫似洗,不肯羡腰缠。"⑪也

---

① 唐寅著,周道振、张月尊校《唐寅集》,上海古籍出版社2013年版,第21页。
② 唐寅著,周道振、张月尊校《唐寅集》,上海古籍出版社2013年版,第35页。
③ 唐寅《进酒歌》,周道振、张月尊校《唐寅集》,上海古籍出版社2013年版,第30页。
④ 唐寅《花月诗》其四,周道振、张月尊校《唐寅集》,上海古籍出版社2013年版,第74页。
⑤ 唐寅《花酒》,周道振、张月尊校《唐寅集》,上海古籍出版社2013年版,第63页。
⑥ 唐寅《言怀之二》,周道振、张月尊校《唐寅集》,上海古籍出版社2013年版,第56页。
⑦ 唐寅《风雨淹旬厨烟不继涤砚吮笔萧条若僧因题绝句八首奉寄孙思和》,周道振、张月尊校《唐寅集》,上海古籍出版社2013年版,第109页。
⑧ 唐寅《赠徐昌国》,周道振、张月尊校《唐寅集》,上海古籍出版社2013年版,第60页。
⑨ 唐寅《夜读》,周道振、张月尊校《唐寅集》,上海古籍出版社2013年版,第88页。
⑩ 唐寅《风雨淹旬厨烟不继涤砚吮笔萧条若僧因题绝句八首奉寄孙思和》,周道振、张月尊校《唐寅集》,上海古籍出版社2013年版,第109页。
⑪ 唐寅《写真二帧》,周道振、张月尊校《唐寅集》,上海古籍出版社2013年版,第402页。

曾在诗歌中秉持"贫士"气节,作《贫士吟》十首,将金钱视为身外之物,认为"贫士囊无使鬼钱,笔锋落处绕云烟"①。这表面上对金钱的不屑和穷中作乐的姿态,看起来更像是一介文人在面临穷困境地时还要保留的一些自尊。但这恰恰也表明了唐寅作为一个"徘徊于入仕与俗世之间"的文人,对金钱那种坦然却又复杂微妙的心态。

三、口语化和民歌化的诗歌创作

明人顾元庆云:"解元唐子畏,晚年作诗,专用俚语,而意愈新。"②唐寅诗歌不讲求章法,不追求字斟句酌,恰恰符合俗文学"粗鄙,未经雕琢"的特质,而这"未经雕琢"突出地表现在唐寅诗歌中口语的运用上。如他所作《七十词》:

> 人年七十古稀,我年七十为奇。前十年幼小,后十年衰老;中间止有五十年,一半又在夜里过了。算来止有二十五年在世,受尽多少奔波烦恼。③

这首古诗语言浅白,与口语几乎无异,仿佛只是友人间随口谈心时的话语,毫无雕琢之感。又如《醉时歌》中"……它来谋你你谋我,冤冤报报不曾差……不是冤家头不聚,铁枷自有爱人担。几番死兮几番活,大梦无凭闲聒聒……拼却这条穷性命,刀山剑岭须经历……"④不仅文辞口语化,其中更有不少俗语,可能就是当时民间所流行,被唐寅直接化用至诗中,显现出一种活泼泼的风貌和气息。

而唐寅的律诗也同样经常随心所欲,不讲求章法排布。如:

> 有灯无月不娱人,有月无灯不算春。春到人间人似玉,灯烧月下月如银。满街珠翠游邨女,沸地笙歌赛社神。不展芳尊开口笑,如何消得此良辰?⑤

> 多凭乖巧讨便宜,我讨便宜便是痴。系日无绳那得住?待天倚杵是何时?随缘冷煖开怀酒,懒算输赢信手棋。七尺形骸一丘土,任他评论是和非。⑥

这些虽是律诗,却并不讲求严格的对偶与平仄,言辞可能只比口语稍文雅一点而已,袁宏道也评价《元宵》诗为"俚甚"。然而,虽然唐寅诗歌的语言浅白甚至粗鄙,但这种不加雕琢的语言却更加能够透露出一种民间生活气息,其真实感与鲜活感是传统文人雅致的诗歌无法传达的。因此,钱谦益在《列朝诗集小传》中对唐寅诗歌做出了肯定的评价:"伯虎诗……晚益自放,不计工拙,兴寄烂漫,时复斐然。"⑦

---

① 唐寅著,周道振、张月尊校《唐寅集》,上海古籍出版社2013年版,第113页。
② 顾元庆《夷白斋诗话》,何文焕辑《历代诗话(下册)》,中华书局2004年版,第801页。
③ 唐寅著,周道振、张月尊校《唐寅集》,上海古籍出版社2013年版,第31页。
④ 唐寅著,周道振、张月尊校《唐寅集》,上海古籍出版社2013年版,第25页。
⑤ 唐寅《元宵》,周道振、张月尊校《唐寅集》,上海古籍出版社2013年版,第73页。
⑥ 唐寅《避事》,周道振、张月尊校《唐寅集》,上海古籍出版社2013年版,第88页。
⑦ 钱谦益《列朝诗集小传》,上海古籍出版社1983年版,第297页。

唐寅诗歌语言俗化的另一表现,则是其诗歌向民歌的靠拢。吴地自古有民歌传唱,而明代以来一些新的"时尚小令",更是"不问南北,不问男女,不问老幼良贱,人人习之亦人人喜听之,以至刊布成帙,举世传颂,沁人心腑,其谱不知从何来,真可骇叹"①。唐寅创作的诗歌中,有18首直接以"歌"为题的七言古诗,其中颇多如"我魄虽无李白才,料应月不嫌我丑"②"死见阎公面不惭,才是堂堂好男子"③这样俚俗的诗句,绝非主张"真诗在民间"的李梦阳等人所作拟古乐府民歌,而是更加贴近民间生活、更为世俗化的作品。而民歌般的语言如"百忍歌,百忍歌,人生不忍将奈何?"④"浅浅水,长长流,来无尽,去无休。"⑤这种叠词叠字的运用,与之后的民歌语言也十分相近。另一些诗作中所表现出的男女恋爱场景及情态,更是与民歌的主题十分类似。如《妒花歌》:

  昨夜海棠初着雨,数朵轻盈娇欲语。佳人晓起出兰房,折来对镜比红妆。问郎花好奴颜好?郎道不如花窈窕。佳人见话发娇嗔,不信死花胜活人!将花揉碎掷郎前,请郎今夜伴花眠。⑥

此诗前半部分还存有一丝文人气息,但后半部分描绘的男女对话,女子娇嗔,揉花,并对情郎做出的"惩戒",描写的都是一些难登大雅之堂的场景,虽极俗,却也极真。唐寅另一首《戏题》诗中也描绘了郎情妾意的场景:"休采花,采花蝴蝶飞;休扑蝶,扑蝶伤花枝。娟娟戏双蝶,临风对花不忍折。君似蝶,妾似花;花开能几日?蝴蝶过西家。"⑦这些场景的描写极少出现在正统诗歌当中,但在民歌中频繁出现。如成化年间金台鲁氏所刊《四季五更驻云飞》:"你跪在床前,巧语花言莫要缠。我更愁无限,你休闲作念。嗟,莫想共衾眠,过一边。莫入兰堂,还去花街串。我放下绫绡各自眠。"⑧其表达就与唐寅《妒花歌》的意境场景非常相近。唐寅诗歌中所表现出的民歌化特点,正是其诗歌的新奇之处。这种曲化的诗不仅打破了传统诗歌的审美标准,也对传统价值观念做出了挑战。王世贞便评价"唐伯虎如乞儿唱《莲花落》"⑨,一来表现了正统文人对唐寅这种俚俗诗风的不屑,二来也让人认识到了唐寅诗歌的民歌化特点。唐寅《花下酌酒歌》中曾描绘了他"花前拍手唱山歌"的场景,由此便也可以看出他对民歌的喜爱,一者吴地本身民歌盛行,二者唐寅本身对民歌接受度亦高,这可能是唐寅诗歌带有民歌特质的原因。

---

① 沈德符《万历野获编》,中华书局1959年版,第647页。
② 唐寅《把酒对月歌》,周道振、张月尊校《唐寅集》,上海古籍出版社2013年版,第22页。
③ 唐寅《默坐自省歌》,周道振、张月尊校《唐寅集》,上海古籍出版社2013年版,第24页。
④ 唐寅《百忍歌》,周道振、张月尊校《唐寅集》,上海古籍出版社2013年版,第28页。
⑤ 唐寅《世情歌》,周道振、张月尊校《唐寅集》,上海古籍出版社2013年版,第27页。
⑥ 唐寅著,周道振、张月尊校《唐寅集》,上海古籍出版社2013年版,第31页。
⑦ 唐寅著,周道振、张月尊校《唐寅集》,上海古籍出版社2013年版,第15页。
⑧ 郑振铎《中国俗文学史》,中央编译出版社2013年版,第382页。
⑨ 王世贞《艺苑卮言》,丁福保辑《历代诗话续编》,中华书局1983年版,第1034页。

无论是口语化还是民歌化的诗歌,都是唐寅诗歌俗化的特征,而这种俗化源于唐寅对世俗生活的接纳,民间文化已经渗透到了他的世界中,影响到了他的文学创作。明代中晚期涌现了一批游离于仕途与世俗边缘的文人,江南地区尤甚,这些文人融入世俗的深浅不同,也会造成他们的诗歌创作俗化程度有所差异。而唐寅"周围的人物中,除祝允明、张灵之外,没有在行为和生活情趣上比他更深地融入世俗社会的了",也"没有一位明代文人像他那样为世俗社会广泛接受"①,如文徵明与唐寅都曾为唐寅所作《红拂妓》画题诗,两人诗歌风貌便迥然不同:

唐寅《题自画红拂妓卷》:

　　杨家红拂识英雄,着帽宵奔李卫公;莫道英雄今没有?谁人看在眼睛中。

文徵明《题六如红拂妓二首》(其一):

　　把拂临轩一笑通,宵奔曾不异桑中。却怜扰扰风尘际,能识英雄李卫公。②

唐寅诗中"今没有""眼睛中"等语,明显较文徵明诗更为俗化。文徵明同样也仕途不得意,也出卖字画,然而他曾十次应试,虽都未中第,但可表明他仍然认为入仕乃文人正途,他在世俗的世界中比唐寅较为游离,其诗歌也较唐寅显得更为正统。诗歌作为个人化的写作,可以抒情言志,如何抒情言志则与作者的个人经历、性格情感相关。因此,世俗化的倾向或许在其他文人买卖字画、纵情声色的生活方式上有部分的体现,却只有唐寅将"日常生活"化于文学,在诗歌创作上强烈地表现出俗化特征,具有了某种代表意义。

四、结语

对理学的反击、对佛道思想的接纳也应是唐寅诗歌俗化的内在理蕴。唐寅所生活的时期,台阁体仍旧弥漫于文坛间,台阁体诗人们以应制颂圣、粉饰太平为能事,诗歌内容平庸空洞,又继承了江西派的理学传统,讲求诗文"明道""宗经"。出于对理学的不屑与抵触,唐寅行事不拘礼法,诗歌题材也往往注重个人欲念的表达,他在《默坐自省歌》中,更是直接对理学家要求的克制人欲观点进行了抨击,他说:"食色,性也古人言,今人乃以之为耻。及至心中与口中,多少欺人灭天理。"袁宏道评价此诗曰:"说尽假道学!"这种对"人欲"的肯定,与晚明时期的王学左派思潮一脉相通。而佛道思想更是让他主张及时行乐,而其诗歌不讲求章法,自由表达情感,甚至大量使用口语化言辞的特点,也对袁宏道所代表的性灵派所谓"大都独抒性灵,不拘格套,非从自己胸臆流出,不肯下笔"的主张有所影响。

---

① 罗宗强《明代后期士人心态研究》,南开大学出版社2006年版,第186页。
② 唐寅著,周道振、张月尊校《唐寅集》,上海古籍出版社2013年版,第125页。

需要注意的是，唐寅诗歌中也有诸如对渴望建功立业、关注民生疾苦等传统诗歌题材的书写，但这并不能抹杀唐寅诗歌俗化的突出特质。其实唐寅既会在诗中对科举念念不忘，说"二十年余别帝乡，夜来忽梦下科场"①，又时时感慨"功名回首信浮云"②，这本身就体现出了他在世俗与正统之间游走。当然唐寅毕竟接受过传统儒家文化教育，而诗歌作为延续数百年的正统文学，不可能在朝夕之间就发生完全的俗化。唐寅诗歌的俗化是一种倾向，也是一个过程，所反映的是此间此际向世俗化发展的市民生活。但唐寅诗歌俗化程度之深，在当时的文人群体中堪称典型，这也是诗歌随着作者的际遇和心理变化所展现的特殊风貌。可以说，这种风貌特征属于唐寅，也属于他所处的那个时代。

---

① 唐寅《梦》，周道振、张月尊校《唐寅集》，上海古籍出版社2013年版，第89页。
② 唐寅《题自画桑维翰铁研卷》，周道振、张月尊校《唐寅集》，上海古籍出版社2013年版，第130页。

曾国藩治兵诗文的创作意图与文体新变

左鹏军

曾国藩在其一生的文学创作及其他写作活动中,除了留下种类繁复、数量众多的诗歌、文章、家书、日记、书信、奏稿、札记等之外,还有一部分以军事教育、军队纪律、士兵训练、行军打仗等为中心内容的通俗诗文作品是值得特别注意的。曾国藩的治兵通俗诗文包括通俗七言军歌、营规与营制公文、晓谕与劝诫公文三种形式,全部创作于训练并率领湘军与太平军作战期间,其内容也全部与军事训练、军纪管理、作风建设等军队教育密切相关。这些通俗诗文创作及与此相关的活动,既反映了曾国藩文学创作、公文写作、政治思想、军事活动的一个重要侧面,也反映出他具有个性特征和时代色彩的文体观念,而且透露出近代以来中国传统文体在中西古今多种文化因素构成的日益新奇的文学、语言和文化背景下开始进行自我调适且发生深刻转变的文体史信息。

一、通俗七言军歌

曾国藩通俗诗文创作中数量最多、最为重要的形式为句法整齐的长篇七言歌谣,包括《保守平安歌三首》《水师得胜歌》《陆军得胜歌》《爱民歌》和《解散歌》等。这些以整齐通俗的七言句子组成的歌谣,虽然篇幅较长,每首一般在六七十句、四五百字之间,但遣词用语通俗简单、口语化、民间化特点突出,一般每句押韵,每隔数句则根据内容和诵读需要自如换韵,自由灵活,平易晓畅,朗朗上口,易记易诵,便于在士兵中流传,具有便于众多士卒口头集体记诵、共同歌咏的实用性特点。这些作品全部是在对太平军作战期间所作,或用于告知百姓、安定民心,或用于训示士卒、严格军纪,或用于倡导宣传、鼓舞士气,也有的用于宣传优待俘虏政策,集中体现了曾国藩的治军思想和带兵原则,也可以说,这些用于宣传鼓动的通俗歌谣就是曾国藩对太平天国作战过程中军事思想武器的一个重要组成部分,从这一特殊角度反映了曾国藩治军原则、作战策略的产生和成熟过程。

《保守平安歌三首》分为"莫逃走""要齐心"和"操武艺"三个部分,咸丰二年(1852)作于湖南湘乡,即太平天国金田起义的第二年,是今天所见曾国藩所作最早

---

* 作者为广东省高等学校"珠江学者"特聘教授,华南师范大学国际文化学院、文学院教授,博士生导师。本文为国家社会科学基金项目"中国近代文体观念与文体演变研究"(项目编号:10BZW071)的阶段性成果。

的一首通俗诗歌,反映了曾国藩的军队教育思想和对太平军作战的基本军事策略,也是其后多首同类通俗诗歌创作的开端。《第一,莫逃走》写道:"众人谣言虽满口,我境切莫乱逃走。我境僻处万山中,四方大路皆不通。我走天下一大半,唯有此处可避乱。走尽九州并四海,唯有此处最自在。别处纷纷多扰动,此处却是桃源洞。若嫌此地不安静,别处更难逃性命。……我境大家要保全,切记不可听谣言。任凭谣言风浪起,我们稳坐钓鱼船。一家安稳不吃惊,十家太平不躲兵。一人当事不害怕,百人心中有柄把。本乡本土总不离,立定主意不改移。地方公事齐心办,大家吃碗安乐饭。"①《第二,要齐心》写道:"我境本是安乐乡,只要齐心不可当。一人不敌二人智,一家不及十家强。你家有事我助你,我家有事你来帮。若是人人来帮助,扶起篱笆便是墙。……我们如今定主意,大家齐心共努力。一家有事闻锣声,家家向前作救兵。你救我来我救你,各种人情各还礼。纵然平日有仇隙,此时也要解开结。纵然平日打官方,此时也要和一场。大家吃杯团圞酒,都是亲戚与朋友。百家合成一条心,千人合做一双手。"②《第三,操武艺》写道:"要保一方好土地,大家学些好武艺。武艺果然学得精,纵然有事不受惊。……读书子弟莫骄奢,学习武艺也保家。耕田人家图安静,学习武艺也不差。匠人若能学武艺,出门也有防身计。商贾若能学武艺,店中大胆做生意。雇工若能武艺全,又有声名又赚钱。白日无闲不能学,夜里学习也快乐。临到场上看大操,个个显出手段高。各有义胆与忠肝,家家户户保平安。"③这种通俗歌谣的创作用意、主要内容、表现手法和形式特点由此已可见一斑。这首歌谣的三个部分,从"莫逃走""要齐心"到"操武艺",构成了一种比较完整的从稳定自我、坚定信心到练兵抵抗的逻辑关系,形成了一个从防守、稳固到反抗的心理调整、行动准备的过程,具有很强的实用性和针对性,奠定了后来所作同类通俗歌谣的形式基础。

在与太平军作战过程中,除了以陆军为主力之外,曾国藩还适时建立了水军,以利于在南方多河流湖泊地区作战。为了鼓舞水军士气,曾国藩特于咸丰五年(1855)在江西南康水军营地创作了《水师得胜歌》,歌中写道:"三军听我苦口说,教你水战真秘诀。第一船上要洁净,全仗神灵保性命。早晚烧香扫灰尘,敬奉江神与炮神。第二湾船要稀松,时时防火又防风。打仗也要去得稀,切莫拥挤吃大亏。……第七不可抢贼赃,怕他来杀回马枪。又怕暗中藏火药,未曾得财先受伤。第八水师莫上岸,止许一人当买办。其余个个要守船,不可半步走河沿。平时上岸打百板,临阵上岸就要斩。八条句句值千金,你们牢牢记在心。我待将官如兄弟,我待兵勇如子侄。你们随我也久长,人人晓得我心肠。愿尔将官莫懈怠,愿尔兵勇莫学坏。未曾算去先算回,未曾算胜先算败。各人努力各谨慎,自然万事都平顺。仔细听我《得胜歌》,

---

① 曾国藩《曾国藩全集·诗文》,岳麓书社1986年版,第422-423页。
② 曾国藩《曾国藩全集·诗文》,岳麓书社1986年版,第423-424页。
③ 曾国藩《曾国藩全集·诗文》,岳麓书社1986年版,第424-425页。

升官发财笑呵呵。"①值得注意的是,在中国古代及近代军事史上,水军的建设和作战经验是相当薄弱的,而与太平军的对峙主要在河流湖泊众多的南方地区展开,水上战斗几乎不可避免。可见曾国藩重视水军具有充分的必要性,反映了他对整个战局的清晰认识和有效把握。从文体形式上说,这是曾国藩首次在军歌中完整而成熟地运用从"第一"到"第八"的序数表达形式,基本上采取流畅平易、顺口而歌、逐项宣讲要求、每一条一换韵、最后总括鼓动的方式。这种成熟稳定的形式明显提高了歌谣的条理性和清晰度,有利于军事思想、军纪训示、战术要求的清晰完整表达,而且显然提高了这类军事歌谣的可读可诵、可接受可理解性,大大方便了士兵的记诵歌咏,有利于在士兵中传唱。如此,则身兼作者与军事统帅于一身的曾国藩的创作目的也就可以得到更加充分地实现。这种从"第一"到"第八"以序数形式结构全篇、表达军事思想、军纪要求的歌谣结构,使曾国藩找到了一种最恰当、最适合的文体形式和表达形式,标志着他以通俗歌谣体式创作军歌在形式上走向了成熟。

咸丰六年(1956)作于江西南昌的《陆军得胜歌》虽然只有六条,但同样采用了以数字为结构纲目这种简单明快、条理清晰、易记易诵、便于流传的七言歌谣形式:"三军听我苦口说,教你陆战真秘诀。第一扎营要端详,营盘选个好山冈。不要低洼潮湿地,不要一坦大平洋。后有退步前有进,一半见面一半藏。看定地方插标记,插起竹竿牵绳墙。绳子围出三道圈,内圈略窄外圈宽。……第六兵勇要演操,清清静静莫号嘈。早习大刀并锚子,晚习扒墙并跳壕。壕沟要跳八尺宽,墙子要爬七尺高。树个把子十丈远,火球石子手中抛。……者个六条句句好,人人唱熟是秘宝。兵勇甘苦我尽知,生怕你们吃了亏。仔细唱我《得胜歌》,保你福多又寿多。"②这首《陆军得胜歌》距《水师得胜歌》之作仅相差一年,可见曾国藩对水陆军通盘考虑、统一要求、全面建设湘军以增强其战斗能力、整体实力的军队建设思想。从两首歌谣的内容和形式特点本身来看,亦可见作者对这种表现形式的熟悉甚至喜爱,以至于在如此接近的时间内再次运用。

在曾国藩所作的军队通俗歌谣中,流传最广、影响最大、最为通俗晓畅也最能体现其军事思想核心的当推《爱民歌》。歌中写道:"三军个个仔细听,行军先要爱百姓。贼匪害了百姓们,全靠官兵来救人。百姓被贼吃了苦,全靠官兵来做主。第一扎营不要懒,莫走人家取门板。莫拆民房搬砖石,莫端禾苗坏田产。莫打民间鸭和鸡,莫借民间锅和碗。莫派民夫来挖壕,莫到民家去打馆。……第二行路要端详,夜夜总要支帐房。莫进城市占铺店,莫向乡间借村庄。人有小事莫喧哗,人不躲路莫挤他。无钱莫扯道旁菜,无钱莫吃便宜茶。……第三号令要严明,兵勇不许乱出营。走出营来就学坏,总是百姓来受害。……爱民之军处处喜,扰民之军处处嫌。我的军士跟我早,多年在外名声好。如今百姓更穷困,愿我军士听教训。军士与民如一

---

① 曾国藩《曾国藩全集·诗文》,岳麓书社1986年版,第425－426页。
② 曾国藩《曾国藩全集·诗文》,岳麓书社1986年版,第427－429页。

家,切记不可欺负他。日日熟唱爱民歌,天和地和又人和。"①②后来,曾国藩在制定的《营规》之《禁扰民之规》中说:"用兵之道以保民为第一义。除莠去草,所以爱苗也;打蛇杀虎,所以爱人也;募兵剿贼,所以爱百姓也。若不禁止骚扰,便与贼匪无异,且或比贼匪更甚。要官兵何用哉?故兵法千言万语,一言以蔽之曰:爱民。特撰《爱民歌》,令兵勇读之。"③可见"爱民"思想在曾国藩军事思想中的核心地位,也可见他对中国历代军事思想中爱民思想传统的体悟和总结。这首军歌不仅当时在湘军中广为传唱,而且直接影响了六十多年后国民革命政府所办黄埔军校的士兵教育和办学理念。④ 毛泽东早年也曾非常崇拜曾国藩并深受其思想影响,甚至在《致黎锦熙信》中说过这样的话:"今之论人者,称袁世凯、孙文、康有为而三。孙、袁吾不论,独康似略有本源矣。然细观之,其本源究不能指其实在何处,徒为华言炫听,并无一干竖立、枝叶扶疏之妙。愚意所谓本源者,介学而已矣。唯学如基础,今人无学,故基础不厚,时惧倾圮。愚于近人,独服曾文正,观其收拾洪杨一役,完满无缺。使以今人易其位,其能如彼之完满乎?"⑤⑥不仅如此,以《爱民歌》为代表的湘军通俗歌谣还对中国共产党领导的不同时期军队的纪律教育和思想建设产生了一定影响,其以通俗易懂的文体修订颁布的纪律类训令,无论在思想上还是在形式上,都可以看出在一定程度上受到曾国藩《爱民歌》等治军通俗歌谣的启发和影响。⑦

咸丰十一年十一月(1861年12月)作于安徽祁门大营的《解散歌》则是写给敌兵、俘虏及由于各种原因成为敌人胁从的各类人员的,表明宽恕不杀、放归回乡的优待态度和做法,从另一角度反映了曾国藩的军事思想和对敌态度。歌中写道:"莫打鼓来莫打锣,听我唱个解散歌。如今贼多有缘故,大半都是掳进去。掳了良民当长毛,个个心中都想逃。官兵若杀胁从人,可怜冤枉无处伸。……我今到处贴告示,凡是胁从皆免死。第一不杀老和少,登时释放给护照。第二不杀老长发,一尺二尺皆遣发。第三不杀面刺字,劝他用药洗几次。第四不杀打过仗,丢了军器便释放。第五不杀做伪官,被胁受职也可宽。第六不杀旧官兵,被贼围捉也原情。第七不杀贼探子,也有愚民被驱使。第八不杀捆送人,也防乡团捆难民。人人不杀都胆壮,各各

---

① 曾国藩《曾国藩全集·诗文》,岳麓书社1986年版,第429-430页。
② 此歌后有作者自注曰:"咸丰六年在江西建昌大营作。"曾国藩咸丰八年(1858)十一月初五日日记:"夜与筱泉、意城谈,作《爱民歌》未毕。"十一月初六日日记:"作《爱民歌》,至初更毕,共八十句。"可见二者所述此歌所作时间相差二年。从上述材料推断,当以日记中所记作于咸丰八年(1858)十一月较为可靠。
③ 曾国藩《曾国藩全集·诗文》,岳麓书社1986年版,第466页。
④ 1924年底,黄埔军校为了加强军队教育和学校建设,曾把《爱民歌》印发给士兵,要求学习传唱。
⑤ 毛泽东《毛泽东早期文稿》,湖南出版社1995年版,第84页。
⑥ 关于曾国藩对毛泽东的影响,可参阅李锐《三十岁以前的毛泽东》(广东人民出版社1994年版);《毛泽东早年读书生活》(万卷出版公司2005年版)中"独服曾文正"等部分。
⑦ 关于曾国藩《爱民歌》与"三大纪律八项注意"的关系,学界多有讨论,参见宋树理《毛泽东评点曾国藩》,吉林摄影出版社2002年版,第290、390页;刘金元等《曾国藩家府收藏的历史性文献》,《档案学研究》,2005年第1期;胡为雄《"三大纪律八项注意"与〈爱民歌〉关系考略》,《党的文献》,2006年第5期。

逃生寻去向。贼要聚来我要散,贼要掳来我要放。每人给张免死牌,保你千妥又万当。往年在家犯过罪,从今再不算前账。不许县官问陈案,不许仇人告旧状。一家骨肉再团圞,九重皇恩真浩荡。一言普告州和县,再告兵勇与团练。若遇胁从难民归,莫抢银钱莫剥衣。"①这首《解散歌》是曾国藩又一次完整地使用从"第一"到"第八"的数字结构体式,表达对待难民、胁从、俘虏等人员的态度,在结构方式、内容安排上较之以前的几篇歌谣更加紧凑简练、清晰实用。他在咸丰十一年正月二十八日(1861年3月9日)日记中说:"作《解散胁从歌》,未毕。中饭后再围棋一局。作歌至二更始毕,共六十八句,于被掳难民久陷贼中者,足以达其心中之苦情。"②不仅可见作者的创作用意,而且透露出创作时的复杂心绪。对于与太平军作战过程中敌方的胁从、难民及相关人员,曾国藩采取的政策无疑更具有针对性、实效性,也更具有笼络人心的力量,更可能以此实现增强自己军事实力的效果。而这种明快浅显、易于传唱理解的通俗歌谣也充分发挥了作用,可见其宣传鼓动力量之大。这种优待俘虏、胁从不问、遣散还家、欢迎投诚的态度和做法,对于后来包括中国共产党领导的人民军队在内的多种军队的对敌策略、战俘政策也产生了直接影响,这一点在流传至今的《三大纪律　八项注意》中也还有着一定程度的反映。

结合曾国藩的生活经验、创作积累和文学观念考察这些通俗歌谣的文体特点,可以发现,以七言为主的通俗歌谣、民间说唱以及诗赞系中其他相近的韵文形式应当是这类通俗军歌的主要形式基础和文体来源。但是由于创作目的、应用场合与接受方式、传播途径的不同,曾国藩一方面主动传承和运用通俗歌谣、民间说唱中已有的若干因素,又在此基础上对原有文体形式有意识地进行了改变或创新,最突出的表现是将原来以叙述或抒情为主的表达方式改为以宣讲、训示、鼓动、议论为主,使这种文体形式原本或者以叙述人物事件为主,或者以抒发内心情感为主转换到以宣传训示、鼓动号召为主,其文体形式和功能也随之发生了明显的变化。这种文体内容与形式、功能与运用上的传承和变化、通变与生新,也可以视为曾国藩基于军事行动、政治意图的一种文体探索和创新。

二、营规与营制公文

曾国藩通俗诗文创作的另一种形式是以军队训示、官兵劝诫、军营纪律为主要内容的公文告示,包括《初定营规二十二条》《营规》《营制》等。这部分作品的主要内容是曾国藩基于丰富的带兵经历、作战经验,不断总结而形成的军队建设思想、管理理念、军纪军规要求的具体体现,反映了曾国藩军事思想的主要内容和时代特点。其基本形式是散体文章,主要运用比较简短明快的散句,偶尔间以比较整齐的偶句,不讲究押韵,不强求句式整齐,多运用通俗浅易的语句和表达方式,其中不乏包含丰

---

① 曾国藩《曾国藩全集·诗文》,岳麓书社1986年版,第431－432页。
② 曾国藩《曾国藩全集·日记一》,岳麓书社1987年版,第583页。

富内容和深刻道理的格言警句,表现出规整严明、清晰准确的语言特点。可以说是传统公文、告示走向通俗化、公文文体在战争背景下进一步走向实用化、军事化的有益探索。

曾国藩于咸丰八年(1858)制定了《初定营规二十二条》,随后继续丰富完善,于翌年完成了《营规》,共三十三条,从而形成了相当完备的军营管理制度。作为草创稿的《初定营规二十二条》含《扎营六条》《开仗五条》《行路三条》《守夜三条》《军器五条》等,涵盖了行军作战的几个主要方面,已经具备了军营管理制度的基本格局,文字通俗平易,表达简洁明快。如《扎营六条》之一:"扎营要在山冈,不可在低湿之处,不可在四面平旷毫无遮护之处。"①《开仗五条》之三:"打仗要打个稳字。贼呐喊我不呐喊,贼开枪我不开枪。贼来冲扑时,扑一次,我也站立不动;扑两次,我也站立不动。稳到两个时辰,自然是大胜仗。"②《守夜三条》之三:"起更即关营门。无论客来,文书来,均不许开营门。贼来不许出队,不许点灯,不许呐喊,说话悄悄静静。预备枪炮、火毬,看准再打。"③通过接近口语、通俗晓畅的语言将行军打仗、扎营守夜中的要点和要求表达得简单明了,既可以收到易于记诵、执行的效果,又具有明显的军事公文色彩。在此基础上丰富完善而成的《营规》含《招募之规二条》《日夜常课之规七条》《扎营之规八条》《行路之规三条》《禁扰民之规》《禁洋烟等事之规七条》《稽查之规五条》,无论是在内容安排、结构设计上还是在语言文字运用上、文体形式上,都明显地更加全面周到、严密规整,集中反映了曾国藩对于军营管理的思考和对将士兵卒的细致而严格的要求。如《扎营之规八条》之一:"扎营之地,忌低洼潮湿,水难泄出;忌坦地平洋,四面受敌;忌坐山太低,客山反高;忌斜坡半面,炮子易入。"之三:"每到一处安营,无论风雨寒暑,队伍一到,立刻修挖墙壕,一时成功。未成之先,不许休息,亦不许与贼搦战。"④显然都更加细致周到、实用有效,具有很强的可执行、操作性,反映了曾国藩善于在实战中总结经验,将具体经验总结、上升为战术技巧、军纪要求的思想特点和治军方法。将完善后的《扎营之规八条》与初稿中的《扎营六条》进行比照,可以明显发现修改调整、丰富补充、细化完善的具体情况。由此也可以看出在曾国藩的军事思想中,安营扎寨处于非常重要的地位,有可能决定一场战争的胜负,这也是中国历代典范战例所提供的重要军事经验之一。在两处关于"行路"即行军的总体规定和要求中,也可以看出其军事思想的变化发展。如《行路之规三条》之二云:"凡拔营,须派好手先走。或营官,或统领,或哨官,哨长,皆可择其善看地势、善看贼情者向前探看。在大队之前十里,或二十里,仔细看明。一探树林,二探村庄,恐有贼匪埋伏在内。身边带七八个人,每遇一条岔路,即派一人往看。"⑤

---

① 曾国藩《曾国藩全集·诗文》,岳麓书社1986年版,第460页。
② 曾国藩《曾国藩全集·诗文》,岳麓书社1986年版,第461页。
③ 曾国藩《曾国藩全集·诗文》,岳麓书社1986年版,第462页。
④ 曾国藩《曾国藩全集·诗文》,岳麓书社1986年版,第464页。
⑤ 曾国藩《曾国藩全集·诗文》,岳麓书社1986年版,第465页。

可以发现,曾国藩特别重视的另外一个环节就是与扎营密切相关、经常联为一体的行军,这是军队作战过程中两种最基本的状态。他不避琐细地对行军过程中的具体要求、应当注意的问题、必须掌握的要领等一一说明,以便于官兵遵照执行,可见其良苦用心。此外,《禁洋烟等事之规七条》中明确要求的严厉禁止吸食鸦片,也是曾国藩一再强调的军队纪律之一,反映了他军事思想中的一个重要原则;而禁止谣言的要求则反映了他对于舆论引导、军心稳定的高度重视。又如《稽查之规五条》中,曾国藩在作战实践中深切体会到口令的特殊性和重要性,对于使用"口号"即口令这种古已有之的军事手段做出细致的规定,再次反映了曾国藩丰富的军事经验和事务处理中的严谨认真、审慎周密的风格。

咸丰九年(1859)曾国藩所作的《营制》含《一营之制》《营官亲兵之制》《一哨之制》《长夫之制》《薪水口粮之制》《小口粮及恤赏之制》《外省招勇仿照楚军薪粮之制》《帐棚之制》《统领之制》九个部分。《一营之制》云:"营官亲兵六十名,亲兵什长六名,分立前后左右四哨。哨官四员,哨长四名,护勇二十名。什长三十二名,正勇三百三十六名,伙勇四十二名,一营共五百人。营官一员。哨官四员在外。"①对军营的人数、结构、职责都做了具体规定和细致说明。《营官亲兵之制》云:"亲兵六队,一队劈山炮,二队刀矛,三队劈山炮,四队刀矛,五队小枪,六队刀矛。每队什长一名,亲兵十名,伙勇一名,计六队共七十二名。"②详细规定了营官亲兵配备及各队武器装备,便于遵照执行。《薪水口粮之制》有云:"军中浪费,最忌官员太多,夫价太多。今立定限制,无论官多官少,官大官小,凡带千人者,每月支银不准过五千八百两。凡统万人者,每月支银不准过五万八千两。凡带百人者,用长夫不准过三十六名。凡带千人者,用长夫不准过三百六十名。"③从减少官员人数、合理雇用安排人力、节约银钱角度提出杜绝浪费的要求,对薪水口粮安排做出明确规定,体现了曾国藩一贯的勤俭节约、简朴务实的治军原则和生活习惯。《统领之制》云:"凡统领自带一营,本营之薪水、公费及夫价已足敷用。此外,从优酌加。凡统至三千人以上者,每月加银百两,加夫十名。统至五千人以上者,每月加银二百两,加夫二十名。统至万人以上者,每月加银三百两,加夫三十名。"④对军官的薪水待遇及补充原则做出明确规定,在一定程度上体现出官兵平等的治军思想。另外还有同年所作的《马队营制》:"一营十哨,每哨官给马一匹。一哨马勇二十四名,每名给马一匹。营官亲兵八名,每名给马一匹。"⑤又云:"凡扎营之处,先择斜坡掘地二弓,以为马圈,可拴四马兵勇之棚,即与马圈棚子相对。哨官之棚,亦与哨官马圈相对。"⑥对骑兵的力量

---

① 曾国藩《曾国藩全集·诗文》,岳麓书社1986年版,第467页。
② 曾国藩《曾国藩全集·诗文》,岳麓书社1986年版,第467页。
③ 曾国藩《曾国藩全集·诗文》,岳麓书社1986年版,第469页。
④ 曾国藩《曾国藩全集·诗文》,岳麓书社1986年版,第470页。
⑤ 曾国藩《曾国藩全集·诗文》,岳麓书社1986年版,第471页。
⑥ 曾国藩《曾国藩全集·诗文》,岳麓书社1986年版,第472页。

配备、作战扎营中应当注意的要点都做出细致规定和明确要求,反映了曾国藩对于骑兵作战的熟悉和对军营规则的强调。如果说《劝诫浅语十六条》《营规》主要是从行为规范、作战要求、战术要点等方面对官兵提出了全面严格的纪律要求,那么《营制》则从具体职责、人数安排、武器配备等方面对军营内部的具体规则做了规定和说明,从不同角度反映了曾国藩对军队规章建设、作风建设、战术要求、战斗力培养等方面做出的努力,二者形成了相互补充、互为依托、共同促进军队建设发展的良好关系。而作为翰院出身、朝廷命官、湘军最高统帅的曾国藩,能把关于军事制度的公文写得如此贴近实战要求、贴近各级官兵,语言又如此简洁明快、通俗浅易,其用心和用意的确非同寻常、难能可贵,当可起到便于落实执行、行之有效的作用,战争实践也证明了这些规章制度的显著作用。

从文体功能上看,这类文章属于实用类公文范畴,用于军队人员管理、军营制度规定等方面,主要以条例、纪律、规定等方式呈现并要求下属遵照执行,具有突出的约束性、强制性特点,因而不会强调,也不大可能具有什么文学性和艺术性特点或感动人心的力量。但是曾国藩所作这些军事公文却能够充分考虑官兵的文化程度、接受能力,注意战争状态、紧急情况下的特殊需求,非常注意表达方式、语言文字运用、文体形态、教育效果等因素的综合,有意识地将实用性、清晰性、简洁性和通俗性结合起来,在传统应用文体的通俗化、军事规章的实用化道路上进行了有益的探索,积累了可资借鉴的经验,表现出曾国藩在治军理政与文体观念、文体运用方面的突出特点和过人之处。

三、晓谕与劝诫公文

曾国藩还有一类通俗文章是对太平军作战期间所作向湘军士兵及各阶层人士进行宣传说明、劝告提醒的教育公文,以《晓谕新募乡勇》《劝诫浅语十六条》为代表。这类文章虽然数量不多,却颇能反映曾国藩在文体选择、语言运用方面的突出个性和显著特点,尤其是在以上对下的公文文体的平易性、条理性方面进行了有意识的尝试,在面对不同阶层、不同文化程度的接受者的公文中语言的通俗化、白话化方面进行了大胆探索和积极创新,成为曾国藩本人通俗诗文创作上进行的自觉创新和取得的突出成就,也反映了近代以来公文语言、书面语言发生深刻变革、逐步走向通俗化、白话化、日常化和民间化的基本趋势。

作为咸丰四年(1854)的《晓谕新募乡勇》是一篇向新招募的新兵进行宣传动员、提出要求、鼓励作战的对下公文,文中写道:"为晓谕事。照得本部堂招你们来充当乡勇,替国家出力。每日给你们的口粮,养活你们,均是皇上的国帑。原是要你们学些武艺,好去与贼人打仗拼命。你们平日如不早将武艺学得精熟,将来遇贼打仗,你不能杀他,他便杀你;你若退缩,又难逃国法。可见学的武艺,原是保护你们自己性命的。若是学得武艺精熟,大胆上前,未必即死;一经退后,断不得生,此理甚明。况人之生死,有命存焉。你若不该死时,虽千万人将你围住,自有神明护佑,断不得死;

你若该死,就坐在家中,也是要死。可见与贼打仗,是怕不得的,也可不必害怕。"①又写道:"于今要你们学习拳棍,是操练你们的筋力;要你们跑坡跳坑,是操练你们的步履;要你们学习刀矛钯叉,是操练你们的技艺;要你们看旗帜、听号令,是操练你们的耳目;要你们每日演阵,住则同住,行则同行,要快大家快,要慢大家慢,要上前大家上前,要退后大家退后,是操练你们的行伍,要你们齐心。"②以下就逐一开列出日常操练的具体内容和作战赏罚规定二十条。可以看到,这篇文章的最大特点是通俗浅易、晓畅自然、平白如话。全文除开头一句"为晓谕事"和后面的一句"本部堂于尔等有厚望焉"为公文定格、按照文体习惯使用文言之外,全篇基本上都已经是非常接近口语、直截浅近的白话文了,其通俗浅白程度明显领先于到十九世纪末、二十世纪初才兴起的"新文体"的半文半白、亦雅亦俗的语言水平,而且绝不亚于五四新文化运动以后才逐渐被社会大众接受的现代白话文形态。应当认为,这篇《晓谕新募乡勇》是曾国藩一生写下的最为浅近通俗、最具有白话语言特点的文章,其通俗程度、白话水平已经完全接近甚至可以被认为等同于现代白话文章了。因此说曾国藩是近代以来汉语通俗化、白话化的自觉尝试者和成功实践者之一,为汉语书面语言的通俗化、白话化做出了有益探索和积极努力,并对后来汉语书面语的通俗化、白话化变革具有深刻的启示意义,殆非过誉之辞。

作于咸丰十一年九月(1861年10月)的《劝诫浅语十六条》由四个部分组成,即《劝诫州县四条》:一曰治署内以端本,二曰明刑法以清讼,三曰重农事以厚生,四曰崇俭朴以养廉;《劝诫营官四条》:一曰禁骚扰以安民,二曰戒烟赌以儆惰,三曰勤训练以御寇,四曰尚廉俭以服众;《劝诫委员四条》:一曰习勤劳以尽职,二曰崇俭约以养廉,三曰勤学问以广才,四曰戒傲惰以正俗;《劝诫绅士四条》:一曰保愚懦以庇乡,二曰崇廉让以奉公,三曰禁大言以务实,四曰扩才识以待用。该文以浅显简洁的方式对下属各级官吏士绅提出纪律要求、管理措施和行为规范,集中体现了曾国藩的社会治理理念。在形式上,这些作品也表现出语句浅显、简单明了、易于记诵的特点。如《劝诫州县四条》之三"重农事以厚生"云:"军兴以来,士与工商,生计或未尽绝。惟农夫则无一人不苦,无一处不苦。农夫受苦太久,则必荒田不耕;军无粮,则必扰民;民无粮,则必从贼;贼无粮,则必变流贼,而大乱了无日矣!故今日之州县,以重农为第一要务。病商之钱可取,病农之钱不可取。薄敛以纾其力,减役以安其身;无牛之家,设法购买;有水之田,设法疏消。要使农夫稍有生聚之乐,庶不至逃徙一空。"③出身于寒素之家,对农民、农业多有了解且怀有感情的曾国藩,使以农业为本的重农思想在残酷的战争状态下仍然得到提倡,显得尤其可贵,也体现了曾国藩重农重粮的思想观念。《劝诫营官四条》之二"戒烟赌以儆惰"云:"战守乃极劳苦之

---

① 曾国藩《曾国藩全集·诗文》,岳麓书社1986年版,第452-453页。
② 曾国藩《曾国藩全集·诗文》,岳麓书社1986年版,第453页。
③ 曾国藩《曾国藩全集·诗文》,岳麓书社1986年版,第436-437页。

事,全仗身体强壮,精神完足,方能敬慎不败。洋烟、赌博二者,既费银钱,又耗精神,不能起早,不能守夜,断无不误军事之理。军事最喜朝气,最忌暮气,惰则暮气也。洋烟瘾发之人,涕洟交流,遍身瘫软;赌博劳夜之人,神魂颠倒,竟日痴迷,全是一种暮气。久骄而不败者,容或有之;久惰则立见败亡矣。故欲保军士常新之气,必自戒烟赌始。"①对于旧时军队中极易出现的吸食鸦片、聚众赌博等行为提出严令禁止,并提高到整肃军队风气、保持军队战斗力的高度,深刻有力,发人深省。《劝诫委员四条》之四"戒傲惰以正俗"云:"余在军日久,不识术数、占验,而颇能预知败征。大约将士有骄傲气者必败,有怠惰气者必败。不独将士然也,凡委员有傲气者亦必偾事,有惰气者亦必获咎。傲惰之所起者微,而积久遂成风俗。一人自是,将举国予圣自雄矣;一人晏起,将举国俾昼作夜矣。"②明确指出"骄傲气"和"怠惰气"对于个人、军队乃至国家的危害,对下属官员提出"多做实事,少说大话,有劳不避,有功不矜"的要求,既有针对性又有时效性。《劝诫绅士四条》之三"禁大言以务实"云:"以诸葛之智勇,不能克魏之一城;以范韩之经纶,不能制夏之一隅。是知兵事之成败利钝,皆天也,非人之所能为也。近年书生侈口谈兵,动辄曰克城若干,拓地若干,此大言也。孔子曰:'攻其恶,无攻人之恶。'近年书生,多好攻人之短,轻诋古贤,苛责时彦,此亦大言也。好谈兵事者,其阅历必浅;好攻人短者,其自修必疏。今与诸君子约为务实之学,请自禁大言始。欲禁大言,请自不轻论兵始,自不道人短始。"③对绅士提出禁止大言、不轻论兵、不道人短而倡导务实之学的主张,既抓住了当时一个核心社会阶层,也抓住了一个非常重要的现实问题。可见曾国藩对于当时士绅阶层及其作用的重视,也反映了他处事为人的一个重要原则。曾国藩在这些具体条款的最后总结道:"以上十六条,分之,则每一等人,各守四条;合之,则凡诸色人,皆可参观。圣贤之格言甚多,难以备述;朝廷之律例甚密,亦难周知。只此浅近之语,科条在此,黜陟亦在此,愿我同人共勉焉。"④可见他对《劝诫浅语十六条》内容选择设计、内部结构关系及其作用的完整思考和细致安排,其勉励和希望也寄托于其中。而将历代治军经验、处世格言与军事要求、朝廷律例结合起来的处理方式和表达方式,则形成了这种既具有个人特点又具有时代价值的文体形式,展现了曾国藩将治军打仗与道德修养结合为一的致思方向,对近代文体变革也是一种有启发意义的探索。在日记中,曾国藩对这些作品的情况有所记录,更多地透露出写作用意和情状。咸丰十一年九月十七日(1861年10月20日)日记:"作《劝诫营官》一条、《劝诫绅士》一条。"⑤九月十九日(10月22日)日记:"是日作《劝诫委员》第一条、《箴言》百余

---

① 曾国藩《曾国藩全集·诗文》,岳麓书社1986年版,第437—438页。
② 曾国藩《曾国藩全集·诗文》,岳麓书社1986年版,第439—440页。
③ 曾国藩《曾国藩全集·诗文》,岳麓书社1986年版,第441页。
④ 曾国藩《曾国藩全集·诗文》,岳麓书社1986年版,第441页。
⑤ 曾国藩《曾国藩全集·日记一》,岳麓书社1987年版,第663页。

字。"①九月二十一日(10月24日)日记:"早饭后围棋一局,旋清理文〈件〉,撰《劝诫委员》三条。中饭后围棋一局,习字一纸,撰《劝诫绅士》二条。夜又成一条。十六条俱毕。是日除见客五次外,未作他事,专作六条。每条约百三、四十字,多者至百八十字而止,名曰《劝诫浅语十六条》。"②九月二十二日(10月25日)日记又云:"将昨日所作《劝诫浅语》细细修改,发刻。"③从如此密集的记录中可见曾国藩对此事的用心和劳碌,也反映了他对这些劝诫条款、军事纪律的高度重视。

从语言形式和文体来源上看,《晓谕新募乡勇》主要不是取材于曾国藩最为熟悉且颇为服膺的桐城派古文及韩愈等唐宋古文大家的文章传统,而是借鉴运用了包括古代白话小说、说唱艺术、日常口语在内的通俗化、日常化、民间化语言传统,将其与军事训练、对敌作战的要求结合起来,从而形成了如此通俗浅白的语言特色和文体形式。而《劝诫浅语十六条》则主要体现了曾国藩军事公文写作中简要、明晰、严谨、准确的军事思维特点,以突出的条理性、周详性、严谨性和强制性构成的军事文体特点,从而使这些以劝说提醒为中心的公文文字获得了朴素明晰、务实尚用、质实有效的风格特色。因此可以认为,这种晓谕与劝诫公文文体的探索与实践,不仅是曾国藩公文写作、语言运用上取得的可喜成果,在其一生数量庞大的多种文体的写作中独树一帜、弥足珍贵,而且应当视为近代以来汉语书面语变革趋势、发展方向的生动反映,也是一项具有示范性、启发性的收获。

四、结语

由通俗七言军歌、营规与营制公文、晓谕与劝诫公文三种文体形式构成的治军诗文,是曾国藩一生文字生涯中并无准备、未曾料到的一段创作经验,形成了一个相当特殊、值得关注的创作现象。析而言之,三者从不同的创作用意、内容重点、文体形态、语言特色等方面反映了曾国藩的军事思想、治军原则和用兵技巧、战术主张,从不同侧面表现了这位文武兼备的政治军事人物的思想和才华;合而言之,这些通俗诗文之间又有一定的相关性和整体性,以韵文、散文等形式,以单句、偶句等句法、以书面、口头等途径,从治军打仗这一重要角度反映了曾国藩经邦济世、务实尚用、兼善天下的人生理想和入世情怀。

从人格特征、精神追求、处世态度和文学观念与创作、诗文写作与文体选择的关系来看,应当认为既根深蒂固又具有突出实践价值的经世致用观念,是曾国藩进行通俗诗文写作最重要的思想资源和根本性的内在精神动力。换言之,也是这种通俗诗文创作、推广应用的实践和收获使曾国藩展现出与一般政治家、军事家、学问家迥然不同的眼光和见识,从而使这些通俗诗文能够在治军练兵、平定动乱、治国安邦的

---

① 曾国藩《曾国藩全集·日记一》,岳麓书社1987年版,第664页。
② 曾国藩《曾国藩全集·日记一》,岳麓书社1987年版,第664－665页。
③ 曾国藩《曾国藩全集·日记一》,岳麓书社1987年版,第665页。

大业中得到如此充分的应用并取得了出人意料的效果。另一方面,曾国藩以守正创新、因时而变、兼收并蓄、为我所用为核心的文学理论观念、文章技法修养与多元共生的文体意识,加上他个人逐渐提高的文坛地位、日益扩大的政治文化影响,直至成为引领风骚的时代标志、文坛盟主的威望,使曾国藩具有了发挥重大影响力的最佳条件和机会。

真正促使曾国藩将执着深挚的经世致用品格与守正创新的文体语言观念结合起来并在实践中尝试应用、丰富完善、发展成熟的,恰恰是太平天国起义的爆发。正是太平天国起义的巨大冲击,在奋战中求生、变化中求新的背景下,政治意志与军事意图的结合、个人机缘与时代需求的契合,造就了曾国藩以军事教育、军纪要求、官兵训练、作战需要为中心内容的通俗诗文创作。从这个意义上可以说,太平天国起义不仅造就了曾国藩在政治上、军事上的功业,而且造就了其这些伴随着连年战争而产生的以军事活动、军队教育为中心内容的通俗诗文。因此,曾国藩的通俗诗文无不具有最大限度、最大可能地适应战争需要、达到获胜目标的突出的实用色彩,这是曾国藩以朝廷命官、军事统帅身份创作通俗诗文的根本意图和核心主旨所在。

值得注意的是,上述三种类型的通俗诗文,在各种版本的曾国藩文集中,都没有被列入正规的"诗"或"文"卷之内,而通常是归入"杂著"卷之中。从第一种曾国藩文集即曾国藩去世之后其弟子李鸿章主持编辑、光绪二年(1876)传忠书局刻本《曾文正公全集》开始,直到湖南岳麓书社二十世纪八十年代中期陆续出版、后经修订完善的《曾国藩全集》,都是这样处理这部分文字的。这种将其归于杂体、置于诗文之外的边缘化处理方式当然反映了曾国藩本人及其著作整理者、编辑者的文类观念和对这类文字的认识;但从另一个角度来看,也反映了这些文字与正式"诗"或"文"的明显区别,显现了这些文字的文体性质。这种区别除了表现在内容主旨、功能效用等方面之外,在文体形态、语言运用、读者对象、传播接受等方面的差异性,也应当是非常重要的因素。这些明显有别于正规诗文的通俗诗文杂著,显示了曾国藩著作丰富驳杂的特征,也正是因为这种体式特征使这些文字较少有正规文字的规矩与束缚,而有可能获得更加灵活主动、广阔自由的创作空间,也更容易具有贴近日常生活、贴近军事实用、展现语言文字特性的性质。因而从写作经验、文体结构、著作内涵来看,这些通俗诗文具有独特而重要的价值。

总之,曾国藩以军事教育、军队纪律、士兵管理为中心的通俗诗文创作,既是时代变革与政治局势、军事斗争和对敌作战的紧迫需求,又是他本人思想发展、观念转变、文风变革、文体生新的需要。曾国藩的过人之处在于,敏锐地把握了战争环境对诗文创作提出的特殊要求,同时有效地完成了自我创作兴味、写作重点的转变,通过主动适应战争需要、军事要求,大胆进行尝试变革而完成了无论对那个时代而言还是对其个人而言都具有特殊价值、引导启发意义的一次创作转变,从而对近代书面语言的通俗化、白话化,对近代文体的变革与创新做出了积极的探索,也留下了具有启发性的值得汲取的经验。

蒙汉诗歌交流视域中的那逊兰保创作

米彦青

有清一代,能写汉诗的蒙古族诗人多如过江之鲫,女性诗人较之前朝虽有较大发展,然而人数依旧不多,因此,她们的创作也就格外引人注目。《八旗艺文编目》收录女性作家52位,其中蒙古族女诗人有4位,分别是那逊兰保、熙春、博尔济吉特氏(名不详)、成堃。作为唯一有诗集传世的女诗人,那逊兰保及其创作就显得弥足珍贵。虽然此前已有多篇论文对她的文学创作进行研究,但就其家族文学传承和诗歌中对唐诗的接受方面尚有很多可议之处,本文愿在此进行讨论。

一

那逊兰保(1801—1873),字莲友,博尔济吉特氏,祖居库伦(今蒙古人民共和国乌兰巴托),为漠北喀尔喀部落首领之一,后归依清廷受封,故其自署"喀尔喀部女史"。那逊兰保4岁随父入京,7岁入家塾,师从著有《冰雪堂诗稿》的名儒陈延芳之女归真道人。早慧的那逊兰保在成长的过程中,受到擅诗的外祖母金墀的影响很大,所以她12岁即工吟咏,15岁就通经义,17岁嫁满洲宗室副都统御史恒恩后继续诗歌创作。终其一生,可谓雍容华贵。因此,李慈铭在其诗序中称其为"和林贵种,瀚海名家。毓秀璇枝,远承薛禅之帝,绍封珪叶,代袭名号之王"①,后人称那逊兰保为蒙古族的易安居士。

那逊兰保著有《芸香馆遗诗》上下两卷,共存诗91首。作品系由其子,时任国子监祭酒的著名学者盛昱搜集整理并刻印的。盛昱在诗"跋"中说其母"家务之暇,不废吟咏,所作已裒成巨帙",可是,因"太夫人之家,本不欲以诗传,故散失已多,无从收拾。即以此论,亦不过存什一于千百"。那逊兰保的诗多系早年之作,盛昱记忆中的母亲"中岁喜读有用书,终年硁硁经史,诗不多作",那逊兰保的丈夫恒恩于同治丙寅年(1866)去世,悲痛之下的那逊兰保觉得"内事摒当,外御忧患,境日以困,遂绝不

---

* 作者为内蒙古大学文学与新闻传播学院教授、博士生导师。本文为国家社会科学基金项目"中国古代蒙古族汉诗创作研究"(项目编号:14BZW102)、内蒙古"草原英才"项目"清代蒙古族汉诗创作研究"、内蒙古自治区高等学校"青年科技领军人才"项目"清代蒙八旗汉诗创作研究"(项目编号:NJYT – 13 – A03)的阶段性成果。

本文由《人大复印资料:中国古代、近代文学研究》2014年第10期全文转载。

① 那逊兰保《芸香馆遗诗》,清同治十三年刻本。

复为诗"①。由此可见那逊兰保习诗多是闲暇所为,非专力为之,但因其富有才华,所以其作品也能自成一家。著名学者李慈铭为《芸香馆遗诗》作序,称赞那逊兰保诗作是"清而弥韵,丽而不佻。高格出于自然,深思托以遥情。怀人送远之什,登山临水之吟,踵转风骚,熔情陶谢,洎足抗美遥代,传示后来,名士逊其智珠,国史炜其彤管矣"。这些话或有溢美之嫌,但盛昱跋中所引时人称赞那逊兰保诗作"清雄绮丽,文意不自满,而诗实可传"之语,倒是非为虚妄之词。

因为女性生存的空间所限,她们的文学交流空间也极为有限,因此,那逊兰保诗集中,和家人、亲戚、朋友的奉赠送别类诗歌是她书写的主要内容。《瀛俊二兄奉使库伦,故吾家也,送行之日率成此诗》是亲友间交往的代表性作品,诗云:

> 四岁来京师,卅载辞故乡。故乡在何所?塞北云茫茫。成吉有遗谱,库伦余故疆。弯弧十万众,天骄自古强。夕宿便毡幕,朝餐甘湩浆。幸逢大一统,中外无边防。带刀入宿卫,列爵袭冠裳。自笑闺阁质,早易时世妆。无梦到鞍马,有意工文章。绿窗事粉黛,红镫勤缥缃。华夷隔风气,故国为殊方。问以啁哳语,逊谢称全忘。我兄承使命,将归昼锦堂。乃作异域视,举家心彷徨。我独有一言,临行奉离觞。天子守四夷,原为捍要荒。近闻颇柔懦,醇俗醨其常。所愧非男儿,归愿无由偿。冀兄加振厉,旧业须重光。勿为儿女泣,相对徒悲伤。②

中国古典诗歌传统是抒情和叙事交织并行的。诗歌中所摹写的历史、自然等物象本身就蕴涵着诗性浓郁的意象与意境,在叙事的诗歌中,自然也成为叙事意象的组成部分,叙事诗歌中的意象,将一地一景的空间感凸显出来,增强了叙事的可视性与直观感。《瀛俊二兄奉使库伦,故吾家也,送行之日率成此诗》剪裁了京师、塞北、库伦等一连串的空间意象,描画出诗人心中变迁的故乡风貌。那逊兰保幼年远离故土库伦,家乡的风情和民族的荣光只能从长辈的言传口述中留下印记,对于故土的种种忆念,是其民族感情自发心理的显现。这首诗的思想表达属于中国古代诗歌中传统的思乡主题,作者特定的民族属性赋予了汉文化影响诗思带来的民族融合的新意蕴。在习见的送别叙写中,诗人从本事中阐发出高远的思致,作品虽然写于送别兄长之时,主要篇幅却是历数自己对于故土的眷恋和对当下文化气质的认同。空间的转移包孕了时间的流动,在特定的时空场域,透过为奉使出行的二兄送别事件,展示了诗人家族在清代的生活变迁。家族的荣显既然与国家命运休戚相关,当然要勉励兄长戍边卫国。不同于通俗文学叙事多着眼于具体的事件本身,诗歌因其内涵的抒情品质,往往超越了叙事的具体本事。这首诗作为五律长诗,四十句二百字,在那逊兰保诗集中并不多见,整首诗的抒情和叙事全然是杜甫《北征》的模式,或在抒情

---

① 那逊兰保《芸香馆遗诗》,清同治十三年刻本。
② 那逊兰保《芸香馆遗诗》,清同治十三年刻本。

中插入叙事,或在纵向叙述中插入横向描写,或在描写中转入议论。使得诗作顿挫起伏、情感跌宕。诗末化用王勃《送杜少府之任蜀州》中"无为在歧路,儿女共沾巾"之健朗笔触,让别离的愁绪远离自己的亲人。

唐代诗歌是古代诗歌史上的高峰,无数经典诗作成为后世诗歌史上的"母题",诗人们在习诗时不由自主地就会把目光投向这里。作为"从少年时代就培养了对汉族古典诗歌的浓厚兴趣"①的清代女性诗人,那逊兰保注目唐诗是很自然的事情,因此,她在诗歌创作中常常法乳唐人经典诗作。《庚申冬寄外,时在滦阳》诗云:"漫道相思苦,从悲行路难。烽烟三辅近,风雪一袭寒。去住都无信,浮沉奈此官。亲裁三百字,替竹报平安。"诗中颔联再次化用王勃《送杜少府之任蜀州》中"城阙辅三秦,风烟望五津"之诗句,而整首诗中弥漫的对丈夫的深切思念,更是唐代王昌龄闺怨类诗歌模式。《清史稿·文宗本纪》载:"(咸丰)十年庚申……六月夷人犯新河,官军退守塘沽。七月,大沽炮台失守……僧格林沁退守通州。八月洋兵至通州……瑞麟等与战于八里桥,不利。命恭亲王奕䜣为钦差大臣,办理抚局。上幸木兰……驻跸避暑山庄。九月,抚局成……十月,诏天气渐寒,暂缓回銮。"②那逊兰保的丈夫恒恩彼时随咸丰皇帝远离京师,与家人分隔两地,那逊兰保在自己内心的忧思无法派遣的时候,选择以诗歌的形式将之记叙下来。

"微妙的情感体验是否被觉察,要依这种体验在一定的文化中被培养的程度而定。"③那逊兰保虽然是蒙古族诗人,但她生活的时代和环境并不能让她有很多的外出活动,所以描述家庭友朋亲情是其诗歌的主流。而她又有着很好的文学素养,所以在她的笔下对家庭生活有着非常细腻而生动的描述。对于中国人来说,家庭伦理、婚姻爱情无疑是最能触动读者心怀的题材,林语堂认为,"家是中国人文主义的象征"④,因此,讲述发生在家庭成员之间聚散悲喜交集题材的文学作品无疑最容易产生最大范围的影响力。论者谓那逊兰保"蕙性凤成,苕华绝出"⑤,信然若此。诗人无论是描景写意,还是状物镂情,都善以清词秀句和新巧的技法传递于读者。如《赏雪》中的"尊酒未终明月上,爱他天地一般凉",本当说是漫天飘舞的雪花,满地一派银白,而诗人出以温度的"凉",使由视觉转化为感觉,令人着实觉得寒气袭人。又如《得凤仪大嫂盛京书》中的"偶对好花思笑貌,时从明月想仪容",诗句刻写思念亲人的美好情意,真挚感人,而又韵味醇浓。那逊兰保这类题材的诗作还有《题〈冰雪堂诗稿〉》《和友兰三姊留别韵》《五月廿八日即席再别友兰三姊》《和友兰三姊杭州见怀原韵》《祝归真师八十寿》等,都能巧用"偶对""时从"这类时空不确定的诗性语言,使得亲友间的离居酬唱诗不黏滞于分离层面的悲情,而是跃升至情感可以跨越

---

① 孙玉溱《那逊兰保诗集三种》,内蒙古大学出版社1991年版,第1页。
② 赵尔巽、柯劭忞等《清史稿:第四册》,中华书局1977年版,第760–761页。
③ 弗洛姆著,洪修平译《精神分析与禅宗》,辽宁人民出版社1988年版,第200页。
④ 林语堂《中国人》,浙江人民出版社1988年版,第89页。
⑤ 李慈铭《芸香馆遗诗序》,那逊兰保《芸香馆遗诗》,清同治十三年刻本。

万水千山的思想层面。

二

女性诗人的创作多围绕家庭中人来叙写,是因为家庭在女子的生存中占有绝对重要的地位。宗规、家训的制约,使得生活在古代的女子在女性权力和行为方面都受到很大的限制。清代女诗人的主体是闺秀女子,其中生活于望族或官宦家庭的女性占了相当大的比重,女性诗人的成长大抵囿于家族之中,女诗人所进行的文学活动也大抵被限制在读书人所占比重较大的社会中上层。在这一点上,蒙古族上层家庭也不例外。一般而言,这样的家庭文化氛围很好,因此,女诗人无论是学习条件、图书条件,还是诗歌作品的出版以及流传,都得到家庭的很大帮助。冼玉清在《广东女子艺文考·自序》中说:"就人事而言,则作者成名,大抵有赖于三者。其一名父之女,少禀庭训,有父兄为之提倡,则成就自易。其二才士之妻,闺房唱和,有夫婿为之点缀,则声气易通。其三令子之母,侪辈所尊,有后嗣为之表扬,则流誉自广。"①那逊兰保就是这种范式的代表性人物。那逊兰保有来自家族的高门血统,对于她来说,娘家的声望与生俱来;其次,又因门当户对的联姻观念而嫁给既有功名地位又有文化的男子,丈夫及孩子的地位都对她的人生产生重要影响,进而影响到她的诗歌创作,甚至也影响到她的诗集的编纂和传播。钱穆指出:"'家族'是中国文化的一个最主要的柱石。我们几乎可以说,中国文化,全部都从家族观念上筑起,先有家族观念乃有人道观念,先有人道观念乃有其他的一切。"②"社会重心,文化命脉,在下不在上,一皆寄托于此。"③古中国的宗法传统社会中,家族在传承文化学术中起着主导性的作用。清代社会的发展进程决定了蒙文化与汉文化的融合是从上到下一体式的,因此,当蒙文化家族与科举考试结合后,蒙世家大族中的传统文化因子就会被进一步激活,并在社会文化体系的建构中发挥着独特的、巨大的作用。

那逊兰保出身于官宦世家,家庭中一直有文化传播意识,无论是父家还是出嫁后的夫家对文化业绩的追求都是相当强烈的。生长在这样的家庭,即使是女性,文化意识也很强烈。那逊兰保幼年即在家塾中跟家中的兄弟一起读书,接受相同的教育。良好的教育是其成为诗人进行诗歌创作的必备条件。家族中长辈的文学成就也往往为后辈所钦羡,因女诗人与外人接触少,对家族之外的世界认知少,其家族中的长辈也因之更成为女诗人学习的对象。这里我们需要将考察的视角移向与母教相关联的"外家"。在清代很多文化家族的演进过程中,外家曾发挥过重要作用。关于此点,罗时进先生的阐述甚为周详。由于那逊兰保的外家风气相对开放,女性在家族中从事文学阅读和文化研习有着得天独厚的条件。而且,在婚配时因为更重视

---

① 冼玉清《广东女子艺文考》,商务印书局1941年版。
② 钱穆《中国文化史导论》(修订本),商务印书馆1994年版,第51页。
③ 钱穆《国史新论》,三联书店2004年版,第248页。

文化和道德层次,因此所嫁与的也同样是文化家族。这样的家族在丈夫长期游宦或早逝时,母亲就担负起教育和培养子女的责任。"每当此际,为了使子女有一个更好的教育和成长环境,她们往往动员外家的力量,让母系家族成为母教的延伸,使整个外家成为重要的支持力量。同时,外家源于亲情,也源于文化传承的需要,每每尽心尽力,有意识地培育、扶持外孙或外甥。这样,'母教'实际上扩大为'母系教育',这对学术和文学人才的培养具有特殊意义。"①那逊兰保的外祖母金墀是满族旗人,姓完颜氏,著名女诗人,著有《绿芸轩诗钞》,诗作多以表现闲情为主,致力于清疏诗境的营造。受到外祖母的熏陶,那逊兰保诗歌风格也以清为主。而这种艺术风格体现最为鲜明的就是在其诗集中占有重要比重的写景、咏物、纪游类闲暇之作。其五绝《成趣园夜坐》,诗云:"林壑杳以深,拂石坐忘冷。凉月不亲人,孤松转清影。"诗人以深杳林壑、月下凉石、孤松清影等清疏意象勾勒出夜晚幽闃的成趣园,诗境清幽孤寂,显然是承续唐代王维风格。

　　那逊兰保诗作中所描绘的风景和实物,大多取自诗人生活的北京周边地区,如西山的大觉寺、秘魔崖等。诗人以女性特有的细腻,仔细观察周遭环境,在寻常景物间擅于发现不凡之处,并以写实笔法将之复现于诗歌中,读来如随其行,如探其心。如《游西山》其一云:"清晨驾巾车,日晡到山脚。顿簸不辞劳,山灵如有约。转路入烟霞,回头隔城郭。危磴杂松楸,远寺闻钟铎。孤青表遥峰,万绿争一壑。行行下笋舆,径窄步引却。还与叩僧寮,荒荒红日落。"西山是北京西郊的风景区,诗人选取险峰、远寺、钟声以及烟霞、落日等意象入诗,在清晨到日落的一天之中移步换景,随着时间流逝而改变空间景物,将自然景象的改变与人的旅途进程有机结合。其二云:"我爱秘魔崖,怪石高撑天。复爱宝珠洞,下瞰及平田。快哉御风行,顷刻如登仙。探幽及穷僻,选胜防人先。所愧腰脚劣,呼婢相引牵。夹路橡实厚,嵌石孤花鲜。流连剧忘归,峰峰凝暮烟。"位于西山八大处的证果寺为八大处最古老的寺院,坐落于卢师山上。寺后秘魔崖峰顶有一巨岩突兀而出,极其险峻。崖壁镌刻"天然幽谷"四字,崖侧有一石洞,据传为卢师和尚修行之所。清代诗人对秘魔崖风景多有赞述,乾隆年间的蒙古族诗人法式善就曾创作了数首关于秘魔崖的佳作。那逊兰保在这首作品中并不单纯写景,而是寓情于景,在情景交融中抒发了诗人对自然的热爱之情。山水诗虽然产生于晋末,但彼时谢灵运笔下的山水仅是摹象而已,并不能融情入景,到了唐代,王维、孟浩然才完成了山水诗歌中的情景交融,而后世诗人在书写山水诗歌时也更多地以王孟诗风为范式。与此同时,诗人还表明了自己虽是须眉女子,探幽访胜,却也不遑多让男子的风姿,展示了蒙古族女性的豪壮之情。

三

　　清代蒙古族女性诗人创作与古代文学史中的女性叙写基本是一致的,大多数的

---

① 罗时进《地域·家族·文学:清代江南诗文研究》,上海古籍出版社2010年版,第46页。

诗作没有鲜明的民族特性,她们笔下的描写对象似乎生活在虚拟的情境中,从未经历过冲突、变化和选择。女性形象的内涵和涉及女性的生活场域被固定在婚姻与爱情的范围内,对女性完整真实的自我缺少细致的了解与体察,描写者很多是贵族妇女,她们对于下层妇女(比如婢女)的关注常显得遥远而生疏。但是,那逊兰保在其间对女性的体察显得格外特出。她的诗作中记述了对婢女的关怀。《仆妇李氏随余六七年,今为家大嫂凤仪夫人携往盛京,因成十韵以畀之》诗云:

> 聚散原无定,亲疏各有缘。料应难惜别,无那总情牵。意逐辽东水,思萦蓟北烟。随人千里外,伴我十年前。挑绣资分线,梳妆倩整钿。他时我还忆,此去汝堪怜。衣服随行笥,平安好寄笺。离怀飞鸟迹,心绪落花天。旧主思休切,新知礼欲虔。沈阳吾旧里,古迹待归传。①

诗作中"随人千里外,伴我十年前。挑绣资分线,梳妆倩整钿"的细节回忆能见主仆间的深挚情谊,而"旧主思休切,新知礼欲虔"又是主对仆的周到提点,殷切嘱托传达了非一般的情感。又作《以布衣一袭赠仆妇李氏》:"缕缕丝牵别绪真,布衣一袭赠离人。前途冷暖原难料,借得斯名要谨身。"该七绝的语言虽然简短,但其间蕴涵的深切关怀和惜别留恋之情却是真挚而悠长的。诗人虽然在家庭中居于"主"位,但在生活中并未受到主奴关系的约束,这首诗中她摒弃了主仆关系,对即将离开自己的婢女表达了真切的关心。像这样专门为仆人写送别诗且与仆人关系如此亲密的诗人,在女性文学叙写中还是不多见的。

明清时期女性文学创作达到了前所未有的繁盛局面,然而女性诗词作品大部分仍然只在闺阃之内或诗友之间流传、欣赏;小部分才由家族男性文人辑录并刊刻成书,在有限的范围内赠送或存留。正如光绪间女诗人施补华所说:"世谓井臼缝纫为妇人之事,不宜偏近文字。又谓闺帏所作,不宜传述人口如学士然。"②文学在彼时只是妇德之附庸,少数民族女诗人同汉族女诗人的观念在此点上并无分别。清代尽管是女性作家最多、女性文学最为兴盛的朝代,但是因为文化传统的深层影响,女性的文学才艺并未得到充分的施展,有时处在被抑制的状况中。徐世昌《晚晴簃诗汇》载那逊兰保在丈夫去世后不复为诗,"同治丙寅,副宪逝世,遂绝不为诗"。从这里可以看出,源自颇具影响力的世习,即使是风气开明的蒙古族,也不可能完全摆脱积习的作用。对女性而言,文学创作更多时候都只是生活边缘的点缀。"总之,女人的性格——她的信仰、价值观念、智慧、道德、格调和行为——显而易见的,我们都可以从她的处境来解释。笼统地说,没有给予女人超越性这个事实,使她无法达到人类的崇高境界,诸如正义、豪侠、大公无私,以及想象力和创造力。"③当然,在她们的诗作中也有对自己才华的肯定,那逊兰保在其诗作《题冰雪堂诗稿》中明确地指出:"国

---

① 那逊兰保《芸香馆遗诗》,清同治十三年刻本。
② 张宏生、石旻《古代妇女文学研究的起点及其拓展》,《江西社会科学》,2008 年 7 期。
③ 波伏娃著,桑竹影、南珊译《第二性:女人》,湖南文艺出版社 1986 年版,第 409 页。

风周南冠四始,吟咏由来闺阁起。漫言女子贵无才,从古诗人属女子。"时人认为此诗"足为闺门生色"。而且《寄心庵诗话》载"莲友女史系出外藩,深于经史",并评论其诗作"寒风添竹得闲声"句,妙在"得闲声"三字,体物入微。① 这些都是时人对那逊兰保才华的肯定之论。

　　作为蒙古族女诗人,那逊兰保在诗歌方面取得了骄人的成绩,她属于"后来因为某种机缘来到内地,写出的作品仍然保留浓郁的蒙古族民族特色"②的诗人。从现存的篇什不多的诗作中可以看出,对于各体诗歌,那逊兰保都能熟练掌握,尤其是近体诗更为突出。在语言的提炼上,诗人也是精益求精,进而形成诗韵轻灵、语言工丽却又富于自然美的诗歌特色。其《小园偶兴》云:"小步意徘徊,西风几阵催。淡烟随暮起,落日促秋来。红叶点高树,黄花压翠苔。晚来清兴好,随意过平台。"深秋时节,暮色苍茫中的诗人在小园香径的徘徊中,观看红叶黄花。"从孤寂生活的深处,女人领会了应该对自己的生活采取何种态度。她对过去、死和时光的流逝,比男人更有切身的经验。"③文学创作是一种最具个人创造性的精神生产方式,当那逊兰保将自己对于世界的情感体验、感受、评价诉诸诗行,力求在其间表达自己对于世界的认知时,从某种程度上看来,她写下的文字已不仅仅属于自己,而是代表了她的民族属性、她的阶层价值观,甚而是像她一样的女性对世界的看法。自然,她的创作灵感都来源于生活,然而也有她曾受过的教育和她潜在的才华的影响。因此,物候变迁,季节更迭,都成为那逊兰保挥发诗情的绝佳对象。娴静的诗人,在春夏秋冬的鸟语绿荫落叶赏雪时节感受着生命流逝的点点滴滴,无论诗作是通俗明快还是典雅含蓄,都体现了唐诗中那种行云流水般的自在自然的诗歌意境。"滴遍芭蕉雨,秋晴写一庭。云容沉水白,山色接天青。树寂蝉添籁,花眠鸟唤醒。卷帘新爽入,斜照上疏棂。"(《秋晴》)颔联的"沉"和"接"字,将云水、天山巧妙地融合在一起,而秋日晴空的天高云淡、蝉寂鸟鸣也在诗人的淡然书写中跃然纸上。

　　不过,任何时候,"他们对生活的审美感受、审美体验、审美判断和评价以及运用文学语言反映生活的技巧、风格,都受到时代精神、社会意识、公共心理、民族特性、阶级意识等因素的影响"④。因之,从传统的角色分工考虑,那逊兰保认为"偶耽薄饮忘家务,每为微吟误女工"(《春日三首》之二)。用"忘"和"误"说明在其心中,做家务、女红才是女子的本色。但是她也有"清标傲骨绝群流,凡卉输君一百筹"(《咏菊》)的不甘之语。这种看似矛盾的表述更加说明晚清的女性诗人们在理家闲暇之际书写这样赋予女性理想的觉醒之语,是伴随着对其性别角色的思考中的巨大的痛苦和勇气的。在晚清的大时代氛围中,诗人们大多旨在回应强国保种、救亡图存的

---

① 符葆森《寄心庵诗话》,钱仲联《清诗纪事》,凤凰出版社2004年版,第123页。
② 扎拉嘎《比较文学:文学平行本质的比较研究:清代蒙汉文学关系论稿》,内蒙古教育出版社2002年版,第3页。
③ 波伏娃著,桑竹影、南珊译《第二性:女人》,湖南文艺出版社1986年版,第411页。
④ 童庆炳《文学理论教程》,高等教育出版社1998年版,第116页。

时代命题。因而,那逊兰保笔下的女性形象作为家国问题的一部分而被思考与塑造。

闺阁生活在很大程度上使那逊兰保只能从有限的活动环境中《寻诗》("绿窗人静篆烟消,春引诗情上柳条。正欲寻题无觅处,小环报道是花朝")、《检书》("傍架齐书小课功,安排身入古香中。旧遗花样新翻得,又省窗前细剪红")。读书对知识女性产生了积极影响,滋润她们的心田,开拓她们的精神。让她们学会用文字表达自己的眷恋悲哀。然而,法国的女性主义理论家西蒙·波娃(Simon de Beauvior)也指出:"业余的女作家们则认为文字只是人与人之间交流思想的方法,一种向别人倾诉自己的工具,只需要直接表达自己的感觉。"①在文学构件上,清末蒙古族女性诗人并未与现实的女性生活、女性情感,特别是女性主体意识切实相通、紧密关联,从对这些女性形象的梳理中,可以看出晚清作者的家园理想充满矛盾,个中心结和理路正与20世纪中国的激进思潮相辉映。那逊兰保处于那个大时代风潮即将到来的时代中,她通过女性的直觉,即使在封闭的闺阁环境里,依然敏锐地感受到了时代的新气息,并将这种敏锐感融入诗篇,在诗作中呈现出自由、潇洒、豪迈的生命魅力。"自是高标韵自长,不将颜色都群芳。爱他闺阁生花笔,写出人间第一香"(题香湖女士《墨兰册》)就是她在承传了家族文学精神,在时代女性创作风会中不甘人后的思想觉醒的真实写照。

---

① 波伏娃著,桑竹影、南珊译《第二性:女人》,湖南文艺出版社1986年版,第500页。

王韬诗歌尚"奇"主"变"论

陈玉兰

在经历着"千古未有之奇变"的中国近代,王韬(1828—1897)无疑是辉光熠熠、极具影响的人物。他"著作等身",虽"不以诗名"①,但其实是晚清汉语诗歌近代化转舵期之关键人物。居沪期间,在他周围,围绕着一个规模不小、颇为活跃的洋场口岸诗人群;他南遁香港23年,"文章开百粤"②,称得上是香港文学的鼻祖,也是沟通沪、港两地文人的桥梁;他是"诗界革命"的先行者,对黄遵宪等有直接的帮助和显著的影响;他助力传教士从事经典汉诗英译,热衷于跟海外汉诗作者唱和,可说是最早致力于中国诗文化海外传播的一位。王韬论诗秉持"诗贵真笃"③观,在诗中,"平生所遭逢,自言无少讳"④,故其诗无论对创作主体的生态、心态,还是对主体所处的时代、社会,无疑都有独具的认知价值;尤其是他主新变、尚恢奇的创作宗旨,既是对社会观念古今激荡的敏感,也是对思想文化东西交汇的反应,曾经引领时代潮流,并远播海外诗坛,对近现代转折期的诗歌研究更具意义。

与其言之有素、持之以恒的社会改良思想相呼应,对文学创作,王韬也提出了"时势不同,文章亦因之而变"⑤的口号。这"变",一求题旨意涵的新异;二求艺术风格的恢奇。本文就这两方面进行讨论,并思考其"变"的历史背景与诗风成因。

一、求新求变的题材内容

面对层累了数千年的诗文化遗产,王韬22岁时就旗帜鲜明地提出了"所贵乎诗者,与苟同,宁立异"⑥的口号。这里的"异",正是"不尽与古合"的"我之性情""己之神明",那是独一无二的,不可复制、无可替代,可以通过"写怀抱、言阅历"的方式,

---

* 作者为浙江师范大学人文学院江南文化研究中心教授。本文为全国高校古籍整理工作委员会重点项目"王韬著作整理"(项目编号:1277)的阶段性成果。

本文由《人大复印资料:中国古代、近代文学研究》2016年第5期全文转载,《中国社会科学文摘》2016年第7期摘编。

① 王韬《蘅华馆诗录》卷首《洪士伟序》,清光绪十六年刻本。
② 王韬《蘅华馆诗录》卷三《有感时事》,清光绪十六年刻本。
③ 王韬《蘅华馆诗录》卷三《我诗》,清光绪十六年刻本。
④ 王韬《蘅华馆诗录》卷三《我诗》,清光绪十六年刻本。
⑤ 王韬《弢园文录外编》卷九《三岛中洲文集序》,《续修四库全书》,上海古籍出版社2002年版。
⑥ 王韬《蘅华馆诗录》卷首《自序》,清光绪十六年刻本。

加以"平生须眉,显显如在"①的真实表现。因此,王韬的诗歌是"标新立异"的,是在创变意识下,对社会大变局中诗人日新月异的闻见和与时俱进的思想的"性情之用真"的反映,是以诗人的遄飞逸兴、超凡才情而又结合了史家、政治家的远见卓识的创作。他历经患难,足迹广远,交游亦众,视野开阔,关注现实,不仅"文章之妙与龙门(司马迁)并驾"②,在诗坛也有"杜老浣花陆剑南,天南遁叟鼎而三"的地位,其诗"爱国忧民殆诗史"③,是随其境遇的变化和履迹的迁移而层层演进的。

王韬的家乡苏州吴县甪直镇,古名甫里,是个传统诗文化氛围极为浓厚的江南水乡,这里人文鼎盛,诗之普及化、平民化、地域化、社群化、日常生活化的态势显而易见。青少年时期的王韬乡居于此,读书应试、设塾课徒。那时寇乱未作,双亲在堂,师友亲爱,爱情甜蜜,他在江南的柔山软水中乐享温情、推敲诗境、追寻爱情,漫吟着"人生如此致足乐,何必食粟千万钟"④之类的诗句,陶然自足。可惜好景不长,由于家乡大水,砚田亦荒,加上家中三次被窃贼光顾,更由于设馆于沪申西廨的父亲突然去世,于是,原本抱持着父辈"砚田无恙书仓富,跂脚科头好自如"⑤的从容淡定的生活态度的王韬很快为饥所驱,到了完全陌生的洋场口岸,慨然弹铗了。江南水乡的诗情画意,只引得一生回望而已。自此,王韬诗歌的选题取境,便由早年对江南水乡惯常的优游不迫、从容淡定生活的描摹,转向了世易时移后对洋场口岸的人文生态、内忧外患的社会现实的关注;在经历了泰西漫游和扶桑东渡后,更以世界眼光观照家国命运和自身境地,对转型期知识分子心灵轨迹进行了全景式的写照,可谓与时消息,推陈出新。

1. 洋场口岸的人文生态

1843年11月,上海开埠,除了外国商人为逐贸易之利纷至沓来外,接踵而至的还有大批传播上帝福音的传教士。为了对西方教义作中国本土化的宣传,与中国本土文人开展互动,得其所助,将福音与西学译为中文以广传播,为最有效的途径。墨海书馆因此而设。1846年,王韬之父王昌桂应邀入馆,所做的就是帮助传教士进行语言学习和西学汉译的工作。因为省亲,王韬曾于1848年春参观墨海书馆,惊叹于其先进的印刷技术,并产生好奇。1849年6月王昌桂去世,王韬因麦氏的一再邀请,赴沪入墨海书馆接替其父工作,直至1862年10月作为逋臣离沪南遁。可以说王韬父子是最早进入洋场口岸,并真正接触西学、进行西学传播的中国文人。紧接王韬之后,大批知识文化科技精英进入墨海书馆工作,其中跟王韬交好的主要有李善兰、张福喜、蒋敦复、郭友松、管嗣复、周双庚、陈萃亭、孙笠舫等。除了墨海书馆中的这些同仁外,生性豪放亢爽的王韬极具人缘,官府衙门、使馆教会、行商坐贾、富室寒

---

① 王韬《蘅华馆诗录》卷首《自序》,清光绪十六年刻本。
② 《日本西尾鹿峰送王韬往游晁山序》,张志春《王韬年谱》,河北教育出版社1994年版,第132页。
③ 王韬《嘉应廖锡恩枢仙:七古一篇奉赠天南遁叟》,《扶桑游记》,文海出版社1971年版。
④ 王韬《蘅华馆诗录》卷一《锦溪诗社小集席次呈陈松瀛孝廉》,清光绪十六年刻本。
⑤ 王韬《蘅华馆诗录》卷一《家大人客申江有感》,清光绪十六年刻本。

门、烟花巷陌,人脉广布,因为勤于笔耕,除了大量日记而外,其诗作是开埠之初洋场口岸生民百态的真实写照,是中学西学碰撞交流之早期社会文化生态的典型反映。如《诗录》卷二《四月六日集沈氏偎鹤山房同人李壬叔蒋剑人孙笠舫分韵得酒字》一诗写王韬与同仁壶酒排闷、黄垆买醉的情景。被剥离了原本固有的文化土壤的口岸文人,总有一种仰息于非我族类的夷人而在人格、经济、文化上都不能与人对等的压抑感,心灵的孤独、精神的寂寞,令他们三五结聚、互相体贴、彼此取暖。王韬与李善兰、蒋敦复自称"海天三友",人称"海上三狂士",原本是中国传统文人之翘楚。诗中表现的是中国文人在墨海书馆工作之余的一种生活常态,他们的灵魂中似乎总有一种"以身事夷"、不能回归儒家文化本位的被撕裂的痛苦,这种痛苦以一种"囚鸾困鹄不得意,相逢海上悲如何"①的难兄难弟惺惺相惜、灵犀相通的方式表达出来。

精神的痛苦是真实的,然而中国文人与传教士的友谊却也是真切的,如《诗录》中的《送麦西士回国》组诗就有"知己平生首数公"之句,可谓出自肺腑。可见"事夷"的痛苦并不是具体哪个夷人造成的,而完全是传统夷夏观念根深蒂固决定的中西文化的冲突带来的。

《诗录》卷二《记李七壬叔所述语》就记述了西方传教士与本土佛教徒之间关于"杀生"与"放生"的论争,以及所引发的儒生的思考。这是受传统儒家教育和本土化了的佛教影响,而今又已经受洗入基督教的王韬、李善兰们的困惑,洋场口岸中西文化的冲突与交融形成的文化生态,于此可见一斑。

2. 内忧外患的社会现实

鸦片战争后的中国,内忧外患交并,社会危机四伏,尤其是太平天国控制下的江南,民不聊生,到处都是令人伤心惨目的景象。相对于周边的惨凄,洋场租界是较为安全的地方,于是难民纷至、精英麇集,各地的局势、朝廷的决策、洋人的动向……各级各类的信息在这里集散。王韬身处淞沪这一信息中心,又有几番陪同英国传教士与太平军高层官员交涉谈判的经历,同时又由于回乡省亲而对太平天国控制区局势多有耳闻目睹,因此,对其时内忧外患的社会现实多有了解。所以,对现实的反映和分析,是《蘅华馆诗录》的重要内容。这种对社会问题体察的敏感和分析的敏锐,在他入职墨海书馆前至上海省亲时就有所表现了,其《春日沪上感事》以"重洋门户关全局,万顷风涛接上游"来定位上海开埠对民族命运的影响,识见超卓。看到"远近帆樯贾胡集,一城斗大枕奔湍"海外资本的入侵,王韬预感到利益驱动下不幸灾难的发生,讥讽"朝廷自为苍生计,竟出和戎第一等"的软弱,怀着"千万漏卮何日塞"的殷忧,提出了他的政治见解:

烽火当年话劫灰,金银气溢便为灾。中朝魏绛纾谋画,穷海楼兰积忌猜。但出羁縻原下策,能肩忧患始真才。于今筹国讵容误,烂额焦头总可哀。②

---

① 王韬《蘅华馆诗录》卷三《赠何梅屋布衣》,清光绪十六年刻本。
② 王韬《蘅华馆诗录》卷一《春日沪上感事》,清光绪十六年刻本。

诗写一味地和戎怀柔,只会助长异族的气焰,而并不能消弭其对非分利益的觊觎,因此,"海疆患气未全舒,此后岂能防守疏",为今之计,是需要识拔重用能独肩忧患的人才,而不要被表面的平静蒙蔽,继续用牵延羁縻的下策。这是王韬21岁初次踏入洋场时对外患的敏感和洞见。事实正如其所料,在割地赔款的外交政策下,"财匮民为贼,时危盗即兵。循环机早伏,涕泣乱方生"①,不久就出现了一片的乱象。《诗录》卷三《有客》写"洪杨之乱"中"狂贼"的惨无人道,逃氓的流离失所,士绅的迂腐无能,官兵的不堪一击,洋人的包藏祸心,以及朝廷勾结洋人以镇压本国民乱的国策的无耻。"江山满目悲残劫,云物遥天有杀机"②,内乱对生民的涂毒触目可见,但外患则透露出更加凶险的杀机,灾难还远远没有结束——这几乎是贯穿于离乡之后的王韬整个创作生涯中的诗歌主题。

3.泰西扶桑的履齿屐痕

所谓祸兮福之所倚,以戴罪之身逃匿于孤岛香港的王韬,竟不期然地获得了东西漫游的机会,让他旅迹广远、眼界大开,这种幸运是坎坷命运对他的一种成全。记录游历泰西、扶桑的履齿屐痕,是《诗录》的重要内容,也是王韬对传统诗人的自然超越。王韬的诗歌写海外游踪所历的地理景观、人文气象,令人耳目一新。如游英国杜拉山、伦伯灵园,游日本墨川、江户、柳桥、新桥、深川、根津、日光山、神户等,都有诗纪事。王韬的海外诗歌以新意象,表现新意境、新思想,是"诗界革命"发生期的标志性成果。这些记游诗既是《诗录》的重要组成部分,同时也互见于其游记《漫游随录》《扶桑游记》中,构成一种互文关系,诗意显豁,有很强的可读性。但王韬的海外漫游绝非纯粹游山玩水者可比,他的身世之感、乡国之情以及对时事的忧念、对世事的思考,往往也借诗作加以表现。比如旅英期间忽得家书的喜出望外,衬托的是客中为客者游根不定的独立苍茫之感:

> 一从客粤念江南,六载思乡泪未干。今日掷身沧海外,粤东转作故乡看。③

再如其自题小像之作,缘起于英国伦敦画馆出于对东方学者王韬的好奇与欣赏,特意为其摄像悬置阁中,因有此作。但离家万里之外的王韬在这颇足以洋洋自得的一刻,心头挥之不去的仍是其无法洗刷的遁臣身份带给他的羞惭之感,以及无论身处何时何地对家国君亲始终无法弃置的牵挂和悫诚。诗曰:

> 九万沧溟掷此身,谁怜海外一遁臣。年华已觉随波逝,面目翻嫌非我真。尚戴头颅思报国,犹余肝胆肯输人。昂藏七尺终何用,空对斜曛独怆神。
>
> 安得空山证凤因,避人无术且依人。有生已受形骸累,到死难忘骨肉亲。

---

① 王韬《蘅华馆诗录》卷三《吾策》,清光绪十六年刻本。
② 王韬《蘅华馆诗录》卷三《从舟中望金陵诸山》,清光绪十六年刻本。
③ 王韬《蘅华馆诗录》卷四《游园翼日忽得家书口占二绝句》,清光绪十六年刻本。

异国山川同日月,中原天地正风尘。可怜独立苍茫里,抚卷聊看现在身。①

王韬旅日,是日本知识文化界颇感欢欣的大事,影响广远,哪怕在王韬回国后,对他念念不忘、时时回访的日本友人颇不乏人。王韬广与之交,并热衷于聚饮唱和,在当时国际关系矛盾复杂的时事中,颇不忘以诗为具,发挥其群怨讽喻的政治作用。如他返国后题赠日本"兴亚会"会长长冈护美奉使荷兰的诗作②,在"亚洲与国我为大"的前提下,肯定日本明治维新的成功,呼吁文化同源、唇齿相依的中日两国不应刀剑相见,而应睦邻友好、联合驭远,体现了睁眼看世界后以"熟谙外交"自居的王韬从民族主义立场出发的外交观念。

4. 转型期知识分子的心灵轨迹

诗写性灵。深受袁枚、郭麐、龚自珍影响的王韬,其诗集中最多的自然还是写心之作。作为处在社会变革期的洋场口岸知识分子,王韬心灵轨迹之演变颇具时代特点和典型意义,其演变流程体现在诗中鲜明的阶段性特征上,试各以诗篇为例作简单说明。

一是初至洋场时十字路口上的徘徊和回望。如《诗录》卷二《小舟偪仄殊甚苦之因念此行慨然有作》一诗,写于探亲返沪之际,中有"放逐海滨吾计左,几时归卧故江边"之句,表现了进退失据的犹疑不定。

二是眼界初开后文化立场选择时的决绝和企望。如卷二《顾师寄示七律一章奖劝甚至谨步原韵奉呈》一诗,写于王韬以身事夷,颇招物议,其师顾惺以儒家科举功名相劝勉之时,"不工文字不争名,潦倒粗疏了此生""人为宕子求闲境,诗入商音失正声"等句,表达了背离传统、"一意孤行"的决心。

三是时事动乱中儒者本位的回归和重塑。如卷三《有感时事》,写清廷欲借西人之手镇压国内反抗,"借师能助顺,飞炮善横攻",这让王韬敏感到一种民族主义的殷忧,从而起"书生思报国,徒此抱孤忠"的儒生报国纾难之想。

四是九死一生后跌回文人原型的懊丧和心悸。如卷三《续梦中句》,作于上书事败南遁之初:"已薄功名等刍狗,徒工文字学妃豨。乾坤多难身还在,忠孝无成志竟违。河朔王通惭献策,关中龚舍羡知机。从今绝口谈兵事,闭户空山对夕晖。"完全是心有余悸下销声息影、离尘出世之想。

五是放眼世界后作为新型知识分子的重振和担当。如其访日期间受日本友人的鼓舞,在羌无虚日的你唱我和中,有留别吴瀚涛诗曰:"平生豪气俯凡流,今日逢君让一筹。举世岂真无北海,论交当自有南州。从兹一别七千里,此后重逢五大洲。天下事今犹可挽,出山霖雨为民谋。"③诗中一派霖雨苍生的自信和豪情。

六是晚年衰病后无可如何的悲歌和浩叹。如日本寺田望南来中土回访,王韬歌

---

① 王韬《蘅华馆诗录》卷四《自题小象》,清光绪十六年刻本。
② 王韬《蘅华馆诗录》卷六《赠日本长冈侯护美时方奉使荷兰》,清光绪十六年刻本。
③ 王韬《蘅华馆诗录》卷五《留别吴瀚涛少尉之二》,清光绪十六年刻本。

曰:"木末西风一雁过,传来消息骇鲸波。放怀今古雄才少,喜事乾坤乱日多。独客忧时聊痛哭,今宵对酒且高歌。试看长剑天边倚,几度停杯手自摩。"①乾坤浩荡,英雄末路,油然兴感。

总之,一心想在变动不居的时代找到自己的位置以显身手的王韬,终究因尸位者的昏聩而落了个一生飘零、豪气消尽的命运,只能怀着先知先觉者的孤独幻灭感,杯酒解愁,徒唤奈何。在这过程当中,随着境遇的跌宕起伏、视野的不断开阔,内心世界自然不可能波澜无惊,诉之于笔端的,都是时代大题目,关乎人生大意义,王韬竟"不知其为诗也,祇自写其情之不容已焉尔"②,其中分明流动着闭目塞听者笔下鲜见的新意象,达到了无与世事者难以企及的新境地,在仍然闭关锁国的当时,无疑是新人耳目的。

二、奇气恢张的创作风格

就艺术表现手法而言,王韬尚"奇"。崭新创变的内容结合了尚"奇"的表现手法,形成了王韬诗歌独特的风格。

王韬在为日本友人栗本锄云之戚湫村所撰的《跋〈湫村诗集〉后》中说:"余于诗亦欲以奇鸣。"此文撰于他扶桑东游期间,文中他综括当时日本诗坛,认为"东国之诗至今日诚称极盛矣,清俊秀逸、纤秾雅丽,无所不有",但也不无遗憾地认为"若其恢张格律,崭新词句,夐然异人,以自成一家,而以奇鸣于世者实罕"③。可见"奇"是他论诗的重要标准。而"奇"体现在"恢张格律""崭新词句""夐然异人"诸方面,这些因素相综合,就形成"自成一家"的风格。具体而言,"恢张格律"和"崭新词句",是诗之"奇"在体式、语言上的要求,是形式上的表现;"夐然异人"则是对诗意内涵方面的要求。试分而述之。

首先是"恢张格律",即诗体选择之"格奇"。

王韬于诗无体不工,并各有特色,"五律多深稳,七律多清秀,五古兼参选体,七古纵横跌宕"④。但比较而言,他对诗体的选择还是有偏好的,这种偏好随着年龄的增长、处境的变化而变化。总体而言,王韬早年诗歌不乏相思爱情、山水闲逸之作,整饬精工,清丽芊绵,有玉溪生、韩冬郎痕迹;但古体,尤其是七古和歌行体,是他创作成熟期的偏嗜,也是他最为擅长的一类。特别是在弱冠饥驱、耳闻目睹并亲身经历了种种的沧桑巨变后,其古体诗的创作尤具特色。他曾说:"余诗喜于长枪大戟中求生活,不能作细针密缕也。"这里的"长枪大戟"指的是对习传的篇有定句句有定字的格律诗在容量上的多方扩充,"不能作细针密缕"则是对拘泥于平仄、谨守着偶对

---

① 王韬《蘅华馆诗录》卷六《寺田望南从日东来借其国诗人冈鹿门邀诸名士集饮酒楼……即席呈诗因和其韵之二》,清光绪十六年刻本。
② 王韬《蘅华馆诗录》卷首《洪士伟序》,清光绪十六年刻本。
③ 王韬《弢园文录外编》卷一一,《续修四库全书》,上海古籍出版社2002年版。
④ 王韬《蘅华馆诗录》卷首孙文川《诗评》,清光绪十六年刻本。

的格律诗在形式上的自由突破。他曾明确地提出:"韵学切母之法,乃系梵音。古人本无平仄四声,亦无所谓韵。"赞美不讲四声押韵的古人"所制韶濩诸乐自有天然节奏,诗三百篇皆可被诸管弦,其中所作不尽文人,虽妇人稚子,讴吟谣咏,亦能入拍",批评"后世法则愈多,讲论愈密,而愈不能明,所作亦无有及古人万一者"。① 这是颇有见地的。王韬将这种自由声律、天然节奏观付诸实践,这既与他豪迈不羁的个性有关,同时也是由其诗歌极具现实生活丰富性的内容决定的。王韬忧时念国,早年居沪时,见烽火四起,人民流离,与同道"每酒酣耳热,抵掌雄谈,往往声震四壁,或慷慨激昂,泣数行下"②;东西漫游后,又回复狂奴故态,"为人风流洒落,不修边幅"③,愤世嫉俗,力倡改革。以这样的性情入诗,"嬉笑怒骂无不成诗"④,"诗境无所不包"⑤。这样的为人个性、创作态度和诗歌内容,决定了与之相适宜的诗体是恢张恣肆、开合自如的古体,其中有五言、七言,甚至九言长诗,也有长短参差的古风,尤见才气。日本鸿斋石英在和刻本《蘅华馆诗录》之《序》中赞王韬长篇大作"犹铁浮图临军,纵横冲突,眼空四海",并称其"诗胆大如天"。七古如写于"洪杨之乱"中的《闻客谭近事有感》,开端有谈男儿远志的数句:"男儿生不必封万户侯,死不必崇千尺邱。但愿杀贼誓报国,上纾当宁南顾忧。不然坐筹幕府出奇计,凶渠自请长绳系。功成长揖归里间,自此绝口谈经济。"可谓有"豪迈横扫千人"之气。再如《题闲日读书图》,在对斤斤于科举帖括之徒作批判的同时言明立场:"要读人间未见书,纵横蝌蚪辨疑似。不屑沾沾兔园册,以此弋第夸乡里。"也可谓"气骨雄健,思力沉着"⑥。九言体的《至粤已逾一载辱江南诸故人投书问讯作九言一首寄黄六上舍潘大杨三两茂才》长达一千六百余言,述己南遁前后的经历和心理,沉抑郁怒,令人慨然。而南遁两年后追思亡母所写的《述哀》,更是以长长短短之句,写漫天弥地的悲恸:

　　我欲耸身凌高穹,振声一哭天帝耳为聋!我欲掷身下九泉,见我慈亲两载前容颜。呜呼!我生何不逢盛隆?何乃不自我先不自后有此鞠凶丁我躬!东南半壁天地赭,白日忽匿黄埃吹。……

该诗起势突兀,承接意外,时空幻化多端,情绪偾张饱满,用散文化的、完全突破格律限制的句法,直抒其因所谓上书太平天国事发被朝廷通缉,不得已藏匿于英人使馆,老母忧惧之下一命呜呼,却没能回家亲视含殓的憾恨。这种长短不一的句法随情绪的抑扬而错落,形成跌宕起伏、变化多端的节奏,表现出凌高履险无可阻遏的天问与呼天抢地撕心裂肺的呐喊。这种自肺腑中喷薄而出的痛苦,通过腾挪跳跃的语象、

---

① 王韬《蘅华馆日记》,上海图书馆藏稿本,咸丰九年(1859)正月二十一日记。
② 王韬《蘅华馆诗录》卷首《弢园老民自传》,清光绪十六年刻本。
③ 王韬《平安西尾·跋》,《扶桑游记》,文海出版社1971年版。
④ 王韬《蘅华馆诗录》卷首冈鹿门《诗评》,清光绪十六年刻本。
⑤ 王韬《蘅华馆诗录》卷首孙融《诗评》,清光绪十六年刻本。
⑥ 王韬《蘅华馆诗录》卷首《诗评》,清光绪十六年刻本。

高远宏大的意象、天马行空的想象,揪攫住读者的心灵,以独具一格的韵律,给人以强烈的震撼。

其次是"崭新词句",即语言措置之"句奇"。

王韬曾以"词句崭新"四字评价曾国藩的诗,说:"大抵公于文主庐陵,故体裁峻絜,而不尚词藻;于诗主昌黎、山谷,故词句崭新,而不蹈袭故常。"①可见所谓"句奇"就是不主故常、自铸新词,这从他感情充盈、形式自由、表现亲情的诸多诗篇中可以得到印证。

王韬《瞥见》一诗,写妻亡十九年后恍惚间"瞥见"时对亡妻的告白,私语喁喁,低徊凄咽。该诗以五言、七言、四言错杂的句式,时而亢奋激越,时而舒徐宛转,写人间地下、生死茫茫的夫妻,恍惚梦见时,由惊喜,到惊奇,到惊疑,最后悲从中来,百感交并、愁思错杂的感情。其遣词造句,完全生活化、口语化,亲切自然,形象生动,毫无雕琢矫饰,从而给人一种仿佛在场的真实感。这种语言风格是王韬诗歌的特色,是对当时流行诗风的一种反动。王韬的时代,宋诗运动声势浩大,诗多故实、重考据,往往以典故的堆砌来晦涩诗意、表现学问。王韬不落窠臼,公开宣言"书必读万卷,笔不着一字。从未区宋唐,唯在别真伪"②。又说"余不能诗,而诗亦不尽与古合。正惟不与古合,而我之性情乃足以自见。"③可谓对一味拟古复古诗派的大胆挑战。诗接地气,纯用白描,使诗歌语言鲜活生动,独具面目,王韬正以此来"崭新词句"。

结合王韬自身的创作实践来看,其所谓"恢张格律",指为了顺应感情表达的需要,而对周规折矩的传统格律的突破、扩展、铺张。所谓"崭新词句",指为了切合诗歌传情达意的需求,同时也为了方便读者的接受,而对传统的庙堂气、缙绅味过于浓重、过于板滞的诗歌语言,进行符合时代需要的革新。如此看来,向来被认为是以旧形式装新内容的"诗界革命",在其萌芽草创阶段,作为先行者的王韬是对形式的革命也曾提出过要求,并进行了创新的实践的。相反,年辈远较王韬为晚的梁启超在发动诗界革命时,曾提出过革命三原则:"第一要新意境,第二要新语句,而又须以古人之风格入之,然后成其为诗。"④这其中虽明显地是对王韬新变诗学观的继承和发展,但梁氏过于强调在古典诗歌旧体式内的创新,较之王韬的"恢张格律"对传统桎梏的突破,反而显得局限和保守。虽然在《蘅华馆诗录》中形式上戛然独造的诗篇也许并不是很多,但不能忽视其主观的探求和客观的存在,以及在诗歌史上的意义。王韬可谓中国诗体革新和近代诗界革命的先驱之一。

再次是"戛然异人",即诗意传达之"意奇"。

上述"格奇""句奇"都只是外在表现形式之奇,而决定诗美的更为重要的因素,在王韬看来是"意奇"。王韬说:"余谓诗之奇者不在格奇、句奇,而在意奇。此亦专

---

① 王韬《蘅华馆诗录》卷九《重刻曾文正公文集序》,清光绪十六年刻本。
② 王韬《蘅华馆诗录》卷三《我诗》,清光绪十六年刻本。
③ 王韬《蘅华馆诗录》卷首《自序》,清光绪十六年刻本。
④ 梁启超《饮冰室文集·夏威夷游记》,云南教育出版社2001年版,第1826页。

从性情中出,必先见我之所独见,而后乃能言人之所未言。"可见"意奇"是主体精神与客观世界相遇合之后焕现出来的。就外部世界而言,"山川、风月、花木、虫鱼,尽人所同见;君臣、父子、夫妇、朋友,尽人所同具",如果没有气禀独具的个体精神与之神光遇合,那么反映在作品中的只会是模式化的千人一面,只有"从性情中出",融入个体独特的感觉、知觉、情感、思维,才能"见我之所独见"而"言人之所未言"①。可见他特别强调"性情"在诗歌表现"意奇"方面的重要作用。但同时,他也意识到光讲性情是不够的,文学创作不会是万物皆备于我的只需纯粹的精神就能"自我完成"的活动,它始终是对外部世界的心灵化的反映,因而他特别强调"以一己之神明入乎其中",这"其中",就是包括山水、人伦等等在内的丰富多彩的现实生活中。只有独特的主观精神与多彩的现实生活相结合,主、客相遇,物、我交融,才能产生"自辟畦町,独立门户"②的"意奇"的诗歌。因而诗歌意奇的关键在于诗外功夫,在于人格气质与人生阅历相贯通产生独特的生命感悟。因此,他批评当时诗坛"扯捋以为富,刻画以为工,宗唐祧宋以为高,摹杜范韩以为能,而于己之性情无有"③的现象,而自身高瞻远瞩,关注社会,反映时代,包举宇内,以奇思妙想、奇闻异见充实诗歌,以新意象、新意境、新思想,新人耳目;其诗,诗中有人,诗情笃挚。

王韬诗歌"意奇"最典型地体现在他得江山之助的海外题材的作品中,他是海外记游诗、海外唱和诗的初创者,有首开风气的地位,也曾颇为自得地自诩为"欧西词客""泰东诗渔""日东诗祖",海外的地理山川、风土人情、文人胜流,对于长期闭锁的国人而言,是无缘得见的全新诗料,足以令人称奇。如《到英》:

欧洲尽处此岩疆,浩荡沧波阻一方。万里舟车开地脉,千年礼乐破天荒。
山川洵美非吾土,家国兴衰托异乡。海外人情尚醇朴,能容白眼阮生狂。

舟车万里犁开地脉作漫漫西游,这对中土人士而言,是有史以来破天荒的事。该诗以高度凝练的手笔,写万里途程、千年历史,天地阻隔的不同邦国人文之异、人性之同,以及作为沧海一粟的人,在由幽远的时空堆塑而成的陌生面前,既不免回望,又不禁探求的复杂心理。王韬一生可说是萍飘蓬转,不由自主地从一个陌生走向另一个陌生,在人生的沟沟坎坎面前,正是这种好奇的情思、探求的意绪、改变的希冀在支撑着他。该诗透视了王韬独特的精神气质,是其人格精神与履迹阅历相契合的产物。其他如《游杜拉山》《游仑伯灵园》《游日光山》以及写一位日本女性感情经历的《阿传曲》、与日本友人的唱和诗等,都是未经人道的人情物态,反映着王韬的世界观、人生观、审美意识、家国情感以及女性观、爱情观等,自有其独特性、丰富性和深刻性。

非唯海外题材的诗歌令人称奇,作为一位豪爽之士,王韬为人亲切,人乐与之

---

① 王韬《弢园文录外编》卷——《跋漱村诗集后》,《续修四库全书》,上海古籍出版社2002年版。
② 王韬《弢园文录外编》卷——《跋漱村诗集后》,《续修四库全书》,上海古籍出版社2002年版。
③ 王韬《弢园文录外编》卷——《跋漱村诗集后》,《续修四库全书》,上海古籍出版社2002年版。

交。相知深契的有所谓"海天三友""海天五友",其他特立独行之士与之交深者,指不胜屈,王韬每于诗中为之作传神写照,如《题江东小剑海天长啸图》:

> 江东老剑我好友,诗名高踞词坛久。江东小剑亦能文,须赠一斧斫其手。老剑平生意气豪,天寒犹着单布袍。一颗头颅欲赠人,出门仰视风萧骚。小剑清狂亦可笑,思在海天作长啸。山苍苍兮水茫茫,一声清越惊万窍。吾闻古者有啸翁,一篇啸旨传寰中。啸翁不作嗣响绝,谁其继者今江东。小剑之剑亦复利,揽辔每有澄清志。要令寸铁能杀人,几使毛锥避无地。啸声忽起山月高,潜蛟笔背虎申腰。此音原非出金石,岂同盛世鸣虞韶。怀抱郁郁多忧思,中有伤时万斛泪。挂壁吴钩忽作声,欲于长啸时一试。划然长啸天地愁,发为浩气成清秋。吾衰已甚不复用,明当从子海天游。

"江东老剑"即与王韬、李善兰并列为"海天三狂士"的蒋敦复(1808—1867)。蒋敦复年长王韬二十岁,两人却因气味相投而成生死莫逆。蒋以诗文名重江南,且有经济之才,狂放不羁,才大气盛,有不可一世之概。"江东小剑"是蒋敦复长子蒋同寅,亦能文,卓荦有父风。诗以骋想夸张、诙谐幽默、生动形象之笔,抒油然歆羡、慨然感伤之情,既将蒋氏父子的不世才情、豪迈奇气刻画生动如在眼前,同时也寄寓了才高命蹇者有志难申的悲哀,体现了末世文人共同的精神追求和现实困境,其中无疑就有抒情主体本人的体贴同情在。而若非与画像中人同呼吸、共患难,深情贯注,诗意当不可能达到如此境地。

王韬的诗歌,无论是抒情主体的音容气度,还是诗中表现的情思韵致,抒情方式的节奏律动,都给人新异不同一般的印象,且又表现出接受了西学洗礼的儒家传统知识分子凛然、浩然、沛然之气。他一心想在"杜之广、李之俊、韩之兀鼻、郊之寒、岛之瘦、温李之浓艳,苏之纵横豪放、黄之生涩槎枒,陆之温润、杨之疏逸之外,别树一帜"①,他"自成一家"的风格,正表现为上述"格奇""句奇""意奇"综合以观的奇气恢张。

王韬十八岁应县试,就被督学使者张芾赞为"文有奇气"②,又自谓"余于诗亦欲以奇鸣"。"奇气",是艺术表现之"奇"与人格精神之"气"的融合。"奇"因"气"生,"气"以"奇"形,两者结合,表现为气势和气象的不同平凡,而这正是王韬一生的诗学追求。严迪昌先生曾说:"文学风格是作家在一系列作品中,从整体上、全局上透发出来的思想美与艺术美高度统一的一种境界美,是最为集中凝聚地体现着作家的艺术个性的外部特征。"③从作品中透发出来的王韬诗学追求的独特性和一贯性看,"奇气恢张"正可以概括王韬诗歌的主导风格。

---

① 王韬《弢园文录外编》卷一一《跋潋村诗集后》,《续修四库全书》,上海古籍出版社2002年版。
② 王韬《蘅华馆诗录》卷首《弢园老民自传》,清光绪十六年刻本。
③ 严迪昌《文学风格漫说》,江苏人民出版社1983年版,第12页。

三、创作背景及诗风成因

《文心雕龙·体性》篇论文学风格之形成有曰:"才有庸儁,气有刚柔,学有浅深,习有雅郑,并性情所铄,陶染所凝,是以笔区云谲,文苑波诡者矣。"这意指影响诗文风格的因素,既有天赋的才气性情,也有后天的学习陶染。王韬诗风是其内在豪迈放旷的气质禀赋与外在虽迭经变故却丰富多彩的生活遭际的折射,也是内修与外骛交相鼓荡的结果。

首先是内在禀赋修为。这有很大的遗传因素,同时也与成长期的诗文化养成有关,而后者与家教、师承的影响和乡邦文化的浸染最相关联。

王韬先祖昆山王氏,为明代巨族,明清易代之际,阖门殉国难,仅其始祖年在髫龄,趁间逸出,得存一脉,自后世代业儒。可见在王韬的家族基因中分明就有"家国肝胆"四字。王韬母朱氏,出自书香门第,自小口授以诗词,尤其是所述古人节烈故事,每每令王韬感动莫名,以至出涕。母亲的蒙学教育,自然而然地内化于其精神气脉。其父王昌桂是段玉裁及门弟子,既潜研经学,又因晚年任职墨海书馆,而在一定程度上受西学影响。王韬得父亲悉心栽培,儒学功底深厚,又有开放眼光,被理雅各等西方学者认为是中国最有学问的人。王韬服膺师祖段玉裁之外孙龚自珍的经世之学,后又与龚自珍之子龚橙相交至深,往还频密。王韬诗词修养还受业师顾惺陶染,顾惺虽风流自赏、倜傥旷放,然颇以"积硕学为世用"①激励及门弟子。此为王韬年少时家教、师承的大体情况。就成长环境而言,王韬家乡苏州甫里(今角直)是晚唐陆龟蒙隐居终老之地,也是皮陆唱和发生之地。陆龟蒙自诩隐士而心系天下,散淡其外而又庄严其中,被鲁迅称为"正是一塌糊涂的泥塘里的光彩和锋芒",在中国文化史上有不可磨灭的印迹,是甫里的标志性人物,对地方人文有潜移默化的作用,甘淡泊、亲风雅而又不忘世事可谓其地普遍的人文风尚。王韬在咸丰八年(1858)六月三日的日记中就曾说论诗"取法晚唐",这里就有陆氏的影响在。传统儒家教育和地域文化特质深刻地影响了王韬的心性气质、立身行事、文学创作。王韬早年向往的似乎也是陆氏一般结庐山林的闲逸,这在他洋溢着绮情幻想的诗歌中有不少的表现,只是在后来不由自主的漂泊中,索性倡言"豪杰自命不凡,岂可苟阿世俗"②,不羁其外、忠爱其中,将看似隐逸的甫里先生的精神气质中隐然而在的另一面发挥得淋漓尽致。因此,王韬务实功利,有强烈的用世之心,这都跟他先天的禀赋和成长期的修为有关,而正是这些为王韬诗歌奇气充沛奠定了基础。

其次是外在的人生际遇。王韬在序日本友人三岛中洲文集时说:"文运之盛衰,固有时系乎国运之升降,平世之音多宽和,乱世之音多噍杀,若由一人之身以前后今

---

① 王韬《畹香仙馆遣愁编诗集》,台湾傅斯年图书馆藏稿本。
② 王韬《与杨莘圃书》,《弢园尺牍》,清光绪十九年沪北淞隐庐刻本。

昔而判然者,则境为之也。"①诗歌创作,原本是与时代气运、诗人境遇密相契合、如影随形的。故诗人诗风之演变,必然关合其生命轨迹之流衍。

王韬的人生分为四个阶段,22岁前的里居读书以求科第时期,22—35岁的弹铗淞滨、乱世献策时期,35—57岁的遁迹天南、放眼中外时期,57—70岁的北返淞沪、执掌书院时期。每次变化都是在国家沧桑、民族巨变背景下个人遭际的大挫折、大转折,尤其是迁沪、南遁和东西漫游,非唯是王韬人生的转折点,其影响诗歌创作也至巨。王韬独具的禀赋修为结合了他特殊的人生遭际决定了其诗歌的选题取境,此上文已略及,不复赘言。兹就影响王韬诗艺表现得更为直接的因素再略述一二:其一是自古而今的时代审美取向,其二是自西而东的现代西学背景。

王韬的时代,诗坛主流是同光体。同光体继道咸年间的宋诗派之后,继续破除仍多痼习的诗宗盛唐的局面,其诗学路径在宋诗派宗苏、黄的基础上,再辟蹊径,进一步上溯到杜、韩,形成唐宋诗一体论,从而消弭孰优孰劣之争。王韬虽说"于诗文无所师承"②,那也只是标榜兼收并蓄、不刻意模拟而已,实际上他自然也是不能腾离于文化土壤和时代背景之外的。王韬也曾自谓"平生服膺惟坡谷,昌黎子美我其师"③,但王韬学宋,并非通常的以学问充实于文字、议论而已,而是承继杜、韩之精神。清人于杜、韩,有"杜孔、韩孟"④的说法,王韬亦以之为诗歌创作道德审美的标杆,其中就包含了家国担当意识、儒家浩然之气等,这样的标准因为结合了全新的历史时空、特殊的生命体验,而有了崭新的诗意境界,从而表现为新的风骨格调。其次,学杜学韩也是一种艺术审美标准,这一标准在王韬的创作中不指向求险尚怪的皮相模拟,而是继承杜韩"陈言务去""词必己出""不蹈袭前人一言一句"⑤的创新精神。正如他称赞江湜诗宗坡谷杜韩四家,表现为"言情弥真始见我,造格特创乃能奇"⑥,颂扬曾国藩"于诗主昌黎、山谷",表现为"词句崭新,而不蹈袭故常"⑦一样,王韬的"格奇""句奇""意奇"的追求正是师法杜韩之精神而在诗歌内容和形式上都加革新创变的表现。"少陵无体不雄奇,韩子精神托古诗"⑧,王韬亦复如是,其诗各体俱备,而尤钟古诗,以古体最具力大思雄、涵天盖地、淋漓酣畅之气势,也是古体才更具擒纵自如、恢张扬厉、变怪百出之容度。

另外,西学背景也直接影响了王韬的诗歌创作。王韬22岁开始子承父职,迁沪入墨海书馆襄助《圣经》汉译,南遁香港后及旅英期间又助传教士英译"中国经典",

---

① 王韬《弢园文录外编》卷九《三岛中洲文集序》,《续修四库全书》,上海古籍出版社2002年版。
② 王韬《蘅华馆诗录》卷首《弢园老民自传》,清光绪十六年刻本。
③ 王韬《蘅华馆诗录》卷四《寄潘茂才》,清光绪十六年刻本。
④ 黄统序莫友芝《郘亭诗钞》中引莫氏之语。
⑤ 马通伯《韩昌黎文集校注》,上海古籍出版社1957年版,第311—312页。
⑥ 马通伯《韩昌黎文集校注》,上海古籍出版社1957年版,第311—312页。
⑦ 王韬《弢园文录外编》卷九《重刻曾文正公文集序》,《续修四库全书》,上海古籍出版社2002年版。
⑧ 程恩泽《程侍郎遗集》,《丛书集成初编》,商务印书馆1935年版。

继而创办最早的华人华文日报《循环日报》并自任主笔,从事的都是文化的跨区域大众化传播工作,可谓一生呼吸于国学西学冲突交融的文化环境中,如何让所撰语言文字得到更好的传播,是他职业化思考的问题。如在写于1853年8月前后的《申请加入基督教文》中,王韬针对"今耶稣教各种著述,不乏胜义,然文风拖沓,令人读未卒章而昏然欲睡","朝散之于众,而暮入于废纸之篓"的情况,提出"窃以为,每撰一书,其所含之教义与所用之辞藻,均当优长,令其文质彬彬。此等著述,饱学之士倡之于上,贩夫走卒从之于下,无需附以讲解,何患不风行哉!"①工作中这样的思考必然渗透到其创作中。大众传播中的读者接受意识,特殊的有西学背景的交游唱和群体,诗文传播中载体、受众的变化,"对客挥毫""下笔辄不自休"的诗文创作方式,自然影响其创作过程中的诗体选择、语言策略、题材内容、写作状态。不拘格律的体式创新、不用故实的语言表现、动人心魂的真意传达、新人耳目的奇异技巧,都是西学背景下随着新思想、新知识、新技术的传入,传统诗歌创作中应有的顺乎逻辑的变化。如此,崭新题旨、恢张奇气,尚"奇"求"变"的诗歌风格应运而生。

综合王韬诗歌创作历程和各类题材内容,可以看出其诗歌以作为诗史的叙事性和批判性、作为心史的真实性和深刻性为总体特色,创作内容上求新求变,表现风格上奇气恢张。"三千年后数人才,谁识于今变局开?豪气已从忧里尽,新诗多是劫边来。"②王韬这寥寥数语道尽了其生态、心态和诗歌形态,以及这"三态"间的此关彼联。先知先觉的诗人独立苍穹,既无望当道者识拔,亦不见上帝拣选,羌无俦侣,满脑子的新思想新观念以求除旧布新,却落落寡合,只能以诗自道心曲,其感慨较之袁枚的"自笑匡时好才调,为天强派作诗人"的自嘲更显真切痛彻。好在对于万事不由自主地落拓寒士而言,文字倒是可以任由其自作主张的,于是他将"劫"余的人生码成沉甸甸的"新诗",砸向那个时代,无论是引人瞩目还是令人侧目,终究都达到了让人过目难忘的效果。王韬尚"奇"主"变"的诗风,正是国家民族气运与诗人个体命运交织而成的特定历史时空下,倍受磨难的诗魂历经挣扎而始终不屈、力求突围的表现。

---

① 王韬《申请加入基督教文》中文本已佚,有传教士麦都思英译本藏伦敦大学亚非学院图书馆,叶斌据以转译,《档案与史学》,1999年第4期。
② 王韬《蘅华馆诗录》卷六《梁溪瘦鹤词人见赠二律赋此奉酬即步原韵》,清光绪十六年刻本。

第七编

文献考论

《送东阳马生序》人物考

周明初

《送东阳马生序》是宋濂散文中的名篇,长期以来被选入中学语文教材和高等院校中文系的中国古代文学作品选教材中。因为是名家名作,长期以来受人关注。据笔者调查,自 1949 年以来,对该文进行探讨的研究性文章达 80 余篇,其中绝大多数研究成果是 20 世纪 80 年代以来所取得的。① 尽管如此,对此文的研究仍然存在不太为人所关注的空白点,如对文中所涉及人物的探讨方面。此文中所提及的人物,有字君则的东阳马生、宋濂加冠后所师事的"乡先达"以及求学寓逆旅时的"同舍生"等。据笔者调查所知,东阳马生为谁,前些年虽已经有人进行过考证,但并不可靠;而"乡先达"和"同舍生"为谁,则很少有人进行过探究。今特作人物考一文,以求教于方家。

一、东阳马生

宋濂在该文中说:"东阳马生君则,在太学已二年。"由此可知,东阳马生字君则,但其本名则不详。前几年,有学者通过查阅东阳《茂陵马氏宗谱》,考证认为马生是马从政。其所引的《马氏宗谱》材料为:"裕七,讳从政,字均济,号日济。赋性明敏,立品刚方。元授武义尉兼署义乌龙祈巡检司、金华府移文掌本县事。大明混一之初,圣天子崇文重儒,授正九品将仕郎、开封知事。赞政有方,升正义品承事郎、东昌棠邑令。考绩恩赐荣归,以乐绿野堂,名秩显然。"并考证认为:"马从政,字均济,号日济。宋濂文中马君则与马均济在读音上相近。'均'原意为平均,这里指同心。'均济'可以理解为人人同心,都要勤奋学习,在学业上要去奋斗。'日济'可以理解为每天都要用于勤奋学习,在学业上继续奋斗。马从政字号之含义与马君则'自谓少时心于学甚劳,是可谓善学者矣'意蕴相近。"② 按:所引《马氏宗谱》文中"正义品"当为"正八品"之误。宋濂笔下的马生君则是太学生即国子监学生,而《马氏宗谱》中所记载的马从政在明初并无入太学的经历,而且马从政在元朝已经是小官吏了,也不太可能在明初再入太学;又马从政字均济,"均济"与《送东阳马生序》中的马

---

* 作者为浙江大学人文学院教授、博士生导师。

① 参见周明初《60 年来宋濂研究述评》,《江南文化研究》第 5 辑《宋濂研究专辑》,学苑出版社 2011 年版,第 214–219 页。现又结合"中国知网"做了补充统计。

② 马云鹿《东阳马生小考》,《杭州教育学院学报》,2002 年第 2 期。

生"君则"仅仅在读音上相近(也可以说并不相近),而且该文中对"均济""日济"字号含义的解释也不到位。显然,这样的考证纯属牵强附会,不足为凭。故东阳马生到底是谁,应当另考。

马生君则是太学生,也即国子监学生。在明清以前的朝代,或设太学,或设国子学,或两者均设。而明清两代仅设国子学,不设太学,而习惯上仍称国子学为"太学",故明清时期的太学生是指在国子监就读的学生。

查《[康熙]新修东阳县志》卷十一《宦林志四》"制贡"条之明代部分,"明经""制举"共21人,"岁贡""选贡"等共177人。"明经""制举"列在"岁贡"之前,并有按语说明:"洪武初,制科未设,又设而复废。用人之途不一而足。惟明经、制举,考较文艺,故人之此条。以下为岁、选诸贡。"①在其后的"岁贡""选贡"类别中,第一人许晖是洪武十七年(1384)所贡。可知列入"明经""制举"中的21人都是洪武十七年前所选拔之人。查洪武年间的"选贡""拔贡"类中没有马姓之人,只在"明经"类中查得有马姓一人即马原礼,小注为"本府训导"。据本人考证,这位马原礼即是宋濂文中的东阳马生君则。理由如下:

(一)马原礼是明初洪武年间的"明经",明初的明经往往入国子监就读,也就是说太学生即国子监学生,这与宋濂笔下的马生君则在时间和经历上重合。

明经原是汉代"察举"即选拔官员的最重要科目,因被察举者须明习经学而得名。唐代"明经科"与"进士科"成为科举的两个基本科目,宋代神宗时明经科被废除。但在明初洪武年间"明经"作为选拔人才的科目一度得到恢复,选拔出来的明经需入国子监就读。在明初科举制度正式确立之后,"明经"也就逐渐废弃了,同时岁贡、选贡等诸贡生大量进入国子监,故在明清两代"明经"又作为国子监学生即监生的别称,清代则又往往特指贡生。

明初洪武年间的明经入国子监就读,可从贝琼的文章中得以体现。其《清泉书楼记》中说:"洪武五年,(刘)季鹏以明经荐于春官,奉旨入成均卒学。时余为助教,且累求为清泉书楼记……"②又《縠江渔者诗序》中说:"余尝闻三衢人言有(徐)复礼者,敦朴有学,自托为縠江渔者,欲见之未果。洪武五年秋校文浙江,复礼亦迫有司命,起与九府之士俱。遂以明经预四十人之选,故益异之。及为国子助教,始识于京师。"③前一文中的成均原是周朝时设立的大学(太学),古人用以指称国家最高学府,唐高宗时曾改国子监为成均监,故此文中的"成均"正是指称国子监。又贝琼其人,于洪武三年(1370)被举荐,召修《元史》。洪武五年(1372)出典浙江乡试,次年任国子监助教。上述贝琼后一文中所提到的縠江渔者徐复礼正是贝琼在洪武五年任浙江乡试官时所选拔出来的人才。刘季鹏、徐复礼都是在洪武五年以明经的身份

---

① 胡启甲、俞允《新修东阳县志》卷一一,清康熙二十年刻本。
② 贝琼《清江贝先生文集》卷一八,《四部丛刊景明初刊本》,商务印书馆1926年版。
③ 贝琼《清江贝先生文集》卷二八,《四部丛刊景明初刊本》,商务印书馆1926年版。

入国子监就学的,而贝琼在第二年担任了国子监助教,成为他们的老师,因此得以相识,并为他们作书楼记或诗集序。又《[万历]开封府志》卷十八《人物志》:"于潜,字彦昭,鄢陵人。……洪武中以明经释褐太学,除监察御史,改五军都督府。"①由这几例可知明初洪武年间的明经是入国子监就读的,"明经"也即太学生。

又据《明史·选举志》,在洪武三年(1370)八月京师和各行省举行明代开国后的第一次乡试,第二年举行了第一次会试。因为天下初定,急需人才,下令各行省连续三年举行乡试,举人不用会试,即可赴京参加官员选拔。后来因为所选拔出来的人才大多是后生少年,缺乏行政办事的经验,于是又下令各地方察举贤才,而罢科举不用。至洪武十五年(1382)才恢复科举考试,十七年(1384)开始正式确定科举考试的程式,由礼部颁行各省,从此成为定制。②《[康熙]新修东阳县志》卷十一《宦林志四》在"明经""制举"条中按语所说"洪武初,制科未设,又设而复废",正是与此有关。所谓"制科",也即特科,是为了选拔特殊人才而临时设置的考试科目。"明经""制举"也正是这样的制科。可见洪武五年至十五年之间科举制度废弃期间曾经举行过这样的制科。在科举制度正式确立之后,这些制科也就废弃了。列入《[康熙]新修东阳县志》卷十一"明经""制举"两类中的人物,正是洪武五年至十五年之间科举考试停止期间所选拔出来的人才。

马原礼是洪武年间的明经,作为明经应当是有入国子监就学的经历的,也就是说他是在洪武五年至十五年之间通过明经科选拔出来并且进入国子监就学的。这与宋濂《送东阳马生序》中的马生君则,在时间和经历上相重合。《送东阳马生序》在《宋学士文集》中编在《朝京稿》卷三。《朝京稿》是宋濂于洪武十年(1377)致仕后历次至南京朝见皇帝期间的作品,《送东阳马生序》具体作于洪武十二年(1379)。③《送东阳马生序》中说马君则"在太学已二年",可知马君则是在洪武十年前后入学国子监的。

(二)马原礼与马君则,名与字之间具有高度的关联性。"原礼"即以礼为本、以礼为先的意思,"君则"即为君之准则,也即为君之道、治国之道的意思,"原礼"其名与"君则"其字之间所体现出来的正是儒家以礼教治国的政治思想。孔子认为:"道之以政,齐之以刑,民免而无耻;道之以德,齐之以礼,有耻且格。"④"能以礼让为国乎,何有?不能以礼让为国,如礼何?"⑤当子路、曾皙、冉有、公西华侍坐孔子各言其志时,孔子提出"为国以礼",对子路的不逊之言表示不以为然。⑥《礼记》中说:"礼

---

① 宋伯华《[万历]开封府志》卷一八,明万历十三年刻本。
② 张廷玉《明史》,中华书局1974年版,第1695—1697页。
③ 徐永明《宋濂年谱》,浙江大学出版社2011年版,第248页。
④ 《为政》,《论语》,《十三经注疏》本,中华书局1980年版。
⑤ 《里仁》,《论语》,《十三经注疏》本,中华书局1980年版。
⑥ 《先进》,《论语》,《十三经注疏》本,中华书局1980年版。

者,君之大柄也。所以别嫌明微,傧鬼神,考制度,别仁义。所以治政安君也。"①《礼记》中又借孔子之口说"民之所由生,礼为大。非礼无以节事天地之神也,非礼无以辨君臣上下长幼之位也,非礼无以别男女父子兄弟之亲、婚姻疏数之交也。""为政先礼。礼,其政之本与(欤)。"②后来儒家发展出来的"三纲五常"之学说,正是以礼教治国思想的集中体现。可见"原礼"与"君则"的名与字之间的关系正是对儒家"以礼让为国""为国以礼""为政先礼"思想的阐释。

(三)马原礼是东阳当地儒学名人马道贯之子,与宋濂文中"乡人子"的身份相合。宋濂《送东阳马生序》中说:"余朝京师,生以乡人子谒余,撰长书以为贽,辞甚畅达。"文中的"乡人子"现在一般人翻译为"同乡人之子",这自然是不错的。但如果马生只是一位普通的同乡后辈,宋濂文中用"乡后生"之类即可,不必说是"乡人子"。用"乡人子",特别点出"乡人"两字,这"乡人"自然不是一般的平民百姓,而是指在地方上有名望有地位的人。查《[康熙]新修东阳县志》卷十一《宦林志四》"流品"条,有一人为"马原明",并有注称:"安福县丞,与原礼皆道贯子。"③可知马原明与马原礼为兄弟,俱为马道贯之子。

马道贯其人,是东阳当地的儒学名人,明徐象梅《两浙名贤录》卷二《硕儒传》、清黄宗羲《宋元学案》卷八十二《北山四先生学案》、清邵远平《元史类编》卷三十六《文翰传二》、清王崇炳《金华征献略》卷十一《文学传》以及《[成化]金华府志》卷八《儒行传》《[康熙]新修东阳县志》卷十三《人物类五·儒学传》等均有传,而各传均大同小异。今引成书时间最早之《[成化]金华府志》:"马道贯,字德珍。弱冠时,偕弟德璋师事许文懿于八华山中,闻河洛之学。文懿以诗期勉之甚。至文懿没,临如亲丧制服。所著有《尚书疏义》六卷,诗文若干卷。号一得叟。好恬退,非公事不入城府。既没,人以其书上之,其言始立,其道始行。"④

此传中的许文懿指许谦(许谦谥"文懿")。许谦(1269—1337),字益之,号白云,东阳人,是元代金华著名的儒学者,人称"白云先生",是宋元时期朱子之学在金华的嫡传。宋元时期金华的朱子之学由何基(号北山)开创,何基曾师事于朱熹之婿黄榦(号勉斋),得朱子学之真传,由何基传至王柏(号鲁斋),王柏传至金履祥(宋亡后隐居金华仁山,人称仁山先生),由金履祥传至许谦。因何基号北山,金华的这一脉朱子之学称"北山学派",何、王、金、许四人因此被称为"金华四先生"或"北山四先生"。

马道贯是许谦的学生,是金华朱子学的嫡传,而宋濂也是金华朱子学的嫡传。目前所知,宋濂的老师有闻人梦吉(私谥凝熙)、吴莱(私谥渊颖)、黄溍(谥文献)、柳贯(谥文肃)及包廷藻、方麒六人,其中闻人梦吉之父闻人诜为王柏的学生,柳贯则是

---

① 《运记》,《礼记》,《十三经注疏》本,中华书局1980年版。
② 《哀公问》,《礼记》,《十三经注疏》本,中华书局1980年版。
③ 胡启甲,俞允《[康熙]新修东阳县志》卷一一,清康熙二十年刻本。
④ 周宗智《[成化]金华府志》卷八,明成化十六年刻本。

金履祥的学生,方麒则是许谦的学生,而宋濂本人也曾经拜访过许谦。由于马道贯和宋濂都是元明之际金华朱子学的嫡传,故黄宗羲的《宋元学案》卷八十二《北山四先生学案》中将马道贯、宋濂与闻人梦吉、柳贯、方麒(《宋元学案》误作方麟)等均列入其中,在宋濂条下并有按语引谢山《宋文宪画像记》称:"文宪之学,受之其乡黄文献公、柳文肃公、渊颖先生吴莱、凝熙先生闻人梦吉四家之学,并出于北山、鲁斋、仁山、白云之递传,上溯勉斋,以为徽公世嫡。"①

马道贯是许谦的学生,而宋濂曾拜访过许谦,并且曾问学于许谦的学生方麒,许谦和宋濂的老师柳贯又都是金履祥的学生,这样算起来,马道贯的年纪应当略大于宋濂。作为同属金华朱子学的嫡传,马道贯与宋濂之间实在有很深的理学渊源关系。凭着这层关系,在太学就学的马君则如果是马道贯之子马原礼的话,以乡人子的身份,写一封长信作为礼物来拜访宋濂,可说是顺理成章的了。马道贯与宋濂虽然有颇深的理学渊源,但宋濂在文集中并没有提到过此人,可见两人相互间并不认识,这应当也与马道贯"好恬退,非公事不入城府",不太与人交往有关。正因为如此,马道贯之子要拜访宋濂的话需要写一封长信进行自我介绍,而宋濂在文章中不说马君则为"故人子"而说"乡人子"。

马原礼的事迹不彰。除了《[康熙]新修东阳县志》中所注为"本府训导"及马原明条下注明为马道贯之子外,很少有关于他的更详细的记载。比《[康熙]新修东阳县志》更早的是《[隆庆]东阳县志》,原有十七卷,目前只有两部残本分藏于上海图书馆和浙江图书馆。上海图书馆所藏存七卷,有关人物传记的几卷均缺,浙江图书馆所藏存卷六《来宦志》(残)、卷七《科目志》两卷。查浙江图书馆所藏《[隆庆]东阳县志》卷七《科目志》,在"岁贡第四"中,所列第一人为许晖,并有注:"洪武十七年。仕至博白县主簿。"在"群升又第五"中有说明称:"国朝科、贡外有明经、人材诸科,而近世□□援例耳。"所列人物栏中有马原礼,并有注:"明经。仕至本府学训导。"又有马原明,并有注:"人材。仕至安福县丞。"②可见《[康熙]新修东阳县志》在承袭《[隆庆]东阳县志》的基础上,有较多的补充。又《[成化]金华府志》卷五"科第"、《[万历]金华府志》和《[康熙]金华府志》卷二十"仕林"中,在"明经入仕"之东阳县(今东阳市)部分有马原礼,注"任训导",并未说明为何处训导,在《[万历]金华府志》和《[康熙]金华府志》卷十一"官师志一"中明代"训导"栏中,于成化元年(1465)之前只列有三人之名,未能查见马原礼其人。成化元年距明代立国(1368)已达百年有余,所任训导,断不会只有三人,可见府志资料已严重残缺,没有查到马原礼,并不表示他没有担任过金华府学的训导。

---

① 黄宗羲《宋元学案》,中华书局1986年版,第2801页。
② 郑淮《[隆庆]东阳县志》卷七,明隆庆六年刻,万历、天启增修本。

二、乡先达

宋濂在《送东阳马生序》中回忆自己年轻时从师问学的经历,写到了一位非常严厉的先生:"既加冠,益慕圣贤之道。又患无硕师名人与游,尝趋百里外,从乡之先达执经叩问。先达德隆望尊,门人弟子填其室,未尝稍降辞色。余立侍左右,援疑质理,俯身倾耳以请。或遇其叱咄,色愈恭,礼愈至,不敢出一言以复。俟其欣悦,则又请焉。"这位"乡先达"是谁呢?

宋濂年轻时转益多师,曾经师事的先生,上文中已经提到有闻人梦吉、吴莱、柳贯、黄溍以及包廷藻、方麟六人。这些老师中,能同时满足宋濂文中自己"既加冠",而先达"德隆望尊""门人弟子填其室"、对弟子"未尝稍降辞色"这几项条件的,只有吴莱一人。所以这位严厉的"乡先达"很可能就是指吴莱。

先看其他几位。包廷藻是宋濂6岁(一说12岁)时的老师①②,除宋濂的《南涧子墓碣》及郑涛的《宋潜溪先生小传》对他有所提及外,很少有关于包廷藻的记载。此人为宋濂未成年时的老师,而且声名不彰,首先可以排除。

闻人梦吉是理学家,在当地有很高的知名度,而且门人弟子众多,宋濂在《故凝熙先生闻人公行状》说他"下帷讲授,前后授学者数愈二千"③,这符合"德隆望尊"和"门人弟子填其门"两项条件。但闻人梦吉是宋濂19岁时所师事的先生,宋濂在为同学楼士宝所作的《玉龙千户所管民司长官楼君墓志铭》中说自己"初,余年十九,负笈入婺城之南,受经说于闻人先生"④,在为同学唐思诚所作的《唐思诚墓铭》中也说自己"初,濂年十九,时束书游城南"⑤,一再提到自己是19岁时来到婺州路(即明清时金华府)城南师从闻人梦吉的,所以误记时间的可能性很小,这与"既加冠"在时间上不合。而且闻人梦吉性格温和,对待门人弟子真诚亲切,宋濂在《故凝熙先生闻人公行状》中说:"公之学,一以诚为本,涵养既驯,内外一致。故其气貌,类玄文之玉,温润而泽,绝无纤瑕。而孚尹焕发于外者,烨如白虹,能令人爱恋弗厌。"⑥宋濂在《谥议两首》之《凝熙先生私谥议》中称他"为慈祥岂弟之君子"⑦,这与宋濂笔下威严的先生对不上号,可以排除。

方麟是宋濂二十余岁时的老师,宋濂《蒋季高哀辞》中说:"初,濂年二十余,颇嗜学,闻文懿许公弟子三衢方先生以性理学讲授东阳之南溪,徒步往从之游。"⑧这与

---

① 徐永明《宋濂年谱》,浙江大学出版社2011年版,第12-13页。
② 陈葛满《宋濂交游考——与师长交游部分》,《浙江师范大学学报》,1992年第2期。
③ 宋濂《潜溪后集》卷一〇,《宋濂全集》,浙江古籍出版社1999年版。
④ 宋濂《黄誉刻辑补》,《宋濂全集》,浙江古籍出版社1999年版。
⑤ 宋濂《黄誉刻辑补》,《宋濂全集》,浙江古籍出版社1999年版。
⑥ 宋濂《潜溪后集》卷一〇,《宋濂全集》,浙江古籍出版社1999年版。
⑦ 宋濂《潜溪后集》卷五,《宋濂全集》,浙江古籍出版社1999年版。
⑧ 宋濂《潜溪后集》卷七,《宋濂全集》,浙江古籍出版社1999年版。

"既加冠"在时间上相合。但方麒是"三衢人"即衢州府人,确切地说是"太末"即龙游县人①,这不符合宋濂文中"乡先达"的条件,说乡先达应当是本府之人。而且方麒的声名并不彰,除了宋濂《蒋季高哀辞》和王袆《蒋季高墓志铭》中提到过他外,没有多少关于他的记载,黄宗羲的《宋元学案·北山四先生学案》虽将其人列名其中,但其材料也正取自王袆《蒋季高墓志铭》,而且还将方麒的名字误为"方麟"。虽然方麒是许谦的学生,是个理学家,但离"德隆望尊"差距较大,所以该人也可排除。

吴莱、柳贯、黄溍三人齐名,都是元末著名儒学家兼古文家,且都是金华府人,都符合"德隆望尊"和"门人弟子填其门"的"乡之先达"的条件,而且他们都是宋濂二十多岁时所师事的老师,又符合宋濂"既加冠"的条件。但为什么说只有吴莱最有可能是宋濂文中所说的那位"乡先达"呢?

先说柳贯和黄溍。相对于吴莱,柳贯和黄溍两人的年纪更大些,声名也更卓著些。两人长期为官,又都在元至正年间任职翰林院兼国史院。他俩与同在翰林院任职的江西人虞集、揭傒斯齐名,称为"儒林四杰"。

据宋濂《跋柳先生上京纪行诗后》"濂以元统甲戌伏谒先生于浦江私第"②,可知宋濂师事柳贯时已经25岁。而宋濂师事黄溍的时间虽已不可确考,但可能更早。宋濂《题盛孔昭文稿后》中说:"余弱龄时,即从黄文献公学为文。"③这里的"弱龄"是表示年轻的意思,并不是"弱冠"的意思。如宋濂在《浦江戴府君墓志铭》中说:"濂弱龄时,师事渊颖先生吴公于浦阳江上。"④宋濂师事吴莱的确切时间是他20岁时(说见下),而此处也说"弱龄"。宋濂师事黄溍应当是在师事吴莱之后、柳贯之前,大约元明宗至顺二年(1331)年底前后,此时宋濂22岁。该年十二月,黄溍因父丧南归守制,宋濂才有机会拜师于他。

至于两位先生的为人,宋濂在《浦阳人物记》卷下《文学篇》中所记的柳贯:"道传局度凝定,燕居默坐,端严若神、即之如入春风中,久与之处,未尝见疾言遽色。虽有桀骜者,瞻其德容,莫不气夺而意消。"⑤可见柳贯是位望之俨然、即之亦温的先生,修养极好。与柳贯相比较,黄溍的性格则不免有些褊狭,宋濂在《故翰林侍讲学士中奉大夫知制诰同修国史同知经筵事金华黄先生行状》中说他:"刚中少容,触物或弦急霆震,若未易涯涘。不旋踵间,煦如阳春,曾不少留碍焉。"⑥又在《赠梵颙上人序》中记他:"予因自念壮龄之时从黄文献公游,宾朋满座,笑谈方款洽,忽有以文辞为请者,公辄戟手大骂,视之若仇雠。或介尺牍至者,细裂之,内口中嚼至无字而后方吐。时公年踰六十矣。予颇以谓人知爱公之文故求之,一操觚间固可成章,何必盛怒以

---

① 王袆《王忠文公文集》卷二四,明嘉靖元年张齐刻本。
② 宋濂《芝园前集》卷五,《宋濂全集》,浙江古籍出版社1999年版。
③ 宋濂《翰苑续集》卷五,《宋濂全集》,浙江古籍出版社1999年版。
④ 宋濂《銮坡后集》卷二,《宋濂全集》,浙江古籍出版社1999年版。
⑤ 宋濂《宋濂全集》,浙江古籍出版社1999年版,第1849页。
⑥ 宋濂《潜溪后集》卷一〇,《宋濂全集》,浙江古籍出版社1999年版。

至于斯？口虽不敢言，而中心未尝不疑公之隘也。以此自惩，凡遇求文，必欣然应之，不如其志不已也。"①也就是说，黄溍的喜怒有些无常，对于别人通过请托，求他写作古文辞（通常是传状、碑志、序跋之类）之事深恶痛绝。不过，黄溍对于弟子却是极好的。宋濂在《故翰林侍讲学士中奉大夫知制诰同修国史同知经筵事金华黄先生行状》中说他："在成均，视弟子如朋友，未始以师道自居，轻纳人拜，而人来受学者滋益恭，业成而仕，皆有闻于世。"②这写的虽然是黄溍任教国子监时之事，但黄溍与弟子之间关系融洽，应当是一贯的。宋濂虽然不是黄溍在国子监任教时的弟子，却是在跟随了吴莱较长时间，并且已经学有所成之后才向黄溍问学的，黄溍对他自然是青眼有加，甚至别人向黄溍求文，黄溍也是让宋濂代写而自署其名的。正如与宋濂同学于吴莱之门的郑涛在《宋潜溪先生小传》中所说："（宋濂）从吴公游，益取经史及诸子百家之书而昼夜研穷之……吴公所受于前人者，景濂莫不悉闻之，于是其学大进。继登待制柳公道传、侍讲黄公晋卿之门，益讲求其未至。二公深相器重，每有咨叩，终日言之，无少倦之色。或离左右，则书问之往来，无月无之。黄公至以博雅雄丽称其文，人有求文于黄公者，黄公不暇为，辄命景濂撰就，自署其名而遗之。"③与宋濂同是柳贯和黄溍的弟子的王袆在《宋太史传》中也说："当是时，乡先生翰林待制柳公贯、翰林侍讲学士黄公溍皆大儒，天下所师仰。景濂又各及其门，执弟子礼。而此两公者，则皆礼之如朋友。柳公曰：'吾邦文献，浙水东号为极盛。吾老矣，不足负荷此事。后来继者，所望惟景濂。以绝伦之识，而济以精博之学，进之以不止，如驾风帆于大江中，其孰能御之？'黄公曰：'吾乡得景濂，斯文不乏人矣。'"④⑤可见柳贯和黄溍都对弟子宋濂期望很高，不仅对他"礼之如朋友"，而且对他的教导也非常耐心，"终日言之，无少倦之色"。宋濂笔下所写的对弟子"未尝稍降辞色"，对宋濂加以"叱咄"的乡先达不太可能是这两位先生。

再说吴莱。吴莱字立夫，浦江人，元集贤殿大学士吴直方之子。其人天资绝人，7岁能属文，凡书一经过目往往就能背诵。博览群书，经史子集，无所不通。讲究作文之法，诗文有奇气，行辈稍长的柳贯和黄溍对他颇为推崇，柳贯称吴莱为绝世之才，黄溍称吴莱之文崭绝雄深，是秦汉之间人所作，自己做了一辈子文章也远远不及他。吴莱在延祐年间参加礼部会试，失利后隐居于浦江深袅山中，授徒为业。吴莱没后，宋濂等学生私谥称之"渊颖先生"，后又改谥称之"贞文"。

宋濂师事吴莱的时间，清人戴殿江、朱兴悌所编的《宋文宪公年谱》认为是在吴莱设教于诸暨白门时，时年宋濂23岁。⑥ 附录徐永明《宋濂年谱》据新近在日本国立

---

① 宋濂《郑济刻辑补》，《宋濂全集》，浙江古籍出版社1999年版。
② 宋濂《潜溪后集》卷一〇，《宋濂全集》，浙江古籍出版社1999年版。
③ 宋濂《潜溪录》卷二，《宋濂全集》，浙江古籍出版社1999年版。
④ 宋濂《潜溪录》卷二，《宋濂全集》，浙江古籍出版社1999年版。
⑤ 王袆《王忠文公文集》卷二一，明嘉靖元年张齐刻本。
⑥ 宋濂《宋濂全集》附录，浙江古籍出版社1999年版。

公文书馆发现的宋濂早期诗集《萝山集》卷首郑涛《宋太史诗序》"先生年二十时,橐其所为诗往见之。吴公读已,谓先生曰……"以及郑济刻辑补所收宋濂奉吴莱所作二文之跋语"濂年二十时,颇有志文辞之事,往拜渊颖先生吴公于浦阳江上"定为宋濂20岁时。① 徐说所定,有切实的文献记载,无疑是正确的。宋濂20岁时师事吴莱,与宋濂《送东阳马生序》中所说"既加冠"若合符节。即使两文中的"年二十时"是举其成数,也仍与"既加冠"相符合。宋濂原是金华人,出生于金华潜溪(今属金华金东区),在25岁时才迁居于浦江青萝山,并成为浦江人的。金华潜溪距吴莱所在的浦江,正当百里之外,这与宋濂文中所说的"既加冠,益慕圣贤之道。又患无硕师名人与游,尝趋百里外,从乡之先达执经叩问"的情况相合。

宋濂所师事的先生,称得上"德隆望尊"和"门人弟子填其门"的,无论是闻人梦吉还是柳贯和黄溍,宋濂在文章中提及他们时,在充满崇敬之情的同时往往笔带感情,写出他们与弟子之间的融洽关系,此在上文都已经提及,兹不赘述。唯有在写及吴莱时,只见充满崇敬之情而很少流露出亲近之情。最明显的是宋濂所作的《浦阳人物记》卷下的《文学篇》中,写了柳贯和吴莱两位同为浦阳人的先生,写柳贯时已如上文所引,写出了师生相得其乐融融的场景,而紧接柳贯之后的吴莱传记中却看不到这种描写。按理说,宋濂随侍吴莱的时间比随侍柳贯和黄溍长得多,因为柳贯和黄溍长期为官,只有守制或告老还乡时,宋濂才有机会请益,而吴莱长期退隐于浦江乡间,宋濂随时可以请益;甚至后来吴莱设教于诸暨白门时,宋濂也裹粮相随。而且,宋濂从吴莱处所学所获,并不比从柳贯和黄溍处为少。宋濂的古文写作,可以说是得了吴莱真传的。宋濂的友人王祎、郑涛均明确说到这些。如王祎《宋太史传》中说:"吴先生博极经史,喜为古章句。景濂学之,悉得其蕴奥。久之,文章之名藉然著闻矣。"②③郑涛在《宋潜溪先生小传》中说:"凡三代以来古今文章之洪纤高下,音节之缓促,气焰之长短,脉络之流通,首尾之开阖变化,吴公所受于前人者,景濂莫不悉闻之。于是其学大进。"④而宋濂在《浦阳人物记》的吴莱传记中对吴莱教给他作文、作赋之法记载得颇为详细。

故此,宋濂笔下那位严厉的"乡先达",只有吴莱才最符合。

三、同舍生

《送东阳马生序》中回忆自己当年从师时的经历,将自己的勤苦与同舍生的奢华进行对比:"寓逆旅,主人日再食,无鲜肥滋味之享。同舍生皆被绮绣,戴朱缨宝饰之帽,腰白玉之环,左佩刀,右备容臭,烨然若神人;余则缊袍敝衣处其间,略无慕艳意,以中有足乐者,不知口体之奉不若人也。"这一段文字在该文中,接在"尝趋百里外,

---

① 徐永明《宋濂年谱》,浙江大学出版社2011年版,第22页。
② 宋濂《潜溪录》卷二,《宋濂全集》,浙江古籍出版社1999年版。
③ 王祎《王忠文公文集》卷二一,明嘉靖元年张齐刻本。
④ 宋濂《潜溪录》卷二,《宋濂全集》,浙江古籍出版社1999年版。

从乡之先达执经叩问"及"当余之从师也,负箧曳屣行深山巨谷中"之后,可知所写应当是师从吴莱时的状况。因为宋濂所师事的六位老师中,包廷藻是他未成年时的塾师,首先可以排除;方麟和柳贯、黄溍三位都只是宋濂在短暂的时间里曾经请益过的老师,不必长期租住在逆旅中从而求教。宋濂师事时间较长、需要长期住逆旅而求教的老师只有闻人梦吉和吴莱两位。但闻人梦吉是宋濂在婺州路(即明清时金华府)城南求学时的老师,距宋濂的老家金华县(今金华市)潜溪不足百里,而且金华府城地处金衢盆地之腹地,周围只有零星的低矮丘陵,宋濂向他求教,不必"行深山巨谷"中,所以宋濂文中所写与他师事闻人梦吉时的状况不合。

宋濂师事时间最长的老师是吴莱,而且宋濂曾经两度跟随了他。吴莱长期隐居于浦江深裊山中授徒为业,宋濂在20岁时拜他为师;后来在宋濂22、23岁时,吴莱设教于诸暨白门,宋濂又"裹粮相从"。无论是浦江深裊山中还是诸暨白门,均距宋濂的老家金华潜溪超过百里,而且都是典型的深山区,同时符合宋濂笔下所写"趋百里外"和"行深山巨谷中"这两个特征。但宋濂笔下的同学状况,师事吴莱于浦江时记述较少,"裹粮相从"于诸暨白门时则记述得较多。宋濂在《陈子章哀辞》中说:"始予游学诸暨之白湖,而子章实来,予因获与子章交。当是时,四方来者,类多纨绮之子,喜眩文绣以自媚,人争悦趋之。独予之贫,短衣才能至骭,冷处前庑下,四壁萧然,谁复见顾者?惟子章与予灯影相望,而读书之声相接也。"①这段描写正可以与《送东阳马生序》中的描写相对照:《送东阳马生序》中的同舍生"皆被绮绣,戴朱缨宝饰之帽,腰白玉之环,左佩刀,右备容臭,烨然若神人",而《陈子章哀辞》中的同学"类多纨绮之子,喜眩文绣以自媚,人争悦趋之";《送东阳马生序》中的我"缊袍敝衣处其间",而《陈子章哀辞》中的我"短衣才能至骭"。两两对照,相互印证,可见所写为同一批人、同一件事。因此,《送东阳马生序》中所写的同舍生状况极有可能就是他跟随吴莱求学于诸暨白门时的同学状况。

那么这些"同舍生"又是谁呢?宋濂在《故温州路总管府判官宣君墓铭》中说:"始濂游学诸暨时,与乌伤楼君彦珍,浦阳宣君彦昭、郑君浚常、浚常之弟仲舒同集白门方氏之义塾。塾师乃吴贞文公立夫,盖乡先生也。彦珍最先还,而濂与彦昭、浚常兄弟讲学将一期。当夜坐月白,俟公熟寝,辄携手出步月下。时皆美少年,不涉事,竞跳踉偃仆为戏,或相誓誓,或角觝其力,至不胜乃止。独濂朴憨易侮,不敢时相逐为欢。"②由此文及上文可知,宋濂游学诸暨白门师事吴莱时,同学有陈璋(子章)、楼士宝(彦珍)、宣岊(彦昭)、郑深(浚常)、郑涛(仲舒)等人。《送东阳马生序》中所写的这些"被绮绣""烨然若神人"的同舍生应当就是这篇文章中所写的不好好读书而整日"不涉事,竞跳踉偃仆为戏,或相誓誓,或角觝其力,至不胜乃止"的这些"美少年"楼彦珍、宣彦昭、郑浚常、郑仲舒等人了。"朴憨易侮"的宋濂与这帮同舍生相比,

---

① 宋濂《潜溪前集》卷六,《宋濂全集》,浙江古籍出版社1999年版。
② 宋濂《芝园续集》卷一,《宋濂全集》,浙江古籍出版社1999年版。

无论是家境还是性格志向,都相差太大了,以至于身处其间,感到格格不入,除陈子章之外,很少有相知很深的朋友。

现将以上考证做一小结:第一,《送东阳马生序》中的太学生"东阳马生"是明初洪武年间以明经身份入国子监就读的马原礼,而不是有人据东阳《茂陵马氏宗谱》所考证的马从政;第二,宋濂笔下所写年轻时从师问学过程中所遇到的德隆望尊而又非常严厉的"乡先达"是元末金华著名儒学家兼古文家吴莱;第三,宋濂笔下所写的生活奢华的"同舍生"是他跟随吴莱在诸暨白门问学时期的同学楼士宝和郑深、郑涛兄弟等人。

论清人编宋诗选本的地域不平衡性

马卫中 高 磊

宋诗问世以后的千年文学史,古典诗学领域始终纠结着一个主流话题——唐宋诗之争。宗唐、宗宋派互加丹素,讦垢讥疵,几无消歇。由于唐诗的诗性特质更多契合了官方的文治思想,故颇受礼遇。上有所好,下必效焉,唐诗学之发展亦蔚为兴盛。反观宋诗学的发展,元明隆唐,宋诗步入低谷,乏人问津。降及清代,为矫明人佞唐之弊,兼以鼎革之痛引起清人与宋人的情感共鸣,诗人竞趋宋派。清初邵长蘅谓:"诗之不得不趋于宋,势也。盖宋人实学唐而能超逸唐轨,大放厥词。唐人尚蕴藉,宋人喜迳露;唐人情与景涵,才为法敛;宋人无不可状之景,无不可畅之情。故负奇之士,不趋宋不足以泄其纵横驰骤之气,而逞其赡博雄悍之才,故曰势也。"(《研堂诗稿序》)①宋诗呈现中兴之势。与此相应,宋诗总集的编刊,也经历了元明两代的世态炎凉,入清一变而趋兴盛,时人竞相选刊,蔚为风尚。晚清叶德辉序《严冬有诗集》时云:"圣清文治,远轶汉唐,而尤以康、乾两朝为极盛,大江以南为文化所先被。"②此言一方面指出了清代文治最鼎盛的时段为康乾时期;另一方面也指出清代文化最繁荣的地域为江南地区。叶氏所言正可作为清人编辑宋诗选本两大特征之注脚:就时间而言,清人宋诗选本的编刻活动主要集中在康乾时期,他文对此已有论述,兹不赘言;而就地域而言,宋诗选本的编刊活动则主要集中在江南地区,不管是所编选本的数量,还是其总体质量及影响力,都远远超过了其他地方,不平衡性特征体现得极为明显。其实,这两大特征也是有交集的,因为康乾时期文化之盛,也主要表现为江南文化之盛。江南文化代表了清代文化的最高水平,这绝非历史的偶然,而是有着颇为深厚的历史积淀。

"江南"一词,出现较早。在唐代以前,其指称的范围却屡变不居,秦汉时期,大致涵盖了今江西、湖南、湖北的长江以南广大地区。魏晋南北朝时期,则主要指长江中下游以南地区,特别指吴越地区。比较明确的地理学概念始于唐代,太宗贞观元年(627),唐政府将全国的州郡划分为十道,江南其一。玄宗开元二十一年(733),又

---

* 作者马卫中,苏州大学文学院教授、博士生导师;高磊,宁波工程学院人文学院讲师。本文为教育部人文社会科学重点研究基地(复旦大学中国古代文学研究中心)重大项目"清人选诗总集研究"(项目编号:11JJD750016)、教育部人文社会科学研究青年基金项目《宋诗别裁集》研究(项目编号:12YJC751017)的阶段性成果。

① 邵长蘅《邵子湘全集·青门剩稿》卷四,清光绪二十二年重印康熙刻本。
② 严长明《严冬有诗集》,清光绪二十八年湘潭叶氏刻本。

析江南道为三——江南东道、江南西道、黔中道,主要涵盖今福建、浙江、湖南、江西等全省,以及安徽、江苏、四川、湖北的长江以南地区和贵州东北部地区。宋元明时期,江南的指称范围不断变动,到清代趋于定型。顺治二年(1645),清政府设立了江南省,治所江宁(今南京市),所辖范围大致包括今安徽、江苏、上海三省市。康熙六年(1667),清政府又分江南省为江苏、安徽二省,从此在行政区划上不再有江南省之设置,相沿至今。李伯重指出:"就明清时代而言,作为一个经济区域的江南地区,其合理范围应是今苏南浙北,即明清的苏、松、常、镇、宁、杭、嘉、湖八府以及由苏州府划出的太仓州。"①此说从经济联系的互补性、地理环境的完整性等角度对江南地区进行界定,较为合理,本文从之。

据我们考察所知所见,清人编纂的断代宋诗选本凡 70 种。② 除去佚名所编选本及编者无考者,余下 43 种选本的编者籍贯确切可知,其中隶属"八府一州"者 26 例,具体分布情况为:镇江府 1 例、江宁府 1 例、苏州府 2 例、松江府 2 例、太仓州 2 例、常州府 4 例、嘉兴府 6 例、杭州府 8 例,占 43 例籍贯确考者的 60.5%;如果将绍兴府 1 例、徽州府 1 例、宁波府 2 例、扬州府 2 例纳入其外围视域,则其总数已达 32 例,占 43 例籍贯确考者的 74.4%;即便将佚名编者及籍贯无法考知者计入,此 32 例也占了总数 70 种选本的 45.7%,况且编者佚名或籍贯无考者中是否有江南人也未为可知。而且对宋诗选本的编刻助益较多的校勘者、撰序者、出资者、出借书籍者也多为江南人士,此有力地说明了清人宋诗选本的编刻活动主要集中在江南地区。法国 19 世纪文艺批评家丹纳曾指出:"精神文明的产物和动植物界的产物一样,只能用各自的环境来解释。"③清人所编宋诗选本的地域不平衡性也应作如是观。江南,已不是一个单纯的地理学概念,而是蕴涵着颇为丰富的文化学内涵。清人编刻宋诗选本的活动之所以集中出现于江南,与此地为人文渊薮、文献大邦不无关系,究其原因,大致有四个方面。

一、发达的经济:宋诗选本刊刻的资金保障

江南地处长江、太湖流域,自然条件优越,向为经济之强邦。早在汉代,司马迁考察后即发现楚越之地:"不待贾而足,地势饶食,无饥馑之患。"④晋室南渡,北方人大批迁居江南,吴越经济有了新的发展,文化也随之兴盛。隋朝,大运河开凿,交通南北,贸易便利,江南经济有了进一步的发展。唐中期以后,国家财赋已多出自江南,时韩愈言:"当今赋出于天下,江南居十九。"⑤(《送陆歙州诗序》)晚唐,杜牧《上宰相求杭州启》中云:"今天下以江淮为国命。"⑥北宋中期,著名史学家范祖禹称:

---

① 李伯重《简论"江南地区"的界定》,《中国社会经济史研究》,1991 年第 1 期。
② 高磊《清代宋诗选本研究》,苏州大学 2010 年博士学位论文。
③ 丹纳《艺术哲学》,广西师范大学出版社 2000 年版。
④ 司马迁《史记》,中华书局 1959 年版,第 3270 页。
⑤ 韩愈《韩愈全集》,上海古籍出版社 1997 年版,第 201 页。
⑥ 杜牧《杜牧全集》,上海古籍出版社 1997 年版,第 158 页。

"国家根本,仰给东南。"①宋室南播,江南集政治、经济中心为一体,发展迅猛。范成大《吴郡志》载:"宣城、毗陵、吴郡、会稽、余杭、东阳,其俗皆同。然数郡川泽沃衍,有海陆之饶。珍异所聚,故商贾并凑。"②经济之发达可以想见。降及明代,馆阁重臣邱浚承认:"天下财赋出于东南。"③明代江南经济之富庶,在张瀚《松窗梦语》中有如是描述:"(金陵)北跨中原,瓜连数省,五方辐辏,万国灌输。三服之官,内给尚方,衣履天下,南北商贾争赴。自金陵而下,控故吴之墟,东引松常,中为姑苏。其民利鱼稻之饶,极人工之巧。服饰器具,足以炫人心目,而志于富侈者争趋效之。……自安、太至宣、徽,其民多仰机利,舍本逐末,唱櫂转毂,以游帝王之所都,而握其奇赢。休、歙尤夥,故贾人几遍天下。……浙江右联圻辅,左邻江右,南入闽关,遂达瓯越。嘉禾边海东,有鱼盐之饶。吴兴边湖西,有五湖之利。杭州其都会也,山川秀丽,人慧俗奢,米资于北,薪资于南,其地实啬而文侈。然而桑麻遍野,茧丝棉苎之所出,四方咸取给焉。"④明代资本主义生产关系的萌芽,也是最先在经济发达的苏、杭等地崭露头角的,富商大贾也多聚于江南。据此可知,汉降迄明,江南已逐步成为全国的经济中心。

清人定鼎北京,江南传统的经济优势不见稍衰,并因为清政府对工农业生产的重视,而得到了进一步的发展。代表当时先进生产力的织造、茶盐等行业均聚集于此,乾隆时期,浙江有谣曰"金平湖,银嘉善"⑤,其经济之发达可见一斑。经济学常识告诉我们:大凡城镇的繁荣往往与该区域经济的发达密不可分,而城镇数量的增减则成为该区域经济状况的晴雨表。这里通过一组数据的对比来管窥这个问题。据王翔统计,清代乾、嘉年间,江南重要府属市镇的数量为:松江府113个、苏州府120个、杭州府104个、嘉兴府40个、湖州府24个,总数凡401个;返观明中叶,上述地方的城镇数量则分别为:松江府44个、苏州府45个、杭州府44个、嘉兴府28个、湖州府22个,总数凡183个。⑥江南这些重要府属市镇数量的悬殊,正是明清不同时期江南经济状况差异的具体表现。

一般而言,一地经济的盛衰多少会对该地人文的消长产生或大或小的影响。吴晗序《江浙藏书家史略》中即指出:"大抵一地人文之消长盛衰、盈虚机绪,必以其地经济情形之隆诎为升沉枢纽。"⑦就宋诗选本而言,其面世前,大多需经过搜购书稿、借抄藏书、雇工刻写、请人校阅、书坊雕版、批量生产、食宿差旅等环节,各个环节均需投入一定的资金,而江南经济之发达正可为之提供有力的保障。就商品经济角度而言,进入流通渠道的宋诗选本本身也是一种文化商品。江南优渥的经济,使读书

---

① 脱脱《宋史》,中华书局1977年版,第10796页。
② 范成大《吴郡志》,江苏古籍出版社1999年版,第8页。
③ 顾起元《客座赘语》,凤凰出版社2005年版,第39页。
④ 张瀚《松窗梦语》,中华书局1985年版,第83页。
⑤ 欧阳兆熊《水窗春呓》,中华书局1984年版,第75页。
⑥ 王翔《论明清江南社会的结构性变迁》,《江海学刊》,1994年第3期。
⑦ 吴晗《江浙藏书家史略》,中华书局1981年版,第117页。

人具备了极高的文化消费能力,这是经济优势给予读者市场的积极影响。如:钱塘厉鹗少孤家贫,不谙生计,困窘不堪,其兄卖淡巴菰叶为业以养之,其根本没有经济实力完成皇皇巨制的《宋诗纪事》的编刻工作,故所撰《征刻〈宋诗纪事〉启》中即坦言:"虑钞胥之难为力,必授梓以广其传。头白而伫望汗青,囊涩而惟余字饱。用告海内名流,共襄盛举。捐十金而成一卷,谨录芳名;垂不朽以附古人,胜为佛事。"①实在是期望他人能慷慨解囊,帮助自己完成鸿业。好在东家马曰琯、曰璐昆季风雅,慨然出资为之刊行,成就了一段佳话。江都吴绮编刻《宋元诗选》时也曾遭遇类似窘境,尝广告曰:"始征资以成卷,终计卷以偿资。"(《与江郢上征刻宋元诗启》)据此可见,经济条件的优劣对宋诗选本刊刻的影响。

二、先进的文化教育:宋诗选本编刻的智力来源

江南,经济领先,文化同样远迈群伦,堪谓诗文鼎盛,珠玑漫卷,群彦汪洋,代不绝书。其文教中心地位的确立,最早可以追溯到西晋的"永嘉之乱",它与唐代的"安史之乱"、北宋的"靖康之难",一起推动了汉文化地理中心的南移。② 民族的大迁徙,带来的是文化的大融合。魏晋南北朝时期,江南已文教昌隆,官学、私学发达,世家望族率以读书、藏书为尚,以才学相衿。唐代著名史学家刘知几即云:"自晋咸洛不守,龟鼎南迁,江左为礼乐之乡,金陵实图书之府,故其俗犹能语存规检,言喜风流,颠沛造次,不忘经籍。"③北宋嘉祐年间,吴孝宗所撰《余干县学记》中云:"古者江南不能与中土等。宋受天命,然后七闽二浙与江之西东,冠带《诗》《书》,翕然大肆,人才之盛遂甲于天下。"④江南文教中心的地位,一直保持到明清而不衰。明代,李东阳《麓堂诗话》中说:"本朝定都北方,乃为一统之盛,历百又余年之久。然文章多出东南,能诗之士莫吴越若者,而西北顾鲜其人。"⑤归有光《送王汝康会试序》中云:"吴为人材渊薮,文字之盛,甲于天下。其人耻为他业,自髫龀以上,皆能诵习举子应主司之试。居庠校中,有白首不自已者。江以南,其俗尽然。"⑥公安巨子袁宏道《初至绍兴》即感叹此地"士比鲗鱼多"⑦。而清初以来,文学主要流派的崛兴,文学风气的云蒸霞蔚,就更是史不绝书了。康熙朝,诗坛领袖王士禛即称赞:"吴自江左以来,号文献渊薮,其人文秀异甲天下。"⑧(《嘉定四先生集序》)晚清藏书名家丁申亦称赞江南:"士多好学,家尚蓄书。流风遗韵,扇逸留芬。"⑨

---

① 厉鹗《樊榭山房文集》,上海古籍出版社1992年版,第807页。
② 陈正祥《中国文化地理》,三联书店1983年版,第3-5页。
③ 刘知几《史通》卷六,四部丛刊初本。
④ 洪迈《容斋四笔》,上海古籍出版社1978年版,第665页。
⑤ 李东阳《麓堂诗话》,《历代诗话续编(下册)》,中华书局1983年版,第1377页。
⑥ 归有光《震川先生集》,上海古籍出版社1981年版,第191页。
⑦ 袁宏道《袁宏道集笺校》,上海古籍出版社2008年版,第361页。
⑧ 王士禛《带经堂集》卷七三,清康熙五十年程哲七略书堂刻本。
⑨ 丁申《武林藏书录》序,古典文学出版社1957年版。

"南为天之阳,其人多文明。"(屈大均《送梁药亭北上》)江南文化的兴盛,与此地教育的发达是密不可分的。据史书记载:"(江南)田野小民生理裁足,皆知以教子孙读书为事。"①名门巨族更把教育视为振家兴邦之途,苦心经营。此外,从文化机构来看,清代的江南地区,书院林立,各州府镇大多建有书院或设立讲习场所,教育风气浓厚。江南风物繁华,才俊辈出,雅集觞咏,赋诗逞才,闺秀亦不例外,《清代闺阁诗人征略》中凡收录1200余名女诗人,其中仅苏州一地即有199名,几占六分之一。钱塘蕉园诗社为东南妇女之冠,才华卓荦,江南人重视教育于此可见。陈铁凡统计清代学者的地理分布后得知:苏、浙、闽、赣、皖等江南五省的学者总数约占全国的70%,其中仅江苏一省占了三分之一②,这是江南教育发达的有力说明。天下之习,不唯其教,而唯其取。进士的"高产",也是江南教育事业发达之显例。据范金民统计:有清三百年,江南考取进士者凡4013人,占全国进士总数的14.95%。总的来说,清代平均每七个进士中就有一个出自江南,在全国独居鳌头。江南进士遂以其人数多、名次前、仕宦显,而成为清代最著名的地域文人集团。③ 以至康熙时汪琬在词馆称状元为"苏州土产",令揶揄苏州的同僚"结舌而散"④。晚清,国势虽衰,江南文脉却盛况无减,陈夔龙说:"冠盖京师,凡登揆席而跻九列者半属江南人士。"⑤

人类社会的一切活动,都是在既定的时空中进行的,地理环境对人文历史的发展有着重大而深远的影响。文教的发达,私人著书、讲学立说、师友结盟等风气的盛行,使江南有条件孕育出大批的优秀选家和精英读者,此乃江南之幸事,亦是中国之幸事。如《宋诗钞初集》的参与者黄宗羲、吕留良、吴之振辈,学识渊博,治学谨严,或四处讲学,或延师坐馆,常诗酒唱和,切磋诗艺,引浙东风潮,为文化盛事,这些都对《宋诗钞》的编刻助益良多。《宋诗纪事》的编者厉鹗为清中叶浙派领袖,在其周围汇集了一大帮江南贤俊才士,互相交通,以品行相砥砺,以学问相切磋,助推了是书的完成。吴绮所编《宋金元诗永》的刻竣付梓,亦凝聚了一大批江南名士之心力,为之撰序者有徐乾学、李天馥、汪懋麟、江湘之流,辅以参阅者名单,洋洋一百四十余人,阵容庞大豪华,这都是江南文化孕育的累累硕果。江南经济昌隆,文人雅集,诗酒唱酬、切磋学问、校勘古籍,正可为宋诗总集的编刻提供契机。他们把著作看作祖先精神所萃,学问攸关,故网罗放佚,责无旁贷。虽吉光片羽,亦必汇而存之。尤其对身处南宋故地,天水行都,深受浙东史学濡染的浙人来说,辑存宋诗,传承宋人精神文脉,义不容辞。如黄宗羲、吕留良、吴之振等编刻《宋诗钞》,潘问奇编《宋诗啜醨集》,都或隐或显地流露出遗民情结。这种将编刻选本视为文化生命延续的意识,有力地推动了宋诗选本的繁荣。也正因如此,清人编刻宋诗选本时多彰显出史家手眼,努

---

① 宋如林、孙星衍、莫晋等《松江府志》卷五,清嘉庆二十二年刻本。
② 陈铁凡《清代学者地理分布概述》,《图书馆学报》,1967年第8期。
③ 范金民《明清江南进士数量地域分布及其特色分析》,《南京大学学报(哲社版)》,1997年第2期。
④ 钮琇《觚賸续编》,新兴书局1979年版,第3239页。
⑤ 陈夔龙《梦蕉亭杂记》,世界知识出版社2007年版,第223页。

力通过选诗来建构宋诗史的体系,以诗存人,以诗证史。编选者多,编刻活动自然频繁;受众多,对选本的购买需求则相应增多。而江南读者的购书欲望和购买能力因地域经济文化优势,明显较其他地方为强,这又会直接影响到选源配置和选本的刊刻规模。良好的读者市场,带动了江南图书市场的繁荣,宋诗选本的销售和传播都呈现出理想状态。

三、发达的刻书业:宋诗选本编刊的技术保障

早在宋代,江南地区的刻书产业已很兴旺发达,宋人叶梦得曾说:"今天下印书,以杭州为上。"①当时还出现了一些著名的刻书世家:"前有建安余氏,后有临安陈氏。"②到了明代,江南的刻书业兴盛如旧,明谢肇淛说:"金陵、新安、吴兴三地,剞劂之精者不下宋板。"③明中叶以后,金陵更成为全国刻书业中心之一,官刻、私刻的发达,一度超过北直隶。据明人周弘祖《古今书刻》中记载:明代中期,官刻书,南直隶有471种,北直隶则仅有86种,悬殊较大。明后期,大学者胡应麟在论及全国刻书业的整体状况时说:"吴会、金陵,擅名文献,刻本至多。巨帙类书咸荟萃焉。海内商贾所资,二方十七,闽中十三,燕越弗与也。……余所见当今刻本,苏常为上,金陵次之,杭又次之。近湖刻、歙刻骤精,遂与苏常争价。"④江南刻书业的领先地位已显然可见,故今人毛春翔总结说:"明刊本,若就地方而言,则苏、浙、皖、闽为刊刻中心地。"⑤这种说法是符合当时实际情况的。

清代,江南的出版印刷业比明代更盛,一直保持着全国的领先地位。⑥叶德辉曾在《古今刻书人地之变迁》中说:"文简时(按:指康熙时),金陵、苏、杭刻书之风已远过闽、蜀。乾嘉时,如卢文弨、鲍廷博、孙星衍、黄丕烈、张敦仁、秦恩复、顾广圻、阮元诸家校刻之书多出金陵刘文奎、文楷兄弟。咸丰赭冠之乱,市肆荡然无存,迨乎中兴……天下书板之善,仍推金陵、苏、杭。"⑦乾嘉时期,苏州"书肆之盛比于京师"⑧。南京书坊也很发达,甘熙《白下琐言》中云:"书坊皆在状元境,比屋而居有二十余家,大半皆江右人。"⑨张秀民统计后指出:康乾时期"私家刻书多在南方"⑩,并出现了苏州毛氏、无锡闵氏、湖州凌氏等名著于时的刻书世家,形成了杭州、苏州、南京等书籍集散地,此种格局到清中期大体无改。

---

① 叶梦得《石林燕语》,中华书局1984年版,第116页。
② 叶德辉《书林清话》,北京燕山出版社1999年版,第95页。
③ 谢肇淛《五杂俎》,上海书店出版社2001年版,第266页。
④ 胡应麟《少室山房笔丛》,上海书店出版社2001年版,第42-44页。
⑤ 毛春翔《古书版本常谈》,中华书局1962年版,第49页。
⑥ 李伯重《明清江南的出版印刷业》,《中国经济史研究》,2001年第3期。
⑦ 叶德辉《书林清话》,北京燕山出版社1999年版,第247页。
⑧ 叶德辉《书林清话》,北京燕山出版社1999年版,第248页。
⑨ 甘熙《白下琐言》,南京出版社2007年版,第25页。
⑩ 张秀民《中国印刷史》,上海人民出版社1989年版,第545页。

清代疆域开阔,交通发达,大一统国家的形成有力地促进了江南经济、科技、文化的进一步发展,江南的刻书业作为盛世宏业的一支,同样特别发达,所以清人宋诗选本中,很多选本都是出自选家家刻,这也是一种质量意识。如:吴之振《宋诗钞初集》,前期由吕留良天盖楼刻印,后期则交由吴氏鉴古堂刻印;曹庭栋《宋百家诗存》则由其二六书堂雕版印刷;周之麟、柴升《宋四名家诗》之刻于弘训堂;陆次云《宋诗善鸣集》之刻于怀古堂;王史鉴《宋诗类选》之刻于乐古斋;陆钟辉所编《南宋群贤诗选》则由自家水云渔屋付诸手民;严长明《千首宋人绝句》则由幕主兼好友的毕沅刻于漫月楼;李国宋《宋诗选》刻于李氏古栗堂……不一一列举。明万历以后,侩魁渔利,坊刻弥增,剽窃陈因,动成巨帙,并无门径可言。清初亦复如此,吕留良《答赵湛卿书》中即批评:"近年来,吴越选工争牙侩之利,营狐犬婀媚之私,于是有几十名家及选评专稿之事,皆小人之尤也。"①家刻相较于坊刻,出于探讨学问、传承文明的动因更强烈,所以质量较好。总而言之,江南地区刻书技术的日益改进、印制成本的不断降低(书籍价格随之走低)、读者购买力的相对增强,反过来也促进了宋诗选本的刊刻与传播。清代诗人,又喜言宗派,康、乾时期,此风尤盛。论者大多各立门户,以尊唐、宗宋相标榜。从清初宋诗风的发动者钱谦益、黄宗羲及其呼应者吕留良、陈、吴之振、查慎行辈,到乾嘉时影响巨大的浙派诸子,无不是江南人士。他们的亲力亲为及影响带动,也促成了宋诗编刻的繁荣。

四、优厚的藏书:宋诗编刻的书稿来源

　　优厚的藏书是江南文化的固态呈现,江南学术之繁荣、文化之昌隆,与其地先进的藏书文化息息相关。江南学者的治学,很大程度上获益于此地藏书资源之宏富。明代中后期,江南藏书已为海内翘楚,时胡应麟指出"今海内书,凡聚之地有四:燕市也,金陵也,阊阖也,临安也"②,江南居其三。清代,江南更为海内藏书之渊薮,万方来仪之圣地,康熙时,朱彝尊撰《池北书库记》云:"今则操一囊金,入江浙之市,万卷可立致。"③乾隆时,常熟孙庆增对当时的藏书家有过鉴别:"大抵收藏书籍之家,惟吴中苏郡、虞山、昆山,浙中嘉、湖、杭、宁、绍最多。"④近人袁同礼总结道:"有清一代藏书,几为江浙所独占。"⑤瞿凤起《漫谈清代四大藏书家》中亦赞曰:"清代藏书家,江浙诸省素以美富见称,尤以苏、杭、湖诸旧郡为最盛。"⑥的确,明季清初以来,钱谦益绛云楼、毛氏汲古阁、钱曾述古堂、徐乾学传是楼、范氏天一阁、曹溶静惕堂、惠栋红豆斋、吴兆骞拜经楼、朱彝尊曝书亭、查慎行独树楼、沈嗣选法宋楼等著名海内,不匮

---

① 吕留良《吕晚村先生文集》,《四库禁毁书丛刊》,北京出版社 1997 年版,第 517 页。
② 胡应麟《少室山房笔丛》,上海书店出版社 2001 年版,第 41 页。
③ 朱彝尊《曝书亭集》卷六六,四部丛刊初编本。
④ 孙庆增《藏书纪要》,古典文学出版社 1957 年版,第 35 页。
⑤ 袁同礼《清代私家藏书概略》,《图书馆学季刊》,1926 年第 1 期。
⑥ 仲伟行等《铁琴铜剑楼研究文献集》,上海古籍出版社 1997 年版,第 164 – 165 页。

一隅。嘉道以还，爱日精庐、借月山房、旧山楼、稽瑞楼、铁琴铜剑楼，亦誉满天下。仅就浙江而言，其"历代的藏书家，除了洪亮吉所说的'掠贩家'（书贾）之外，大多是学者或知识分子。他们视书如命，'菲饮食，恶衣服，减百俸，买书读'，到处搜罗故书"①。虽然清近代江南屡遭战火之厄，但正是他们这种"视书如命"的精神使中华典籍得到了很好的传承。

清人宋诗选本的编选者中不少为藏书家，或与藏书家多有交通。如《宋诗钞》编者吴之振的鉴古堂，吕留良的南阳讲习堂、天盖楼；《宋百家诗存》编者曹庭栋的二六书堂；《宋诗选》编者顾贞观的积书岩、楚颂亭；《南宋群贤诗选》编者陆钟辉的水云渔屋；《宋四家律选》编者彭元瑞的知圣道斋；《宋诗略》编者姚埙的竹雨山房；《宋八家诗钞》编者鲍廷博的知不足斋；等等。这些选家坐拥万卷，藏书之富为时人所艳羡，可以闭门选书。有些选家还善于借力，选购或借抄他人藏书，如吴之振等编选宋诗，不仅充分利用了自家藏书，又重金购买了樵李高氏宋元钞本、山阴祁氏淡生堂藏书，还曾前往常熟拜望钱谦益，得以登览其绛云楼藏书。吕留良"自来喜读宋人书，爬罗缮买，积有卷帙"②（《答张菊人书》），不仅如此，子辈外出，留良也每以购书相嘱："一路但见好书，遇才贤，勿轻放过。"③黄宗羲广交游，自家藏书丰富，还曾借抄徐乾学传是楼、钱谦益绛云楼、范氏天一阁藏书，这些对《宋诗钞》编刻均大有助益。王史鉴编辑《宋诗类选》主要依赖自家藏书，然为质量计，还借阅过何焯藏书，并专程前往毛氏汲古阁借阅度藏宋集。严长明编选《千首宋人绝句》，则多得益于毕沅藏书。厉鹗编选宋诗，既充分利用了东家扬州二马的小玲珑山馆藏书，另外对赵氏小山堂、吴氏瓶花斋、杭氏道古堂、汪宪振绮堂、全祖望藏书也多有取资。陆心源利用自家皕宋楼宏富的藏书为厉氏《宋诗纪事》进行补遗，而参订者中则有八千卷楼主人丁丙、滂喜斋主人潘祖荫、竹山堂主人潘祖同、甲骨文大家王懿荣、学术大师俞樾，陆、丁二氏则居晚清四大藏书家之两席，这完全是强强联袂的文化盛事。诸如此类，不惮枚举。正如拉布拉什所说："一国的历史不可同国人居住的地域相脱离。"④同样，一地之文化也不可同该地域相脱离。清人性情、学问、品格并重，与宋人同气相求，悯其际遇，慕其为人，则编选宋诗总集不仅在文学上相续，更重在精神上相通。东南财赋地，江浙人文薮。清代宋诗选本的编刻，拥有如此优厚的经济优势、浓郁的文化底蕴，盛于江南乃势之必然。

---

① 黄建国等《中国古代藏书楼研究》，中华书局1999年版，第3页。
② 吕留良《吕晚村先生文集》，《四库禁毁书丛刊》，北京出版社1997年版，第496页。
③ 吕留良《晚村先生家训真迹》，《续修四库全书》，上海古籍出版社2002年版，第29页。
④ 布罗代尔著，顾良等译《法兰西的特性》，商务印书馆1994年版，第215页。

清代诗人施兰垞及其文学活动考论
——兼谈袁枚《答沈大宗伯论诗书》的写作时间问题

范建明

　　袁枚《小仓山房文集》①卷十七收有《答施兰垞论诗书》《再答兰垞第二书》两封论诗书翰。这两封书翰与排在它们之前的《答沈大宗伯论诗书》和《再与沈大宗伯书》，无论是写作时间还是论说内容都紧密关联，比较集中地表达了袁枚性灵说的诗学主张。众所周知，沈大宗伯就是沈德潜。那么，施兰垞是何许人也？袁枚在他的其他著作中几乎没有再提供施兰垞的任何信息。《袁枚年谱新编》的著者如实说："施兰垞事迹不详。"②笔者有幸在日本静嘉堂文库看到了《兰垞遗稿》一册（以下简称《遗稿》），翻阅《遗稿》内容，正是施兰垞的诗集。这不仅对于我们了解和研究施兰垞其人及其文学活动，而且对于我们解决清代诗坛上一大公案——确定袁枚给沈德潜的两封论诗书翰的写作时间都是难得的文献，所以笔者草成此文，与学界同人共享这一发现。

一、静嘉堂文库所藏《兰垞遗稿》

　　《静嘉堂文库汉籍分类目录》集部·别集类著录《兰垞遗稿》四卷，著者为施谦。《遗稿》一册，其中分为《虚槎集》《神听集》《非非想集》和《己巳编》四个集子，故静嘉堂文库著录《兰垞遗稿》四卷。《遗稿》是抄本，整体字迹工整秀劲，但有些地方不免"笔墨草率"③。抄写者是著名藏书家吴骞。吴骞（1733—1813），字槎客，号兔床，海宁人。著有《愚谷文存》《拜经楼诗集》《拜经楼诗话》等多部著作。吴骞是通过他的外甥从兰垞长女庭芝④那里借到《遗稿》的。吴骞在《遗稿》的卷首写了一篇序文，其中介绍了他抄写此集的经过。其文云：

　　＊　作者为日本电气通信大学教授。
　　本文由《人大复印资料：中国古代、近代文学研究》2015年第5期全文转载。
　　①　王英志《袁枚全集》，江苏古籍出版社1993年版。
　　②　郑幸《袁枚年谱新编》，上海世纪出版集团2011年版，第309页。
　　③　吴骞《兰垞遗稿·跋尾》云："施氏既以是编相假，而余甥归赵之意甚切，遂随笔迅挥录存此稿，颇费晨夕。顾笔墨草率，殊不称钞书之手。"限于笔者水平，现尚有60多处难于辨认。
　　④　兰垞有二女，长女名庭芝，次女名庭赟。《神听集》所收《孟陬十三日为余初度之辰……百感交集，怀人忆事，兴到即成，得诗凡三十六首，不复伦次》第七首云："眼中无婿可乘龙，娇女徒怜赋太冲。性癖自知多脱略，耽诗慎勿学尔翁。"诗下自注云："长女庭芝，次女庭赟，日以诗自课。"

……访其遗稿未得，心恒耿耿，以为憾事。今年秋，予甥孙焕始从兰坨长女家借是编示余，为《虚槎》《神听》《非非想》三集，盖其手自芟定者，又《己巳诗》残帙，通得古近体如干首，辄欣然为手录之。兰坨生平诗稿如束笋，此殆其什一，余多散佚不传，可惜也。……予无暇论定兰坨之诗，直重伤兰坨之不遇，而欲粗传其梗概于来者云尔。元默敦牂十二月立春日默斋吴骞书于清晖阁。

"元默敦牂"是壬午之年，即乾隆二十七年壬午（1762）。根据吴骞生于雍正十一年（1733）推算，吴骞抄写《遗稿》应在30岁那年。这篇序文没有收入《愚谷文存》和《愚谷文存续编》，而吴骞之子吴寿旸的《拜经楼藏书题跋记》卷五有"兰坨诗钞"一条，提到其父抄写此书一事："《兰坨诗钞》一册，海宁施自勖先生谦著。先君子求得遗稿，手写缮录，并作序。"民国版《海宁州志稿》①卷十四典籍十一在简单介绍施谦的履历之后，也摘引了这篇序文。

《遗稿》开卷吴骞序文页右下盖有"归安陆树声藏书之记"朱文方印，右上有"静嘉堂藏书"朱文长方印。这两方印章应该是《遗稿》藏主变迁的见证。陆树声是清末四大藏书楼之一皕宋楼主人陆心源的第三子，精于金石鉴赏，《遗稿》有其藏书之印，这说明吴骞拜经楼藏书散失后，部分藏书为陆树声所得。后来，陆心源死后，家道中落，光绪三十三年（1907）其长子陆树藩因事业亏损，便将其父珍藏的宋元旧版藏书全部变卖给了日本私家图书馆静嘉堂文库的创始人日本三菱财阀第二代总帅岩崎弥之助（1851—1908）。《遗稿》应该是与这些珍贵的宋元古籍一起进入静嘉堂文库的。1762年，吴骞因"伤兰坨之不遇"而手抄《遗稿》，到1907年进入静嘉堂文库，沧海桑田，经过了145年。从1907年至今又经过了107年，《遗稿》保存完好，重新进入我们的视野，岂非"不遇之遇"！兰坨有灵，必含笑九泉吧。

二、施兰坨其人略考

有关兰坨的生平记载非常罕见，即便有，也很简略。② 吴骞《兰坨遗稿序》中关于兰坨的记述是比较早的。该序文开头云：

施秀才兰坨，海昌人也。少以能诗受知于乡之先达，颇自矜许。及长，累困于制科，尝郁郁不得志。雍正乙卯，诏州郡举博学鸿词，兰坨名在荐中，亦不登第。老而厄穷益甚，唯放情歌咏，以摅其不平。性复狷急，善谩骂人，以是率不乐与友，独于仁和杭太史堇浦为忘年交，唱和尤密。庚辰仲秋，年七十余病殁。闻伊子前夭，一孙尚幼，意甚悼焉。……

---

① 《中国地方志丛书》，成文出版社有限公司1983年版。
② 如阮元《两浙輶轩录》卷二七云："施谦，字自南，号兰坨，海宁诸生。著《涵青阁诗》。"吴颢《国朝杭郡诗辑》卷十五云："施谦，字自南，号兰坨，海宁诸生。有《涵青阁诗》。"

"庚辰仲秋,年七十余病殁"一句言及兰坨的卒年,极为重要。"庚辰"即乾隆二十五年庚辰(1760)。此年兰坨70多岁,患病而殁。如前所述,吴骞此序是乾隆二十七年写的,也就是说,《遗稿》是在兰坨死后两年多之后抄写的。另外,吴骞《拜经楼诗话》卷四有如下记述:"同邑陈微贞上舍诗文清绮,为厉樊榭、杭堇浦诸前辈所知。施兰坨作《浣纱图》,盖以姓自寓也。微贞题云:清溪一曲苎罗滨,谁把夷光为写真?岁岁浣纱犹未嫁,番教不及效颦人。兰坨甚悦。"① "岁岁浣纱犹未嫁"一句,可与吴骞序文中"累困于制科,尝郁郁不得志""举博学鸿词,亦不登第,老而厄穷益甚"互为注脚。再有,《海宁州志稿》卷二十九人物志文苑据陈莱孝《谯园诗话》记载云:

> 施谦,字自南,号兰坨,诸生。工诗文,早岁出游,结交皆老苍,尤为查编修慎行所引重。暮年学益邃,而性本高洁,落拓不羁,厄穷以老。乾隆己卯与修邑志,与陈莱孝甚相得。次年谦卒。莱孝过其池南书屋,寡妻孤儿,炊烟几断,赋诗哀之,读者皆凄绝。

陈莱孝(1728—1787)比吴骞大5岁,是同乡又是同时代的人,字微贞,号谯园,浙江海宁人。国子监生。诗文清绮,尤精金石之学,厉鹗、杭世骏目为畏友。著作颇丰,诗文集有《谯园诗集》三十二卷、《谯园诗话》三卷、《淡生文钞》十卷等。莱孝与晚年的兰坨因修邑志而有直接交往,并且关系甚好。莱孝也记述了兰坨的卒年,文中乾隆己卯(1761)的次年就是庚辰年,与吴骞所记相同。只是"寡妻孤儿"一句与吴骞所记"伊子前夭"似有龃龉,其实二者都有根据,并不矛盾。吴骞所记"伊子",名达楷;莱孝所记"孤儿"似兰坨所纳"吴姬"所生。②

吴、陈二人都记载了兰坨的卒年,而没有言及其生年。《非非想集》最后一首七言长诗,题为《传经图为查药师赋》,其中有"而翁较我少三岁,廿载握手如弟昆"二句。查药师,即查岐昌(1713—1761),字药师,号岩门山樵,浙江海宁人。查慎行之孙,查克念之子,诸生,官崇明县令,工诗文。著有《岩门诗文集》四十卷、《巢经阁读古记》一百卷、《南烛轩诗话》等多部著作。药师之父查克念,字惟圣,号双峰,海宁人,雍正甲辰(1724)举人。著有《双峰诗钞》六卷。据《查他山年谱》③记载:"(康熙)三十年辛未,先生年四十二。春,幼子克念生。"兰坨自述查克念比他"小三岁",那么其生年应该是康熙二十七年戊辰(1688)。另据《神听集》所收《孟陬十三日为余初度之辰……》诗,可知其生日是正月十三日,至卒年乾隆二十五年庚辰,在世73年。另外,从"廿载握手如弟昆"一句可知兰坨与查克念交往之长、与查家关系之深,

---

① 吴骞《拜经楼丛书》,清乾隆刊本。
② 前引兰坨《孟陬十三日……得诗凡三十六首,不复伦次》第十首三、四句云:"廿四年来一弹指,今宵为尔又回肠。"自注云:"伤亡儿达楷。"此是吴骞所记依据。舒瞻《兰藻堂》卷四《为施兰坨题梅花小照》诗自注云:"时欲纳姬吴门,故及之。"同卷还有《调友人纳姬》,卷十二有《兰坨征君暮年举一子,诗以贺之》。所云"友人"即指兰坨。"暮年举一子"应是莱孝所说的"孤儿"。
③ 北京图书馆《北京图书馆藏珍本年谱丛刊》第86册,北京图书馆出版社1999年版。

可与陈莱孝《谯园诗话》所记"早岁出游,结交皆老苍,尤为查编修慎行所引重"互证。

吴骞序中提到"雍正乙卯,诏州郡举博学鸿词,兰坨名在荐中,亦不登第",这在兰坨的一生中可以说是一件大事。关于荐举博学宏词,《海宁州志稿》卷二十六《选举表中》记载:"先是雍正十一年诏开博学鸿词科,至是乾隆元年合内外所举凡二百七十六人,御试保和殿,取中一等五名,二等十名,复于次年补试,取中一等一名,二等三名,余俱放还。……施谦,据吴兔床《兰坨诗序》补。"①据此可知,《海宁州志稿》记述兰坨应试博学鸿词,依据的是吴骞(号兔床)《兰坨遗稿序》的记载。那么,吴骞的根据是什么呢?应该是施谦的以下自述:第一,《虚槎集》小序开头"雍正乙卯应制科下第。省试,处州司马袁迪庵斋先生荐,元主司误抹经语,被放。"第二,《神听集》所收《三峰山馆怀临海侯元经客经师》尾联"下第渐吾老"句下有"余之举博学鸿词,皆为忌者所抑"的自注。第三,《非非想集》所收七言律诗《林余斋先生六十》四首之三尾联"独愧鲰生叨屡荐"句下自注云:"乙卯丙辰两举制科,独蒙首荐。"关于林余斋,《海宁州志稿》介绍云:名绪光,字凤溪,号余斋,福建闽县人。康熙三十八年己卯(1699)举人,雍正十一年任海宁知县。由此可知,《遗稿》中多处提及应试博学鸿词,这应该是吴骞序文的依据。其实,兰坨所谓"乙卯丙辰两举制科",说的并不是北京保和殿上的考试,而是在此之前各省举行的荐举资格考试。例如袁枚也曾参加过雍正乙卯年的博学鸿词考试。他在《随园诗话》卷十四记载云:"雍正乙卯春,余年二十,与周兰坡先生同试博学鸿词于杭州制府。其时主试者:总督程公元章,学使帅公念祖。"袁枚所记与兰坨所述应该指的是同一次考试。也就是说,兰坨和袁枚于雍正十三年乙卯都参加了博学鸿词的荐举资格考试。考试合格者可正式获得被荐举资格,而兰坨因为"下第"没有获得最终被荐举的资格。所谓"乙卯丙辰两举制科,独蒙首荐",说的只是由知县林绪光荐举他参加博学鸿词的预备考试。吴骞所记"雍正乙卯,诏州郡举博学鸿词,兰坨名在荐中,亦不登第",虽然言辞含糊,因为有"雍正乙卯"之限定,本无问题。而《海宁州志稿》的记载似乎是说兰坨得到了最终被"荐举"的资格,不免失实。尽管兰坨参加的是博学鸿词的预备考试,结果"下第",然而两次被知县推举为第一人,可见其才学非同一般。

三、《兰坨遗稿》的内容

兰坨工诗,诗名为人称许。杭世骏说他"诗名江淮间"②,斌良说"竹坨梅坨两诗老,后起兰坨复继之"③。然而兰坨诗文作品多散佚不传,所以下面主要介绍《遗稿》的情况。根据《遗稿》所示,所收诗作情况如下:

《虚槎集》,古今体诗四十一首,附诗二首。

---

① "所举凡二百七十六人"的记载或有误,《清史稿》、杭世骏《词科掌录》均作"二百六十七人"。
② 《清代诗文集汇编》编纂委员会《清代诗文集汇编》第282册,上海古籍出版社2010年版。
③ 《清代诗文集汇编》编纂委员会《清代诗文集汇编》第544册,上海古籍出版社2010年版。

《神听集》，古今体诗八十四首。
《非非想集》，古今体诗四十六首。
《己巳编》，古今体诗三十八首，附诗一首。

合计古今体诗209首。附诗三首，二首是帅念祖之作，一首是厉鹗之诗。

吴骞说，《虚槎集》《神听集》《非非想集》三集都是兰垞"手自芟定"。三集前面各有小序。《虚槎集》小序云："雍正乙卯……仲冬之初，学使帅公补行睦、婺、瓯、台、括苍五郡科试，见招入幕。公课士之暇，耽于吟咏。腊月回会城，首春出巡，计五阅月，试事始毕，征途有作，从公唱和居多，间亦遗失，所存者皆公手所评点，得如干首。惜公诗未遑备载也。"所称帅公，即帅念祖，字宗德，号兰皋，江西省奉新县人。雍正元年（1723）进士。据《清代职官年表·学政年表》记载，雍正十一年癸丑五月至乾隆元年六月之间，帅念祖任浙江学政。雍正十三年乙卯，兰垞48岁，此年仲冬之初，兰垞受帅念祖之聘，应招入幕。《虚槎集》所收就是其在帅念祖幕中的诗作。集中《桐江舟中对雪次韵奉和帅学使》和《学使枉诗垂答过蒙叹赏再属叠韵率尔奉和》二首七言古诗下，分别录有帅念祖的原作。查帅念祖《树人堂集》①卷七有《桐庐舟中对雪》和《施生自勖见和对雪诗叠前韵酬之》二首。另外，卷七还有《至日兰溪舟次和施自勖韵》七律一首，这是对兰垞《至日兰溪舟次》七律诗的和韵之作。帅念祖对兰垞诗的评价很高。如五言律诗《桐庐夜泊》诗下评云："长卿长城，秦系偏师，殆兼有之。"七言古诗《桐江舟中对雪次韵奉和帅学使》诗下评云："奇秀老横，的推作家。"《学使枉诗垂答过蒙叹赏再属叠韵率尔奉和》诗下评云："卓荦为杰，和韵之迹都融。"

《神听集》小序云："客腊得临溪友人书，约上元前同游皖上献岁。二日买舟，由会城抵余杭。越明日，冒雨赁篮舆，取道临安，于潜昌化诸山县，迤逦五日至新安。吾友方营窀穸，请留白岳一月。余以未暇，即于屯溪放帆而归。往返旬有二日，计程千里，得诗80余首，曰《神听集》，取《伐木》诗人意也。"《神听集》第一首诗题为《己未元日将赴新安题斋壁》，由此可知，《神听集》的84首诗是应临溪友人同游皖上献岁之约，自乾隆四年己未（1739）正月元日至十二日之间写下的，集中如《发余杭》《钱王故里》《憩天目山下院》《新豆道中夜行》《沙溪》《朱柳村有忆》《车盘岭》《清风岭》《玉岭》《老竹岭》《三树岭》《中岭》《黄独岭》《重登太白酒楼见壁间旧句有感并序》等，从其诗题便可知道这些作品都是沿途的纪行之作。此年兰垞52岁。

《非非想集》小序云："自夏徂秋，往返会城及武康山中，卧病半月，旋里杜门，回想比来所历，皆非初意所及，过此以往，吾又安能预设一想耶？"前面提到《非非想集》中有为林绪光六十寿辰所作的贺诗《林余斋先生六十》，林绪光自雍正十一年至乾隆二年任海宁知县，乾隆三年任嘉兴府海防总捕同知。《乍浦志》②卷四记载："林绪

---

① 《四库全书存目丛书》编纂出版委员会《四库全书存目丛书》第273册，齐鲁书社1996年版。
② 中国地方志集成编辑工作委员会《中国地方志集成：乡镇志专辑》，上海书店1992年版。

光,闽县人。乾隆三年任。……康熙己卯,公年二十,举于乡。……乾隆十六年赴京补职,行次衢州,暴病卒,年七十有二。"由此推知,林余斋当生于康熙十九年庚申(1680),60 岁即是乾隆五年庚申(1740)。就是说,《非非想集》所收作品应是乾隆五年夏季至秋季往返于杭州与武康山之间的诗作。此年兰垞53 岁。

总目《己巳编》,卷内又称《兰垞己巳诗钞》。如名称所示,收录的古今体诗38 首是乾隆十四年己巳(1749)那年的诗作。此年兰垞62 岁。

吴骞说:"兰垞生平诗稿如束笋,此殆其什一。"有以下几点可为吴骞此说提供证据。第一,如上所述,《虚槎集》等四个集子分别是兰垞48 岁、52 岁、53 岁和62 岁时的作品,其他年份当然应有更多诗文作品。第二,《己巳编》是吴骞根据借到的"《己巳诗》残帙"抄写而成的,集内命名为《兰垞己巳诗钞》。其下有"原稿注第四十二卷"的注释。由此可知,兰垞或有自编的诗文稿,己巳年62 岁时的诗作已经编到第四十二卷,此后至73 岁去世为止的11 年中当然应该有很多作品。第三,阮元《两浙輶轩录》和吴颢《国朝杭郡诗辑》都说施谦有《涵青阁诗》,并且前者卷二十七录施谦《寄巢为董浦赋》七律二首和《半山道中》七律一首,后者卷十五除了阮元所录之外,还录有《题沈石田冷泉亭图次韵》和《四照亭看牡丹》七律二首,其中只有《四照亭看牡丹》一首见于《己巳编》。另外,汪启淑《荟诗存》①卷首有兰垞题诗,释元尹《博斋集》②卷首有署名为"紫薇山人兰垞"的序文,这些也都是上述《遗稿》所没有收录的诗文作品。第四,《海宁州志稿》卷十四典籍十一施谦名下,除了著录《兰垞遗稿》一种之外,还有《咏物唱和诗》一卷,并引诸锦为该集所作《序》云:"是集施叟兰垞唱之,水村项氏和之,同人属而和者数十人。"《咏物唱和诗》一卷,笔者尚未见到,不知其具体内容。查诸锦《绛跗阁诗稿》③卷第十一有《咏物四首和兰垞》七言律诗4 首,查诸锦本人很可能也是《咏物唱和诗》中的唱和人物之一。《绛跗阁诗稿》注明卷第十一所收诗作是"乙亥至壬午"即乾隆二十年(1755)至二十七年之间的作品,兰垞卒于乾隆二十五年,所以《咏物唱和诗》应该是兰垞晚年之作,诸锦序称兰垞为"施叟"也可为证。以上四点可证,吴骞所言"兰垞生平诗稿如束笋",确信无疑。然而兰垞死后二年,吴骞抄写《遗稿》时已有"余多散佚不传,可惜也"的感叹,确实不能不令人扼腕叹息!

四、施兰垞的交游和文学活动

如前所述,虽然兰垞"诗稿如束笋",但是"多散佚不传",《遗稿》仅是其"什一",由于文献资料的匮乏,我们不可能对兰垞一生的交游和文学活动做出时间连贯的叙述,只能根据其《遗稿》所提供的有限信息,再结合相关的文献资料,对其交游和文学

---

① 《清代诗文集汇编》编纂委员会《清代诗文集汇编》第363 册,上海古籍出版社2010 年版。
② 清康熙刻本,卷首有许如霖、陈勋、陈世仁、徐有纬和施谦的序文。施谦序落款为"康熙庚子中秋紫薇山人施谦兰垞氏拜题",可知此年兰垞33 岁。
③ 《清代诗文集汇编》编纂委员会《清代诗文集汇编》第313 册,上海古籍出版社2010 年版。

活动勾勒一个大致的轮廓。

（一）与杭世骏的交流，参与南屏诗社活动

吴骞说兰垞"独于仁和杭太史堇浦为忘年交，唱和尤密。"杭太史堇浦，即杭世骏（1695—1773），字大宗，号堇浦，室名道古堂，仁和（今浙江杭州）人。乾隆元年（1736）举鸿博，授编修，官御史。乾隆八年（1743）因上疏主张任用官员应该满汉一视同仁而被革职，离京还乡，奉养老母，潜心学术，著述丰硕，著有《道古堂集》等。杭世骏回乡以后，在诗学活动方面可以特书一笔的是联络杭郡诗人成立了"南屏诗社"。① 杭世骏自己记述开设诗社之事说："武林自西湖八社而后，风雅衰息几二百年。余被放归田，于南屏开设坛坫。金江声观察，丁钝丁隐君，周辛老、厉樊榭两征士，牵连入社，与君为文章性命之友。"② 汪沆《道古堂全集序》也记载说杭世骏"暇则携里中耆旧、襟契及方外之侣结南屏诗社，歌咏太平"③。关于南屏诗社的成员，上面杭世骏的记述中除了吴君即吴震生外，只提到了金志章、丁敬、周京和厉鹗四人，实际上远不止于此。《道古堂诗集》卷十五有七言律诗《春日怀吟社诸公却寄八首》，根据其自注除了不肯入社的朱霞和林元二人之外，提到的诗社成员有以下23人：朱樟、吴廷华、梁启心、吴城、丁敬、汪台、金农、汪沆、王曾祥、符之恒、沈甲、张燴、叜闻望、舒瞻、施安、顾之珽、周京、施谦、傅王露、释明中、释篆玉、金志章、戴廷熺。施谦也在其内，证明兰垞也是南屏诗社成员。④ 除此之外，《道古堂诗集》中言及兰垞的地方如卷十四《修川集》有《雨后听涛楼小集，同西安蔡延龄、秀水曹大文、湘潭陈树苹、长汀维昱，暨施谦、周雷、杨咏、范鹤年、丁健》诗，同卷《海城杂句二十八首》之二十自注云："宋儒施彦执著《北窗炙輠》，后裔秀才谦以诗名江淮间。"同上卷十五《桂堂集》有《题施谦探梅图》五古一首。

施谦的《己巳编》中也保存了不少交游诗。随举几首如《春分后三日初晴泛湖，雪轩治具，招同穆门、樊榭、堇浦及予四人分韵得开字》《堇浦招同穆门、江声、樊榭、菽林、龙泓、赤泉、瓯亭、雪轩、凤凰山看桃花限七言古体四韵》《泛舟皋亭看花，同穆门、鹿田、江声、樊榭、堇浦、菽林、柳渔、敬身、复园、句山、竹田、瓯城分韵得佳字阳字》等。上述三例的诗题中都有杭世骏（堇浦），而且同游之人穆门（周京）、樊榭（厉鹗）、江声（金志章）、菽林（梁启心）、龙泓（丁敬）、赤泉（金焜）、瓯亭（吴城）、雪轩

---

① 关于"南屏诗社"的先行研究可以参见郑幸《南屏诗社考》，《厦门教育学院学报》，2007年第2期；刘正平《南屏诗社考论》，《北京大学学报（哲学社会科学版）》，2013年第3期。
② 杭世骏《道古堂集》卷四五，清乾隆四十一年刻本。
③ 杭世骏《道古堂集》卷首，清乾隆四十一年刻本。
④ 刘正平认为此8首诗叙述的是"西湖吟社"的基本情况，理由是吟社中人符之恒、叜闻望在乾隆九年（1744）南屏诗社成立之前已离世。按此说法，施谦自然也是"西湖吟社"的人员。不过，笔者以为似乎不必拘泥这8首诗回忆的一定是"西湖吟社"而不是《南屏诗社》的情况。《春日怀吟社诸公却寄八首》排在《癸酉人日》诗之后，说明这8首诗作于癸酉即乾隆十八年。8首诗中提到的23人"诸公"中没有厉鹗的名字，因为厉鹗在乾隆十七年已经过世，不能"却寄"了。由此可知，杭世骏这8首诗旨在表达对活着的同社诸公的怀想。如果旨在回忆"西湖吟社"的情况，自然就不可能没有厉鹗的名字了。

（范鹤年）、鹿田（朱樟）、柳渔（张湄）、复园（汪台）、句山（陈兆仑）、竹田（施安）几乎都是前面《春日怀吟社诸公却寄八首》的人物。兰垞的这些诗作于乾隆十四年己巳年，根据刘正平氏考证，杭世骏主持的"南屏诗社"成立于乾隆九年，所以兰垞和这些人聚在一起，泛湖看花、分韵作诗，所反映的应该都是以杭世骏为中心的南屏诗社的活动。

还有值得一提的一件事，是乾隆十一年（1746）春闰三月三日杭州知府鄂敏效法兰亭之会在西湖主办了修禊诗会。参加这次诗会的人数多达61人①，兰垞也参加了这次盛会。其中如周京、金志章、金农、厉鹗、汪台、梁启心、丁敬、杭世骏、张湄、陈兆仑、舒瞻、王曾祥、吴城、施安、汪启淑、释明中、释篆玉等人都是南屏诗社的成员。

（二）与厉鹗的交流，参与《宋诗纪事》的勘定工作

厉鹗（1692—1752），字太鸿，又字雄飞，号樊榭，钱唐（今浙江杭州）人。康熙五十九年举人。著有《樊榭山房集》二十卷、《宋诗纪事》一百卷等。厉鹗的诗词成就极高，是浙派诗、浙派词的代表。朱庭珍《筱园诗话》云："浙派西泠十子倡始，先闻其端，至厉太鸿而自成一派，后来多宗之。"②

兰垞与厉鹗也多有交往。前举三诗中都能看到樊榭之名。除此之外，《遗稿》中还有两人个别交往的诗作。如《神听集》所收《孟陬十三日……百感交集，怀人忆事，兴到即成，得诗凡三十六首，不复伦次》之第二十五首云："复忆钱塘厉孝廉，清诗近喜律尤严。手编新刻寰区满，只恋家山笋蕨甜。"自注云："樊榭诗词十卷近已刻成。"《己巳编》中有《樊榭约游径山，以齿痛未果，雨中拈一律讯之》七律一首。厉鹗收到兰垞的诗后作了一首次韵诗寄给兰垞，该诗不见《樊榭山房诗集》，而作为附录兰垞保存了此诗，诗云："大好春光雨半妨，况禁齿疾减清狂。谁能编见夸方朔，且把聱牙学漫郎。双迳五峰名最古，一时二老兴谁忘。直须晴色朝来准，满路风花送野航。"《樊榭山房续集》③卷七有《春分后三日初晴雪轩招同穆门兰垞董浦泛湖泛分韵》七律一首，作于己巳年，与前面所引兰垞《己巳编》中《春分后三日初晴泛湖，雪轩治具，招同穆门、樊榭、董浦及予四人分韵得开字》诗所咏是同一天同一件事。另外同集还有卷五《冬夜泊八赤怀施自勖》（乙丑年作）、卷八《赵氏西池看海棠同施自勖作三绝句》（庚午年作）等诗作，可见兰垞与厉鹗二人交往之频繁。

还有一件事可以用来说明兰垞与厉鹗的交流关系。厉鹗不仅是清代著名的诗人，同时也是有名的学者。他编纂的《宋诗纪事》一百卷，编入《四库全书》。查看《四

---

① 关于参加这次诗会的61人的记述主要有以下资料：1. 鄂敏编《西湖修禊诗》一卷（《武林掌故丛编》第二册所收）；2. 吴振棫《国朝杭郡诗续辑》卷六"孙陈典"小传后按语；3. 吴振棫《养吉斋从录》卷七所记；4. 朱文藻撰、缪荃孙重订《厉樊榭先生年谱》"乾隆十一年丙寅年五十五岁"条所引。1是最原始的资料。其中除了到会的61人之外，还记载了来不及到会而会后补寄诗作的22人，所以实际有83人。2记载了到会的61人，人数与1同。而3和4所记只有60人，缺漏的同是汪源。可见4之依据是3。

② 郭绍虞著，富寿荪校点《清诗话续编》，上海古籍出版社1983年版。

③ 《清代诗文集汇编》编纂委员会《清代诗文集汇编》第271册，上海古籍出版社2010年版。

库全书》所收的《宋诗纪事》,编纂者都为厉鹗一人,然而实际上查看乾隆十一年的原刊本,各卷除了标有"钱唐厉鹗辑"的字样之外,还以"○○勘定"的方式标明了勘定者的姓名,如第二十一卷的署名为:

钱唐　厉　鹗　辑
海宁　施　谦　勘定

与施谦同样参加勘定工作的如杭世骏(卷二十七)、张湄(卷二十九)、梁启心(卷三十一)、吴城(卷三十二)、汪启淑(卷四十三)(卷七十八)、舒瞻(卷五十五)、施安(卷六十四)、金志章、丁敬(卷六十八)、周京(卷八十六)等都是在上文见到过的南屏诗社成员的名字。这说明南屏诗社不仅是一个文学团体,而且他们在学术上也相互切磋,相互协作。虽然《宋诗纪事》的编纂之功归于厉鹗,但是从当时原版刻本各卷都明确标示勘定者的姓名来看,也可以说《宋诗纪事》是以厉鹗为中心,同时又得到厉鹗周围一大批文人学者的共同协力而完成的集体成果。

(三) 受杨绳武之荐举,纂修《乾隆吴县志》

在日本,除了静嘉堂文库藏有《兰坨遗稿》四卷之外,东洋文库藏有兰坨的另一部著作:《乾隆吴县志》一百十二卷。

兰坨修纂《吴县志》,是受当时吴县知县姜顺蛟的聘请。兰坨《乾隆吴县志序》开头云:"乾隆癸亥冬,天雄姜侯宰吴。报最,将应都人士之请,而重修邑志。辱枉书币。先以旧志见示,即属谦纂辑。辞不敏,侯复固请。"①所云姜侯就是姜顺蛟。姜顺蛟,字雨飞,号禹门,河北大名人。雍正十三年(1735)拔贡,以知县分发江南,摄赣榆、昭文、山阳等县。《大名县志》评他"倜傥有器识,读书以经济为本,不务俗学",还说"顺蛟历官前后皆在江南,所至有声,而守苏尤著,至以太公称之。性好施予,不问生计,历官凡三十年,所入廉俸随手辄散,及罢官,囊橐萧然"。②乾隆八年癸亥,姜顺蛟由无锡调任吴县知县,想做的第一件事就是应顺吴郡人士重修邑志的请求,并两次致信聘请兰坨主持纂辑之事。兰坨欲辞未果,特地前往南京与其老师钟山书院院长杨绳武商量此事。杨绳武劝说兰坨接受,并为他推荐了叶长扬、缪嗣寅、杨继光等人,协助他完成此事。特别是叶长扬是杨绳武的同年老友,字尔翔,号定湖,吴县人。雍正八年庚戌(1730)进士,授翰林院编修。曾经修过甘泉、崇明、泰州诸志,杨绳武认为叶长扬所修诸志"深中体裁",可以"举以自代"。③缪嗣寅,字朝曦,号晓谷,吴县人。诸生。他是杨绳武的朋友,也是兰坨的同学,才学为兰坨称许。④杨继光是绳武仲兄,字宣仲,岁贡生,工诗和古文。关于兰坨担心的"征书不易"的难题,杨绳武

----

① 姜顺蛟、施谦《乾隆吴县志》,东泽文库藏清乾隆十年刊本。
② 《中国地方志丛书:大名县志》,成文出版社 2007 年版。
③ 参见《乾隆吴县志》卷首杨绳武序。
④ 兰坨《孟陬十三日……得诗凡三十六首,不复伦次》第三十三首自注云:"长洲缪晓谷诗文甚工,馆于吾邑陈氏六年。尝和余《观潮》长歌,传诵一时。终亦未遇。近闻变名卖药吴市。"

帮兰垞出主意,可以请与兰垞有多年交往的浙江藏书家赵谷林、赵意林两兄弟帮助。在杨绳武如此热忱而周密的督促和帮助下,兰垞回复姜顺蛟,表示愿意接受纂修《吴县志》的聘请,并于乾隆九年春前往苏州"三吴志馆",开始纂修工作。于是,姜顺蛟、杨绳武、叶长扬三人以"订正"之名进行把关,"纂修"由兰垞担当,其他杨继光、缪嗣寅、赵昱、施锡仁、叶秉恕、查昌国六人作为"分辑"协力相助。工作相当顺利,自春至夏,草稿已就,启局开雕,六阅月而剞劂成书,计一百十二卷。

姜顺蛟修纂《吴县志》为什么聘请浙江海宁人施谦兰垞呢? 其实这个人选是杨绳武推荐的。杨绳武《乾隆吴县志序》有云:"时余以制府尹公见延滥竽钟山书院。明府属余门海宁施征君兰垞诣余,欲以志事相属。……顾金陵与吴下悬隔,而余既有书院之事,才力谫薄,恐不足以相及。……兰垞之才,固可独当一面。……明府如余言,顾谓兰垞书成之日,仍当属余订定。"那么,杨绳武为什么如此看重兰垞呢? 前面多次提到《孟陬十三日……百感交集怀人忆事,兴到即成,得诗凡三十六首,不复伦次》,其中第十九首云:"皋里东归别梦长,评文谁复拟欧阳。即今学古无同调,漫爇尧峰一瓣香。"诗下自注云:"山长杨文叔先生为古文,独契于尧峰。客岁移馆钟山。尝语人曰:'近日浙东西古文者,自劻当首屈一指。'"兰垞称"山长杨文叔先生",这是因为杨绳武(字文叔)曾经主讲过杭州敷文书院①,兰垞曾就读于该书院,故师生相称。杨绳武认为兰垞的古文在两浙文坛上"首屈一指",虽然此话出于兰垞自述,难免有自我推介之嫌,然而从上文杨绳武把兰垞推荐给姜顺蛟纂修邑志,并在序文中称许"兰垞之才,固可独当一面"来看,可知杨绳武之赞许固非客套,兰垞之自述也非矜夸。另外,袁枚也曾就读于敷文书院,称杨绳武为夫子,并以"经学失传有施氏"称赞兰垞,认为兰垞可以继承杨夫子之经学。② 可见,兰垞的文才和学问是受到当时人们相当高的评价的,聘请他主持纂修《吴县志》,此事本身就是最好的证明。想必这应该是兰垞不得意的人生中的得意之笔。

五、关于袁枚《答沈大宗伯论诗书》的时间问题

袁枚的《答沈大宗伯论诗书》和《再与沈大宗伯书》是他作为诗论家登台亮相的宣言。薛起凤《小仓山房诗集序》云:"随园先生论诗之旨,一见于集中《答归愚宗伯书》,再见于《续诗品》三十二首。"可见这两封书翰对于袁枚诗论之重要。历来研究清代诗论的学者每每征引并解读这两封书翰的内容,然而关于它们的具体写作时间

---

① 《吴县志》卷六十六下列传四《杨绳武传》云:"杨绳武,字文叔。自少能文。中康熙癸巳进士,殿试二甲第一人,选庶吉士,授编修。居京师好汲引士类,大学士王掞深相重,馆阁大著作,多出其手。丁父艰归,遂不出。主讲杭州敷文书院,再主江宁钟山书院。所甄拔多入馆阁。台州齐侍郎召南其一也。"

② 郑幸在《袁枚年谱新编》中引袁枚《双柳轩诗集·题杨皋里夫子小像》有"经学失传有施氏,夷门流落老侯生(注: 谓施自最、侯夷门)"句,此处"自最"应是"自勖"之误,自勖是施兰垞的字。笔者尚未见到《双柳轩诗集》,不知是不是原书讹误。待查。

却有诸说①,尚无定论。但这个问题很重要,它关系到袁枚性灵说何时正式公开提倡的诗学史问题。笔者曾经对这个问题做过探讨,结论是:因为两封书翰中都提到沈德潜评选的《清诗别裁集》,而《清诗别裁集》有乾隆二十四年(1759)九月蒋子宣的"初刻本"和乾隆二十六(1761)年二月沈德潜儿子沈松的"重刻本",所以如果袁枚看了初刻本后写信的话,两份书翰的写作时间最早也得乾隆二十四年九月之后,即袁枚44岁、沈德潜87岁;如果看了"重刻本"后写信的话,那么最早也得袁枚46岁、沈德潜89岁之后。②

如本文开头所云,袁枚给沈德潜的两封论诗书翰之后,紧接着是袁枚写给施兰垞的《答施兰垞论诗书》和《再答兰垞第二书》。四封书翰内容紧密联系,写作时间也不会间隔太长。由于《遗稿》的发现,并且知道了兰垞的卒年,这样就为我们确定这些书翰的具体时间提供了更为重要的判断材料。按常理推测,袁枚给施兰垞的信应该写在兰垞生前,而不是在死后。从前文可知,兰垞卒于乾隆二十五年"庚辰仲秋",那么这两封书信最迟也应该在此之前,即袁枚45岁、沈德潜88岁之前。"重刻本"在兰垞死后刻成,由此推断,袁枚应该是看到了《清诗别裁集》的"初刻本"后就给沈德潜写信的。考虑到兰垞看到袁枚给沈德潜的书信后写信给袁枚,然后袁枚再复信所需要的来往时间,袁枚给沈德潜的两封书翰的写作时间应该在乾隆二十四年九月后不久。此年袁枚44岁,沈德潜87岁。

作为一个旁证,我们来看一下收录于《小仓山房诗集》卷十五的五言古诗《改诗》。此诗作于乾隆己卯年(1759),是袁枚44岁时的作品。其中有云:"脱去旧门户,仍存古典型。役使万书籍,不汩方寸灵。耻据一隅霸,好与全军争。"联系他给沈归愚和施兰垞的论诗书信的内容来理解的话,这几句诗的意思简要而明了,所要表达的也就是四封论诗书翰所要说的。"脱去旧门户"就是要脱去沈德潜固守的唐诗门户,但其手段并不是通过另立新门户,优秀的"古典型"仍需继承,所以他不同意施兰垞"唐诗旧""宋诗新"的观点;"役使万书籍,不汩方寸灵",摆正学问与性灵的关系,是"性灵说"的诗化表述;至于"耻据一隅霸,好与全军争"则更是袁枚作为诗人的宣言。这宣言绝不是信口开河,因为此时的袁枚已经为自己确立了欲以诗文"入文

---

① 就笔者管见,主要有"袁枚34岁前后说"(参见青木正儿:《清代文学评论史》第六章"格调性灵两诗说的对立",岩波书店刊行,1950版,第161-162页);"袁枚46岁至50岁说"(参见王英志:《袁枚评传》第四章"主盟诗坛(三)与沈德潜的争论",南京大学出版社2002版,第200页);"袁枚46岁说"(参见郑幸:《袁枚年谱新编》,上海古籍出版社2011年版,第305-309页;王炜:《〈清诗别裁集〉研究》,上海古籍出版社2010年版,第165页)。

② 参照拙论《沈(德潜)袁(枚)"往復辯難"辨——袁枚の沈德潜への二通の書翰をめぐって——》,《汉学研究》第三十三号,日本大学中国文学会《中国文学科创设七十周年纪念论文集》,1995年3月。

苑传"的人生信念和目标。① 所以,44岁时的袁枚致信挑战其时诗坛统领沈德潜完全是有其合理性和必然性的。

顺便提一下兰垞和袁枚的接点问题。虽然兰垞比袁枚大28岁,而他们之间有不少接点。首先,如前文所述,杨绳武主讲浙江敷文书院时,他们都曾就读于敷文书院,都是杨绳武的门下,是同学,至少是校友,袁枚对兰垞的经学评价很高。其次,雍正十三年两人都参加了博学鸿词的资格考试。再次,兰垞纂修的《乾隆吴县志》"参阅"姓氏的名单中可以见到袁枚的名字。② 这些可以证明兰垞与袁枚的关系很不一般。另外,兰垞参与南屏诗社的活动,与厉鹗、杭世骏、周京等浙派诗人交往频繁,其诗学倾向偏好宋诗是不言而喻的。再有,他看到袁枚给沈德潜的论诗书翰时,周京、厉鹗等浙派诗人的重镇都已去世,而自己又是风烛残年之人,所以他致书袁枚,"欲相与昌宋诗以立教",重振浙派诗坛昔日繁盛气象,这完全是情理中的事。然而,此时的袁枚已过不惑之年,对诗学已有自己的定见,他认为兰垞于诗见识短浅,所以毫不客气地劝告兰垞"先澄其识","毋轻论诗"。③

六、结语

根据上文对施兰垞其人其诗及其文学活动等的粗线条勾勒,我们可以粗略看到下面这幅兰垞画像:

兰垞姓施,名谦,字自勖,一字自南,有兰垞、紫薇山人等号,浙江海宁人。诸生。康熙二十七年戊辰(1688)元月十四日生,乾隆二十五年庚辰(1760)仲秋某日卒,享年七十有三。有《兰垞遗稿》一册,收录《虚槎集》《神听集》《非非想集》及《己巳编》四集,共计古今体诗209首,附诗3首。《遗稿》为抄本,同乡后辈吴骞所抄,今藏日本静嘉堂文库。另见诸总集及地方志著录其《涵青阁诗》及《咏物唱和诗》一卷。兰垞诗文作品颇丰,似未经整理,散失殆尽。

兰垞工诗文,诗名江淮间。少受知于乡之先达,为同里查慎行所引重,与其子查克念"廿载握手如弟昆",交往尤密。及长,累困于制科,郁郁不得志。雍正十三年及乾隆元年,两度受知县林绪光首荐,参加举博学鸿词预备考试,亦不登第。暮年学益邃,而性本高洁,落拓不羁,厄穷以老。唯放情歌咏,常与南屏诗社如杭世骏、周京、厉鹗、朱樟、金志章、梁启心、丁敬、金焜、吴城、范鹤年、张湄、汪台、陈兆仑、施安、赵昱等人游,唱酬作诗,并参加厉鹗《宋诗纪事》之勘定工作。兰垞所作古文为杨绳武

---

① 袁枚在《答友人某论文书》中,对友人"诗文不如著书"的观点做了否定之后,劝导友人"要知为诗人,为文人,谈何容易? 入文苑,入儒林,足下亦宜早自择。宁从一而深造,毋泛涉而两失也"。由此文可知,袁枚自己此时已经确立了以诗文"入文苑"的人生目标。据郑辛考证,《答友人某论文书》等3篇论文书作于乾隆二十三年戊寅(1758)春,此年袁枚43岁。参见郑幸:《袁枚年谱新编》,上海古籍出版社2011年版,第282-283页。

② "参阅"共有19人,依次为姜顺龙、杭世骏、齐召南、陆秩、钟凤翔、许枚、蔡秉义、袁枚、浦起龙、徐锐、虞景星、程立本、吴弘文、吴中衡、赵信、陆枚、李果、叶申、侯嘉翻。

③ 袁枚《小仓山房文集》卷一七《答兰垞第二书》。

所称许,乾隆九年,荐于吴县知县姜顺蛟,纂修《乾隆吴县志》一百十二卷。晚年曾致书袁枚,反对沈德潜提倡的唐诗,"欲相与昌宋诗以立教",以重振厉鹗之后的浙派诗坛,而遭袁枚回信拒绝。

  兰垞是一个多产的作家。《虚槎集》《神听集》《非非想集》三部结集的创作时间长则不过半年,短则半月之内。还有,其62岁时的《己巳编》已经编至42卷。这些都能说明兰垞多产的特点。就《遗稿》而论,兰垞诗歌各体皆备,而尤擅长七言律诗的创作。《遗稿》209首诗作中七律有55首之多。① 他的七律格律严谨,下笔老苍,对偶工整,而富有波澜。这种波澜似乎是兰垞不遇人生的不平心境的折射。阮元《两浙輶轩录》、吴灏《国朝杭郡诗辑》所选兰垞诗也都是七言律诗,绝非偶然。另外,兰垞的七言绝句颇具画趣,如《永嘉舟中杂诗八首》之六云:"雪后云容澹似秋,晚潮无力斗溪流。柳塘几点归凫影,舟过遥看渡水牛。"白雪、澹云、晚潮、溪流、柳塘、凫影、水牛,由远及近,有静有动,通过诗人的"遥看"将这些景物有机地组合起来,而且诗人身在小舟,舟行景移,使得诗中画面既层次分明又流动变化。这首诗,不使才,不使气,没有议论,纯乎白描,隽永可爱,读之能尝鼎一脔。由于篇幅有限,对兰垞诗歌创作的总体倾向和风格特点这里不能展开,将作为今后的课题,另文探讨。

---

① 其他诗体五古和五律各27首,七古5首,七律55首,五绝13首,七绝82首。

论锺狮《锡庵公墓表》的文献价值
——《警富新书》新证

赵杏根　殷虹刚

一、引言

凌扬藻《海雅堂集》卷十五《答黄香石书》后,附有《锡庵公墓表》。此文尽管不长,却是研究安和《警富新书》、吴趼人《九命奇冤》这两部长篇小说和与之相同题材的众多文艺作品的重要资料。

为了论述的方便,先把相关情况作简略介绍。《警富新书》是清代中叶的一部公案小说,共四卷四十回,七万多字。情节略云:广东番禺富豪凌贵兴捐得国学生资格,考举人连年下第,以此归咎于表兄梁天来家的石室妨碍了凌家祖坟的风水,由此引发矛盾。凌贵兴串通强盗抢劫梁家,强盗以烟雾熏死梁家七人,其中一女子怀有身孕,是为"七尸八命"。梁天来先后上告县、府、按察使、巡抚衙门,以凌贵兴及时行贿这些衙门,梁天来之冤未能昭雪,而知情乞丐亦被受贿官员严刑致死,是为"九命"。梁天来又告至总督府,总督孔公秉公办案,但未结案而调离,把案件交给肇庆府连公办理。凌贵兴又贿赂肇庆府,案件维持原判。梁天来上北京告御状,凌贵兴派杀手追杀,又贿赂关卡官员拦截,都未成功。梁天来告御状,终于得到昭雪。凌贵兴被凌迟处死,其他人犯也得到惩罚。该小说版本甚多,现存最早的版本为嘉庆十四年(1809)翰选楼本,此外,还有嘉庆间立本堂本,道光十二年(1832)桐石山房重刊本,广东守经堂本,瑞文堂本,五福堂本,光华堂刊小字本,上海书局石印本,上海萃英书局巾箱本等,书名也不尽相同,有《警富新书梁天来》《七尸八命》《孔公案》《梁天来告御状警富新书》等。上海古籍出版社《古本小说集成》第二辑第149册影印嘉庆翰选楼本,群众出版社2003年版,亦据翰选楼本校点,此两种最为易见。

乾隆末年欧苏所作文言小说集《霭楼逸志》卷五中的《云开雪恨》,基本情节和《警富新书》所述大致相同。清代与《警富新书》《云开雪恨》相同题材的戏曲以及说唱等地方曲艺作品众多,在广州地区极为流行。例如,《新造广东案警富新书》七言韵文,所叙故事情节,和小说《警富新书》大致相同,有潮州李春记书坊刻印本等版本,潮州王生记刻印本,又题《新造广东案全歌》,十六卷。王家友芝堂刻印《潮州歌

---

* 作者赵杏根,苏州大学文学院教授、博士生导师;殷虹刚,苏州大学文学院博士研究生。

册》中也有此书。孙彩霞在《中国小说近代化的一次成功试验》中说:"梁天来告御状的故事,在民间广为流传,并早已为粤剧、木鱼书等所搬演。粤剧有《梁天来故事》《梁天来告御状》《梁天来叹五更》《梁天来双门受辱》《梁天来险过南雄岭》等,木鱼书则有五桂堂刊印的《梁天来告御状》等。"①粤剧《梁天来告御状八命申冤》,也是演此题材的故事。

清代,广东的出版业很是发达。《图书馆论坛》1991年第2期所载李国庆《潮州歌版刻二题》、《图书馆论坛》2009年第6期所载林子雄《明清广东书坊述略》、《暨南学报》2010年第2期所载文革红《清代广东地区通俗小说刊刻考略》,都通过考证,突出了当时广东出版业之兴旺,也都涉及《警富新书》小说或者同题材韵文的刊刻。凌扬藻《答黄香石先生书》中说:"穷方委巷,妇人孺子习观而饫听之,一闻曾大父(即此类作品中的'凌贵兴'或'凌桂兴')之名,无不切齿詈骂,几以为元恶大憝,古盗跖之不如者。"②可见此题材作品在广东影响之大。

晚晴以后,新媒体勃兴,这个故事也就被更加广泛地传播了。小说家吴趼人把《警富新书》改写为《九命奇冤》,光绪三十年(1904)到三十一年,连载于《新小说》杂志,接着由上海广智书局出版。香港南粤电影公司将粤剧《梁天来告御状》拍摄成戏曲电影,1935年上映。后来,香港又有《梁天来》《梁天来告御状》《凌桂兴三打梁天来》《石室奇案》《九命奇冤》等电影或电视连续剧。其他剧种,也有改编这个故事的,例如谢庆军、洪先礼主演的豫剧连本戏《刘埔巧妙断十命案》和吴川鬼仔戏《梁天来告御状》等。

《警富新书》及其此类文艺作品的本事,为广东番禺一件真实的强盗抢劫杀人案,该案件发生在雍正四年(1726)九月初三,到雍正九年五月才结案,执行则到这年秋季才完成。此类文艺作品中故事的时间、地点、涉案者,和案件中的高度相似。作品中的梁天来就是案件中受害者的姓名,而其对立面凌家,也是案件中的凌家。一号反面人物凌贵兴或者凌桂兴,在案件中是凌贵卿。作品中的许多重要情节,和案件中的情节高度相像。由于那么多文艺作品在广东流传,影响那么大,以至于"梁、凌两姓,在番禺一带长期不通婚,直到解放初期还是这样。据说起因就是这宗人命大案"③。可见此类文艺作品影响之大、之深远。

学术界对《警富新书》等文艺作品及其本事,已经做了不少研究,主要集中在案件本身的是非、小说中有关官员的历史考索方面,成果斐然。不过,由于缺乏足够的资料,还有不少重要问题,未能得到正确的答案,或者是悬而未决。最近,我们有幸读到锺狮《锡庵公墓表》,觉得此文有助于推进对《警富新书》及相同题材的文艺作品,乃至于这案件本身的研究。

---

① 孙彩霞《中国小说近代化的一次成功试验》,广州大学2011年硕士学位论文。
② 凌扬藻《海雅堂集》,广西师范大学出版社2007年版,第557页。
③ 张秀英《雍正朝广东九命案始末考》,《济南教育学院学报》,2000年第2期。

二、《警富新书》的作者不是锺铁桥

《警富新书》嘉庆十四年(1809)版敏斋居士所作序,明确说此书作者是"安和先生"。群众出版社 2003 年版《古代公案小说丛书》中收录《警富新书》,由侯会校点,该小说的作者,则作"佚名"。关于小说的一些工具书,或云"作者不详",或云"不题撰人",或根据敏斋居士所言,该小说为"安和先生"所作。

这"安和先生"是谁呢?李育中《广东小说家杂话》之《最初写梁天来的小说家》中说:"安和先生是广东人,这不错的,而且还是番禺人,是书中主角的同乡,又是参加过那个案件的。据凌贵兴墓表指出,这位托名安和先生的,是梁天来党羽的锺铁桥,并大呼它谤书。"①可惜,李先生没有列举《凌贵兴墓表》中的任何原文或者其他信息。孟犁野《中国公案小说艺术发展史》亦云:"安和的真名为锺铁桥,广东人。"②但他没有说明其依据。孙彩霞在《中国小说近代化的一次成功试验》中说,她查阅了《中国地方志集成》"广东府县志辑",肯定地认为,这"安和先生""乃是锺铁桥,名锺狮,字作韶,号铁桥,番禺萝冈人",并且列出了其科名、官位等信息。③ 可是,她没有注明材料的详细出处。《中国地方志集成》"广东府县志辑"中,各府、县的重要方志都在其中,有好几十大册。锺铁桥的相关信息,这些方志中肯定有记载,但是,安和先生就是锺铁桥的依据,恐怕是不会有的。

综合阮元《[道光]广东通志》卷二百八十六《列传》十九,史澄《[光绪]广州府志》卷三十二《选举表》一、卷九十六《艺文略》七,张维屏《国朝诗人征略》卷二十八等记载,锺狮,字作韶,号铁桥,广东番禺人,雍正十年壬子(1732)举人,乾隆元年丙辰(1736)举博学鸿词,乾隆二年丁巳进士,出为知河南灵宝县(今灵宝市)知县。著有《铁桥诗集》二卷。李育中、孟犁野两位先生和孙彩霞说的"钟铁桥",其实就是锺狮。在简化字系统中,"锺爱"之类的"锺"是可以简化成"钟"的,因此,他们把作为姓氏的"锺"也写成了"钟"。至于"铁桥",就是锺狮的号。

我们认为,锺狮不可能是《警富新书》的作者。首先,此说不符合情理。凌扬藻《海雅堂集》卷十五《答黄香石书》后,附有《锡庵公墓表》,署"邑人锺狮撰"。此墓表一开头就说:"清故处士锡庵凌君既殁之十有四年,其子扶万将营葬于五雷岭乙辛辰戌之原,邮书属余表其墓。以余有通门之好,义弗容辞也,爰按古村陈孝廉所为状而述其概。"④这位"锡庵凌君",正是《警富新书》中第一号反面人物凌贵兴的原型,也就是凌扬藻的曾祖父凌天球。如果锺狮真的是"梁天来的党羽",甚至参与诬陷凌天球,或者仅仅就是作《警富新书》,凌家,特别是凌天球的独生儿子"扶万",还会请他为凌天球写墓表吗?他还会这样写吗?凌扬藻还会把他给曾祖父写的墓表附录在

---

① 李育中《广东小说家杂话》,《随笔》,1979 年第 1 期。
② 孟犁野《中国公案小说艺术发展史》,警官教育出版社 1996 年版,第 140 页。
③ 孙彩霞《中国小说近代化的一次成功试验》,广州大学 2011 年硕士学位论文。
④ 凌扬藻《海雅堂集》,广西师范大学出版社 2007 年版,第 558 页。

他的文集中吗？显然这些都是不可能的。

那么，李育中先生怎么会根据"凌贵兴墓表"，得出《警富新书》的作者是锺狮的结论的呢？我们推测，李先生应该没有看到这篇墓表，因为，"凌贵兴"是《警富新书》等同类题材作品中的人物，小说等作品中没有他的墓表，除非写文艺作品，谁又会给小说等文艺作品中的人物写墓表呢？而作为文艺作品的墓表，又怎么可以作为论证事实的依据？李先生看到的，可能是凌扬藻的《答黄香石书》。凌扬藻的《海雅堂集》本来流传不广，属于"稀见清人别集"，但《答黄香石书》却被乾隆、嘉庆年间的香山（今中山）人黄芝收录到《粤小记》中。李先生如果看到《答黄香石书》，应该是看的《粤小记》中的版本，那是没有附录锺狮《锡庵公墓表》的。可是，《答黄香石书》中确实提到了锺铁桥、墓表、《警富奇书》等，原文是这样的："故当大狱甫成，（梁天来）即用币交通向之借狱事嚇诈先大父汉亭公财物而不得遂者数人，相与造为谤书，恣行诬蔑。"此下有夹注言此"谤书"，云："名《一捧雪警富奇书》，邑锺铁桥先生撰曾大父墓表，谓'举其人其事所俱无者，谬妄驾说，以耸世观听'，即指此。"①如果将这段文字中"邑锺铁桥先生撰"属上句，就成了："名《一捧雪警富奇书》，邑锺铁桥先生撰。曾大父墓表谓'举其人其事所俱无者，谬妄驾说，以耸世观听'，即指此。"②这样一来，非常明确，锺铁桥就自然成了这书的作者了。可是，这样的读法是不正确的。凌扬藻所云"先大父汉亭公"，正是凌天球的独子凌鲲，也就是请锺狮写《锡庵公墓表》的"扶九"。《警富新书》等同题材作品中一号反面人物凌贵兴的原型凌天球字贵卿，就是凌扬藻的曾祖父，李先生"凌贵兴墓表"的说法，大约就是这样来的。

再者，凌扬藻在这篇书信中，对凌家的对立面，都无法抑制厌恶和痛恨，甚至不乏肆意谩骂之处，如果锺铁桥确实是这小说的作者，凌扬藻为什么独独对他如此客气，称他的号，还称他"先生"？因此，即使仅凭这一点，我们就可以知道，"安和先生"绝不是锺狮。

再从时间上来看。《警富新书》敏斋居士序言中说："书未成，而踵门索观者累累，爰是而付诸剞劂。将见骄矜者知所警惧，狼悍者得识国法森严。虽不能与书传并称，其亦野史中之一小补云耳。是为序。嘉庆己巳冬敏斋居士撰。"③据"爰是而付诸剞劂"等语，则《警富新书》成于此时，刻于此时，也就是嘉庆十四年冬。锺狮是乾隆二年（1737）进士，且在雍正十年就中举人。那么，在嘉庆十四年，他即使还在世，根据常理推测，年纪应该在100岁上下了，这样一把年纪的人，还能够写这样一部小说？

再从《警富新书》的水平看。阿英在《晚清小说史》中明确说《警富新书》："故事甚佳，而文笔极拙劣也。"④"不但文字上有许多欠通的地方，且结构穿插亦极失败。

---

① 凌扬藻《海雅堂集》，广西师范大学出版社2007年版，第557页。
② 凌扬藻《海雅堂集》，广西师范大学出版社2007年版，第557页。
③ 侯会校点《警富新书》，群众出版社2003年版，第1页。
④ 阿英《晚清小说史》，人民文学出版社1980年版，第154页。

最使人感到不快的,是每及一次诉讼,总要全录双方禀词全文,官宪批语,总计起来,四十回书中,这一类的公文竟有二十篇上,且更插进一些《时辰钟时刻表》《风雨推测方法表》,一类毫无关系的东西,简直是一部极拙劣的制作。"①阅读《警富新书》,我们就会觉得,阿英说得完全正确。书中也有不少掉书袋的地方,但这些词句,多半出于《四书》之类常见的书。锺狮堂堂两榜进士,擅长诗文写作,不至于写出如此拙劣的作品。

三、梁凌案作品的原创时间

现存最早的以梁凌案为题材的文艺作品,是广东莞邑(东莞)人欧苏《霭楼逸志》卷五所载《云开雪恨》,全篇为文言文,大约1500字。《霭楼逸志》前有欧苏自序云:"愚性好博古,并好知今。自髫龀时闻说一事,刻腑不忘。欲撰说已久。……是编专是近世事迹,然多是乡邑人物,未及远取者。……实以世所遗佚之事,徒传于口,未经笔载者,一一采之,不令遗漏。"②并云此书两月余即完成。此序作于乾隆五十九年(1794),距梁凌案结案的雍正九年(1731),已经61年。如果此事在此之前确实"未经笔载",那么,这应该是以梁凌案为题材的最早的文艺作品了。发生在60多年前的大事,民间口耳相传,没有文字记载,某些情节的失实是难免的,但大体还是能够得民间传闻之实的。

其实,以这案件为题材的文艺作品,在这个案件定案之后就开始形成了。李育中《广东小说家杂话》之《最初写梁天来的小说家》中说:"现在先表一本清初小说《梁天来》,这在广东是够流行的,原名《警富新书》,共四十回。现存嘉庆十四年刊本,有绣像,算是较早的本子了。其实此书在雍正乾隆年间已经流行。"③说"清初小说《梁天来》"没有任何载籍依据。说此故事"原名《警富新书》","此书在雍正乾隆年间已经流行",也都没有根据。不过,以梁凌案为题材的文艺作品,"在雍正乾隆年间已经流行",则是事实。依据就是凌扬藻的《答黄香石先生书》。该文云:"故当大狱甫成,即用币交通向之借狱事吓诈先大父汉亭公财物而不得逞者数人,相与造为谤书,恣行诬蔑。既又思流布之速,耸动之易者,莫如杂剧传奇,乃复撰为鄙亵之木鱼歌,使穷方委巷妇人孺子习观而饫听之,一闻曾大父之名,无不切齿詈骂,几以为元恶大憝,古盗跖之不如者。虽贤人君子心知其非辜,而俗已狃于先入之见,谁暇为我左祖而户说以眇论乎?嗟夫!若天来者,其狡黠险毒亘古今无与比,可谓极矣!"④在夹注中,凌扬藻明确指出:"谤书""名《一捧雪警富奇书》。邑锺铁桥先生撰曾大父墓表,谓'举其人其事所俱无者,谬妄驾说,以耸世观听',即指此。"⑤那么,这些小

---

① 阿英《晚清小说史》,人民文学出版社1980年版,第156页。
② 林雄《明清广东稀见笔记七种》,广东人民出版社2010年版。
③ 李育中《广东小说家杂话》,《随笔》,1979年第1期。
④ 凌扬藻《海雅堂集》,广西师范大学出版社2007年版,第557页。
⑤ 凌扬藻《海雅堂集》,广西师范大学出版社2007年版,第557页。

说、戏曲乃至说唱之类的作者,就是梁天来以及那几个曾经利用这案件敲诈凌鲲钱财而没有得逞的人,而写作《一捧雪警富奇书》小说的时间是"狱甫成"的时候,也就是雍正九年。其他此类内容的戏剧、说唱等,要完成于稍后。

我们注意到,凌扬藻所说以此案件为题材的小说是"《一捧雪警富奇书》",而没有提到"《警富新书》"。我们现在无法确定《答黄香石书》的写作时间。根据上文所说,《警富新书》完成于嘉庆十四年冬,如果《答黄香石书》写在此时之前,那么,凌扬藻自然不可能知道有《警富新书》存在,他知道的是"《一捧雪警富奇书》"。如果是这样,那么,以梁凌案为题材的文艺作品中,最早的亦即原创的作品,是小说《一捧雪警富奇书》,产生于梁凌案件定案后不久。其他的作品,包括戏曲、说唱,也包括小说《警富新书》,应该都是《一捧雪警富奇书》的改编本。

凌扬藻毕竟是梁凌案件结案后29年才出生的,关于该案件的事情,大多是根据前辈的传述,再说,他是案件一号负面角色的直系后代,对信息的取舍,可能会有偏颇,我们作为孤证来下断语,理由似乎不够充分。锺狮《锡庵公墓表》,则可以用来部分印证凌扬藻所云:"(凌天球)晚为祖宗茔域事,遂被告诬。业吹索无所得逞,乃复凭恃猾吏,锻炼罗织,陷以他罪。既又撰布伪书,极情诬蔑,举其人其事所俱无者,谬妄驾说,以耸世观听,而君之心,几不白于天下矣。嗟乎!士君子砥行立名,不屑一世,一二宵小者流,恶正丑直,萋斐贝锦,莫可如何。迄今曾几何时,依草附木,咸归澌灭,而君之隐德,久而愈彰。于此见事后论定,而公道犹在人间也。"①"既又撰布伪书",这和凌扬藻"大狱甫成……相与造为谤书"②的说法是一致的。不管这些"伪书"具体著于哪一年,这墓表是作于凌天球卒后14年,亦即乾隆十年(1745),可见在此之前,就有人"撰布伪书,极情诬蔑"了。很明显,这些"伪书",就是以梁凌案为题材而伪造对凌家不利的情节、对凌家实施"诬蔑"的作品。此类作品的作者是谁?就字里行间看,当然是凌家的对立面梁家,甚至就是梁天来了。至于这些"伪书"的名字,其中有没有如凌扬藻说的《一捧雪警富奇书》,这墓表中没有提到,我们尚无法印证。

这样说来,欧苏《霭楼逸志》卷五的《云开雪恨》,就未必如欧苏自己在序言中所说"徒传于口,未经笔载者"了,而《警富新书》也绝非原创。原创的"伪书"或"谤书"《一捧雪警富奇书》,我们无法看到,但是,《警富新书》制作拙劣,又大量成篇引述法律文书之类,我们隐约可以看到原创的影子,因为这些特点,也和梁天来等案件当事人的身份相符合。如果真的如凌扬藻所说原创或者原创之一是《一捧雪警富奇书》,那么,《警富新书》是按此书改编而成,痕迹是明显的,书名也体现了这一点,否则,"新"字的着落就很勉强。

从时间方面来看,事实也许会更加清楚一些。凌扬藻生于乾隆二十五年

---

① 凌扬藻《海雅堂集》,广西师范大学出版社2007年版,第559页。
② 凌扬藻《海雅堂集》,广西师范大学出版社2007年版,第557页。

（1760），卒于道光二十五（1845）年，亦即梁凌案结案之后29年，他才出生。锺狮在乾隆十年写《锡庵公墓表》的时候，他还没有出生。按照常理推测，他成年后，如果锺狮还在世，他肯定会去拜访锺狮，向他了解当年其曾祖父凌天球的案情，可是，不管他们自己的著作还是其他人的著作中，都没有他们之间交往的记载，那么，锺狮应该在凌扬藻成年之前就去世了。欧苏写《霭楼逸志》的时候，凌扬藻已经三十五岁，而安和《警富新书》成书的时候，凌扬藻已经虚龄五十岁了。因此，他和欧苏、安和是同时代人，只是年辈可能比欧苏小一些，而年龄和安和孰大孰小，还很难说。凌扬藻在《答黄香石书》中说的"使穷方委巷妇人孺子习观而饫听之"的那些以梁凌案为题材的"伪书"和"谤书"，应该是他很早的时候就知道的，而不是指嘉庆十四年才出版的《警富新书》及根据其改编的其他文艺作品，甚至不能包括《警富新书》在内。凌扬藻写《答黄香石书》的时候，《警富新书》很可能还没有出现，也没有那么大的能量。梁凌案的故事如此普及，凌贵兴如此被人痛恨，凌扬藻说的这些现象，不论是功劳还是罪过，都不能记在《警富新书》的账上，甚至和它无关，因为它也仅仅是后来出现的改编本中的一种而已。

总之，《云开雪恨》也好，《警富新书》也好，都不是以梁凌案为题材的作品中最早的作品，也都不是原创的作品。相同题材的文艺作品，在梁凌案结案后，就开始流传了，这些作品的作者，应该是梁天来及其他和凌家有矛盾的人。而原创作品，据凌扬藻《答黄香石书》，是小说《一捧雪警富奇书》。

四、凌贵卿的生平以及和该案件的关系

《警富新书》中，一号反面角色是"凌贵兴"，又名"祈伯"。《霭楼逸志》卷五的《云开雪恨》中是"凌桂兴"，而方志和一些诗话笔记中，则多作"凌贵卿"。那么，他的原型，亦即案件中的这个角色，到底叫什么名字呢？凌扬藻在《答黄香石书》及其引用的相关资料中，是"凌贵卿"。凌扬藻不至于把他曾祖父的名字也搞错，故这案件中反一号角色的原型，应该是凌贵卿。可是，古代没有儿孙称父祖乃至祖宗名字的道理，否则就是不敬。因此，"贵卿"应该是字，而不是名。锺狮《锡庵公墓表》则提供了凌贵卿比较完整的资料："君讳天球，字贵卿，锡庵其号也。"①凌家先世是安徽宣州泾县人，元至正间，因为避乱，来到广州北的潭溪居住。"君生康熙壬子（1672）十一月初五日子时，终雍正辛亥（1731）八月二十四日酉时，得年六十。"②其先后所娶三位夫人，都是出身于读书人家，丈人都有诸生的资格。其子一，名鲲，字扶万，乙未（康熙五十四年，1715）贡生，孙子有七人，曾孙若干人。雍正辛亥是雍正九年，该案结案。《警富新书》中，凌贵兴是被凌迟处死的，而《云开雪恨》中，他是死于监狱的。从这墓表来看，在结案后，凌天球是被执行死刑的。《天开雪恨》和《警富新书》

---

① 凌扬藻《海雅堂集》，广西师范大学出版社2007年版，第558页。
② 凌扬藻《海雅堂集》，广西师范大学出版社2007年版，第559页。

中,该案的结案时间,都是雍正九年五月,这和历史上此案的结案时间相同。凌天球到八月二十四才被执行死刑,应该是按照"秋后处决"的惯例。

关于凌天球的科名问题。《警富新书》中,凌贵兴由捐纳得国学生资格,案件的主要起因是雍正四年广东乡试,凌贵兴买通关节却仍然没有中举,遂怪祖坟风水被梁家石室所妨。从这墓表看,凌天球不大可能如此。案件发生的时候,凌天球已经虚龄55岁了,且他的儿子凌鲲,也早就在康熙年间就已经是贡生了,因此,他不大可能再为自己的科名问题纠结。更何况,墓表中说他在父母享高年去世以后,就已经"弃笔研"①,无意科名了。李文泰《海山诗屋诗话》称"凌贵卿上舍"②,如此则凌天球还有秀才的资格,这是锺狮《锡庵公墓表》中没有的。凌天球被当局认定犯了死罪,那么,即使有科名,也是会被革去的。至于锺狮是因为凌的科名被革而没有写在墓表中,还是凌本来就没有过科名,是李文泰所根据的资料失实呢?这很难查考了。不过,据《锡庵公墓表》中写凌"弃笔研"看,他曾经是从事"笔研"的,又"余为诸生日,与君謦欬常通"③云云,则似乎凌是曾有诸生科名的。

更为重要的是,锺狮在这墓表中,突出了凌天球的为人:"君性谅直,无城府,是非可否,率由中出,视人世机械变诈之习,坦怀若忘。既孝事厥考妣以大耋终,用慨焉弃笔砚,为岭外游。废著鬻财,不任智术,一时名重江湖间。……磊落孤骞,不阿时好,遇事侃侃直陈,虽豪右不少避。论者谓彦方之严正,太邱之笃实,兼而有之。然竟以是中桀黠者所忌。"④为人如此,固易为桀黠者所忌,也易为桀黠者所乘。其结局如此,和这样的为人有直接的关系。"为岭外游","一时名重江湖间",又以陈太丘为比,则其见识之博、社会经验之富、交游之广可知。这样的人物,和豪右有联系、与官场有联系,且行事无忌,"欲加其罪"的话,按照常理推测,无论是官方还是民间,都是容易相信的。案件结果如此,民间反响如此,那些"伪书"或"谤书"的影响如此之大,与他这样的为人,也不无关系。

五、知名士人和民众的不同关注点

关于凌贵卿乃至凌家是否串通强盗抢劫梁家乃至杀害梁家家庭成员,《警富新书》一类作品是否诬陷凌贵卿和凌家,一些学者已经做了很多细致的考证,结论几乎是一致的,那就是:说凌贵卿乃至凌家串通强盗抢劫梁家,证据不足。《警富新书》一类作品中的许多情节,和事实明显不符。由于《凌锡庵墓表》被发现,当时知名士人对此案件的态度,被凸显出来了,应该引起我们的关注和分析。

在这案件发生到结案期间,锺狮尽管还是一个秀才,但是,这案件结案的第二年,也就是雍正十年,他就考中了举人,到乾隆元年,就被当时的广东巡抚杨永斌荐

---

① 凌扬藻《海雅堂集》,广西师范大学出版社2007年版,第559页。
② 钱仲联《清诗纪事》,江苏古籍出版社1989年版,第7977页。
③ 凌扬藻《海雅堂集》,广西师范大学出版社2007年版,第559页。
④ 凌扬藻《海雅堂集》,广西师范大学出版社2007年版,第558－559页。

举博学鸿词。被荐举博学鸿词,那是要有比较过硬的资格的。因此,即使在这案件审理阶段,锺狮就已经是知名士人了。他对此案的态度,对那些诬蔑凌天球和凌家那一类作品的态度,其所作《凌锡庵墓表》中,已经表达得非常清楚了。此外,锺狮的这篇墓表,是根据"古村陈孝廉"①为凌天球写的行状而作的。这"古村陈孝廉"是谁?沈德潜《清诗别裁集》卷二十九云:"陈份,字古村,广东顺德人。乾隆丙辰举人。"②"乾隆丙辰"为乾隆元年。顺德和番禺同属于广州府,就他的年纪看,他也是一个熟悉凌梁案件的知名士人。要知道,锺狮作墓表是在乾隆十年,陈份作行状还在此之前。那时候,梁天来以及参与编写那类"伪书"或"谤书"作品的人,肯定还有健在的。参与处理该案件的官员,肯定还有在位的,而这案件不仅没有被翻案,那些"伪书"或"谤书"类作品,仍然大行于世,大众对凌贵兴普遍鄙视,因此,在那样的环境下,他们写此类文字,特别是锺狮,在墓表中那样赞扬凌天球,谴责梁天来以及那些写作"伪书"或"谤书"的人,是要有很大的勇气的。

锺狮、陈份以外,还有一个苏珥。江苏古籍出版社1989年版钱仲联先生主编《清诗纪事》第11册《乾隆朝卷》载李文泰《海山诗屋诗话》云:"《警富新书》七尸八命案,皆归罪凌上舍贵卿,迄今众口一词,似乎万无可解矣。而苏古侪先生珥赠凌子汉亭诗云:'九疑风雨暗崎岖,八节波涛险有余。世路合裁《招隐》赋,俗情催广《绝交书》。传闻入市人成虎,亲见张弧鬼满车。旧约耦耕堂愿筑,平田龟坼又何如。'凌曾孙药洲广文《答黄香石先生书》,累累千余言,亦极辨此事。香石从兄瑞谷丈云,古侪为今之鸿儒,目击凌事。以此诗与药洲书观之,实似诬陷也。"③苏珥何许人也?《清诗纪事》只说他"字古侪"而已,其他信息俱无。据陈璞《尺冈草堂遗集》之《遗文》卷四《拟广东文苑传》所云,苏珥,字瑞一,广东顺德人。惠士奇称之为"南海明珠"。乾隆元年,地方大员也荐举他参加博学鸿词考试,因为母老,他没有上京师参加考试。他在乾隆三年(1738)中举人,平生为文长于序记,与书法皆名重一时,被称"二绝",著有《安舟遗稿》等。④ 这样一个"鸿儒",又是"目击凌事"的人,他的态度很重要。就他赠给凌天球的儿子的诗来看,他的态度也是很明确的,"传闻入市人成虎"等,明显是为凌家鸣冤叫屈。根据《锡庵公墓表》,凌天球就一个儿子,名鲲,字扶万,汉亭是其号。

此外,后来的黄培芳,也怀疑凌家是受了冤枉的,致书凌扬藻,所以,凌扬藻才有《答黄香石书》,此书开头就说:"承问先曾大父锡庵公被仇家诬陷事,此鹿马混淆,沉埋不白之冤,独能以事理求之,未肯轻随众毁,足以见大君子之用心,必存公是,度越寻常万万也。"⑤还有,上文已经提及的黄培芳的堂兄瑞谷,在其《粤小记》中收录

---

① 凌扬藻《海雅堂集》,广西师范大学出版社2007年版,第558页。
② 沈德潜《清诗别裁集》,上海古籍出版社1984年版。
③ 钱仲联《清诗纪事》,江苏古籍出版社1989年版,第7977页。
④ 陈璞《尺冈草堂遗集》,上海古籍出版社2009年版。
⑤ 凌扬藻《海雅堂集》,广西师范大学出版社2007年版,第557页。

凌扬藻《答黄香石书》的黄芝，以及李文泰等，也都是认为凌家是被冤枉的。李福泰、史澄、何若瑶纂修的《同治番禺县志》卷五十四《杂记》云，"世传梁天来七尸八命事，皆诟罪于凌贵卿"，而转载苏珥赠凌汉亭为凌贵卿鸣冤叫屈的诗，并云"凌后人名扬藻，有《答黄香石书》，辩此事之诬甚详"①，这同样怀疑凌家是被冤枉的。

以梁凌案为题材的此类作品，其原创者的动机，应该是诽谤凌天球乃至凌家，这当然不是正当的手段，远不是正直的作家所应为。但是，这些作品，毕竟是文艺作品，而不是案件卷宗，情节和事实不符合，不能够视为这些作品的缺陷。这些作品中首恶的名字，都和凌天球的名或者字不同，而梁天来，则用真实姓名，很明显，编写者的动机是，既要达到诽谤凌天球乃至凌家的目的，又为摆脱可能带来的麻烦留有余地。凌扬藻《答黄香石书》中，说《一捧雪警富奇书》一类作品"诬至尊怒天来，命下狱后，以孔公申救，乃宣天来入殿，赐监生，皆凿空为之，悖谬可杀"云云②，他想利用政治力量对付该书，这就明显过分了。至于这些作品后来的传播者和改编者，包括欧苏、安和等，就未必有和凌家过不去乃至诽谤凌家的动机在。大众传播，自然有其自身的规律。通俗文艺作品，体现大众的喜怒哀乐，种种社会情绪，世态人情，就容易得到传播，容易为大众所接受。地方豪强勾结盗匪、官府为非作歹，这是人们所痛恨的，《警富新书》等之所以容易流传，其根本原因，在于这些文艺作品，集中反映了此类内容，以及其惊险曲折的情节设计。至于梁天来被雍正帝赐予监生之类，乃是迎合民间对受害者的同情心而设的情节。受害者得到某种形式的补偿，这是通俗文艺作品中极为常见的情节。不管如何，梁天来家多达八条人命被害，总是应该被同情的。至于凌天球乃至凌家是否被冤枉，和对地方豪强、盗匪官府的痛恨相比，和对被害八条人命的同情相比，大众就容易忽略了。清醒的读书人则不然，他们关心的是真相，是公平和正义，因此，在他们的诗文作品中，他们追寻真相，坚持为在他们看来被诬陷的凌天球乃至凌家辩护，锺狮、陈份、苏珥、黄芝、黄培芳、黄瑞谷、李文泰以及《同治番禺县志》李福泰等三位纂修者，就是如此。

钱仲联先生《剑南诗稿校注》卷三十三陆游《小舟游近村舍舟步归》之四云："斜阳古柳赵家庄，负鼓盲翁正作场，死后是非谁管得，满村听说蔡中郎。"③负鼓盲翁说唱蔡伯喈和赵五娘的故事，是为了挣钱，或许也有教化社会的动机在，可是，他应该不会是和历史上的蔡邕过不去而有意诬蔑他。满村的民众显然喜欢听这说唱，因为这说唱动人，有教育意义，或者盲翁的表演唱腔艺术高超。他们会同情赵五娘，喜爱赵五娘，痛恨蔡伯喈，可是，他们不会考虑历史上的蔡邕，是否真有这样的是是非非。为蔡邕身后无端被缠上这些是是非非而感叹的，也只有陆游这样的知识分子了。《警富新书》及其相同题材的文艺作品，流传到后来，情形也是如此。

---

① 李福泰、史澄、何若瑶《同治番禺县志》，上海书店2003年版。
② 凌扬藻《海雅堂集》，广西师范大学出版社2007年版，第558页。
③ 侯会校点《警富新书》，群众出版社2003年版。

总之，锺狮所撰《锡庵公墓表》，足以证明《警富新书》的作者不可能是锺狮；与《警富新书》同题材作品开始流传的时间，是在凌梁案件结束后不久，而不是嘉庆中叶；墓表所写凌大球的生平资料和为人等，对我们理解该案件和以此案件为题材的众多文艺作品，有很大的帮助；包括锺狮在内的当时及其后多位知名士人，认为或者怀疑凌天球是被诬陷的，甚至不认同以此案件为题材的那些文艺作品，这对我们研究以历史人物或历史事件为题材的通俗文艺作品，有重要的意义。

近代诗人杨圻晚年行迹与创作
——以新发现的散佚诗稿为中心的解读

周兴陆

一、《续编》稿本的发现

杨圻(1875—1941),又名朝庆、鉴莹,字云史,号野王,江苏常熟人,是晚清民国时期的著名诗人。世家出身①,擅诗词,号为"江南四公子"之一,并有"江东才子"之誉。在以学宋诗为主流的晚清民国旧诗坛上,杨圻诗主三唐,独树一帜,别具特色。钱仲联《近百年诗坛点将录》品评说:"近代学唐而堂庑最大者,必推杨云史。"②

杨圻的诗词,1926 年由中华书局铅印出版了《江山万里楼诗钞·词钞》(十三卷·四卷)并附录夫人李道清《饮露词》一卷。1926 年之前,杨圻的经历大致是这样的:"年二十一,以秀才为詹事府主簿,二十七为户部郎中,举孝廉,邮部奏调郎中,外部奏充英国南洋领事,迄辛亥逊国,弃职东归,所谓宦者,如是而已。"③在清王朝逊国之前(1895—1911),他曾任新加坡副领事,有过 16 年的为官生涯。辛亥革命后,悠游十年。然为生计所迫,自 1921 年秋,先后入陈光远、吴佩孚幕,尤其得到直系军阀首领吴佩孚的赏识,但他坚称只是入幕,而非为官。当时他的思想带有点儿逊清遗少、不事新朝的意味。中华书局出版的《诗钞》十三卷、《词钞》四卷,就是他在 1926 年,即 52 岁之前的诗词作品的结集。

1927 年初,时吴佩孚战败入川,他离开吴,自郑州归至常熟;后又出关,入张学良幕;1931 年"九·一八"后,蛰居江南和北平;1938 年寓居香港,至 1941 年 7 月病逝,享年 67 岁。杨圻人生的最后 15 年,正是中华民族抵抗日本侵略最艰难、最悲壮的时期,他发表了大量的诗词,歌颂军士浴血奋战、反抗日军侵略,洋溢着爱国主义情感,少数发表在《青鹤》《北洋画报》等杂志上。至晚年时,杨圻曾将 1926 年以后的诗词作品请人抄录誊清,拟编纂《江山万里楼诗词钞续编》,1939 年农历五月十五日还撰

---

* 作者为复旦大学中文系教授、博士生导师。本文为国家社会科学基金项目"传统与近现代诗学的变与通"(项目编号:12BZW074)的阶段性成果。

① 其父杨崇伊,在光绪朝授御史,曾疏参翰林院侍读学士文廷式革逐回籍,向慈禧上书告密,导致了戊戌变法的失败。

② 杨圻著、马卫中、潘虹校点《江山万里楼诗词钞》,上海古籍出版社 2003 年版,第 730 页。

③ 杨圻著、马卫中、潘虹校点《江山万里楼诗词钞》,上海古籍出版社 2003 年版,第 678 页。

就了序言。在序中他说：

> 昔于丙寅之岁，尝刊《江山万里楼诗词钞》若干卷，今复益以丁卯以来十二年诗，凡千数百篇，序次之，并前刊诗，共二十二卷，词六卷，复序而合刊之。①

同年中秋补志云：

> 丁丑中日战作，故都首陷。余于次年五月避乱香江，山居多暇，复取丙寅以来迄今岁己卯所为歌诗，增编得十卷：自丙寅迄癸酉曰《强年集》六卷，甲戌至今曰《老年集》四卷，都诗二千六百八十三首，并乙丑所刊之十三卷，共二十三卷。又甲子以来词二卷，并前所刊共六卷，都词三百一十四阕。此今岁增编续刊之大略也。②

一曰22卷，一曰23卷，当是在1939年五月后又增一卷。概括地说，他在1926年铅印本《江山万里楼诗钞》13卷的基础上新辑了1927年至1939年所作诗歌，分为十卷；在铅印本《江山万里楼词钞》四卷的基础上新辑了词，共2卷。

这样一部诗词钞续编，本来是要继续交给中华书局出版的，但后来亡佚了。据杨圻的学生李猷记述："后来他逝世后，经1941年"一二·八"事变，日军攻香港，狄女士千辛万苦，从中华方面取回，逃难带至重庆。……后来狄女士在重庆婴病逝世，其稿遂由他第五公子吉孚世兄保存。嗣闻三十八年（1949）后，吉孚亦早逝世，于是此稿不可究诘了。"③李猷《近代诗选介》记述："香港被日人攻陷后，（诗稿）由吉孚世兄带到重庆，曾匆匆一阅。当时年轻，不知此稿之可贵，今大陆沦陷，吉孚逝世，此稿是否尚在天壤，只有用心访求，再图刊布尔。"④

由于杨圻晚年整理的这部诗稿续编遗失了，多年来不少学者花费心力从事于杨云史晚年诗歌的辑补，如他的弟子李猷、后人杨元璋以及马卫中等先生都有辑录⑤，尤其是香港中文大学程中山先生，做了集大成式的汇集工作，不仅吸取了前人和时贤的辑录成果，而且从民国时期的报纸杂志上辑录了杨云史的大量诗词作品，出版了《江山万里楼诗词钞续编》⑥。但是，正如程先生所感慨的，他所汇集，"与原稿所收数量仍有很大差距……希望原稿早日刊行，让我们更全面了解杨云史诗词之

---

① 杨圻《江山万里楼诗词钞续》卷首《序》，上海图书馆誊清本。
② 程中山《诗史·唐音：论杨云史"江山万里楼诗"》，《新文学评论》，2013年第3期。
③ 杨圻著，马卫中、潘虹校点《江山万里楼诗词钞》，上海古籍出版社2003年版，第737页。
④ 杨圻著，马卫中、潘虹校点《江山万里楼诗词钞》，上海古籍出版社2003年版，第734页。
⑤ 李猷《龙磵诗话》中有《杨云史先生的集外诗》，又撰《江山万里楼·未刊诗》发表于《中华诗学》第七卷第一、二期；马卫中、潘虹点校《江山万里楼诗词钞》，上海古籍出版社2003年版，据《青鹤》杂志、《杨云史先生侨港诗文钞》等作了辑补；杨元璋编纂《江山万里楼诗词钞》，上海社会科学院出版社2004年版，其中续集为辑补的诗词。
⑥ 杨圻著，程中山校点《江山万里楼诗词钞续编》，汇智出版有限公司2012年版。

面貌"。

所幸的是，经笔者查阅，杨云史晚年整理的诗稿，有七卷尚存于世。上海图书馆古籍部藏《江山万里楼诗钞》稿本，第14卷至第20卷，凡七册，正好是接续已经刊刻的13卷本之后，首尾完整。卷首有杨云史1939年五月望日的《江山万里楼诗词钞续序》、王树枬《江山万里楼诗序》。根据目录，这七卷分别为：

丙寅（1926）、丁卯（1927）曰《强年集》（第十四卷）；

戊辰年（1928）曰《强年集》（第十五卷）；

庚午（1930）、辛未（1931）之际曰《强年集》（第十六卷）；

壬申年（1932）曰《强年集》（第十七卷）；

癸酉（1933）春至甲戌（1934）曰《强年集》（第十八卷）；

甲戌（1934）、乙亥（1935）之际曰《晚年集》（第十九卷）；

丙子（1936）、丁丑（1937）曰《晚年集》（第二十卷）。

这七卷诗稿大体是按年编纂的。上引作者自志说"自丙寅迄癸酉曰《强年集》六卷，甲戌至今曰《老年集》四卷"，两相参校，《强年集》少一卷，《老年集》二卷。但是这部稿本首尾完整，并没有残佚的痕迹。

诗稿用纸是板框外左下方印有"江山万里楼文字"的专用稿纸，每半页10行，行21字，正楷工整抄写。页眉偶有评语，书写工整。各卷首页钤有"云史""世袭江山风月福人""江山万里楼""绝代江山""圻""野王""云史词翰"等印章，均为杨云史的斋名字号，可见此书就是杨云史1939年亲手整理的稿本。

这部七卷稿本收入杨云史自1927年至1937年凡12年的诗歌530题，尚不计卷中用白纸贴覆的删诗。与程正中先生的整理本（以下简称"程本"）于相同时期内辑录诗歌数量相校，程本第228页之前的诗歌是杨云史1927—1937年的作品，凡320题，其中仅48题未见于此稿本，其他272题诗歌均见于此稿本，少数诗篇存在题目和文字的差异。而稿本凡530题，有258题419首诗是程本所未辑录的，也未为李猷、马卫中、杨元璋等先生所辑补，都是首次发现。所以，可以说这是对杨圻晚年诗歌的数量最大的一次发掘。

上图藏稿本的卷首有《王晋卿江山万里楼诗序》，为逊清遗老王树枬所作。王树枬（1859—1936），字晋卿，晚号陶庐老人，河北新城县人。官至新疆布政使。精通经史，著作丰富，被时人尊为"当世大儒""立言多关国计民生之大"①。王树枬是杨云史的父执辈，两人交往甚早。辛亥革命后的1913年，杨云史就有《呈王晋卿先生》诗，其中有"吾道随秋淡，君恩比泪浓。文章千古事，迟暮一相逢"，表达的正是逊清遗少遗老的满腹忧愤。后二人时有诗歌往还。《王晋卿江山万里楼诗序》曰：

天地一情之所氤氲也，万物一情之所结构也。近之伦常日用之间，远

---

① 《王著书目》，《蜜蜂》，1930年第13期。

之由家而国而天下，莫非一情之所钟，相系相维，以成古今不可敝之世。故情之至者，可以动天地，泣鬼神，虽愚夫愚妇之所为，往往为圣贤之所不能及。吾尝谓古之善言情者，莫备于诗，忠臣孝子之所歌，劳人思妇之所咏，其缠绵恻怛郁悼难言之隐，有令千载下读之者，歌泣流连，不知涕泗之何自。孔子曰："《诗三百》，一言以蔽之，曰思无邪。"思者，情之所发也。有情则有思，有思则不能无言；言者所以宣其思而道其情者也。故曰："不学诗，无以言。"

江东杨君云史，今之诗人，亦即今之至情人也。云史之诗，自甲午迄甲子以还，自订其集为十二卷，都一千四百五十余篇，刊集行世。甲子以后，复编为四卷，亦四百余篇，其间家国治乱，兴亡之感，君亲之痛，朋友之离合，夫妻聚散哀乐之无常，其接于目而萦于胸者，罔不触物抒怀，旰时寄愤。名花丽姬，不足喻其艳也；春鹃秋雁，不足喻其哀也；敛气珠光，不足喻其奇也；高人之幽迹，羽客之仙风，不足喻其芳且逸也。吾读《诗》，至《匪风》《下泉》之念周京，《伐木》之求友生，《风雨》之思君子，"鸡鸣戒旦"之什，妻子好合之章，辄反复低徊而不能自已。君之诗，大都于此三致意焉。其情之固结而莫可解者，不惜长言永叹，以自写其郁决敂罔之思，此盖温柔敦厚之遗，风人之极则也。

戊辰之秋，余来辽东，始一读其全集，乃知古人所谓"情生文，文生情"者，吾于君焉见之。云史自编其集既成，征序于余。呜呼，时至今日，诗教之亡，扫地尽矣。庄子有言："逃空虚者，位乎藜藿鼪鼬之径，闻人足音跫然而喜。"而况乎淫哇之世，一旦闻正始之音而謦欬其侧焉。其为喜更可知也。爰弁之简端，以质当世之读君诗者。逊国后辛未，新城王树枏序。

此序后刊于《青鹤》1934 年第 2 卷第 6 期和《国学论衡》1934 年第 4 期，今贤整理《江山万里楼集》时尚未辑录，故而有完整引出的必要。王树枏 1928 年北至辽东，时杨云史客张学良幕，也在辽东。诗稿第 15 卷有作于 1928 年的《赋赠王晋卿》，其中曰："齿德今师表，居辽近管公。养生本儒术，无欲便仙翁。"把前辈王树枏比作汉末避乱辽东的大儒管宁。王树枏的序作于辛未年（1931），这一年杨圻的诗集编到第 16 卷《强年集》，序中所言"云史之诗，自甲午迄甲子以还，自订其集为十二卷，都一千四百五十余篇，刊集行世。甲子以后，复编为四卷"，恰可相互印证。序言的要义，在一"情"字，王树枏称赞杨云史是"今之至情人也"，并联系《诗经》"变风变雅"的传统，揭示了杨云史遭际家国治乱，其诗触物抒怀，旰时寄愤，多兴亡之感，君亲之痛，和朋友夫妻的人伦至情。这是符合杨云史诗歌的基本特征的。

上图藏稿本的页眉有字迹工整的手书眉批。在卷首杨圻自序后，另一种字迹的识语曰："屑签，汪衮父所批。"另夹一签条曰："册中眉批浮签，皆汪衮父手迹，幸勿失落。"但此稿本上的眉批并非"浮签"，可能是誊清时手民据浮签移录于页眉。汪衮父，即汪荣宝（1878—1933），字衮父，号太玄，江苏吴县人。曾任驻日本公使等职。

与杨云史齐名。诗稿卷17有《赠汪衮甫》诗,诗序曰:"余与衮甫,弱冠订交,在光绪乙未、丙申间,海田再绿,踪迹遂隔,别盖三十余年矣。壬申暮春,重逢故都,苍然俱老,共道畴昔,握手相感叹,而于天时人事之际,盖有不忍言者。衮甫之言曰:'久别今将老,当更相厚,约为昆弟。'感而作诗。"壬申为1932年,此年春3月,国联调查团来华,汪荣宝被派为北平方面之招待委员,在北京。时杨云史又应吴佩孚之召,自常熟复至北京,故友得以见面。次年汪荣宝下世。诗稿上汪荣宝的批语应该就是作于1932年春。但是自第十八至二十卷即作于1933年以后的诗歌页眉上也有若干批语,定非出自汪荣宝之手,其批者为谁,今难以详考。

二、杨圻1927—1937年履历钩沉

杨圻一生经历了晚清逊国、军阀混战和日军入侵,裹杂在历史风浪中,曲折多难。1926年之前的人生经历,记录在该年出版的《江山万里楼诗词钞》中;1938年寓居香港后的情况可从《杨云史侨港诗文钞》中略知一二;而由于续编稿本的散佚,对于杨圻自1926年至1937年这12年的经历遭际,学界则语焉不详,甚至付之阙如。现在依据这新发现的七卷本《江山万里楼诗词钞续编》稿本,我们对杨圻这12年的履历有了较为明晰的了解,大致勾勒如下:

1926年(丙寅),夏秋,国民革命军誓师北伐,吴佩孚兵败两湖;河南的吴佩孚部与奉军联合进攻冯玉祥,亦大败。杨圻于九月秋末,再入郑州,参与战事。冬至日,于郑州军次作《中原纪痛诗》。

1927年(丁卯)正月二十二日,自郑州告假回归江南,时军阀混战,妻徐霞客亡故一年有余,杨圻沉浸在思念亡妻的悲痛之中。春夏避乱淞滨,达五月之久,寓上海愚园路,以鬻文为生。十月,奉晋之战,张学良将军督师保阳,招杨圻往军中。杨圻北上,至北平,经涿州,至保定。四儿丰祚赴法国游学。

1928年(戊辰)春,客张学良幕,在保定军中。二月,从大军征冯玉祥,过邯郸,登赵武灵王丛台。寒食,次临漳,在军中。清明日,开始攻河南,蘲车次磁州。三月初三上巳日,归北平,稊园诗社社集,叶恭绰、关赓麟等招集北海修禊,杨圻方自邺中军次归,大病,不能前往。仲春,久病,作《呕血篇二百二十韵》,怀念怀夫人徐霞客(私谥"怀夫人"——笔者注)。四月,避乱辽东,至大连,游虎滩。夏,游辽东,受张学良命,任总编纂,馆于清帝行宫之西偏前殿。

1929年(己巳),在辽东。初春梅花开时,姬人狄娥(又称小男、美男)坚劝还,游江南,以金尽不果行。仲夏,在辽东听刘宝全鼓曲。三十年前,刘宝全在京师享有盛名;经历变故,故都遂废,刘宝全出关卖艺,在辽东,以正宫之音,演绎前代孝义忠烈故事。杨圻闻歌增怆,有同是天涯沦落人之感,作诗赠之。秋,俄国大举侵边,冯庸率冯庸大学三百学生赴极边助战。作诗壮行。时与俄战,我军败绩。

1930年(庚午),春,以二儿千顷婚事入关,在北京。四月,携狄小男游颐和园、香山。仲夏,回常熟,携狄小男共游北郭王四酒家,游常熟北山、剑门,有诗记之。十一

月,张学良夫人于凤至自辽东南游,绅商设宴款待,杨圻赴宴。时京剧艺术家王凤卿刚从北京归来,坐上相逢,有赠诗。冬,至沪上。昔日情人陈美美闻讯来见。次年春重来沪上,陈美美南归,赠诗,有"叹息情人是故人"句。

1931年(辛未),仲春,樊增祥去世,有挽诗。去年重阳节讹传樊去世,杨圻有《庚午重阳哭樊山》,遍传海内。乡居,为当地流民画梅助赈。春日在上海,遇见故友许震,许曾在洛阳,久事吴佩孚,为参议。丁卯随吴入蜀,今春在海上相遇。辽中友人遗书数问,以诗代简答之。夏秋之交,拟出关,爆发"九·一八",将北上,以津乱折回,复乡居。

1932年(壬申),元旦,吴佩孚至北京,召杨圻往,以日本入侵,乱大作,不能行。正月十三日,家乡日寇麇集,避乱北去。"一·二八"淞沪抗战,作《赠十九路军》。二月至镇江。三月初,重至北京。虽然是重游故都,但多亡国之悲。《壬申暮春在至故都游西苑示霖苍》有"戎马今年盛,歌诗我辈哀"句。

秋,在北京,久病。本年四月,上海十六铺公大鱼行于成山洋面获一大龟,重六百余斤,长七尺半,船员或言当杀之,事载报章。杨圻闻之,谓连年地方大水为灾,不当杀灵物,致书公大鱼行,原倍价赎之放生。鱼行老板忻自康为其义举感动,将龟放生,不索一钱,唯愿得杨圻一诗以寿世。杨圻作有《赠忻自康》,记放龟事。

9月18日,东北三省已亡于日寇,奉天省长翟文选亦居北京,出《访碑图》,杨圻题诗,有"碣来带甲满天地,留得江头片石无"句。

1933年(癸酉),在北京。二月,日寇侵犯热河,张学良命万福麟引军六万往援督战,溃败,日寇遂窥北平。时宋哲元、孙殿英两军将士义愤神勇,苦战经月,连战皆大捷。杨圻作诗以纪两将军之功。

三月,苏炳文归国。苏于前年秋苦战抵抗日寇,去年冬失败,入俄境,居俄数月,今取道欧洲归国。苏将军是杨圻诗友,杨作《喜苏炳文将军归国》。

5月31日中国政府与日本侵略军签订了丧权辱国的"塘沽协定",杨圻此日作《癸酉端午前三日纪痛》。7月23日,爱国志士孙桐岗自费购置飞机,命名"航空救国号",飞行万里,于7月23日下午抵达南京明故宫机场,杨圻闻之,赠以长句。

10月,四川军阀长期相互厮杀混战,被徐向前率领红军击败,杨圻作《蜀国弦》。

1934年(甲戌),3月1日(农历正月十六),在日本导演下,溥仪在长春"称帝",杨圻作《上元之夕》。

夏秋,江南大旱持续三月,友人寄示田畴照片,龟拆万顷,稻枯如乱发,西湖水涸为陆,作《西湖采莲曲》。8月20日,岳丈李经方卒,9月朔,作《哭李侍郎经方外舅》。重阳节,在大连,同人宴集,未能与会。十月九日,携小男同游万牲园看菊,有诗。除夕,作《甲戌除夕》,有"一年忧国泪,半世异乡人"句。

1935年(乙亥),冬十月,移居清王室善耆的肃邸东园偶遂亭,人事变易,反客为主,慨然有感,作《移居偶遂亭》。时日本为达到侵占华北目的,阴谋计划"华北五省自治",何应钦被迫与日人签订《何梅协定》。杨作诗《却寄子威长沙》,有"危城如风烛"之叹。此年南方水灾,北方干旱,"冬来嗟祁寒,饿殍亦数千",作《哀流民》《流民》诗。

1936年(丙子),闰三月初九日,偕狄美男、五儿吉孚自北京至青岛游玩,赏樱花,游崂山、白云洞、华严寺、斐然亭,半月未闻晋陕战事、平津消息,直如世外桃源,作诗纪游。青岛市市长沈鸿烈(字成章)设宴热情招待,又盛馈钱送,杨圻即席赋别。六月七日,集庚子、辛丑同年六十余人聚会于北京稷园,契阔三十年,易代沧桑,后凋松柏,乱离重聚,大慰平生,赋《赋尘诸同年》以志感。

初秋,离开北京三年的梅兰芳夫妇航空北来,谋救梨园饥苦,杨圻美其风义,作四绝句相赠。

11月下旬,国民党绥远省主席兼35军军长傅作义先发制人,出奇制胜,取得"百灵庙大捷",是绥远抗日战争中影响最大的一次战役。时当大寒,国人争制寒衣,输往前军。杨圻作《寒衣曲二首》,印数万,随衣附赠,表达对前方将士的敬爱之情和勉励之意。杨圻作诗赠傅将军,傅作义将军回赠《涿州战纪》,并张筵纪贺,杨圻即席走笔赋二绝句。

1937年(丁丑),二月廿九,为康有为逝世十周之辰,杨圻约北京名流发起追悼大会,作《康长素先生逝世十周祭文》。会上,徐良(字善伯)陈列所藏康有为画山水幅墨迹,观者千人,事毕,应徐良嘱,题康有为山水幅。

上巳日,青溪诗社同人社集赋诗。

时极贫困。杏花信风,思游西山,以无游赀不果,颇不怿,作《怅春游》,感叹"青春须是黄金买,如此风光但闭门"。夫人狄美男典卖衣饰,供办清游,才得成行。

冬至日,凭吊赛金花(赵灵飞)墓,撰《灵飞墓诗碣》,附记灵飞事迹。

通过上图藏七卷本编年诗钞,我们可以对杨圻自1926至1937年的履历有较为清晰的勾勒,可以弥补目前学界对杨圻生平研究的缺憾。

三、抗战时的杨圻诗歌

杨圻一生的思想情怀,经历了从逊清遗少到爱国志士的转变。在1926年的《江山万里楼诗钞自叙》中他说,"当少年时,亦尝长揖王侯,驰骛声誉,以求激昂青云,致身谋国",可谓意气风发;但是进入民国后,所看到的不过是军阀混战,民不聊生,"其间英雄豪杰之自起自灭,以至得失兴亡成败生死之迭为变化者,不知其几何人矣",他采取"无与"其间,超然世外的态度。他"性疏野,乐文字,喜山水,既幽居则心萧然闲,身悠然逸","盖举世扰攘,而我独乐之秋也"。这是他在1920年前后的真实生活和心境。青年时期,别人称他为诗人时,他"色然怒",因为当时意在功名,志在经世,不甘以"诗人"自居。而在民国后返家闲居时,他甘心以诗人自居,闻人称其为诗人时"则欣然喜"。他感慨说:"嗟乎,我何幸而为诗人也!"在万事不可为的当下,能以诗人赢得生前身后名,可谓幸事。"抑闻海内人士誉我者曰:云史诗如少陵。嗟乎,我又何不幸为诗人而为少陵也。"遭遇了与杜甫一样的乱世,从而赢得"诗史"之名,不也是时代的不幸吗?

至20世纪20年代杨圻入吴佩孚幕府,感激吴佩孚的知遇之恩,杨圻当时抱着"三分定后我收舌"(《过正定赠赵欣伯顾问》)的念头,但并没有多少积极进步的思想倾向,甚至仍然忠心于逊帝,怀念着往日大清的荣华和恩德。如果要搜寻他这时思想情怀中值得肯定的内容,那就是发扬了传统的"诗史"精神,用诗歌记录了晚清逊国、军阀混战的时代动荡及其给百姓带来的苦难。如《南昌军幕感怀》有句"白骨如山诸将贵,黄金满地五丁愁";《由津浦路南归青徐道中作》曰:"午雨溪流活,春山药气醲。川原明似锦,盗贼密于蜂。县僻无人迹,村荒有虎踪。如何谈治理,不以计兵农。"《哀中原》《榆关纪痛诗》等都是关切时政的诗篇,他甚至还告诫吴佩孚:"将军如有意,第一是苍生。"(《吴将军自宜昌见招遂西行》)但是,正如杨圻坦言:"逢人誉我称诗史,语自心伤故国来。"(《南海招饮,游存庐,同坐者季高、一山、积余,惟病山夫子、古微丈以事未至,即席》)他获得"诗史"之誉,主要是凭借《檀青引》《长平公主曲》之类记录清代盛衰、忧伤念乱、慨叹兴亡、怀念故国的长篇叙事诗。在这位贵胄子孙的笔下,真正触及底层百姓苦难的作品并不多。

由于续编稿本的散佚,学界对于1927—1938年这一段时间杨圻诗歌的思想内容缺少认知。如校点本《江山万里楼诗词钞·前言》说"自民国十六年(1927)至民国三十年(1941)"为杨圻"赋闲时期","杨圻居北京日所为诗歌,多投赠应酬之作……并没有很高的价值"①。现在,通过这新发现的七卷本《续编》手稿,我们对杨圻这一时期的思想情怀有了比较真切的了解。大致来说,七卷稿本《续编》的诗歌内容主要包括以下几个方面:

(一)悼亡。杨圻先娶李鸿章孙女李国香为妻,1900年李氏卒,1903年续弦漕运总督广东按察使徐仁山之女徐霞客,伉俪笃情二十余年。1925年,杨圻在岳阳,徐霞客往依之,八月二十八日病逝。时战事紧急,三年颠沛,弃柩四次,悲痛之情,难以遣怀,为妻定了私谥"怀夫人",先后作了《哭亡妻怀夫人》《悼亡》《秋柳怨》等悼亡诗,既是痛哭爱妻之亡故,也寄托在烽火离乱中的现实悲愿。其中以1928年作的长篇叙事诗《呕血篇二百二十韵》最为著名,诗歌叙述了二人结发为夫妇廿余年,同心恩爱、甘苦与共的生活,交织着对国家变故、个人遭际的沉痛感慨,以《呕血》命篇,字字血泪。此诗曾题《呕血吟》单独铅印行世,然今日各家辑佚均未收录此诗,颇为遗憾。

(二)纪游。杨圻是贵公子孙,一生爱山水,好清游。早年任驻新加坡领事时,曾创作了大量记游诗,描绘南洋风光和域外生活。1927年回到江南后,他也作了不少记游诗,特别是1930年四月,携夫人狄美男入关回常熟;后来寄居北京,郊游西山;1936年游青岛,都创作了纪游的诗篇,有的发表在报刊上,引起关注。杨圻弟子李猷在《近代诗选介》说杨圻"幽深清秀之诗,……盖得力于王、孟、韦、柳者甚深",应该是指这些记游诗。

---

① 杨圻著,马卫中、潘虹校点《江山万里楼诗词钞》,上海古籍出版社2003年版,第14-15页。

（三）悯民。1927年吴佩孚兵败入川，杨圻回归常熟，后至上海，穷困潦倒，靠鬻诗画谋生，真正接近了底层百姓的生活。因此，能将笔触伸向底层，表现乱世中百姓的困苦。这类诗篇在《续编》中显得尤为突出。如《拉夫行》，针对长期内战，军队所过之处，强拉百姓为拉夫的现实，特写两老妇的老翁和稚子分别被抓去的凄惨场景，抒发对百姓在乱离中生离死别的悲惨遭遇的同情，让人联想到杜甫的"三吏""三别"。汪荣宝批云："民国以来，军阀构兵战斗无宁岁，海内骚然。读此可知战地百姓之苦，可与少陵《垂老》《无家》诸'别'同看，无愧'诗史'。此诗可与少陵《陈陶斜》诸作并传千古矣，不图今世乃有子美其人。"《耕烟谣》叙写西南、秦蜀各省官吏逼迫农民种烟得厚利，种麦者收入微薄，税无从出，则卖妻鬻子，流离逃亡。诗人感叹："呜呼，有田无麦难求饱，万顷耕烟种瑶草！"1931年江南水灾，杨圻曾画梅助赈，其《辛未夏秋之交苦雨一月田禾尽没》诗，感叹曰："天心今可测，下箸泪纵横。"此时乡居的诗人与百姓一同遭遇这场灾害，并用诗歌记录了百姓卖儿鬻女的惨烈绝境。《卖儿辞》二绝，其一曰："米贵儿身贱，能充几日粮。临行教儿语，须学叫人娘。"五古长诗《罪人我良民》中曰："杯酒价万钱，是用一夕娱。浓宵不肯曙，天街雪花粗。宁闻歌舞外，寒屋有欷歔。"揭露严峻的贫富对立，走投无路的百姓，揭竿为盗，官逼民反，说是"罪人"其实都是"我良民"。每一次自然灾害发生时，各级官吏都会乘机囤积居奇、盘剥欺压，天灾加上人祸，将百姓推向深渊。佚名批《罪人我良民》云："作者忧深念乱，爱民如子，故亲切恳至，从肺腑中流出。二十年来未见诗人有此等己饥己溺之怀。作者写民间疾苦诗甚多，直与少陵诸乐府并足千古。"《西湖采莲曲》《哀流》等作，都是揭露惨绝人寰的现实灾难。

杨圻《书工部集》曰："哀歌答君国，异代不同时。宇宙何多难，风流我所师。"他的这些诗篇就是继承和发扬了杜甫、白居易的新乐府精神传统，将笔触伸向现实，抒写百姓的苦难哀号，这是传统"诗史"精神的再现，具有重要的现实意义。汪荣宝和佚名的批语也多次指出杨圻秉承了杜甫诗歌精神。当然，杨圻思想存在严重的局限，他没有认识到百姓苦难的根源，更没有指出现实出路。在描绘现实苦难的同时，他往往又回溯，追怀清朝的"盛世"。如《拉夫行》中曰："嗟此乱离民，昔为太平狗。眼中见开元，斑白守畎亩。由来安耕凿，帝力知何有。"《罪人我良民》中有曰："在昔清朝时，安居有田庐。"其实在晚清时，他是官宦子弟，哪里体会得到当时百姓的困苦呢！便天真地以为那时是开元盛世。

（四）抗战。马卫中先生在《江山万里楼诗词钞前言》中说："抗日战争的爆发，杨圻作为中国传统知识分子，其身上的民族自尊心和民族责任感再一次让其晚节大放绚彩。……他的诗歌也记载了中华民族所遭受的前所未有的国难。"①这主要还是根据《杨云史先生侨港诗文钞》得出的结论，是正确的。曾粗粗翻阅狄美男所携诗稿的李猷在《杨圻传》中说："若读圻抗战以后诸作，于国家民族呼吸存亡之际，真能大

---

① 杨圻著，马卫中、潘虹校点《江山万里楼诗词钞》，上海古籍出版社2003年版，第15页。

声疾呼,振奋人心,挞伐强敌,无愧以诗歌报国。"①杨圻中年入军阀幕府时,就以诗纪史,作了《榆关纪痛诗》《中原纪痛诗》等记录国内的军阀混战。随着时局的转变,他的诗歌转向叙写中外战争,起先是1929年中俄战争,我方败绩,杨圻时在辽东,作了《酒后大雪登辽东城有感》《雪后登酒楼》等。随后是日军的侵略。1931年"九·一八"事变,马占山任黑龙江省政府代理主席兼军事总指挥,和东北军第十五旅旅长苏炳文,率领将士奋力抵抗日本侵略军,打响了抗日第一枪。苏炳文作《岁暮感怀》四律相寄,其中有"正气有歌文宋瑞,鞠躬报国武乡侯",杨圻读后,赞叹其"忠愤之气,虎虎行间",庆幸"兴安岭外呼伦一隅,犹岿然无恙",奉答四绝句。其三曰:"举国裁衣寄战场,孤城几见与存亡。将军一战惊天下,早日谁知马秀芳。"(马占山,又名马秀芳——笔者注)自注:"孤军抗日者四月,义声闻天下,后以弹尽援绝,偕苏炳文入俄。"其四曰:"拔剑高歌君莫哀,急如星火借诗催。杨圻发白心犹赤,愿共诸侯歃血来。"杨圻虽然是一介书生,手无寸铁,但是面对日军的侵略,他满腔赤诚,愿与抗日将士歃血同盟,生死与共,表现出爱国主义的情怀。战火很快蔓延到江南,1932年初,日军进犯上海,时杨圻乡居,日寇进乡,小邑屯兵三万,"避世今无地,扁舟去国吟"(《梅花半开日寇方急小邑屯兵三万避乱北去壬申正月十三日也》),恰逢故主吴佩孚在北京相邀,于是杨圻北上避乱,不久爆发了"一·二八"淞沪抗战,杨圻作了《赠十九路军》:

赠十九路军

我国外患,至今日而极;日本之暴,以今年为甚。引狼入室,沪战遂开。独赖我十九路军蔡(廷锴)、蒋(光鼐)、翁(照垣)、戴(戟)诸君,八十八师俞君(济时),投袂而起,酣战四十日,节节胜利,天地变色,寰球震惊。目睹不刊之奇功,喜而赋此。

一战昆阳楚汉分,及身犹见气如云。貔貅百战几男子,天地英雄十九军。

安有奇才用斗量,担当天下但肝肠。古来人物无多少,几个男儿定一场。

惯看鹰犬说奇勋,义战今番第一闻。屈膝不劳丞相计,朱仙飞渡崔嵬军。

引狼数见中行说,破敌咸惊戚继光。三十七年忧恨事,少年我已鬓成苍。(甲午割地赔款,为边患之始,至今三十七年。)

此诗讴歌了十九路军英勇抗日,建立奇功。奋迅之气,一如杜甫的《闻官军收河南河北》。至北京以后,他先后作了《二月下旬喜闻长城诸隘口宋孙诸军大破倭寇,赠两将军》《喜苏炳文将军归国》《癸酉端午前三日纪痛》《赠傅宜生将军》《百灵庙大庙之

---

① 杨圻著,马卫中、潘虹校点《江山万里楼诗词钞》,上海古籍出版社2003年版,第701页。

捷,歌女亦首往慰劳。傅宜生将军赠余涿州战纪,方张筵纪贺,即席走笔》等诗歌,可见诗人恫懔时局的情怀与国家的安危一起跌宕。他那随寒衣一起运往前线分发至将士手中的《寒衣曲》第一首末四句曰:"壮士听我言,急起勿失机。披衣开步走,提刀去如飞。"这是激励将士奋勇杀敌的嘹亮军歌。第二首末四句曰:"春来脱衣时,衣锦还家乡。金鞭敲马镫,壮士意飞扬。"等待将士凯旋。这些诗篇洋溢着爱国主义精神,无疑具有激发斗志、振奋人心的积极意义。

1933年,孙桐岗驾机飞行万里归国,杨圻赠以长句,前有诗序曰:

> 自战器日新,战术因而日异,我中国乃为无备之国矣。昔胡林翼登高望见汽船,利涉风涛,如履平地,大惊失色,谓五十年后中国不国,于是乃有海军之设。今各国空军皆以数千架或万计,而我国飞机购自他邦,苟有而已。空军人材别为一门,非陆海军士所能。苟无其人,与无机同。他日敌军谋我,从天上来,将何以御之?我故甚望国家设部建厂,制造飞机,训练人材,以备缓急。虽晚,犹可图也。否则,名城大市劲旅良民必有糜烂于飞机之一日,故于桐岗之能空军,尤望国家重用,使之教练健儿,以起国力也。

孙桐岗后来在济南办航空学习班,并率众赴意大利学习,任空军第二大队副大队长,在抗战中建立功勋。杨圻的这一段议论具有卓见,也体现了他对实学的重视。早在1926年的《江山万里楼诗词钞自序》中,他颇为颓唐地感慨自己"诗人"的头衔,甘愿以"诗人"自居;而至1939年在《江山万里楼诗词钞续序》中,他指出:"当今之世,诚宜培养士类气节,修治兵农实学,以拨乱反正之志,备体国经野之用,储待国家之需,所谓考据文章,虽不治可已。"这正是在抗战形势下,中华民族处于生死存亡的危急关头,杨圻思想的转变。李猷曾说1927年以后杨圻的诗风"也在慢慢蜕变的期间"①,的确,通过这部新发现的《续编》稿本,我们可以梳理出杨圻诗歌主题如何从叙写军阀内战,转向歌颂抗日救国;其思想情怀如何从逊清遗少,转变为爱国志士。

---

① 杨圻著,马卫中、潘虹校点《江山万里楼诗词钞》,上海古籍出版社2003年版,第735页。

葵晔·待麟：罗郁正与清诗英译

江 岚

中国古典诗歌的英译与传播，经历了一个从《诗经》译介起步，到唐诗译介进入一个高潮期，再逐步向各朝代诗歌译介纵深发展的过程。早期为此奠定基础并推动这个历史进程持续迈进的主要力量，是一批出自来华传教士、外交官员或商贸人员群体的汉学家，其中鲜见华裔的身影。在19世纪末20世纪初，这一批早期汉学家在旅华的时间段里，清诗对于他们而言是"现当代"的文学作品，不在"古典"的范畴之内。因此，虽然清诗被他们或多或少地注意到了，但并未引起足够的重视。

20世纪中叶以前出版的各类有关中国的英文书籍里，零散可见一些清代的"诗歌"英译，不过这些"诗歌"都是笔记小说、民歌戏曲、传奇故事里的内容，离中国传统严肃文学的"诗歌"定义距离太远。而且译介的目的也大多不在于介绍清诗，而是在介绍中国当时的社会状况或民俗民情之时顺带提及。

谈到中国古典诗歌的艺术特色与成就，一般认为清诗既无法与唐、宋抗衡，也不配与同时代的小说、戏剧相提并论。早在20世纪20年代，梁启超就曾经在《清代学术概论》中断言，清代诗歌"真可谓衰落已极"。这种评价在被王国维明确概括并广为流传的"一代有一代之文学"的观念框架之中，被反复强调，形成清代文坛上只有小说堪为关注，清代文学研究唯小说独尊的局面。这些观点严重阻碍了世人对清诗的客观研读，在本土学界尚且如此，外邦学者对清诗的轻视也就不难理解了。

毫无疑问，清诗在中诗英译领域的整体缺席，必然影响英美学界对中国诗歌演进历程这一有机整体的基本认识，影响对中国古典文学总体的文化传承和历史连续性的宏观总结，也必然影响对近现代诗歌发展源流的客观判断。这一点不仅引起了后来新一代英美汉学家们的注意，更促使华人学者提起译笔去填补这一空白。

罗郁正便是为清诗英译做出了卓越贡献的一位华人学者。20世纪中期以后，华人移民群体的受教育程度、综合人文素质较过去总体提升，在美国的生存状态也相应改变。在他们当中，涌现出一批华人学者译家。他们为中国古典诗歌的英译和研究带来了不同的观照角度和立场，大大增强了译介和研究的力度，促使古典诗歌开始了从母体语境向西方文化语境的主动进入。因此，中国古典诗歌及其内在文化元

---

* 作者为美国新泽西州威廉·柏特森大学关键语言研究中心主任。
本文由《人大复印资料·中国古代、近代文学研究》2015年第4期全文转载。

素对美国文学艺术界产生了比过去更广泛、也更深刻的影响。

这一时期较为知名的华人学者,首推创立比较诗学理论体系,享誉中西学术界的刘若愚先生。在潜心研究中国传统诗论的基础上,刘若愚结合西方文论,形成了自己独特的诗学观念和评论标准。"用西方读者易于接受的术语介绍和阐释中国传统诗学,既让西方读者感觉通俗易懂,又以其饱含西方学术素养的系统批评方法为习惯于中国传统文论术语和思维方法的东方读者拓展了视野。"①中美建交之后,美国的知识界和社会大众对中国以及中华文化的关注进入一个高潮时期,柳无忌、叶维廉、罗郁正、吴应熊、余宝琳等华人学者先后加入了这个行列。他们各显身手,带着跨文化传播的高度自觉与使命感,通过著书立说和讲授相关的大学课程,大力推介中国古典文学。

在这批华人学者里,罗郁正教授对清诗英译与传播的贡献可圈可点。在西方学界对清诗的认识由贬斥到正视,对清诗的译介由零散走向系统的进程中,罗郁正所主持编译的两个重要中诗英译文本,《葵晔集》和《待麟集》,前者辟出专章译介清代诗人及他们的作品,后者更是清诗英译的第一部专著。

一、罗郁正生平及主要学术成果

罗郁正(Irving Yucheng Lo,1922—2005),1922 年出生于福建福州,家境殷实,从小接受私塾的启蒙教育。先后在上海圣约翰附中、圣约翰大学文理学院英文系求学。1947 年,大学毕业后的罗郁正偕妻子邓瑚烈(Lena Dunn Lo)远渡重洋,赴美求学。先在哈佛大学获得英国文学硕士学位,后进入威斯康星大学攻读英国文学及比较文学的博士学位。1952 年,经由原上海圣约翰中学的英文教师 Rosa May Butler 的推介,罗郁正进入亚拉巴马州的斯蒂尔曼学院(Stillman College)英文系讲授英国文学,其间加入了美国籍。随后他曾先后在密歇根州西密西根大学(Western Michigan University)、艾奥瓦大学(The University of Iowa)执教,讲授英国文学和比较文学的课程。1967 年,罗郁正受聘为印第安纳大学东亚语言文学系(Department of East Asian Languages and Literaturesat Indiana University)教授,数年后担任该系主任兼东亚研究中心主任。

罗郁正的第一本中国古典诗歌译介专著,《辛弃疾》(Hsin Ch'i-chi),作为知名的《泰恩世界名家丛书》(Twayne's world authors series)中国作家系列专辑之一,于 1971 年出版。在这本译著里,罗郁正详细介绍了辛弃疾的生平,也介绍了"词"作为一种中国传统诗歌形式的发展源流、格式和特点。书中翻译并赏析辛弃疾词作 40 首,继而根据这些词作的内容,将辛弃疾创作的主要特色归为"带有英雄色彩的爱国主义风格"。

1975 年,罗郁正与他在印第安纳大学的同事,另一位华人学者柳无忌(1907—

---

① 詹杭伦《刘若愚:融合中西诗学之路》,北京出版集团 2005 年版,第 49 页。

2002)共同主编的英译中国历代诗词曲的大型选集《葵晔集:汉诗三千年》(Sunflower Splendor : Three Thousand Years of Chinese Poetry)一书出版。此书有中、英文两个版本。英文版由英、美两地 50 多位学者合力,译出中国历代共 145 位诗人近 700 余篇作品,其中罗郁正本人翻译的将近 150 首。

除两位编者外,此书译家群中汇集了美国汉学界大批宿将新秀。有刘若愚、傅汉思(Hans H. Frankel)、薛爱华(Edward Schafer)、马瑞志(Richard Mather)等当时已声名显赫的大家,还有柯睿(Paul W. Kroll)、宇文所安(Steven Owen)、倪豪士(William H. Nienhauser, Jr.)等后来成就斐然的学者。附录中还包括了所录作品及作者的详细背景介绍、中国朝代与历史时期表,内容丰富,体例完备,是最早、最完整的中国历代诗歌中西合璧译本。此书最后一章"悠久传统:承继与挑战(In the Long Tradition: Accommodation and Challenge)",选译明、清、民国及以后共 25 位诗词名家的作品,其中清代占了一大半,包括钱谦益、陈子龙、吴伟业、朱彝尊、王士禛、纳兰性德等 14 人。

《葵晔集》出版后在美国引起了很大的反响,不到半年即印行 1.7 万册。《纽约时报》每周日版的《纽约时报书评》(The New York Times Book Review)于当年 12 月 21 日在首页全文刊出布朗大学(Brown University)亚洲研究系比较文学教授 David Lattimore 撰写的书评,称该书是"迄今为止最完整、最好的中国诗歌西方语言翻译文本"。《出版商周刊》(Publishers Weekly)、《华盛顿邮报图书世界》(Washington Post Book World)等报章杂志也给予此书很高的评价。此后美国多家大专院校的相关科系采用《葵晔集》作为中国文学课的教科书,并沿袭至今。此书后来被再版及重印的次数与数量,堪为同类书籍之最。

1986 年,罗郁正与 William Schultz 教授合作,召集 39 位北美学者从清代诗词作品中遴选、编译成中国清代诗歌选集《待麟集》(Waiting for the Unicorn: Poems and Lyrics of China's Last Dynasty, 1644—1911)。此书同样有中、英文两个版本,导言引李白《古风》和杜甫《寄张十二山人彪三十韵》,以明期待太平盛世之"待麟"题旨。内容划分为 17 世纪、18 世纪、19 世纪三大部分,沿用英文"Poetry"的宽泛定义,诗、词兼收,包括钱谦益、吴伟业、陈维崧、纳兰性德、袁枚、蒋士铨、龚自珍、王闿运、黄遵宪、康有为、王国维等 72 位清代名家的作品,中文本计 398 首,英文本译出 328 首,绝大部分诗歌都是首次被译成英文。《待麟集》对清诗的肯定,以及书中所展现的清代诗家阵容、作品数量与诗风演进历程,使之成为清诗断代英译的开山文本。

除了上述译著之外,罗郁正还曾担任《英译文学百科全书》(Encyclopedia of Literary Translation into English)的编辑顾问,为这部囊括从上古至现代全世界非英语国家名作家的大型工具书撰写陶潜、白居易、李商隐、李清照及辛弃疾等人的作品英译简介,并曾为《大英百科全书》(Encyclopedia Britannica)撰写温庭筠等人的词条,为《20 世纪世界文学百科全书》(Encyclopedia of World Literature in the Twentieth Century)撰写闻一多、徐志摩等诗人及其作品的介绍,也曾经将周恩来、北岛、顾城等人的诗歌作品译成英文介绍给西方读者。

在他执教的印第安纳大学,罗郁正从1975年起担任该大学出版社的《中国文学翻译》(Chinese Literature in Translation)丛书与《中国文学、社会研究》(Studies in Chinese Literature and Society)丛书的主编,1979年起为《中国文学:随笔、报道、评论》(Chinese Literature: Essays, Articles, Reviews)杂志编辑组成员、顾问委员会成员。

1989年退休之后,罗郁正曾在新加坡国立大学中文系讲学两年,也曾多次应邀到中国大陆等地进行学术交流活动与短期讲学。2005年7月,这位平生致力于中国文学翻译与传播的华人教授于新泽西家中去世。

二、清诗英译的概况

英语世界对中国古典诗歌的兴趣,在相当长一段时期内主要集中在英译唐诗。那些古老诗句的英文文本为英语世界带来新鲜的阅读经验与巨大的文化冲击,唐诗英文译介的文本到今天还层出不穷。宋词或元曲能得到译家、学者和作家们一定程度上的关注,其形式上与唐诗的显性差异是一个很重要的原因。而对清诗所知甚少且评价消极的现象普遍存在,清代文学作品的英文译介以小说占压倒性优势,诗词不仅被冷落,几乎可以说是被蔑视。认为清诗词乏善可陈的偏颇评价,在当时与中国文学或诗词相关的书籍或文章中并不少见。

英国汉学大家哈伯特·翟理斯(Herbert Allen Giles,1845—1935)编译中国诗词选集《古今诗选》(Chinese Poetry in English Verse,1898)一书,从《诗经》开始按朝代选译中国古典诗歌近200首,唐代以后仅录入袁枚一人一首而已。在其鸿篇巨制《中国文学史》(History of Chinese Literature,1901)当中的"清代文学"一章里,翟理斯认为"当朝的,尤其是19世纪的诗歌,只能说是些人为的工巧句子,充斥着那些毫无情趣的观察者的粗俗。1857年出版的辑录了近200名代表作家的诗集,也没什么可读性,更无任何思想性可言"[①]。为他所称许的清代诗家只有袁枚、赵翼等寥寥数人。

1904年,有一本题为《广东情歌》(Cantonese Love Songs)的汉诗英译文本面世。因其中文原著刊行于清代,往往被误认为是清代诗词专门英译本。实际上此书译自清代文人招子庸编选辑录民间唱本《粤讴》,由第17任香港总督Sir Cecil Clementi(1875—1947)翻译成英文。此书虽也归于"English-translated Chinese Poetry"(英译汉诗)的类别之中,究其内容却是坊间的唱词俚句,不在中国正统严肃文学的"诗词"范畴之内,不能算作清诗英译的专门文本。在这一时期,英译清代诗词只是散落在一些中国历代诗歌英译的合集里。众多清代诗词名家之中,最早被译家们关注的是袁枚及其作品。

1916年,英国前拉斐尔派诗人劳恩斯勒·克莱默-班(Launcelot Alfred Cranmer-Byng,1872—1945)的第二本汉诗英译集《灯之飨宴》(A Feast of Lanterns,1916)作为

---

① Giles H. A. A History of Chinese Literature. D. Appleton And Company,1901:416.

《东方智慧丛书》(Wisdom of the East Series)之一出版。此书正文选译历代诗人作品近60首,以袁枚作品数量最多,一共9首,被编在全书压轴的位置,并取其中第一首的诗题"灯之飨宴"为书名。此外,克莱默-班还曾经在专门选登小历史故事的月刊《金色书本杂志》(The Golden Book Magazine)上发表过题为"神秘土地"的文章①,是袁枚《子不语》书中故事的译文。

克莱默-班不是经院派的汉学家,受翟理斯引导进入中国古典诗歌的世界。他的英译汉诗虽是对他人译本的再加工,不见得更接近原作,却更切合西方读者的审美情趣,以语言优美、诗意灵动见长。他的数本中国古典诗歌重译作品,《长恨歌及其他》《灯之飨宴》《玉琵琶》流传至今仍在不断被再版重印,其影响已经远远超出了文学界的范畴。

1921年,由著名美国作家、报人约瑟夫·法兰西(Joseph Lewis French,1858—1936)主编的《莲菊集:中日诗选》②一书中,可见到的清诗有袁枚作品10首,9首直接转录自克莱默-班的《灯之飨宴》和《玉琵琶》,还有一首是美国翻译家爱德华·马瑟斯(Edward Powys Mathers,1892—1939)对克莱默-班文本的转译。1917年,美国作曲家查尔斯·汤姆林森·格里费斯(Charles Tomlinson Griffes,1884—1920),从《灯之飨宴》一书中选取袁枚的同题诗,谱成声乐与钢琴曲,收录于他的《古中国与日本诗五首》中出版。③此后,英国作曲家格兰维尔·班托克(Sir Granville Bantock,1868—1946)从《玉琵琶》和《灯之飨宴》两书中选取克莱默-班译诗32首,谱成六组声乐套曲,题为"来自中国诗人的歌",先后于1918年到1923年间陆续在伦敦出版。④其中为袁枚作品《灯之飨宴》的英文版谱成的曲子最受欢迎,近年还有声乐家在美国华盛顿D.C.的国际音乐节上演唱。

克莱默-班是一个诗人,他的译笔只为了向英美读者传达他自己所体味到的中国诗歌之美,并不拘泥于原文的字句。就袁枚这首《灯之飨宴》而言,笔者几乎查遍现存袁枚诗稿,却找不出对应的原文。但无论后来评家如何贬斥克莱默-班译本既无信也不达,他都当之无愧是向英美世界译介清诗的先驱者之一。此后相继出版的各种历代汉诗英译选本里,即便能见到清诗词作品,也只有一两首,雪泥鸿爪而已,篇幅及影响都远远不能与《灯之飨宴》相提并论。

1918年,美国翻译家詹姆士·威特沃(James Whitall,1888—?)在纽约出版的《中国歌辞:白玉诗书》⑤一书里可以见到纳兰性德的作品。1947年,著名美国传记作家、诗人罗伯特·佩恩(Pierre Stephen Robert Payne,1911—1983)编著的《白驹集:中

---

① Cranmer-Byng L. A. The Secret Land, by Yuan Mei. The Golden Book Magazine,1926(4).
② Mathers E P. Lotus and Chrysanthemum: An Anthology of Chinese And Japanese Poetry. Liverlight,1921.
③ Griffes C. T. Five Poems of Ancient China and Japan.[s. n.],1917:32.
④ Bantock S. G. 5 Songs from the Chinese Poets. J. & W. Chester,1918—1923:76.
⑤ Whitall J. Chinese Lyrics from the Book of Jade. Translated From the French of Judith Gautier. B. W. Huebsch,1918:12.

国诗选集》①出版,选诗的时间跨度很大,从《诗经》一直到近代,每朝代一章,一共只有60余首,"清代诗歌"下只收录了纳兰性德一人的3首词作。而且,此书的翻译是佩恩召集当时的中国学者们完成的,并非出自英美汉学家或作者之手,在英美的流传十分有限。

直到1933年,加州大学的知名汉学家,以译出《西厢记》知名的亨利·哈特教授(Henry H. Hart 1886—?)出版《百姓诗:中国诗歌简介》②,相形之下更受学界关注。此书以朝代选诗,"清代诗歌"一章译出清诗词作品45首。最后一章"更多诗歌"随机收入各朝代诗词,又可见清代作品4首。全书总计译出49首,《百姓诗》因此成为最早辟单章集成介绍清诗词的英译文本。

不过,哈特教授在此书前言题为"中国诗歌史"的第一部分当中,述及中国诗歌自《诗经》以来的传承、流变、代表作家及创作特色,对清诗仍是不以为然:"在满洲统治的250年间,诗词创作的数量巨大。乾隆皇帝一个人就写了九百余题,三万三千余首,格式工整而毫无生气,不值得翻译。19世纪最知名的中国诗人是袁枚(1715—1797),他的才学与智慧显然是辉煌唐代的回响。但大多数清代诗词作品都不过是生硬、工整的句子,缺乏形式上和内容上的美感。只有女性诗人们是例外,像明代一样,很多女性写出了优美的诗句。"③

到1938年,哈特又出版了《牡丹园:中诗英译集》④。此书所选译的诗歌也按朝代排列,清代部分选徐灿、王士禛、孙云凤、吴藻、袁枚、席佩兰、樊增祥等人作品30余首,以女性的作品居多。与《百姓诗》选诗的着眼点不同,如哈特在译序中的自述,这些诗歌都是他自己在中国诗歌的烟海当中,所特别偏爱的那些。因此,书中所呈现的既不一定是公认的各朝代名家,也不一定是各家具有代表性的作品。哈特这两本译著最显著的特点,就是对清代女性诗词作者的大力推崇和充分肯定。除此之外,他对袁枚的称许,以及对清诗词总体的不以为然,都与翟理斯遥相呼应。

1962年,有华裔血统的罗旭龢(Sir Robert Hormus Kotewall, 1880—1949)与Norman Smith合作,译出《企鹅丛书·中国诗词》⑤。全书仅有80多页,除李白、王维、白居易、袁枚、胡适等少数几位而外,其他众诗家每人名下只译一首作品。这本

---

① Payne, Edt. The white pony: an anthology of Chinese poetry from the earliest times to the present day. J. Day Company, 1947: 54.

② 此书于1933年由加州大学出版社初版时,中文书名为《百姓》,英文书名为: *The Hundred Names: A short Introduction to the Study of Chinese Poetry*. 后中文更名为《百姓诗》,英文也更名为: *Poems of the Hundred Names: A Short Introduction to Chinese Poetry Together with 208 Original Translations*, 于1935年由斯坦福大学出版社再版。后数次再版与重印都基于1935年史丹佛版本。

③ Hart H. H. Poems of the Hundred Names: A Short Introduction to Chinese Poetry Together with 208 Original Translations. Stanford University Press, 1954: 19-20.

④ Hart H. H. A Garden of Peonies: Translations of Chinese Poems Into English Verse. Stanford University Press, 1938: 16.

⑤ Kotewall R, Smith N. L. The Penguin Book of Chinese Verse. Penguin Books, Ltd. 1962.

小书在当时能引起人们注意的重要原因,便是此书选诗以《诗经》始到冰心止,时间跨度相当大,而且唐、宋、明、清各朝所选入的诗歌在数量上差别不大。清代诗家有18位,与唐代数量相等,旗鼓相当,突破了长期以来英译中国诗歌选本中唯唐诗独尊的框架。

而作为"满洲时代最后一位杰出诗人"①,袁枚这个名字是如此突出,以至于在断代清诗英译文本出现之前,袁枚专门译介文本便先问世了。1956年,汉诗英译大家、英国汉学家、诗人亚瑟·韦利(Arthur David Waley,1889—1966)的《袁枚:十八世纪中国诗人》一书在英美同时出版②,成为英语世界最早的清代诗人专门译介文本,确立了在英美汉学界的视野里,袁枚之于清诗几可等同于李白之于唐诗,具有典型的代表地位与表征的意义。

诗歌翻译的前提,首先是解读诗歌。而文学的语篇特征,往往与作者的生平有不可分割的关联。像哈特这样治学严谨的学者,在选诗译诗的过程中十分注重对诗人生平的考订。可他的两本译著中所涉及的清代诗人词人,数量不能算多,能列出生卒年月的不及其中十之二三。在当时的社会历史条件下,看不到全貌,不了解总体情况,并非哈特一人而已。这种近于"无米之炊"的文化贫血状态,是导致自翟理斯以降的英美学者们集体贬抑清诗词的重要原因之一。

反观中国本土学界,20世纪中期以来,以钱仲联先生为代表的老一代学者,为清诗的整理、校注和研究倾注了大量心血,致使清诗的成就及其历史贡献逐渐得到认识和肯定。与此同时,随着中美关系正常化之后文化交流的日益频繁,清诗英译也走过20世纪前半叶的破冰期。以罗郁正为代表的美国学者们以其高度的学术敏感追踪国内清诗词研究的进展步伐,使清诗英译从规模、数量和译介质量上来说,都呈现出崭新的局面,开始迈向一个更整齐可观的阶段。

前文提到罗郁正编译的《葵晔集》于1975年付梓,书中所包括的那些清代诗词名家后来也出现在《待麟集》里,但两书选译的他们的作品并不重复。

1976年,《中诗英译金库:古典诗歌121首》中英文对照本由联经出版社、香港中文大学出版社联合出版③,在英美发行。此书中有纳兰词4首,袁枚、赵翼、李调元诗各1首。译者John A. Turner(1909—1971)曾是旅居中国30余年的耶稣会神父,一生翻译中国诗歌300余首,主张韵体译诗,刻意追求中诗的英式古典再现。因此,他的译文用词生僻,语意晦涩,影响了普通读者对此书的接受程度。

1985年,倪豪士编著的《印第安纳中国古典文学参考》④出版。尽管没有诗词作

---

① Hart H. H. A Garden of Peonies: Translations of Chinese Poems Into English Verse. Stanford University Press,1938:142.
② Waley A. Yuan Mei: Eighteenth Century Chinese Poet. Grove Press,1956:92.
③ Turner J. A. A Golden Treasury of Chinese Poetry. The Chinese University Press,1976:87.
④ Nienhauser W. H. The Indiana Companion to Traditional Chinese Literature. Indiana University Press,1985:62.

品的翻译，但书中详细介绍了37位清代诗词名家的生平、生活和创作情况，为后来的清代诗词作品和诗人译介提供了参考。

同年，澳大利亚华裔学者刘渭平（1915—2003）著有《清代诗学之发展》(*The Development of Chinese Poetics in the Ching Dynasty*)，是关于清代诗论研究的英文著述。① 刘渭平曾于苏州大学讲学期间，得以聆听钱仲联等先辈方家宏论，该著述原是刘渭平用英文完成的博士论文，中文版本曾连载于我国台湾地区期刊《中国文化》（1985—1987），"主要介绍清代四大诗说——神韵说、格调说、肌理说和性灵说，而于诸说渊源、清初和清季诗论，亦有所考察"②。惜英文本至今尚未公开出版，未得寓目。

1986年4月，著名学者夏志清先生的弟子，美国当代著名的汉学家齐皎瀚（Jonathan Chaves）编译《哥伦比亚中国后期诗歌精选：元、明、清三朝（1279—1911）》③，在纽约刊行。译诗所本原文虽也包括词、曲，但大多还是中国古典文学正统概念的"诗歌"。译序简略介绍三代诗歌的发展，强调"诗"这一中国古典文学的瀚海中最精致、最典雅的形式，自唐宋以降并未衰落。长期以来，人们的认识和学界的研究指向都停留在"诗"唯唐、"词"属宋、"曲"归元、明清标举"小说"的状态，不过是被所谓"黄金时代症候"（Golden-age Syndrome）误导的结果。全书正文分元、明、清三辑，译介三朝诗家43位，每一位诗家名下平均有10余首作品。清代辑中仅遴选钱谦益、吴伟业、吴嘉纪、恽寿平、道济、金农、郑板桥、袁枚、刘鹗等13人，和元、明两朝的诗词作品阵容相比明显单薄，自袁枚之后的诗家词人也只提到刘鹗一家而已。从作者人数及所处时代的覆盖面来看，此书的清诗部分只能算有清一代诗歌总量的沧海一粟。

但这毕竟是清诗踏上经院式汉诗英译研究前台的开始。此书既出，《待麟集》作为第一个清诗断代英译文本几乎同时亮相，在现实中或许只是一个偶然的巧合，但从清诗英译的历程来看，却具有历史的必然性。

三、《待麟集》的主要内容及其影响

首先值得注意的是《待麟集》的长篇导言。罗郁正与舒尔茨从"分期的问题"开始，对清诗发展的历史背景与社会经济背景做了简明扼要的介绍。继而从"诗歌与

---

① 此著述为作者的博士论文，英文本未能公开出版，现藏于澳大利亚悉尼大学图书馆、美国加州柏克莱大学图书馆等处。
② 何与怀《一卷浮云行海外，春风长煦万邦人：纪念前辈诗人学者刘渭平教授》，《澳洲新报·澳华新文苑》，2003年第91期。
③ Chaves J. The Columbia Book of later Chinese Poetry: Yuan, Ming, and Ch'ing Dynasties (1279—1911). Columbia University Press, 1986: 96.

政治""政府资助、论争与流派的诗歌时代"①"层出不穷的诗歌理论""唐宋诗特质的缩略"②"清末的文学评论家""清诗中现实主义的兴盛""词的复兴"等几个方面阐说清诗的特征。文中指出：清朝建立之初社会、民族矛盾尖锐,待政局巩固之后诗坛出现全面承继唐宋诗歌传统的"复古"状态,是当时政治与文化氛围所造成必然结果,并非清代诗人词家"毫无创造力"。事实上,"正因为中国的诗艺源远流长,在后世诗人中,清代诗人摆脱传统束缚的愿望最为强烈",他们"没有像唐、宋、元的诗人那样创造新的形式,可是他们试图调和传统和时代变迁使之更加丰富"。

  该书作者认为,少数民族政权统治中原的大历史背景,激发出充溢于诗人胸中笔下的"爱国激情",是清诗词相对于前代诗歌而言最突出的特色,"这在该时代的一首一尾,人们由悲愤转向绝望之时尤为突出";二是在模仿前人与创新突破的反复摩擦、不断冲突之中产生了大量批评理论;三是明确的历史感与写实主义的倾向;四是随着词体的重新被推崇而提倡比兴,注重婉约隐曲的表达。

  即使用今天的眼光来看,这些对清诗的概括总结也是中肯的。清诗坛流派纷呈,风格竞出,承载着那个特定朝代的社会思想与文化心态,大有名家佳作存在,其成就及其历史地位在中国古典诗歌发展的链条当中,不能割裂,不可忽略,也不能替代。导言中反复强调的这一主旨,于是,凡谈及清代文学一概注重戏曲和小说,对诗歌普遍缺乏感性认识的美国学界,被《待麟集》一石激起千层浪。

  《中国文学》(CLEAR)发表夏威夷大学(University of Hawaii)东亚语言文学系教授麦大伟(David R. McCraw)的评论文章,称此书的编译者们"灵巧地速写清诗词的历史与文化背景、政治热望及其衍生后果、诗歌风格及其演变","进一步阐明了一些似曾相识的观点,比如清诗坛拟古主义与诗歌批评的繁盛",他们对清诗的评介令人耳目一新,"驳斥了那些认为清诗词不足为道的陈腔滥调"。

  加州知名汉学家范佛(Eugen Feifel,1902—1999)在《华裔学志》撰文,认为与涉及英译清诗词的其他文本比较,《待麟集》"从作家阵容和作品数量上都很突出",展示了清代的诗人词家和学者们是"如何探讨革新开拓的有限可能性,并在风格与内容上运用于他们的创作实践,直到最后这个朝代终了,所有可能性被耗尽而新诗(文)应时而生"。另一方面,中国断代诗歌的英译文本因《待麟集》而终于达到历朝完备,体现出"自唐代以后的各朝诗歌都各有其璀璨之处,使得对中国诗歌的体认从时段上迈进了一步。"③

  加州大学戴维斯分校东亚语言文学系教授奚密(Michelle Yeh)发表在《当代世界文学》(World Literature Today)上的评论文章,也充分肯定了《待麟集》作为第一个

---

  ① 此书的导言原是英文,中文版由潘捷译出,此处译为:"诗歌获赞助时期中演成的争议和流派",笔者对照英文原文"Poetry in an age of Patronage, Controversy and partisanship"重译。

  ② 此处潘捷译为:"唐宋诗性质的对比"。笔者对照英文原文"Qualities of T'ang and Sung Verse Contrasted"重译。

  ③ Feifel. Monumenta Serica. Moumenta Serica,1989：82.

清诗断代英译专辑的范本意义:"作为汗牛充栋的有清一代诗歌的精粹呈现,此书充实了汉诗英译的文库,填补了一项缺失太久的空白。"

波莫纳学院(Pomona College)亚洲语言文学系副教授Sharon Shih-Jiuan Hou刊发在《美国东方学会杂志》的文章更进一步指出,《待麟集》的中、英文两个版本都是对清诗研究的积极贡献。文章预言,此书从清代诗坛总体介绍到代表诗人生平简述再到作品翻译,其架构厚重的学术含量必使之成为此后西方清诗研究的必读书目之一。就英文版主体内容而言,译诗与相关注解也已"在忠信、可读与文体精美等方面尽可能地周密"。

如前文所述,齐皎瀚的《哥伦比亚中国后期诗歌精选》与《待麟集》出版的时间在前后之间,其中涉及清诗的部分与《待麟集》交相辉映,因此学者们自然少不得要将两书并列比较。一般认为齐皎瀚文本以译笔生动取胜,《待麟集》则以选诗跨度见长。

加州大学洛杉矶分校亚洲语言文学系的宣立敦教授(Richard E. Strassberg)认为,两书都"包括了大量资料,并尝试综合观照各个典型诗派的诗人们",使清诗珠玉重光,共同为西方世界延展了探求中国诗歌精神及其文化渊源的路径。尽管选题类似,针对的时间段也相同,但两书"在内容拣选和翻译方法上各有侧重",因而具有各自的鲜明特色。齐皎瀚出于个人对中国传统书法与绘画艺术的偏好,选取的不少诗歌最初是配在画上的,实际上偏重于山水田园的内容,其形式为读者们"增添了新鲜感",却也限制了对清诗整体风貌的全面展示。相对地,罗郁正与舒尔茨着眼于清诗自身流变脉络选诗,立场和角度更为客观,为有志于研习清诗的后来者提供了"实用的参照"。

现任哈佛大学中国文学教授伊维德(Wilt L. Idema)也具体指出了齐皎瀚因过于注重书法绘画,造成从诗人挑选到诗歌内容挑选的偏颇。哥伦比亚选集的清诗部分实际上没有完成对清代诗坛的整体展现,而《待麟集》则更清晰地勾勒出了清诗坛的总体格局。两书并驾齐驱,"如果目标是让西方大众更了解这末代皇朝的诗歌,他们毫无疑问是成功的了"。即便如此,这位汉学家对清诗词的偏见依然令人遗憾的根深蒂固。他认为两书中所译介的诗也好,词也好,"都鲜见跳脱传统框架的独创性或特色",实难与唐诗宋词的成就相伯仲。伊维德最后倔强地声明,两书的内容不仅未能消除,反而是加深了他对清诗词的不以为然。

同样是将两书并列的评论,哈佛大学比较文学教授宇文所安(Stephen Owen)的文章不仅篇幅更长,涉及的内容其实也已超出了单纯评点两书的范畴。他先用了不少笔墨列举出当时中国本土清诗研究的实绩,诸如1984年《文学遗产》刊发的"清诗讨论专辑",钱仲联先生主持下《清诗纪事》以及一批别集的整理出版,各家选本和《清诗选》的问世,等等,补充了《待麟集》导言里提及的相关情况。

宇文所安对清诗的了解以及对清诗研究进展的关注,显然比他同时代的其他英美学者深广得多。他提到,任何一种"清诗选集"成书之难,首先难在清诗的数量实在太大,诗人太多;其次难在对清诗在中国文学史上的地位"无定论",各大流派及其代表诗人与作品的排次就很模糊。因此,要达成呈现清诗"全貌"的目标并满足大众的阅读期待,并非易事。立足于诗人及其作品拣选的角度,他认为哥伦比亚选集的主体内容以明诗为重,齐皎瀚在三朝600余年的诗海里自由巡弋,他所选取的诗家及其作品带着明显个人喜好的印记。他并不在意是否完整、忠实地展示"清诗的格局",他只需要译文能够传达他自己领会到的中国诗艺之丰美就足够了。罗郁正与舒尔茨基于保守的立场,基本上围绕公认的清代名家选诗,虽译文中存在这样或那样的误读错译,也并不妨碍《待麟集》对清诗研究的典型价值。

以上各家评说,足证《待麟集》以时间历程划分清诗发展阶段,以代表作家及其作品为主要范例的编译框架,经纬交织并相得益彰,为英美学界勾勒出了清诗词集大成的风格特征与精神特质。

在充分肯定《待麟集》对清诗英译与传播的历史意义的同时,诸位学者也指出了此书存在的很多缺憾与不足,尤其是针对译文。麦大伟、范佛、Sharon Hou 和宇文所安的评论文章里都用了大量篇幅,逐字逐句探讨翻译的缺失。

和齐皎瀚的译笔相比,《待麟集》中清诗的英文呈现总的来说的确略显生硬,力求详尽的注释实际上阻碍了阅读审美的连续贯通,欠缺流畅的诗意与灵动的诗情,限制了此书后来在普通读者群中的流传。这里必须指出的是,《待麟集》的翻译经数十位美国学者之手,难免瑕瑜互见,要统一诠释原诗的角度与译文创作的风格谈何容易。译文的不尽如人意处,并不影响此书对后来清诗词研究的参考价值,更不应该影响后人对此书历史价值的判断。

纵使今天我们用现代汉语解读、赏析古典诗歌,都还往往难免错漏,更何况这些英美学者们在解读之后,还要用一种完全异质异构的语言去重新表述。因此,任何一种中国古典文学作品的英译文本,都不可能尽善尽美、无懈可击,《待麟集》也不例外。以清诗艺术形式之百法纷凑,思想内容之宏衍丰盈,现存作品数量之盈千累万,《待麟集》所包括的内容也只是管中窥豹、冰山一角而已。然而综合选诗的时间跨度、辑入的作家及其作品等几个方面来看,《待麟集》不仅集中呈现出清代诗词承继过去历朝传统并向纵深发展的成就,揭示了清代诗词处在中国诗歌古今裂变特殊历史时期承先启后、继往开来的脉络,更填补了清诗词断代英译的一大空白,中国古典诗歌英译各朝断代文本至此得以完备。对英美学者重新评价并提高对清诗的学术判断,更清晰地认识中国诗歌史各个重要环节的转承流变,更客观地总结中国诗学的历史源流及其内在的逻辑性,都具有不可轻视的学术首创性,其开山之功是毋庸置疑的。

如今,各种中国古典诗歌选译文本中已不难见到译介清诗词的专章,袁枚、钱谦益等名家专门译介也陆续问世,但尚未见到《待麟集》以外的清诗词断代英译文本。随着本土清诗研究的纵深发展,随着中美文化、学术交流的日益频繁,清诗英译与研究终将展开一个新局面是可以预期的。这或许正是可以告慰罗郁正这位先辈学人之处。

后 记

　　经过一段时间的努力,《记忆与再现:明清近代诗文研究论集》终于完成了选编工作。此事的缘起和相关问题,在《序言》中有所说明,这里还须略做补充。

　　最想表达的是选编中的"遗珠之憾"。本书既是对《明清近代诗文研究》"名栏"建设工作的回顾、总结,也是对倡导创建这一栏目的钱仲联先生的纪念。因此,将钱门弟子2012年至今发表在该栏目的代表作都选入了,这是对钱先生滋兰树蕙成果的展示。但限于篇幅,有不少学者的论文割爱未收,这是我们深感歉意的。同时限于入选一篇的原则,好几位学者近些年在本专栏发表了数篇佳作,有些也未能载入此册。这对于汇集成果、嘉惠学林来说,是一个遗憾。

　　另外,本书选录较多的是名家论文和中年学者的论文,青年学者的偏少。其实近年来不少青年学者在本专栏发表了质量颇高的论文,表明了他们有基础、有实力、有贡献,明清近代诗文研究未来在他们身上。在此对他们给予本专栏的支持表示感谢。

　　王英志教授是钱仲联先生的首届研究生,长期负责《明清近代诗文研究》专栏的建设,为此倾注了大量心血。对他的卓越贡献,我们深表敬意和谢忱。

　　学校领导充分重视《明清近代诗文研究》名栏建设,学报编辑部康敬奎主任、江波副主任热情关注本书的编辑,出版过程中苏州大学出版社沈海牧总编给予了充分支持,在此一并致谢。

编　者
2017年12月30日